De sang et d'encre

Rachel Kadish

De sang et d'encre

TRADUIT DE L'ANGLAIS (ÉTATS-UNIS)
PAR CLAUDE ET JEAN DEMANUELLI

cherche midi

Vous pouvez consulter notre catalogue général
et l'annonce de nos prochaines parutions sur notre site :
www.cherche-midi.com

Directeur de collection : Arnaud Hofmarcher
Avec la collaboration de Marie Misandeau
Relecture : Hubert Robin

Titre original : *The Weight of Ink*
Éditeur original : Houghton Mifflin Harcourt

92, avenue de France
75013 Paris

Mis en pages par Nord Compo
Dépôt légal : mai 2020
ISBN : 978-2-7491-6166-2

Pour Talia et Jacob

« Ne te rappelle point, si ces mots tu relis,
La main qui les traça »

Shakespeare, *Sonnet 71*

8 juin 1691
11 Sivan de l'année juive 5451
Richmond, Surrey

Qu'il me soit permis de faire une nouvelle tentative, dans l'espoir, cette fois-ci, de dire la vérité. Car, dans le silence de l'encre qui mord sur le papier, là où la vérité devrait se manifester et parler sans crainte, pendant longtemps j'ai menti.

Rien ne saurait excuser ce que j'ai fait. Pourtant, bien que je n'éprouve aucun remords, mes actes cherchent aujourd'hui à se confier au papier, ne serait-ce qu'en hommage à celui qu'un jour j'ai trahi.

Dans cette maison réduite au silence, la plume et l'encre ne résistent pas aux pressions de ma main, pas plus que ne se dérobe le fin parchemin. Que ces pages, enfin, enferment en elles toute la vérité, même si personne ne doit les lire.

Première partie

1

2 novembre 2000
Londres

Elle était assise à son bureau.

C'était un bel après-midi, mais l'éclat froid du soleil au-dehors l'oppressait. Plus jeune, elle se serait hasardée à sortir, espérant, contre toute raison, trouver un peu de chaleur.

L'espoir, contre toute raison : une drogue à laquelle elle avait renoncé depuis longtemps.

Lentement, elle tria les volumes qui jonchaient son bureau. Une édition bilingue de la *Consolação* d'Usque était restée ouverte. Elle fit courir le bout d'un doigt tout au long de la page, avant de refermer soigneusement l'ouvrage.

13 h 30... et l'Américain n'avait même pas téléphoné. Un manque de professionnalisme incompatible avec une découverte de cette importance. Darcy avait pourtant dit que l'Américain était le plus doué de ses doctorants – et Darcy était peut-être le seul de ses collègues à qui l'on pouvait se fier.

« Levy pourra t'aider avec les documents, lui avait-il dit au téléphone. Heureux de pouvoir te le prêter quelque temps. Il est d'une ambition naïve assez amusante, à la manière américaine, si tu vois ce que je veux dire. Il croit que l'histoire peut changer le monde. Même toi tu devrais être capable de le supporter trois jours. »

En repensant à cette remarque, Helen faillit pouffer de rire. *Même toi.* Pas mal de la part de Darcy. Apparemment, il estimait qu'on pouvait encore dire son fait à Helen.

Trois jours, c'était, bien sûr, nettement insuffisant pour permettre une véritable évaluation des documents. Mieux que rien. Cela représentait, en fait, davantage de temps qu'était légitimement en droit d'attendre Helen. Seule leur méconnaissance du protocole habituel avait empêché les Easton de lui rire au nez quand elle leur avait annoncé avoir besoin d'un accès direct aux documents. Elle n'avait pas osé en demander davantage, assise là à cette table en bois foncé en face de Ian et de Bridgette Easton, tandis que le soleil déversait ses rayons obliques sur les mains impeccablement manucurées de ses hôtes, que les hautes fenêtres à meneaux projetaient sur le décor des barres d'ombre et des losanges de lumière... et qu'elle était encore bouleversée par ce qu'elle n'avait fait qu'entrevoir.

Des demandes comme celle d'hier n'avaient rien d'exceptionnel, naturellement. Les gens tombaient parfois sur de vieux papiers dans leur grenier ou au fond de malles depuis longtemps dans la famille et, s'ils ne songeaient pas à solliciter l'avis d'un expert, ils s'adressaient au département d'histoire de l'université la plus proche. Toutefois, la personne qui avait appelé hier avait demandé à parler spécifiquement à Helen Watt. Ian Easton : le nom ne lui avait rien dit, même si son correspondant avait affirmé avoir été son étudiant des années plus tôt.

« Mon épouse, voyez-vous, a hérité d'un bien immobilier », avait dit Easton avec l'air de s'excuser. Si Helen n'avait plus en mémoire la façon dont elle avait jugé ses performances d'étudiant, lui de toute évidence s'en souvenait parfaitement. « La maison, qui appartenait à la tante de ma femme, date de la fin du XVIIe siècle. Nous avons dès le départ conçu le projet de la restaurer, pour y ouvrir une galerie d'art. C'est une idée de mon épouse – l'esthétique, c'est son domaine, pas le mien, et elle a tout de suite compris les effets que l'on pourrait tirer de la juxtaposition de l'art contemporain et de ce cadre XVIIe. Malheureusement, reprit Easton d'un ton circonspect après une courte pause, nous avons pris beaucoup de retard. Voilà deux ans, pour tout dire, que les choses traînent en longueur. Les permis pour la restauration d'un bâtiment classé sont très difficiles à obtenir, même dans le meilleur des cas, avoua-t-il avec un petit rire gêné, avant d'ajouter pour ne pas indisposer son interlocutrice : non pas que les mises en garde des autorités locales compétentes en la matière ne soient pas fondées. Les agents du patrimoine historique ne font que leur travail. Mais il se trouve – et c'est fâcheux pour nous – que la défunte tante de mon épouse a passé des décennies à se mettre à dos toutes les associations de défense des sites protégés des environs. Après avoir obtenu malgré tout les autorisations requises, nous voulions faire aménager par un électricien un espace en dessous du vieil escalier sculpté, destiné à recevoir son installation. Et voilà que, au bout d'un quart d'heure, notre homme quitte le chantier et m'appelle pour m'annoncer qu'il a trouvé une cache de documents écrits en arabe, et qu'il faudrait s'assurer que le bâtiment ne sert pas de repaire à des imams indésirables, voire à des terroristes – du pareil au même pour lui. De toute façon, lui ne remettrait pas les pieds dans la maison tant que je n'aurais pas réglé le problème. À croire qu'il n'avait pas remarqué que les papiers en question étaient datés de plus de trois siècles. J'y ai jeté un coup d'œil, et je pense qu'ils sont en fait en hébreu – il y a quelque chose, peut-être en espagnol, adressé à un rabbin. Et donc..., voulut conclure Easton, avant de s'interrompre. Alors voilà, reprit-il, je vous appelle aujourd'hui. »

Le téléphone niché contre sa joue, Helen avait laissé un long silence s'installer. Elle considéra le fichier ouvert sur son ordinateur, les yeux sur le curseur qui clignotait depuis une bonne heure au milieu d'un paragraphe qui ne l'inspirait guère. Elle ne se rappelait pas s'être jamais ennuyée dans son travail. Mais il en allait différemment ces derniers mois : des choses qui l'avaient enflammée perdaient maintenant de leur attrait, tandis que, de temps à autre, des étincelles jaillissaient dans son esprit, comme projetées par les coups d'un marteau sur une enclume. Des flashs de mémoire, éblouissants – bruit étouffé de la porte d'un abri dans la chaleur du désert, odeurs lui emplissant soudain les narines l'espace d'un instant enivrant. Étincelles qui mouraient, Dieu merci, avant de pouvoir s'enflammer.

Elle avait redressé une petite pile de livres.

« Peut-être lundi, avait-elle proposé.

– Pour tout vous dire..., avait répondu Ian Easton d'une voix plus anxieuse maintenant, je me demandais si vous ne pourriez pas venir aujourd'hui même. Nous avons eu beaucoup de mal à trouver cet électricien, et nous n'avons pas envie de le voir partir sur un autre chantier. Et puis, les papiers ont l'air très fragiles, et je sens bien qu'on devrait éviter de les toucher. »

En fait, elle savait qu'elle pouvait sans dommage consacrer quelques heures à cette visite. Depuis le matin elle n'avait pratiquement pas avancé dans son travail, et l'article qu'elle était en train de rédiger ne demandait plus qu'une conclusion, tâche qu'elle s'était promis de mener à bien avant son départ à la retraite. Il s'agissait d'une récapitulation des rares faits connus sur la dispersion de la communauté juive de Londres lors de la peste des années 1665-1666 – leur rabbin venu de l'étranger fuyant l'Angleterre dès le début de l'épidémie ; fidèles fortunés trouvant refuge à la campagne ; sans plus aucune mention par la suite des juifs de Londres dans les archives de la ville jusqu'à la reconstitution de la communauté quelques années plus tard sous une nouvelle direction. Elle n'aurait aucun regret à laisser ce travail en plan pour un après-midi.

Elle avait néanmoins hésité, interrogeant Ian Easton pour en savoir davantage sur l'histoire de la maison. Quand elle avait fini par accéder à sa demande, elle l'avait fait sur un ton de nature à décourager tout fantasme romanesque sur ce qui n'était après tout qu'un tas de paperasse sous un escalier.

Rien de plus, donc, qu'une courte expédition à Richmond pour vérifier quelques papiers. Elle l'avait entreprise, cette expédition, avec le vague sentiment que c'était là le genre de chose qu'elle se devait de faire : sortir et s'activer un peu par une belle journée, pendant qu'elle en était encore capable.

Quand elle s'était installée au volant, les clés avaient dansé si violemment au bout de ses doigts qu'elle avait dû immobiliser l'anneau de ses deux mains avant de pouvoir sélectionner la bonne. C'est à la troisième tentative qu'elle réussit à introduire la clé dans le contact. C'était donc un mauvais jour. Il faudrait qu'elle s'en souvienne.

Vingt minutes plus tard, elle garait sa voiture à Richmond et remontait une allée en pierre, ralentissant le pas quand elle arriva en vue de la maison. Ian Easton lui avait certes affirmé au téléphone que la construction datait de la fin du XVIIe siècle, mais elle avait jusqu'alors estimé la chose peu probable : rares étaient les demeures dans ce quartier datant effectivement de cette époque, et toutes étaient jalousement préservées et répertoriées jusqu'à la moindre brique effritée par le temps.

Mais Helen dut se rendre à l'évidence ; Easton avait dit vrai. Se profilant dans la fraîche lumière de l'après-midi, la maison était si différente de ses voisines qu'elle paraissait s'être détournée du monde pour engager une conversation silencieuse avec elle-même. Les corniches ornées, les sculptures de pierre encastrées jusqu'à mi-hauteur dans la façade de briques aux angles arrondis, jusqu'aux petits pavés ronds de l'allée menant à sa lourde porte d'entrée – autant de témoins de son authenticité. Son architecture renvoyait clairement à celle des quelques manoirs du XVIIe que l'on trouvait dans le voisinage, même si elle ne pouvait rivaliser avec eux en termes de majesté. Il restait que c'était là une demeure construite à la même époque par un homme doté d'une fortune considérable et porté sans doute par de grandes ambitions sociales. Mais il était aussi facile de voir pourquoi elle ne jouissait pas du statut ni du prestige de certaines de ses homologues. Quelle qu'ait pu être sa gloire passée, elle avait pâti d'un manque d'entretien, et, pire encore, de quelques malencontreuses tentatives de modernisation, comme cet ajout à gauche de l'entrée principale, de style plus victorien que baroque ; cette gouttière en zinc cabossée qu'on avait installée au milieu de l'ardoise, sans doute pour venir à bout d'une fuite très ancienne ; ces fils téléphoniques et électriques qui barraient la façade, tranchant sur les lignes sobres des fenêtres à meneaux.

Elle s'approcha de la porte, sa canne dérapant sur les dômes des pavés. Elle haletait sous l'effet de cet exercice physique inhabituel, et elle ralentit le pas le temps de reprendre son souffle. Sur une fenêtre à côté de la porte, le reflet de sa silhouette courbée. En se penchant d'un peu plus près, elle le vit se rider comme sur la surface sombre d'un ruisseau, révélant une universitaire vieillissante, au teint pâle, dans un tailleur démodé. Inclinée sur le côté, appuyée sur sa canne.

Elle posa une main timide sur la brique fraîche à côté de la fenêtre. Comme un vulgaire cambrioleur, Helen Watt se pencha pour regarder à l'intérieur. Son souffle embua la vitre, mais quand le verre s'éclaircit, elle distingua la cour dans la pénombre, d'abord avec difficulté, puis plus distinctement. Elle eut un petit sursaut. Des angelots de bois ornaient le linteau au-dessus d'une porte intérieure. D'autres tout à fait semblables couronnaient le manteau de la cheminée qui occupait presque tout un pan de mur. De la même facture que ceux qui ornaient au moins la moitié des manoirs et palais du XVIIe que l'on trouvait encore dans le Surrey, même si le nom du maître sculpteur dont ils avaient constitué la carte de visite était tombé aux oubliettes.

Elle se redressa et prit dans sa main le gros heurtoir. Les deux – le métal froid et lisse et sa main maigre et tremblante – totalement imperméables à la lumière du soleil qui baignait tout de son éclat : la porte, le seuil en marbre, les manches de sa veste en laine. Les coups du heurtoir lui parvinrent étouffés à travers le bois épais, puis l'écho s'éteignit. Et dans le silence – celui que connaissent toutes les vieilles maisons –, elle éprouva, un bref instant, cette sensation familière du tourment que l'on peut ressentir à se trouver si proche d'un morceau d'histoire. La sensation de quelque chose qui sombrerait interminablement en elle – comme si elle était en présence d'un ancien amant jadis familier de la moindre parcelle de son être, qui refuserait à présent de la reconnaître.

Un homme blond, grand, impeccablement coiffé, vint ouvrir. « Madame le professeur Watt, nous vous sommes reconnaissants au-delà de toute expression, vraiment... » L'accueil plein d'emphase de Ian Easton se répercuta dans l'entrée caverneuse tandis qu'il l'invitait d'un geste à franchir le seuil ; mais c'est à peine si elle l'entendit. Lourdes sculptures en bois, plafond immensément haut, ceint d'un balcon perché au troisième étage de la maison, caisses pleines de tableaux alignées sur le sol de pierre. Odeur de peinture fraîche.

Ian lui parlait, le front plissé. « J'ai été votre étudiant il y a des lustres de cela ; je ne compte pas que vous vous souveniez de moi. » Il était suffisamment bien élevé pour lui éviter d'avoir à le dire elle-même. Il la précéda dans la cour, réglant son pas sur le sien. « Nous sommes vraiment désolés d'avoir eu à vous déranger de la sorte, je suis sûr que vous avez beaucoup mieux à faire de votre temps. »

Elle s'arrêta. Au-dessus de sa tête se profilait le large linteau, les angelots sculptés alignés comme des sentinelles.

Ian s'arrêta à son côté, mais, après une pause déférente, il n'en continua pas moins ses explications. Quand il avait vu ce qu'il croyait être des caractères hébreux, il avait tout de suite repensé à ses connaissances en la matière. Si elle pouvait les aiguiller, leur dire ce qu'ils devaient faire de ces documents, il lui en serait extrêmement reconnaissant, parce que...

Même sous leur fine couche de poussière, les visages lisses des angelots étaient empreints d'une sagesse enfantine.

Ian parlait, c'est vrai, mais la maison parlait plus fort que lui... d'une voix, pour tout dire, assourdissante. Il vint pourtant à l'esprit de Helen que la façon dont elle se comporterait avec son ancien étudiant risquait de se révéler de la plus haute importance.

Elle s'obligea donc à reporter son attention sur l'homme vêtu d'une tenue sport mais soignée penché sur elle pour lui parler comme s'il cherchait encore à obtenir l'approbation de son professeur.

« Ce qu'il y a, disait-il, c'est que nous avons déjà un mal fou à obtenir les autorisations. À ce stade, tout délai supplémentaire... »

L'attention soudaine de Helen l'avait décontenancé. Laissant sa phrase en suspens, Ian la conduisit vers l'escalier majestueux. Elle eut le temps de voir du bois poli en abondance : lourdes rampes aux balustres ornés à chaque marche, sculptures plus élaborées le long des murs qui montaient jusqu'à l'endroit où l'escalier tournait en direction du premier étage, mais Ian lui fit contourner le bas des marches pour l'emmener dans un petit espace lambrissé qui n'ouvrait pas directement sur le hall d'entrée.

Là, sur une petite table de jeu, se trouvait un seul volume doté d'une reliure de cuir craquelée. À côté, les deux pages dont Ian avait parlé à Helen au téléphone : la première chose qu'avait sortie l'électricien en découvrant les documents sous l'escalier.

Elle se perdit un instant dans la contemplation des pages, remarquant le grain épais du papier, puis le contrepoint institué par l'alternance de deux langues – le portugais courant de gauche à droite, interrompu çà et là par des phrases en hébreu se lisant en sens inverse.

Elle prit tout son temps pour lire et relire le texte.

Puis la voix de Ian dans son dos. « Regardez, là », dit-il en pointant du doigt l'endroit.

Elle leva les yeux. Là, dans un recoin obscur au pied du grand escalier, ignoré par la lumière aveuglante tombant des fenêtres du premier, un petit panneau avait été fracturé à coups de marteau.

Négligeant la timide tentative de Ian pour l'aider, elle s'approcha de l'ouverture. Se baissant lentement vers le sol, sa canne chancelant violemment sous son poids, elle s'agenouilla devant comme une pénitente.

Elle resta un long moment dans cette position, les mains appuyées sur la pierre fraîche, et une grande fatigue l'envahit, comme si le fardeau de ses années l'accablait soudain physiquement. Longtemps, elle se contenta de contempler les rayons pleins à craquer, respirant calmement. Puis elle finit – tout en sachant qu'elle aurait dû se l'interdire – par lever une main tremblante pour retirer une page, une seule.

Seulement pour un court moment. Pendant lequel la page, aussi étonnant que cela puisse paraître, reposa intacte sur ses deux paumes ouvertes, tel un oiseau qui aurait consenti à se poser là quelques instants.

« Vous êtes donc là ! » lança une voix sonore. Une femme grande et mince fit claquer ses talons sur le sol dallé.

« Mon épouse, Bridgette », dit Ian.

Helen se leva à regret pour serrer la main lisse et chargée de bagues que lui tendait Bridgette Easton.

Ils la conduisirent alors à une petite pièce haute de plafond donnant sur le vestibule plein de courants d'air, puis Ian disparut un instant pour revenir avec une théière. Ils s'installèrent en face d'elle à une lourde table de bois, en dessous des trois fenêtres inondées de soleil – chacune pratiquement de la hauteur d'un homme, et dotée d'un verre épais et ondulé à l'ancienne qui faisait de la cour aux murs jaunâtres un paysage impressionniste si brillamment coloré qu'il en éblouit Helen.

« Nous tenons à agir de la meilleure façon, bien sûr », commença Ian.

Lent hochement de tête de la part de Helen.

« Mais nous ne nous attendions pas à ce dernier obstacle. Pas après tous ceux que nous avons déjà eu à surmonter. »

Un silence inconfortable s'ensuivit – bref mais suffisamment long pour permettre à Helen d'étudier minutieusement le couple Easton. Ian et Bridgette. Deux chevelures blondes, celle de la femme coupée au carré tombant jusqu'aux épaules, celle du mari, plus fine et commençant à se clairsemer. Tous deux dans une tenue chic, la petite trentaine, rides à peine visibles autour de bouches et d'yeux encore jeunes. Plissant le nez devant les odeurs de sciure et de peinture fraîche, tournant le dos à la porte à travers laquelle on discernait à peine le grand escalier dans la pénombre.

« Quand pensez-vous pouvoir nous débarrasser de la *genutza* ? demanda Bridgette.

– *Genizah*, la corrigea Helen. Mais, comme je l'ai expliqué à Ian au téléphone, nous ne sommes pas encore en mesure de dire s'il s'agit vraiment d'archives de textes religieux. Tout ce que nous savons, c'est que certains de ces documents sont rédigés en hébreu. Et, ajouta-t-elle après avoir pris une grande inspiration et se forçant à un ton détaché, que l'on y trouve aussi une correspondance entre des rabbins du XVIIe siècle. »

Bridgette eut un joli petit rire. « C'est vrai que la maison a été occupée par des juifs dans les premiers temps. Ma tante le disait toujours, et l'on en trouve confirmation dans les archives. Mais des *rabbins* ? »

Bridgette avait le corps longiligne et élastique d'une danseuse, nota Helen, et l'habitude de se lover dans son siège plutôt que de s'y asseoir.

« Nous ne sommes pas certains, dit lentement Helen, que des rabbins aient vraiment vécu ici. Il est possible que les documents aient été apportés d'ailleurs. Quant à savoir quand nous pourrons les déménager pour vous permettre de poursuivre vos travaux d'aménagement, cela dépendra de leur état de conservation. Ils doivent être évalués sous ce rapport avant que l'on puisse les manipuler sans dommage. »

Bridgette secoua la tête d'un mouvement brusque : la chose était inacceptable.

« La commission de la préservation des sites historiques de Richmond n'a jamais oublié, vous comprenez, que ma tante avait refusé sa proposition visant à inclure cette maison dans les visites des journées du patrimoine. Cela fait plus d'un an que nous sommes prêts à entreprendre cette rénovation, mais la commission n'a pas cessé de nous mettre des bâtons dans les roues. Plusieurs mois de délai pour les autorisations les plus simples. Ce n'est pas comme si nous voulions opérer des transformations majeures, ajouta-t-elle d'un ton sans appel, mais, apparemment, ces gens n'ont toujours pas digéré la démolition d'Orleans House au bulldozer dans les années 1920.

– Leurs inquiétudes sont compréhensibles, bien sûr, intervint Ian. Et nous avons tous à cœur notre histoire locale. »

Bridgette, chemisier blanc impeccable, foulard vert transparent noué autour du cou, pinça les lèvres et se pencha pour servir le thé. Le liquide ambré produisit un bruit décuplé par le silence de la pièce. « Ma tante vivait seule ici, et elle n'a jamais apporté ne serait-ce qu'une couche de peinture à la maison. Une quantité énorme de travail a été consacrée à rendre cette demeure présentable. À ce stade, tout délai supplémentaire serait... » Elle cessa de remuer son thé un bref instant. Son poignet étroit, cerclé de délicats bracelets vert bouteille, était fléchi, et, sa petite cuillère suspendue dans l'air, elle paraissait chercher les mots les plus adéquats pour signifier à Helen de s'abstenir de toute tentative supplémentaire susceptible de contrecarrer ses plans.

« Tout à fait regrettable, vraiment », dit Ian, terminant la phrase laissée en suspens par sa femme.

Celle-ci, visiblement contrariée, jeta un regard révélateur à son mari.

Et voilà que, tout à coup, Helen revoyait Ian Easton : un étudiant avec des airs d'ado essayant de s'installer à grand-peine à une table peu faite pour son grand corps dans une salle réservée au travail en petits groupes. Un de ces jeunes hommes affables issus d'une famille raisonnablement fortunée, généralement appréciés pour leurs services sur un terrain de rugby, aptes à des études secondaires mais un peu justes pour le supérieur. Elle se rappelait toutefois qu'il avait travaillé dur dans son cours en dépit de son manque évident d'aptitudes.

Sur des rayons derrière les Easton, Helen apercevait des dos de livres reliés cuir empilés les uns sur les autres, des ouvrages qui auraient certainement eu de la valeur si l'on en avait pris soin, et sur lesquels s'entassaient ici et là en désordre des magazines de décoration avec en couverture des meubles monochromes et de l'art abstrait incongru dans un tel décor. Toute une section des rayonnages était encombrée de livres de poche usagés, datant sans doute de l'occupation de la maison par la tante, et bientôt destinés à la poubelle, supposa Helen. Avoir été élevée dans le cercle de ses parents avait peut-être signifié pour elle être soumise à un apprentissage impitoyable dans l'art de catégoriser les étrangers en un clin d'œil, mais Helen ne pouvait nier que, en certaines circonstances, un tel entraînement s'avérait d'une grande utilité. Elle avait déjà pris la mesure de l'appartenance de Bridgette à une famille dont la richesse ancienne était aujourd'hui sur le déclin, mais qui ne devait rien trouver à reprocher à Ian, sinon – encore que la chose ne fût sans doute jamais mentionnée en dehors de repas bien arrosés – son éducation incontestablement petite-bourgeoise. Le genre de famille professant des opinions libérales mais peu encline cependant à renier ses racines de privilégiés. Et nonobstant son intention d'ouvrir une galerie, Bridgette ne donnait pas à Helen l'impression de quelqu'un prêt à faire de grands sacrifices au nom de l'art. Peut-être était-elle simplement intéressée par le sceau de raffinement – ou même le profit – que lui garantiraient des manifestations dans un lieu datant du XVIIe siècle. Mais Helen doutait fort que même la direction d'une galerie renommée puisse suffire à guérir Bridgette Easton de son insatisfaction chronique.

Était-ce la hauteur vertigineuse des fenêtres ou simplement la propre lassitude de Helen qui leur donnait à tous deux des airs d'enfants ? Ian et Bridgette Easton, assis au rez-de-chaussée devant l'étroite table d'un héritage longtemps espéré. Et loin de se douter que le véritable trésor que recelait la maison était peut-être constitué justement de ces documents dont ils étaient si impatients de se défaire.

« Je commencerai, dit Helen, par une des nombreuses explications possibles quant à ce que votre électricien a découvert derrière ce panneau sous votre escalier. » Les traits de Bridgette se raidirent. Peu importe ; la pédanterie, en l'occurrence, pouvait jouer en faveur de Helen. Elle commença par le commencement. Elle expliqua comment le troisième commandement biblique – oui, celui qui dit *Tu n'utiliseras pas le nom de l'Éternel...* – avait été interprété depuis des temps immémoriaux au sein des communautés juives comme signifiant que tout document contenant le nom de Dieu ne pouvait être jeté, mais devait être enterré au même titre qu'une personne humaine (les yeux des Easton devenant vitreux sous le coup des « temps immémoriaux », sans que cela touche Helen, habituée à ce genre de réaction). Elle poursuivit en racontant comment les synagogues et les communautés religieuses, depuis les origines, conservaient de tels trésors, appelés *genizahs*, jusqu'au moment où il était possible de procéder à leur enterrement. Ajoutant que les plus riches de ces archives contenaient, en plus des habituels livres de prières abîmés et brouillons de sermons, des lettres traitant de questions tout à fait matérielles et non religieuses, des livres de comptes... N'importe quel document pouvait en fait être soumis à ce genre de traitement, étant donné la coutume juive traditionnelle consistant à commencer toute correspondance au moyen de l'expression *Avec la grâce de Dieu*.

« Le thé..., dit Bridgette. Il est trop chaud ? »

Sans lever une main de ses genoux, Helen la gratifia d'un sourire crispé. « Dans un moment », dit-elle. Comme si c'était la température du thé qui l'empêchait de porter la porcelaine à ses lèvres, plutôt que la certitude que la vue de ses mains tremblantes répandant le thé sur la table allait la trahir... la crainte que les Easton voient dans cette agitation non seulement l'affection dont elle souffrait mais son cœur même, cognant dans sa poitrine comme il ne l'avait plus fait depuis des années.

Élevant la voix juste assez pour se donner un ton impérieux, elle reprit ses impitoyables explications, et Bridgette battit prudemment en retraite. Avaient-ils entendu parler de la genizah du Caire, avec ses témoignages sur la vie quotidienne des juifs remontant à plus de mille ans, et toujours en cours d'inventaire et de classement aux mains d'érudits effrontément égoïstes, la genizah ayant pourtant été ouverte en 1896 ? (Les Easton secouèrent la tête, l'air de deux élèves acceptant une réprimande avec mauvaise grâce.) Helen continua sur sa lancée, parlant vite, sentant qu'elle était en train de prendre l'avantage et qu'elle ne devait pas fléchir. Elle leur fit comprendre quelle chance c'était pour eux que les documents, genizah ou autre, peu importait, aient été trouvés au cœur de la maison plutôt que dans un sous-sol au taux d'humidité variable et/ou dans un grenier soumis à de fortes chaleurs. Leur expliqua combien le papier à base de lin résistait au temps, à la différence de la variété moderne à base de pâte à papier, avec son composant terriblement acide de lignine.

Les Easton échangeaient des regards furtifs tout en évaluant leur visiteuse, cette universitaire aux cheveux gris et aux yeux bleus à laquelle ils s'étaient adressés – peut-être de façon finalement peu judicieuse – et qui leur faisait à présent un cours sur la conservation des documents anciens, assise là à leur table avec un aplomb déconcertant, les mains sur les genoux, son thé toujours dans sa tasse.

Ce fut le mari qui posa la question à laquelle s'attendait Helen, sans toutefois savoir quelle forme elle prendrait. Reposant sa tasse dans sa soucoupe, il haussa un sourcil interrogateur, comme si la question était sans grande importance.

« Allez-vous porter les papiers aux responsables de votre communauté ? » Ils guettèrent sa réaction.

« Je ne suis pas juive », dit-elle d'une voix neutre.

Leur soulagement fut immédiat, si évident qu'ils lui apparurent du même coup un peu stupides. Elle nota l'atténuation des petites rides autour de la bouche, le relâchement des mains sur la table, le positionnement moins raide du long torse de Bridgette contre le dossier de son siège. Mais elle ne pouvait guère le leur reprocher. Ils étaient manifestement partis du principe que sa spécialisation en histoire juive signifiait qu'elle était elle-même juive. Et lui apparaissait pleinement désormais la raison des coups d'œil de mise en garde adressés par Bridgette à son mari. Elle devinait que, dans l'heure qui avait suivi l'appel de Ian, le couple avait eu le temps de se demander s'il n'allait pas avoir à pâtir des conséquences de sa démarche. On les avait sans doute avertis du fait que la communauté juive, si elle avait vent de l'affaire, leur rendrait la vie impossible. Elle imagina le genre d'ennuis qu'ils auraient à affronter : touristes juifs américains trop curieux faisant le siège de leur demeure, ah non, alors ! Ou pire, les Israéliens, qui ne perdaient pas de temps à regarder, eux, mais qui avaient tout simplement arraché d'un mur en Ukraine les fresques de Bruno Schulz, cet écrivain et dessinateur juif assassiné, pour les introduire en Israël. La commission de préservation des monuments historiques était peut-être agaçante et tatillonne, mais du moins respectait-elle la procédure.

Non pas, bien sûr, que ce n'ait pas été le cas des juifs.

Helen laissa le silence s'installer, dans l'attente de la réaction de ses hôtes. Et, sans surprise, au fil des secondes, leur soulagement fit place à la perplexité qui lui était devenue familière au cours de sa longue carrière. L'interrogation suivante pouvait se lire sur leur visage aussi clairement que s'ils l'avaient formulée à haute voix : mais alors que faisait-elle là, assise en face d'eux ? Qu'est-ce qui avait bien pu pousser une non-juive de sa génération à choisir la vie obscure d'une spécialiste en études juives ?

« Peut-être devrions-nous leur laisser à eux le soin de s'occuper de ces papiers ? hasarda Ian. Aux juifs, je veux dire.

– Non ! »

Le mot avait jailli avant que Helen ait pu le retenir, et, dans le silence qui suivit, le reste n'eut pas besoin d'être formulé pour être entendu : *Ces papiers sont à moi.*

D'un mouvement instinctif elle se leva de la table, comme si elle voulait échapper à sa honte à l'idée de ce que pouvait recéler son refus catégorique : la mesquinerie de l'universitaire, l'arrogance de la chrétienne, le désir de posséder.

Les Easton s'étaient levés avec elle.

« Ce que je veux dire, en fait, reprit-elle, c'est que ces documents sont à vous et qu'ils sont aussi à moi – ils nous appartiennent à tous, ils sont l'histoire de l'Angleterre. Et la propriété d'une grande université dédiée à la recherche. »

Propos que personne n'aurait songé à réfuter.

« Je vais immédiatement avertir le chef de mon département et engager la procédure d'acquisition. Vous serez contactés par notre bibliothécaire, dit-elle avant d'ajouter : vous serez payés, cela va sans dire. »

Les visages des Easton se firent impassibles, mais celui de Bridgette se colora tout de même légèrement. Ian s'appliquait peut-être trop à paraître distingué pour se soucier d'argent ; Bridgette, elle, voulut avoir une idée du montant du dédommagement.

Le regard de Ian croisa celui de Helen, laquelle se rendit compte que, en dépit de ses vêtements élégants et de ses mains manucurées, l'homme était franc et direct. « Le principal est de faire ce qui convient, dit-il. Et pour nous de ne plus avoir les papiers dans la maison, de façon à pouvoir continuer nos travaux de restauration. »

Helen acquiesça d'un mouvement de tête, puis passa à sa requête suivante, comme si celle-ci allait de soi. « Pour étayer notre argument en faveur de l'acquisition des documents par l'université, dit-elle, je vais vous demander trois jours pour procéder à une première évaluation. Il faudra que je le fasse ici. Je ne veux pas prendre le risque de manipuler des documents aussi fragiles ; c'est là un travail de spécialiste de la restauration. »

Bridgette eut l'air agacée.

« Je vous donne ma promesse que je ne retirerai rien d'ici sans votre permission. »

Bridgette jeta un coup d'œil à Ian comme pour l'avertir de ne pas répondre.

Helen pesa soigneusement les mots de son intervention suivante. « Si l'université est intéressée, elle vous demandera de faire intervenir un expert extérieur – Sotheby's, peut-être – pour estimer la valeur de ce trésor. »

La femme leva un sourcil. Sotheby's, vraiment ?

« Étant donné votre situation, je suis sûre qu'ils seront d'accord pour agir rapidement, dit Helen. Nos archives renferment un fonds important d'ouvrages sur l'interrègne anglais, et le fait que vos papiers paraissent dater de cette époque peut suffire à persuader le bibliothécaire de procéder à l'achat. » Elle tourna vers Ian un visage portant le masque d'une légère impatience professorale. « Je dois impérativement vous avertir, dit-elle, que toute tentative de votre part pour inviter des collectionneurs amateurs à venir fouiller dans les papiers dans le but d'obtenir d'eux un second avis risque non seulement d'endommager les documents mais aussi d'en détourner les gens qui s'y intéressent sérieusement. » Elle reporta les yeux sur Bridgette, et s'attarda sur son regard clair qui ne cillait pas.

« Message reçu », dit Ian, qui prit la main de sa femme, l'enveloppant dans la sienne. Après une brève hésitation, Bridgette la serra en souriant timidement. Le visage de Ian se fendit, lui, d'un large sourire de soulagement. « Encore un petit moment à attendre, et les papiers ne seront plus là. On dirait bien qu'on va l'avoir, notre galerie. » Il donna à sa femme un baiser sur le sommet du crâne, et au bout d'un moment Bridgette sourit franchement.

Sous l'éblouissante lumière quadrillée tombant des fenêtres, les Easton avaient scellé l'accord de quelques manifestations de gratitude et autres mondanités. Helen voyait combien ils étaient soulagés. En fait, peu leur importait que ce soit l'université, la British Library ou le rabbinat suprême d'Israël qui héritent des documents. Ils pourraient, eux, dire à leurs amis qu'ils avaient fait ce qu'il fallait. Ils avaient passé l'épreuve avec succès en restant impartiaux et honnêtes dans une affaire où la réalisation de leur chère galerie était menacée par deux pleins rayons d'étranges écrits en langue sémitique. Ils auraient maintenant une histoire tout à leur honneur à raconter à l'apéritif, révélatrice du caractère fantasque et exigeant de leur vieille demeure. Et qui plus est, comme les personnages vertueux des contes de fées, ils se verraient récompenser d'un sac d'or en même temps que de la satisfaction d'un désir pressant : obtenir que ces vestiges en langue inconnue – ces témoins désincarnés, et abandonnés sous leur escalier, des espoirs, des prières ou des douleurs de personnes mortes depuis longtemps – disparaissent de chez eux.

Mais les papiers dans tout cela... Quittant les Easton sur le pas de leur porte, Helen s'était réfugiée dans sa voiture et, fermant les yeux, avait laissé l'image lui envahir l'esprit : deux rayons peu profonds de papiers, visibles à travers l'ouverture rectangulaire ménagée par l'électricien dans le panneau du bas de l'escalier. Aussi parfaitement remplis que ceux d'une petite bibliothèque. Des lettres repliées, de plus de trois cents ans, avec leurs sceaux de cire brisés, leurs feuilles volantes rassemblées en cahiers aux dos un peu fanés reliés plein cuir. Et, tombé dans le vide laissé à l'endroit où l'artisan avait enlevé un volume, un feuillet détaché blanc cassé. Agenouillée sur le sol froid dans la pénombre du recoin, Helen avait tendu la main et touché le papier, comme si son désir d'un contact physique était la chose la plus naturelle qui fût. Une soif qui méritait d'être étanchée.

Une seule page écrite, reposant sur le lit tremblant de sa paume. L'écriture légère et harmonieuse, l'encre d'un bistre passé. Les mots portugais et hébreux embellis çà et là de fioritures en forme d'arcs s'inclinant sur l'arrière au-dessus des lettres qu'ils ornaient, sur leur gauche pour les caractères portugais, sur leur droite pour les caractères en hébreu, les longues lignes ininterrompues glissant tout au long de la page, séries de vagues à la crête écumeuse approchant d'un rivage, l'une après l'autre, éblouissantes.

Assise à présent dans le silence vide de son bureau, Helen surprit son reflet sur le verre de la pendule devant elle. Même floues, les rides verticales qui lui emprisonnaient sévèrement la bouche étaient impossibles à ignorer, pas plus que la ligne sèche de son menton ou les tendons noueux de son cou qui témoignaient de son habitude à sauter des repas, au mieux à les réduire au minimum. Les joues, qui tombaient tout droit de hautes pommettes rondes, étaient ternes. Un court instant, elle vit son visage tel qu'il pouvait apparaître aux plus jeunes de ses collègues. Se penchant en avant, elle expira longuement et regarda une légère buée ternir le verre.

Ce visage, il y avait longtemps, avait été de ceux que l'on remarque, sinon pour leur beauté du moins pour une autre qualité.

Le visage le plus sincère que j'aie jamais vu, avait dit un jour Dror.

Mais parfois la sincérité faisait mal.

Elle se détourna du reflet ; elle ne voulait pas se laisser aller au plaisir malsain d'imaginer ce qu'aurait pu être sa vie si elle était née avec un visage différent.

On frappa à la porte. « Entrez », dit-elle.

Il était jeune, grand. Il pénétra dans le bureau, ôta son bonnet de ski qu'il fourra dans la poche de son jean. Il portait une surchemise en laine sur un tee-shirt, tenue suffisamment décontractée pour susciter la désapprobation, même parmi ces profs du département d'histoire qui se flattaient d'être trop à la page pour se préoccuper de questions vestimentaires.

« Professeur Watt ? » dit-il.

Sa combativité légendaire resurgit aussitôt. Elle avait pendant longtemps intimidé ses pairs, la chose allait de soi, avant que l'effort à fournir pour communiquer avec eux soit devenu trop dur. « Vous êtes en retard, monsieur Levy », lâcha-t-elle en guise de salutation.

Elle guetta la réaction d'Aaron Levy à sa réprimande. Laquelle ne sembla nullement troubler son visiteur. Il était mince, plutôt beau de visage, mais avec cette mollesse typiquement américaine autour de la bouche. Ce qui donnait l'impression d'une gentillesse à toute épreuve, susceptible néanmoins de laisser place sans crier gare à une béate autosatisfaction.

« Désolé, dit-il. Mon bus a été retardé. »

Sa voix avait une cadence assez mélodieuse. Elle ne s'était pas attendue à ce qu'il soit si marqué par ses origines juives. Cela ne manquerait pas de créer des problèmes. Ce n'est pourtant pas cette pensée qui la troubla le plus sur le moment. Mais un nouvel éclair de mémoire, aussi soudain qu'isolé. Dror.

« Vous auriez pu téléphoner, dit-elle.

– Je suis désolé », répondit-il d'une voix neutre après l'avoir étudiée un instant.

Une riposte plutôt qu'une excuse.

Elle se rendit compte qu'elle écarquillait les yeux. Elle se força à accommoder correctement. Elle n'allait pas laisser l'excitation d'une seule journée faire d'elle une idiote. Oui, Aaron Levy ressemblait physiquement à quelqu'un... Quelqu'un qu'elle avait beaucoup aimé. Et alors ? Il n'était pas rare que deux personnes se ressemblent.

« Êtes-vous conscient, monsieur Levy, dit-elle d'un ton tranchant, du professionnalisme que va exiger votre tâche ? »

La surprise et l'indignation lui colorèrent les joues. Puis, la seconde d'après, elle le vit arborer délibérément l'air de quelqu'un qui s'accorde un moment de pause. Il se détendit, pivota légèrement pour appuyer son corps mince contre le mur. Les coins de ses yeux se plissèrent, un sourire espiègle vint animer son visage. C'était un homme qui avait manifestement pour habitude de flirter dans le seul but de se concilier les bonnes grâces des femmes.

« J'aime bien les défis, vous savez », répondit-il.

Non, se dit-elle, il n'avait rien de Dror.

« Et cela à cause de la nature de ces documents, reprit-elle. Ceux que l'on a trouvés à Richmond. Ou est-ce que Darcy ne vous a pas suffisamment expliqué la situation ? »

Tout à coup, elle eut toute son attention. Il y eut dans les yeux d'Aaron comme un scintillement qui retint son regard, par son sérieux cette fois-ci – comme si l'accommodant Aaron Levy, après un bâillement languide, avait décidé de quitter la soirée, laissant quelqu'un d'autre à sa place.

« Andrew Darcy m'a dit que la dernière découverte d'une genizah intacte datant de cette période devait remonter à plus de cinquante ans.

– Soixante, corrigea Helen. Et nous ne serons pas certains qu'il s'agit bien d'une genizah tant que nous n'en aurons pas examiné le contenu.

– Il m'a dit aussi que vous pourriez avoir besoin de quelqu'un pour traduire en anglais des textes en hébreu et en portugais.

– Je suis moi-même parfaitement capable de traduire ces langues. »

Il croisa les bras.

« Si vous êtes prêt à collaborer à cette entreprise, reprit-elle, il faudra que vous consacriez les trois prochains jours à suivre mes instructions. Suite à l'entretien que j'ai déjà eu avec Jonathan Martin (le chef du département d'histoire dont la relation privilégiée qu'il entretenait avec le président de l'université ainsi que l'ambition chérie d'éclipser l'University College de Londres, son grand rival, pourraient peut-être enfin jouer en faveur de Helen), je pense pouvoir dire que la procédure d'acquisition va bientôt être initiée. Et, à supposer que l'évaluation des documents se passe bien, l'université s'efforcera de les acheter. Si elle y parvient, ce que je considère comme hautement probable, et *si* vos compétences sont à la hauteur de mes attentes, ce qui reste à prouver... Eh bien, continua-t-elle après un silence destiné à donner tout leur poids à ses derniers mots, je pourrais peut-être envisager de vous donner la possibilité de travailler sur ces documents au-delà de ce délai. »

Aucune réaction de la part d'Aaron.

« Cela signifierait, bien sûr, la mise en veilleuse de votre thèse. J'ai cru comprendre que vous êtes aux prises avec elle depuis déjà un bon moment, non ? » Elle attendit ; la provocation était délibérée, mais l'agressivité dont elle fit preuve ne laissa pas de la surprendre. Elle n'avait pas de raison d'éprouver cette sensation qui avait surgi en elle, le sentiment qu'il représentait une menace dont elle devait impérativement se débarrasser. Il n'était qu'un doctorant, rien de plus, qui s'était montré peu judicieux, d'après ce qu'elle en savait, dans le choix de son sujet de thèse. Darcy avait précisé qu'Aaron Levy travaillait sur les relations ayant peut-être existé dans le Londres élisabéthain entre des membres de l'entourage de Shakespeare et des juifs chassés de leur pays par l'Inquisition. Aux yeux de Helen, un tel sujet paraissait relever davantage d'un département de littérature anglaise, mais, de toute évidence, Aaron avait fait le forcing auprès de Darcy, lequel avait fini par accéder à sa demande. Plus précisément, le jeune M. Levy était à la recherche de preuves accréditant l'idée que le Shylock de Shakespeare ne lui avait pas été inspiré seulement par le tristement célèbre Dr Lopez – le médecin juif de la reine Elizabeth exécuté pour avoir, disait-on, comploté d'assassiner la souveraine –, mais devait aussi quelque chose à d'autres juifs anonymes connus du dramaturge. Un choix de sujet ambitieux, et sans doute audacieux.

Aaron Levy eût-il choisi de s'intéresser aux racines catholiques de Shakespeare, les choses auraient été autres ; cette question avait assez récemment eu la chance de bénéficier de la découverte d'une pièce supplémentaire, sous la forme d'un opuscule religieux trouvé dans le grenier du père du dramaturge. À lui seul, le document avait bouleversé et revitalisé cette section des études shakespeariennes, fournissant l'occasion aux jeunes historiens de travailler de manière productive pendant des années : Shakespeare, le catholique clandestin, l'artiste catholique glissant dans son œuvre des allusions cachées sous les yeux d'une monarchie protestante. Il y avait là un terrain vierge qui méritait indubitablement d'être exploité.

Mais Shakespeare et les juifs... Le terrain avait déjà été abondamment exploré. À l'exception du *Marchand de Venise* et de quelques références ponctuelles, voire douteuses, les pièces ne comportaient pas d'allusions aux juifs... et, en dehors d'elles, il n'y avait pratiquement aucune source directe à examiner. On pouvait toujours se livrer à des conjectures, évidemment : sur l'identité de la Dark Lady, la Dame brune, ou celle du jeune homme blond des *Sonnets*, ou encore, pourquoi pas, sur le petit déjeuner favori du cygne de l'Avon. Mais sans preuves solides, toutes les affirmations d'une trace quelconque de la présence de juifs dans l'œuvre de Shakespeare restaient théoriques – et Shapiro, Katz et Green, parmi d'autres, avaient déjà couvert le terrain en long, en large et en travers. Si les seigneurs du domaine n'avaient pas été capables de trouver quoi que ce soit de plus solide, quelle chance pouvait avoir un jeune doctorant américain d'y parvenir ? D'après Darcy, le jeune homme, pourtant très prometteur, n'était jusqu'à présent arrivé à rien.

Aaron était resté de marbre, se contentant d'un hochement de tête évasif.

« Les documents se trouvent à Richmond, reprit Helen, sur le mode purement informatif. Dans une maison du XVIIe appartenant aujourd'hui à un couple du nom d'Easton qui en a hérité d'une tante. Les archives que j'ai consultées jusqu'ici attestent que la résidence a été construite en 1661, par des juifs portugais. Elle a ensuite changé de main en 1698, puis à nouveau en 1704 et en 1723. Une aile a été détruite et remplacée au XIXe siècle, et la maison a été rachetée en 1910 par la famille de la tante, qui l'a alors laissée se détériorer.

« Il semblerait que j'aie eu M. Easton en cours il y a une bonne dizaine d'années pour une valeur d'histoire du XVIIe siècle, et que j'aie dû à un moment mentionner que j'avais publié plusieurs articles sur les marranes au temps de l'Inquisition espagnole. Faisant ainsi de moi la seule spécialiste de l'histoire juive qu'il eut jamais rencontrée, et, par voie de conséquence, la personne qui, toutes ces années plus tard, a répondu à son appel téléphonique suite à la découverte d'écrits en hébreu dans une niche sous son escalier. » Elle sentit un sourire ironique crisper ses lèvres. « Je n'avais pour ma part aucun souvenir de M. Easton. Apparemment, il ne m'avait pas fait grande impression. Mais aujourd'hui, impressionnée, je le suis. »

Deux ou trois de ses collègues longèrent sa porte. Le bruit de leurs pas enfla et décrut, les grands couloirs victoriens pleins de courants d'air donnant à leur passage une dimension quasi épique. Elle posa une main sur son bureau, comme si elle voulait calmer un trouble, mais la lumière pâle venant des fenêtres tombait sur les yeux marron d'Aaron Levy et les teintait d'une gentillesse qui déjoua sa tentative. Helen Watt, soixante-quatre ans, gardienne d'opinions éculées et d'anciennes déceptions. Les chemins de son esprit semblables aux marches d'un vieil escalier, concaves à force d'avoir été foulées par des pieds depuis longtemps disparus. Elle sentit se glisser dans la solidité de son sanctuaire tapissé de livres ce qui n'était qu'un léger frémissement de la mémoire, et pourtant elle s'y arrêta. Une odeur d'herbe froissée, de terre. Et une effroyable terreur, soudain, dans son ventre. Oui, Dror avait ces mêmes boucles serrées, ces mêmes yeux en amande. Mais tellement différent par ailleurs. Un bref instant, elle eut devant elle le visage de Dror : sa peau brunie par le soleil, sa mâchoire, ses lèvres qui remuaient, directes et impitoyables : *Helen, ce n'est pas vrai. Et tu le sais très bien.*

Elle repoussa l'assaut du souvenir. Dans son sillage, un vide chargé d'échos.

Il était clair, force lui était de l'admettre, que la simple vue des papiers l'avait anéantie.

Le léger cliquetis de l'appareil de chauffage électrique. Un doctorant qu'elle n'avait même jamais croisé, plus jeune qu'elle de peut-être une quarantaine d'années, était debout devant son bureau. Il l'observait, extrêmement concentré, comme s'il entendait tout – ce qu'elle disait, mais aussi ce qu'elle taisait.

Elle se rendit compte qu'elle n'avait toujours pas invité Aaron Levy à s'asseoir. « La période de l'interrègne », dit-elle en réponse à la question qu'il n'avait pas posée, et plus faiblement qu'elle ne l'aurait voulu. Elle se reprit et continua. « Le premier document que j'ai vu date de l'automne 1657. »

Il eut un hochement de tête entendu. 1657, les premiers jours de la période marquée par la réadmission des juifs en Angleterre, après pratiquement quatre siècles de bannissement officiel.

« La capacité de l'université à acquérir les documents, reprit-elle, dépendra du caprice du président, de l'état d'esprit de notre bibliothécaire, et, bien sûr, de la volonté de coopérer des Easton. C'est ce dernier paramètre qui m'inquiète le plus. Si les lettres d'un rabbin dissimulées sous leur escalier pourraient leur fournir une histoire qu'ils prendraient plaisir à raconter à l'occasion d'une soirée, ce n'est pas là le témoin de l'histoire qu'ils souhaitent *juxtaposer* dans leur galerie à venir. Ils font preuve d'une grande courtoisie, c'est vrai. Mais j'ai déjà suffisamment vu ce genre de coopération pour savoir qu'elle ne dure pas. Et...

– Mais qu'y a-t-il dans ces documents ? la coupa-t-il.

– Comme je l'ai dit, ils datent de la période de...

– Oui, j'entends bien, dit-il, s'animant soudain, mais qu'y avez-vous effectivement lu ?

– Il m'est apparu qu'un certain HaCoen Mendes, rabbin de son état, répondit-elle en ralentissant son débit de façon à souligner ses interruptions, un homme d'un certain âge, est venu d'Amsterdam s'établir à Londres en 1657 avec une petite suite. D'après ce que j'ai effectivement lu, monsieur Levy, il s'agit d'une copie d'une lettre adressée par HaCoen Mendes à Manassé ben Israel. »

Elle s'interrompit, le temps de laisser son interlocuteur se pénétrer du nom du personnage, et le vit avec plaisir avoir un haut-le-corps de surprise. « Une lettre d'une grande valeur, continua-t-elle. Écrite juste avant la mort de Manassé. Il y a aussi un livre de prières relié en cuir, publié en portugais et en hébreu à Amsterdam en 1650. Je peux d'ores et déjà dire, ajouta-t-elle après une légère hésitation, qu'il s'agit là d'une découverte d'une grande portée. Même s'il s'avérait qu'elle est le seul document lisible de tout l'ensemble, la lettre à elle seule est remarquable, car son auteur s'adresse à Manassé sur un mode intime, sans parler du fait que l'on y trouve plusieurs choses sur la réimplantation de la communauté juive en Angleterre qui confirment ce qui n'était jusqu'à maintenant que pure conjecture. Je crois que c'est une très heureuse trouvaille. »

Euphémisme, dirent les sourcils levés de son visiteur.

« La découverte doit rester confidentielle, poursuivit-elle, jusqu'à ce que l'université ait entamé la procédure d'acquisition. J'ai engagé en termes on ne peut plus clairs les personnes directement concernées par l'affaire à agir en ce sens, et à agir rapidement. » Même si cela l'avait obligée à solliciter l'aide de Jonathan Martin, pour entendre ensuite le président s'enorgueillir des fonds et du capital politique dont il disposait.

« Si l'université réussit à acquérir les documents, dit-elle, ils seront soumis au travail du labo de conservation de l'université, après quoi nous devrions être en mesure de les étudier dans notre bibliothèque.

– Nous n'aurons donc pas accès aux papiers, dit lentement Aaron, avant qu'ils aient été traités par le labo ?

– Au contraire... J'ai obtenu un délai de trois jours, semblerait-il, pour passer en revue les documents *in situ*, avant qu'ils soient emportés pour être évalués. »

Il la regarda d'un air curieux. Puis, lentement, ses yeux allèrent se poser sur la cheminée, pour glisser ensuite jusqu'à la gravure accrochée au-dessus du manteau. Les traits en étaient simplement esquissés, mais assez nets pour donner à voir le profil d'une montagne au sommet aplati, se dressant solitaire dans un désert de pierres.

C'était une silhouette qui n'avait jamais fait l'objet de commentaires de la part de ses collègues du département d'histoire ; ce ne pouvait être à leurs yeux qu'une mesa comme tant d'autres dans un désert anonyme. Mais un juif – un juif américain qui avait certainement consacré à Israël une de ces visites, aussi solennelles qu'inconfortables, consacrées à la commémoration de l'héroïsme et du martyre – reconnaîtrait, lui, Massada. Et se dirait qu'une universitaire anglaise non juive capable de punaiser le dessin du site de Massada au-dessus de sa cheminée se complaisait dans un philosémitisme tout à fait romanesque, ou pire, dans la sentimentalité caustique de ceux qui poétisaient le martyre du peuple juif.

Quand Aaron reporta son regard sur elle, il avait une expression amusée. Qu'il pense donc ce qu'il veut, se dit Helen. Même si elle devait lui expliquer la chose en détail, il ne comprendrait jamais pourquoi quelqu'un comme elle pouvait garder un dessin de Massada accroché face à son bureau, là où elle était obligée de le voir tous les jours... rappel cuisant destiné à la punir au cas où elle se laisserait aller à l'idée qu'elle aurait pu embrasser une vie différente. Rappel aussi de la seule foi encore capable de lui offrir un semblant de réconfort, si longtemps après qu'elle avait renoncé à croire en la possibilité du réconfort : la conviction que ce qu'offrait l'histoire, toute divinité impitoyable qu'elle soit, devait être déchiffré.

Et parce que l'histoire ne se souciait pas de voir les négligents laisser ses missives non lues, elle tenait à s'en soucier. Elle, Helen Watt, était à l'affût des signes, des preuves – une recherche à laquelle elle avait consacré sa vie, retrouvant et sauvant de l'oubli les petits détails négligés de vies depuis longtemps éteintes. Reconstituant un vaisseau fracassé par une force violente.

Il restait toutefois qu'elle avait le sentiment désagréable d'avoir livré quelque chose d'intime à Aaron Levy, de lui avoir permis d'une certaine façon de deviner tout ce que la soudaine apparition de ces documents paraissait avoir remué en elle. Elle étouffa le sentiment. Elle n'était pas assez stupide – du moins pas encore – pour être à ce point désarçonnée par une ressemblance fortuite... ni pour penser que celle-ci donnait en l'occurrence à un étranger le pouvoir de souiller ce qui ne devait l'être sous aucun prétexte.

« Comprenez-vous ce dont j'ai besoin ? demanda-t-elle. Il me faut l'aide d'un assistant capable de travailler avec efficacité et à un haut niveau de compétences. »

Elle se prépara à la question qui n'allait pas manquer de suivre : pourquoi une telle précipitation ? Un thésard, si jeune et inexpérimenté soit-il, ne pouvait ignorer qu'un délai de trois jours était trop court pour permettre un vrai travail d'investigation, et que, en fin de compte, ce serait de l'avis de Sotheby's, non du leur, que dépendrait l'achat des documents par l'université. D'un autre côté, une universitaire de l'âge de Helen, à moins d'un an d'une retraite obligatoire, ne pouvait guère s'illusionner sur sa capacité à changer le cours de sa carrière en agissant en franc-tireur pour se forcer un accès à des documents non encore catalogués. Elle mit au point sa réfutation : c'étaient les documents, et eux seuls, qui comptaient, et c'est en ne pensant qu'à eux qu'elle avait demandé ces trois jours. Les manuscrits avaient dormi pendant plus de trois cents ans, attendant le contact d'une main humaine. Maintenant qu'ils avaient été découverts, tout retard était déraisonnable.

Déraisonnable, un mot sage, rationnel.

Derrière se cachait pourtant une autre vérité. Qu'elle s'obligea à reconnaître, non sans un certain trouble : la seule véritable urgence en l'occurrence ne provenait que du besoin d'une femme malade d'éviter toute perte de temps. De ce sentiment alarmant qui était né en elle dès l'instant où elle avait vu les documents pour la première fois, la sensation sidérante que son esprit – son unique refuge face aux clameurs fatiguées du monde – n'était que de l'amadou prêt à s'enflammer.

Toutefois, à sa grande surprise, Aaron parut décidé à ne pas mettre ses raisons en question. « Je le ferai », dit-il. La tête penchée sur le côté, il eut un sourire suffisant, avant d'ajouter : « Je crois pouvoir me libérer pour les trois jours qui viennent. »

Elle faillit éclater de rire, tant son désir de se faire valoir était évident.

D'un geste lent, elle posa ses deux mains sur son bureau. La droite, pour l'instant, était calme. *Des mains ennemies*... Elle laissa l'expression s'attarder dans son esprit.

Elle se leva. Aaron abaissa les yeux sur sa canne, dont elle s'empara avec une vigueur tout intentionnelle ; sa santé chancelante ne le regardait pas plus que le reste chez elle.

Quand il croisa à nouveau son regard, elle sentit à quel point son indifférence était délibérée.

Elle le laissa passer avant de refermer solidement la porte derrière eux. Il partit en direction de la sortie, sans essayer d'adapter son allure à la sienne. Au son sec et rythmé de sa canne sur les dalles, elle le suivit, tandis qu'il remplissait le corridor de son pas souple et de sa haute stature.

Ils allaient devoir travailler ensemble à la poursuite de ce que le destin leur réservait. Il ne l'aimait pas. Mais n'avait pas non plus pitié d'elle. Ce qui était déjà quelque chose.

2

15 novembre 1657
9 Kislev 5418
Londres
Avec l'aide de D-ieu

À l'éminent Manassé ben Israel,

C'est avec un cœur lourd et encore tremblant de la mort de votre fils que je vous adresse ces lignes. Ce n'est qu'après mon arrivée ici à Londres que j'ai appris qu'il avait été rappelé auprès de ses ancêtres. L'on me dit que ma venue a suivi seulement de quelques jours votre départ de cette grouillante métropole dans le but de rapatrier en Hollande le corps de votre fils. L'on me dit aussi que votre santé est défaillante, et que vos différends avec la communauté londonienne ont été dans les derniers temps des plus sévères.

Je forme des vœux pour que, en l'accompagnant jusqu'à sa dernière demeure, vous trouviez vous-même le repos, et recouvriez une meilleure santé.

Dans l'impossibilité où je suis d'avoir avec vous un entretien direct et intime, je vous parle aujourd'hui par le truchement du papier et avec l'aide d'une personne qui me sert de scribe. Je ne demande aucune reconnaissance pour les avis que je pourrais émettre, car vous avez certainement de bien meilleurs conseillers qu'un vieil homme au jugement aussi peu sûr que le mien. Il reste pourtant, mon très estimé ami, que je vous connais depuis le temps où vous n'étiez pas plus haut que le genou de mon ami votre père. J'espère, en conséquence, que vous prêterez une oreille attentive à ma voix dans l'affaire qui nous préoccupe.

Si je vous écris aujourd'hui, c'est surtout dans le but de vous rassurer, autant que peuvent le faire des mots couchés sur le papier. D'aucuns disent que vous êtes parti de Londres en pensant que vous aviez échoué dans votre mission, mais, pour ma part, je suis convaincu que pendant votre séjour dans cette ville vous avez planté un jeune arbre fort résistant. Le jour viendra où les persécutés de notre peuple trouveront un abri sûr dans ce pays – pas de mon vivant, ni peut-être du vôtre, mais à n'en pas douter au cours de la vie de ceux qui sont encore dans les bras de leur mère. *Ainsi parla le vieil homme. Enfant, j'ai cueilli les fruits des arbres plantés par mes ancêtres. N'est-il donc pas de mon devoir aujourd'hui de planter les arbres qui nourriront mes petits-enfants ?*

Je viens d'arriver dans ce Londres que vous fustigez aujourd'hui. Si j'ai quitté Amsterdam, ce n'est pas parce que j'y étais contraint, j'avais en effet l'heur dans cette ville, en dépit de mon infirmité, de bénéficier du soutien de nos frères et d'être aidé par mes étudiants, de sorte que ma pauvreté n'était pas pour moi un fardeau. J'ai nonobstant choisi de répondre à l'appel de mon neveu et de venir à Londres passer le restant de mes jours – oui, au sein même de cette communauté qui a refusé d'écouter votre message d'espérance.

Nobles étaient vos attentes, mon ami. Il ne saurait y avoir tâche plus digne d'éloges que celle que vous avez entreprise, ni garanties pour les juifs de ce pays plus solides que celles obtenues par quiconque avant vous. Toutefois, aucun homme ne peut à lui seul apporter le Messie, aussi violemment que ses plaintes et celles de notre peuple secouent la terre.

C'est pourquoi je vous supplie d'oublier ces amers regrets qui mettent votre âme au supplice.

Votre père, bénie soit sa mémoire, ne vous a peut-être jamais révélé que nous avions souffert côte à côte sous le joug cruel de l'Inquisition en Espagne. Ensemble, nous avons enduré le martyre et été témoins d'actes que je me refuse à décrire, votre père ayant été torturé à trois reprises, et moi-même à deux, avec pour résultat la seconde fois la perte de mes deux yeux. Mon ouïe n'avait cependant pas été affectée, et j'entendais chaque jour, en compagnie de votre père, les cris des malheureux qui brûlaient sur les bûchers. Ne croyez pas qu'ils n'avaient que de saintes paroles à la bouche.

Ne condamnez pas ceux qui entendent l'appel de la peur.

Que les noms des martyrs soient bénis.

Si mes paroles taillent dans le vif, que ce soit à la façon du scalpel du chirurgien, pour soigner et soulager. Et plaise au ciel que mes imperfections, aussi innombrables que des grains de sable, ne viennent pas ruiner mon message.

Mon bateau, avec l'aide de D-ieu, m'amena sur une mer calme jusqu'à Londres, et mon neveu Diego da Costa Mendes m'a trouvé une petite résidence dans Creechurch Lane, pour moi et ma maisonnée. Je passerai ce qu'il me reste à vivre à offrir mon savoir à ces juifs qui font si peu de progrès sur la voie tracée par votre enseignement. Ils m'ont invité à partager avec eux mes maigres connaissances, très cher Manassé, parce qu'ils ne sont pas prêts à affronter la rigueur des vôtres. Il vous faut toutefois savoir que, sous sa forme la moins radicale, votre message d'espoir a effectivement pénétré leur esprit.

Nous sommes quatre : moi-même, ma gouvernante, et deux orphelins que j'ai emmenés, le fils et la fille de la famille Velasquez d'Amsterdam, tous deux très capables, bien que le frère ait tendance à négliger ses études et que je doive constamment le rappeler à l'ordre à ce sujet. Je sors très peu, car je ne peux guère me sentir attiré par les merveilles d'une cité que mes yeux sont incapables de voir, et mon seul désir est de travailler ici jusqu'au jour où la communauté méritera d'être dirigée par un grand homme tel que vous. Je prie pour que vous vous gardiez en bonne santé jusqu'à ce jour béni. Si je m'exprime ainsi, c'est que je pense que les tourments de l'âme et les maux du corps ne sont que les deux côtés d'une même feuille, et je vous avouerai que je crains pour votre santé, que certes D-ieu protège, mais à laquelle il nous demande aussi de veiller.

Mon ami, je vous en supplie, ne sombrez pas dans le désespoir. Le manque d'espoir, comme je l'ai appris il y a longtemps, est un mal mortel. Et chez une personne tenue en aussi haute estime que vous, ce n'est pas seulement un poison qui attaque une âme ô combien précieuse, mais une affection qui risque d'en contaminer beaucoup d'autres et de les abandonner aux ténèbres. N'oubliez pas que la lumière dont vous êtes porteur, même si elle est quelque peu vacillante, éclaire le chemin pour notre peuple. Continuez à la brandir. Car en ce monde il n'existe pas d'alternative.

Si seulement je pouvais vous procurer la patience de l'aveugle.

Puisse D-ieu vous apporter le réconfort tout comme à ceux qui pleurent leurs morts sur Sion et dans Jérusalem.

R. Moseh HaCoen Mendes

א

3

2 NOVEMBRE 2000
LONDRES

Le professeur Helen Watt conduisait en silence, sans ne serait-ce qu'un regard pour Aaron. Au cours des vingt minutes écoulées depuis leur départ de son bureau, les questions de son passager n'avaient tiré d'elle que des réponses laconiques et de pure forme – comme si elle avait repensé sa décision de l'associer à son projet et restait évasive en attendant le moment où elle pourrait sans dommages l'éjecter de sa voiture.

À vrai dire, si elle regrettait son choix, elle n'était pas la seule. Plus ils avançaient, plus Aaron avait l'impression d'avoir fait une erreur en acceptant la proposition de Darcy – *Quelques jours de vacances, si le cœur vous en dit, à faire un petit travail pour une de mes collègues qui a besoin d'une assistance temporaire*. Impossible de ne pas accéder à la demande, formulée comme elle l'était de cet air d'ironique gaieté si habituel chez Darcy, une attitude dont Aaron était certain par ailleurs qu'elle était gravée dans le génome anglais, à proximité immédiate du désespoir ironique.

Mais peut-être la composante gaieté ne s'acquérait-elle qu'une fois sa thèse soutenue. Aaron avait découvert que, si vous demandiez à un doctorant britannique *Alors, le boulot ?* la réponse était toujours quelque variante de *Un foutu supplice, oui*, et n'était pas suivie, comme elle l'aurait été aux États-Unis, d'une invitation à confier vos difficultés, voire à aller partager un verre ou un footing compatissants. Si la camaraderie était une denrée disponible sur un campus londonien, Aaron ignorait la façon de se la procurer. Ou alors, ces étudiants anglais ne l'aimaient pas, tout simplement. En fait, la liberté absolue dont jouissait ici un thésard – pas de cours ni d'examens, seulement un temps considérable à consacrer à la recherche et à la rédaction – s'était rapidement révélée être une version améliorée de l'état d'orphelin. Ce qui explique pourquoi il avait été surpris d'être arrêté par Darcy dans le hall, même si tout ce que voulait son professeur était de lui demander s'il pouvait rendre un service à une collègue qui avait « quelques documents intrigants à classer ». L'échange n'avait guère pris plus d'une minute ; ayant obtenu l'accord d'Aaron, Darcy lui avait donné une petite tape sur l'épaule accompagnée d'un « Brave garçon », puis s'était tourné sans ajouter quoi que ce soit pour saluer un collègue qui passait. Ce n'est qu'un peu plus tard qu'Aaron se demanda si cet embryon de conversation n'avait pas valeur de test. Darcy soupçonnait-il à quel point il était loin de toute avance significative dans sa recherche – et, si c'était le cas, cette invitation à entreprendre un travail temporaire était-elle en fait la version anglaise de la mise à mort d'une thèse ? Il aurait dû refuser.

À présent, tandis que dans le flot de la circulation de l'après-midi ils quittaient les quartiers de Londres qu'il connaissait pour entrer dans des faubourgs plus chics, Aaron ne pouvait s'empêcher de se sentir piégé, détourné contre son gré d'un devoir qu'il lui fallait remplir à tout prix. Ou était-ce plutôt au chevet d'une malade qu'il lui fallait se rendre ? Là-bas, dans cette partie de Londres qu'ils avaient maintenant laissée derrière eux se trouvait ce coin reculé de la bibliothèque où il avait passé le plus clair de son temps durant les quatorze derniers mois. Shakespeare et les juifs marranes : une recherche d'où il ne sortait rien de constructif, en dehors de quelques alléchants fragments d'information qu'il ne parvenait pas, en dépit de ses efforts, à synthétiser en un argument... Une matière qui ne manquerait pas, dans l'intervalle d'une absence si brève soit-elle, de se solidifier au point de durcir comme de la pierre.

La voiture de Helen Watt, une austère Volkswagen bleu marine, donnait une impression de vulnérabilité qui venait, aurait-on dit, de l'absence d'équipements de confort ou bien d'une propreté intérieure alarmante. Pas de vieux papiers de bonbons, pas d'enveloppes au dos couvert d'adresses griffonnées à la hâte. Pas de lecteur de cassettes ni de CD, juste un banal poste de radio. Quand Aaron descendit sa vitre, la maigre manivelle lui parut avoir la raideur des anciens modèles.

« Les documents, dit-il, ils sont en majorité en portugais ou en hébreu ? »

Helen klaxonna à l'adresse d'une berline paresseuse et attendit d'avoir accompli un large tournant à droite avant de répondre.

« Donnée inconnue.

– Et la maison où ils ont été trouvés, demanda encore Aaron, quand avez-vous dit qu'elle avait...

– 1661. »

Il ne se fit pas l'indignité d'insister. Pour tout dire, son envie d'en savoir plus, l'empâtement de son rythme cardiaque qui avait accompagné la description des documents faite par Helen dans son bureau bien rangé et tapissé de livres s'étaient dissipés au cours du lent trajet entre la faculté et sa voiture. Une marche non négligeable, à cette allure. Elle n'utilisait pas les places de parking pour handicapés et n'avait pas non plus les plaques d'immatriculation réservées à cette catégorie de conducteurs ; il était pourtant certain qu'elle aurait rempli les conditions requises. Elle avançait, obstinée, en pantalon, chemisier et veste déboutonnée, sacoche passée à l'épaule ; sans le moindre ornement, si l'on exceptait la fine chaîne d'or retenant les lunettes à double foyer cerclées de noir qui lui battaient un sternum proéminent ; apparemment indifférente au vent qui assaillait la nuque découverte d'Aaron ; un pied à la traîne, dans sa chaussure à lacets marron tout à fait ordinaire, comme s'il hésitait à suivre le mouvement qu'elle cherchait à lui imprimer.

Il n'avait qu'une très vague idée de l'endroit où pouvait se trouver Richmond upon Thames – sur la Tamise, supposait-il –, mais il se dit que le demander ne ferait qu'affaiblir encore un peu plus sa position vis-à-vis de Helen. Il se contenta donc, alors qu'ils passaient dans Chiswick, de regarder par la fenêtre les commerces se raréfier pour faire place à des habitations. Les quelques boutiques qui apparaissaient encore çà et là étaient maintenant ouvertement haut de gamme. Cette partie de Londres semblait être construite entièrement en brique, les couleurs allant du brun-rouge le plus profond à l'orange pâle. Une rangée de maisons imposantes glissa devant la fenêtre d'Aaron, toutes isolées de la rue par un mur de brique couronné d'une mousse éteinte par l'hiver. Des allées de gravillons partaient de ces enceintes tapissées à l'intérieur de lierre et autres plantes grimpantes pour traverser des cours pavées de briques diversement agencées et elles aussi tachetées de mousse. Le long des rues transversales s'alignaient ces très curieux arbres anglais taillés de telle façon que les bouts de leurs branches nues avaient l'air de poings serrés, prêts à se détendre en direction du ciel couvert si celui-ci se faisait trop envahissant.

Helen remonta une longue rue sinueuse bordée de boutiques et de restaurants, et d'un cinéma à l'air prétentieux ; puis elle s'engagea dans un labyrinthe de rues étroites et résidentielles qui enlaçaient le pourtour d'une petite éminence. Quelque part en dessous, remarqua Aaron, masqué par le lierre, de temps à autre un arbre ou les inévitables murs de brique, se trouvait le fleuve.

La rue où Helen finit par ralentir était plus modeste que celles qu'ils avaient traversées et bordée de maisons – certaines assez grandes, d'autres plus humbles –, toutes incontestablement anciennes et toutes pourvues de jardins bien entretenus et ceints de brique et de fer forgé. Aucun piéton, ici ; de toute évidence, les résidents qui n'étaient pas au travail ou à l'école avaient trouvé ailleurs des occupations plus attrayantes. Sur un des côtés de la rue, et de façon tout à fait incongrue, deux devantures ponctuaient la rangée de maisons. La première était celle, tout en hauteur, d'une épicerie assez minable au regard de ce qu'Aaron avait aperçu ailleurs dans la ville. La seconde, celle d'un pub, le Prospero, un petit établissement à la façade noire et mauve passablement délavée. Il semblait vide, en dépit des lumières allumées à l'intérieur – le genre d'endroit, pensa Aaron, qui aurait eu sérieusement besoin d'être relooké façon branchée. *Et toi, bien sûr, tu serais capable de leur dire comment on fait pour paraître branché ?* Il imagina le rire vivifiant de Marisa, ce qui lui réchauffa le cœur, tout en le lui serrant dans le même temps, au point qu'il ne put réprimer une grimace.

Le grincement du frein à main déchira le silence.

Helen tendit le bras derrière lui pour prendre sa canne sur le siège arrière.

La maison vers laquelle elle le conduisit était beaucoup plus grande que ses voisines, une particularité qui passait d'abord presque inaperçue en raison du fouillis des arbres dans le jardin et de l'épaisse couche de mousse recouvrant le mur de pierre ; loin d'apparaître comme un signe de distinction, celle-ci témoignait plutôt d'un certain manque de soins. Tandis que Helen se débattait avec le lourd loquet de la grille, Aaron se tourna pour observer les alentours : un quartier sans vie, une rue sans issue où on l'avait envoyé chargé d'une mission sans avenir pour le compte de quelqu'un d'autre. L'affaire ne pouvait être qu'un fiasco : il lui fallait mettre un terme à cet interlude à la première occasion. Il laissa la vague de son humeur sombre l'emporter à son gré.

Franchissant enfin la grille à la suite de Helen, il jeta un dernier regard au pub de l'autre côté de la rue. Prospero. Difficile de tomber plus mal : la seule pièce de Shakespeare qu'il n'avait jamais comprise.

Il suivit Helen le long du sentier, remarquant les traces que laissait la canne dans l'herbe desséchée.

La bâtisse était faite d'une brique au rouge passé ; mais maintenant qu'il était plus près, il voyait ce qui ne lui était pas apparu depuis la rue : les briques ébréchées révélaient de surprenantes bigarrures, affleurements de jaunes et d'orange pâle, plaques de mousse verte ou taches brun foncé. La façade, trois étages imposants, était marbrée par l'âge. À l'évidence, cette construction était plus ancienne que les vénérables demeures qui l'entouraient ; il était clair aussi qu'à une époque elle avait dû être magnifique. Des murs, couronnés çà et là de petits blocs de pierre sculptée qui faisaient irrésistiblement penser à des ananas posés à l'envers, partaient de chaque côté de la maison, comme s'ils devaient ouvrir sur une vaste propriété, mais ils étaient vite arrêtés de part et d'autre par les clôtures des voisins, ce qui leur donnait un air déçu, malheureux.

Une allée s'était matérialisée sous les pieds d'Aaron : mosaïque de petites pierres de formes et de couleurs variées, carrées et rondes, noires, brunes et grises, si patinées par le temps qu'à elles seules elles auraient attesté du grand âge de la demeure, sans que l'on ait besoin pour s'en convaincre de contempler les fenêtres qui se dressaient maintenant devant Aaron. Comment qualifier leur forme ? Semblables aux piques d'un jeu de cartes, les fenêtres hautes et étroites s'étranglaient en leur sommet pour pointer brusquement vers le haut. Elles présentaient ce réseau serré de croisillons en forme de losange si frustrant pour la vue ; lors de visites de monuments historiques de ce genre, Aaron avait essayé de regarder à travers ce verre si abondamment cloisonné, pour finalement avoir l'impression de se trouver derrière les barreaux d'une prison. Il était là en présence d'un de ces phénomènes typiquement anglais auxquels il ne s'habituerait jamais : il avait sous les yeux, coincée entre d'autres maisons dans une rue résidentielle, une construction si ancienne qu'il ne pouvait que rester bouche bée. Aux États-Unis, un bâtiment comme celui-là aurait été préservé et transformé en musée. Cela ne l'étonnait pas que quelqu'un veuille en faire une galerie d'art – encore qu'il n'eût pas parié un kopeck sur le succès de l'entreprise. Le quartier tout entier semblait plongé dans un sommeil de conte de fées.

Helen s'annonça en tapant la porte cintrée de plusieurs coups de heurtoir. Laquelle fut ouverte un moment plus tard par une séduisante jeune femme blonde, vêtue d'une élégante tenue gris anthracite, ses cheveux soyeux rassemblés en chignon, sa taille étroite accentuée par une ceinture mauve.

Peut-être la rue n'était-elle pas aussi morte qu'il y paraissait.

La femme serra la main de Helen en lui adressant un signe de tête poli. « Bridgette Easton », dit-elle en voyant Aaron, lequel lui tendit la main avec un sourire appréciateur.

La maison était plus fraîche que ce à quoi il s'attendait, et il y flottait une odeur de cendres froides. Un appareil de chauffage indépendant cliquetait doucement en face de l'entrée, le peu de chaleur qu'il générait se perdant dans la galerie supérieure. Aaron eut une vague idée du second étage – un balcon sculpté ceignant l'entrée, sur lequel donnaient de grandes portes suggérant l'existence de pièces spacieuses derrière elles.

« Je suis heureuse que vous soyez venus », dit Bridgette, qui s'empressa de leur faire traverser le hall d'entrée, où une table de jeu sur laquelle était posé un ordinateur portable ouvert voisinait avec des objets d'art dans leur emballage, pour les entraîner dans les profondeurs de la maison. « Je dois vous abandonner, vous m'excuserez, mais faites comme chez vous. » Il émanait de sa personne l'impression étrange d'une énergie avide sous un raffinement d'aristo. Elle se tourna et accorda à Aaron un sourire destiné à le jauger. Le jeune homme lut le verdict sur son visage : un, oui, il était beau garçon ; deux, il était juif.

Il lui sourit à nouveau – un sourire cette fois ouvertement charmeur. Elle rougit légèrement ; il en conçut un certain amusement, qui pourtant se dissipa vite, comme s'il avait remporté une victoire à laquelle il n'attachait aucun prix.

« Il y a du café dans la cuisine, dit Bridgette. Servez-vous, je vous en prie. »

Aaron suivit Helen le long d'une imposante cheminée en pierre qui se trouvait au milieu d'un mur de lambris décoratifs, certains avec de simples montants cannelés pour ornement, d'autres dotés de guirlandes artistiquement sculptées. Leurs pas résonnèrent à travers la pièce dépourvue de meubles. À sa suite, il franchit une grande porte sur la gauche, derrière laquelle s'élevait un escalier en bois monumental.

Il s'arrêta net. Rien dans l'extérieur du bâtiment – pas même les murs de pierre et leur envergure jadis gigantesque – ne l'avait préparé à une telle vision. Les larges marches montaient entre des panneaux d'un bois foncé ornés de roses, de plantes grimpantes et de paniers débordant de fruits ; du sommet, des angelots sculptés tournaient vers vous des visages pleins d'une douce et triste équanimité. À mi-hauteur de l'escalier, deux fenêtres cintrées laissaient entrer une lumière blanche si vibrante et aveuglante qu'Aaron aurait juré que c'était un corps solide. Des fenêtres devant lesquelles s'incliner, leurs meneaux et traverses en fer forgé jetant un quadrillage envoûtant sur la surface du bois sculpté dans un jeu discontinu de clair-obscur.

Helen avait levé sa canne et désignait quelque chose.

Se détournant du spectacle des fenêtres pour plonger le regard dans le recoin à la base de l'escalier, il vit l'ouverture qu'on avait pratiquée dans le panneau.

Il était facile de comprendre ce qui s'était passé. L'électricien avait recouru au moyen le plus simple pour obtenir l'accès à la trappe ménagée en dessous des premières marches et avait enfoncé un panneau grossièrement décoré qui, percé d'un petit trou de serrure près d'un bord, fermait l'espace au pied de l'escalier. Le panneau, qui avait coulissé sur un côté, était encore en partie visible, et, à en juger par la sciure qui saupoudrait sa surface, l'outil dont s'était servi l'électricien pour parvenir à ses fins avait soumis la serrure à un traitement énergique.

À l'intérieur, dans la pénombre de la cavité, Aaron vit des papiers.

« Waoh ! s'exclama-t-il en une longue expiration. Personne n'avait découvert ça avant aujourd'hui ?

– Cette maison est vieille de presque trois cent cinquante ans, répondit Helen d'une voix où perçait la révérence. Elle doit avoir une demi-douzaine de placards secrets et de trappes, et des portes dérobées destinées aux passages empruntés par les domestiques, et Dieu sait quoi d'autre encore. »

Aaron acquiesça d'un signe de tête. Il était peu probable qu'un panneau à la décoration pratiquement inexistante situé dans un recoin mal éclairé et souffrant de la proximité de l'entrée principale et du majestueux escalier puisse attirer l'œil de qui que ce soit.

« Apparemment, du vivant de la tante il y avait une table basse devant le panneau en question, poursuivit Helen, avant d'indiquer de la main une table de salon très ancienne en dessous d'une petite fenêtre, et, pour autant que l'on puisse en juger, elle avait été placée là par ses parents, ou peut-être même ses grands-parents.

– Tout de même, dit Aaron, trois cent cinquante ans, sans que jamais personne songe à forcer la serrure ?

– Mais vous, regardez-vous vraiment de près ce que vous avez sous les yeux ? » répondit Helen d'un ton plus vif.

Il laissa passer un moment. L'accusation se dissipa dans le silence, et il fit comme si elle n'avait jamais été proférée. Il y avait dans son attitude, il le reconnaissait, quelque chose qui semblait propre à irriter certains de ses interlocuteurs. Les femmes, en particulier. En général, il trouvait cela plutôt amusant.

À la vérité, il voyait très bien comment le panneau avait pu rester en place sans jamais être ouvert par les différents occupants de la maison, quelques timides tentatives pour forcer une petite trappe dans une cloison se résolvant finalement dans un constat désabusé du genre *C'est le panneau qui ne s'ouvre pas*. Si personne n'avait la clé, si personne n'avait la moindre raison de penser qu'il y avait quoi que ce soit à l'intérieur, alors... Le temps et l'histoire pouvaient suivre leur cours, mais la nature humaine, elle, restait ce qu'elle était.

Aaron s'agenouilla devant l'ouverture, laquelle mesurait à peu près soixante centimètres sur trente. Deux rayons étaient visibles à l'intérieur de la cavité, de toute évidence rangés avec soin. Des archives en miniature : des dos reliés cuir méticuleusement alignés contre les bords effrangés de documents détachés.

Il se pencha pour voir de plus près.

Reliures dans un parchemin aux grosses inscriptions de niveau avec des cahiers simplement cousus. Ici et là, fragments de cachets effrités d'un rouge et d'un brun passés. Avait-il jamais rêvé d'une pareille vision ? Oui, il l'aurait juré. C'était comme si quelqu'un lui envoyait un message par-delà les siècles : *Voilà ce que j'ai laissé pour vous.* Comme si une ancienne bibliothèque ouvrait une brèche dans la frontière entre hier et aujourd'hui pour entrer dans la vie d'Aaron Levy, lequel comprenait seulement maintenant à quel point il avait besoin d'un miracle de ce genre.

Il allongea les doigts d'une main.

« Lavez-vous d'abord les mains ! » lança Helen dans son dos.

Il ne put se résoudre à la regarder. Il trouva des petites toilettes aux murs verts derrière une porte lambrissée. Quand il revint, il s'aperçut que Helen ne s'était toujours pas approchée du trésor.

Il y avait un feuillet volant, isolé, dans un interstice du rayon. D'un mouvement de tête, elle lui fit signe d'avancer, comme elle l'aurait fait avec un animal ombrageux.

« Allez-y, dit-elle, prenez-le. »

Mais pourquoi ne s'en saisissait-elle pas elle-même ? Parce qu'elle voulait le soumettre à un test ? Ah, si elle pensait qu'il supporterait d'avoir à faire ses preuves à tout bout de champ, une sévère confrontation allait s'avérer nécessaire. Un instant, il croisa le regard de Helen Watt. Des yeux bleu barbeau. Les traits réguliers et le teint pâle d'un visage anglais privilégié, lavé de tout ce qui pouvait ressembler à une émotion.

Il tendait une main précautionneuse quand il suspendit soudain son geste. Il assura son équilibre, une main appuyée sur le mur à sa gauche. L'espace d'une seconde, il avait pris conscience du poids terrible de son corps, paniqué à l'idée de trébucher et d'écraser le fragile document, une action comparable à l'extinction d'une vie.

Encore un battement de cœur, et ses craintes se dissipèrent. Par pur réflexe, il commença à mettre en forme la description qu'il ferait à Marisa du spectacle qui s'offrait à lui. *Un présent que quelqu'un aurait préparé à notre intention.* Il tendit la main vers le rayon, tout en se disant : *Cette main, la mienne, est la première à se glisser là en plus de trois cent cinquante ans.* Ses doigts entrèrent en contact avec la page volante. Le papier en était râpeux mais encore souple. L'ayant tirée doucement hors du rayon, il constata que c'était une lettre, écrite en portugais. Il lut la date, conforme au calendrier hébreu, *Heshvan 5420*, et la convertit en « octobre 1657 ». La lettre était adressée à *l'éminent Manassé ben Israel.* L'écriture était éloquente – élégante et assurée sur la page couleur crème.

Elle était signée de ce HaCoen Mendes qui avait rédigé la missive dont lui avait parlé Helen Watt la veille.

Suivant les instructions de Helen, Aaron alla la poser sur une petite table placée en dessous d'une des étroites fenêtres à meneaux du rez-de-chaussée, parentes pauvres des fenêtres majestueuses qui donnaient sur le palier du premier. Mais au moment où il tirait à lui une des chaises anciennes qui avait l'air bancale, Helen l'arrêta dans son élan.

« Prenez aussi ce livre », l'exhorta-t-elle.

Il retourna devant la trappe. D'où il sortit le livre à la reliure rigide qui s'était trouvé juste au-dessous de la page qu'il venait de retirer. Il s'agissait d'un mince volume dont les pages présentaient des bords tachetés de violet et de noir, et qui paraissait avoir beaucoup servi.

La dernière personne à l'avoir eu en main : morte depuis trois siècles.

Il rejoignit Helen, conscient de la chaleur qui émanait de son propre corps, du battement de son sang à ses tempes. Il resta un moment immobile près de la table. Puis, lentement, cérémonieusement, il y déposa le livre.

Elle alluma la petite lampe, faible lueur dans les losanges de lumière crue qui tombaient de la fenêtre.

Le cuir gaufré de la couverture portait une inscription en portugais : *Livro-razao*. Registre. Il ouvrit le livre. Brusquement, il fut assailli par un nuage de cendres brunes, qui se déposèrent sur son visage, dans ses cheveux, laissant une pellicule amère sur sa langue.

« Bon Dieu !, lâcha-t-il.

– Attention ! » lança-t-elle au même moment.

Une poussière fine s'était accrochée à ses cils. Ses doigts, qui tenaient encore le registre ouvert à moitié, en étaient également couverts, salis par les restes de mots désormais à jamais perdus. Quelque chose de vivant venait de mourir à cause de lui. Des larmes de honte lui picotaient les paupières, et il secoua la tête comme pour se débarrasser de la poussière. Puis il répéta le geste quand, l'instant d'après, son dégoût de lui-même se changea en rancune à l'égard de Helen. Il se redressa et lui lança un œil noir.

Elle avait les yeux sur le livre. « Encre ferro-gallique », dit-elle au bout d'un moment.

Ayant suivi son regard, il comprit que les dégâts étaient faits depuis longtemps quand il avait pris le registre. Les pages étaient comme du gruyère. Lettres et mots supprimés au hasard, papier rongé par l'action de l'encre elle-même au cours des siècles. Ce que l'on pouvait encore en lire, en caractères brunis et flous sur un support épais, laissait penser qu'il s'agissait de dépenses domestiques, les entrées criblées de petits trous divisées en sections rédigées tantôt en portugais, tantôt en espagnol ou en hébreu, et dans différentes écritures. Il n'osa pas toucher la page. D'un geste soigneux et mesuré, il referma le livre, se disant que des professionnels pourraient peut-être encore en sauver quelque chose. Il cracha discrètement dans sa manche pour se débarrasser de la poussière.

« La lettre », dit Helen d'une voix où perçait la tension.

La réponse d'Aaron fut pleine d'une véhémence qui le surprit lui-même. « Et si cette fois c'était vous qui vous chargiez de l'affaire ? »

Les cheveux gris de la vieille dame lui étaient tombés sur les yeux. Un silence s'ensuivit, assez long pour qu'il sente les premières atteintes de la honte. Finalement, le visage impassible, elle leva une main en l'air.

Il la regarda, muet, et vit les doigts épais s'agiter de façon incompréhensible, comme s'ils formaient des mots dans quelque obscur langage codé.

Quelques secondes plus tard, elle abaissait à nouveau la main.

« Les dernières pages du registre sont peut-être en meilleur état, dit-elle en se détournant de lui, mais nous laisserons les conservateurs en décider. »

Voilà donc pourquoi elle avait besoin de lui. Elle n'osait se risquer à manipuler elle-même les documents fragiles. C'était donc à cela que se résumerait son rôle ? Lui fournir un bras de robot ?

Elle était à présent occupée à parcourir la lettre. Instinctivement, il porta lui aussi les yeux sur le papier vieilli. Sa texture granuleuse lui donna envie de le toucher, et, sans solliciter une permission du regard, il mit un doigt sur un coin de la page. Sentit le quadrillage serré des crêtes et des creux, aussi délicat et intime que l'empreinte de son pouce. Vu en pleine lumière, il révélerait par transparence le dessin du crible utilisé par la fabrique, et peut-être un filigrane qui pourrait, au terme d'une petite recherche, donner une indication sur l'endroit où le papier avait été acheté.

La lettre était relativement en bon état, marquée seulement par une légère auréole brune autour de chaque mot, l'ombre de l'âge.

Ils lurent en silence.

Au bout d'un moment, Helen se tourna vers lui pour le regarder. Sans un mot, il acquiesça de la tête : ils pensaient tous les deux la même chose. Là, à moins de deux mètres d'eux, se trouvaient deux rayons bourrés de documents, et si les autres écrits avaient été choisis par la même personne que celle qui avait jugé bon de conserver cette lettre, quand bien même seul un quart de ces pages s'avérerait lisible, ce serait là une découverte monumentale.

Dans le silence qui emplissait la maison, un nouveau paysage se révélait à Aaron Levy.

Avec beaucoup de précaution, il prit d'autres feuilles volantes sur le rayon : trois lettres et la copie d'un sermon, toutes en portugais ; une demi-page en latin qui avait l'air de notes de lecture sur une question théologique ; quelque chose en hébreu – une liste des rites à observer lors de la célébration du *seder* de la Pâque. Il posa les pages sur la table, puis approcha une seconde chaise et étudia le premier document, s'attardant sur le portugais archaïque. À son côté, Helen contempla encore plus longtemps le feuillet qu'elle avait devant elle.

Procédant très lentement, ils passèrent en revue l'ensemble des documents.

Pour finir, Helen se redressa, ôta ses lunettes, qu'elle laissa pendre sur sa poitrine au bout de leur fine chaînette.

« Je n'avais jamais entendu parler de ce HaCoen Mendes », dit Aaron.

La voix de Helen était un peu rauque quand elle répondit. « J'ai vu deux ou trois références au personnage dans des sources du XVIIe, qui le décrivent comme un des premiers mentors de la communauté juive de Londres après son retour d'exil. Il avait perdu la vue dans sa jeunesse à la suite de tortures subies à Lisbonne aux mains de l'Inquisition, avait enseigné à Amsterdam jusqu'à un âge avancé avant de venir finir ses jours à Londres. Il semblerait qu'un seul de ses ouvrages ait jamais été publié, et de façon posthume – un plaidoyer contre le sabbatianisme. Je ne l'ai jamais lu, et je ne sais même pas s'il en existe encore un exemplaire. »

Aaron s'interrompit un instant dans son travail pour relire un passage. Il remarqua une ligne en particulier, ses yeux suivant les boucles élégantes des vocables portugais. *Contrairement à moi, vous n'êtes pas encore un vieil homme.*

Me permettrez-vous alors de vous offrir mon conseil, de façon que, sain de corps et d'esprit comme vous l'êtes, vous puissiez en faire usage ?

Sa gorge se serra sous l'effet d'une émotion inexplicable. « Je l'aime bien, cet homme », dit-il calmement, pour aussitôt le regretter – regretter son ton convaincu, la naïveté de sa déclaration. Il attendit qu'elle fasse la remarque qui s'imposait, à savoir qu'on ne lui demandait pas d'aimer ou de ne pas aimer ce sur quoi il travaillait. Mais elle garda le silence, se contentant de retourner à son étude.

« Bien sûr, reprit-elle au bout d'un moment, ce n'est pas lui qui a écrit. Vous avez remarqué l'initiale du scribe ?

– Le scribe ?

– Oui, celui qui a transcrit le texte, le scribe, quoi, le copiste, si vous voulez. Comme je l'ai dit, HaCoen Mendes était aveugle. »

S'étant levée, elle se rendit dans une petite pièce attenante et revint une minute plus tard avec une autre page. Qu'elle avait posée sur un plateau à thé et transportait à présent avec d'infinies précautions, comme si elle avait affaire à une porcelaine fine. « Voilà la lettre que j'ai lue hier. »

Quand elle la lui tendit, il remarqua que sa main tremblait moins violemment ; de toute évidence, les tremblements variaient selon les moments.

Il mit du temps à lire la lettre, ayant du mal à déchiffrer ses archaïsmes. Quand il en eut terminé, il consulta les feuillets étalés devant lui. Au bas de chaque lettre, à droite, il y avait bel et bien les petites pattes de mouche un peu floues qu'il avait prises pour les touches d'essai d'une plume hésitante. Il se rendait compte à présent qu'il s'agissait de la première lettre de l'alphabet hébreu, *aleph*.

« Le copiste était probablement un de ses élèves, dit Helen. On pourrait peut-être arriver à découvrir son identité. On a affaire ici à un tout petit groupe de personnes. L'habitude qu'avait HaCoen Mendes de garder des copies de sa correspondance, reprit-elle après une brève interruption, suggère qu'il était conscient d'apporter une contribution significative à la réinstallation officielle d'une communauté juive en Angleterre. Peut-être pensait-il que ses archives seraient un jour utiles à quelqu'un. » Elle jeta un coup d'œil à sa montre, et ce qu'elle y lut parut la désoler. « Bon, nous nous retrouverons ici demain matin, dit-elle. À 7 heures, et nous aurons jusqu'à 18 heures. Je me suis arrangée avec les Easton. Même programme pour après-demain. Et c'est tout le temps dont nous disposons. »

Aaron se leva. C'est avec regret qu'il détacha ses yeux de la page.

Elle sortit deux pochettes en plastique de sa sacoche et les lui tendit, lui signifiant du geste qu'il lui fallait y insérer les lettres. Il s'exécuta, Helen debout à son côté, appuyée sur sa canne, vaguement menaçante. *Comme une gargouille.* L'image l'amusa, et il se sentit soudain plein d'entrain.

« Donc notre scribe est aleph, dit-il.

– On dirait, oui.

– Avraham ? hasarda-t-il, l'air songeur, tout en glissant un feuillet dans sa pochette avec une lenteur délibérée. Asher ? Aryeh ? Aaron ?

– Nous n'avons rien de plus qu'une initiale.

– Aleph le copiste dévoué ? interrogea-t-il avec une grimace amusée. Ça n'a pas beaucoup d'allure. Ça manque de panache, vous ne trouvez pas ? »

C'était de cette manière qu'il parviendrait à préserver sa santé mentale en travaillant pour cette femme. Parce qu'il allait bel et bien travailler pour elle.

Il ne reconnaissait que maintenant à quel point la panique avait grandi en lui au cours de ces derniers mois, un envahissement insidieux, continu, pareil à un envasement. Et avec quelle impatience il avait attendu un prétexte pour déserter le terrain qu'il avait choisi d'investir. Shakespeare, là où allaient les meilleurs pour montrer ce dont ils étaient capables. Shakespeare, ce territoire où Aaron Levy avait lancé son projet visant à démontrer sa capacité à formuler une hypothèse et à la prouver, et ce avec l'entière approbation de ses mentors qui ne cessaient de lui répéter qu'il était plein de promesses. Shakespeare, ce monde où Aaron s'était aventuré pour finalement commencer à comprendre que, s'il était remarquablement doué en matière de promesse, il semblait bien avoir promis plus qu'il ne pouvait tenir.

Mais cette découverte était d'une nature entièrement différente. Tout historien rêvait de ce genre de filon sans oser y croire. Personne ne songerait à lui reprocher d'avoir laissé tomber Shakespeare pendant un moment. Et si cette cache de documents répondait ne fût-ce qu'à moitié aux attentes de Helen Watt à son sujet – il n'était pas irréaliste d'imaginer la chose, même s'il était bien sûr prématuré d'en parler –, quelque fragment de ses richesses pourrait peut-être faire l'objet d'une thèse. Un travail solide, inattaquable. Peut-être même d'une qualité telle qu'il tiendrait toutes les promesses qu'Aaron avait jamais laissé voir.

Une seconde chance.

Il allait survivre à cette période de travail avec Helen Watt. À peine conçue, la stratégie lui parut un coup de génie : faire comme si elle était un autre genre de personne. Il se comporterait dorénavant avec elle comme si elle était dotée d'un vrai sens de l'humour.

Elle le regardait de toute sa hauteur, la mâchoire serrée.

« Je plaisantais, dit-il. Drôle, non ? »

Ce soir-là, alors qu'il prenait son repas dans un air plutôt froid en dépit du radiateur électrique qui cliquetait au pied de sa chaise, il fit un mail à Marisa.

Salut, Marisa

Le curseur clignotait à son adresse, impassible, sphinx virtuel.

« Salut. » Le compromis acceptable entre le trop hasardeux « Chère toi » et le trop distant « Bonjour ».

Comment ça va au kibboutz ? T'es-tu déjà repentie de ta bêtise et as-tu réservé une place sur le prochain vol pour Londres, histoire de retrouver avec plaisir la pluie et les frites bien grasses ? Et l'hébreu, ça avance ? Tu sais que je ne suis pas d'un grand secours pour ce qui est de l'oral d'aujourd'hui, mais si par hasard tu tombes sur un vendeur de falafels qui parle l'araméen ancien ou l'hébreu biblique, alors là, je suis ton homme.

« Je suis ton homme. » Il fixa les mots des yeux, se demandant comment elle les prendrait.

Ah, Marisa. Il avait trop souvent revécu ce moment avec elle, alors qu'il aurait dû s'appliquer à disséquer Shakespeare. La taquinerie de son débardeur noir glissant lentement par-dessus sa tête ; le choc de son regard quand elle s'était retournée. Ses mains, son moindre mouvement, aussi francs qu'un battement de tambour.

Ainsi les yeux de ma maîtresse sont noirs comme des corbeaux. Si Shakespeare avait une Dame brune qui nourrissait son désir et son désespoir au point que son image avait fini par creuser un chemin dans ses pensées, pourquoi pas lui, Aaron Levy ? Ou avait-il lui quelque chose de trop ordinaire pour accéder à de tels sommets de transports poétiques – était-il, en dépit de ses talents et de ses récompenses, trop... prosaïque ?

Il lui arrivait de se sentir pris en otage par deux pensées corollaires, qui lui venaient brutalement à l'esprit, par exemple alors qu'il était sous la douche, l'eau tambourinant sur sa poitrine, ou qu'il remplissait son plateau au restaurant universitaire : l'une était qu'il s'était seulement imaginé assez bon pour être l'amant de Marisa, l'autre, qu'il s'était de la même façon imaginé être un véritable spécialiste du monde shakespearien.

Il se remit à son clavier avec une énergie renouvelée.

Ici, les choses ont pris une tournure inattendue. Tu es assise ? Sinon, assieds-toi. Shakespeare va devoir attendre, j'en ai peur. Un trésor de documents anciens a été découvert, datant tous du XVIIe siècle. Ledit trésor se cachait sous une montée d'escalier dans une maison située dans une ville-dortoir des environs de Londres, une maison, tiens-toi bien, qui avait connu Dieu sait combien de propriétaires successifs, sans qu'aucun ait jamais eu l'idée d'ouvrir la trappe en vue de travaux de rénovation. Et là, sans crier gare : l'Histoire, dans toute sa splendeur.

L'ennui, c'est que le prof chargé de l'affaire est une vraie garce, une British de l'espèce sang-de-glace. Elle m'a proposé d'être son assistant, et je n'ai pas pu résister à la tentation, même si je sais que travailler avec elle va être un véritable enfer ; alors, aurais-tu l'obligeance de me rappeler de temps à autre de tout faire pour garder mon sens de l'humour ?

La première caractéristique intéressante de ces documents réside dans le fait qu'ils sont non seulement en hébreu, en anglais et en latin, mais aussi en castillan et en portugais, ce qui nous donne une bonne idée du groupe de juifs anglais auquel appartenaient ceux qui les ont laissés derrière eux. Bon, je sais que tout cela ne doit pas rimer à grand-chose pour quelqu'un qui n'est pas en train de gâcher sa jeunesse à étudier l'histoire juive du XVIIe...

Oserait-il prendre le risque de l'ennuyer avec son histoire ? N'allait-il pas compromettre la fragile intimité qui s'était installée entre eux ? Le moindre faux pas la briserait à jamais. Et puis, partager l'étrange excitation que lui procuraient ces deux rayons de documents reviendrait à se retrouver nu devant elle.

Mais n'était-ce pas là justement la question ?

Il posa une main hésitante sur les touches du clavier. Et, ce faisant, il eut soudain la révélation que, si seulement il pouvait amener Marisa à partager son enthousiasme, la soulever de terre de ses deux mains numériques pour la transporter dans le monde tel qu'il le voyait, alors elle le connaîtrait vraiment.

Et personne jusque-là ne l'avait jamais connu.

Il s'attarda sur ce sentiment, l'examina à la loupe, cherchant des traces d'apitoiement sur son sort, en trouva une bonne dose, mais nonobstant le jugea fondé. Qui, après tout, le comprenait ? Aucune de ses ex-petites amies. Pas non plus sa bavarde de mère, ni sa sœur aux yeux de biche, ni même son rabbin de père, avec sa religion strictement bienveillante. S'il parvenait à persuader Marisa de ressentir ce que lui-même avait ressenti aujourd'hui devant cette cage d'escalier dans la maison de Richmond, ce serait comme la tenir dans ses bras, débobinant sa vie et la rembobinant en sa présence. Marisa à son côté, quand il se recroquevillait, mort de honte, sur son banc lors de sermons qui valaient des louanges enthousiastes à son père ; à son côté encore, le dimanche matin, à la table de la cuisine fraîchement nettoyée, quand il passait de la lecture du journal à celle d'ouvrages cartonnés sortis de la bibliothèque immaculée de son père – ouvrant, en en faisant craquer le dos, des livres d'histoire auxquels son père n'avait jamais touché, pour parcourir la chute des empires, la naissance ou la mort des idées, les millions de vies emportées sur les flots du temps... plein d'une respectueuse terreur, et d'une sorte d'excitation qu'il se gardait d'avouer devant ses camarades de lycée qui admiraient sa froide maîtrise de tout ce qui se présentait à lui.

Aujourd'hui, en regardant sous cet escalier, il avait eu l'impression que ce dont il s'était senti cruellement privé tout au long de ces mois atones consacrés à sa recherche lui était soudain rendu. L'histoire venant lui caresser à nouveau le visage, comme elle l'avait fait des années auparavant, quand il lisait à la table de la cuisine chez ses parents. Le contact à la fois léger et insistant, mais aussi doté d'un grand pouvoir apaisant, de quelque chose qui ressemblait à une conscience. Capable dans le même temps de l'éveiller à un nouveau projet.

Et à une autre chose, sur laquelle il préférait ne pas s'attarder. À la vue de ces rayons, il avait senti ses os refuser de supporter plus longtemps son poids. Les avait sentis trembler, sur le point de céder quand il avait voulu retrouver son équilibre... comme s'ils savaient déjà, des décennies avant lui, ce qu'était vraiment la mort.

Le seul souvenir de ce moment le fit frissonner.

Il ôta les mains du clavier de l'ordinateur, étira les bras aussi haut qu'il pouvait au-dessus de sa tête jusqu'au moment où il sentit un craquement salutaire au milieu du dos, puis but le thé amer qu'il s'était préparé sur la plaque chauffante.

Peu importait que Marisa fût ou non une femme faite pour lui. D'ailleurs, qu'est-ce que voulait dire cette expression, un être humain fait pour un autre ? Deux visions du monde correctement assorties et susceptibles d'assurer aux deux parties quelques décennies d'événements et de platitudes éphémères ? Peu importait ce que la force de caractère de Marisa laissait présager, peu importait que son amour de la liberté la porte à se rire de toute tentative de domestication... Peu lui importait, en bref, de savoir si un homme pouvait vivre aux côtés d'une femme comme elle. Il voulait simplement être assez bon pour elle. Il avait soif de la beauté ramassée de son corps, de la frange nette de sa coupe à la garçonne, de la peau douce de ses avant-bras glissant le long de ses épaules. Des assauts de son rire.

Le désir ramena ses mains sur la nudité du clavier. Oui, il allait tisser une toile dans laquelle la prendre. L'attirer avec tact, et humour. Piquer sa curiosité jusqu'à ce qu'elle ne puisse plus s'en défaire.

Es-tu prête à subir mon exposé, Marisa ? Je te promets d'être aussi bref que possible, et toi tu te montreras magnanime en passant son caprice à un doctorant qui a besoin d'y voir plus clair dans une toute récente découverte. Considère cela comme une contribution charitable aux études dix-septiémistes.

Voici donc quelques éléments d'histoire ignorés de la plupart des gens. Prête ? On y va. Les juifs furent bannis d'Angleterre en 1290 (voir aux rubriques exils, massacres, trahisons, la routine). Et restèrent officiellement interdits pendant pratiquement quatre siècles – même si, bien sûr, quelques-uns continuèrent à vivre sur le territoire déguisés en chrétiens.

On fait un bond en avant de deux trois siècles pour arriver en pleine période de l'Inquisition, et voir les juifs d'Espagne et du Portugal essayer de fuir ces pays par tous les moyens. Certains de ces persécutés de l'Inquisition parlant espagnol et portugais trouvent refuge à Amsterdam, où, imagine un peu, les Hollandais – pragmatiques en diable et remarquablement doués pour les affaires – ont des lois étonnamment tolérantes à l'égard des minorités religieuses. Certes, les nouveaux venus ne peuvent fréquenter des chrétiens, et les mariages mixtes leur sont interdits, mais attends, on leur permet d'être juifs, tant qu'ils ne font pas de prosélytisme ni n'essaient de propager l'hérésie... et ça, pour les années 1600, c'est une sacrée bénédiction.

Ces réfugiés de l'Inquisition s'installent donc à Amsterdam, qu'ils appellent leur Nouvelle Jérusalem, et s'emploient à essayer de faire revivre le judaïsme. Et l'entreprise se révèle être des plus compliquées, parce que, pendant plusieurs générations, ils ont vécu en marranes – ces juifs clandestins de la période de l'Inquisition, qui ne pratiquaient guère plus qu'un simulacre de leur religion, et, même ainsi, au péril de leur vie. (*Marrano* voulait dire « porc » en espagnol, ce qui donne une idée de l'opinion que l'Espagne catholique avait des juifs.) Mais maintenant qu'ils sont en sécurité à Amsterdam, ces juifs, encore obligés de se cacher il y a peu, sont tellement déterminés à être de bons juifs – c'est-à-dire de bons pratiquants, veillant scrupuleusement à la rééducation des leurs et attentifs à ne pas faire de vagues avec la population locale – que non seulement ils donnent la priorité à l'enseignement de la doctrine mais répriment toute dissidence, imposent une hiérarchie sociale stricte... et réservent au jeune Spinoza, qui avait grandi parmi eux, la plus dure et la plus retentissante de leurs excommunications. Rien à voir avec les excommunications temporaires qu'ils infligeaient d'ordinaire aux fauteurs de troubles. Ces chefs du rabbinat d'Amsterdam bannissent Spinoza à vie et interdisent à leurs membres d'avoir le moindre contact avec lui, simplement pour s'assurer que personne ne pourra les accuser d'encourager la sédition religieuse.

Ils étaient, les annales le montrent, un tantinet psychorigides, vois-tu.

Et aussi en vrac, comme on dirait, et là, ça n'avait rien d'étonnant vu la tragédie qu'ils avaient vécue. Je te passe toutes les jolies choses dont était capable l'Inquisition en ce temps-là. Mais une fois en Hollande, ces réfugiés traumatisés, tous espagnols ou portugais, ne tardèrent pas à mépriser les juifs de l'Europe de l'Est qu'ils rencontraient – juifs polonais fuyant les pogroms –, leur interdisant de se marier avec des membres de leur communauté ou même de se faire enterrer dans leur cimetière. Mais ça allait plus loin : ils considéraient toujours les langues et la culture de la péninsule ibérique comme le *nec plus ultra* du raffinement... ce qui, entre parenthèses, donne une idée du fonctionnement du syndrome de Stockholm. Ils auraient très bien pu parler hollandais avec les non-juifs, mais ils utilisaient le portugais pour les choses de la vie courante et le castillan (l'espagnol médiéval) dans les situations réclamant un langage plus soutenu.

Et c'est là qu'arrive Aaron Levy... parce que, en plus des années, trop nombreuses à mon goût, d'hébreu et de latin à mon compteur, il se trouve que j'ai une bonne compréhension écrite du portugais, renforcée par un semestre passé à vadrouiller au Brésil ; et je me débrouille aussi en castillan.

Est-ce que tu en as déjà assez ?

Il y a des femmes, tu sais, qui trouvent les « petits connards prétentieux » plutôt excitants.

(Tu remarqueras que je ne t'en veux pas de cette épithète peu flatteuse. Quoique j'aurais toute raison de le faire.)

Une épithète qu'elle ne se souvenait peut-être même pas lui avoir appliquée, tellement il comptait peu pour elle. Tandis que ses pensées à lui le ramenaient obstinément vers elle. Vers ses cheveux d'un noir de jais coupés court, son débardeur passant par-dessus sa tête, les muscles de son dos s'allongeant dans le même temps où ses bras s'étiraient en direction du plafond ; il n'avait jamais soupçonné qu'un dos de femme puisse être aussi beau, que sa force puisse lui donner un tel sens d'humilité. Shakespeare avait-il au moins eu le plaisir d'une liaison durable avec la Dame brune, si tant est qu'une telle créature ait existé, ou n'avait-il fait, lui aussi, que sacrifier sueur, encre et heures solitaires dans la pénombre d'une chambre pour une femme avec laquelle il n'avait couché qu'une fois ?

Bon, si tu n'as pas encore arrêté ta lecture, et si tu ne m'as pas effacé de ta boîte de réception devant les proportions d'une pareille logorrhée, tu auras peut-être deviné que les gens qui ont écrit ces papiers découverts sous l'escalier étaient des juifs portugais qui, non contents de venir d'Amsterdam, connaissaient Manassé ben Israel. Un homme qui comptait parmi les rabbins portugais les plus influents de la ville. Respecté non seulement des juifs mais aussi des chrétiens – un familier de Rembrandt et de la reine de Suède, ce qui n'est pas peu dire pour quelqu'un de sa confession.

Maintenant, représente-toi l'époque de Manassé comme un temps où fleurissent toutes sortes de doctrines messianiques plus ou moins désespérées. Nombre de regards guettent la venue du Messie ; on trouve même des exégètes chrétiens qui affirment de façon péremptoire que 1666 va être l'année du retour sur terre du grand patron. Et voilà notre célèbre et bien introduit Manassé ben Israel, tranquillement installé dans l'Amsterdam des années 1650, qui commence à songer à ramener le Messie sur terre, et qui songe aussi à ces juifs torturés en Espagne et au Portugal, et même à ceux qui l'ont été en Pologne et en Russie, et qui tous ont besoin d'un abri sûr. Et, le bruit s'étant répandu que l'on a trouvé des représentants de la tribu perdue d'Israel au Brésil (Des juifs ! Aux Amériques !), il se souvient de la prophétie selon laquelle, pour que le Messie revienne, les juifs doivent être présents aux quatre coins de la terre.

Et dans le monde connu de l'époque, devine quel pays est le seul, officiellement, à ne pas compter de juifs ?

Bingo ! Tu te doutes à présent de la suite.

Notre ami Manassé s'en va donc voir Oliver Cromwell, lequel vient d'arriver au pouvoir au terme de la Grande Rébellion. Il lui dit qu'il est temps de hâter la venue du Messie en acceptant le retour des juifs sur le sol anglais. Et, en dépit de difficultés dont je t'épargnerai les détails parce que tes yeux sont certainement en train de devenir vitreux à l'heure qu'il est, Cromwell trouve que l'idée n'est finalement pas si déplaisante. À ce stade, c'est un secret de Polichinelle qu'il y a des juifs à Londres, environ une vingtaine de familles de très riches marchands ; ils se prétendent catholiques, mais observent des rudiments de pratique juive en secret. Bref, que ce soit parce qu'il voudrait que son pays profite de la venue de commerçants prospères, ou parce qu'il pense pouvoir se servir de ces juifs, avec leurs bateaux et leurs contacts dans tous les ports d'Europe, pour recueillir des renseignements stratégiques... ou peut-être, va savoir, parce qu'il croit sincèrement que cela va hâter la venue des temps messianiques, toujours est-il que Cromwell accepte la présence des juifs sur le territoire. Il ne peut le faire de façon officielle ; car il a beau essayer par tous les moyens, il ne réussit pas à obtenir du Parlement un vote allant dans ce sens. Mais il le fait semi-officiellement, genre.

Bien évidemment, on crie aussitôt au scandale dans le pays. Les marchands anglais paniquent à la perspective d'une arrivée de concurrents qu'ils imaginent massive, et les habituelles rumeurs antisémites vont bon train : les juifs ont acheté la cathédrale St Paul pour la somme d'un million de livres... les juifs vont venir ponctionner le sang des petits chrétiens pour la célébration de leur Pâque. Des ballades circulent, qui racontent comment Cromwell, avant de faire exécuter Charles Ier, s'est acoquiné avec eux parce qu'il était somme toute naturel pour quelqu'un qui voulait crucifier son roi de prendre des leçons auprès de ceux qui avaient crucifié leur sauveur.

Pour des raisons de pragmatisme politique, Cromwell ne peut à présent se prononcer en faveur d'une immigration juive de quelque ampleur que ce soit. Mais il réussit tout de même à autoriser les clandestins qui résident déjà à Londres à se déclarer officiellement et ouvertement juifs... à condition de ne pas le crier sur les toits et de ne pas inviter des hordes de congénères à venir les rejoindre dans la capitale.

Vu que la dernière fois, avant celle-là, où nous les youpins étions en Angleterre, les indigènes s'étaient mis à nous massacrer histoire de s'offrir un petit entraînement préparatoire à la troisième croisade, faire son *coming out* à l'époque devait relever d'une entreprise pour le moins hasardeuse.

Ces juifs londoniens en viennent pourtant peu à peu à ne plus faire mystère de leur judaïsme. Mais il se trouve que Manassé ben Israel entre bientôt en conflit sévère avec eux. Il estime qu'ils ne sont pas assez hardis dans la manifestation de leur identité, et il essaie d'amener Cromwell à leur accorder une reconnaissance officielle pleine et entière. Mais eux ne voient pas cela d'un bon œil ; l'Inquisition sévit toujours, rappelle-toi, et bien qu'ils soient pour leur part en sécurité, à des lieues de l'Espagne et du Portugal, nombre d'entre eux ont perdu des membres de leur famille aux mains de l'Inquisition. Ils ne connaissent que trop la précarité de leur situation. Et puis, ils se sont plutôt bien accommodés de vivre à Londres dans la clandestinité. Tout en étant reconnaissants à Manassé d'avoir maintenant l'autorisation d'afficher leur judéité, ils ne sont pas prêts à suivre les injonctions d'un rabbin irréaliste qui a passé la majeure partie de sa vie dans la tolérante Amsterdam. Ils voudraient le voir mettre un terme à sa campagne avant qu'elle leur attire de sérieux ennuis.

Mais Manassé s'obstine, s'efforce de convaincre Cromwell, sans parvenir à faire bouger qui que ce soit. En dépit de ses efforts, aucune expansion notable de la communauté juive, pas de Messie, *nada*. Le fiasco total.

Survient alors la mort de son fils, lequel l'avait accompagné à Londres. Il rentre alors en Hollande. Et là, quelques mois plus tard, il meurt à son tour, à l'âge de cinquante-trois ans.

Et voilà que, dans la foulée, Cromwell meurt, lui aussi. Adieu toute garantie de sécurité pour les enfants d'Israël. À ce stade, la roue commence à tourner en faveur d'un retour de la monarchie, et l'avenir des juifs à considérablement s'assombrir.

Je vais maintenant te dire, Marisa, pourquoi je t'ai infligé cette histoire interminable (non, ce n'est pas simplement parce que j'ai dû me mettre tout ça dans le crâne pour mes examens de licence). Aujourd'hui, cet après-midi même, j'ai mis la main, littéralement, sur deux lettres envoyées par un obscur rabbin au vieux Manassé ben Israel en personne, dans lesquelles l'auteur met son destinataire au courant de l'état de la communauté londonienne et l'incite à ne pas perdre espoir. Et elles ne sont pas arides, ces lettres. J'en ai lu une, et je dois t'avouer avoir eu l'impression d'être aux côtés du type pendant qu'il l'écrivait. Il me plaît bien cet homme.

Voilà donc toute l'histoire. Mais il y a une autre source de complication : les documents ont été écrits avec une encre ferro-gallique. Une foutue saloperie, ce truc. Qu'on utilisait communément avant que se répande l'usage de l'encre à base de suie. Certaines variétés peuvent rester stables pendant des siècles, alors que d'autres lots trouent le papier – et on ne sait pas pourquoi, parce qu'on ignore comment elle était fabriquée, cette fameuse encre. Ses effets sont bizarres et totalement imprévisibles. Prenons l'exemple d'une personne qui entreprend il y a trois cents ans d'écrire une lettre et qui dispose au moment où elle commence à la rédiger d'une encre provenant d'un lot de bonne qualité, eh bien, trois siècles plus tard, ce qu'elle aura écrit sur sa première page sera tout à fait lisible, peut-être juste un peu flou. Mais supposons maintenant que, quand elle arrive à la page deux, cette même personne entame un autre encrier plein d'une encre de mauvaise qualité ; cette fois-ci, au bout des trois cents ans, la moitié des mots sera passée au travers du papier. Des lettres isolées peuvent ainsi se trouver décollées de leur support, des mots ou des groupes de mots entiers disparaître de la surface, notamment si le scripteur s'est attardé sur un terme (répandant un excès d'encre) ou a appuyé davantage sur sa plume à des fins d'accentuation. S'il a laissé une tache se former sur un mot, trois cents ans plus tard les acides auront peut-être mangé ce mot, et rien que lui.

J'ai ouvert un registre cet après-midi, sans savoir qu'il était complètement détérioré à l'intérieur, et tout m'a sauté à la figure. J'avais les cils couverts de poussière de papier. Madame la professeure Reine des Glaces a eu l'air d'être prête à me décapiter sur-le-champ avec son stylo.

Il s'interrompit et relut son texte à la faible lueur de l'écran. Son mail ne révélait rien de ses moments d'hésitation, où les minutes s'étaient étirées pendant que ses mains s'attardaient, inactives, sur le clavier, ni de l'inhabituelle indécision qui l'avait amené à noircir des paragraphes entiers pour les effacer d'un clic de souris. Son désir invalidant, honteux, n'était pas venu mordre dans la surface du visible.

Voilà, j'ai fini. Nous nous plongeons dans les documents à partir de demain. Petite excursion dans la seconde moitié du XVIIe siècle, intermède bienvenu, qui contribuera sans doute à enrichir mon approche quand je reviendrai à la thèse sur Shakespeare. Darcy, mon directeur de recherches, paraît satisfait.

Il ne te reste plus qu'à répondre pour me raconter les horreurs et les entourloupes dont tu t'es rendue coupable, toi qui es loin des bibliothèques poussiéreuses et des vieilles Anglaises acariâtres, là-bas dans cette terre promise où hommes et femmes sont braves et hardis, et où même la nourriture dégueulasse des compagnies aériennes, les embouteillages et les impôts sont bons aux yeux des juifs.

– A

Il cliqua sur « Envoyer », et aussitôt le regretta.

4

22 novembre 1657
16 Kislev 5418
Londres
Avec l'aide de D-ieu

Au très honoré Manassé ben Israel,

La nouvelle nous est parvenue ici à Londres que vous avez atteint Middleburg mais que vous êtes souffrant.

Dans les jours qu'il me reste à vivre, je ne saurai atteindre votre niveau d'érudition. Je n'ai pas la capacité d'ouvrir par moi-même les portes des livres saints, mais dois attendre qu'un élève veuille bien me lire leurs précieuses paroles. Je me permets pourtant de m'adresser encore une fois à vous. Je ne vous ai jamais parlé, et m'en garderai toujours, de tout ce que votre père a enduré aux mains de l'Inquisition à Lisbonne. Vous n'avez nul besoin qu'on vous le raconte, car vous l'avez très bien compris, vous qui travaillez sans relâche pour le bien de notre peuple. Vous n'êtes toutefois pas dans l'obligation de vous imposer la lourde tâche qui consiste à tenter de hâter l'arrivée du Messie, quand nous nous rassemblerons en foule pour l'accueillir, des larmes dans les yeux.

Contrairement à moi, vous n'êtes pas encore un vieil homme. Me permettrez-vous alors de vous offrir mon conseil, de façon que, sain de corps et d'esprit, vous puissiez en faire usage ? Notre peuple a toujours besoin de la flamme de vos connaissances pour l'éclairer. Viendrait-elle à s'éteindre, je vous le dis, mon fils, même les aveugles sentiraient l'obscurité se refermer sur eux plus encore.

Je vous supplie en conséquence de prendre du repos, de rechercher la paix de l'esprit et la guérison du corps.

Notre vie est une marche dans la nuit, et nous ignorons tout au long la distance qui nous sépare de l'aurore promise. Notre chemin est semé d'obstacles sur lesquels achopper, nos corps nous accablent de leurs larmes, nous continuons nonobstant à lever les pieds. À avancer, toujours.

Avec l'aide de D-ieu,

R. Moseh HaCoen Mendes

א

5

3 novembre 2000
Londres

Une lumière diffuse s'étalait sur la surface sombre de la table et les manuscrits devant lui. Assis sous les hautes fenêtres de la pièce tapissée de rayonnages que les Easton avaient mise à leur disposition – selon toute apparence, l'ancienne bibliothèque –, Aaron se frotta les mains l'une contre l'autre pour se réchauffer. Les Easton ne leur avaient pas fourni de chauffage d'appoint, et les imposantes cheminées de la maison se trouvaient toutes dans les pièces les plus majestueuses. Rien d'étonnant si, au XVIIe siècle, les gens s'éteignaient jeunes, songea-t-il. Grelottant avant de mourir de froid dans des pièces aussi traversées par les courants d'air que celle-ci.

Dehors, le sol était poudré de neige.

Helen Watt était assise en face de lui, une autre liasse de documents placée devant elle, prenant des notes au crayon sur un bloc. Quand Aaron était arrivé, presque à l'heure en dépit d'un bus paresseux, elle n'avait eu en guise d'accueil qu'un coup d'œil peu équivoque à sa montre, suivi, pendant qu'il étalait carnets et papiers autour de lui, de l'exposé d'un ensemble de faits : les archives retrouvées jusque-là par Helen montraient que la famille HaLevy, à qui la maison avait appartenu pendant trente-sept ans, étaient des juifs portugais arrivés à Londres aux alentours de 1620. La famille semblait avoir également possédé une maison de quelque importance à l'intérieur des remparts de l'ancien Londres. Il n'était pas impossible que la demeure de Richmond ait servi de maison de campagne ; à cette époque, Londres se limitait, à strictement parler, au seul territoire compris entre les murs de la cité, et Richmond était déjà la campagne, à une demi-journée de trajet en carrosse ou au prix d'une lente remontée de la Tamise.

En dehors de cette mise au courant et de quelques brèves instructions destinées à lui préciser les documents par lesquels il devait commencer (elle avait manifestement décidé de se fier pour l'instant à ses talents de traducteur), Helen Watt n'avait pas décroché un mot, pas même pour lui demander s'il avait pris la peine de faire de son côté quelques recherches préliminaires. Ma foi, si elle voulait à tout prix le rabaisser, grand bien lui fasse ; il avait eu l'intention de la mettre au courant de la connexion qu'il avait découverte, mais s'il en était ainsi, il était prêt à attendre et à choisir son moment pour aborder le sujet.

Il parcourut du regard les pages devant lui. Il avait choisi de commencer par les mieux préservées de la première liasse, et avait déjà réglé leur sort à six documents, écrits pour quatre d'entre eux en portugais, un en hébreu, le dernier en anglais. De brèves consultations de ressources en ligne lui avaient permis de contourner certaines difficultés de la traduction, et il était satisfait de ses progrès, en dépit des regards sévères que lui jetait Helen chaque fois qu'il se tournait vers son ordinateur. Bridgette était passée en coup de vent pour lui installer une connexion internet, se penchant au-dessus de lui, laissant son poignet effleurer le sien tout en entrant son mot de passe. Il avait senti à cet instant l'œil perçant de Helen posé sur eux et avait ri intérieurement du poids de ce regard.

Le document qu'Aaron venait de commencer à traduire était un sermon, transcrit dans cette même écriture élégante et légèrement penchée, et doté de ce même aleph au bas de la dernière page. Il éprouvait déjà une certaine complicité avec cet Aleph – probablement enfermé jour après jour dans une pièce, froide comme celle-ci, de la demeure du rabbin à l'intérieur des murs –, condamné à travailler des heures durant, les doigts crispés sur sa plume. Esclave trimant au service du patron.

Il eut un petit rire, et fit comme si de rien n'était quand Helen releva brusquement la tête de son travail.

Il ouvrit un nouveau fichier sur son ordinateur et s'attaqua à la traduction. *De la mort de l'éminent Manassé ben Israel*, tel était le titre du sermon. Assorti de la mention : *Par le rabbin Moseh HaCoen Mendes, pour lecture devant l'assemblée des fidèles*. Le sermon remplissait plusieurs pages, et là où certains mots avaient été barrés et réécrits, les dommages causés par l'encre étaient importants. Aaron constata néanmoins qu'il pouvait avancer sans problème dans le texte. *Le peuple d'Israël se rassemble aujourd'hui dans la douleur... Dieu consolera les affligés...* Il tapa lentement ces premières lignes sur son clavier, des platitudes qu'il reconnaissait pour les avoir souvent entendues dans les sermons de son père. Il y avait ici, bien sûr, plus de matière, ne serait-ce qu'en raison d'un hommage sincère rendu à Manassé. *L'éminent Manassé ben Israel était un homme qui portait, gravé en son âme, le martyre de son père à Lisbonne aux mains de la démoniaque...*

Au terme de ce prélude, le sermon passait de l'éloge au prêche – conforme en cela à la pratique habituelle, nota Aaron. Il avait suffisamment entendu semblables discours dans sa jeunesse pour se prétendre quelque peu spécialiste du genre. Jeune garçon, il lui était même arrivé de murmurer des bribes de sermons improvisés devant la glace de la salle de bains, imitant le débit mesuré de son père et imaginant déjà le moment où il surprendrait celui-ci en lui annonçant que lui aussi (dans ses fantasmes, Aaron, devenu grand, étudierait à l'université, et, métamorphosé comme par magie, se serait débarrassé de toute gêne et de toute gaucherie) parlerait un jour du haut d'une chaire. Cette vision l'avait accompagné jusqu'à un certain dimanche matin où il avait trouvé son père à la table du petit déjeuner, déjà rasé et plongé dans le journal – spectacle hebdomadaire auquel Aaron assistait depuis toujours, mais qui le jeta ce jour-là dans un accès d'indignation irrépressible : son père, occupé à défroisser le journal étalé devant lui pour pouvoir le lire plus commodément, avant de s'emparer de sa tasse de café, ne consultait pas les informations du jour à la recherche de quelque vérité nouvelle, mais uniquement pour y trouver un matériau susceptible de le conforter dans ses positions. Son assistance – petite-bourgeoise, Église réformée – attendait des prêches qui passaient le monde en revue et révélaient des menaces dignes d'éveiller quelque frisson léger – dignes peut-être d'une augmentation des dons aux œuvres charitables, voire de quelques heures de travail bénévole en soirée. Mais pas susceptibles de provoquer une véritable terreur. Non... Simplement des sermons qui montraient un monde où il n'était pas facile de vivre, certes, mais d'où la clémence n'était jamais exclue.

Lis le journal, se plaisait à dire le père d'Aaron, *et tu deviendras un homme cultivé.* Aaron avait pris le conseil très à cœur, et, dès l'âge de quatorze ans, avait suffisamment lu pour comprendre que les sermons lénifiants de son géniteur n'avaient rien à voir avec le putain de courage que demandait la confrontation avec le monde la plus élémentaire.

Pas plus, pour être honnête, que ses petites lâchetés d'adolescent : sa tendance à couper les cheveux en quatre quand il était urgent d'agir ; à grossir les affronts faits à sa personne – que ce soit en cours, sur le terrain de sport, ou avec les filles qu'il éblouissait avant de les dérouter complètement. Non pas que cela semblât jouer contre lui : il était le petit malin de la classe qui provoquait les professeurs au milieu des rires de ses camarades. Puis il fut l'étudiant de première année qui resta de marbre quand son professeur d'histoire moderne des États-Unis le prit un jour à part avec l'air de quelqu'un qui s'apprête à asséner un coup douloureux mais nécessaire : *Je comprends pourquoi personne n'a voulu faire équipe avec toi pour ton projet de recherche. Je pense que ça arrangerait bien des choses, Aaron, si tu acceptais de « te défaire de ce perpétuel sourire satisfait »* – le professeur dessinant des guillemets dans l'air en prononçant ces derniers mots pour montrer à Aaron qu'il ne faisait que répéter une doléance transmise par ses condisciples. (Cela aurait pu arranger les choses, avait pensé Aaron, s'il avait effectivement *tenu* à avoir un coéquipier.) Une ex-petite amie, dans une violente manifestation de ressentiment dont elle espérait qu'elle le blesserait profondément, l'avait traité de Teflon Man.

Mais il arrivait, quand il parlait d'histoire, que sa voix se brise.

Il s'accordait un certain crédit pour ne pas avoir apporté la guerre dans la maison de son père – même si la raison en était simplement que la variété de judaïsme rassurante et édulcorée incarnée par son père ne lui avait jamais paru mériter le mélodrame d'un conflit ouvert. Il s'était contenté de tourner tranquillement le dos à la version adulte de lui-même à laquelle il avait été préparé. Et à la religion et à tout ce qui allait avec – appartenance à une communauté, observance de la règle, liens familiaux – il avait substitué l'histoire : la seule réalité qui lui parût mériter que l'on s'inclinât avec humilité devant elle.

Il avançait lentement à présent dans le portugais dense du sermon du rabbin HaCoen Mendes. Tout en traduisant, il sentait combien ses mots vibraient du désir de l'orateur d'amener son auditoire à reconsidérer ses priorités.

> L'œuvre à laquelle Manassé ben Israel a consacré sa vie, aussi sûrement que les martyrs continuent à faire don de la leur dans les flammes de l'Inquisition, est d'une ampleur et d'une profondeur propres à soutenir les âmes les plus faibles. Ne croyez jamais, si savant que vous soyez, que vous n'avez plus rien à apprendre. Car le savoir est la grande source de D-ieu et nous nous y abreuvons tout au long de notre vie.

Même si le vocabulaire autant que le contenu n'auraient pu être plus éloignés des sermons que prononçait le père d'Aaron, les deux discours avaient clairement une destination commune. Instruisez vos enfants. Rejoignez la Fraternité du Temple. Faites des dons.

> L'ignorance est aujourd'hui notre plus grande ennemie, et je ne vous rendrais point service si je vous flattais en vous faisant accroire que vous n'êtes pas ignorants.

C'était là une phrase que le père d'Aaron n'aurait jamais osé prononcer devant ses fidèles pleins d'autosatisfaction.

> N'ayant plus à présent à vous cacher d'être juifs, vous pourriez vouloir trouver un remède rapide à votre ignorance. Voyant le vide dans vos âmes, vous serez naturellement saisis du désir de le combler au plus vite. C'est précisément de ce désir dont vous devez vous

méfier et être ainsi à même de distinguer le vrai du faux savoir. Ils ne manqueront pas, les pourvoyeurs de faux savoir, ni les charlatans promettant une rédemption à peu de frais. Mais c'est D-ieu seul qui choisit l'heure de Ses révélations, et quand Il jugera bon de nous amener aux portes du monde à venir, la décision sera soudaine et nous ne serons pas consultés. Ce n'est pas la volonté de D-ieu, pas davantage que ce n'était celle de Manassé ben Israel, bénie soit sa mémoire – que les juifs parient sur le Messie comme de vulgaires joueurs de dés, mais plutôt que nous œuvrions jour après jour avec constance et humilité.

C'est sur ces mots que se terminait le sermon. Rien pour adoucir le message, pas la moindre parole de consolation. Uniquement cette mise en garde presque brutale.

Aaron relut l'ensemble, fortement impressionné. HaCoen Mendes faisait-il œuvre de prévention en cherchant à vacciner son auditoire, et ce dès 1657, contre l'hystérie engendrée par l'apparition des faux messies qui commençait alors à se propager parmi les juifs ? À cette date, Sabbataï Tsevi, le plus dévastateur des imposteurs en la matière, qui en se proclamant Messie allait bientôt diviser les membres des communautés juives d'Europe, ne jouissait pas encore de l'énorme audience qui serait plus tard la sienne. Mais peut-être HaCoen Mendes avait-il déjà eu vent du danger qu'il représentait et commençait-il à esquisser les contre-arguments qu'il aurait plus tard l'occasion de présenter sous une forme plus subtile.

Nul doute qu'il intéresserait la communauté scientifique, ce document-là.

Il enregistra le fichier dans lequel se trouvait désormais la traduction du sermon et passa au document suivant dans son lot. À première vue, les dégâts causés par l'encre étaient importants, la rédaction en anglais hésitante, et des ratures émaillaient le texte là où l'auteur avait voulu revenir sur l'orthographe. Au bas de la dernière page, toujours la même initiale, aleph. Manifestement, Aleph était moins à l'aise avec l'anglais. Ce qui n'avait rien d'étonnant si, comme le rabbin, il n'était arrivé en Angleterre que quelques mois avant d'écrire cela.

Aaron commença sa lecture au début du document.

De la mort de l'éminent Manassé ben Israel, tels étaient les premiers mots. Il parcourut les premières lignes pour constater qu'il s'agissait en fait d'une traduction du sermon en portugais, et il se dit au passage qu'il pourrait plus tard la comparer avec la sienne, histoire de voir comment se comportait son portugais face à l'anglais d'Aleph. *Toi et moi, Aleph.* Un match amical de traductions à plus de trois siècles de distance. Soulagé et soudain affamé, il se leva, repoussa sa chaise loin de la table et étira les bras en direction du plafond avec un bâillement qu'il ne chercha pas à dissimuler.

Helen leva les yeux.

« Pause-déjeuner », annonça-t-il, avant de sortir son sandwich de son sac et de s'installer dans un coin, à bonne distance de la table et des documents étalés dessus.

Laissant retomber ses lunettes au bout de leur chaîne, Helen poussa un long soupir.

« Qu'avez-vous trouvé ? demanda-t-elle.

– D'abord deux lettres en portugais, adressées à HaCoen Mendes, répondit-il en déballant son sandwich. La première était d'un libraire d'Amsterdam à qui il avait commandé des livres. Dans la seconde, on informait HaCoen Mendes qu'un élève allait prochainement venir étudier sous sa direction et on lui proposait une rémunération hebdomadaire. Après ça, une bricole en anglais, une facture pour un achat de chandelles. »

Il mordit dans son sandwich et se mit en devoir de mastiquer.

« Quels étaient les livres commandés par le rabbin ?

– *Le Chemin de la connaissance*, qui semble avoir été un commentaire sur le Midrash[1]. Et les *Essais* de Montaigne. En français. »

Helen haussa les sourcils.

« Il y avait aussi une facture pour plusieurs exemplaires du Talmud commandés à l'imprimerie hébraïque d'Amsterdam, et un petit livre de comptes, dans un bon état de conservation, concernant le ménage de la maison de Londres et couvrant une période de quinze mois, de 1657 à 1659. Provisions de bouche, charbon de mer et bois de chauffage, fournitures épistolaires –, l'ensemble donnerait à penser que le rabbin avait un train de vie et des dépenses modestes, en dehors des achats de livres. »

Helen hocha la tête, pensive.

« Rien de comparable avec les occupants de la demeure où nous sommes, reprit Aaron, avant de s'interrompre un instant pour tendre le cou et regarder les caissons du plafond. Je me demande à quoi ça ressemble dans les étages. Combien il y a de chambres, si elles sont vraiment luxueuses. Ça nous aiderait d'en savoir un peu plus sur le style de vie de la famille HaLevy. » Reposant son sandwich, il se leva. « Je fais juste un saut pour aller voir combien ils ont de pièces là-haut. »

Elle ne bougea pas d'un pouce.

« Vous ne pouvez pas monter dans les étages sans la permission des Easton », dit-elle.

Comment pouvait-elle rester assise comme ça, sans esquisser le moindre geste, alors même qu'elle devait mourir de curiosité ? Un simple coup d'œil à l'étage leur permettrait au moins de se faire une idée de la superficie des

1. Méthode d'exégèse de la Bible hébraïque par les rabbins, et, par extension, la littérature s'y rapportant. (N.d.T.)

pièces et de la manière dont vivaient les gens qui avaient rangé et conservé ces documents. Helen Watt gardait pourtant une posture on ne peut plus rigide, les mains fermement plantées sur la chaise en bois de chaque côté de son pantalon noir.

Bon, que sa volonté soit faite. Il irait faire sa petite visite tout seul une autre fois, à un moment où il ne l'aurait plus dans les pattes.

Elle le regardait d'un œil soupçonneux. « Ce sont les règles », dit-elle.

Ces sacrés British.

« Et puis, les pièces ne ressemblent sans doute en rien à ce qu'elles étaient au XVIIe siècle. »

Il ne répondit pas. Qu'elle essaie donc de pénétrer son silence à lui, pour une fois. Il reprit place à la table et s'efforça d'afficher un air imperturbable.

« Rien d'autre d'intéressant dans le livre de comptes ? » demanda-t-elle.

Il fit attendre sa réponse un assez long moment. « Ce qui me surprend, dit-il, c'est le flou dans lequel il laisse les revenus du ménage de Creechurch Lane alors qu'il fait un état détaillé de ses dépenses. Il ne contient aucune liste des noms des élèves de HaCoen Mendes, ni ne mentionne les règlements des leçons. Il y a bien une entrée “contributions” – ce qui pourrait correspondre aux revenus afférents aux cours donnés par le rabbin –, mais elle donne l'impression d'un manque de clarté presque délibéré. Puisque Cromwell avait rendu officiellement légale la présence de la communauté juive sur le territoire, j'imagine qu'ils auraient pu commencer à se départir de leur circonspection et de leur réserve.

– Alors, c'est que vous n'avez pas été suffisamment attentif », dit-elle en secouant la tête.

Aaron laissa échapper un rire bref et irrité.

« Vous êtes américain, se contenta-t-elle de dire. Vous faites de la franchise et de la confiance en autrui des vertus. »

Il grommela un juron, mais elle n'en continua pas moins comme si de rien n'était. « Ne voyez pas là une insulte, monsieur Levy. J'énonce simplement un fait. Les Anglais commettent souvent la même erreur. S'afficher ouvertement pour ce que l'on est constitue un luxe réservé à ceux dont la vie n'est pas en danger. Pour les juifs du temps de l'Inquisition, qu'une personne et une seule soit au fait de votre identité juive pouvait se révéler fatal. Que quelqu'un soupçonne votre judéité dans votre manière de vous habiller, votre posture, une expression particulière sur votre visage à la mention d'un nom ou d'un autre, et, même si on ne pouvait rien faire contre vous en Angleterre, en dehors peut-être de vous expulser du pays, des parents à vous restés en Espagne ou au Portugal risquaient eux d'être arrêtés et de mourir dans d'affreuses agonies. » Elle s'était raidie. Aaron se fit la réflexion qu'elle était en colère, mais pas contre lui. « Cette idée anglo-américaine de la noblesse qu'il y aurait à ne pas masquer la vérité sur soi-même, monsieur Levy... »

Elle s'interrompit, puis resta silencieuse, comme si elle se livrait à quelques supputations. Manifestement, il n'était pas digne des révélations qu'elle était prête à lui faire.

« Quoi d'autre ? » dit-elle.

Elle venait de s'arrêter au bord de quelque chose. Il ne savait pas quoi, et décida qu'il n'en avait cure. « Il y a un sermon, dit-il, écrit par HaCoen Mendes pour être lu par quelqu'un d'autre et qui porte sur la mort de Manassé. Il contient une argumentation contre les faux messies. »

Elle se pencha en avant sur son siège.

« Mais avant de vous en parler plus en détail, continua Aaron, goûtant avec un malin plaisir le soudain regain d'attention de son interlocutrice, je dois vous dire que ce matin même j'ai fait quelques recherches de mon cru sur le rabbin HaCoen Mendes. » Un temps d'arrêt, pour ménager le suspense. « Comme vous le savez, en dehors du fait que c'était un enseignant très influent, HaCoen Mendes, trop handicapé par sa cécité, n'a jamais écrit qu'un seul texte – un pamphlet intitulé "Contre la fausseté", publié à Londres de manière posthume par un admirateur. » Il avait commencé son exposé en parlant lentement, mais au fil des mots l'excitation prit le dessus. « Il m'a fallu un bout de temps pour retrouver le texte en ligne, mais j'y suis arrivé. Et je dois bien reconnaître que c'est quelque chose. » En fait, le pamphlet de HaCoen Mendes était probablement la meilleure dénonciation qu'Aaron ait jamais lue des hystéries collectives de la fin du XVIIe siècle. L'argumentation était lucide, solidement construite et même parfois poétique dans sa mise en garde contre les tentations des faux messies. Le texte dans son entier avait été joint au bref article qu'Aaron avait déniché après une longue recherche – le seul article de spécialiste, apparemment, qui existât sur HaCoen Mendes. Écrit par un obscur chercheur il y avait déjà plusieurs décennies, il évoquait les tourments de HaCoen Mendes sous l'Inquisition et faisait l'éloge de « Contre la fausseté », jugé bien supérieur aux autres réfutations contemporaines du sabbatianisme. Il était pour le moins surprenant, faisait remarquer au passage le chercheur, qu'un écrivain de ce calibre n'ait pas produit d'autres ouvrages publiés.

C'était surtout la dédicace qui avait retenu l'attention d'Aaron.

« Ce pamphlet rédigé par HaCoen Mendes ? disait-il à présent à Helen Watt. Il était dédié à Benjamin HaLevy. »

Aucune réaction.

« Celui-là même, précisa-t-il, qui était à l'époque propriétaire de cette maison. »

Helen leva les sourcils : il avait du mal à croire qu'elle n'ait pas fait le rapprochement.

Mais il la voyait réfléchir. Il voyait même très exactement à quoi elle pensait : ils savaient à présent comment les documents avaient pu se retrouver ici. Benjamin HaLevy avait joué les protecteurs, et, en tant que tel, avait tenu à rassembler et conserver les papiers personnels du rabbin.

Helen eut un hochement de tête pensif.

« Et qu'y a-t-il dans ce sermon que vous venez de lire, celui écrit à l'occasion de la mort de Manassé ?

– "Ce n'est pas la volonté de Dieu, cita Aaron, que les juifs parient sur le Messie comme de vulgaires joueurs de dés." »

Elle sourit bel et bien, un sourire évanescent d'une telle innocence qu'on arrivait presque à croire qu'elle ait pu un jour être jolie.

« Voilà une vraie trouvaille. Ainsi donc, HaCoen Mendes mettait déjà en garde contre les faux messies dès 1657. Il est long, ce sermon ?

– Quatre pages. Et puis il y en a un autre exemplaire, en anglais celui-là – peut-être une traduction destinée à la jeune génération grandissant alors à Londres.

– Veillez bien à lire la version anglaise dans sa totalité.

– Bien sûr, mais ce n'est qu'une traduction...

– Vous n'avez donc pas entendu ce que je viens de dire à propos de ces gens ? l'admonesta-t-elle après s'être redressée sur son siège. Il se peut qu'ils aient écrit des choses différentes selon la langue utilisée. »

Toi et moi, Aleph, se dit-il. *Sauf que ton patron n'était pas une vieille sorcière.*

Il mordit dans son sandwich, prenant ensuite plaisir à mastiquer ostensiblement. De toute évidence, ce sandwich irritait profondément son interlocutrice.

« Quand est-ce que Sotheby's doit venir ? » demanda-t-il. Autre sujet d'irritation pour elle.

« Demain », répondit-elle.

Ils restèrent un long moment sans bouger : lui à mâchouiller, elle à attendre qu'il ait fini. Parodie d'une amicale pause-déjeuner. « Dites-moi, demanda-t-il enfin, à brûle-pourpoint et d'un ton parfaitement neutre, comment êtes-vous venue à l'histoire ? »

Nullement dupe de cette tentative visant à l'amadouer, elle n'en resta pas moins un instant à peser la question comme si elle était posée en toute sincérité. Face à la fenêtre, elle aspira ses joues, ce qui était habituel chez elle, il l'avait remarqué, quand elle réfléchissait. Délibérant une nouvelle fois avec elle-même pour savoir s'il méritait une réponse.

Un sourire amer assombrit son visage. « Contrainte et forcée », dit-elle.

6

2 OCTOBRE 1657
15 HESHVAN 5418
LA MER ANGLAISE

Comme la lune brille ! Son disque nettement découpé diffuse un halo qui troue le noir du ciel. Une lune si brillante qu'il semble impossible qu'elle ne produise aucun bruit.

Chacune des planches du pont usées par les intempéries bien visible dans la lumière blanche. Chaque crête de vague phosphorescente. Chaque creux apparemment sans fond, témoin du froid inimaginable régnant dans les profondeurs. Les voiles gonflées au-dessus de la tête, leurs ombres austères suivant le balancement du bateau. Noir, blanc, noir. Ombres qui passent et repassent sur ses doigts fins posés sur le bastingage.

Une nuit passée à attendre que quelqu'un exprime ce qui n'est déjà que trop évident.

Emmitouflée dans des couvertures sur un banc presque au ras du sol à côté du bastingage, la forme immobile du rabbin semble flotter comme l'écume à la surface des vagues, sa barbe blanche et son visage blême se soulevant et retombant à chaque souffle de l'océan.

Plus loin, à peine visible dans l'ombre qui règne à l'avant du bateau, son frère se tient debout en silence. Il ne lui a pas adressé un mot depuis qu'ils ont quitté Amsterdam. Comme s'il était déterminé à ne plus faire preuve d'aucune faiblesse et qu'un seul coup d'œil au visage de sa sœur risquait de le faire renoncer à sa résolution.

Claquements secs de l'eau contre l'étrave. Le vaisseau glisse sous le fin réseau des étoiles, en direction d'une masse solide et sombre à l'horizon.

L'Angleterre.

Un espoir nauséeux, comme une remontée acide dans la gorge.

7

4 NOVEMBRE 2000
LONDRES

Helen était frigorifiée. Le gros pull qu'elle resserra autour de ses épaules n'était pas d'un grand secours, et le petit appareil qu'elle avait apporté n'était pas assez puissant pour réchauffer ce côté-ci de la bibliothèque. Mais c'était là, grâce aux très hautes fenêtres, qu'on bénéficiait du meilleur éclairage.

Tout l'après-midi, Bridgette avait passé son temps à faire des incursions dans la pièce, juchée sur ses bottes à hauts talons et arborant un foulard aux multiples nuances de vert d'une intensité éblouissante, soucieuse de voir comment avançait leur travail, ou occupée à débiter au téléphone des paroles pleines de sollicitude que Helen était clairement censée entendre : « Je suis *vraiment* désolée d'avoir dû modifier le planning, mais je ne suis plus maître pour l'instant du calendrier des opérations. J'espère sincèrement que le retard ne compromettra pas l'ensemble du projet. » Si Ian s'était laissé impressionner quand Helen avait initialement insisté pour avoir trois jours pleins à consacrer à la lecture des documents afin de convaincre l'université d'en faire l'acquisition, ce n'était pas le cas de Bridgette. Aujourd'hui était le dernier jour où Helen aurait accès au trésor, et Bridgette lui avait fait savoir que la journée de travail s'achèverait de bonne heure : Sotheby's débarquait chez les Easton en fin d'après-midi afin de procéder à l'expertise des manuscrits.

Ce matin-là, avant de partir pour Richmond, Helen avait une fois de plus appelé le bureau de Jonathan Martin pour savoir où en étaient les négociations. Une fois n'est pas coutume, il était venu lui-même au téléphone, au lieu de transmettre l'information par l'intermédiaire de sa secrétaire, pour dire à Helen qu'il s'était entretenu personnellement avec Ian Easton, lequel lui avait fait l'effet d'un homme « affable » – une épithète que Helen interpréta comme signifiant « accommodant ». Le genre de personne qu'appréciait tout particulièrement Jonathan Martin. Et aussi pour lui apprendre qu'il avait l'intention de discuter aujourd'hui même de la question de l'achat des documents avec le président de l'université lors d'un déjeuner.

Cette éventualité faillit la faire rire tout haut : se pourrait-il que, pour une fois après toutes ces années, l'aptitude de Martin à contourner le système à force de belles paroles s'exerce en sa faveur à elle ? Jusqu'à cette dernière semaine, elle était certaine de finir les quelques mois qu'il lui restait en n'ayant que très peu de contacts avec lui. Elle avait cessé des années plus tôt d'assister à ses conférences et à ses réceptions, laissant aux jeunes assistants le soin de se concilier ses faveurs en s'y montrant ; quel intérêt d'aller se mêler aux querelles sur la question de l'attribution des bureaux ? Elle serait à la retraite depuis longtemps, Dieu merci, quand le département déménagerait dans l'aile rénovée pour laquelle Jonathan Martin avait ces derniers temps levé des fonds avec tant d'enthousiasme, se gargarisant de mots comme « connectivité », « fonctionnalité », « développement créatif de l'espace »... Autant de concepts, autrement dit, qui n'avaient rien à voir avec le vrai travail de l'histoire, mais beaucoup avec le désir obsessionnel de Jonathan Martin d'asseoir une fois pour toutes sa supériorité sur le département rival à l'University College de Londres.

C'était pourtant aujourd'hui l'homme dont semblait soudain dépendre son avenir – ce même Jonathan Martin qui, quand elle lui avait parlé des fameux documents plus tôt dans la semaine, était resté silencieux pendant bien soixante-dix secondes. Elle le savait, pour avoir surveillé la pendule de son bureau. De fait, elle n'aurait pas été étonnée de constater qu'il en avait fait autant. Soixante-dix secondes : un intervalle suffisant pour signifier que l'on n'a pas d'avis à donner sur une question parce qu'on est profane en la matière. Mais elle connaissait le personnage et avait l'habitude de ses ostentatoires séances de réflexion.

« Helen, c'est là une découverte majeure », avait-il dit, regardant toujours par la fenêtre. Posant pour Rodin, sans doute.

Mais s'il était puéril de la part de Helen de se laisser aller à sa détestation de Martin en se tenant à part elle un monologue cinglant tandis qu'il observait un autre de ses silences, pareille attitude avait au moins le mérite de l'empêcher de se lever de sa chaise pour abattre son poing osseux sur le bois dur du bureau afin qu'il arrête de s'admirer dans la glace – Jonathan Martin, cheveux grisonnants soigneusement peignés, joues impeccablement rasées – et se mette en devoir de faire ce que n'importe quel chef de département d'histoire doué de raison aurait fait.

Il se tourna enfin vers elle. « Une extraordinaire découverte, il faut bien le dire, pour terminer une carrière en beauté. » Elle percevait derrière les mots un infini regret à l'idée que l'auteur d'une telle découverte ne soit autre que

Helen Watt – cette historienne flétrie, malheureusement peu photogénique, et sur le point d'atteindre l'âge réglementaire de la retraite, un départ que personne en dehors d'elle-même ne regretterait. C'eût été autrement plus gratifiant pour Jonathan Martin si le mérite de la découverte était revenu à l'un de ses jeunes et brillants poulains. Quelqu'un dont on aurait pu être sûr qu'il aurait surfé sur la vague de publicité née de l'événement et serait devenu une célébrité universitaire, contribuant pendant des années à la renommée de l'institution.

Elle observa Jonathan Martin tandis qu'il mettait son irritation de côté, pour le moment du moins, empoignait son téléphone, et de sa profonde voix de basse donnait l'ordre à sa secrétaire de contacter – immédiatement ! – la directrice de la bibliothèque. Il se trouvait, confia-t-il à Helen en attendant d'être mis en relation, qu'il disposait des fonds nécessaires à ce genre d'acquisition, suite à une donation déjà ancienne de la part d'un bienfaiteur désireux d'améliorer l'image du département. S'il fallait en passer par là pour s'assurer de la possession des manuscrits avant que quelque autre université les achète, alors il accepterait bien volontiers que le département d'histoire contribue à une partie des frais encourus – moyennant un échange de bons procédés.

Ce qui signifiait, Helen le savait, qu'il ferait pression sur la bibliothécaire pour qu'elle donne à ses chercheurs un accès préférentiel à ces manuscrits. En violation du décret sur le libre accès à l'information... Mais bon, une créature politique de l'acabit de Jonathan Martin trouverait toujours moyen de contourner la difficulté.

« Bonjour », souffla Bridgette en pénétrant dans la pièce, vêtue cette fois-ci d'un manteau de laine noir et portant une brassée de magazines. Aaron leva les yeux, comme s'il avait été surpris par son entrée – comme s'il avait pu ne pas entendre le staccato des talons hauts qui approchaient. Il gratifia Bridgette d'un de ses sourires en coin qui ne relevaient qu'un côté de la bouche. Helen regardait, fascinée. L'inclinaison de la tête, princière et condescendante. Les méplats lisses et olivâtres du visage, les lourds sourcils, les yeux en amande foncés. Seul un garçon élevé dans le luxe pouvait porter sa beauté de cette façon.

Dror. Même sa beauté ne lui avait pas appartenu en propre.

Bridgette sembla sur le point de s'arrêter, puis elle reprit sa marche, alla déposer ses magazines sur un rayon de la bibliothèque et regagna le hall d'entrée. Debout devant la table, Aaron la regarda sortir, l'air espiègle.

Lentement, d'un geste magistral, il tourna la tête en direction de Helen.

La porte d'entrée claqua, la faisant sursauter.

Déjà, Aaron était revenu à son document. Ajustant les gants autour de ses poignets étroits et noueux, il laissa échapper un grognement agacé.

Elle avait exigé qu'il porte des gants, bien sûr. Dans le magasin, la vendeuse lui avait donné le choix entre des gants de chirurgien en latex et une paire de gants blancs et fins, vestige d'une *garden-party* d'un autre temps : l'occasion de donner à Aaron, quand il manipulerait les manuscrits, l'air d'un spécialiste de médecine légale ou d'un dandy du XIXe. Tandis que la vendeuse enregistrait son achat, Helen s'en était voulu de se montrer aussi satisfaite.

Il enleva les gants en coton, les retourna avant de les laisser tomber sur la table, et attira son ordinateur à lui. « Ne vous inquiétez pas, lança-t-il sans lever les yeux. Je ne consulte pas mes mails. » Il tapa quelques secondes, puis attendit, les yeux sur l'écran.

Avec une contrariété dont elle ne comprenait pas entièrement la cause, Helen revint à la lettre devant elle. Laquelle était adressée à HaCoen Mendes et portait encore la trace de fragments du vieux cachet en cire rouge là où le destinataire l'avait décachetée. L'encre avait une couleur presque sépia mais restait tout à fait lisible ; le papier, déchiré à une extrémité, était par ailleurs intact.

17 février 1658
13 Shvat 5418
Amsterdam

À l'éminent R. HaCoen Mendes,

Des nouvelles de votre œuvre admirable nous arrivent ici à Amsterdam, grâce à David Rodrigues qui nous a parlé du travail que vous accomplissez pour accueillir les enfants de nos frères anglais dans le temple de la Torah, et ainsi poursuivre l'œuvre entamée par Manassé ben Israel, bénie soit sa mémoire, car, comme il est écrit : *Il ne vous incombe pas d'achever la tâche, pas plus que vous n'êtes libre d'y renoncer.* En ces jours, où nous sommes dans la hantise d'autres terribles nouvelles de l'enfer vécu par notre peuple au Portugal, nous prions pour que, avec l'aide de D-ieu, vos efforts rencontrent le succès. Le Seigneur apportera paix et rédemption à notre temps, nous en avons la certitude.

Nous vous enverrons à la fin du mois les livres dont vous avez besoin, et sommes heureux que vous aspiriez à trouver parmi les juifs de Londres des candidats à l'étude de tels textes.

Mais il nous reste un grave sujet d'inquiétude à aborder. Rodrigues a noté avec tristesse les nouvelles que vous donnez du fils Velasquez, lequel est sans doute tombé dans les rets de la grande malédiction dont D-ieu a frappé sa famille sous la forme du feu qui a consumé la vie de ses parents, et que Lui seul est à même de comprendre ; comme il est écrit : *Les voies de D-ieu sont lumière pure enveloppée d'obscurité.* Rodrigues s'est par ailleurs déclaré troublé par la présence de la sœur du jeune homme dans votre sanctuaire de la foi.

Nous comprenons fort bien que les copistes éduqués soient rares au sein de la communauté londonienne. C'est un désert d'ignorance que vous vous efforcez d'éduquer, élève après élève, et il se peut effectivement qu'aucune famille juive de Londres ne dispose d'un fils doué des connaissances nécessaires à ce travail. Il n'empêche que la fille Velasquez est à un âge où elle devrait se marier, et ce serait se montrer raisonnable et charitable que de ne pas lui imposer des devoirs et des charges pour lesquels elle n'est pas faite. Bien qu'il y ait des dissensions dans notre *kahal* sur le sujet de l'accès de la femme à l'éducation, et que nous reconnaissions par ailleurs que le père de la jeune fille était connu de son vivant pour sa grande tolérance en la matière, il n'en reste pas moins que même lui aurait vu d'un mauvais œil sa fille se consacrer longtemps à ce genre d'occupation. Pour ma part, je souscris au précepte de Rabbi Eliezer, ce grand Sage du Talmud, *Car la parole de la Torah devrait être brûlée plutôt que d'être enseignée à la femme.* Je vous rappelle que la jeune fille n'a aucune dot, et je crois savoir que même le *dotar*[1] n'est pas prêt à lui en fournir une, et ce en raison de la mauvaise réputation de sa mère. Nous vous demandons d'avoir présent à l'esprit le fait que la poursuite de son travail en tant que scribe à votre service serait de nature à lui ôter toute perspective de mariage.

Conscients de la difficulté qu'il y a à trouver un copiste éduqué qui ait les compétences dont vous avez besoin, nous nous chargerons de choisir un étudiant adéquat pour le confier à vos soins à la première occasion, si vous deviez nous faire savoir que vous ne parvenez pas à trouver à Londres le jeune homme qui convient.

Bien que j'aie peu connu la famille Velasquez avant que D-ieu rappelle à Lui les parents, je n'en écris pas moins avec beaucoup de respect et de tendresse pour le sort réservé aux fils et aux filles de notre peuple opprimé.

Croyant fidèle en la rédemption prochaine,

Yacob de Souza

La certitude s'accompagna chez elle d'une poussée soudaine d'adrénaline. Helen fit un gros effort pour résister. Elle ferma les yeux, avant de les rouvrir et de relire la lettre. Vérifia ses traductions. Le portugais, bien qu'archaïque, était parfaitement compréhensible. Faisant glisser son carnet plus près, elle se pencha sur les dates des documents découverts jusqu'ici et signés par le même copiste – parmi eux, une courte note demandant l'envoi de deux

1. Organisation de soutien aux juifs portugais de l'époque, chargée de fournir des dots aux orphelines et aux filles de parents pauvres. (N.d.T.)

volumes à un libraire d'Amsterdam, et datée de quelques jours avant la lettre que Helen venait de lire.

Elle s'appuya contre le dossier de sa chaise. Une sensation inhabituelle dans la poitrine la surprit : l'activité fébrile de son cœur, comme si quelque chose endormi en elle depuis longtemps s'éveillait brusquement pour plaider son innocence.

« Monsieur Levy », dit-elle.

Il parut ne pas l'avoir entendue.

« Aleph était une femme », continua-t-elle, soumettant sa découverte à l'épreuve des mots.

Il leva les yeux de son écran, comme s'il avait à remonter de très loin pour refaire surface, fixa sur elle un regard atone. Pour la première fois, il avait l'air vulnérable.

8

12 NOVEMBRE 1657
6 KISLEV 5418
LONDRES

Un grondement saccadé.

Ondes qui se propagent sur toute la longueur du quai.

Bois détrempé, chaume détrempé, pas qui titubent, assourdis par l'humidité ambiante, sur les planches pourries, hommes, cordes passées sur les épaules, qui s'efforcent de dégager la caisse du mur de pierre qu'elle a heurté. Se balançant dangereusement au bout d'une poulie, celle-ci descend à présent, guidée par les hommes à grand renfort de jurons jusqu'à une péniche qui attend en dessous et qui reçoit la charge en creusant davantage les vagues.

Mouettes essaimées sur un ciel d'un blanc vitreux.

Elle se protège les yeux.

Ses jupes sont beaucoup trop légères, et l'air humide de Londres est imprégné d'un froid perçant dont elle ne parvient pas à se protéger. Ses chaussures aussi se révèlent à présent inadéquates, alors qu'elles convenaient parfaitement aux rues en meilleur état d'Amsterdam. Elle a glissé sur les pavés visqueux de saleté tout le long des ruelles étroites descendant jusqu'au fleuve, et ses pieds la font terriblement souffrir. Tout autour d'elle, une mer de visages anglais : traits anguleux, indéchiffrables, déformés par des mots tout aussi âpres et étrangers. Si elle devait s'exprimer dans la langue plus douce enfermée en elle, ses paroles ne seraient pas reconnues – suite de sons dépouillés de sens.

Comme elle est vite devenue, sitôt le pied posé sur le sol anglais, une créature privée de mots. La laideur de sa vie la submerge. En un temps lointain, elle aurait pu lui tirer des larmes.

C'est le rabbin qui l'a envoyée ici pour retrouver son frère. Trois jours depuis qu'Isaac a quitté la maison – trois jours que le rabbin n'a plus de scribe pour transcrire ses pensées.

Elle n'a pas encore aperçu son frère parmi les travailleurs du port, mais elle sait qu'elle doit continuer à chercher. Isaac a toujours été ainsi. À Amsterdam, quand son père l'avait emmené dans le port pour l'initier aux réalités du commerce de la ville, là aussi il avait vite appris. Âgé seulement de dix ans à ce moment-là, il s'était intégré avec facilité au paysage, au grand dam des riches marchands et courtiers qui contemplaient la scène. À entendre le récit perplexe de leur père, il s'était pour ainsi dire précipité pour aller aider les dockers à ouvrir des caisses, tirant et poussant au mieux de ses faibles forces les coffres débarqués des navires, jusqu'à ce que les hommes ne puissent plus détester ce gamin pour les liens qu'il pouvait entretenir avec les marchands juifs, spectateurs attentifs dans leur manteau noir et leur large chapeau emplumé.

Ignorant les regards des dockers se préparant à soulever une autre caisse, elle s'éloigne à pas prudents le long du quai. Elle prend soin de s'écarter en arrivant à la hauteur d'un vieil homme à l'œil chassieux occupé à goudronner la coque d'un petit bateau, mais ne peut éviter que ses doigts agrippent l'ourlet de sa jupe. Elle dégage le tissu d'une secousse, et il lui fait un clin d'œil goguenard en levant ses grosses mains comme pour dire : Privilège de l'âge, ma petite. À peine s'est-elle tournée pour reprendre sa marche, le rouge aux joues, qu'elle le voit : son frère, au milieu des dockers anglais, comme si c'était là son milieu naturel.

Elle savait qu'elle le trouverait ici – elle l'a dit au rabbin. Pourquoi ressentir alors cette pointe de jalousie à le voir aussi à l'aise parmi ces étrangers ?

« Isaac », dit-elle.

Il hausse les sourcils de cette manière qui est désormais la sienne, sans le moindre signe de plaisir ni de déplaisir.

Sa gorge se serre. Elle n'a jamais eu son aisance avec les gens. Elle a toujours paru un peu gauche, cette sœur aînée, les traits fatigués, effacée, toujours prête à s'excuser, incapable de se faire entendre dans un groupe, étrangement attirée par les études et le travail intellectuel que la plupart des autres filles sont si heureuses de se voir épargner. Jusqu'à présent pourtant, le don qu'a son frère de se faire des amis partout, elle en a profité. Toute sa vie, Isaac a naturellement attiré les sympathies et en a partagé les fruits avec sa sœur – amis, plaisanteries, friandises de la part des vendeurs sur le marché. Mais ici, en Angleterre, bien qu'ils dorment sous le même toit, ses manières lui sont devenues étrangères.

« Isaac », répète-t-elle. Elle est en face de lui, les bras ballants. À Amsterdam, elle aurait levé la main pour lui tirer les cheveux, pas suffisamment fort pour lui faire mal mais assez pour lui signifier qu'elle connaissait tous les petits tours qu'il avait dans son sac, même s'il était désormais un homme et qu'il avait une tête de plus qu'elle.

Deux des compagnons d'Isaac se sont retournés, tous deux costauds et plus âgés que lui – des hommes suffisamment âgés pour avoir une famille, ou peut-être l'avoir déjà abandonnée. Le plus petit a un visage large et grêlé et de grands yeux bleus ; le plus grand, des touffes de cheveux clairsemées, des traits aux veines gonflées par les intempéries ou la boisson, et des yeux enfoncés dans un visage rougeaud.

Elle se tourne vers Isaac, son lutin qui n'a plus rien de malicieux, vers ses yeux bleus et ses cheveux blonds comme les blés... Est-il toujours son frère ? Cela fait des semaines maintenant qu'il a rasé sa barbe, et sa mâchoire nue la met toujours aussi mal à l'aise, témoin de la rupture des derniers liens qui l'attachaient encore au pays, à la famille. Elle craint d'être incluse dans ce rejet.

« Le rabbin a besoin de toi », dit-elle doucement.

Aux sonorités de son portugais, elle sent l'attention des deux ouvriers se renforcer : encore une étrangère ?

« Il a rédigé des lettres dans sa tête, Isaac, continue-t-elle dans un souffle à peine audible. Il a besoin de ta main pour les transcrire. »

Changement de posture de la part des deux hommes, signe de la conscience qu'ils ont prise de leur pouvoir sur elle. Elle s'approche tout près d'Isaac. Mais il n'a pas remarqué l'attention des hommes, ou feint de n'avoir rien vu. Il pince les lèvres avant de lui dire quelque chose, en anglais, trop vite, comme s'il avait oublié que, contrairement à lui, elle n'a pas eu l'occasion de se familiariser avec la langue parlée, accaparée comme elle l'est par les tâches domestiques. Et puis, de quelle utilité pourrait bien lui être, sur ces docks retentissant de bruit et de fracas, l'anglais qu'elle a glané autrefois dans les livres – en fait, cet unique volume de poésie anglaise, mystérieux et déconcertant, qu'elle a étudié en secret dans la chambre de sa mère à Amsterdam, il y a si longtemps de cela ?

Tout en secouant la tête, Isaac laisse échapper un rire sans joie. « J'ai laissé ma main de scribe de l'autre côté de la Manche », dit-il en portugais. Ses yeux fuyants complètent sa pensée : *En même temps que toute allégeance envers toi.*

« Isaac..., commence-t-elle d'une voix qu'elle ne peut empêcher de trembler.

– Dis au rabbin que je suis occupé. Que j'ai loué une chambre et que je ne retournerai pas habiter chez lui. »

Elle a peine à articuler sa réponse. « Tu me demandes donc de cracher à la figure de la seule personne à nous avoir aidés. »

Aucun changement dans son expression, et pourtant ses paroles l'ont atteint. Un instant d'hésitation. Intervalle dans lequel elle revoit son frère tel qu'il a été. Ses cheveux blonds et raides, la grâce étonnante de son corps compact, son odeur de beurre et de sel mêlés lorsqu'il passait ces longs après-midi à Amsterdam niché au creux de ses bras les jours où elle en avait la garde. Isaac le polisson, jamais affecté par les réprimandes continuelles des domestiques, pas plus que par les reproches de tuteurs dont les accents trahissaient la fureur d'admirateurs déçus. Indifférent à toute tentative de discipline, en dehors des remontrances modérées de leur père. Face à la déception paternelle discrètement exprimée, Isaac se tournait vers Ester, son expression décidée se voilant soudain d'incertitude, ses yeux bleus allumés de l'étincelle d'une demande – quête sinon d'approbation du moins de pardon. Pardon qu'elle ne manquait jamais d'accorder. Elle relevait la frange blonde qui lui tombait sur les yeux. L'aidait à cacher les débris de verre provenant du miroir de la nurse jusqu'à ce qu'il l'ait remplacé par un autre, prélevé sur la coiffeuse de leur mère.

Oui, elle s'était enrôlée sous la bannière de ses polissonneries – pourquoi le nier ? Elle avait aimé la liberté que s'arrogeait Isaac encore enfant, une liberté dont elle-même était privée. Un jour, elle l'avait trouvé penché à une fenêtre à l'étage de la maison, occupé à bombarder la rue de pommes pourries qu'il était allé récupérer dans les ordures de la cuisine, et elle avait agrippé sa chemise, puis entortillé le tissu, encore et encore, jusqu'à ce que le vêtement lui enserre fortement la taille. Il avait essayé de se dégager. Mais au lieu de le tirer en arrière, comme ils s'y attendaient tous deux, elle s'était agenouillée derrière lui et avait regardé en bas dans la rue, pour découvrir la silhouette recroquevillée d'un homme qu'elle reconnut sans hésitation... le bedeau de la synagogue qui l'avait traitée de fille contre nature après que la bonne avait révélé qu'Ester épuisait les réserves de chandelles de la maison pour lire le soir. Le bedeau avait fait cette observation après les prières du sabbat, et l'avait répétée avec joie et à maintes reprises quand il avait constaté l'approbation qu'elle rencontrait. *La fille a la beauté de sa mère et doit faire l'objet d'une surveillance très stricte, car, dans la mesure où coule si visiblement dans ses veines le sang de sa mère, elle risque de s'affranchir de tout devoir d'obéissance pour donner libre cours au même esprit rebelle.*

Sans un mot pour Ester, comme s'il avait percé ses intentions et savait qu'elle ne ferait rien pour l'en empêcher, Isaac s'était préparé à un nouveau tir. Elle avait enfoncé les doigts plus profondément dans la chemise de son frère, avait senti son petit corps chaud contre elle, tout de force et de détermination, et elle s'était appuyée contre lui ; ils avaient alors pris la même inspiration tandis qu'il armait son bras et lançait son projectile. La pomme brune était allée s'écraser sur la tempe de l'homme, le forçant à battre en retraite, menaces à la bouche, en direction de la synagogue.

Les voisins avaient été scandalisés, bien entendu. Mais quand leur mère avait regardé Isaac ce soir-là, son expression était plus douce et témoignait même d'une certaine satisfaction. C'était leur père qui avait emmené Isaac jusqu'à la synagogue pour qu'il s'excuse auprès du bedeau. Depuis la fenêtre, Ester les avait regardés s'éloigner, et quand elle les avait vus revenir, elle s'était glissée dans la chambre d'Isaac pour déposer sur son oreiller la petite chose plutôt informe qu'elle lui avait confectionnée – un chien, aurait-on dit, bourré de morceaux de tissu prélevés dans le panier à couture de la gouvernante. Un petit jouet pour le consoler.

À présent, il est là devant elle, déployant sa haute stature d'homme adulte. C'est vrai que son visage s'était déjà durci bien avant son arrivée à Londres. Et pourtant, au cours des quelques semaines écoulées depuis cette date, quelque chose d'autre s'y est inscrit, une sévérité rigoureuse, comme s'il avait entamé la dernière étape d'un voyage commencé sitôt après la mort de leurs parents. Sans les petits poils blonds de sa barbe, sa mâchoire paraît nue, crispée. Il n'y avait jamais eu chez lui auparavant quoi que ce soit qui ne fût naturel, ou suggérât la moindre contrainte – et pourtant aujourd'hui, ce visage, jusqu'ici d'un seul tenant, semble être constitué de morceaux disparates. Il y a des rides, remarque-t-elle maintenant, de part et d'autre de la bouche, et, quand il parle, il lui fait l'effet d'une marionnette dont la mâchoire serait montée sur charnières.

« Copiste, c'est pas une occupation pour quelqu'un comme moi, dit-il. Pour toi, oui, si tu étais née garçon. Mais pour moi, jamais. Même *avant.* »

Avant, c'est avant l'incendie. C'est à peine si Isaac y a fait allusion lors des deux dernières années.

Mais sa voix, qui jusqu'ici est restée si curieusement distante, monte à présent, sèche et cinglante. « Ainsi donc le rabbin voudrait me voir transcrire des interprétations de versets ? De beaux hommages aux martyrs qui périssent aux mains de l'Inquisition ? » Derrière les paroles, une solitude criante. « Le rabbin veut que ma main confie ses saintes pensées au papier ? Dis-lui que je préfère rester à la hauteur de ma réputation d'assassin et me consacrer à des tâches moins délicates. Dis-lui ce qu'il sait déjà : que, sous ma plume, ses paroles seraient celles d'un traître... Dis-lui, veux-tu, reprend-il en portant la main à son visage, que la barbe n'est plus là. Que je n'ai même plus l'allure d'un juif. »

Les deux ouvriers ont gardé le silence pendant ces quelques minutes, spectateurs d'une scène jouée dans une langue qu'ils ne comprennent pas. À présent, l'un d'eux laisse échapper un petit rire moqueur : une querelle d'amoureux, c'est ça ?

Les paroles d'Isaac atteignent Ester en plein visage.

« Je parie que tu n'as même pas mis le rabbin au courant pour ma barbe. Je parie que tu lui laisses croire que je suis toujours ce qu'il voudrait que je sois, poursuit-il en penchant la tête. Tu n'as qu'à lui dire que je suis perdu corps et âme, et que tu n'as pas pu me retrouver. Peut-être pleurera-t-il ma mort, conclut-il avec un sourire sardonique.

– Isaac, je t'en prie... »

Le plus petit des deux hommes éclate de rire et dit quelque chose en anglais. Il avance d'un pas. Un regard lubrique, un geste en direction d'Ester. *Elle est à toi ?*

Lentement, Isaac secoue la tête.

Comme un châle glissant de ses épaules, elle sent son frère se détacher d'elle.

L'instant d'après, l'homme est sur elle, sa grosse main sur sa joue, ses doigts pinçant fortement la chair comme pour évaluer la marchandise. Tout aussi rapidement, elle est repoussée en arrière ; elle ne voit que l'épaule d'Isaac passer devant ses yeux quand il lance son poing dans le ventre de l'homme. Pendant quelques secondes, c'est un corps-à-corps indécis. Puis l'autre tombe, les mains agrippées au ventre, le souffle coupé. Le plus grand se précipite alors – pour entrer dans la bagarre ou y mettre un terme ? – et pose brutalement les mains sur les épaules d'Isaac, puis le tire en arrière. Ester comprend à cet instant que ce geste est une mise en garde et non une attaque. Mais avant qu'aucun des deux n'ait eu le temps de reprendre son souffle, Isaac a frappé à nouveau, et le deuxième homme vacille avant d'aller s'effondrer contre une caisse, sa tête heurtant les lattes de bois avec un bruit mat.

L'homme gémit. Ester le regarde reprendre ses esprits et se relever lentement. Elle voit l'éclat mauvais qui allume maintenant ses yeux fixés sur Isaac.

Elle pivote sur les talons et reprend le chemin par lequel elle est venue, ses pieds douloureux incapables d'assurer son équilibre sur les pavés, les boutiques le long de la rue étroite se détachant à peine dans la pénombre.

Un bruit de pas, et Isaac lui saisit le bras sans un mot.

« Rentre à la maison », lui dit-elle, la tête baissée. Sous ses pieds, les pavés d'une ville qu'elle n'a aucune envie de connaître. Partout autour d'eux, des claquements, des cris, des rires gras d'étrangers. Voilà donc ce qui va être son Londres : une cité défigurée par avance par la tache qu'ils apportent. Elle pleure, à présent, le visage en feu. Et pourquoi justement en ce moment ? C'est à peine si elle a pleuré deux ou trois fois pendant les années depuis l'incendie. Même à l'enterrement de leurs parents, où l'absence de larmes de sa part avait été interprétée par les commères comme une preuve supplémentaire de sa personnalité singulière... même à ce moment-là, elle n'avait pas pleuré, car la brûlure qui lui déchirait la poitrine avait asséché toute larme avant qu'elle puisse couler. Mais voilà maintenant qu'une faiblesse l'emporte, contre laquelle elle n'a aucune défense.

« Rentre avec moi à la maison », murmure-t-elle à nouveau.

Plus de venin cette fois dans la réponse d'Isaac, simplement une immense lassitude. « La maison du rabbin n'est pas notre foyer. » Elle sait qu'il n'en veut pas au rabbin. C'est contre la vie elle-même qu'est dirigée son agressivité, et elle ne peut rien pour la soulager. « Ou alors... peut-être que toi, tu peux en faire ton foyer, Ester. Tu peux... te marier, avoir des enfants. » Elle lève la tête, mais il ne la regarde pas. Il a les yeux perdus dans le ciel laiteux et parle d'une voix douce, comme s'il était en train d'inventer un joli conte pour enfants. « Oui, tu peux, Ester, je t'assure. Tu es encore... » Il abaisse le regard sur elle, et voilà qu'elle est là, cette lueur qu'elle ne lui a pas vue depuis si longtemps, celle qui lui dit qu'il la connaît. « Tu es un être à part. » Il parle calmement, mais sa voix retrouve un moment son ancienne vigueur. « Tu es comme une pièce d'argent gravée dans la pierre et non dans le métal. Ou une maison faite de rayons de miel ou de plumes ou peut-être de verre – un matériau dont personne d'autre au monde ne songerait à faire une maison –, quelque chose d'étrange, mais de solide en même temps. Tu as toujours été comme ça. Mais peu importe tout cela, tu restes une femme. Une femme a la capacité de se réinventer. Les femmes ne sont pas... comment dire, définies une fois pour toutes. Pas comme les hommes. L'homme, lui, doit être un héros ou... un méchant, ajoute-t-il en serrant plus fort son bras. Voilà ce que je voulais te dire, Ester. Et c'est la seule chose que j'ai à te dire. » Il s'est raidi, et elle voit son œil s'égarer du côté du fleuve, comme si le labeur qui l'y attendait était en mesure d'absorber toute la violence qui monte en lui.

Puis il prend une longue inspiration et lâche son bras, se forçant au calme. Elle sent combien il lui coûte de réprimer son envie d'agir, de frapper, de faire quelque chose de nature à libérer son corps de tout ce qui le retient prisonnier. Mais il parvient à parler calmement : « Un homme vient au monde pour remplir une seule fonction, Ester. Celle du bon, ou celle du méchant, il n'y a pas d'autre alternative. Ma fonction à moi, c'était de causer cet incendie. Ce qui fait que je suis un homme mauvais. » Il la regarde droit dans les yeux. Son visage est nu comme elle ne l'a jamais vu depuis son enfance. Mais n'implore aucun pardon.

« Juste avant de quitter ce monde, j'accomplirai une grande et belle action. Comme Samson. » Sur ses lèvres, la trace d'un sourire amer. « Je provoquerai l'effondrement de quelque maison vouée au mal. Sa ruine ! reprend-il, en faisant claquer son poing dans sa paume ouverte avec une telle violence qu'Ester ne peut retenir un cri. Et je mourrai dans les décombres. Ou bien je sauverai une vie. Un jeune garçon, peut-être. » Il paraît un instant devoir suffoquer à cette seule pensée. « Je grimperai sur le pont du bateau de ce garçon, juste avant qu'il soit dévoré par les flammes. Et avant d'être brûlé moi-même, avant de mourir, je le pousserai à la mer. » Dans chacun des mots, une haine abyssale.

Il frapperait, encore et encore, jusqu'à ce qu'il se soit mis lui-même à terre.

Il fait demi-tour et se dirige à grands pas vers les docks.

Elle reprend son chemin sur les pavés, comme si elle marchait sur du verre.

Le rabbin est là où elle l'a laissé. Il lève les yeux vers elle, mais attend qu'elle se soit débarrassée de son châle.

« Ton frère n'est pas avec toi, dit-il d'une voix douce.

– Non. »

La pluie froide qui s'est mise à tomber pendant son trajet de retour dessine de grandes hachures blanches derrière les hautes fenêtres de la vaste pièce. Le feu crépite dans l'âtre. Rivka a dû le recharger abondamment avant de partir faire ses courses. Ester l'imagine en train de s'acquitter de la tâche : ses bras épais qui tendent la laine de sa robe, chacun de ses gestes déterminés à défier l'hiver d'entrer dans le corps vieilli du rabbin. Pendant l'absence de Rivka, le feu, avec ses crépitements assez forts et soudains pour briser en deux les pensées, se substitue à ses soins attentifs.

HaCoen Mendes est assis près de la cheminée. Forme frêle dans le fauteuil à haut dossier. Ses pommettes sont comme deux boutons arrondis et pâles, sa barbe, d'un blanc jauni. Sous ses sourcils fournis et grisonnants, la peau couturée par les cicatrices apparaît tendue et lisse, aussi dénuée de pores que celle d'un enfant.

Ester approche une chaise du feu et s'assied. La danse rapide des flammes arrache des ombres ici et là sur le sol. Elle lève un pied, croise la jambe sur le genou opposé et défait la boucle de sa chaussure. La plante de son pied la lance à travers son bas, et elle la palpe doucement. Juste un moment de répit. Ensuite, elle retournera à la cuisine, où Rivka lui a sans doute laissé du travail en abondance. Comme elle aimerait qu'on lui demande, comme à Isaac, de travailler avec une plume et de l'encre.

Au lieu de quoi, elle passe toutes les heures du jour à pétrir une pâte épaisse et sèche sous les ordres de Rivka, à remuer de sa cuillère des ragoûts lourds de pommes de terre où surnage parfois une tranche de bœuf salé provenant du boucher juif d'Amsterdam. Jour après jour, elle prépare la nourriture polonaise insipide de la bonne, qui n'a rien de commun avec les plats portugais dont elle avait l'habitude chez ses parents. Suivant ses directives, elle fait de ces ingrédients des repas qu'elle porte au rabbin et à ses élèves quand il en a, pour les rapporter à la cuisine à peine entamés – le rabbin parce qu'il n'a aucun appétit, les élèves parce que même eux, pourtant élevés à la nourriture anglaise si peu raffinée, ne sauraient s'en contenter. Mais Ester n'a ni la force ni le talent de proposer autre chose de plus appétissant.

Même après la mort de ses parents à Amsterdam, quand elle s'était mise à travailler chez les autres pour assurer sa subsistance, Ester avait continué à être traitée comme une fille de la communauté portugaise ; on la mettait à la couture ou à d'autres tâches domestiques légères, tandis que les besognes plus lourdes étaient réservées aux domestiques hollandais ou tudesques. Ce n'est qu'en arrivant à Londres qu'elle a découvert la dure réalité : un ménage est une créature aux appétits sans fond. Il réclame sans cesse bois, charbon, amidon, toile de chanvre, pain et bière ; il exige souffle, énergie, la substance même de la vie, qui se consume, invisible, sous la charge des corvées quotidiennes comme la cire d'une bougie allumée. Quand les feux éternellement défaillants de la cuisine ne réclament pas son attention, Ester est requise pour nettoyer les pots en cuivre ou en étain avec un bouchon de pesse, récurer sols et casseroles, retourner les matelas, monter la lessive au grenier dans d'énormes panières. Chaque jour, elle tape tentures et sièges pour les débarrasser de la suie du charbon de mer bon marché qui chauffe la maison ; seule la cheminée du rabbin a droit à du bois, parce que Rivka est convaincue que la suie est nuisible à la frêle constitution du vieil homme et qu'elle ne veut sous aucun prétexte le voir respirer l'air chargé de poussière de charbon qui imprègne les autres pièces.

Rivka n'a pas grand-chose à offrir à Ester en guise de conversation, même si, quand certaines tâches se révèlent trop difficiles, elle sait faire montre de patience pour sa maladresse. Il lui arrive de lui adresser un bref sourire ou d'exercer une pression de sa main épaisse sur son bras pour lui faire abandonner une corvée trop dure, dont elle se charge alors elle-même. Les manifestations de sympathie s'arrêtent là. Ester sait que Rivka souhaite son bien-être. Mais la domestique sent clairement que la distance qui les sépare est infranchissable et que leur relation est inévitablement éphémère : la fille d'une famille sépharade, fût-elle orpheline, est forcément destinée à se marier et à avoir un ménage à elle. Alors qu'elle, affligée de cheveux rares et ternes, d'un corps aussi épais que son accent, ne semble jamais avoir entretenu de tels rêves, même dans sa lointaine jeunesse. Tandis qu'elle tord pour égoutter l'eau la couverture en plume la plus lourde pour le rabbin, puis celle d'Isaac, celle d'Ester, se réservant la plus mince pour elle-même, Rivka reste sur son quant-à-soi, dispensant peu de mots en dehors de ses occasionnels marmonnements tudesques incompréhensibles qui semblent pourtant à Ester plus expressifs que tout ce qu'elle se risque à dire dans son portugais laconique.

Parfois, occupée à ravauder de ses points maladroits, Ester vole un moment de répit en écoutant le rabbin et ses élèves dans la pièce au bas des escaliers. *Moshe kibel torah m'sinai...* Des mots qu'elle a appris elle-même de la bouche du rabbin. Elle n'était encore qu'une petite fille la première fois que son père l'a amené chez eux, à Amsterdam. Elle le connaissait de vue depuis longtemps, bien sûr : Rabbi HaCoen Mendes, assis au bout de la section des hommes dans la salle réservée à l'instruction religieuse, ses lèvres remuant au rythme de prières qu'il connaissait par cœur. À Amsterdam, on amenait les élèves au rabbin HaCoen Mendes quand les autres dignitaires étaient indisponibles ou ne souhaitaient pas enseigner. Aux plus jeunes, il racontait des histoires qui les captivaient : Daniel et le lion ; Akiva et son épouse dévouée, Bar Kochba et les jeunes arbres. Aux plus âgés, il infligeait la tâche de lire des passages du Mishneh Torah[1], puis les questionnait pour voir ce qu'ils avaient compris, jusqu'à ce que la compréhension éclaire leur visage ou que l'ennui les assaille. Certains profitaient de sa cécité pour apporter des modifications frivoles au contenu des passages qu'ils lisaient à haute voix, ou pour faire circuler des parodies de versets pendant que le rabbin parlait – plaisanteries qui provoquaient des chuchotements de colère indignée chez les occupantes du balcon des femmes à la synagogue. Ester avait entendu dire à son père que les autres rabbins envoyaient leurs élèves les plus turbulents à HaCoen Mendes, profitant de sa tolérance bienveillante. Mais il ne se plaignait jamais. Quand l'étudiant le plus rebelle de la congrégation – le fils de Miguel de Espinoza, un élève déterminé à contester tout dogme traditionnel pour faire valoir sa propre logique – avait été excommunié pour son orgueil démesuré, HaCoen Mendes s'était rendu en personne à la synagogue pour exprimer son désaccord face à un châtiment aussi sévère.

Elle se prend maintenant à espérer obscurément, tandis que la pluie fouette le pavé londonien à l'extérieur, que le rabbin puisse semblablement plaider en sa faveur devant quelque tribunal. Pour quelle remise de peine ? La vie qu'elle a connue à Amsterdam n'est plus. La table où elle s'est usé les yeux sur les leçons du rabbin autrefois réduite en cendres. Ainsi en est-il, dirait-elle, de son esprit, qui pourtant allait plein de vie à la rencontre de chaque nouveau texte étudié en compagnie de cet homme. Dans cette trop brève période d'études, une grande marée de mots et de raisonnements l'avait soulevée et précipitée loin de l'eau stagnante des canaux qui encerclaient le quartier juif, vers quelque horizon lumineux et lointain. Cet horizon, elle y avait aspiré jusqu'au vertige.

Mais aujourd'hui, elle ne touche plus aux livres que dans le sens le plus littéral du terme. La riche bibliothèque qu'ils ont apportée d'Amsterdam a besoin de soins, comme tout le reste de la maison, car la suie s'infiltre même à travers le rideau qui protège le long rayonnage chargé de livres. La première fois qu'Ester s'est vu confier la charge d'épousseter les trésors du rabbin, elle a tiré le rideau pour rester figée un moment sur place, émerveillée devant les dos aux lettres dorées. La bibliothèque, don de la congrégation d'Amsterdam destiné à soutenir l'entreprise du rabbin à Londres, était un défi jeté sous forme de volumes de prix par les juifs d'Amsterdam. Les titres en étaient étonnants : *Pirkei Avot*, oui, *Moreh Nevuchim* et *Ketubim*, bien sûr, mais aussi nombre d'ouvrages philosophiques. Juste à côté du *De la Fragilidad Humana* de Manassé ben Israel se trouve un volume des écrits d'Aristote – comme si les donateurs juifs d'Amsterdam avaient estimé que

1. Code de la loi juive composé par Moïse Maïmonide. (N.d.T.)

les juifs d'Angleterre étaient devenus de tels rustres une fois séparés de la communauté qu'ils avaient besoin non seulement de recevoir de nouveau un enseignement religieux mais aussi d'être initiés aux fondements mêmes de la pensée. Lentement, Ester fait glisser les ouvrages de leur perchoir. Des frontispices, encadrés par une écriture calligraphiée, portent les dédicaces des marchands d'Amsterdam qui ont fait relier ces présents somptueux à l'intention de leurs frères de Londres – sans les avoir eux-mêmes jamais lus, Ester en est certaine. Elle ouvre une reliure en cuir souple pour découvrir une œuvre de l'Anglais Francis Bacon, traduite en castillan. De quelle utilité les donateurs de ce riche volume ont-ils pu croire que serait le castillan pour un juif d'Angleterre ? Serait-ce l'envie qui la pousse à croire que ceux qui ont donné ces livres accordent une valeur bien plus grande à la reliure qu'aux mots qu'elle renferme ?

Mais voilà que Rivka, qui a surpris Ester immobile, en train de rêver au lieu d'épousseter, émet un grognement de désapprobation et l'envoie essorer la lessive.

À peine deux mois depuis leur arrivée d'Amsterdam, et déjà la brève flambée d'espoir qui l'a portée dans ce nouveau pays s'est éteinte dans ces pièces aux murs de pierre humides. Considérée comme frêle à son arrivée sur le sol anglais, elle a encore maigri depuis. Certains après-midi, les efforts physiques qu'elle fournit lui mettent un voile devant les yeux, et elle doit s'asseoir par terre pendant que la pièce tourne autour d'elle. Un jour, tandis qu'elle attendait, accroupie, que le vertige se dissipe, le rayonnage de livres magistraux au-dessus d'elle aussi hors d'atteinte que la lune, il lui a semblé que le sol en pierre auquel elle s'accrochait était une île où on l'avait exilée, loin des derniers vestiges de tout ce qu'elle aimait. Elle s'est demandé si le jeune de Spinoza, quand il a été banni, a senti lui aussi la rigueur de l'exil flétrir son esprit rebelle en le forçant à travailler pour être nourri et logé. Ses pensées, dont on disait qu'elles représentaient la pire forme d'hérésie, ont-elles aussi été étouffées, comme l'espéraient à coup sûr les rabbins ?

Autant de questions qui se dissolvaient dans la pénombre de la pièce chancelante.

La nuit, au milieu des ronflements de Rivka, Ester reste allongée sans bouger sous la couverture, appelant de ses vœux le sommeil qu'elle en est venue à désirer avant toute chose. *La mort de la vie de chaque jour.* Qu'elle meure donc, cette vie, songe-t-elle. Que ce jour soit le dernier, si la miséricorde est encore de ce monde. Ses études, si lointaines à présent, ne sont plus que des ombres – elle ne se rappelle pas comment elle a jamais pu croire qu'elles méritaient autant d'efforts. De temps à autre, tandis qu'elle attend le sommeil dans l'obscurité, une pensée noire surgit de la fatigue, et – elle n'arrive pas à se défendre de l'envie – elle la retient tendrement comme elle le ferait d'un nouveau-né de peur qu'il lui échappe, la caressant pour la protéger de l'oubli. Jusqu'à ce que finalement elle disparaisse, lueur éteinte par le sommeil.

Une vision, enfouie au cœur de la nuit, comme une promesse de lumière dans l'obscurité : la main de son père, sur la surface cirée de la table en bois, la tapotant une fois, deux fois... Protection, sécurité. Tout cela, envolé.

Le visage du rabbin est tourné vers les flammes presque blanches.

« Ton frère ayant choisi de ne pas rentrer, dit-il, je te demanderai de me prêter ta main pour le restant de la journée. »

Un instant de stupéfaction. Puis quelques pas timides jusqu'à la table. Elle s'assied sur le siège en bois, hésite, choisit une plume d'oie dans le pot devant elle.

Sa pointe lisse, qui roule entre ses doigts, lui est étrangère. Deux ans depuis qu'elle n'a pas tenu une plume ? Davantage ?

« Une lettre pour Amsterdam, dit le rabbin d'une voix douce. Le sixième jour de Kislev. »

Le papier est devant elle. Ses mains sont malhabiles.

Elle écrit :

> 6 Kislev, 5418
> Avec l'aide de D-ieu

« Au très honoré Samuel Moses », commence le rabbin.

Elle trempe la plume, trace les mots d'une main gauche. Les lettres humides brillent d'un bleu-noir sur l'épais parchemin.

« Nous avons bien reçu votre envoi de deux ouvrages et vous en remercions, poursuit-il. Grâce à Dieu, le nombre de nos élèves s'accroît, bien que lentement. »

Elle trempe la plume, et dans sa hâte à revenir au papier renverse la bouteille. Une flaque satinée éclôt sur la page qu'elle a commencée. Une tache fleurit sur le dos de sa main gauche.

Crépitements du feu dans le silence.

« Que se passe-t-il ? demande le rabbin.

– La bouteille d'encre », souffle-t-elle.

Il hoche la tête. Puis la penche jusqu'à ce que sa barbe touche sa poitrine. Au bout d'un moment, elle comprend qu'il attend qu'elle nettoie les dégâts pour reprendre sa dictée.

Elle regarde sa main. Des filets d'encre ont coulé dans les plis entre ses doigts, inondant les sentiers fragiles de sa peau pour dessiner une carte de tout ce qui n'est plus que ruines. Le rabbin n'a-t-il donc pas compris que la jeune et brillante élève à laquelle il a donné des cours dans la maison de son père est à jamais perdue ? Seraient-ce ses paupières scellées – la peau parfaitement décolorée de ses cicatrices – qui l'empêchent de la voir autrement que ce qu'elle était ?

Mais, bien sûr, il ne lui a pas demandé de lui servir de scribe parce qu'il l'en estime digne. C'est parce qu'il ne peut pas faire autrement.

Elle se lève.

« Isaac reviendra, lui dit-elle, veillant à ne pas laisser sa voix trahir son désespoir. Il écrira pour vous.

– Ton frère ne reviendra pas, dit le rabbin d'une voix douce. Il n'a jamais eu aucun amour pour le travail de la plume et du papier. Et maintenant... » dit-il avec un geste délicat du bout des doigts.

Comprendre : maintenant qu'il y a eu l'incendie. Maintenant qu'Isaac est damné à ses propres yeux.

Un silence envahissant.

«J'ai amené Isaac à Londres, reprend-il, dans l'espoir qu'il trouverait peut-être ici une vie différente, débarrassé des pensées qui l'obsédaient à Amsterdam. Car la miséricorde du Tout-Puissant peut nous délivrer..., ajoute-t-il, s'interrompant comme pour se préparer à affronter ses propres mots, de tous les liens de l'esclavage. Et permettre même aux aveugles de voir. »

Elle n'arrive pas à calmer le tumulte de ses pensées. Comment peut-il parler de voir ? La foi le soutient-elle au point qu'il puisse avoir l'impression de recouvrer ses facultés disparues ? Cette foi, elle-même en est dépourvue. Même dans son enfance, elle n'a jamais été sensible au réconfort des prières en hébreu à la synagogue, lesquelles la laissaient perplexe au milieu des psalmodies de l'assemblée. Et pourtant, elle parvient presque à croire les paroles de Rabbi HaCoen Mendes, car comment endurer la cécité avec une pareille sérénité, sinon grâce à quelque vision intérieure – celle d'une consolation accessible par-delà ses paupières closes ?

Le rabbin HaCoen Mendes est assis, les doigts dressés les uns contre les autres. « Isaac refuse la vie que je lui offre, dit-il. Je ne peux que le remettre entre les mains du Tout-Puissant. Mais je crains, Ester, qu'il refuse de demeurer dans ce refuge. Ton frère se place à la merci de mains autrement plus rudes », conclut-il en se tournant dans sa direction.

C'est vrai. Inutile de feindre plus longtemps. Isaac ne reviendra pas.

« Allez, écris, dit le rabbin. S'il te plaît. »

Elle ne bouge pas. Sa main maladroite lui fait honte.

«Je parlais trop vite, dit-il, et je t'ai imposé une trop grande hâte. L'encre répandue, c'était ma faute. »

Elle redresse le flacon de sa main tachée, nettoie avec un chiffon, prend une nouvelle feuille de papier et trempe la plume dans le peu d'encre restant.

« À l'éminent Yacob de Souza », dicte le rabbin.

Elle écrit.

« Vous me faites trop d'honneur en vous enquérant de ma santé avec une telle sollicitude. Je suis l'objet de beaucoup de soins de la part de mon entourage, et je reste sain de corps et d'esprit. »

Elle termine la phrase et attend. La chaleur fait onduler l'air au-dessus du feu de bois. Même à cette distance, elle sent la fournaise se réverbérer sur son visage. À côté de ses pieds, sous le scriban finement travaillé, un petit poêle attend d'être allumé, qui séchera plus vite les paroles du rabbin. Quand le neveu de HaCoen Mendes, en dépit de son indifférence à l'égard de toute instruction judaïque, a acheté et meublé cette maison pour eux, il n'a pas regardé à la dépense pour faire de cette résidence austère et humide un lieu d'études propre à accueillir son vieil oncle.

Dans le silence qui l'entoure, quelque chose alors s'allume en elle. Le secrétaire semble soudain présenter une perspective infinie, un plateau où il serait encore possible de vivre un reste de liberté. Une pile bien nette de feuilles de papier, un large bocal de plumes, un canif. Un bâton de cire à cacheter rouge. Le grain lisse du bois. Elle sent la chaleur monter brusquement en elle, comme si toutes les parcelles de son corps, des plus visibles aux plus cachées, s'éveillaient à la vie.

Le rabbin a repris la parole, ses yeux aveugles tournés dans sa direction. Les mots qu'il prononce coulent à travers sa main, laissant sur la page un sillage d'un noir luisant.

« Votre inquiétude relative à ma situation ici est une preuve supplémentaire de la générosité de votre nature. Qu'il me soit permis de vous rassurer, cher Yacob, et de vous exhorter à consacrer vos efforts à assister ceux qui ont davantage que moi-même besoin d'aide. Les rumeurs qui vous sont parvenues sont exactes. La communauté de Londres n'aspire pas au savoir. Ce qui n'ébranle en rien ma foi dans le bien-fondé de mon travail. Pour ma part, j'accepte les choses mêmes que vous regrettez. Manassé ben Israel voyait de l'indifférence, dit-on, dans l'incapacité de la communauté à embrasser son enseignement. J'y vois, moi, de la peur. Je prends place au milieu d'eux dans la synagogue et j'entends leurs mains glisser sur le manteau de laine qu'ils ont posé sur le banc à côté d'eux. Je vois comment ils s'accrochent à ce vêtement, comme s'ils redoutaient de devoir s'en séparer en cas de départ précipité. Je les entends changer de position chaque fois que s'ouvrent les portes de la synagogue : ils ne peuvent s'empêcher de tourner la tête pour savoir qui vient d'entrer ou de sortir, avant de revenir à leurs prières. Je ne dis pas cela dans un esprit de remontrance, mais dans l'espoir que mes paroles seront de quelque secours. Il n'est que trop facile, lorsque l'on vit dans la paisible Amsterdam, de parler de la gloire des martyrs. Les rabbins enclins à le faire ne sont pas de ceux, dirai-je en toute humilité, qui ont eu à souffrir de l'Inquisition, ils n'ont eu que les lointains échos de l'horreur... et peut-être, si je puis me permettre de le suggérer, ne comprennent-ils pas vraiment la nature de ce dont ils parlent. Certains d'entre eux estiment que nous devons nous détourner de ceux des nôtres qui ont abjuré leur foi pour se convertir, que nous devons abhorrer ces amateurs d'idoles qui ont choisi, plutôt que le bûcher, une autre nuit dans la sécurité de leur lit.

« Le Tout-Puissant a créé l'homme à son image. Il a créé non seulement notre endurance et notre sagesse chancelante mais aussi nos craintes. L'homme n'a aucun désir d'être persécuté, et l'existence de cet instinct doit elle aussi être l'œuvre de D-ieu. D'aucuns seront en désaccord avec moi sur ce point. En ce cas, qu'ils s'occupent d'un autre rabbinat, de fidèles qui ne seront pas aiguillonnés par la peur comme le sont ceux dont j'ai la charge. Pour ma part, je continuerai à prendre soin de mes ouailles, même si elles cherchent à rejeter ma présence, car le malade qui repousse le remède en a autant besoin que celui qui l'accepte avec reconnaissance. »

Le dernier des mots du rabbin luit sous ses yeux de son encre encore fraîche.

« Recopie cette lettre pour moi, dit-il avec un soupir. Et signe-la. »

Elle prélève une seconde feuille de papier sur la pile et commence à transcrire, les mots coulant librement de sa main sur la page. Tandis que la pluie continue son léger tambourinement contre la vitre, elle sent bientôt l'écriture la sortir de son corps las, au point qu'elle pourrait presque se regarder depuis le plafond. Et elle verrait une jeune femme penchée sur une table. Une jeune femme écrivant, assise sur le siège qui devrait être occupé par son frère.

Lentement, sûrement, sa main déroule son fil sur la page.

Une fois, deux fois, puis une troisième.

Isaac.

Il était jeune encore, au seuil de l'âge adulte, avec une douceur enfantine dans le dessin de la joue. Il avait interrompu une de ses escapades nocturnes pour venir la chercher, lançant quelques graviers dans la fenêtre derrière laquelle elle dormait. Elle s'était levée, tâtonnant pour trouver ses chaussures dans l'obscurité, et avait descendu l'escalier à la lueur de la lanterne que son frère tenait à la main – un vieil objet noirci et encombrant, sorti d'un débarras jamais fermé à clé, qui émettait une lumière d'intensité variable, si bien que les ombres dans la maison étaient entraînées dans une ronde folle, rétrécissant et grandissant tour à tour. Dans l'éclat dansant de la lanterne, les tapisseries de sa mère venues de Lisbonne – sombres scènes mythologiques au fil d'or scintillant – surgissaient de l'obscurité pour aussitôt s'y noyer. Des formes en alternance sombres et brillantes se matérialisaient, couraient le long des murs. Dans cette lumière à donner le mal de mer, son frère, adolescent, puis homme, puis encore adolescent... avait tout d'un étranger au visage fiévreux dans ce monde d'acajou et de vaisselle en argent.

Puis elle avait retrouvé son frère, lequel lui indiquait d'un geste impatient de gagner la rue. «Jamais tu ne te pardonnerais d'avoir manqué ça, dit-il. C'est sur un quai assez loin d'ici, mais si nous faisons vite, tu verras. Quelqu'un a éventré trois barils de poisson, et les oiseaux... Ester, il faut que tu voies ça, des dizaines de milliers d'ailes, comme... »

Elle ne le vit jamais. Avait-il trébuché en se retournant, sa chaussure heurtant le lourd butoir de la porte ? La lanterne était-elle soudain devenue trop lourde à porter, la poignée si brûlante dans sa main qu'il avait dû lâcher prise ? Quelle qu'ait été la raison, la flamme avait dardé sa pointe hors de la lanterne sans un bruit, coulant par-dessus le rebord en métal comme de l'or en fusion et atteignant sans plus attendre le rideau du salon pour entamer aussitôt une ascension folle en direction du ciel. Avant qu'Ester ait pu faire un pas de plus dans l'escalier, l'encadrement de la porte était en flammes. La tapisserie, une scène grondante de silhouettes noires se recroquevillant sur elles-mêmes.

Et puis Grietgen la poussait dans le dos, l'exhortant à grand renfort de jurons à descendre les dernières marches : « Dans la rue, *naar buiten*, dans la rue, les enfants ! » Arrivée à deux pas de la porte, Ester entraperçut son père, à mi-chemin de l'escalier, le vit trébucher, s'arrêter... puis se retourner et remonter en toute hâte, accompagnant les flammes dans leur course, vers la chambre de leur mère.

Elle était maintenant dans la rue, l'air froid de la nuit lui fouettant le visage. Dans l'obscurité embrasée et crépitante, les voisins. Seaux d'eau inutiles, leur contenu réduit à des rubans de vapeur montant à l'assaut des fenêtres. À l'intérieur, charpente et tissus dévorés par le feu. Les pavés de la rue luisant de toute l'eau gaspillée, reflétant des éclairs de lumière. Et puis, le sommet de la toiture qui s'embrase. D'un jaune de plus en plus aveuglant, étoile emprisonnée au sein de la nuit.

Le feu qui jaillit dans le ciel.

Un seul hurlement. Déchirant. Elle n'a jamais su qui l'avait poussé.

Son frère avait disparu avant que le toit s'effondre. À l'aube, on le retrouva endormi, roulé en boule, sur le pont d'un navire prêt à appareiller le matin même. Le pilote emmena à terre un Isaac muet et couvert de suie, avant de le conduire à la synagogue. Là, il regarda d'abord les juifs qui psalmodiaient les prières du deuil, puis frotta l'épaisse croix d'argent qui pendait à son cou, avant de pousser finalement Isaac devant lui en bafouillant dans un néerlandais que brouillaient la timidité et les regrets : « Celui-là n'a pas encore l'âge de se jeter, lui et ses ennuis, dans la mer. »

Mais aujourd'hui, si.

La voix du rabbin HaCoen Mendes : «Je voudrais que désormais tu copies pour moi tous les jours. Dis à Rivka, s'il te plaît, de louer les services d'une fille qui te remplacera pour les travaux domestiques dont tu étais chargée. »

Elle est incapable de formuler une réponse. Elle se contente de contempler les petites veines que l'encre a laissées sur ses mains, et, un instant, elle entend la voix de son frère résonner dans sa tête : Isaac, tel qu'il était avant l'incendie, plein de vie et de projets. *Eh bien, tu peux remercier ton frère de ta bonne fortune ! Encore que, si seulement tu acceptais de ne pas rester confinée dans tes pièces aux volets fermés, tu aimerais la fraîcheur de l'air pur bien plus que l'aridité de tes livres.*

Elle courbe la tête et murmure une prière dans laquelle elle ne croit pourtant pas : « Que le Tout-Puissant ait la bonté de conduire Isaac hors de tout danger. » Les mots sonnent creux. Elle est assise là, à cette place qui est celle de son frère, tandis que lui, quelque part dans Londres, négocie le prix de sa propre mort.

Des jours. Une semaine. Deux... Il n'en a pas fallu davantage. Jour de lessive : Rivka, qui sans rien dire a doublé ses horaires plutôt que de dépenser l'argent du rabbin en engageant une autre fille, s'est levée avant l'aube et a passé toute la matinée, son large dos courbé sur les grands baquets, à tordre la lessive de ses grosses mains rougies par le froid. À midi, Ester laisse le rabbin à ses occupations pour aller aider Rivka à monter au grenier les corbeilles pleines de linge alourdi d'eau. Puis la domestique sort acheter une autre corde à linge.

Ester est en train de peiner sur une page de *Pirkei Avot*, lisant et relisant à la requête du rabbin, et mettant sur papier les derniers mots d'un commentaire dont il voudrait qu'il soit envoyé à un étudiant à Amsterdam, quand la porte s'ouvre doucement et se referme derrière Rivka.

Elle se présente devant Ester sans avoir enlevé son manteau. S'est-elle jamais tenue ainsi devant elle – face à face, bras ballants ? Les paroles qu'elle adresse à Ester ne sont jamais directes, simples instructions dispensées au passage quand ses tâches l'amènent à changer d'endroit. Mais à présent, son regard est vif, comme si l'on avait soulevé le couvercle d'un puits.

Ester se lève de son siège.

« Je l'ai cherché là où il travaille. » Les yeux marron de Rivka, qui paraissent petits dans son visage épais et sillonné de rides, se sont faits agressifs comme si elle voulait retenir ce qu'elle va dire.

« Sur les quais.

– Isaac ? chuchote Ester.

– Un homme a essayé de me parler en allemand, mais il ne connaissait pas assez de mots. Et en anglais..., dit Rivka, qui secoue la tête énergiquement comme une mule assaillie par les mouches. Il y a de ça peut-être deux jours. L'homme a dit que c'était quelqu'un qu'il avait... »

Elle s'interrompt de nouveau avec un geste du bras : quelqu'un qu'Isaac avait mis en colère. « L'homme a dit qu'ils l'avaient attaqué par-derrière. Avec un couteau. Il les a pas vus venir. »

Un silence. Rivka tend une main timide vers l'épaule d'Ester. Mais devant le mouvement de recul de celle-ci, elle la laisse retomber, et hoche la tête comme si elle comprenait, et même approuvait, une telle réaction. Elles n'accepteraient ni l'une ni l'autre l'offre d'un réconfort.

« Et où..., murmure Ester.

– L'ont jeté dans le fleuve », répond Rivka, le visage décomposé.

Elle repart dans sa cuisine, fermant la porte derrière elle. Un moment plus tard, Ester entend un son rauque et terrifiant. Puis, d'une voix étouffée, une psalmodie en langue tudesque.

« Ester », dit le rabbin.

Mais elle est incapable de répondre. D'étranges sensations l'ont envahie. Un silence lourd dans les oreilles, le corps froid comme la pierre. Elle a besoin de quelque chose pour la réchauffer. Elle a besoin de la tête d'Isaac nichée au creux de son cou. Des images confuses se superposent dans sa tête : son corps gracile d'enfant. Cette grimace sardonique à l'adresse du ciel londonien, tandis qu'il prédisait sa propre mort. Il avait rêvé de sauver une vie. Et voilà qu'il était parti sans rien racheter ni personne.

Elle se tourne en entendant un murmure qui vient du voisinage de la cheminée. Le rabbin a les bras passés autour de sa maigre poitrine, et il secoue lentement la tête d'un côté et de l'autre. Une prière agite ses lèvres.

« Dieu vous console-t-Il vraiment en un moment comme celui-là ? » demande-t-elle d'une voix douce.

Elle a prononcé les mots en pensant qu'ils exprimaient une question. Mais quand elle les entend résonner dans le silence de la pièce, elle s'aperçoit qu'ils contiennent une accusation. Instinctivement, elle veut s'excuser. Mais elle résiste et ne dit rien.

« Il te console toi aussi, répond le rabbin après un long silence. Même si nous devrons peut-être attendre un long et douloureux moment avant de sentir le bienfait de Son réconfort. »

Depuis l'âtre et depuis la cuisine, des prières et des pleurs. Elle essaie de s'imaginer en train de plonger dans l'affliction. Elle se dit que cela doit donner l'impression de lâcher soudain une corde qui vous retenait. S'effondrer de chagrin, tomber aux pieds de quelqu'un, demander miséricorde ? Mais pour cela faudrait-il encore croire à l'existence de la miséricorde en ce monde.

Elle a dix-neuf ans et ne peut plus plier son esprit aux consolations que d'autres acceptent. Le feu de l'incendie, auquel ils ont été trempés, elle et son frère, a fait d'eux des instruments cassants. Si elle devait plier, elle se briserait.

Elle chasse les larmes d'un mouvement brusque de la main.

Il n'y a plus d'étoile désormais sur laquelle régler sa course. Isaac était la dernière.

Un flot de mots l'inonde soudain – tout ce qu'elle serait prête à avouer maintenant si seulement il était à ses côtés. Avec quelle joie elle lui aurait confié chacune de ses pensées, chacun de ses questionnements. Et tous ses secrets, à l'exception d'un seul qu'elle a gardé enfoui en elle pendant toutes ces années, car celui-là l'aurait terriblement blessé.

Au lieu de quoi, c'est la voix tendue d'Isaac qui lui revient en mémoire. *Un homme vient au monde pour remplir une seule fonction.*

Quelle fonction lui reste-t-il, à elle ? Père, mère, frère, tous disparus.

Elle contemple la chaise qu'elle vient de quitter, celle d'Isaac. C'est alors qu'elle se sent envahie d'un sentiment de liberté atroce et terrifiant et se laisse retomber sur le siège.

Elle n'est plus animée que d'un seul désir : vivre au milieu de ces livres. Entendre le grattement apaisant de la plume sur le papier. Retrouver, au sein de ces consolations, le fil ténu qui a été un jour le sien, et le suivre jusqu'à sa destination encore inconnue.

Elle s'empare de la plume, tachée d'encre, et la trempe dans le flacon. Une pensée lui vient, culpabilisante : *Une encre achetée au prix du sang.*

Le prix de sa liberté.

Lentement, elle commence à copier le commentaire du rabbin.

Au bruit de la plume, il se tourne vers elle, le visage tendu par la concentration.

Elle forme les mots portugais et hébreux avec soin. Elle passe un long moment à son travail, et termine enfin sa copie, longtemps après que les prières de Rivka se sont éteintes et que la maison est retombée dans le silence.

Elle signe de son initiale, et regarde l'encre noire imprégner la page.

א

9

4 novembre 2000
Londres

Il avait promis de ne pas le faire, mais il le fit tout de même. Il se plaça près de l'immense fenêtre, l'épaule au niveau des panneaux les plus bas. Dehors, la neige voltigeait comme de la cendre. Présentant son profil à Helen Watt et positionnant son ordinateur portable de manière à protéger l'écran de sa vue, il vérifia la traduction de deux mots portugais sur un *dicionário* en ligne, puis coupa le son sur l'appareil et ouvrit sa boîte mail.

Là, dans la boîte de réception, se trouvait une réponse de Marisa. Objet : « Professeur ».

Monsieur le professeur Levy,

Merci pour le cours magistral, mes séminaires de trois heures à la fac commençaient à me manquer.

Non, sérieusement, merci d'être le petit connard prétentieux que tu es. J'ai au moins appris quelque chose, ce qui est déjà plus que ce que je pourrais dire à propos de toutes les conversations qu'il m'a été donné d'avoir ces derniers temps. Je suis coincée ici pour cinq mois avec ce programme linguistique du *kibbutz-ulpan*, et deux fumeurs de hasch et une extrémiste de droite comme colocataires, et je n'ai pour l'instant pratiquement pas passé une minute avec les vrais Israéliens de l'endroit – le seul point positif étant que l'*ulpan* est vraiment super. C'est pour ça que je suis venue : je me suis juré de repartir d'ici en parlant l'hébreu couramment, dussé-je y laisser ma peau. En dehors de ça, la vie au kibboutz n'a rien de folichon pour une fille de la ville. La brise du soir dans les arbres du verger, très bien, oui, mais l'odeur de l'étable te donne assez vite l'envie de gerber. Il y a ici un directeur de stage qui a l'air de penser que les étudiants étrangers sont là pour lui donner une chance de jouer au sergent instructeur. Il est sur notre dos à la moindre occasion dès que nous ne sommes plus en cours. L'autre jour, il n'a rien trouvé de mieux pour occuper son temps que de me passer un savon pour avoir fumé une cigarette cinq minutes alors que j'étais censée aller dépierrer un champ. Il me prenait pour une petite Américaine bien tendre, alors il n'en est pas revenu hier quand il a marmonné en hongrois une remarque très désobligeante à mon endroit et que je me suis déchaînée dans la même langue. Le pauvre, comment aurait-il pu deviner que ma grand-mère m'avait appris à dire « Je vais te passer les couilles à l'essoreuse » dans sa langue natale ? Les autres étudiants n'ont rien compris à ce qu'il se passait. Mais lui, il a rigolé, et ce matin il m'a glissé une cigarette en douce, en me faisant part de sa conviction que j'allais réussir dans ce pays.

Le boulot d'enseignant de l'anglais à l'étranger que j'ai en vue à Tel-Aviv ne commence pas avant le printemps, alors jusque-là je suis condamnée aux tests de grammaire et aux travaux sur le terrain – le vrai terrain, là où il y a de la terre, pas le genre de terrain où les profs font leurs recherches.

Tiens-moi au courant, je te prie, du développement de l'histoire à sensation des documents et donne-moi des nouvelles de la Reine des Glaces. J'espère que les fameux documents seront suffisamment riches en surprises pour la purger de son caractère de cochon. Suffisamment riches aussi pour faire le bonheur d'Aaron Levy. Ce qui serait une bonne chose.

Marisa

Ses cheveux noirs coupés court, les longs muscles de son dos. Le seul après-midi qu'ils avaient passé ensemble.

Elle était assise à l'autre bout de la salle tous les lundis et mercredis après-midi tout au long de ce printemps londonien humide. Quatorze semaines d'hébreu biblique pour étudiants avancés, un cours qu'Aaron prenait très au sérieux, appuyé contre le mur du fond, levant à demi la main pour poser des questions sur des constructions verbales archaïques qui provoquaient des hochements de tête enthousiastes chez le professeur et les deux autres doctorants et laissaient les étudiants en licence quelque peu tétanisés. Seule Marisa avait l'air amusée pendant qu'il parlait, bien qu'Aaron n'ait pas compris ce qu'il pouvait y avoir de drôle dans ses interventions.

Au milieu du trimestre, quand elle était allée trouver le professeur Ludman après le cours, Aaron s'était attardé pour écouter leur conversation, faisant semblant de relire ses notes. À ce qu'il avait compris, Marisa demandait à bénéficier d'un contrôle des connaissances aménagé qui soit davantage adapté à sa situation. Venue des États-Unis, elle avait un statut d'étudiant invité et se trouvait à Londres pour seulement quelques mois, avant de repartir pour Israël. Elle se moquait éperdument, dit-elle carrément à Ludman, de ses notes à l'examen – qu'il ne le prenne pas mal, surtout, mais il se trouvait qu'elle avait obtenu cette bourse pour Londres avant de finaliser son projet de séjour en Israël, et elle s'efforçait maintenant de réorganiser ses études en fonction de ces nouvelles données. En conséquence de quoi, ce dont elle avait réellement besoin, c'était d'apprendre l'hébreu moderne et pas l'hébreu biblique. Réprimant un rire, Aaron avait attendu que Ludman suggère d'un ton sec à Marisa de consulter la Toile pour voir si elle trouvait une solution à son problème.

Au lieu de quoi, le professeur Anatol Ludman – enseignant chercheur d'une cinquantaine d'années connu pour ses qualités pédagogiques et sa rigueur – avait eu un sourire presque paternel manifestant une réelle approbation du cran dont faisait preuve Marisa. Aaron fut stupéfait d'entendre Ludman lui proposer de lui prêter des livres et une méthode d'hébreu moderne lors du prochain cours.

La semaine suivante, Aaron sortit de la salle en même temps que Marisa. « Vous partez avec un programme étudiant ? » lui demanda-t-il quand ils s'engagèrent dans le couloir.

Elle ralentit l'allure assez longtemps pour l'étudier, avec toujours cette expression amusée sur le visage.

« Pour Israël, je veux dire, précisa-t-il, avant de lever un sourcil. J'imagine que ce n'est pas un de ces circuits touristiques genre À la rencontre d'Israël ? » Il avait voulu être drôle, mais il aurait eu du mal à dire en quoi consistait en fait la plaisanterie.

Elle le regarda de ses yeux gris-vert. Puis partit d'un rire qui n'avait rien de forcé, et semblait dire qu'elle savait exactement où était la blague et qu'elle n'était pas là où le pensait Aaron. « Non, répondit-elle, pas un de ces voyages genre À la rencontre de... »

Et elle le planta là.

Lors d'une manifestation silencieuse d'étudiants en commémoration de l'Holocauste qui eut lieu un peu plus tard dans le printemps, il l'avait aperçue dans le petit rassemblement qui s'était formé devant la bibliothèque. Il avait fait semblant de ne pas la regarder... mais comment aurait-il pu s'en empêcher ? Marisa, sur le qui-vive au milieu de la foule. Même immobile, elle tranchait sur les autres. Une créature à part dans ce groupe silencieux et recueilli. Une amorce attendant d'être mise à feu. Il fut surpris par la place qu'elle occupait dans les tout premiers rangs du rassemblement, et plus encore par son bref entretien avec les responsables de l'association des étudiants juifs qui se préparaient à commencer la cérémonie. Fréquenter les types hypersérieux et bavards de l'association ne semblait pas être trop son style. Il fallut qu'elle se retrouve sur les marches en pierre en compagnie des leaders, et qu'elle égrène, une bougie à la main, les noms de parents à elle pour qu'il comprenne : Marisa était la petite-fille de survivants de l'Holocauste. Jamais il ne s'en serait douté, parce qu'elle ne ressemblait en rien aux petites-filles de survivants qu'il avait eu l'occasion de croiser à Hillel, son collège, ou à la synagogue de son père. Celles-là étaient pour la plupart des filles obéissantes, portant souvent le nom de cousins et de tantes disparus dont les cendres avaient été dispersées aux quatre coins de l'Europe ; des éternelles premières de la classe qui répétaient l'histoire de leur famille mot pour mot, de peur d'en perdre un détail. Il n'avait rien contre elles, mais n'avait pas non plus envie d'en connaître une de façon plus intime.

Il garda les yeux rivés sur Marisa tandis qu'elle allumait sa bougie, puis portait son regard au-dessus des têtes de la petite assemblée, comme si elle préférait rendre cet hommage en dehors de la présence gênante de ses membres.

Un soir de septembre, encore un peu découragé par les restes d'un été sombre et inadéquatement climatisé, Aaron avait quitté la bibliothèque et pénétré en douce dans le bâtiment des arts plastiques. Il prévoyait de s'offrir un repas gratuit à un buffet organisé à la suite d'une conférence, sorte de dîme versée aux jeunes doctorants par l'institution universitaire, et assurance d'un estomac bien rempli pour les heures à venir. La seule idée d'une nouvelle soirée passée en négociations infructueuses avec un Shakespeare récalcitrant déclenchait en lui une vraie panique. Tandis qu'il affermissait sa prise sur la rampe et montait plus vite les marches, il se prit à nourrir l'espoir, récurrent depuis quelque temps, de tomber sur Marisa, qu'il avait aperçue de loin à deux reprises à la cafétéria, en train de boire son café en compagnie de deux ou trois étudiants en arts plastiques. Mais personne dans l'escalier.

Sur le palier du premier étage il tourna à gauche comme d'habitude avant de se figer sur place, ses chaussures couinant sur le lino du sol. Par la porte entrouverte de l'atelier de peinture sur la droite, il venait d'avoir une vision dont il se dit d'abord qu'elle devait être le fruit de son imagination. Il s'approcha néanmoins de la porte. L'ouvrit complètement. Et découvrit Marisa. Nue sur une toile. Sa peau nacrée et blanche contre le velours noir de l'étoffe sur laquelle elle était allongée, les larges plans de son corps animés du souffle de la vie ; des petits seins fermes aux mamelons pareils à des gouttes d'un miel foncé. En dépit d'une pose respirant le calme, ses yeux brillaient d'un éclat chaud et rieur sous ses sourcils noirs relevés, comme si le peintre l'avait surprise en train de dire *Oui, toi.*

Derrière la toile se trouvait le petit lit sur lequel elle avait dû poser. L'étoffe en velours était roulée en boule sur un fauteuil voisin.

Odeur piquante d'une peinture qui sèche. Il s'en emplit les poumons.

Le peintre avait signé sa toile. Le nom, Rodney Keller, n'était pas inconnu d'Aaron ; c'était un étudiant en maîtrise d'arts plastiques plutôt doué. Lors du vernissage de l'exposition de leurs œuvres organisée par les étudiants de la faculté le printemps dernier – un autre buffet qu'Aaron avait largement contribué à nettoyer –, les portraits violemment pigmentés de Rodney étaient déjà exposés : des personnages plus frappants que les gens de la réalité, avec des couleurs outrées, des regards si directs et tranchants que les portraits s'en trouvaient empreints de l'intimité hyperréaliste que confère à l'image une photo prise de trop près. Aaron n'avait pu se garder d'un mouvement de recul devant ces toiles. Mais ce tableau-là était différent. Rodney Keller avait peint Marisa non pas avec les affectations trop voyantes de ses portraits précédents, mais l'avait saisie dans toute la hardiesse de sa franche et tranquille beauté.

Tandis qu'il contemplait son image, stupéfait et transporté, une question banalement prosaïque lui traversa l'esprit. Il s'efforça de la chasser, sans succès : Marisa avait-elle couché avec Rodney Keller ?

Ou bien ce dernier était-il homo ? Il en avait l'air. Il en avait l'air, oui, mais Aaron n'aurait rien pu affirmer.

Il sortit de l'atelier à reculons.

Presque un mois plus tard, il l'avait à nouveau croisée après une conférence d'un journaliste israélien intitulée « Notre version de l'histoire : un éclairage israélien ». La rencontre n'avait rien d'une coïncidence : Anatol Ludman avait annoncé la conférence à sa classe avant la fin de la session, et Aaron avait vu Marisa noter la date et l'heure – il l'avait même entendue dire à un de leurs condisciples que ce ne serait que quelques jours avant son départ pour Israël.

L'exposé laborieux du journaliste avait attiré si peu de monde qu'Aaron ne put s'empêcher de se demander si le département d'études hébraïques n'avait pas délibérément omis de faire de la publicité dans le but de minimiser les protestations que risquait d'entraîner la nationalité de l'orateur. Mais l'assistance restreinte permit de consacrer davantage de temps aux questions, jusqu'au moment où seuls le journaliste et quelques *aficionados* se retrouvèrent devant le hall. Parmi eux, Marisa, séparée d'Aaron uniquement par trois étudiants en licence, puis deux. Pour finir, à la suggestion d'un professeur corpulent qu'Aaron reconnut comme appartenant au département de lettres classiques, ils sortirent tous du bâtiment et, passant devant l'unique contestataire qui brandissait sa pancarte portant l'inscription « Sionistes = Nazis », gagnèrent le pub le plus proche.

Il attendit que Marisa en soit à sa deuxième bière – il suivait l'affaire à distance, attendant son heure tout en bavardant avec un étudiant dont il ne prit même pas la peine de demander le nom. Quand il finit par l'aborder, sa bière, à laquelle il n'avait pas encore touché, à la main, elle lui sourit à pleines dents. « Je t'ai observé ces derniers temps, tu sais, dit-elle avant qu'il puisse sortir autre chose qu'un bref "Salut". T'es plus compliqué que t'en as l'air. »

Surpris, il lui fit à son tour son plus beau sourire, l'après-midi devenant soudain d'une incroyable légèreté.

« Ah bon ? s'étonna-t-il avant de s'appuyer contre le bar et de lever son verre à son intention. Et de quoi j'ai l'air ? »

Elle but une gorgée.

« D'un petit connard prétentieux. »

Il avala sa salive. L'haleine de Marisa était chargée de bière.

« Mais maintenant tu penses que... ?

– J'ai le sentiment que t'es pas que ça. »

Un moment, elle parut totalement sérieuse.

Il devinait la forme de ses seins à travers son tee-shirt. « Dis-moi ce que je suis, alors », insista-t-il, content d'afficher un dehors amène et accommodant.

Elle se pencha vers lui et lui donna une petite tape cinglante sur la joue. « Te dire ce que je pense de toi ? Certainement pas, mon bon ami. »

Il se sentit rougir, mais se remit rapidement. « Alors, parle-moi d'Israël, dis-moi ce que tu vas y faire. Et cette fois-ci, t'esquive pas sans un mot. »

Elle prit une nouvelle gorgée de bière, puis une autre, avant de donner l'impression qu'elle le pardonnait suffisamment pour lui donner une réponse. Elle allait passer quelques mois dans un kibboutz, à la fois pour un cours de langue intensif et un travail de volontariat qui l'aiderait à plonger dans la vie active en qualité de citoyenne de l'État d'Israël. Elle en avait marre de la culture juive américaine, de la culture américaine tout court, en fait – et à ce propos, les Anglais pouvaient aller se faire voir eux aussi. Tout en parlant, elle observait Aaron d'un air de défi. « J'ai envie d'être avec des gens qui savent ce qui est vraiment important pour eux et n'ont pas peur de le dire », conclut-elle.

Pour une fois, il ne répondit pas. N'essaya pas de lui prouver qu'il savait ce qui était important pour lui. Il n'aurait pas pu. S'il avait ouvert la bouche, il aurait risqué de lui avouer que tout ce qui lui importait pour l'instant, c'était de ne pas se couvrir encore davantage de ridicule, de ne pas la voir sortir et s'éloigner dans la cour, passer devant le type qui remballait sa pancarte « Sionistes = Nazis », pour finalement disparaître dans la ville – dernière vision qu'il aurait jamais d'elle.

Avait-il déjà confié à une femme ce qu'il dit alors à Marisa et était-ce vraiment aussi cliché qu'il le craignait ? « Dis-m'en davantage. » Et puis il écouta, ou du moins s'y efforça. Quand ce fut au tour de Marisa de le questionner – des questions directes, taquines –, il répondit avec la prudence d'un suspect soumis au détecteur de mensonges. Parce que, pour quelque obscure raison, il savait que se montrer bavard avec Marisa, c'était mettre fin une fois pour toutes à la conversation.

Une heure plus tard, ils étaient dans sa chambre, leurs corps emmêlés sur les draps dans un lent mouvement sinueux.

Après, il lui fut impossible de dire exactement ce qui était différent. Il regarda le corps de Marisa, puis le sien, et sentit comme un hameçon se prendre dans sa poitrine. Quelque chose dans la pièce avait changé. Le sol de sa chambre de dortoir était toujours jonché d'objets encore à emballer dans ses valises à demi remplies, mais la lumière qui tombait de la petite fenêtre au-dessus de son lit s'était amalgamée au chatoiement de sa peau, aux froissements dorés des draps et aux palpitations du monde extérieur, comme si des substances indiciblement précieuses s'étaient fondues dans un mystérieux alliage, et les seuls mots qui lui venaient à l'esprit devant ce phénomène – des mots comme « saint » ou « sacré » – renvoyaient à des concepts auxquels il ne croyait pas.

Leurs deux corps faisaient un angle : les mollets musclés de Marisa en porte à faux sur les longs tibias d'Aaron, son corps appuyé contre le mur en un écho auquel il n'avait pu échapper, et il avoua : « J'ai vu ton portrait. »

Marisa éclata de rire. Son visage était tourné au plafond, il le voyait de profil.

« Ça t'a excité ? demanda-t-elle. C'est ce que disent les gens. »

Il ne se risqua pas à répondre. Ébaucha un sourire énigmatique, qu'elle ne vit pas, n'ayant pas tourné la tête.

Les gens.

Combien ?

« Rodney, voilà un homme ! » reprit-elle. Sur quoi, elle bâilla, lança les jambes en l'air et, se propulsant vers l'avant, sauta du lit d'un mouvement fluide pour se diriger vers la salle de bains.

Voilà un homme. L'injustice de l'expression faillit le faire rire, une expression qui, venant d'elle, pouvait signifier n'importe quoi. Et est-ce que « les gens » incluaient aussi les femmes ? C'était possible, tout était possible. Ou bien voulait-elle simplement parler des crétins enamourés comme lui... un type qui s'était cru un instant au septième ciel alors que Marisa n'était manifestement pas plus retournée que ça par ce qu'ils venaient de faire sur son lit aux draps froissés et baignés d'une lumière dorée ? Ou peut-être des idiots dont les sujets de thèse n'étaient pas des invitations au désastre, qui ne bombaient pas le torse quand ils se tenaient nus devant elle – en bref, qui étaient capables (mais la chose était-elle seulement possible ?) de ne pas être intimidés par Marisa.

Elle revint dans la chambre avec deux verres d'eau du robinet.

Comment se faisait-il qu'aucun de ses gestes n'apparaissait jamais servile ? Qu'elle puisse lui apporter un verre d'eau toute nue, après qu'ils avaient fait l'amour sur son lit dépourvu de couverture dans cette chambre de dortoir encombrée de valises ouvertes, et qu'il l'accepte d'elle, sachant que c'était lui, et lui seul, qui était le suppliant aux pieds nus.

Avant de se séparer, tandis qu'ils étaient encore assis côte à côte, nus sur le lit, elle avait posé son verre d'eau par terre et lui avait pris le menton.

Croisant son regard, il s'était efforcé de ne pas ciller.

« Quand je tombe amoureuse, dit-elle, c'est immédiat et absolu. » Son regard n'était pas dénué de gentillesse, mais elle ne semblait pas non plus s'inquiéter beaucoup de ses sentiments à lui. Elle le regardait avec la franchise d'une personne qui aurait fait un calcul dans sa tête dans lequel il n'entrait pas en ligne de compte. « Ou alors je sais, de manière immédiate et absolue, que l'autre ne m'intéresse pas. »

Il ne s'autorisa pas à fuir son regard.

« Il reste qu'avec toi je ne suis pas vraiment sûre, dit-elle en lui lâchant le menton mais sans baisser les yeux. J'hésite. »

Un moment s'écoula en silence. Puis Marisa sembla se détendre, et elle lui offrit un sourire d'une douceur inattendue. « Hésiter, c'est pas dans mes habitudes, tu comprends », finit-elle par dire.

Toujours assis à la table, tassé sur lui-même pour se protéger du froid, il était devant son écran blanchi par la lumière tombant de la fenêtre. Il regarda l'en-tête du mail de Marisa et constata qu'elle l'avait envoyé seulement onze minutes plus tôt – en début de soirée, heure locale. S'il se dépêchait, il avait encore une chance de la trouver.

Merci pour le petit mot, s'empressa-t-il de taper. Heureux d'apprendre que ma communication savante ne t'a pas obligée à aller te réfugier dans les collines.

Lui revinrent le goût de la bière, l'odeur du pub faiblement éclairé, la sensation de la gifle sur sa joue. Avec une conscience aiguë qu'il n'avait pas eue sur le moment, il se souvint alors d'une partie de leur conversation au bar. Marisa assise, ses pieds chaussés de sandales passés derrière le barreau du haut tabouret, et lui debout, une bière à la main. Il y avait eu un instant – il ne l'avait pas rêvé, quand même – où les choses s'étaient légèrement déplacées. Il était presque certain de se le rappeler, à présent. C'était juste avant que Marisa se mette debout et lui prenne la main pour l'entraîner hors du pub jusqu'à sa chambre. Il y avait eu une sorte de transition – une histoire qu'elle avait racontée à propos de son frère homo, avant qu'un rire vienne dissiper son humeur intraitable –, mais Aaron ne fouilla pas sa mémoire pour en retrouver les détails, parce que ses souvenirs l'avaient déjà transporté au-delà, et droit vers ce qu'il recherchait. Pourquoi ne s'était-il pas souvenu avant aujourd'hui de cette partie de leur discussion ? Quand Marisa avait eu une remarque désobligeante à l'endroit des juifs américains, et qu'il lui avait demandé ce qu'elle avait contre eux, dans la mesure où elle-même était l'une des leurs. Elle l'avait alors regardé droit dans les yeux, le front plissé, et, d'un coup, dans un éclair de complicité, elle avait paru décider qu'il y avait quelque chose en Aaron qui méritait qu'on tente sa chance. « Ne vois rien là de personnel », dit-elle en affectant de chuchoter.

Elle posa une main légère sur son bras ; il en sentit la chaleur à travers sa manche relevée. « Les juifs américains sont naïfs, vois-tu. Ils n'ont rien à faire de la mémoire, ni d'une histoire qui risquerait de les mettre mal à l'aise. Tout ce qu'ils veulent, c'est qu'on les aime. Être aimés... ça les excite comme une drogue. » Se redressant sur son tabouret, elle retira sa main. Aaron en sentit encore un instant la chaleur sur son bras. « Les juifs américains sont accros au sucre, déclara-t-elle, et à la bonne opinion des autres. » Aaron ne put s'empêcher de rire devant l'à-propos un peu alcoolisé de cette déclaration, mais les yeux de Marisa se firent sévères, comme si l'amusement qu'il manifestait lui déplaisait. « Je ne plaisante pas, dit-elle. Je serai probablement la personne la plus à gauche de tout Israël, mais au moins je débattrai avec des gens qui sont aux prises avec la réalité au lieu de vivre dans leur bulle. »

Marisa, petite-fille de survivants de l'Holocauste. Ses paroles virulentes au sujet de la mémoire paraissaient être la clé de quelque chose de plus important qu'ils pourraient bien avoir en commun.

Il tapa :

Je pense beaucoup à ça. Si nous regardions à travers les yeux de l'histoire, nous vivrions différemment. Nous vivrions comme il nous incombe de le faire.

– A

Il cliqua sur « Envoyer ». Puis, rechignant à refermer son portable, il fit semblant de s'intéresser à d'autres choses susceptibles de plaire à Helen, cherchant des définitions de mots en portugais ancien qu'il connaissait déjà, la fenêtre de sa boîte mail toujours ouverte sur son écran.

Trois minutes, quatre, cinq.

L'écran clignota. Une réponse de Marisa. Le mail tenait en une phrase :

Si je devais regarder à travers les yeux de l'histoire, je ne voudrais plus vivre.

Helen Watt était en train de lui parler. Il leva les yeux, mais ne comprit pas ce qu'elle disait.

« Pour la troisième fois, dit-elle, l'air en colère. Je pense qu'Aleph était une femme. »

Il la regarda d'un œil vide.

« Manifestement, vous n'êtes pas conscient de l'importance que pourrait avoir une telle découverte.

– Mais si, bien sûr », dit-il, d'un ton moins convaincu qu'il l'aurait souhaité.

Elle secoua la tête d'un air sceptique.

« Il aura fallu qu'elle ait une instruction bien supérieure à celle qu'une fille recevait d'ordinaire à l'époque, dit-elle. Et elle se sera trouvée dans une situation tout à fait inhabituelle pour...

– Quelle preuve avons-nous ? » la coupa-t-il.

Pinçant les lèvres, elle montra la lettre de la main.

Il enfila les abominables gants, attira la lettre à lui et la lut. Quand il eut terminé, il la poussa avec soin à travers la table pour la replacer là où elle était. « Fascinant, c'est sûr, dit-il, conscient du fait qu'il n'aurait pas dû se montrer aussi brusque, mais peu lui importait en ce moment. Ils l'ont probablement mariée huit jours plus tard... et ont envoyé un jeune homme d'Amsterdam pour servir de scribe au rabbin, comme promis. Je doute qu'il y ait là une piste prometteuse. »

Helen Watt pinça à nouveau les lèvres, l'air de quelqu'un qui a son idée à lui et n'en démordra pas.

Il revint à son ordinateur. Il n'avait en tête que ripostes, justifications, excuses. Il aurait voulu rouvrir sa boîte mail et taper *Ce que je voulais dire, c'est...*

Au lieu de quoi, il ouvrit le fichier dont il aurait dû continuer à s'occuper pendant tout ce temps. Travailler lui remettrait les idées en place. Après, une fois qu'il se serait calmé, il saurait – il trouverait – en quels termes répondre à Marisa.

Maudissant ses gants, il fouilla dans la pile devant lui et en sortit la version anglaise du sermon de HaCoen Mendes. L'orthographe était pire que ce qu'on avait d'ordinaire à se mettre sous la dent dans un écrit du XVIIe ; soit l'écrivain n'était pas très instruit, soit il n'avait qu'une pratique minimale de l'anglais. « Sers-toi donc d'un dictionnaire, Aleph », marmonna-t-il, même si à l'époque, bien sûr, les dictionnaires n'étaient pas monnaie courante. Il entreprit la tâche fastidieuse consistant à comparer cette version avec sa propre traduction du texte portugais. Le travail était laborieux, et ses progrès d'autant plus lents que son esprit était constamment diverti par les reproches qu'il s'adressait. Pourquoi avoir envoyé un mail à Marisa avant d'en avoir bien pesé les termes ? Dans sa hâte, l'avait-il choquée ? Avait-il été recalé à un test, réel ou imaginaire ?

Ma foi, Marisa, songea-t-il, *tu as mon attention pleine et entière.* Performance qu'aucune femme à ce jour n'avait encore réalisée. Ce qui n'était peut-être pas un honneur aussi grand qu'il l'avait cru.

Il se força à se concentrer. Il parcourut rapidement le reste du document. Les deux versions, la portugaise et l'anglaise, étaient identiques, à cette différence près que l'anglais d'Aaron sonnait anglais là où la grammaire d'Aleph était un désastre, même au regard de la norme du XVIIe siècle. *Mais plutôt de travailler nous faisons inactivité et humilité dans notre journée...*

À côté de lui, Helen était absorbée dans son travail.

« Je sors chercher quelque chose à manger. »

Elle acquiesça sans lever la tête.

« Vous voulez que je vous prenne un truc au magasin en face ? » Un rameau d'olivier. Certains étudiants allaient chercher du café pour leurs professeurs, d'autres gardaient leur chien ; en principe, Aaron ne faisait rien de ce genre.

Elle secoua la tête.

« Vous ne mangez donc pas ? »

Helen leva les yeux de son travail.

Dans son idée, c'était une plaisanterie, la vieille tactique visant à instaurer la familiarité en présumant qu'elle va de soi, mais les mots étaient sortis teintés d'une pointe d'antagonisme.

Elle garda le silence un moment, avant de dire : « Je mange. »

Puis elle retourna à son travail.

Où se trouvait la touche sur laquelle il pourrait appuyer pour effacer le dernier quart d'heure ? C'était stupide de se montrer désagréable avec le seul professeur susceptible de le sauver de Shakespeare. Il voulait s'excuser, mais Helen gardait la tête baissée. Et il ne put se résoudre à capter son attention, ne sachant trop que lui dire.

Il enfila son manteau et quitta la maison. Il faisait plus froid qu'il ne s'y attendait. Il traversa rapidement la fine mousseline de la neige pour se défaire d'une vague sensation de nausée, tout à fait inhabituelle chez lui, née des doutes qu'il entretenait à son propre égard. Il s'acheta un sandwich à l'épicerie qui jouxtait le Prospero et regagna la maison pour le manger.

Helen n'était nulle part.

Ils n'avaient plus qu'une heure avant le rendez-vous avec le représentant de Sotheby's. Il lui fallait traduire au moins un autre document. Il suspendit son manteau à la patère de l'entrée et posa son sandwich sur la table de la bibliothèque. Il mangerait en vitesse et se remettrait tout de suite au travail. Ils ignoraient toujours, somme toute, la nature exacte de la relation qui existait entre le rabbin HaCoen Mendes et Benjamin HaLevy, le propriétaire de cette grande demeure. Peut-être que faire la lumière sur le train de vie de la famille HaLevy, découvrir à quel point il avait été dispendieux, se révélerait d'une grande importance.

Évidemment, elle lui avait dit de n'en rien faire.

Mais justement.

Il se surprit à sourire, et quand il se leva, bien qu'il n'y eût personne pour l'observer, il partit d'un pas délibérément assuré.

L'escalier était large, les contremarches basses, l'ascension consistant dans le franchissement d'une infinité de marches écrasées. Ses chaussures faisaient un bruit sourd sur les épaisses lames de bois ; l'ensemble lui faisait l'effet de la construction la plus solide qu'il ait jamais vue. Pas étonnant qu'elle ait tenu des siècles. Il ne s'arrêta pas au premier, se contentant d'un aperçu rapide de couloirs conduisant à une série de pièces – il les explorerait plus tard s'il en avait le temps.

Au dernier étage, l'escalier se terminait par un large palier aux murs crème parsemés çà et là de rectangles plus sombres – laissés par les portraits sans doute accrochés là à une époque de plus grande splendeur. Une large porte ouvrait depuis le palier sur un balcon aux lambris foncés ; la balustrade était sculptée de motifs floraux très élaborés. De nombreuses portes donnaient sur le balcon, quatre en partie ouvertes, les autres fermées. Aaron s'avança vers la plus proche et l'ouvrit toute grande. Elle pivota sur des gonds silencieux pour révéler une petite pièce. Meublée d'une table de travail, d'un ordinateur et de rayonnages, celle-ci aurait pu passer pour un bureau moderne, n'eût été l'étroite fenêtre à meneaux et la frise sculptée du plafond. De retour sur le balcon, Aaron ouvrit une deuxième porte, dérobée celle-là et à peine discernable au milieu des lambris du mur, qui donnait sur un escalier en colimaçon à l'usage des domestiques – descente vertigineuse et sombre qui avait dû jadis plonger jusqu'aux pièces de service au plus profond de la maison : cuisine, arrière-cuisine, cellier. Mais la troisième porte révéla une pièce spacieuse et élégante, bien éclairée, dotée de hautes fenêtres et d'une grande cheminée. L'âtre était vide, et il y avait partout des caisses et des cartons. Manifestement, les Easton n'avaient pas fini de tout déballer. Aaron s'aperçut qu'une autre porte située au fond de la pièce au-delà de l'océan de cartons laissait voir une deuxième grande pièce, tout aussi embarrassée, et donnant accès à une troisième. L'agencement de ces pièces en enfilade, pour l'instant infranchissables en raison de leur encombrement, avait de toute évidence été conçu dans le style d'un appartement réservé à une personne de la noblesse, homme ou femme : une antichambre, suivie de ce qui aurait été une chambre, elle-même suivie du cabinet de toilette, le plus privé des espaces domestiques, un endroit taillé pour une intrigue shakespearienne – Hamlet tuant Polonius à travers le rideau, lady Macbeth déambulant dans son sommeil. Celui qui avait fait construire une telle maison, songea Aaron, soit occupait une position sociale élevée soit y aspirait. S'il ne se trompait pas, il devait y avoir en face un appartement correspondant à celui-là – une suite pour madame, une autre pour monsieur.

Effectivement, la quatrième porte donnant sur le palier lui fit découvrir le plus vaste des appartements. L'antichambre, qui de toute évidence servait aujourd'hui de salon aux Easton, avait un plafond orné de moulures identiques à celles qu'Aaron avait vues dans la première antichambre, et recevait la lumière de trois fenêtres majestueuses. Au centre de la pièce au plafond très haut se trouvaient une banquette, quelques fauteuils et une table basse couverte de magazines et de vaisselle sale. Au-delà, une large porte s'ouvrait sur une pièce contenant un lit sommairement fait, et, partout, des traces de la présence de Bridgette : un foulard accroché à la coiffeuse, deux paires de chaussures à talons hauts laissées à l'abandon sur le sol. Dans le mur du fond de cette deuxième pièce, une porte fermée, vraisemblablement l'entrée du saint des saints – un autre cabinet aux sculptures élaborées, supputa Aaron, à moins que l'endroit ait déjà été converti en une salle de bains ultramoderne.

La porte dans le mur s'ouvrit. « Oh ! » s'exclama Bridgette.

Elle était en peignoir. Ses cheveux dénoués brillaient sur la soie verte. Un moment, elle resta immobile et silencieuse, un peu désorientée, le bleu de ses yeux nettement assombri. Une femme surprise à sa toilette, l'air un peu hagarde, ne sachant trop à quelle vie elle vient de s'éveiller.

Mais très vite, son expression se durcit, et elle eut une grimace désabusée. « Vous ne devriez pas être en train de travailler en bas ? »

La maison était silencieuse. Il ne savait pas si Helen était revenue de l'endroit où elle avait disparu. Bridgette avait retrouvé son aplomb et se tenait debout devant lui, une main sur la hanche.

« Toutes mes excuses », dit Aaron, sur la réserve. Sans pouvoir s'empêcher cependant de loucher sur la soie qui épousait le corps de Bridgette. Notamment aux endroits où le tissu le moulait le plus.

« Vous cherchez quelque chose ? » Le soupçon se mêlait à l'espièglerie dans sa voix.

Il lui dit la vérité.

« Je voulais voir combien il y avait de pièces dans la maison.

– Et pourquoi ? riposta-t-elle, ébauchant un sourire.

– Nous nous intéressons au genre de demeure qui abritait ces documents. Sa richesse, sa taille. »

Il se rendit compte que le « nous » était une erreur, elle en déduirait qu'il était venu fouiner à la demande de Helen et ne manquerait pas de lui en parler. « Pour être exact, reprit-il, avec lui aussi l'esquisse d'un sourire, c'est moi qui voulais savoir. Je pense qu'avoir une idée de l'agencement de la maison pourrait nous être d'une grande utilité. Je croyais qu'il n'y avait personne. J'espère que vous me pardonnerez ? » ajouta-t-il d'une voix plus feutrée.

Elle pinça les lèvres comme si la question demandait réflexion. « Sotheby's ne va pas tarder, dit-elle d'une voix douce. Vous allez devoir satisfaire votre curiosité ailleurs. En tout cas, en dehors de ma chambre. »

Il remercia le Ciel de ne pas être du genre à rougir facilement. « Bien sûr. »

Ses yeux bleus étaient très écartés, et les élégants méplats de son visage vraiment jolis. Il devinait les pointes de ses seins sous la soie du peignoir.

« Vous êtes un personnage vraiment singulier », ajouta-t-elle, d'une voix aux inflexions soudain mélodieuses.

Il lui appartenait d'assumer cette singularité ou de la nier. Il se reprit, lui retourna son regard et attendit que leurs yeux soient soudés, avant de dire : « Je le suis, en effet. »

Il tourna les talons et quitta la pièce. Traversa le palier avec la sensation de sortir de la transe dans laquelle l'avait jeté le second mail de Marisa. Voilà, se dit-il, l'homme qu'il était. Un homme qui savait quand il devait laisser le temps à une femme de digérer ses paroles.

Il était assez sûr que son intérêt pour Bridgette n'allait pas plus loin que le petit jeu de la séduction. Mais, bon sang, il n'en était pas moins prêt à jouer.

Il descendit l'escalier d'un pas tranquille. Quels que soient les ennuis que risquait de lui attirer son escapade dans les étages, il garderait son sang-froid. C'était un serment, une profession de foi. Aaron Levy, le champion de la froideur. Il négociait les marches avec une lenteur délibérée, prenant plaisir au travail fluide des muscles de ses jambes, et il décida de répondre au mail de Marisa avec un humour pince-sans-rire – mais seulement après avoir laissé s'écouler au moins un jour.

Au rez-de-chaussée, Helen était devant la table de travail. Quand il entra, elle leva les yeux, l'air distraite, et feignit d'ignorer que ses pas ne venaient pas de la bonne direction. Les papiers devant elle étaient en désordre, comme si elle avait soudain renoncé à toute précaution et les avait elle-même mélangés. Il jeta un coup d'œil à sa montre. L'expert de Sotheby's serait là dans quarante-cinq minutes.

Le visage de Helen était tendu. Elle s'adressa à Aaron comme s'ils avaient été au milieu d'une conversation entamée depuis longtemps, et il lui fallut un moment avant de commencer à comprendre ce qu'elle disait. « Les onze documents suivants sont tous datés des six mois postérieurs à la lettre de Yacob de Souza. Et chacun d'eux porte son écriture à elle, et donc son initiale. » D'un geste mal assuré, Helen indiqua les pages étalées sur la table. Il résista à la tentation, devant sa maladresse, de rassembler les feuillets fragiles. « Des lettres, précisa-t-elle. Des listes. Un autre sermon. Deux commandes de livres. Donc, si mon interprétation est correcte, Aleph a continué à copier pour le rabbin. Ils ne l'ont pas remplacée, en tout cas pas dans les six mois qui ont suivi cette lettre d'Amsterdam. Et maintenant, regardez ceci. » Elle agita la main en direction d'une page couverte d'une écriture large qui leur était inconnue.

C'était une lettre d'un rabbin exégète d'Amsterdam dont il n'avait jamais vu le nom, datée uniquement en hébreu du *5 Shvat 5424*, et rédigée dans un hébreu classique très travaillé. Aaron la parcourut rapidement, ne saisissant que la moitié de ce qu'il lisait. Le sujet en était une controverse sur la nature du temps dans la Torah. Manifestement, une tierce personne avait avancé que la chronologie de la Torah comportait des incohérences, et l'auteur se lançait dans ce qui promettait d'être un long exposé concernant le sens de certaines expressions telles que « des milliers d'années ».

Helen agitait la main avec impatience.

« Je lis aussi vite que je peux, lui dit Aaron.

– Allez directement au quatrième paragraphe. »

Il commença à parcourir le paragraphe en question, presque au bas de la page. *Car D-ieu n'est pas soumis à la nature, mais en est le créateur et la change selon son bon vouloir, de telle sorte que la compréhension des mouvements des planètes et du cycle des saisons se situe au-delà de...* Aaron fut arrêté par les mots qui suivaient, ne sachant s'ils se référaient à l'esprit de l'homme ou à sa sagesse.

« La marge ! » ordonna Helen.

Et là, dans la marge en regard du troisième paragraphe, de cette même écriture élégante qu'Aaron déchiffrait depuis trois jours, les mots *Deus sive Natura.*

Il resta un moment les yeux rivés sur la page : les caractères carrés de l'hébreu du rabbin ; les petites lettres penchées ajoutées par Aleph dans la marge. Et le latin : une des formules célèbres de Spinoza. Qu'il reconnut grâce à un cours de philosophie qu'il avait suivi en dernière année de licence. *Deus sive Natura* : Dieu ou la Nature. L'expression contenait en elle l'idée radicale de Spinoza selon laquelle Dieu et la nature n'étaient peut-être qu'une seule et même entité. Et qui avait été le point de départ des théories compliquées du philosophe sur l'extension, le déterminisme et d'autres notions.

« Ça n'a aucun sens », dit Aaron.

Helen attendit la suite.

« Comment diable un juif du XVIIe siècle – à plus forte raison une *femme*, si Aleph en est effectivement une – peut-il s'amuser à faire une référence à Spinoza ? Alors que celui-ci a été excommunié ? Qui plus est, en latin. Il n'y a aucune raison pour qu'une juive de cette époque ait étudié le latin, sans parler d'avoir des connaissances en philosophie. » Et pourtant, il n'était guère possible de nier que la note d'Aleph dans la marge était en rapport direct avec ce passage de la lettre qui faisait référence à Dieu comme distinct de la nature. En était carrément une réfutation. Il réfléchit un instant.

« Cette lettre a été écrite quand... 1660 ? À un moment où Spinoza n'avait pas encore publié ses œuvres majeures, je me trompe ? Qui aurait pu seulement avoir entendu parler de ses théories à ce stade ?

– Peut-être un membre de la communauté qui l'avait excommunié, répondit succinctement Helen. La communauté juive portugaise d'Amsterdam.

– Vous pensez que HaCoen Mendes ou son scribe auraient pu croiser le chemin de Spinoza ? demanda Aaron en levant la tête.

– La communauté n'était pas très importante. »

On frappa un coup sec à la grande porte sculptée. Qui résonna dans le hall d'entrée.

Helen et Aaron ne réagirent ni l'un ni l'autre. Puis, brusquement, Helen attira à elle plusieurs papiers qu'elle se mit à examiner.

Le heurtoir résonna de nouveau, lourdement. Puis une troisième fois.

Il y eut un bruissement à l'étage, suivi des pas de Bridgette dans l'escalier. « On arrive... » lança-t-elle. Elle était habillée à présent, pantalon, châle bleu pastel et talons. Elle n'accorda pas un regard à Aaron en passant.

Helen n'avait toujours pas relevé les yeux. Aaron entendit une voix d'homme, et la réponse malicieuse de Bridgette : « Vous êtes en avance. Vous êtes des mordus du travail, vous autres intellectuels. »

Petite coquetterie destinée aux oreilles d'Aaron ou à l'inconnu encore invisible ? Il était trop préoccupé pour s'en soucier par ce qu'il venait juste de lire. Mais la silhouette bedonnante qui traversa le hall à la suite de Bridgette fournit la réponse à la question. L'expert, un petit homme d'âge mûr, avait la main droite agrippée à deux sacoches. Et une liasse de grandes pochettes plastifiées qui refusaient résolument de rester coincées sous son bras gauche, l'obligeant à s'arrêter à mi-chemin de la pièce pour les remettre en place ; il n'eut pas sitôt repris sa marche qu'elles s'empressèrent de glisser à nouveau. Dans une autre situation, se dit Aaron, la scène aurait pu être comique, tout chez cet homme disait le rat de bibliothèque. Bien dans sa peau, sympathique, inoffensif. Aaron le prit en grippe sur-le-champ. Peu importait la conception qu'ils avaient pu avoir de la nature des documents jusqu'ici, celle-ci avait volé en éclats à cause de trois mots en latin : Aleph avait peut-être été une femme, ou non ; avait pu ou non transcrire des opinions auxquelles elle n'entendait rien ; avait pu ou non se poser en défenseur des idées de Spinoza. Aaron perçut instinctivement qu'il leur appartenait à eux, Helen et lui, de résoudre le mystère, mais voilà que les documents risquaient de leur échapper. Et si par malheur l'expert repérait la référence à Spinoza, il n'y aurait plus aucune garantie que tout le trésor ne leur soit pas arraché par une autre institution qui leur en limiterait l'accès, les papiers pouvant même être mis sous clé par un collectionneur privé qui en aurait fait l'acquisition, si le droit anglais ne disposait pas de lois sur le patrimoine suffisamment rigoureuses pour interdire ce genre de pratique.

Bridgette conduisit l'expert jusqu'à la niche sous l'escalier ; sans un mot, Helen et Aaron se levèrent, prirent le même chemin et arrivèrent à temps pour voir l'autre se pencher devant le panneau ouvert.

Un long silence s'installa.

« Oh ! Mon Dieu ! » s'exclama l'homme.

Aaron suivit son regard en direction de l'ouverture : le rayon du haut que Helen et lui avaient réussi à vider en partie, et celui du dessous avec ses documents encore intacts.

L'expert se redressa, grognant sous l'effort, les yeux toujours rivés à l'intérieur du placard. Le sourire qui éclaira son visage atteignit Aaron au plexus.

« Bonjour. » La voix de Helen dans son dos le fit presque sursauter.

L'homme se retourna, souriant toujours.

« Vous êtes l'historienne dont m'a parlé Mme Easton, je suppose ?

– En effet, répondit Helen. Ravie de faire votre connaissance. »

Son regard passa de l'expert à Bridgette, laquelle pinça les lèvres comme pour dire : Maintenant que c'est fait...

Pour tout dire, Aaron fut surpris de l'expression fermée qu'affichait le visage de Bridgette. Il ne s'en était pas rendu compte jusqu'alors, mais Helen tapait manifestement sur les nerfs de la maîtresse de maison. Pour quelle raison, il n'en avait aucune idée. Il décida de ne pas y attacher d'importance, préférant se préparer à soutenir la cause qu'il allait bientôt falloir plaider : ils avaient besoin d'un peu plus de temps pour examiner les manuscrits. Une heure, même une demi-heure, ferait l'affaire.

« Eh bien voilà, dit Helen à Bridgette. Merci de nous avoir accueillis pour notre petite entreprise. Nous allons vous laisser, maintenant. »

Elle tourna les talons pour regagner la bibliothèque.

Aaron ne la suivit que jusqu'au seuil de la pièce. Où il s'arrêta, ne sachant que penser. Helen rassemblait ses affaires avec les mouvements lents et précautionneux d'une femme qui n'allait pas s'en faire outre mesure parce qu'on jugeait bon de leur enlever ces papiers pour une période qui, avec un peu de chance, n'excéderait pas quelques semaines ou quelques mois.

Il se retourna pour regarder en direction du bas de l'escalier. Derrière Bridgette, pérorant sur ses projets de rénovation de la maison, et l'expert, s'affairant avec ses sacoches et ses pochettes plastifiées, se trouvait un ensemble de documents qui avaient traversé les siècles en silence pour parvenir jusqu'ici, aussi fragiles et mystérieux qu'un nouveau-né. Aaron Levy, indigne d'une telle confiance, les avait tenus délicatement dans ses mains un court instant. Et ne désirait rien tant que les tenir encore une fois.

« Monsieur Levy ? » Helen attendait, sa sacoche à la main, son manteau plié sur le bras.

Cette femme réservait-elle donc toute son énergie à tyranniser ses subordonnés ? Était-elle incapable de rassembler son courage à deux mains pour livrer bataille quand la situation l'exigeait ?

Dans le silence ambiant, l'expert laissa une liasse de pochettes transparentes glisser sur une chaise. Tandis qu'il s'agenouillait laborieusement pour retirer un premier document des rayonnages, Bridgette gratifia Aaron d'un sourire amusé. Auquel il répondit d'un regard fixe et inexpressif, avant de se tourner vers l'intérieur de la bibliothèque. Il fit un petit tas de ses notes, emballa son portable, enfila son manteau et suivit Helen dehors. Quelqu'un, Bridgette sans doute, referma la porte derrière eux.

Dans l'allée conduisant à la rue, il décida d'affronter Helen. « Alors comme ça, vous vous désintéressez de la situation ? Vous êtes prête à attendre que quelqu'un nous dise si nous aurons jamais l'occasion de consulter de nouveau ces documents ? »

La neige avait cessé. Une fine pellicule recouvrait le sol, et les branches noircies de deux arbres surplombant le jardin de devant s'entrechoquèrent sous l'effet d'un bref coup de vent.

«Je ne voulais pas leur demander plus de temps, dit Helen d'un ton calme, ni attirer l'attention sur ce que nous avons découvert dans la marge de cette lettre. Il se peut que l'expert, lui, ne le remarque pas. Les spécialistes en objets anciens, fussent-ils de la maison Sotheby's, ne sont pas forcément à même de relever la différence entre une formule popularisée par Spinoza et trois mots de latin complètement aléatoires. »

Resserrant le col de son manteau autour de son cou, elle leva les yeux vers la maison. « Mais elle ne nous a pas échappé, ni à l'un ni à l'autre », ajouta-t-elle.

Elle le complimentait, il s'en rendit compte avec un temps de retard.

« Si Sotheby's identifie la référence à Spinoza, poursuivit-elle, et s'ils y voient la preuve qu'un membre de la communauté juive de Londres a pu discuter des idées de Spinoza avant que celui-ci ait publié quoi que ce soit, il deviendra alors très difficile de garder secrète la possibilité de l'accès à ces documents. Leur prix risquerait de dépasser les moyens dont nous sommes susceptibles de disposer. Jonathan Martin peut peut-être entortiller le président pour l'amener à une dépense raisonnable, mais pas au-delà. »

La maçonnerie de la maison prenait une teinte bleutée dans la lumière déclinante de cette fin d'après-midi glaciale. À l'intérieur, l'expert avait dû maintenant se mettre au travail pour de bon. L'idée que ces papiers puissent sortir de cette imposante demeure, laissant vide la cachette qui les avait abrités si longtemps, emplissait Aaron d'un sentiment irrationnel de solitude.

Il fut surpris de constater que Helen, pour une fois, le regardait d'un air empreint de sympathie.

« Bon », dit Aaron, momentanément désorienté. Il boutonna son manteau et s'efforça à un certain entrain, même s'il ne se sentait pas vraiment d'humeur. « Au moins, on a un peu d'avance sur d'autres historiens qui pourraient entendre parler des documents. »

Il s'attendait à un sermon sur les bienfaits universels de la collaboration en matière de recherche, qui l'aurait rendu à une confortable irritabilité. Au lieu de quoi, Helen eut un sourire amer, comme si elle appréciait son esprit de compétition.

L'obscurité avait commencé à estomper les contours de la toiture et les murs en saillie de l'immense demeure usée par le temps. Aaron fourra ses poings dans ses poches et regarda ses pieds d'un œil vide. Le sol couvert de neige sur lequel il se tenait avait été foulé plus de trois cents ans auparavant par les occupants de la grande maison. Il aspirait obscurément à la compagnie de ces gens en cet instant – comme si les connaître avait pu le réchauffer, le transformer d'une manière radicale et nécessaire dont, seul, il était incapable.

« Ça n'a aucun sens », dit-il doucement, bien qu'il ne fût pas vraiment sûr de savoir à quoi il faisait allusion. À tout, peut-être : le mail de Marisa, le sourire satisfait de l'expert, les papiers. Son chagrin, étrange et soudain.

Helen descendait l'allée, sa canne trouant la fine couche de neige de petits cercles noirs.

Il marchait à ses côtés, réglant son allure sur son pas lent. « Pourquoi diable, demanda-t-il d'une voix plus assurée, un juif membre d'une communauté religieuse aurait-il pris le risque d'accorder de l'attention à Spinoza, sans parler de citer ses paroles ? Tout contact avec le philosophe et ses idées était interdit. Si ma mémoire est bonne, les rabbins exprimaient cette interdiction dans les termes les plus sévères et les plus menaçants qui soient. »

Helen s'arrêta. S'appuya sur sa canne. Aaron crut d'abord qu'elle voulait souffler un peu, mais c'est alors qu'il vit ses yeux. Leur bleu était singulièrement vif, et son visage, animé dans le soleil couchant. Elle n'avait plus rien de la vieille harpie incolore qu'il avait eu à supporter pendant les trois derniers jours. Son expression arborait la plus extrême concentration, tout à la fois mélancolique et téméraire.

Savoir à quel moment il convenait de garder le silence n'était pas au nombre des talents naturels d'Aaron. Mais tandis que cette faculté le touchait à présent de sa grâce, il sut en être reconnaissant.

« Ne sous-estimez jamais la passion d'un esprit solitaire », lui dit-elle alors sans plus d'explications.

Elle leva sa canne et reprit sa marche le long de l'allée.

Deuxième partie

10

2 octobre 1659
15 Tishrei 5420
Londres

Mon amour est comme une fièvre qui aspire encore
À ce qui la nourrit toujours davantage[1]

Elle plaque sa main sur le verre ondulé de deux carreaux en losange. Vision déformée du mince flot de passants qui s'écoule en bas dans la rue, aucun d'eux n'affrontant l'éclat blanc du ciel pour lever les yeux vers sa fenêtre.

Mais à quoi pourrait-elle aspirer, elle ?

Elle s'écarte de la fenêtre. Se frotte les mains pour les réchauffer. L'échec du fils du lord protecteur est dans tout Londres ; d'après les boutiquiers, le changement est partout. Dans le sillage de l'abdication du jeune Cromwell, le jeu et le théâtre refont leur apparition dans la ville. Signes d'une vie qui renaît et défie la solennité morbide des puritains. Bientôt, peut-être, ce sera la fin de leur lugubre costume, un retour aux étoffes colorées, aux rubans. Et qui sait, un retour à la royauté.

Quand bien même ? Qu'a-t-elle à faire de Londres à présent, et à quoi bon souhaiter le changement ?

Les silhouettes sous sa fenêtre vacillent dans le verre épais des carreaux du bas. Elles s'étirent, mêlant leurs couleurs sombres, puis semblent s'élever dans les airs en ondulant avant de disparaître d'un coup à la vue – anges ou démons gravissant leurs échelles, s'en allant à leurs affaires dans un monde hors d'atteinte.

1. Shakespeare, *Sonnet 147.*

Il ne reste plus qu'une flamme encore allumée dans sa vie. Elle brille dans la pièce du dessous, dans la bibliothèque, par bonheur si tranquille et silencieuse, du rabbin.

Elle descend l'escalier.

Depuis la bibliothèque lui parviennent les modulations de la voix du rabbin. Un bref intervalle, puis sa psalmodie mélodieuse est reprise par la voix indécise de ses deux élèves.

« Moshe kibel torah m'sinai... » Combien de fois a-t-elle entendu Isaac répéter les mots de cette leçon à l'insistance patiente du rabbin ? Et comme il rirait du spectacle qui s'offre à elle maintenant quand elle atteint le bas des marches : les frères HaLevy, deux adolescents au menton déjà piqué de poils de barbe récitant des formules habituellement réservées à l'usage de gamins qui viennent de connaître leur première coupe de cheveux.

L'espace d'un instant, la voix juvénile d'Isaac en train de psalmodier son texte refait surface dans son souvenir. Elle enfonce le bout de ses doigts dans le bois de la rampe jusqu'à ce qu'ils blanchissent.

Elle aimerait réduire le monde à une tête d'épingle.

S'écartant de la balustrade, elle traverse la pièce, en direction de la seule lumière qu'il lui reste encore. Elle s'installe à sa table, ignorant les regards curieux des frères HaLevy. Elle s'empare d'une plume et entreprend de recopier la lettre qu'elle a rédigée ce matin pour le rabbin. À l'autre bout de la pièce, ce dernier est occupé à prononcer la formule suivante à l'intention des deux frères, distillant doucement chaque syllabe : *« U'masrah l'Yehoshua, v'Yehoshua la'zkenim. »* Le cadet marmonne après lui ; l'aîné reste silencieux.

Le rabbin fait une pause, attendant que son second élève répète les mots.

« Je n'ai pas entendu », dit l'aîné, d'une voix qui ne cherche aucunement à masquer son absence d'intérêt.

Croit-il le rabbin trop aveugle pour ne pas percevoir l'impolitesse ?

Mais ce dernier se contente de répéter la ligne en cause, et le plus âgé des deux frères la reprend d'un ton indifférent. Le cadet s'est joint à lui, comme pour excuser l'inattention de son aîné.

Ce sont les deux fils du marchand Benjamin HaLevy ; à en croire Rivka, ils ont été envoyés chez le rabbin uniquement parce que leur père cherche à complaire au riche neveu de celui-ci, Diego da Costa Mendes, avec lequel il a lourdement investi dans une entreprise commerciale au Nouveau Monde. Ester lève les yeux un moment de son travail pour les observer. Le plus jeune, plutôt fluet, teint pâle, visage ovale, est manifestement nerveux. Ses yeux se posent brièvement sur le rabbin, avant de revenir, inquiets, à son aîné, puis de s'aventurer du côté d'Ester, sans toutefois l'atteindre, car il cherche à nouveau refuge auprès de son frère, comme pour quêter chez lui une indication de la conduite à tenir.

Quant à l'aîné, Ester a tout loisir de l'examiner, car il s'est renversé dans son fauteuil capitonné, les yeux clos, terrassé par l'ennui.

« V'zkenim li'nvi'im », continue le rabbin.

Quand Ester lève à nouveau les yeux, elle s'aperçoit que l'aîné des deux frères s'est redressé et, penché en avant, l'observe, un éclat adamantin dans le regard, mélange de vert et de brun qui évoque un cuivre mal nettoyé. Il est plus grand et plus solidement charpenté que son cadet, et sa mâchoire carrée dit assez qu'il a l'habitude de voir les autres se plier à ses volontés.

« Café », ordonne-t-il, d'une voix forte qui couvre celle du rabbin dans la pièce silencieuse.

Ester a sursauté sur son siège. Il lui faut un moment pour comprendre que c'est bien d'un ordre qu'il s'agit, et un autre pour se rendre compte qu'il n'était pas à son adresse, mais à celle de Rivka dans la cuisine.

Un silence s'installe, seulement rompu par les crépitements du feu. Puis il adresse à Ester un sourire, à peine esquissé. *Nous voilà en train de nous regarder*, dit ce sourire, *sans que notre aveugle de rabbin le sache.* Une invitation en passant, destinée sans doute à son seul amusement. Rien dans son attitude, en tout cas, qui soit de nature à suggérer qu'elle mérite davantage.

Pour autant, elle s'est raidie sur sa chaise, son indignation mêlée de curiosité.

Le rabbin continue. « Les sages disaient trois choses, déclare-t-il. Soyez circonspects dans vos jugements. Formez de nombreux disciples. Érigez des défenses autour de la Torah. »

Les yeux de l'aîné soutiennent toujours son regard en une sorte de défi nonchalant. Il déborde de son siège, comme s'il supportait mal la position assise. Il lève le menton.

À son côté, le cadet passe de son frère à Ester, l'air indécise.

Alvaro HaLevy, tel est le nom du cadet. L'aîné se prénomme Manuel. Elle lui retourne maintenant un regard glacial. Il lève les sourcils, amusé de se voir provoqué. Ils ignorent l'un et l'autre le petit frère aux joues imberbes.

« Érigez des défenses autour de la Torah, dit-elle sans baisser les yeux. Autrement dit, étendez le domaine des exigences au-delà du strict périmètre des lois divines. Ce qui témoigne du désir des sages de suivre la parole de Dieu et de s'assurer que même ceux qui peinent à respecter scrupuleusement ces lois supplémentaires ne courront pas le risque de violer la volonté de Dieu. »

Le rabbin tourne la tête vers elle et dit d'une voix conciliante : « Je suis sûr, Ester, que Manuel et Alvaro sont capables d'interpréter le passage sans ton aide. »

Elle rougit, mais écarte la remontrance, et avec elle, la faim mal définie que fait naître en elle le regard de Manuel. Du moins a-t-elle clairement fait savoir au garçon, songe-t-elle, ce qu'elle pensait de sa grossièreté. Le rabbin ne devrait pas tolérer une telle conduite. Sur ce chapitre, elle et Rivka sont parfaitement d'accord.

Comme en réponse à cette dernière pensée, plutôt qu'à l'ordre de Manuel, Rivka arrive de la cuisine. Elle sert le rabbin en premier, avant de déposer un petit bol devant chacun des frères. Ester sait que c'est à contrecœur qu'elle sert son café au marc épais aux élèves du rabbin – elle a pour habitude de moudre les précieux grains uniquement à l'intention du rabbin, et à des fins médicinales. Bien que le neveu du rabbin leur ait jusqu'à présent versé une coquette somme pour leur entretien mensuel, Rivka traite chaque paiement comme s'il devait être le dernier, et compte chaque pièce d'un œil soupçonneux qui amène le garçon de courses à la traiter dans sa barbe de *vieille harpie de juive*. Cependant, même Rivka comprend que l'argent et les relations des frères HaLevy doivent être respectés. S'ils réclament du café, elle le leur servira.

Ce n'est que plus tard, tout en rinçant le marc au fond des tasses dans la cuisine, qu'elle marmonnera son verdict : *Uma papa santos*. Un adorateur d'idoles. Ses épaules rondes roulant au rythme de ses mains qui pétrissent la pâte à pain, elle va interrompre son travail silencieux pour dire abruptement à Ester : *Ils ont échangé leur foi... contre... de l'or.* Celle-ci perçoit que la condamnation de Rivka englobe, en fait, tous les juifs portugais qui ont réussi à échapper à la mort, soit en se convertissant sincèrement, soit en affichant ici à Londres un mince vernis de catholicisme. Seuls ceux qui ont avoué leur foi devant les tribunaux de l'Inquisition et par suite péri – ou ceux qui ont failli y laisser leur vie, comme le rabbin – semblent devoir mériter le respect de Rivka. Son dos massif se balançant dans un sens puis dans l'autre, ses cheveux s'échappant en longues mèches molles de son bonnet, Rivka attaque la pâte avec la détermination de celui qui sait que la mort arrive sous la forme de cavaliers lancés au galop et brandissant des massues, jamais sous celle d'un choix possible. À ses yeux, l'Inquisition offre à tous les juifs séfarades une opportunité qui lui est refusée à elle ainsi qu'à tous les juifs tudesques : la possibilité de *choisir* sa mort, au lieu de la voir fondre sur sa proie à l'improviste. La mort, pour elle et ses semblables polonais, c'est un pogrom qui ravage tout sur son passage, et non un prêtre brandissant le fer et vous offrant une porte vers la liberté, susceptible de s'ouvrir à condition que vous reniiez votre judaïsme. Un jour, tout en essorant la lessive dans le grenier, elle avait sorti tout à trac : *Dans mon village, ils sont morts sans qu'on leur laisse même le temps de prier. C'est comme ça que ça s'est passé : les hommes sont arrivés avec leurs massues, et le village est mort.* Ester avait attendu une suite, mais Rivka en était restée là. Elle s'était penchée au-dessus de la grande panière à linge dans la pénombre du grenier, et les lourdes gouttes avaient crépité en tombant dans l'eau de lessive.

En admettant que Manuel HaLevy sache que la femme en train de le servir le considère comme un adorateur d'idoles, l'accusation le laisserait froid. Il lève son bol d'une main et le vide d'un seul trait. « Encore », dit-il.

Rivka s'empare du bol.

On frappe à la porte.

La servante va ouvrir, le bol à la main. Changement d'expression instantané, pareil à l'extinction rapide d'une chandelle.

« Alors, alors ? dit une jolie voix, haut perchée, qui se déroule comme un ruban, familière aussi, même si Ester est surprise de l'entendre dans cette maison. Vous avez bien reçu notre lettre vous annonçant notre visite ? »

Ester a toujours été frappée à Amsterdam par l'aptitude de Rivka à se rendre impénétrable en présence des riches, ne faisant montre d'aucune réaction, que ce soit sur le visage ou dans sa posture, quand ils la réprimandaient pour quelque faute dans l'exécution de son travail. À présent, Rivka, toujours aussi impassible, ouvre grand la porte pour laisser entrer Mary da Costa Mendes, la fille du neveu du rabbin. À sa suite, sa mère, Catherine da Costa Mendes, qui lui adresse un reproche à mots couverts : « Enfin, Mary... tu aurais quand même pu t'arranger pour que mon billet ne soit pas remis entre les mains d'une *Tudesco.* » Couvrant les excuses murmurées de sa fille, la voix de la mère poursuit : « La prochaine fois, Mary... assure-toi que le porteur remettra la lettre à... quelqu'un qui sache lire. »

L'espace d'une seconde, Ester voit le frémissement là où la flèche a pénétré. Mais le temps que les deux femmes mettent le pied dans la maison, le visage de Rivka a retrouvé son impassibilité.

Mère et fille entrent dans la pièce, accompagnées des lents balancements de cloche de leurs élégantes jupes foncées. La robe de Mary, lacée très serré, découvre largement son opulente poitrine et les chairs blanches de ses avant-bras. Son visage rebondi est encadré d'anglaises d'un noir lustré. Elle scrute la pièce d'un œil avide et satisfait. Catherine da Costa Mendes tend à Rivka son étole en renard, puis la laisse lui retirer son manteau des épaules, révélant ainsi de lourdes jupes à vertugadin couvertes de broderies au fil d'argent. Sans prévenir, l'expression d'Isaac pour décrire de telles femmes revient taquiner la mémoire d'Ester : *tapecaria andadoria*, tapisserie ambulante. Mais la respiration laborieuse de Catherine da Costa Mendes, audible depuis l'autre bout de la pièce, fait douter Ester de la bonne santé de la dame et de son aptitude à supporter le poids de sa tenue pour déambuler dans la ville.

« Café », souffle la femme au visage de Rivka.

Celle-ci disparaît dans la cuisine.

Dans un silence austère, Catherine da Costa Mendes parcourt du regard le cabinet de travail du rabbin. En dehors d'une salutation de la tête généreusement octroyée dans la rue ou à la synagogue, elle ne s'est guère préoccupée jusqu'ici des faits et gestes de la maisonnée qu'entretient son mari. Même au sein de la constellation, pourtant restreinte, des juifs portugais de Londres, la famille da Costa Mendes se tient à l'écart. Exception parmi les vénérables matrones qui fréquentent la synagogue, Catherine semble se désintéresser des commérages ; Ester l'a vue plus d'une fois signifier à Mary d'un regard désapprobateur de se détacher d'un petit groupe de femmes chuchotant avec avidité. Et puis, à l'inverse des autres juifs de la communauté, même les plus fortunés, la famille ne se rend pas à la synagogue à pied. Il est courant de voir le trio descendre de son carrosse noir, même le jour du sabbat : Diego et sa voix de basse, ses cheveux argentés, sa démarche alerte, socques aux pieds pour protéger ses belles chaussures de la boue de la rue ; Catherine, le pas beaucoup moins vif, l'air bien plus âgée, comme si les ans avaient coulé plus vite pour elle que pour son époux. Et pour finir, posant délicatement le pied sur les pavés – les orteils d'abord puis le talon, certaine d'être observée, s'arrêtant un instant, une main blanche et désinvolte posée sur le vernis noir soigneusement poli du carrosse –, leur fille unique, seule survivante de tous les enfants auxquels Catherine a donné naissance.

Le rabbin prend la parole, surprenant Ester, qui un moment a oublié sa présence. « Qui donc ai-je l'honneur d'accueillir dans ma maison ? »

Catherine da Costa Mendes tourne majestueusement la tête vers lui. Manifestement, elle n'est pas habituée à fournir ce genre d'explication. Élargissant son champ de vision de façon à y inclure les frères HaLevy, elle a une légère inclinaison de tête à l'adresse de Manuel. Ils se lèvent tous les deux – le cadet, un sourire fugitif et nerveux aux lèvres, l'aîné, d'un air nonchalant mais respectueux.

« Catherine da Costa Mendes, annonce Manuel d'une voix profonde et cérémonieuse. Et son adorable fille, Mary. »

Quelque chose – une note d'amusement peut-être ? – s'est glissé dans ses derniers mots. Ester remarque la rougeur qui est montée aux joues de Mary.

« Nos salutations, mon oncle », dit la matrone en portugais.

Le rabbin se lève. Ce qui semble lui prendre un temps assez long, mais il en faut un plus long encore à Catherine da Costa Mendes pour comprendre ce que l'on attend d'elle. Elle s'approche alors et pose sa main gantée dans la sienne, d'un geste au demeurant non dénué de gentillesse, afin qu'il la baise.

« Bienvenue dans cette maison que nous devons à la bonté de votre famille », dit le rabbin en se rasseyant.

Catherine, le dominant de sa hauteur, répond d'abord par un hochement de tête, puis ouvre la bouche pour parler. Mais Mary la devance, non pour s'adresser au rabbin mais à Ester. « C'est pour toi que nous sommes ici », annonce-t-elle, de l'air de quelqu'un qui offre un cadeau.

Ester n'a reçu aucune visite depuis son arrivée à Londres et se demande ce que Mary peut bien avoir à lui dire. D'un geste vague, elle désigne la plume et le papier sur la table. « J'ai ceci à terminer, dit-elle. C'est pour le rabbin... »

Mais un mouvement de tête du vieil homme dans sa direction lui signifie qu'elle ne pourra pas s'abriter derrière cette excuse.

Elle se lève, défroisse sa jupe et suit les deux femmes dans la pièce d'à côté, un petit salon où Rivka est en train de disposer deux grandes tasses de café – pas suffisamment chaud pour fumer, remarque Ester – sur une table basse entre deux fauteuils. L'endroit est froid, dans la mesure où il n'y a pas de cheminée, et sent le renfermé tant il est peu utilisé. Jusqu'à maintenant, Rivka en a gardé la porte fermée, de peur qu'il prive la grande pièce d'une partie de sa chaleur.

Catherine s'arroge le plus imposant des deux sièges, Mary s'affale sur le plus petit, recouvrant pratiquement toute l'assise de ses jupes et ne laissant que très peu de place à ses côtés. « Viens, assieds-toi », dit-elle à Ester.

Celle-ci se glisse dans l'espace imparti.

Mary regarde sa mère d'un air manifestement satisfait, comme si l'obéissance d'Ester prouvait la validité d'un argument mis en avant au cours de quelque discussion dont elle n'aurait pas eu connaissance. Puis, assise si près que les strates abondantes de sa robe étouffent la pauvre jupe en mousseline de sa voisine, Mary se tourne vers cette dernière pour lui faire face. Ester se surprend à essayer de s'écarter pour éviter tout contact, jusqu'à ce que sa jambe se retrouve coincée contre le bois dur des barreaux du siège.

Depuis le seuil, où elle se tient le dos à la porte fermée, les bras croisés derrière elle dans une pose d'allégeance, Rivka demande d'une voix neutre : « Le café est-il à votre goût ? »

Le ton implique qu'elle n'attend pas de réponse, et les deux femmes n'en donnent pas.

« Quel âge as-tu ? demande Mary à brûle-pourpoint.

– Vingt et un ans, dit Ester, à qui il a fallu un moment pour réussir à répondre.

– Pas davantage ? » s'étonne Mary.

Catherine jette un coup d'œil à sa fille : *Je te l'avais bien dit.*

Une petite moue plisse les lèvres de Mary ; de toute évidence, elle croyait Ester plus âgée. « Mais ces cheveux », dit-elle. Tandis qu'Ester porte une main hésitante à sa coiffure, Mary laisse échapper un rire discret, mais triomphant. « Vous voyez bien ses cheveux, mère ! Moitié blancs moitié noirs. Comme ceux d'une femme qui aurait trois fois son âge, si ce n'est que ses sourcils sont noirs. Elle aurait tout aussi bien pu mettre une perruque et passer pour un vrai gentleman royaliste. » Elle tire sur une mèche des cheveux d'Ester. « À moins que ce ne soit *réellement* une perruque, mademoiselle l'effrontée. » Le visage de Mary rayonne de plaisir devant sa propre hardiesse. Puis, comme si Ester était un animal de compagnie récemment adopté, elle glisse son bras sous le sien. « Eh bien, dit-elle, la couleur perdue peut se regagner. Nous reviendrons bientôt au noir, ou à la couleur qui conviendra le mieux. »

Après un froncement de sourcils réprobateur à l'intention de sa fille, Catherine s'adresse à Ester. « Comment te distrais-tu ? »

Silence. Ester finit par répéter en écho : « Comment je me distrais ? »

Catherine agite la main dans un geste d'impatience.

« Oui, quelles sont tes distractions ?

– Je n'en ai point.

– Bien, dit la dame en haussant les sourcils.

– Je ne comprends pas le but de cette visite, dit Ester, en dégageant son bras de celui de Mary.

– Eh bien, dit Catherine en se redressant, le but, le voici. »

Il lui faut attendre deux halètements avant de pouvoir poursuivre. « Tout Londres a envie d'un peu de folie. Et je n'y trouve rien à redire. La ville en a assez des contraintes et des restrictions ; elle clame aujourd'hui son désir de se débarrasser du joug des puritains. De nouveaux divertissements se mettent en place. Et notre Mary s'amourache de tous ceux qui font rêver – que ce soit ou non de la folie. » Pendant un moment, le regard de Catherine se perd dans le mur en face d'elle comme dans une fenêtre. Mais Ester devine que cette démonstration d'apparente distraction, pleine de dignité, n'est qu'une manière pour elle de se reposer de l'éprouvant exercice de la parole. Même sous la couche de poudre soigneusement appliquée, le visage de Catherine porte les marques d'une tension et d'une fatigue extrêmes. Ester est surprise de l'envie qui la prend soudain de se lever, d'aller relâcher le corset de cette femme, de frictionner son large dos. L'envie est si grande qu'elle en a elle aussi la poitrine serrée. Un sentiment dont elle ne se croyait plus capable : le désir de prodiguer ses soins à une mère.

« Mary ne rêve que d'être à la pointe de toutes les dernières modes, finit par reprendre Catherine. Et chacun sait qu'une jeune femme qui souhaite un beau mariage se doit d'être vue en société. Dans certaines limites, bien sûr. » Son visage reflète peu de tendresse à ce moment-là, remarque Ester, mais plutôt une crainte lasse qui semble depuis longtemps avoir vaincu en elle tout autre sentiment maternel. « Ma fille, dit-elle, a besoin d'une compagne. Et comme il t'est peut-être apparu, je ne suis pas moi-même d'une constitution qui me permette d'accompagner ses folles déambulations. » Elle fixe sur Ester un regard insistant. « Respirer est un exercice qui ne me réussit guère depuis quelque temps, reprend-elle d'une voix faible, en détournant les yeux. L'air de la campagne améliore un peu les choses, mais mon mari a ses affaires ici et doit donc forcément résider à Londres. »

Elle semble à présent en avoir terminé.

Dans le silence qui s'ensuit, le souffle doux et mesuré de Mary se mêle à celui d'Ester. Celle-ci ferme les yeux pour en savourer le bruit. Dans son souvenir, il se confond avec le son régulier de la respiration de son frère qu'elle n'a pas entendue depuis si longtemps. Une pensée un peu folle la traverse : à quoi cela ressemblerait-il d'avoir une sœur ?

Elle parle sans plus attendre, de façon à chasser ces visions par trop complaisantes.

« Je ne puis servir de compagne à Mary, dit-elle. Le rabbin a constamment besoin de mes services.

– Le rabbin te libérera quand nous en exprimerons le désir, dit Catherine, avant d'avoir un geste large destiné à englober le mobilier, la petite pièce, la maison tout entière. Je suis certaine, ajoute-t-elle sèchement, qu'il ne pourra pas nous refuser cette forme de dédommagement. »

Mary, qui s'est à nouveau tournée vers Ester, l'examine ouvertement. « Il va falloir qu'elle apprenne à s'habiller comme une Anglaise », dit-elle.

Sans crier gare, Rivka, toujours debout contre le mur, lance d'une voix dure : « Nous leur faisons honte. » C'est à Ester qu'elle s'adresse, et l'intensité qui habite ses petits yeux marron est si profonde qu'elle arrache Ester aux derniers vestiges de sa rêverie.

Quand Catherine répond, sourcils légèrement levés, elle ne s'adresse qu'à Ester, comme si c'était une affaire de simple bon goût que d'ignorer pareille grossièreté.

« Ce n'est pas une question de vanité, dit-elle d'un ton égal. Bien qu'à nous voir, tu puisses être portée à le croire. Tu es encore une étrangère, peu habituée aux us et coutumes de Londres. Nous autres, poursuit-elle en balayant l'espace de la main, nous parlons et nous habillons comme des Anglaises. Toi, tu arrives d'Amsterdam, tu t'installes dans la maison fournie par mon époux, et tu te mets à déambuler dans le voisinage habillée de telle sorte que tu pourrais aussi bien avoir le mot *juive* placardé dans le dos. Libre à toi de le faire, je l'ai dit et répété – même si les autres femmes de la communauté ne sont pas de mon avis à ce propos. Mais si tu dois accompagner ma fille dans Londres, alors la manière dont tu t'habilles devient pour moi une préoccupation majeure.

– C'est moi que cela doit préoccuper, mère », intervient Mary.

Sa voix s'est faite à la fois plus nuancée et plus dure. Elle paraît tout aussi affectée que déconcertée par la réticence d'Ester à lui prêter ses services. « Je suis d'accord avec les autres. Ces deux-là nous font bel et bien honte. À présent que tout Londres sait qu'il y a des juifs dans la ville, voudriez-vous que les dames qui paradent dans St James se mettent à échanger des ragots sur ces juives qui s'habillent comme... » Elle hésite, puis d'un geste désigne Rivka, affublée de son bonnet et de sa tenue de travail, avant d'englober, mais de façon moins nette, Ester elle-même, qui rougit, soudain consciente de la façon dont elle a laissé s'abîmer ses vêtements. « ... comme des ramasseurs d'excrément ? » finit-elle par dire. Elle laisse cette plaisante question en suspens un instant, toute de joues hautes et rebondies, de délicates lèvres roses sous les sourcils sombres et les yeux noirs et brillants ; Ester remarque toutefois que le regard de Mary s'est posé un peu à côté du visage de sa mère, en évitant le contact direct.

Puis, soudain lasse, semble-t-il, de défier les gens, Mary se tortille pour fouiller dans une pochette en tissu posée à côté d'elle. Elle se redresse, tend le bras sans crier gare et d'un geste vif passe quelque chose de gras sur les lèvres d'Ester. Celle-ci a un mouvement de recul, et Mary s'esclaffe. « Rose garance, annonce-t-elle. Tiens, prends ça. » Elle fourre un petit miroir au cadre en bois dans la main d'Ester, juste assez grand pour se nicher dans sa paume.

Le miroir lui renvoie un visage qui tremble dans sa main, les lèvres luisant d'un rouge foncé. L'espace d'un instant vertigineux, ce n'est pas le visage d'Ester, mais celui de sa mère : cheveux qui tombent en cascade, yeux noirs et dangereux.

Depuis la dernière fois qu'elle s'est regardée dans une glace, son visage a changé, si amaigri que la ressemblance avec sa mère n'en est que plus frappante. Elle sait, à cause des cheveux qu'elle laisse sur son peigne, que les années écoulées depuis l'incendie l'ont marquée. Un flot argenté a commencé à strier sa chevelure. Elle y porte la main. Mary ne s'y est pas trompée. Seuls ses sourcils restent d'un noir pur. Le visage est jeune, mais sa couronne est vieille. Pas étonnant que Mary ait eu du mal à deviner son âge. Chavirant dans le miroir, son visage se fracture et l'agresse. Les grands yeux solennels de son père le disputent à la bouche large et moqueuse de sa mère.

« Maintenant, le premier jeune homme venu te suppliera de lui accorder un baiser », lui souffle Mary de sa voix mélodieuse.

Ester s'essuie la bouche violemment du plat des doigts. Elle voudrait protester, mais ne trouve pas les mots.

« Mais pourquoi l'enlever ? s'écrie Mary.

– Parce que, Mary, la réprimande Catherine, celle-là est plus sage que sa propre mère. »

Ester n'aurait-elle pas dû se douter que la mauvaise réputation de sa mère la poursuivrait depuis Amsterdam ? Constantina, prise au piège de sa propre fureur. Beauté et méchanceté indissociablement mêlées. Ester s'arrache à cette image.

Et pourtant, Catherine, la tête penchée de côté pour mieux examiner la posture raide d'Ester, semble y voir quelque chose qui la soulage. « Non, dit-elle lentement, cette fille n'imitera pas sa mère, même si elle possède effectivement sa part de beauté. » Le ton charmeur de Mary se charge maintenant d'impatience. « Elle peut donc me servir de demoiselle de compagnie ? » quémande-t-elle.

Lentement, pensivement, Catherine dessine des cercles dans le vide du bout de ses doigts : quelque chose la dérange encore.

« Qu'y a-t-il, mère ? demande Mary d'une voix plaintive. C'est l'histoire du frère ? »

Tandis que Catherine hésite, la fureur saisit Ester à la gorge. Elle se lève, écarte la main de Mary qui tente de l'en empêcher. Comment cette femme dans tous ses atours oserait-elle, dans un seul halètement, juger de la vie et de la mort d'Isaac ?

Mais avant même qu'Ester se soit complètement redressée, Catherine a un hochement de tête décidé.

« J'accorde ma permission, dit-elle.

– Non ! s'écrie Ester, les poings serrés, les ongles enfoncés dans la chair de ses paumes.

– Ester ? »

Mary n'affiche plus l'arrogance des premiers moments ; à présent, elle a l'air perdue, et sa confusion a pour effet de calmer Ester.

« Je ne peux pas », réussit à prononcer celle-ci.

Un moment, les yeux de Catherine s'attachent à ceux d'Ester comme si elle y décelait quelque chose qui force son respect. « Mais si, tu peux, dit-elle lentement. Il se trouve que ma fille est d'une nature qui demande à être surveillée par quelqu'un qui, de son côté, soit dénué de toutes vanités mondaines. Tu es précisément dans ce cas. Tu n'as pas par ailleurs de grandes espérances. C'est une tâche qui te conviendra parfaitement. Mieux encore, elle ne peut qu'augmenter tes chances dans la vie. » Sous-entendu, de faire un bon mariage. Catherine hausse les sourcils, attendant l'acquiescement de son interlocutrice devant la sagesse de tels propos. « Tu es jeune », ajoute-t-elle au bout d'un moment. Sa voix ne manque pas de gentillesse, et Ester se surprend à se demander combien de filles Catherine a enterrées. « Le destin pourrait très bien t'être favorable, finalement. »

Surprenant un murmure de protestation de la part de Mary, Ester se retourne pour constater que le visage de celle-ci révèle une vague envie, comme si elle venait de s'apercevoir qu'entre sa mère et Ester une onde est passée à laquelle elle reste étrangère.

Catherine ferme les yeux un instant, puis hoche la tête ; pour elle, l'affaire est entendue. « Tu vas te rendre sans perdre une minute chez la couturière et faire l'emplette d'une robe convenable pour aller dans le monde. » Se penchant en avant, Catherine fait un geste en direction de la domestique dont elle requiert l'aide pour se lever.

Rivka s'est tellement enfermée dans son silence depuis son dernier éclat qu'Ester en a presque oublié sa présence ; mais elle s'avance à présent vers Catherine. Quels que soient les sentiments qu'elle éprouve en ce moment, le langage dans lequel ils s'inscrivent sur son visage reste indéchiffrable. Elle aide Catherine à se redresser.

Un court instant, cette dernière se retrouve face à Ester, son corsage empesé se gonflant à chaque inspiration. Sous l'épaisse couche de poudre, son visage s'anime d'une petite flamme – trace de complicité, pointe d'humour ? –, qui s'éteint aussitôt. Les traits décomposés sous l'effet de l'épuisement, Catherine se détourne et sort de la pièce, appuyée sur le bras de Rivka.

Se réglant sur le pas lent de sa mère, Mary se dirige vers le carrosse qui les attend, avant de s'arrêter le temps de regarder, prise d'une morne appréhension, le mur sali par la cendre qui bloque l'impasse à une extrémité, les balcons qui s'entassent là-haut, les fumées des tanneries qui enveloppent d'un nuage gris pâle l'étroite bande de ciel encore visible.

Dans son bureau, le rabbin est toujours assis à côté de la cheminée, en face des frères HaLevy, en train de réciter. *« L'équilibre du monde repose sur trois piliers : l'étude de la Torah. L'adoration de Dieu. Les actes de charité. »*

Le dernier mot se perd dans un claquement retentissant. Manuel HaLevy vient de laisser tomber un livre sur le sol de pierre. Il se penche paresseusement pour le récupérer.

« Mes excuses », dit-il platement.

S'ensuit un bref silence. « Cela mettra fin à notre leçon », dit le rabbin. S'il soupçonne Manuel d'avoir délibérément laissé tomber le livre par terre, son visage n'en laisse rien paraître.

Tandis que les frères rassemblent leurs manteaux et leurs affaires, le rabbin appelle Ester. Et pourtant, au lieu de lui demander la nature de la visite de Catherine et de Mary, ou de protester contre les exigences de ces dames à son égard, comme elle l'espérait à demi, il se contente de dire : « Les commentaires sont reliés depuis quinze jours maintenant. Il est temps d'aller les chercher, Ester. »

C'est la troisième fois qu'il fait venir ce genre de recueils d'Amsterdam : des ouvrages d'érudition faits pour des élèves plus avancés que ceux auxquels il peut prétendre ici à Londres. À dire le vrai, la folie du rabbin en la matière déconcerte Ester : qui d'autre en dehors d'eux pourrait bien étudier de tels volumes ? Il reste que, s'il tient à se comporter comme si une moisson de jeunes gens doués était prête à tout instant à pousser sur le pavé des rues, elle-même ne peut y trouver que des avantages.

« Je croyais que Rivka… » commence Ester.

Mais le rabbin secoue la tête, d'un air presque sévère – comme si la visite des dames da Costa Mendes l'avait amené à reconnaître enfin cette réalité dont ils sont conscients tous les deux, à savoir qu'Ester fuit Londres. Des jours entiers se passent sans qu'elle franchisse le seuil de la maison, tant elle craint la ville qui a englouti son frère. Elle est devenue une créature qu'Isaac aurait méprisée, terrorisée par la lumière du jour. La pâleur qu'elle a surprise dans le miroir de Mary en est la preuve.

« Ester », dit le rabbin en pointant ses longs doigts vers un rayon en hauteur derrière lui.

Elle suit ses instructions et compte, retirant les pièces d'argent de la boîte étroite qui menace de déborder et les laissant tomber dans une bourse. Les doigts tremblants, elle noue sa cape sous le menton. Puis elle se met en route d'un pas rapide, les épaules rentrées pour se protéger d'un froid qui la surprend.

La ruelle est presque déserte, fermée à une extrémité par un mur noirci par les ans. Au-dessus d'elle, les habitations étagées projettent leurs ombres sur les pavés, chaque niveau d'un bâtiment surplombant celui sur lequel il repose, comme si tous rivalisaient d'efforts pour obscurcir l'impasse toujours davantage. Entre les balcons qui se font face au dernier étage, si près les uns des autres qu'on les dirait prêts à se toucher, le ciel gris n'augure rien de bon.

L'atelier de reliure dont le rabbin lui a donné le nom se trouve quelque part dans Southwark. Elle sait comment aller jusqu'au fleuve, mais ses connaissances s'arrêtent là. Elle hésite. Puis, se décidant, elle quitte la rue pour en emprunter une plus large en toute hâte, comme si forcer l'allure était le seul moyen d'empêcher la ville de la toucher.

Le bord des pavés est rendu glissant par les détritus de toutes sortes, et l'on ne peut faire un pas sans être assailli par une nouvelle odeur – comment respirer tout en retenant sa respiration ? La cité pointe ses flèches sur elle, dangereuse, avec ses rues immondes où elle a perdu Isaac. À l'heure qu'il est, les fils HaLevy ont dû s'engager dans les ruelles au-delà de Clothworkers' Hall. Elle allonge le pas pour les rattraper, car elle a beau se méfier de l'aîné des frères, elle préférerait malgré tout demander son chemin en portugais plutôt qu'en anglais.

Quand elle tourne à l'angle de la rue, elle aperçoit Manuel et Alvaro HaLevy un peu plus loin devant elle. Dehors, ils ont l'air moins sots que dans le cabinet du rabbin, plus sûrs d'eux.

Au bruit des pas d'Ester, le plus jeune se retourne. Il a un sourire timide et pose une main hésitante sur la manche de son frère pour l'arrêter.

Manuel enregistre la présence d'Ester dans la rue non sans surprise ; il ne l'aurait pas crue assez hardie pour oser l'aborder. Il croise les bras, l'air amusé.

Sans plus de préambule, elle leur demande en portugais :

« Où se trouve l'atelier de reliure Chamberlain ?

– De l'autre côté du fleuve, répond Alvaro dans son anglais teinté d'accent portugais. Juste de l'autre côté du pont, précise-t-il avec un geste dans la direction où ils allaient. Il faut prendre la deuxième à gauche sur la grand-rue. À côté d'une boulangerie. »

Elle acquiesce d'un bref signe de tête.

« Fais attention à toi, reprend Alvaro, qui l'arrête quand elle fait mine de s'éloigner. Veille à rentrer avant la fermeture des portes, sinon tu seras retenue à l'extérieur des murs de la cité. » Sa voix n'est plus qu'un murmure pressant, quand il ajoute dans un mélange de portugais et d'anglais : « La dernière fois que j'y étais, un garçon m'a menacé avec un espar. » Le rose lui monte aux joues, son corps frêle s'incline vers elle comme en quête de réconfort. « Il le balançait si fort que j'en ai senti le vent dans mes cheveux. Lui et ses compagnons disaient que les juifs font d'excellents meurtriers. Que nous avons contribué à couper la tête de leur dernier roi. »

Dans l'intervalle, Manuel observe Ester de près.

« *Obrigada*, dit-elle en s'adressant à Alvaro en portugais. Pour la mise en garde. »

Sur le visage du garçon, le rose vire au rouge foncé. Il incline la tête et fixe ses chaussures noires bien cousues, prises dans des socques appareillés.

Mais Manuel adresse à présent un sourire mielleux à Ester, comme s'il venait juste d'entendre une agréable plaisanterie. « Ils voulaient qu'il baisse ses hauts-de-chausses, dit-il en anglais sans prendre la peine de traduire, pour voir à quoi ça ressemble, un juif. »

Alvaro pâlit.

« Je me suis enfui, dit-il simplement, et Ester comprend qu'il s'est résigné depuis longtemps au plaisir que prend son frère à l'humilier.

– *Obrigada*, répète-t-elle à son adresse. C'est gentil à toi de m'avoir avertie.

– Il a détalé comme un chiot », chantonne Manuel.

Alvaro n'est en effet qu'un jeune chiot. Elle se retient d'acquiescer. Son frère, lui, est un bâtard trop porté à mordre. « Et toi, dans un cas pareil, tu ne t'enfuirais pas ? » provoque-t-elle Manuel. Elle laisse un petit sourire malicieux jouer sur ses lèvres. Ne s'est-elle pas juré pourtant depuis toujours de ne jamais agir de cette manière ? Elle regarde Manuel HaLevy, et la question n'a plus d'importance. Elle veut voir – et veut qu'Alvaro le voie également – ce sourire suffisant balayé du visage de l'aîné.

« Tu devrais peut-être rester, toi, et baisser tes hauts-de-chausses devant eux. Je parie que si tu le faisais, continue-t-elle en laissant son regard descendre jusqu'à sa taille, puis un peu plus bas, avant de remonter pour rencontrer le sien, toujours indéchiffrable, on te prendrait pour un Anglais. »

Il laisse échapper une exclamation de surprise. Puis ses yeux aux reflets cuivrés s'attachent étrangement aux siens. Elle soutient son regard sans broncher, sans rougir le moins du monde – un talent qu'elle tient de sa mère, même si jusqu'ici elle ne s'est jamais beaucoup exercée à en jouer. Peu importe qu'elle ait deviné juste ou non en soupçonnant que la communauté londonienne ne soumet pas ses fils au rite ; le visage de Manuel a l'air de quelque chose qui est entré en fermentation, comme sous la nécessité de réviser entièrement son jugement sur Ester. Il donne l'impression de vouloir la blesser pour avoir osé lui faire honte en tant que juif, mais il a aussi l'air de désirer que son regard glisse une nouvelle fois le long de son corps comme il vient de le faire.

Brusquement, la détermination d'Ester vacille au souvenir du visage aux lèvres carmin de sa mère tel qu'il s'est réfléchi dans le miroir de Mary. Elle tourne les talons et commence à s'éloigner.

« Je suis au courant pour ton frère, dit Manuel dans son dos. Pas franchement, lui non plus, ce qu'on pourrait appeler un vrai fils d'Israël, pas vrai ? S'enfuir comme ça de chez le rabbin pour aller se bagarrer comme un sauvage avec les débardeurs ? »

Elle poursuit son chemin sans un regard en arrière.

Les rues se font plus étroites, avant de s'élargir à nouveau et de se remplir de monde. Un gamin jaillit d'une porte et se met à trotter dans la rue, un rouleau d'étoffe à la main. Des bonnes proprement habillées et portant des paquets marchent devant elle, des blanchisseuses soulèvent des corbeilles remplies de linge sale. Passe une voiture à cheval qui la serre de si près qu'elle sent la chaleur du flanc de l'animal sur sa joue. Tout à coup, des rires dans l'entrée d'une taverne, et une odeur de friture qui s'échappe par les fenêtres mal éclairées et la réconforte en même temps qu'elle lui retourne l'estomac.

Pourquoi adopterait-elle aujourd'hui les manières de sa mère, alors qu'elle s'en est gardée si farouchement pendant si longtemps ? Même une fille comme Mary, aussi mesquine que vaniteuse, connaît les dangers qu'il y a à risquer sa réputation.

Comme si elle prenait une dose précautionneuse d'une liqueur forte, elle s'autorise une seule image. La robe verte de sa mère. Et sa voix : une gorgée brûlante. *Ester, tu es exactement comme moi.*

Si elle a insulté Manuel HaLevy aujourd'hui, c'est parce qu'il l'avait mise en colère, mais, elle doit bien l'admettre, c'était aussi pour le provoquer. Car bien qu'Ester ne l'apprécie guère, il a réussi, en la défiant ainsi, à mettre ses sens en éveil, exactement comme tout ce qui est emprisonné en elle – ses pensées, son souffle, les battements de son cœur – semble désormais s'éveiller à cette ville qu'elle a fuie si longtemps. Le Londres qui a détruit son frère ; le Londres des murmures avinés et exaspérants de sa mère. La langue même parlée dans ces rues l'excite d'étrange manière – comme si une créature trop longtemps emprisonnée en elle prenait vie tout à coup.

Une naissance inséparable du souvenir. Comment aimer une pareille mère – mais comment, dans le même temps, ne pas la regretter ? Ceux qui à la synagogue prétendaient vouloir ne rien avoir à faire avec Constantina mentaient, car n'étaient-ils pas ravis de colporter leurs ragots sur ses légendaires humeurs ? Ne rendaient-ils pas volontiers visite à Samuel Velasquez – et ce non seulement en raison de son statut de marchand très estimé, mais aussi parce qu'ils avaient ainsi l'occasion d'admirer la lumineuse beauté de Constantina dans l'élégance de son intérieur, et d'assister aux moments tout aussi plaisants que dangereux où elle retrouvait sa joie de vivre ? Car quand le visage et toute la personne de Constantina Velasquez s'illuminaient de bonheur – quand elle riait et jouait quelque délicate mélodie sur l'épinette du salon, comme le lui avait appris sa mère, ou chantait un couplet aérien de son exceptionnelle voix de gorge –, alors elle ne paraissait plus en désaccord avec le monde, mais en était au contraire le cœur même, si bien qu'il était impossible de ne pas être fasciné par le spectacle. Et s'il était vrai qu'elle pouvait être d'humeur très sombre ou se moquer de certaines personnes de façon tout à fait déplacée, s'il était vrai que sa désobéissance prenait parfois la forme d'une coquetterie provocante – se mettre à danser quand l'envie l'en prenait, en relevant ses jupes bien plus haut que ne l'autorisait la décence, poser sa main sur la poitrine d'un homme en lui parlant, comme pour donner plus de poids à ses mots, et continuer à converser avec un léger sourire comme si elle ne remarquait rien de la rougeur qui empourprait le visage du malheureux –, pour autant la plupart des invités calquaient leur attitude sur celle de Samuel et gardaient le silence jusqu'à ce qu'ils quittent la maison.

L'exemple le plus marquant de l'esprit de rébellion de Constantina, Ester s'en souvenait, même si elle n'était encore qu'une enfant à l'époque. Huit jours après avoir donné naissance à Isaac, Constantina, bras largement écartés, avait barré l'accès à ses appartements et refusé que le bébé soit circoncis. On lui envoya des femmes pour tenter de la convaincre : il est vrai qu'au Portugal elles n'avaient pas eu la liberté de circoncire leurs fils. Et, à présent, il était un peu étrange de vouloir de nouveau judaïser les jeunes – mais la circoncision n'était-elle pas la marque de leur sécurité récemment retrouvée ? Constantina s'était contentée de les fixer de ses yeux noirs et de rire de la ferveur de leur plaidoyer. Plus d'une avait pleuré de consternation en quittant la maison des Velasquez et avait dû se ressaisir avant de rentrer chez elle et parler avec affectation d'un esprit perturbé par les rigueurs de l'accouchement.

Seul le *herem* lancé par le conseil d'administration de la synagogue, interdisant aux membres de la famille Velasquez de fréquenter le lieu de culte tant que la circoncision n'aurait pas été pratiquée, avait mis un terme à l'affaire. Samuel avait littéralement arraché le nouveau-né aux bras de son épouse. Il était parti pour la synagogue tout échevelé après leur dispute, poursuivi jusque dans l'escalier par la fureur de Constantina : « Évidemment, toi tu approuves la décision du conseil ! Maintenant que tu t'accroches au judaïsme comme un enfant au sein de sa mère, tu n'es plus l'homme que tu étais – tu n'aurais jamais dû accepter non plus qu'on te le fasse à toi ! » L'écho de la porte claquée ne s'était pas éteint que Constantina s'emparait d'une plume et d'une feuille de papier. Elle rédigea sa lettre à grands traits rapides, et, quelques minutes plus tard, elle envoyait une bonne circonspecte à la synagogue avec pour instructions de remettre le pli au rabbin le plus respectable qu'elle trouverait et d'observer son visage pendant qu'il lirait sa lettre. « Et assure-toi que mon mari assiste bien à la scène », lança-t-elle au moment où la bonne quittait la maison.

Le garçon n'en fut pas moins circoncis et renvoyé dans l'heure à la maison criant à pleins poumons et refusant de se laisser apaiser par les quelques gouttes de vin qu'on lui fit absorber. Au beau milieu de la table du salon, Constantina emmaillota son fils, et avant de le remettre entre les mains de la nourrice et de chercher elle-même le réconfort dans un flacon, elle le berça quelques instants avec une tendresse mêlée de chagrin, comme si elle tenait dans ses bras sa nature indomptable. Ester avait assisté à toute la scène depuis le haut de l'escalier, et elle avait gardé les yeux fermés un moment après le départ de sa mère, afin de pouvoir continuer à imaginer que c'était elle le petit enfant en pleurs que l'on tenait si serré.

Et la première fois que Samuel Velasquez avait ramené le rabbin HaCoen Mendes chez eux, la voix de Constantina avait déchiré l'air au-dessus de la tête d'Ester.

« Je n'ai jamais autorisé cet homme à mettre les pieds dans ma maison.

– Cet homme est un rabbin, avait rétorqué son mari. Et il va donner des leçons aux enfants. »

Son père. Ses épais cheveux bruns, sa barbe bien taillée à peine grisonnante. Ses larges mains empreintes d'une légère odeur d'anis et de café, teintée de celle des tonneaux d'épices qu'il inspectait sur les quais ; sa belle blouse blanche et ses hauts-de-chausses bien repassés, ses yeux noisette pleins de douceur, agrandis par la fatigue.

Tout au long de cette première heure qu'Ester avait passée avec le rabbin, son père s'était attardé aux abords de la pièce, comme pour les protéger de l'orage dont il savait qu'il allait éclater. Dans le silence du salon, l'aveugle levant son visage dans sa direction comme une plante qui se tourne lentement vers le soleil, Ester avait répondu aux questions bienveillantes du rabbin HaCoen Mendes – que connaissait-elle de l'hébreu, quels ouvrages avait-elle lus en castillan, et en portugais ? Elle avait lu à voix haute un extrait du livre apporté par le rabbin, murmurant des excuses à chaque hésitation.

Sitôt le rabbin parti, le silence avait volé en éclats.

« Ne me parle pas comme si j'étais une demeurée ! » La voix étranglée de Constantina serra la gorge d'Ester.

Dans sa robe verte profondément échancrée, Constantina referma ses mains délicates sur le dossier sculpté de la chaise d'Ester. « Eh oui, c'est un rabbin ! Une malheureuse créature qui a perdu la vue pour le plus grand bonheur des prêtres, et qui, avec tous les autres, voudrait à présent qu'on mette tous nos sens en berne. Fini nos pièces de théâtre préférées, fini le droit de manger ce que nous voulons, et, indécence suprême, fini les danses endiablées laissant voir nos jambes si l'envie nous en prend ! »

La servante entra, tête basse, et alla fermer les fenêtres – encore que le verre fût trop mince pour empêcher pareille fureur de parvenir aux oreilles avides des voisins.

«Je refuse de discuter plus longtemps de la question de l'assistance à des comédies espagnoles, dit Samuel. Le Mahamad s'est prononcé contre.

– Le Mahamad, déclara-t-elle dans le dos d'Ester, n'existe que pour se vautrer dans son saint fumier !

– Constantina !

– Non, laisse-moi parler ! Quand ma mère et moi nous sommes enfuies de Lisbonne, c'était pour sauver nos vies. Pas nos vies de *juives*. Nos vies, tout court. Nous nous sommes enfuies parce que même si nous ne récitions jamais une prière, même si ma mère et mes tantes allaient danser après leur festin du vendredi – elle s'approche vivement de son mari et lui plante son doigt dans la poitrine –, même ainsi, les prêtres voulaient nous traîner dans leurs chambres de torture. »

Tandis que son père reculait devant cet assaut, Ester comprit que Constantina avait bu. Il ne dit pas un mot, mais elle le sentit se refermer comme une lourde porte, laissant la pièce plus froide.

« Tu m'as amenée ici jeune mariée, poursuivit Constantina, sa voix montant encore d'une octave, et tu as décidé que nous serions des gens pieux. Mais personne n'est pieux jusque dans ses moindres pensées – personne sauf toi », conclut-elle en accentuant le dernier mot avec un plaisir pervers.

Coudes appuyés sur la table, visage détourné, Ester avait fermé les yeux. Que voyait le rabbin, se demanda-t-elle, derrière ses paupières closes ? Et quel était le véritable sens du verset du *Pirkei Avot* qu'il avait récité ? La récente leçon tournait dans sa tête, pièces de puzzle cherchant à s'apparier. Elle la laissait perplexe. Ester n'arrivait pas à aligner les différentes notions contenues dans ces paroles.

« Tu étais très contente, disait son père, quand j'ai décidé de faire enseigner le français à nos enfants et le latin à notre fils, comme il convient à notre statut. Et pourtant, tu voudrais que je renie la culture de notre peuple. Ton grand-père, Constantina, n'est pas mort pour que nous la reniions aujourd'hui. » La voix de son père avait elle aussi monté d'un ton. Ester avait peur de l'orage qu'elle risquait de déclencher, mais ne pouvait s'empêcher de se détacher du son de ses paroles. « À Amsterdam, même une fille peut faire des études religieuses. Et si Ester est capable d'apprendre, alors elle le doit. Je suis en désaccord avec la plupart de mes pairs à ce sujet, je le sais. Mais le rabbin HaCoen Mendes accepte d'enseigner à une fille. Et, poursuivit-il d'une voix douce mais déterminée, en tant que maître de cette maison, je lui ai demandé de le faire. Ce n'est pas dans mes habitudes, Constantina, de me montrer ferme avec toi, même si d'aucuns me traitent d'imbécile pour la tolérance dont je fais preuve devant tes caprices. »

Dans le long silence qui s'ensuivit, Ester ferma les yeux. Derrière ses paupières closes, elle obligea son esprit à revenir sur les mots du rabbin. *« Sauver une vie revient, en mérite, à sauver le monde. C'est pourquoi il est dit, celui qui sauve une vie sauve un monde. »* S'il en était ainsi, qu'entendait-on ici par « monde » ? Existait-il des mondes de différentes tailles et de mérites différents ? Ou bien l'univers d'une seule âme était-il aussi grand que celui qui contenait toute la création, voire infini ? Le monde d'Ester, peuplé de ses parents et de son frère, était-il l'égal de tous les autres créés par Dieu ?

Et pourtant, si tous les mondes étaient égaux, chacun de ceux qu'assassinaient les jésuites était égal à tous les autres. Comment alors être certain que le pouvoir de Dieu était plus grand que celui des jésuites ?

Ces pensées résonnaient dans sa tête de manière effrayante, l'obligeant à ouvrir les yeux : ne risquait-elle pas de tomber dans l'hérésie ? Était-elle en train d'adopter les façons de sa mère jusque dans ses études ?

Son père parlait toujours. À voix basse mais fermement. « Je n'ai pas besoin de te rappeler, Constantina, ce qu'il pourrait advenir de toi au Portugal. Cette congrégation d'Amsterdam que tu hais tant, tu as beau te rebeller contre ses décisions, elle est ta protection. »

Constantina restait immobile. La fureur semblait l'avoir quittée, laissant place au désespoir. « Tu m'enfermes dans une prison remplie de juifs », souffla-t-elle d'une voix égale.

Le visage de son père portait les marques d'une grande fatigue, mais une réelle compassion s'y fit jour tout à coup, qui permit à Ester de constater que l'amour de son mari pour Constantina était intact, et que, si seulement elle y consentait, il la prendrait dans ses bras pour la consoler. « Ce n'est pas moi qui ai décidé que ce serait une prison », dit-il avec douceur.

Un moment d'équilibre. Puis le visage de Constantina se rembrunit. Elle eut un geste vague en direction du livre ouvert devant Ester avant de dire vivement : « Abandonne toutes ces sottises. »

Ester ne bougea pas.

« Tu as entendu ce que je t'ai dit ! »

Comme à travers un voile, Ester croisa les yeux noirs de sa mère.

« Bien », dit Constantina. Les accents d'une étrange solitude teintaient sa voix. Mais elle garda son immobilité de soldat au garde-à-vous quand elle reprit la parole, bravant la perplexité qui s'était emparée d'elle. « Il se peut effectivement que tu sois juive, Ester, dit-elle, et même si les mots s'adressaient à sa fille, son attention était tout entière centrée sur son mari, mais tu as du sang ibérique dans les veines et des armoiries dans ta famille. »

Samuel s'affaissa légèrement sur lui-même, comme si une mélodie qu'il cherchait à retrouver s'était évanouie. « Il ne sert pas à grand-chose, dit-il calmement, d'attacher du prix à la pureté du sang ou à des titres acquis par des ancêtres qui ont néanmoins échoué à acheter leur sécurité. »

Ce qui jusqu'ici avait pu retenir Constantina disparut d'un coup. Avec un petit sourire qui laissait entendre qu'elle allait asséner un coup fatal, elle dit :

« Je devrais peut-être lui dire, qu'en penses-tu, que la lignée de sa mère remonte à un Anglais distingué, tout ce qu'il y a de plus chrétien.

– J'aimerais protéger ma famille de cet héritage honteux, dit vivement Samuel, comme je t'ai protégée toi en t'épousant. »

Sans un mot de plus, il fit le tour de la table et se dirigea vers la porte. Il ne l'avait pas atteinte que Constantina l'avait rejoint. Ester entendit le bruit de la gifle sur la joue de son père. Puis les sanglots de Constantina, montant le long de l'escalier. Ensuite, le claquement d'une lourde porte, et le bruit de quelque chose qui s'écrase au sol, suivi de l'exclamation de sa mère *« Jesus Christo ! »* et d'un rire d'ivrogne ressemblant à un hoquet.

Quand Ester releva la tête, son père avait disparu.

« Je regrette », murmura-t-elle dans le vide.

La maison vibrait de silence. Les livres que le rabbin lui avait donnés à étudier reposaient sur la table devant Ester, éclairés par la lumière qui tombait de la fenêtre. Elle se plongea dans leur lecture, ligne après ligne, en retenant son souffle de peur de troubler sa fragile compréhension, avant de recouvrer peu à peu une respiration normale.

À présent, Ester se hâte dans les rues étroites de Londres, tout au souvenir de ces journées d'études fécondes devant la table en bois verni de leur maison d'Amsterdam, tandis que sa mère passait à proximité, ignorant sa présence, et que la servante, Grietgen, faisait le ménage sans bruit autour d'elle. Il lui arrivait, quittant un moment les textes du rabbin, de s'absorber dans un ouvrage en français appartenant à son père et traitant de l'âme et de la matière, et de l'extension de la matière dans l'espace. Elle était fascinée par le contraste existant entre le mode de pensée des chrétiens et les textes rabbiniques de plus en plus complexes que lui soumettait le rabbin HaCoen Mendes. Les chrétiens, lui semblait-il, cherchaient à découvrir les leviers par lesquels l'esprit parvenait à mettre le corps en mouvement, et ceux par lesquels il était régi par le divin. Des préoccupations qui n'intéressaient absolument pas les rabbins. Ce qu'ils voulaient connaître, eux, c'étaient les instructions les plus infimes à respecter pour obéir à la volonté de Dieu. Comment régler la pratique de la dévotion selon les lois du code alimentaire prescrit, selon les directives en matière d'habillement et de décoration de la maison, ou du nombre de fois qu'il convenait de répéter une prière... comment observer les lois du comportement dans telle ou telle circonstance de la vie quotidienne.

La différence entre les deux modes de pensée lui semblait être la clé d'une vérité qu'elle était incapable de nommer. Était-il inévitable que les deux attitudes – la chrétienne et l'hébraïque, l'âme et le monde tangible, mesurable – soient inconciliables ? Ou bien existait-il une voie moyenne par laquelle un individu – serait-il réduit à ce qu'était Ester, avec son mince bagage, ses mains toujours froides, sa cage thoracique qui lui paraissait trop étroite pour contenir tout l'air qu'elle avait besoin d'aspirer – serait à même d'appréhender plus facilement le but de la vie ? Et que dire des arguments des apostats ? Pourquoi les rabbins bannissaient-ils leurs propos plutôt que de les écouter pour ensuite seulement les réfuter ?

Et comment réagir au marmonnement outré et surpris de la vieille domestique : « Votre mère ne vous a donc point dit ce qu'il fallait faire des linges tachés ? Ou serait-ce qu'elle est trop occupée avec sa satanée bouteille pour remarquer que sa fille est devenue une femme ? » L'éclat du sang sur ses doigts, son odeur, le trouble et l'humiliation. Afin d'oublier les paroles de la servante, elle rapprocha le texte et suivit les ruisseaux des enseignements du rabbin, qui l'emmenèrent sur les flots de nouveaux arguments promettant de l'emporter plus loin que le Herengracht, au-delà des canaux paresseux de la ville, vers une conclusion tellement éblouissante qu'elle en avait le vertige. Parfois, c'est à peine si elle arrivait à parler pour répondre aux questions de l'aveugle. À d'autres moments, c'est à peine si elle trouvait assez de souffle pour tous les mots qu'elle avait besoin d'exprimer, même si le rabbin l'écoutait avec la plus grande patience. Ces jours-là, les nouvelles idées bouillonnaient à tel point en elle qu'elle avait l'impression que ni le plafond au plâtre blanc, ni les poutres, ni les murs de brique ne pourraient la contenir ; si elle devait lever la tête pour parler à nouveau, elle ébranlerait la maison et la ferait s'écrouler.

Constantina comprit enfin ce que les servantes savaient depuis des mois. Même Samuel Velasquez ne pouvait nier la logique de l'argument tenu par son épouse : Ester étant désormais d'âge à se marier, il convenait de mettre un terme à son éducation.

Toute la clarté et toute l'animation du monde soudain éteintes. Le rabbin ainsi que les professeurs particuliers de français et de latin ne venaient plus à la maison désormais que pour Isaac, et même si Ester faisait de son mieux pour écouter, tout en vaquant à sa broderie ou aux autres tâches dont elle avait maintenant la charge, ces leçons ne servaient plus qu'à lui remettre en mémoire ce qu'elle avait perdu. L'attention d'Isaac se dispersait tellement dans la pièce que les précepteurs dont la patience était mise à mal devaient rabâcher les règles de grammaire les plus élémentaires et revenir sans cesse sur les mêmes textes. Ester entrait parfois pour proposer du thé ou de la bière, ou bien se tenait sur le seuil, agitant les mains en silence pour stimuler l'attention de son frère, mais Isaac ignorait ces avertissements, se contentant d'un haussement d'épaules indolent. Les ouvrages qu'avait étudiés Ester retournèrent à la synagogue, et quand par hasard elle trouvait un moment pour parcourir les textes plus simples réservés à son frère, elle était distraite par le moindre bruit de pas, tant elle craignait que le seul fait qu'on la voie étudier les formes lisses des caractères hébreux ou même les leçons de français ou de latin assignées à son frère n'enflamme l'atmosphère de plus en plus lourde qui régnait dans la maison. Car la féminité nouvellement acquise d'Ester semblait avoir piqué sa mère au vif, et Constantina couvait maintenant sa fille d'un œil rempli d'obscurs sous-entendus. Et quand Samuel Velasquez partit en voyage pour ses affaires, emmenant son fils dans l'intention de le guérir de son entêtement, elle trouva enfin, dans le vide de la maison et d'une bouteille jamais assez pleine, la liberté de décharger sa conscience d'un secret.

Te dirai-je, Ester, la vérité sur l'amour ?

Écoute ce que j'ai appris de ma propre mère sur la destruction de son cœur. Et la construction du mien.

Cet été-là, un silence habita l'esprit d'Ester, précaire et chargé d'espoir, pour s'étirer sur des jours et des semaines, attendant d'être rompu.

Puis, comme convoqué par ce silence, un grondement qui enfle.

La nuit, le toit embrasé. Le jaillissement aveuglant du feu depuis le haut de leur maison dans le ciel noir. Comme si les flammes, aspirées dans l'étreinte du ciel, avaient enfin gagné leur liberté.

Haut, toujours plus haut.

Une année, davantage. De longs mois d'apathie, de doigts piqués par l'aiguille, d'une douleur sourde au creux de la poitrine, d'une parole étranglée. Le visage d'Isaac fermé, verrouillé. Les mots « Je suis désolée », qui sortaient d'elle si facilement du vivant de sa mère, désormais imprononçables, même si elle savait que son incapacité à excuser sa seule présence passait mal auprès des matrones de la synagogue qui leur donnaient le gîte et le couvert. Au fil des semaines, les chuchotements de ces femmes prenaient de l'ampleur. *Que faire de ces deux-là ?* De ce fils aux cheveux blonds porteur de la lanterne fatale – c'était à n'en pas douter le jugement de Dieu qui s'était exprimé à travers ses jeunes mains, que faire d'un garçon sur lequel pesait une telle malédiction ? Peut-être ferait-il un aconier acceptable, mais ce genre de travail était bon pour les chrétiens ou les juifs d'Europe centrale, pas pour le fils d'une famille portugaise. Et que faire de la fille – vous la voyez, là, en train de raccommoder avec ces points horribles et trop serrés –, enfant gâtée d'un homme respecté, devenue un fardeau pour la communauté. Pourquoi ne pleure-t-elle pas au moins son père, ce pauvre homme condamné à vivre et à mourir aux côtés d'une épouse pareille ?

Quel ne fut donc pas le soulagement des matrones quand le rabbin HaCoen Mendes fit savoir par l'intermédiaire de sa domestique qu'il était prêt à prendre les orphelins chez lui. Soulagement plus grand encore quand le rabbin aveugle – lui-même un fardeau pour la communauté, si déplacé que ce soit de l'admettre en public – déclara qu'il était prêt, sur les instances de Manassé ben Israel, à porter à Londres les lumières de la connaissance. Même si le plan de Manassé avait en fait bien peu de chances de réussir, tout le monde y gagnerait si Londres devenait effectivement un refuge pour les juifs. Qui plus est, un Londres accueillant pourrait même attirer à lui ces malotrus de juifs allemands, dont le mode de vie grossier commençait à menacer tout ce que la congrégation portugaise avait construit à Amsterdam.

Le bedeau avait donc annoncé une série de prières pour le succès du rabbin HaCoen Mendes, les hommes fortunés de la synagogue avaient fait don d'ouvrages richement reliés pour l'accompagner dans sa mission – et voilà la communauté déchargée du poids du rabbin et des orphelins à sa charge.

L'occasion d'expier beaucoup en un seul départ de bateau.

Ester poursuit son chemin. Le fumier jonche les pavés de la rue. Elle longe des bâtiments en brique noirs de suie, croise des chats, bien portants ou malades, dépasse un édifice en pierre orné d'un ange ébréché. Une cour marquée par le passage des sabots et envahie de plantes grimpantes desséchées, une maison endommagée par le feu. Chaque pas la fait entrer un peu plus dans la peau de la ville. Tout en marchant, elle repense à celle qu'elle était à une époque : le feuilleté de ses longues jupes soyeuses, les larges cols à pointes s'ouvrant à la naissance de la gorge. La fille d'Amsterdam devant la cheminée lui semble sortir tout droit d'un portrait encadré : yeux baissés fuyant le regard timide du garçon d'à côté avec une modestie qui la frappe à présent comme étant la plus stupide des attitudes. Elle n'est plus que cendres aujourd'hui, cette fille que son père escortait à la synagogue et laissait avec orgueil se mêler à l'assistance à la mise soignée. La noble démarche de Samuel Velasquez, l'odeur de son manteau de laine, autant de souvenirs qui lui étreignent la gorge.

Cendres, cette fille qui a existé un jour avec ses vagues règles de conduite, sa posture d'éternelle coupable, sa foi désespérée en la vertu comme garantie de la sécurité. Et cet espoir tout aussi désespéré que ce qu'il y avait en elle d'indiscipliné, de violent, de sensuel, tout ce qui la terrifiait mais la fascinait aussi, pouvait être dompté.

Le long de la rue, des garçons traînent des sacs de sable, un vendeur d'encre colporte sa marchandise, des ramasseurs de salpêtre sortent d'une écurie, chargés de gros sacs maculés de taches. Une fille conduisant une ânesse frappe à une porte et, voyant qu'elle n'obtient pas de réponse, pose le front sur le chambranle et lance un faible appel avec l'espoir d'attirer l'attention de mères dont les enfants pourraient avoir besoin de lait. Au-dessus des têtes, des enseignes annoncent en silence leurs marchandises – l'une est découpée en forme de mortier et de pilon, une autre adopte les contours d'un tonneau de bière, une troisième représente de la vaisselle – afin que les illettrés voient où entrer avec leur argent. À présent, la rue s'incline sous ses pieds ; d'abord, de manière à peine perceptible. Puis très vite, la pente s'accentue, comme si non seulement ses pas mais aussi toute la ville se précipitaient en direction du fleuve. À mesure qu'elle approche de l'eau, quelque chose dans l'air semble se relâcher. Ailleurs dans la cité, l'emprise des puritains peut ne perdre que lentement de sa présence, mais ici, près du fleuve, le désir de libération semble se faire sentir de manière plus forte. Une grue se dresse au-dessus des remous agités ; une yole débarque ses passagers au bas d'un escalier ; dans les longs appels impérieux des mariniers et les cris des mouettes, un défi à peine retenu. Ici et là, entre deux bâtiments, le fleuve apparaît maintenant, gris, plombé, puissant.

Le flot des piétons s'épaissit tout à coup, à mesure que se rétrécit le chemin devant Ester. Prise au milieu d'une foule d'étrangers, elle pénètre dans un corridor de pierre, puis, d'un seul coup, se retrouve bousculée et entraînée vers le grand pont qui se profile devant elle – ou plutôt dans un passage sombre et étroit qui très vite prend les allures d'un tunnel. Le pont est bordé de chaque côté de solides rangées de boutiques, et les habitations des marchands qui s'entassent au-dessus et les surplombent forment en se rejoignant au sommet un toit qui couvre la chaussée. Le flot ralentit, la foule se faisant plus dense quand elle pénètre dans le couloir faiblement éclairé par les lanternes des boutiques. Ester n'entend ni ne sent le fleuve sous ses pieds. Des gens sont là, qui se pressent contre elle et la bousculent dans une intimité silencieuse. Elle voudrait fuir cette promiscuité ; de sa vie, elle n'a jamais été touchée par autant de gens, elle en est sûre. Mais elle n'a nulle part où se réfugier. Une chose pourtant la surprend, le sentiment de danger et de liberté qu'elle éprouve au contact de cette foule. Elle pourrait tout aussi bien être un insecte tant on lui prête peu d'attention. Un insecte – pas une juive. Pas la survivante d'un incendie qui mit un jour tout Amsterdam en émoi.

Devant elle, à présent, un cheval s'emballe et se met à ruer violemment. Un homme hurle un avertissement, et l'on entend des cris effrayés jusqu'à ce qu'on ait maîtrisé l'animal. Une femme maigre comme une planche à pain, dont les cheveux filasse se dégarnissent, enfonce son épaule dans celle d'Ester ; un homme à la tignasse blonde hirsute ne semble même pas remarquer qu'il l'a heurtée du coude ; sur son autre côté, deux femmes portant chacune un bébé la croisent en bavardant, sans se soucier du contact intime qu'elles ont eu un instant avec elle.

Quand Ester a vu le pont de Londres de loin, elle a imaginé un espace immense, un point de vue privilégié d'où apercevoir toute la ville. Mais le pont n'offre aucune perspective ; il est en fait l'artère dans laquelle bat le pouls de Londres tout entier et qui se bouche de temps à autre de manière terrifiante – la foule grossissant rapidement autour d'Ester dans l'intervalle – avant de laisser à nouveau circuler la vie. Poussée vers l'avant, elle suit le mouvement pour éviter de tomber. Elle est prise au milieu d'une cohue d'Anglais inconnus, et la peur la fait haleter ; mais, grisée par leurs odeurs étranges, leurs tissus rugueux et leurs membres vigoureux, elle se sent réchauffée par la chaleur de leurs corps.

Un espace entre deux constructions fournit une étroite fenêtre par laquelle on aperçoit le fleuve, et toute la ville qui se répand de part et d'autre du pont, débordant des murs de la cité, s'entassant le long des rives aussi loin que porte le regard. Un moment, le bruit des roues hydrauliques sous le pont lui parvient clairement, et elle voit le fleuve gris à moitié endigué par l'obstacle qui monte à l'assaut des piles sur sa droite. Du côté de l'aval, là où l'eau jaillit hors des arches étroites à travers lesquelles elle a été canalisée, le niveau du fleuve est plus bas d'au moins la taille d'un homme. L'eau se rue avec une telle violence, creusant des sillons furieux qui ont l'aspect du verre, qu'elle semble devoir finir par emporter le pont – une ville à lui seul – sur son passage.

Prise dans la cohue, elle continue d'avancer, mais elle ne s'est pas sitôt habituée à la pénombre de l'endroit qu'une lueur blanchâtre apparaît un peu plus loin devant elle, signalant l'extrémité du pont.

Tout autour d'elle, les hommes et les femmes prennent une allure étrange dans la lumière qui grandit et un clair-obscur qui sculpte magnifiquement les visages. Ester a l'impression que ce moment passé dans ce sombre tunnel leur a permis de se débarrasser de la réserve méfiante qui pèse sur la ville. Ils se pressent autour d'elle, leurs passions et leurs espoirs mis à nu, leurs vies et leurs morts clairement visibles. Dans cet instant, elle leur pardonne tout ce qui l'a poussée à les craindre, eux et leur cité. Une étrange tendresse s'empare d'elle. L'espace d'une seconde, elle a la sensation que le pont bouge, tremble, comme s'il se préparait à s'arracher à ses fondations pour les entraîner tous vers la mer. Mais ce n'est que la vibration provoquée par le flot impétueux, à laquelle se mêle le vacarme qui provient de la rive. Elle réentend les cris des mouettes et des mariniers, les bruits retentissants ou étouffés d'un port fluvial en pleine activité. Elle sent l'odeur du torrent glacé qui se force un passage sous leurs pieds.

Pour la première fois, elle comprend que c'est là la liberté à laquelle aspirait son frère.

Il y a de la vie dans Londres. Et de la vie en elle aussi. Et du désir. Une flamme jaillit en elle, défiant les limites dans lesquelles elle l'a maintenue emprisonnée jusqu'ici.

Comment le désir pourrait-il être répréhensible, se demande-t-elle, si chaque être humain le contient en lui ? Chaque créature naît avec le besoin instinctif de respirer, de trouver de quoi manger jour après jour. Le désir par suite n'est-il pas constitutif de la nature humaine, et comme un ensemble de signaux disposés le long de ce chemin qu'est la vie ? Et la négation de son existence ne serait-elle pas alors une sorte de profanation ?

Pareilles pensées sont hérétiques, et cela ne l'empêche pas de les entretenir. Une faim effrayante, fascinante aussi, se fait jour en elle. Une faim de quoi, elle ne saurait dire. De vérité, d'un contact avec la vérité, avec des corps tièdes, de l'étreinte de bras inconnus ? Elle voudrait presser ses lèvres sur celles de ces inconnus à côté d'elle, apprendre de leur bouche la langue qu'ils parlent. Quelque part de l'autre côté de ce pont, des livres lui font signe, des textes qu'elle pourrait consulter et questionner – et pourquoi pas, contredire –, car, dans cette hardiesse nouvellement acquise, plus rien ne lui semble impossible, elle s'autorise même à admettre que les sages ne se sont guère souciés de la grande question qui la préoccupe, à savoir l'origine du pouvoir qui a mis le monde en mouvement et qui le gouverne. Fermant les yeux et laissant la foule guider ses pas, elle voit derrière ses paupières closes les livres qui l'attendent, les voix rassemblées des penseurs fixées par l'encre sur chaque nouvelle page. Un déluge d'encre régénérateur, chaque paragraphe s'attachant à définir la forme du monde. La lumière jaune d'une lampe sur les feuilles ; l'empreinte de mots d'un noir ivoire développant ligne après ligne un raisonnement. Pourtant, dans cette vision confuse que lui présente son imagination, les mains qui caressent et tournent les pages sous la lumière jaune de la lampe ne sont pas les siennes, mais celles d'un inconnu. Elle ne sait pas ce qu'elle désire le plus : les mots ou les mains, le contact avec son esprit ou avec sa peau.

Et puis, c'est la pâle lumière du jour. Elle est de l'autre côté, le bruit de l'eau derrière elle, et, devant, le fracas des sabots et des roues sur la pierre.

Jetant un regard en arrière sur la porte qu'elle vient de franchir, elle tombe sur un spectacle que d'abord elle ne comprend pas. Au-dessus de sa tête, plantés sur des piques noires au sommet de la grille qui ferme le pont, il y a des objets qu'on pourrait aisément prendre pour des pierres, des souches, des éléments naturels en voie de décomposition. Tandis que la vérité se fait jour en elle, elle vacille et s'arrête brusquement. Des cheveux aplatis par le goudron, des joues pendantes, luisantes et corrodées comme du papier carbonisé. Des têtes noircies, conservées dans le goudron : celles de traîtres à la patrie. Elle a déjà entendu des rumeurs à ce sujet – la façon qu'a le gouvernement anglais de rappeler à tous le prix de la trahison –, ce qui ne l'empêche pas d'avoir un haut-le-cœur ni de se trouver dans l'incapacité de détourner les yeux.

L'une des têtes a la bouche grande ouverte, des yeux vides écarquillés plus largement qu'aucun homme ne pourrait jamais ouvrir les siens de son vivant. Assez, en tout cas, pour voir le prix que lui ont coûté ses convictions les plus chères.

Mais les corps bien vivants massés autour d'elle l'emportent toujours plus loin. Déterminés à atteindre la berge du fleuve, les Anglais semblent en cet instant n'avoir crainte de rien, ni des yeux béants au-dessus d'eux ni d'un changement de gouvernement qui pourrait bientôt signifier l'apparition sur les mêmes piques d'autres têtes en punition de la propagation d'autres vérités. Elle a envie de leur souffler cet avertissement à l'oreille : *Ne faites jamais connaître votre vérité car c'est par elle que votre cou sera étranglé et en son nom que vous serez envoyés au bûcher.*

Dans le même temps, cependant, elle serait prête à les supplier pour connaître le secret de leur hardiesse.

Mais déjà ils s'éloignent d'elle. Au milieu du bouillonnement de la cohue, elle laisse derrière elle les têtes noircies qui oscillent à présent sous le vent mordant. Dans la rue pavée qui prolonge le pont, la foule s'éclaircit pour finir par s'évanouir. Elle se retrouve, libérée, sur la berge sud du fleuve, sa peau gardant le souvenir du contact avec ces inconnus qui l'ont portée jusqu'ici. Des centaines de mains, mortes et vivantes.

11

1er DÉCEMBRE 2000
LONDRES

La salle des manuscrits rares était silencieuse. Doctorants solitaires assis à des tables ici ou là, l'air de manquer de sommeil. Silence tendu, révérencieux, rompu de temps à autre par le bruissement d'une page qui se tourne. Frottement d'un crayon sur le papier. Craquement d'une jointure. Long reniflement isolé.

Helen était seule à une grande table, un mince volume provenant de chez les Easton posé sur le coussin marron devant elle, pages maintenues ouvertes par des rubans lestés. La nouvelle selon laquelle le premier lot de documents était prêt l'avait atteinte la veille dans la soirée, sous la forme d'un bref message téléphonique laissé par la bibliothécaire en chef, Patricia Starling-Haight. Helen était arrivée sur les lieux ce matin au moment précis où cette dernière ouvrait la lourde porte de la salle des manuscrits, et elle avait satisfait à la procédure habituelle sous les yeux de chouette de la bibliothécaire, abandonnant tout ce qui pouvait l'être : crayons et stylos, sac dans un casier, et éteignant son téléphone portable, avant que la maîtresse des lieux condescende à produire les premières pièces. Elle n'avait pas bougé depuis et avait déjà consulté trois lettres. Aaron avait avancé de la même manière ; son document était déployé sur un coussin un peu plus loin sur la table, mais lui restait pour l'instant invisible. Avec un peu de chance, ils viendraient à bout de quelques lettres supplémentaires avant la fermeture.

La bibliothécaire vint à passer une nouvelle fois. Quand elle eut disparu, Helen se pencha subrepticement en avant et prit une profonde respiration. Son ouvrage, un petit recueil de poésie liturgique, sentait la fumée, comme quelque chose qui aurait brûlé il y avait longtemps, le feu pourtant éteint donnant encore l'impression qu'il pouvait repartir à tout moment.

Elle se laissa aller contre le dossier de sa chaise, heureuse à l'idée que la collection complète des papiers était préparée en ce moment même en vue de son étude dans le labo de restauration situé dans les étages, heureuse aussi au souvenir détaillé de la suite des événements fortuits qui avaient mené à ce jour, le premier, dans l'ordre chronologique, étant que le prix d'achat des documents, si élevé qu'il ait été, ne s'était pas avéré prohibitif. La remarque de l'expert concernant l'époque couverte par lesdits documents (*les dates, qui englobent l'Interrègne et la Restauration, laissent ouverte la possibilité de l'existence de textes encore à découvrir qui pourraient être d'une grande valeur pour les historiens des périodes concernées*) avait peut-être contribué à faire monter le prix d'un millier de livres. Mais Jonathan Martin, poussé par son éternelle ambition de surpasser l'UCL, était intervenu, mettant dans la balance l'argent de quelque caisse noire du département d'histoire. Et la somme, jointe à un coup de téléphone du président de l'université, avait suffi à convaincre la bibliothécaire d'autoriser l'achat. L'opération aurait pu être gravement compromise, bien sûr, si par malheur l'expert avait reconnu la référence à Spinoza ; Helen s'était risquée à un pari loin d'être gagné d'avance quand elle avait quitté la maison des Easton sans rien dire cet après-midi-là, au lieu de réclamer un délai supplémentaire comme elle mourait d'envie de le faire. Mais les experts, au même titre que les conservateurs, étaient rarement des érudits. Les documents n'étaient pour eux que des objets matériels. C'étaient les historiens qui s'attachaient à leur signification.

Et c'étaient les bibliothécaires qui jugeaient des délits et des sanctions, là où le papier était en cause. De fait, Helen comprenait parfaitement la raison pour laquelle Patricia Starling-Haight, avec laquelle elle n'avait jamais eu que quelques brefs échanges, avait l'air aussi sévère aujourd'hui. À sa place, Helen aurait été blême de rage. Ce n'était déjà pas rien de plier devant un homme tel que Jonathan Martin afin d'acquérir des pièces dont le lien avec les collections déjà existantes était pour le moins douteux (tout ce qui concernait l'Interrègne se trouvait plutôt aux Archives nationales). Mais, une fois l'acquisition effectuée, non content de lui avoir forcé la main, Martin avait insisté pour que les papiers soient placés au sommet de la pile des documents en attente de traitement au laboratoire. Le conservateur en chef, une femme du nom de Patricia Smith, qui régnait en maître sur ledit laboratoire situé deux étages au-dessus de la salle des manuscrits, avait jugé bon de se rendre en personne dans le bureau de Martin pour lui faire valoir que réquisitionner ainsi son personnel était tout bonnement scandaleux, et que son précieux trésor du XVIIe siècle attendrait son foutu tour, comme les autres, jusqu'à ce que le laboratoire ait traité les dossiers déjà programmés, autrement dit jusqu'à fin août.

Helen imaginait d'ici la réaction des deux Patricia quand Martin avait non seulement refusé de céder mais avait déclaré sans ambages que – en dépit du fait que Helen devait pouvoir accéder à chacun des documents dès qu'il serait prêt –, le laboratoire de même que la salle des manuscrits étaient tenus d'informer tous ceux qui voudraient en savoir davantage (Martin ayant déjà obligeamment parlé aux journalistes d'*une découverte peut-être capitale pour l'histoire du XVII*[e] *siècle*) que, même si, conformément à la loi, les documents devaient être mis à disposition du public *dès l'instant* où ils seraient prêts, la collection tout entière, pour l'heure encore trop fragile, restait aux mains du personnel du laboratoire.

Ainsi tournaient les rouages du pouvoir entre les mains d'un directeur de département ambitieux, au mépris total des lois sur la liberté de l'information. Mais cette fois-ci – une fois n'est pas coutume –, ils tournaient à l'avantage de Helen.

Elle aurait dû se réjouir de l'ironie qu'il y avait à être la nouvelle cause favorite de Martin. Mais, en réalité, la chose ne laissait pas de lui peser.

L'exaspération des deux Patricia régnantes justifiait un silence plus tendu qu'à l'accoutumée dans la salle des manuscrits. Que les deux femmes n'aient fait aucune confiance aux historiens n'avait rien de nouveau ; depuis le temps qu'elle fréquentait l'endroit, Helen avait suffisamment eu l'occasion d'entendre les récriminations chuchotées de l'une ou de l'autre pour avoir saisi l'essentiel : les historiens ne traitaient les documents rares que sous l'angle des connaissances que ceux-ci pouvaient leur apporter, et non comme des objets matériels dotés d'une valeur intrinsèque ; les historiens cessaient de s'intéresser aux originaux sitôt qu'ils les avaient vidés des informations qu'ils contenaient. Patricia Starling-Haight avait vu de ses yeux un doctorant en histoire mâcher du *chewing-gum !* au-dessus d'un manuscrit enluminé du XVIe. Patricia Smith avait, elle, travaillé sur des manuscrits du XVe que l'on aurait pu encore sauver n'eût été le dommage irréparable causé par un historien qui avait *scotché !* deux fragments ensemble. Helen avait un jour vu Patricia Smith descendre de son labo pour venir tancer un étudiant qui avait troué un document d'un malencontreux coup de crayon. S'arrêtant en chemin avant d'emporter la victime sur son coussin comme un malade sur sa civière, la conservatrice avait pratiquement sifflé à l'oreille de l'étudiant tétanisé. « Il va falloir des heures et des heures de travail pour réparer ça, et je m'y consacrerai... quand j'en aurai le temps. » Voyant le regard désespéré que l'autre glissait vers le document, elle avait ajouté, avec la férocité d'un animal protégeant son petit : « Je suppose que maintenant votre thèse va devoir attendre, elle aussi, n'est-ce pas ? »

Helen n'avait rien à redire à la rigueur dont faisaient preuve les Patricia ; elle se sentait des affinités tacites avec ces femmes dont la vie toute de dévotion à leur travail semblait être un reflet de la sienne, même si elle ne savait pas grand-chose à leur sujet. D'après ce qu'elle avait entendu dire, Patricia Starling-Haight avait été élevée par une sœur aînée pendant la guerre alors que leur mère travaillait au service de décryptage des codes à Bletchley Park. Patricia Smith avait une fille qui s'efforçait de faire carrière dans la danse, et un fils au chômage qui, il y avait bien longtemps, avait dû être interdit de bibliothèque pour cause de siestes intempestives répétées. Quant à ce que les Patricia pouvaient savoir d'elle-même, Helen n'en avait aucune idée. Aujourd'hui pourtant, il apparaissait que l'ennemie, c'était elle.

Un bruit la fit sursauter. Un grand étudiant lunetté qui pénétrait dans la salle des manuscrits avait laissé la porte se refermer bruyamment derrière lui. Il se figea sur place, à quelques pas de l'entrée, se tournant à moitié, la main tendue comme pour réprimer le son, tel un animal pris dans les phares du regard furieux de Patricia Starling-Haight. Tout en secouant la tête d'un air déconcerté, Helen revint à l'ouvrage ouvert sur le coussin devant elle. Date de l'édition, 1658 ; original hébreu traduit en portugais par un certain Simion de Herrera. *Heureux sont ceux qui habitent Ta demeure... Heureux sont ceux qui suivent le Seigneur...* La couverture était raide, gondolée, la reliure en cuir rouge foncé, les tranches des pages dorées. En dehors de quelques brunissures là où la première et la dernière page avaient été en contact avec le cuir de la reliure, le papier était en bon état. Les dégâts causés par l'encre étaient négligeables ; chaque feuillet portait simplement une légère trace brune d'une reproduction du texte par transparence : un écho fantomatique du verset de la page qu'on venait de tourner, comme si les mots n'en avaient pas été abandonnés mais continuaient à résonner à travers tout ce qui était encore à dire.

Une fois de plus, elle se força à se concentrer sur le texte devant elle. Non qu'il fût compliqué. Les poèmes étaient pour l'essentiel des acrostiches alphabétiques dont beaucoup lui étaient familiers, même si elle ne les avait jamais lus dans cette traduction. Et pourtant Helen ne pouvait se défendre d'un sentiment de malaise. Elle avait du mal à mettre le doigt sur le problème. Côté logistique, l'affaire se présentait aussi bien qu'elle pouvait l'espérer : jusqu'ici, elle avait toute raison de croire qu'Aaron et elle jouiraient d'un accès exclusif pour le reste du trimestre. Mais il y avait quelque chose qui la gênait dans la lecture des pièces séparément les unes des autres, et le fait que celles-ci étaient répertoriées par numéro plutôt que selon la logique inhérente à leur arrangement original sur les rayons de leur cache initiale. À ses yeux, cette disposition était délibérée, comme si la main inconnue qui les avait déposés là avait voulu transmettre un message par leur seul ordre de présentation. Maintenant ce message était perdu. Ici, dans la salle des manuscrits, elle se faisait l'impression d'être en train de regarder par une étroite ouverture un tableau dont l'ensemble lui échappait. Ce qui lui rappelait la manière dont les jeunes de l'âge d'Aaron lisaient les nouvelles, par bribes sur un écran d'ordinateur, avec seulement quelques lignes visibles à la fois – une vision des choses restreinte, compacte, en lieu et place de la perception quotidienne des grandes pages d'un journal qui constituait le vrai contact d'un adulte avec le monde.

« Plus que quinze minutes avant la fermeture, annonça Patricia Starling-Haight, si près de Helen qu'elle la fit sursauter.

– Page, s'il vous plaît », dit simplement Helen.

Quelque peu radoucie, Patricia se positionna à côté du livre, souleva les petits poids qui lestaient les rubans avant de tourner une page et de remettre ceux-ci en place. Telle était la règle que s'imposait Helen : depuis des années, elle évitait de toucher les documents rares, depuis que ses tremblements avaient atteint un niveau tel qu'elle craignait de causer des dommages. La bibliothécaire se retira, non sans un signe de tête approbateur.

Aaron s'approchait de la table. Il avait quitté la salle trois quarts d'heure plus tôt sans un mot à l'adresse de Helen. Il était à présent de retour comme si une pause non justifiée de trois quarts d'heure était un de ces droits américains inaliénables. Il prit place, laissant quelques sièges inoccupés entre lui et Helen, et installa son coussin, une lettre rédigée à la main centrée dessus.

« Quinze minutes avant la fermeture », dit Helen.

Il sortit un stylo de sa poche, le glissa sous la table avant de faire jouer le déclic avec un sourire malicieux qui montrait qu'il était tout fier de son geste. Voilà le genre de comportement qui était le sien dans la salle des manuscrits rares. Il suçait des bonbons acidulés quand les Patricia avaient le dos tourné. Un peu plus tôt dans l'après-midi, juste après le passage de la bibliothécaire, il s'était permis de prendre lui-même un document entre ses mains pour le déplacer de son coussin à un autre qui manifestement lui plaisait davantage.

Les Patricia pouvaient bien faire tout un plat de ses manières, ce n'était pas l'affaire de Helen. Elle reporta les yeux sur son poème et prit une note dans son cahier à spirale. Son écriture partait un peu dans tous les sens cet après-midi – elle ne pouvait écrire qu'une ligne sur deux et, à l'instar d'une écolière débutante, faisait une consommation abusive de papier. Elle agrippa plus fort le bout du crayon. Sa lenteur d'esprit aujourd'hui l'exaspérait. Une paresse qui n'était pas un effet de la L-dopa ; elle avait cessé d'en prendre depuis des semaines, contre l'avis du Dr Hammond, et ne le regrettait pas – le médicament avait creusé de longs trous sombres entre ses pensées, chacune d'elles réduite à un îlot dans un océan de néant, et les îlots rares et dispersés. La sensation n'avait rien de désagréable, et c'était bien là le problème. En se réveillant au beau milieu de la nuit pour découvrir une paix d'un noir d'encre s'étendant à l'infini et sans la moindre interruption, elle s'était affolée. Elle ne reconnaissait plus son propre esprit. Le calme qui régnait dans sa tête s'apparentait au silence de la défaite. Elle avait passé le reste de la nuit, terrifiée, à frissonner dans sa mince chemise de nuit. Incapable de se recoucher, de peur de perdre le peu qui restait d'elle en dormant, portant ses mains à sa gorge, à ses tempes. Elle avait dit à un Hammond sceptique qu'elle préférait encore ses tremblements.

Son esprit était presque aussi vide en ce moment. Qu'est-ce qui clochait donc ? Elle se serait levée pour arpenter la pièce afin de sortir de sa torpeur si elle n'avait pas craint de voir les Patricia fondre sur elle pour mise en danger de la vie du papier. Elle eut soudain conscience d'une ironie cruelle : les documents étaient venus à elle, mais trop tard – parce qu'elle manquait aujourd'hui de l'énergie nécessaire. Parce que depuis plusieurs semaines elle avait cessé de lutter contre la fatigue, décidant de se passer d'un objet laissé dans la pièce voisine plutôt que de se lever en s'aidant de sa canne pour aller le chercher ; laissant la cartouche de son imprimante se vider plutôt que d'aller en acheter une autre. Elle était trop infirme – elle s'essaya à l'idée pour la première fois – pour pouvoir assembler les pièces de ce puzzle. Pour rendre justice à ces témoignages.

Le téléphone portable d'Aaron sonna, ou plutôt déchira l'air.

« Bon sang ! » grommela Helen. Venant de coins opposés, les deux Patricia se rejoignirent au centre de la salle en un ballet silencieux, Walkyries des bibliothèques pointant ensemble un doigt impérieux sur l'icône interdisant les portables.

Aaron jeta un coup d'œil à l'écran de son téléphone, éteignit l'appareil avant de le glisser dans sa poche avec un haussement d'épaules penaud à l'adresse des Patricia, comme s'il avait oublié qu'il l'avait sur lui.

Les deux femmes lui lancèrent le même regard noir et quittèrent la salle.

Helen se leva précautionneusement de sa chaise et s'approcha d'Aaron, qui affichait toujours son expression amusée. Elle se pencha sur le manuscrit qu'il avait devant lui : une liste d'ouvrages ayant trait à l'observance du rite pascal.

« Cela n'a pas été écrit par Aleph, dit-elle.

– Non, opina Aaron, probablement par son remplaçant. J'imagine qu'elle avait cessé d'écrire.

– Non, je ne pense pas, dit Helen avec plus de fermeté qu'elle n'en avait l'intention. Il se peut qu'Aleph ait perdu ses fonctions de copiste, mais elle n'aurait jamais cessé d'écrire. »

Aaron leva les yeux, manifestement prêt à prendre la contradiction comme une attaque personnelle.

« Comment le savez-vous ?

– Vous avez vu vous-même la référence à Spinoza, non ? » Elle chercha les mots pour exprimer correctement sa pensée : si une femme avait tout risqué pour écrire en 1658 la formule d'un philosophe excommunié dans la marge de la lettre d'un rabbin, elle n'en resterait pas là. « Elle ne cessera pas d'écrire, c'est tout », réitéra-t-elle.

Aaron n'avait pas l'air convaincu. Helen savait que son raisonnement était absurde, mais aussi intéressé. Des centaines de raisons auraient pu empêcher Aleph de continuer à écrire, et c'était pure folie de sa part que de projeter ses propres désirs sur cette jeune scribe.

« Tout ce que nous savons avec certitude, dit Aaron, c'est que, au moins pendant quelques mois, une femme a pu travailler comme scribe, un fait aussi intéressant qu'inhabituel. Mais nous ne disposons de rien d'autre. Ce que je veux dire, c'est que vous avez l'air de traiter cette référence à Spinoza comme si son auteur était elle-même une sorte de rebelle, plutôt que quelqu'un dont c'était le boulot de transcrire fidèlement ce qu'on lui dictait. Si ça se trouve, le rabbin pour lequel elle travaillait a dit à un moment : "J'ai appris que Spinoza était en train d'inventer le concept *Deus sive Natura*, je ne dois surtout pas oublier de rédiger un sermon qui condamne une telle idée. Note-le quelque part, s'il te plaît." Et elle l'a écrit sur le seul papier qu'elle avait sous la main. »

Il avait raison, bien sûr. Et pourtant, Aaron avait en lui quelque chose de déstabilisant qui empêchait Helen de lui accorder même un point comme celui-là. Elle se souvint soudain, un peu honteuse, qu'elle avait envisagé de se débarrasser de lui au bout de ces trois premiers jours chez les Easton. Peu importait qu'il ait fait du bon travail, elle trouverait facilement un assistant plus docile. Pourquoi ne l'avait-elle pas fait ? Elle était incapable à présent de se le rappeler.

« N'est-ce pas là, dit-elle, ce que les Américains appellent sortir des clous ? »

Il eut un haussement d'épaules, comme pour dire : *Pas l'Américain que je suis.*

« Nous fermons. » Sans plus d'hésitation, la bibliothécaire enleva de la table un coussin et son document, puis un autre, et laissa Helen et Aaron ranger leurs affaires.

Dans le bureau de Helen, Aaron était occupé à soustraire ses traductions de la journée aux vibrations sonores d'une imprimante récalcitrante quand on frappa à la porte. Helen ouvrit pour découvrir sur le seuil la secrétaire de Jonathan Martin, Penelope Babcock – une femme entre quarante et cinquante ans, séduisante, à l'éternel regard de biche.

« J'ai pensé m'arrêter en passant, dit Penelope, esquissant un demi-sourire poli de ses lèvres élégamment maquillées, pour vous faire savoir que Jonathan a décidé de permettre au groupe de Brian Wilton de consulter les pièces de Richmond.

– Pardon ? fit Helen, la main agrippée à la poignée de la porte.

– Brian Wilton, reprit Penelope, a l'autorisation de consulter les documents dans la salle des manuscrits à vos côtés. »

Helen laissa échapper un borborygme.

« Il doit commencer la semaine prochaine, ajouta la secrétaire, dont le sourire s'était élargi. Sa présence n'interférera nullement avec votre travail, j'en suis sûre, précisa-t-elle, levant plus haut les sourcils devant le silence persistant de Helen. Comme vous le savez, Brian est un des anciens étudiants de Jonathan, lequel continue longtemps après à leur ménager des ouvertures, question de courtoisie. »

Selon toute vraisemblance, c'était de sa propre initiative que Penelope avait décidé de s'acquitter de cette mission charitable, après avoir reproché à Jonathan Martin de ne pas mettre Helen au courant de ses intentions. Penelope veillait scrupuleusement à se faire apprécier des membres du département ; Helen avait toujours soupçonné que c'était là sa stratégie de défense face aux éternelles rumeurs concernant sa relation avec Jonathan Martin, et elle ne trouvait rien à redire à sa démarche.

Quelles qu'aient pu être les motivations de Penelope dans cette affaire, il incombait à Helen de la remercier poliment, de signifier par un hochement de tête que la considération manifestée par Jonathan à l'égard de son ancien étudiant était chevaleresque au plus haut point, et de refermer la porte. Aucune autre attitude n'aurait été défendable. Surtout pas celle qu'elle adopta : rester sans rien dire, incapable de se résoudre à remercier Penelope Babcock, puis refermer la porte lentement, toujours muette, sur l'adorable visage de Penelope.

Elle posa le front sur la porte. Un frisson de trahison, comme si elle sentait qu'on faisait glisser sur sa peau pour le lui ôter un vêtement chaud qui lui avait redonné vie. Un court instant, elle se laissa aller à revivre ce moment passé au pied de l'escalier des Easton, devant un chœur silencieux de livres et de papiers, voix muettes emprisonnées sous les marches d'une demeure autrefois grandiose. Documents attendant patiemment depuis des siècles que quelqu'un – elle ! – vienne les lire et les déchiffrer. Était-ce folie de penser que ces pages, vestiges d'une communauté juive disparue depuis longtemps, avaient été écrites expressément à son intention, pour apaiser son cœur aujourd'hui, au bout de tant d'années ? Était-il vraiment trop pompeux d'avancer qu'en échange d'un tel trésor elle avait offert sa vie ?

Peut-être, en effet. Peut-être ne faisait-elle que s'accrocher désespérément à l'illusion que la vie avait encore quelque chose à lui apporter.

Aaron était devant son bureau, ses papiers à la main. Elle se préparait à un commentaire de sa part, mais rien ne vint.

Elle s'assit. Ouvrit un cahier et fixa, désorientée, une page de sa large écriture de jeune écolière.

Comme s'il avait deviné qu'elle avait besoin d'un moment pour se ressaisir, Aaron s'agenouilla devant son sac à bandoulière posé par terre et se mit à trier des papiers.

Son silence dura le temps qu'il fallut à Helen pour tourner plusieurs pages du cahier.

Elle s'entendit prendre la parole : « Vous avez compris ce qu'implique une telle nouvelle, je suppose. »

Toujours agenouillé, il leva vers elle un regard d'une douceur déconcertante. « Tout ira bien, dit-il. Cette trouvaille, c'est la vôtre, point. Nous avons une longueur d'avance. Et puis, rien ne remplacera jamais le fait d'avoir vu les documents *in situ.* »

Elle le regarda. Il était en fait rassurant. Un moment, il aurait presque pu passer pour un ami sûr ou un grand frère offrant ses encouragements depuis le bord du terrain.

S'étant redressé, il lui tendit deux feuilles de papier. Elle les parcourut en silence. Des traductions de deux autres lettres, toutes deux émanant d'une imprimerie juive d'Amsterdam et adressées au rabbin HaCoen Mendes, la première réclamant des précisions sur le nombre de livres de prières destinés à la congrégation londonienne, la seconde en confirmant l'envoi.

Tandis qu'elle lisait, Aaron tourna le dos au bureau.

Sa lecture terminée, Helen posa les feuilles. « Assez travaillé pour aujourd'hui », dit-elle.

Il ne semblait pas pressé de partir. Il pencha la tête, enroula lentement son écharpe autour du cou, boutonna son manteau. Resta un moment sans bouger. Puis, avec un geste en direction de la gravure accrochée au-dessus de la cheminée, il demanda : « Pourquoi le Masada ? »

Elle leva les yeux vers le dessin de la montagne. Pour la première fois, elle remarqua, comme jamais auparavant, à quel point il avait passé au fil des ans. Elle n'avait jamais connu le nom de son auteur, un soldat anonyme qui était de repos ; Helen l'avait aperçu penché sur le capot d'une jeep, occupé à remplir les pages de son bloc à dessins. Elle n'avait eu aucun mal à le convaincre de se séparer d'une de ses esquisses. En 1954, elle était jeune et jolie. Et le soldat, le visage grêlé, plus maigre qu'il n'était apparu vu de loin, n'avait eu d'yeux que pour la courbe de ses hanches sous sa jupe, sans remarquer la dureté que dissimulait l'apparente douceur de son visage.

Ce soldat emprunté – elle se souvenait avoir déposé quelques pièces dans sa main calleuse – devait être grand-père à l'heure qu'il était, ou mort. Tant d'années s'étaient écoulées depuis. Tandis qu'elle, elle était toujours là, à affronter la silhouette de cette montagne depuis l'autre côté de son bureau.

Aaron étudiait le dessin de près, ses boucles bloquant désormais la vue de Helen. Il s'était adouci aujourd'hui, elle en était sûre. Comme s'il y avait une question que, en dépit de lui-même, il cherchait à poser.

« Ce que je veux dire..., hasarda-t-il enfin, je sais qu'une tragédie s'y est déroulée.

– Pourquoi cette question ? » demanda-t-elle d'une voix brusque.

Aaron se tourna vers elle, et l'hésitation qu'elle lut sur son visage la surprit. « J'ai une amie là-bas, dit-il. Enfin... plus au nord. Elle est dans un kibboutz, en fait. »

Elle ne crut pas un instant à l'histoire de l'amie. Aaron n'était pas du genre à avoir des amies. Plutôt des petites amies, ou des ex, plus ou moins amères. Quelque chose le troublait, une question à laquelle il ne pouvait faire allusion pas plus qu'il ne pouvait rester sans l'aborder. Elle avait l'impression qu'il essayait de la pousser à prendre l'initiative d'une conversation sur le sujet.

« J'étais là-bas en touriste », dit-elle. Ses épaules se raidirent sous le poids du mensonge, et une pointe de regret ternit sa voix.

Il la regarda d'un air bizarre, comme s'il ne croyait pas qu'elle ait jamais pu aller où que ce soit en touriste. Il fallait pour ce faire être capable d'agir uniquement par plaisir.

« Vous pouvez y aller », dit-elle avec un geste en direction des papiers posés sur sa table.

Il hésita, puis quitta la pièce, refermant la porte derrière lui.

Elle se saisit d'un stylo, posa la pointe délicatement sur le bureau, et le maintint à la verticale d'une légère pression du doigt. Il resta droit une seconde, puis bascula tandis qu'un petit tremblement invisible la parcourait.

Pourquoi ne pas le lui dire ?

La question était insensée, mais elle s'y attarda avec obstination. Elle avait constaté de bonne heure dans la vie qu'il n'y avait personne au monde pour vérifier les comptes de votre âme. Vous pouviez devenir la plus misérable des créatures, pour autant, aucune main charitable ne descendrait des nuages pour dire *Stop*. Si personne ne se chargeait de l'audit, il fallait faire le travail soi-même, avec ténacité, sans pitié aucune. C'était ce à quoi elle s'était attachée à chaque tournant important de sa vie, et c'était ce qu'elle ferait encore aujourd'hui : se remettre en question sans indulgence, même si cela revenait à se moquer d'elle dans des termes qui risquaient de heurter les quelques sentiments tendres encore tapis au fond d'elle-même.

Pourquoi ne pas le lui dire, ne serait-ce que pour garantir encore un peu de vie à ce morceau de passé, préserver une petite flamme de ce qu'avait été un jour Helen Watt ? À moins qu'elle ait craint de revivre un moment de sa vie où elle avait pris une décision qu'elle n'osait pas remettre en question – car si elle s'y risquait et découvrait après toutes ces années qu'elle avait eu tort, que lui resterait-il ?

Elle ne se souvenait pas de la dernière fois où elle avait été tentée d'en parler. L'histoire qui l'avait un jour enflammée et brûlée n'avait cessé de s'estomper à mesure que son habitude du silence devenait au fil des décennies une règle de vie. Avait-elle donc l'intention de l'emporter avec elle dans la tombe ? Manifestement, c'était bel et bien là ce qui allait se produire. Elle l'emporterait avec elle dans la tombe. Où elle trouverait sa vraie fin.

En poussière.

Combien de fois chaque cellule de son corps s'était-elle renouvelée depuis cette lointaine époque ? Cela ne changeait rien à l'affaire. Les sensations étaient toujours présentes : la pression sèche de la chaleur sur les toits en béton de la base militaire, les jeeps, les uniformes kaki poussiéreux. Les couteaux émoussés qui dérapaient sur la peau grenue des concombres, les prises de bec des cuisiniers, les heures interminables passées à couper en cubes des tomates qui piquaient la moindre écorchure sur les mains maladroites de Helen, le leben, le leben, l'État juif à ses débuts vivait sous la malédiction du leben, le même menu encore et encore, jusqu'à ce qu'un chauffeur de tank monte sur une chaise dans le réfectoire et récite un poème sur les flatulences, qu'un cuisinier lui lance un torchon sale à la tête et que l'autre sorte à grandes enjambées et en larmes, le groupe Gevatron chantant encore une fois « Finjan » à la radio et les gens sanglotant dans la nuit – onze ans après la libération des camps et la fin de la guerre, sur leurs lits superposés de la base militaire ils pleuraient encore des frères gazés, des mères fusillées jetées dans des fosses ; une seule de ces crises de larmes, et Helen restait des heures à fixer le plafond dans l'obscurité, bien longtemps après que la fille aux yeux noirs et à la mâchoire toujours serrée affectée au service de renseignements de l'armée lance d'une voix éraillée depuis sa couchette : « Silence, maintenant ! » Peu à peu les ronflements emplissaient le dortoir. Il restait encore Helen pour se redresser et regarder par la fenêtre, ou sortir sous le regard silencieux du soldat en faction et aller faire le tour de la base sous les étoiles, brillantes, innombrables.

Mais quand le soleil cachait les étoiles et brûlait la rocaille du désert, les cris individuels de la nuit étaient engloutis dans le vacarme du *nous*. *Nous* en train de construire la nation juive. *Nous* en train de faire fleurir le désert. « Nous » était le mot le plus fort, le plus capable de défier la mort, au nom de ce *nous* des exploits renversants étaient accomplis, authentiques, pleins de dévotion. Et les Arabes qui passaient sur les routes poussiéreuses détournaient les yeux ou regardaient fixement la terre que foulaient leurs pieds, tandis que son teint pâle d'Anglaise brûlait au soleil et que les odeurs du désert lui emplissaient les narines ; témoin des efforts et de l'enthousiasme déployés autour d'elle, elle se gardait pourtant de se laisser séduire.

Les camarades de Helen, volontaires comme elle – un Anglais, un Canadien, cinq Américains et un Italien –, étaient tous juifs. Tous s'étaient engagés pour travailler dans un kibboutz... dont ils ne franchirent jamais la grille. Ils attendirent pendant quarante minutes dans un car surchauffé quelque part dans le désert au sud du pays, à regarder au loin une palmeraie sortant d'une terre d'un blanc crayeux, tandis que montaient les rires et la fumée de cigarette d'un groupe d'Israéliens en sandales qui allaient et venaient autour d'eux. Pour finir, un membre du kibboutz qui parlait anglais monta sur la marche du car et leur annonça leur nouvelle destination. Une erreur avait été commise : le kibboutz regorgeait pour l'instant de volontaires et n'avait plus de lits disponibles. Mais quelqu'un savait qu'une base militaire voisine était à court de personnel, et le kibboutz, au terme d'un vote rapide, avait décidé de lui proposer les services de ses volontaires. Applaudissements mitigés dans le car. « Mettez-nous là où on sera le plus utiles », dit le Canadien, un grand gaillard nommé Walter, tandis que le véhicule se mettait en marche pour regagner la grand-route sous le soleil aveuglant de midi.

Dror, l'officier chargé de familiariser les volontaires avec la vie sur la base, était mécontent. Lors d'une réunion organisée à la hâte le même soir et tenue sur un sol jonché de pierres que le soleil couchant nuançait de rose et d'orangé, il arpenta le périmètre dans son uniforme kaki fatigué, le port raide, alors qu'il leur avait ordonné de se mettre au repos. « Regardez autour de vous », dit-il, s'adressant à eux dans un anglais teinté d'un fort accent avant de répéter le message en hébreu.

Dociles, les volontaires tournèrent la tête pour parcourir du regard leur environnement : quelques dizaines de bâtiments à toit plat, un pylône radio, un château d'eau et, un peu plus loin, une rangée de tanks bien alignés.

Dror désigna l'est, en direction des collines qui s'estompaient dans le crépuscule. À voix basse, alternant les deux langues et scrutant leurs visages pour s'assurer qu'il se faisait bien comprendre, il poursuivit. « Là-bas, cette ligne de rochers noirs, c'est la Jordanie. Là, dit-il en pivotant sur lui-même pour pointer vers le sud, puis l'ouest, c'est l'Arabie saoudite. L'Égypte. Une demi-journée de voiture en direction du nord, et c'est le Liban, la Syrie. » Il se retourna et passa le groupe en revue. « Il y a eu des combats à l'endroit même où vous vous tenez. Et il y en aura d'autres. »

Avec ses cheveux noirs aux boucles serrées, son front haut et son beau visage anguleux, il évoquait à Helen une image sortie d'un Ancien Testament illustré, à la fois noble et sévère.

« Nous sommes une petite base, dit-il, et nous devons tout faire par nous-mêmes. Si vous faites vos six mois ici, vous ne tarderez pas à comprendre ce que ça signifie. Si vous êtes venus dans l'idée de passer des vacances, je vous conseille vivement de rentrer chez vous. Là d'où vous venez, on se soucie de rang et de dignité. Ici, vous risquez de prendre pour une insulte le genre de travail qu'on exigera de vous. Si vous pensez que ce sera le cas, inutile de vous attarder. Il faut des gens pour nettoyer les toilettes, des gens pour faire la lessive. Là d'où vous venez, on a oublié qu'une seule personne suffit parfois à faire la différence. Ici, vous allez découvrir que tout ce que vous faites compte vraiment. Tout ici se fait à la main. Chaque bâtiment que vous peignez, chaque chemin que vous pavez fait avancer la machine. » Le membre du kibboutz qui les avait accompagnés jusqu'à la base se leva et leur adressa la parole en anglais. « Je vais rentrer au kibboutz, mais ne vous inquiétez pas. Nous veillerons à ce que les sorties éducatives qu'on vous a promises lors de votre engagement aient bien lieu. Et même si Dror vous paraît dur, je me fais fort de le convaincre de vous accorder les permissions nécessaires. » Il donna une tape sur l'épaule de Dror avant d'ajouter : « Tu pourras te joindre à nos sorties pour assurer la sécurité, camarade – c'est nous qui te fournirons l'occasion de prendre un peu de vacances. »

Dror répondit en secouant la tête d'un air réprobateur, avant de se laisser fléchir et d'esquisser un sourire. Il feignit de faire une cravate à son ami et, finalement, ils se retrouvèrent les bras passés chacun autour des épaules de l'autre. Helen les regarda se diriger vers le mess, comme deux frères.

Dans la cuisine de la base, Helen tranchait des tomates et rinçait, cageot après cageot, les pêches apportées par camion d'un kibboutz du nord du pays, et l'épais duvet blanc du fruit lui provoquait des rougeurs, qui la démangeaient du bout des doigts jusqu'en haut des bras. Dror, lors d'une de ses rondes de surveillance des nouveaux arrivés, remarqua les pitoyables tentatives de Helen pour se protéger des gouttelettes que libérait le jet qu'elle passait sur les pêches.

« Nurit », appela-t-il.

Nurit, la cuisinière, reposa une marmite fumante de betteraves. Sur un signe de tête de la part de Dror, elle mit Helen aux concombres, la guidant par les épaules vers le plan de travail et lui plaçant le manche d'un couteau dans la main, avec la patience résignée de celui à qui l'on a donné encore une fois un instrument impropre à un bon travail.

« Notre fleur d'Angleterre », dit Dror en riant, avant d'écarter un seau du pied pour éviter que quelqu'un trébuche en passant et de sortir de la cuisine.

Lèvres serrées, Helen se mit à trancher avec un soin attentif et chagrin.

Les volontaires étaient logés avec les soldats. La couchette au-dessus de Helen était occupée par Muriel, une femme qui, enfant, avait survécu à la guerre en se cachant en Roumanie, et qui refusait de se déshabiller devant les autres filles soldats, pour une raison que personne n'avait tenté d'éclaircir. Le visage de Muriel avait cette vivacité concentrée propre aux gens d'Europe centrale d'après Helen, une intensité aiguë, comme s'il fallait entretenir une vie dont le feu était constamment menacé d'extinction. L'indifférence, telle avait été la réaction de la plupart des filles quand elles avaient appris que Helen n'était pas juive ; quelques-unes avaient même eu un hochement de tête appréciateur. Seule Muriel avait semblé considérer la chose comme une violation, et en apprenant que Helen allait être sa voisine de couchette, avait juré tout haut. Par la suite, assise sur son matelas, elle versait de l'eau de sa gourde, balançant les jambes en silence, tandis que l'eau gouttait sur le lit du dessous. Elle se coupait les cheveux assise sur la couchette de Helen et refusait de nettoyer après. La nuit, les bouts raides répandus sur l'oreiller et les draps piquaient la peau de la dormeuse comme une accusation

– comme si, d'une certaine façon, Muriel avait pu voir la chambre crème et son couvre-lit appareillé sous lequel Helen avait dormi pendant dix-neuf ans... ou d'entendre la voix de sa mère brisant le silence d'un petit déjeuner à la marmelade d'orange : « Ce n'est pas encore à propos de cette histoire de Notting Hill, si ? » Le départ de Helen pour Israël avait bel et bien eu à voir avec les émeutes – mais aussi avec ce moment où elle avait chanté les dernières notes de « Blessed Are Those That Be Undefiled » dans la chapelle aux boiseries luxueuses de l'école lors du concert hivernal, les derniers échos du chant couverts par des applaudissements polis. Ainsi qu'avec l'amie d'enfance qui avait rompu avec elle, l'accusant de toujours agir selon ses sentiments, simplement parce que Helen avait brusquement quitté une soirée qu'elle trouvait ennuyeuse ; et encore avec cet achat d'un billet d'avion et d'un dictionnaire d'hébreu qu'elle avait cachés dans sa commode, sachant que ni son père ni sa mère n'auraient l'inconvenance de venir fouiller dans ses affaires ; enfin, avec des centaines d'autres choses qu'elle vilipendait même si elle aurait été incapable de les nommer.

Le matin, tandis que les filles attendaient que Muriel ait fini de se changer dans les W.-C., Helen fixait son reflet blafard dans le miroir en métal cabossé au-dessus du long lavabo et essayait de l'imaginer purgé de quelque chose d'irrémédiablement anglais : cette partie d'elle-même qui, en dépit de ses constantes résolutions, se contentait d'applaudir poliment et de rester au-dessus de la mêlée.

Des semaines passèrent ; elle fut transférée par roulement du service de cuisine au ramassage des étuis de cartouches vides sur le champ de tir. Puis on l'envoya nettoyer un champ sur lequel devait être aménagée une piste d'atterrissage, et elle rejoignit une équipe qui débarrassait le terrain de ses pierres et les lançait sur le plateau d'un pick-up qui roulait lentement. Au long des journées éclaboussées de soleil, elle écoutait les autres filles bavarder entre elles et démêlait chaque jour un peu plus leur hébreu, même si elle n'essayait pas de s'immiscer dans leurs conversations animées et pleines d'optimisme. Sur le champ de tir, elle avait Dror comme instructeur, au même titre que les autres volontaires. Le recul du Mauser était surprenant, ce qui, elle s'en était toujours doutée, ne l'empêchait pas de bien tirer. Elle atteignait la cible à la poitrine, puis à la tête, et Dror approuvait d'un hochement de tête avant de se tourner vers les autres pour les entraîner à leur tour.

À cinq cents mètres de la base, elle et quelques-unes des autres filles soldats mélangèrent à la truelle un ciment qu'elles étalèrent ensuite pour couler la dalle d'un hangar, peut-être, situé en plein désert, et dont personne ne leur révéla la destination. Une fois ce travail terminé, elles furent chargées d'autres tâches. Des semaines s'écoulèrent. Seul Dror semblait frustré par le peu d'empressement que mettait le responsable des approvisionnements à fournir les matériaux nécessaires à la construction des murs et du toit. Au bout de la troisième semaine d'attente, Dror leur donna l'ordre de peindre le sol. Une fois de plus, le camion les abandonna sur les lieux, munies de pinceaux, de peinture et d'eau, ainsi que d'un fusil pour leur protection. Un plancher en ciment en plein désert, et rien autour sinon des cailloux et une piste poussiéreuse. Les filles peignirent la moitié de la surface en blanc, puis s'assirent sur la terre aride sans une trace d'ombre. Le soleil était déjà haut dans le ciel, et Helen transpirait à grosses gouttes dans son uniforme et sa casquette. Vers le milieu de la matinée, Dror arriva porteur d'un melon vert pâle, qu'il découpa au couteau sur le capot de sa jeep. Les filles mangèrent les tranches dont le jus dégoulinait sur leurs doigts. Dror n'adressa la parole à personne. Il s'assit sur l'aile de son véhicule et fuma pendant qu'elles mangeaient, puis ramassa les écorces qu'il mit dans un sac en plastique.

« Buvez », leur ordonna-t-il en voyant la vache à eau encore pleine à côté du plancher à moitié peint.

Dociles, Helen et quelques autres allèrent remplir leur gourde.

« Cette eau a un goût de pisse de chameau, se plaignit Muriel.

– Eh bien, buvez la pisse de chameau, en ce cas », dit Dror, s'esclaffant malgré lui, comme il l'aurait fait avec une petite sœur effrontée.

Muriel leva le menton dans un geste qui réduisit les autres au silence.

« C'est mauvais pour notre superbe teint.

– Pas plus que de crever de soif en plein désert, dit-il en balançant le sac d'écorces dans la jeep.

– On boira si on a soif, rétorqua Muriel.

– Buvez », répéta Dror d'un ton las mais ferme, comme un père qui mettrait fin à une dispute.

Mais le visage de Muriel se durcit, et Helen vit qu'elle en voulait à Dror et qu'elle en était amoureuse. Elle put aussi constater, à la lenteur qu'il mit à s'installer sur le siège du conducteur, que Dror choisissait de l'ignorer.

« Buvez, répéta-t-il encore, tout en faisant démarrer son moteur. Quand votre corps sentira la soif, vous serez déjà déshydratées. C'est le désert ici. Ne faites pas les idiotes. Y a pas de survie possible pour les idiots en plein désert. » L'idée de gens mourant à cause de leur stupidité semblait beaucoup l'irriter, et il y avait de la rudesse dans sa voix. Il démarra, décrivant un virage serré pour repartir en direction de la base.

« Heil Hitler ! » lança Muriel, tandis qu'il prenait de la vitesse.

Un moment, la jeep sembla hésiter. Puis, le visage indéchiffrable, Dror accéléra à nouveau.

« Commence par vivre deux ans sous le feu ennemi, hurla Muriel à la jeep qui s'éloignait, et peut-être qu'alors je suivrai tes conseils. »

La poussière pâle soulevée par le passage de Dror restait en suspens à l'horizon.

« C'est quoi, ton problème ? demanda calmement à Muriel la fille à côté d'elle. Le type a perdu sa mère et sa sœur. »

Le visage de Muriel montra qu'elle ne le savait pas. Mais elle eut un rire cynique. S'emparant de la gourde de sa voisine, elle dessina lentement un motif plus sombre avec son contenu sur le sol rocailleux. Helen regarda l'eau s'évaporer. Quand il ne resta rien, l'autre fille récupéra sa gourde et la reboucha avec un haussement d'épaules conciliant. « C'est un sacré beau mec. Dommage qu'il soit aussi con. »

Ce soir-là, Muriel pleura sans bruit sur la couchette au-dessus de celle de Helen.

Elle reçut une lettre de son père.

> Ta mère me dit que tu n'as pas encore fixé de date définitive pour ton retour. Ta petite aventure a assez duré, et il serait temps que tu y mettes fin. Il y a un chemin à suivre dans la vie, et on ne saurait longtemps s'en écarter sans en payer les conséquences. Ta mère et moi te demandons de réserver ton billet dès maintenant, nous t'attendons avec impatience.

Un soir, au mess, alors qu'elle était à la base depuis deux mois, des cris couvrirent soudain le cliquetis des plateaux en métal. Un tankiste, penché sur un comptoir, s'en prenait à un plongeur aux cheveux roux à propos d'une pile de plateaux pleins d'éclaboussures de soupe. Le plongeur n'avait pas l'air troublé outre mesure, même quand les cris du soldat se transformèrent en hurlements.

Helen remplit son assiette de concombres et de tomates coupés en dés et se dirigea vers la table des volontaires. « C'est quoi, le problème ? » demanda-t-elle en s'asseyant.

L'étudiant juif canadien aux lunettes cerclées d'une épaisse monture noire haussa les épaules en connaisseur. « Celui-là, dit-il en désignant le soldat, a passé son enfance dans un camp. Les gamins ne survivaient qu'en se bagarrant pour récupérer la moindre miette. Pas étonnant qu'il se mette dans un état pareil », ajouta-t-il après un coup d'œil à Helen.

Le jour viendrait-il où elle franchirait l'ultime barrière qui lui permettrait de prouver qu'elle aussi était capable de comprendre ? Elle regarda ses voisins de table manger.

Les cris avaient cessé ; le tankiste se fraya lentement un chemin entre les tables et alla s'asseoir au fond de la salle. Mais le plongeur n'en avait pas terminé ; un moment plus tard, il se pencha par-dessus le comptoir, attendit que suffisamment de têtes se tournent dans sa direction, puis, fixant le soldat d'un regard sans équivoque, il se tapota la tempe en silence pour signifier qu'il y avait quelque chose de déglingué là-haut.

Dans l'instant, le soldat bondit sur ses pieds, un broc à eau en métal à la main en guise d'arme contondante, et Helen sentit le cœur lui manquer quand il passa en courant devant leur table pour aller sauter par-dessus le comptoir. Le plongeur poussa un juron et échappa au soldat en se réfugiant dans la cuisine, dont il referma la porte. Un fracas épouvantable : le soldat venait de cogner son broc vide de toutes ses forces contre la porte. Puis, au lieu d'utiliser l'autre accès à la cuisine resté libre, il se mit à claquer le métal cabossé contre le mur comme un forcené. Cherchait-il à effrayer le plongeur ? À démolir la porte, ou à se démolir lui ? Le métal du récipient s'enfonça et finit par se fendre en une déchirure aux bords dentelés. Du sang gicla, celui du tankiste. C'est alors que Dror arriva au pas de course, sauta par-dessus le comptoir et plaqua le soldat.

Les deux hommes tombèrent lourdement sur le sol en ciment.

Quelques instants plus tard, Dror se redressait, époussetant laborieusement sa chemise d'une main. D'un geste à peine esquissé, comme s'il ne voulait pas l'humilier davantage, il fit signe au soldat de se relever.

Helen s'attendait à ce que ce dernier crache à la figure de son adversaire, tant son visage était déformé par la colère au moment où les épaules de Dror s'étaient écrasées contre sa taille et où ils étaient tombés à terre tous les deux. Mais quand il se fut remis debout face à Dror, ses yeux s'éclaircirent. Il baissa la tête, la releva, et resta silencieux, sans bouger, tandis que l'officier instructeur lui ôtait des mains le broc déchiqueté avec une douceur respectueuse et lui enroulait un torchon autour du poignet. Il lui fit ensuite franchir la porte des employés en toute hâte, puis l'entrée principale du mess pour l'emmener au bureau du commandant.

Une fois le repas terminé, elle alla chercher son matériel de nettoyage dans l'appentis derrière la cuisine, s'affairant à la lumière d'un lampadaire, une unique ampoule brillant sur la terre nue. Des cafards gros comme son pouce couraient le long de ses sandales, leurs élytres éclairés de reflets luisants.

Quand elle entra dans la cuisine par la porte de derrière pour finir son service, Dror était là, seul, un avant-bras replié contre sa poitrine. Il avait l'air égaré, comme s'il était venu dans ce temple de plans de travail en métal vides et de récipients en plastique mis à sécher afin de réfléchir à un problème, mais se retrouvait maintenant perdu, incapable de formuler une pensée claire.

Les sandales de Helen claquèrent sur le ciment peint du sol. Elle se pencha pour soulever le seau d'eau sale qui se trouvait sous l'évier, le vida, le re-remplit, le jet froid du robinet claquant sur le métal. Quand elle releva les yeux, elle surprit le regard de Dror posé sur elle, étonné de découvrir une autre créature animée dans son voisinage immédiat. À moins que seule fût en cause la douleur de ce bras qu'il caressait d'un air absent comme on le ferait d'un enfant en larmes qu'on voudrait consoler. Elle ne l'avait jamais vu aussi rêveur, habituée qu'elle était à le regarder vaquer à ses occupations, l'air sévère et le pas décidé. Elle ignorait à présent quelle attitude adopter.

Elle garda les yeux sur le balai, le plongea dans l'eau froide, avant d'en essorer les lourdes franges grises et de laisser leur poids les entraîner sur le sol, où elles léchèrent les éclaboussures de sang. Il l'observait avec une extrême concentration, comme si ce qu'elle faisait était la clé d'une énigme qu'il lui fallait absolument résoudre.

Quand son balai effleura ses pieds, elle s'arrêta et le regarda droit dans les yeux.

C'est alors qu'il lui dit, comme soulagé de sentir que ses paroles lui éclaircissaient l'esprit : « Tu as le visage le plus franc que j'ai jamais vu. »

Le lendemain soir, il avait le bras dans le plâtre. Les soldats fumaient et écoutaient de la musique à la buvette en plein air. Helen était assise un peu à l'écart, une boîte de nectar de pêche à la main. Non loin du tourne-disque, cinq ou six soldats exécutaient les pas d'une danse folklorique sur la terre battue. En retard d'un temps sur les soldats, les volontaires américains remuaient vaillamment les pieds pour suivre le rythme. L'air sentait la poussière, l'eucalyptus et la fumée de cigarette. Quelqu'un mit « Erev Ba », provoquant un murmure d'approbation. D'autres soldats se levèrent alors des bancs plongés dans l'ombre pour venir se joindre aux danseurs, la file ondulant en vagues successives au rythme des pas caressant le sol. Les Américains s'écartèrent pour regarder. Helen vit que Dror avait fermé les yeux. Il resta ainsi un long moment. Puis il quitta le banc sur lequel il fumait seul jusque-là, écrasa sa cigarette sous sa chaussure et, sans un regard alentour, alla se placer au bout de la file. Les danseurs dans leur uniforme kaki avançaient et se balançaient dans le crépuscule, et Dror les accompagnait, le pas léger, pivotant silencieusement dans l'obscurité, son avant-bras pris dans le plâtre tenu délicatement en écharpe devant lui, sa paume dirigée vers la poitrine dans un geste d'une candeur surprenante.

Plus tard, quand il fit vraiment sombre, il vint s'asseoir au bout du banc sur lequel se trouvait Helen et se mit à peler une orange de la pointe de son couteau, le déplaçant de sa main valide en un long cercle tout autour du fruit. Quelques danseurs s'agitaient encore dans la faible lumière des ampoules colorées de la buvette. Dror fit passer des quartiers d'orange aux deux soldats assis entre lui et Helen, et eux-mêmes en offrirent un à la jeune femme. Une saveur d'une douceur étonnante.

Quand elle se retourna, Dror s'éloignait.

Le lendemain matin, les volontaires furent emmenés dans un car bleu déglingué pour visiter cinq sites dispersés dans le désert. C'était là la composante culturelle dont le coordinateur de l'organisation avait fait tant de cas auprès de Helen dans son bureau de Londres, deux mois plus tôt, des centaines d'années, semblait-il. Les volontaires verraient le Masada, la mer Morte, Ein Gedi, et le site projeté pour accueillir une réserve naturelle à Hai Bar, pour terminer par une excursion à Ein Radian. Un circuit touristique de plusieurs jours concentré sur douze heures. Mais, comme ils l'apprirent par la suite, le kibboutz avait besoin du car le reste de la semaine.

Ils avaient prévu de partir de bonne heure. Mais le chauffeur passa une heure sur une mystérieuse réparation, allongé sous le véhicule et ne laissant voir que ses jambes, pendant que Dror, l'homme du kibboutz et un guide du Bureau israélien du tourisme étaient assis, jambes croisées, à tirer sur leur cigarette ou cracher des enveloppes de graines de tournesol, s'interrompant de temps à autre pour passer un outil au chauffeur. Helen attendait avec les autres, assise dans la poussière. L'une des Américaines tenta d'engager la conversation avec Dror pour lui faire part de ses impressions d'Israël, avant de retomber dans un silence blessé, caractéristique des Américains quand ils soupçonnaient un Israélien de juger leurs propos sans intérêt.

Le soleil était déjà haut dans le ciel quand ils arrivèrent en vue du Masada, au milieu d'un paysage rocailleux et sans vie. La vue de la montagne à travers les vitres éteignit toute conversation. Ils descendirent du car sans un mot, sous une chaleur écrasante.

Helen avait vu des montagnes plus hautes, mais aucune aussi sinistre que celle-ci avec son plateau de rochers délavés. Ses falaises abruptes qui se découpaient sur l'horizon dégageaient un silence solennel et oppressant.

Ils commencèrent l'ascension, en short et en chapeau, leurs sandales grises de poussière. Le fameux Snake Path était étroit, et la chaleur se fit encore plus intense à mesure qu'ils gravissaient le flanc raide de la montagne au sommet aplati. Aucun des volontaires n'avait pris assez d'eau pour cette heure de la journée, et leur progression était lente, la sueur, en séchant, déposant une fine pellicule de sel sur leur peau.

Au sommet de la mesa, le guide les rassembla, sous un soleil de plomb. À leurs pieds, le désert gris-brun semblait vibrer dans la brume de chaleur. La mer Morte n'était qu'une mince ligne violette dans le lointain. Se tamponnant le front de son chapeau en toile replié, le guide entama son exposé. Au Ier siècle, quand les Romains eurent détruit Jérusalem, tué une partie des juifs et réduit l'autre en esclavage, des fanatiques s'étaient réfugiés ici pour livrer leur dernière bataille dans une des forteresses d'Hérode connues pour être imprenables et bien aménagées. Sur ce sommet, il y avait à l'époque des entrepôts, des citernes, des habitations, des bains ; des vestiges avaient été mis au jour, et de nouvelles fouilles étaient projetées, dit le guide – pour l'heure, il leur faudrait imaginer l'essentiel de ce qu'il était en train de leur décrire.

Helen sentit les yeux de Dror sur elle. Elle croisa son regard, qui aussitôt s'éteignit et se détourna.

La puissante armée romaine, qui avait conquis tout Jérusalem en quelques jours, fut contrainte à un siège de plus d'une année dans ce désert torride avant de réussir à faire tomber cette petite communauté de juifs retranchés sur le Masada. Tandis que les Romains souffraient la mort en bas sous la chaleur écrasante du désert, les juifs, en haut, avaient à leur disposition l'abondante eau des citernes et les réserves de vivres stockées par ce paranoïaque notoire qu'était Hérode. Du côté romain, on dut faire appel à des renforts, des ingénieurs, et rationner l'eau, uniquement pour vaincre ce dernier bastion de juifs qui osaient encore pratiquer leur religion. Quand l'énorme division ennemie eut enfin terminé la fortification en terre qui lui permettrait de faire une brèche dans les murs et tandis que les soldats préparaient les béliers et allumaient des feux tout autour du sommet de la montagne, les assiégés comprirent que leur dernière heure avait sonné. Leur chef, Eliezer, rassembla les hommes. Le moment était venu, leur dit-il, de refuser aux Romains l'occasion de les détruire ou de les asservir. « Choisissons de mourir dans la dignité, récita le guide, et d'agir de la façon la plus humaine qui soit, pour nous-mêmes, pour nos femmes et nos enfants, tant qu'il nous est encore possible de faire preuve d'humanité à notre propre égard. » Chaque homme, les exhorta Eliezer, devait exterminer tous les membres de sa famille. Ensuite, dans un ordre déterminé par tirage au sort, les hommes se tueraient les uns les autres. Le dernier à survivre se donnerait la mort, mais seulement après avoir mis le feu aux réserves pour interdire aux Romains l'accès à ce butin. Un seul grenier et une seule citerne échapperaient aux flammes, en signe de dérision à l'adresse des vainqueurs. Qu'ils trouvent la nourriture et la citerne débordante d'eau en même temps que les corps tendrement allongés les uns à côté des autres. Qu'ils découvrent que les juifs avaient délibérément choisi de mourir plutôt que d'être asservis aux Romains et à leurs dieux.

Un peu plus tard, alors que les envahisseurs, une fois les murailles franchies, s'attendaient à une bataille en règle, ils se retrouvèrent face à la fumée et au silence.

Le guide se détacha du mur de pierre auquel il était adossé. Aujourd'hui, dit-il, les soldats israéliens prêtent serment à l'aube sur cette montagne en prononçant la formule « Masada ne tombera plus jamais ».

De tous côtés, les plaines à leurs pieds, noyées dans la chaleur, vibraient jusqu'à l'horizon.

« Quand même, murmura Avi, l'Américain filiforme, à l'adresse de deux autres volontaires, comment peut-on tuer ceux qu'on aime ? »

Le guide leva vivement les yeux. Rougissant, car il ne pensait pas avoir été entendu, Avi n'en continua pas moins. « Ce que je voulais dire, c'est que... quel genre d'homme est capable d'une chose pareille ? »

Dror laissa échapper un borborygme, lâcha sa cigarette qu'il écrasa sous son talon, ramassa le mégot et se désintéressa de l'affaire.

Le guide garda le silence un moment. Puis il dit à voix basse : « Est-ce que tu as jamais eu à envisager de laisser des êtres chers mourir aux mains de gens qui les haïssent ? »

L'Américain, réduit au silence, s'absorba dans la contemplation du paysage.

Après un coup d'œil à sa montre, le guide, d'un signe de la tête, leur montra le Snake Path, qui serpentait sur le flanc de la montagne. Les volontaires entamèrent la descente en file indienne sans un mot.

Devant Helen, Dror courait sur le sentier sinueux. Positionnée juste derrière lui, elle le suivait avec insouciance, à la même allure exténuante, indifférente aux dérapages de ses pieds sur la pente abrupte et au martèlement du soleil sur sa tête. Par deux fois, quelqu'un l'appela depuis la file paresseuse qui suivait, mais elle ne se retourna pas. À chacun de ses pas mal assurés, elle se libérait un peu plus du Ier siècle et du martyre de ces hommes, leur histoire macabre glissant peu à peu sur sa peau brûlante tandis qu'elle laissait la pesanteur la porter en bas de la montagne. Dror négociait chacune des courbes du chemin comme s'il avait fait ça toute sa vie, comme s'il jouissait du droit acquis à la naissance de dévaler une montagne sans se rompre le cou. Elle savait qu'à cette allure elle courait un réel danger, mais elle n'en ralentissait pas sa course pour autant. Peu lui importait de se casser un membre. Elle ne demandait pas mieux. Elle voulait voler le long de la pente et trébucher dans cet air du désert incroyablement clair, brûlant et romanesque, pour aller se briser sur ces pierres. Pour qu'il soit forcé de s'arrêter enfin et de lui parler.

La montagne allait bientôt l'abandonner, ses pieds battaient le sentier, et le sol plat du désert se rapprochait à une vitesse effrayante. Elle n'avait aucune idée de ce qu'elle ferait si elle le rattrapait ; elle savait seulement qu'elle était dans l'urgence et devait le faire.

Il disparut dans le car.

Elle s'arrêta sur l'aire de stationnement, son souffle résonnant dans le silence. Lentement, la chaleur reprit ses droits, comme si une frontière essentielle entre son corps et le désert avait été abolie. Elle resta là, son cœur battant à coups réguliers, tandis que se rapprochaient les pas du reste du groupe sur le sentier rocailleux.

À mi-chemin de l'ancienne ville d'Ein Gedi, elle se leva de son siège pour aller s'installer à l'avant, là où le guide suivait une route sur la carte de l'ongle de son pouce taché de nicotine tout en s'entretenant avec le chauffeur. Quand le guide releva la tête, elle lui asséna sans ambages : « Si tous ces juifs sont morts jusqu'au dernier, comment peut-on savoir ce qui s'est passé là-haut ? »

L'homme tapota sa carte chiffonnée et poussa un soupir. Au sommet de la forteresse du Masada, il s'était montré solennel. À présent, sa gravité avait disparu. « C'est un historien qui a rapporté la chose, dit-il d'une voix brusque. Flavius Josèphe. Et s'il a pu le faire, c'est parce que deux des juives, une vieille et une jeune, s'étaient cachées dans une grotte avec plusieurs enfants pendant la tuerie. Leur lâcheté fit qu'elles furent emmenées en esclavage par les Romains, et par la suite elles racontèrent leur histoire à Flavius Josèphe. » Tandis que le car vibrait de toutes parts en prenant un tournant, il jeta un coup d'œil au bord de la route, puis tira sur sa cigarette et recracha la fumée, l'air pensif, sous le nez de Helen. « Elles étaient coupables de trahison, ces femmes, mais elles ont au moins permis à l'histoire d'être encore vivante aujourd'hui. »

Quelqu'un à l'arrière du car se plaignait d'une fenêtre qui refusait de s'ouvrir. Quelqu'un d'autre entonna une chanson, avant d'être réduit au silence par une volontaire qui disait avoir mal à la tête.

« Pourquoi dites-vous ça ? lança Helen.

– Pourquoi je dis quoi ? demanda le guide, qui parlait avec le chauffeur et se retournait maintenant pour regarder Helen.

– Que ces femmes étaient coupables de trahison. »

Du coin de l'œil, elle vit Dror lever brusquement la tête sur son siège, de l'autre côté de l'allée, mais elle ne se tourna pas vers lui. « Pourquoi était-ce lâche de vouloir vivre ? » insista-t-elle.

L'autre lui jeta un regard las. Il secoua lentement la tête, avant de reprendre sa conversation avec le chauffeur.

En regagnant sa place d'un pas chancelant, elle passa à côté de Dror, qui ne lui accorda aucune attention.

Ce soir-là, après leur retour à la base, elle se sentit envahie d'une immense déception. Pour la première fois depuis son arrivée, elle songea à tout laisser tomber. Le désert avec lequel elle s'était imaginé pouvoir communiquer parlait en fait un langage qu'elle ne comprenait pas, une langue étrangère faite de chuchotements et de sous-entendus.

Elle quitta son lit. Portées sur l'air de la nuit arrivaient de vagues senteurs de plantes du désert dont elle ne connaîtrait jamais le nom. L'unique ampoule à l'entrée du réfectoire alluma les yeux d'un chacal de l'autre côté de la clôture, et elle détourna les yeux. Le silence de la base avait plongé dans les profondeurs de minuit. Un homme apparut au coin du réfectoire, une silhouette en uniforme. Il s'approcha d'un pas hésitant, le plâtre de son bras accrochant quelques reflets. Elle fut prise de l'envie instinctive de s'enfuir.

Le temps qu'elle hésite, il est devant elle. Parfaitement immobile, comme pour se faire pardonner d'avoir voulu l'éviter en dévalant une montagne.

Elle lève le menton comme un soldat au garde-à-vous, avec l'intention de se moquer de lui. L'air autour d'eux est frémissant de vie et le lui rend presque palpable.

Une question passe sur son visage. Puis il fait un dernier pas et l'embrasse.

Le ciel nocturne brille au-delà de l'horizon de ses boucles noires et serrées. La main de Helen, quand elle se lève, ne rencontre que le plâtre de son bras, frais et lisse, comme si lui-même était fait de pierre ou d'os patinés par le temps.

Un souffle de vent. Un cyprès solitaire qui se courbe, masquant les étoiles.

Puis, avec un bruissement invitant au silence, l'arbre se redresse, balayant la voûte du ciel et ses myriades d'étoiles, et elle trouve la peau palpitante de l'intérieur de son bras, puis sent la chaleur de son corps contre elle et s'abandonne.

Elle garda la chose secrète, sachant que c'était ce qu'il aurait souhaité. La surprise encore perceptible dans sa voix quand il répondait à son salut, comme si dans l'intervalle depuis leur dernière rencontre, elle avait pu oublier son nom ou disparaître ; le geste avec lequel il l'attirait à lui d'une main posée au creux de ses reins ; son plaisir et l'écho de son rire quand elle le taquinait sur l'attitude sévère qu'il adoptait avec les volontaires et qu'il semblait rire non seulement de ses paroles mais du rire lui-même... Tout cela, il fallait qu'ils le gardent pour eux. Il n'eut pas besoin de le lui préciser. Même si elle avait voulu en parler, avec quels mots aurait-elle pu expliquer qu'elle avait changé – que son corps avait changé –, que chaque molécule en elle était vivante, à sa place, limaille de fer attirée par un aimant ? Jour après jour, elle émincait ses légumes, distribuait le leben dans des seaux, ramassait les enveloppes de cartouches dans une chaleur suffocante, mais tout autour d'elle avait été redessiné. Le monde, réduit à une géographie d'endroits secrets, de lieux où ils pouvaient se retrouver à l'abri des regards entrecoupant les longues plages stériles où elle faisait semblant de ne pas remarquer ses conversations à voix basse avec les autres officiers quand il entrait dans le mess, ou la manière dont il levait la tête sans rien dire en entendant une jeep au loin.

Elle passait ses journées à évaluer la distance qui la séparait du prochain lieu, de la prochaine heure où ils seraient à nouveau seuls, et elle avait l'impression quand elle posait son couteau et regardait le désert par la fenêtre de la cuisine que tout menaçait de s'effondrer, de s'affaisser pour se relever, se redresser, métamorphosé en une réalité autre, encore indiscernable, une manière différente d'être au monde – au sein d'une réincarnation où pierres, ciel, cyprès et réservoirs d'essence seraient réconciliés. Et puis il y avait la lumière qui découpait la longue fenêtre de la cuisine, le miroitement de la chaleur sur le pare-brise de la jeep, le mince filet du nectar de pêche frais à la buvette le soir, et la douceur au cœur de toutes choses.

À Jaffa, ils descendirent du car dans la chaleur assoupie de l'après-midi. C'était la première fois que leurs jours de congé concordaient. Tout au long du trajet depuis Be'er Sheva, ils étaient restés assis côte à côte, leurs jambes se frôlant. Il s'était moqué d'elle parce qu'elle n'arrivait pas à prononcer correctement les *r* de son nom ; elle avait riposté en imitant la manière dont il prononçait le sien – Elen Vatt –, tandis qu'il déballait les pitas et les concombres salés qu'il avait préparés pour leur voyage. Une fois suffisamment loin de Be'er Sheva pour ne pas risquer de tomber sur un membre de la base, il lui prit la main et la retint dans la sienne. Alors qu'ils regardaient le désert faire place aux terres cultivées puis au bord de mer, il lui chanta à mi-voix un air en hébreu, puis un autre en polonais qui l'amena à tapoter le rythme en cadence sur son genou, avant de cesser soudain de chanter.

Quand elle l'avait vu en vêtements civils – chemise de coton à manches courtes, la peau de son bras plus pâle là où s'était trouvé le plâtre, une serviette de plage roulée à côté de lui sur le siège au vinyle craquelé –, elle s'était sentie envahie d'une tendresse qu'elle avait masquée en l'appelant Frankie Laine, tout en refusant de s'expliquer. Tandis qu'elle riait devant sa perplexité, lui revinrent des mots qu'on l'avait obligée à mémoriser à l'école quand elle était enfant. *Que l'humanité est belle.*

Il connaissait le chemin de la plage, et ils se mirent en route. Ils s'arrêtèrent à un restaurant dans le voisinage de la tour de l'horloge pour y acheter leur repas de midi, qu'ils mangèrent assis sur un mur de pierres sèches qui surplombait une orangeraie, avec la mer en toile de fond. Sur un coup de tête, elle mit un peu de harissa sur son falafel, amenant Dror à arrêter son geste et à lui dire « Tu es bien sûre ? », sans la dissuader pour autant, car elle était décidée à faire un sort à l'image de petite fleur anglaise qu'il pouvait encore avoir d'elle. À la première bouchée, la sauce la brûla au point que ses yeux se remplirent de larmes. « Seigneur ! » s'exclama-t-elle en toussant, et Dror, d'abord amusé puis attendri, la fit boire jusqu'à ce que la sensation de brûlure s'apaise. De son pouce, il essuya avec soin la sauce sur sa lèvre supérieure, et comme sa bouche la piquait toujours, il retourna demander une tasse de glaçons au restaurant.

Non loin du rivage, des pêcheurs arabes se profilaient sur les rochers d'Andromède, chacun debout sur son perchoir au milieu des vagues, occupé à récupérer la prise de la journée, jusqu'à ce que ses amis ou sa famille viennent le rechercher dans une barque. Sous leur regard, Dror l'entraîna jusqu'à l'eau.

Elle s'était déjà baignée dans un océan, mais elle fut surprise par la rapidité avec laquelle les vagues tièdes les soulevèrent, tantôt les soutenant à la surface tantôt les aspirant dans leurs dépressions, plus profondes qu'elle ne s'y attendait. Elle agrippa la main de Dror, et il l'entraîna jusqu'à un banc de sable et l'enveloppa de ses bras tandis que les flots ondulaient autour d'eux. Une grande paix l'envahit.

Au bout d'un long moment, il lui murmura à l'oreille : « Auprès de toi, je trouve le repos. »

Plus tard, il s'allongea à son côté sur l'étroite serviette pour se sécher au soleil : lui qui aurait pu faire le fier s'il l'avait voulu, mince et musclé comme il l'était grâce à son entraînement, sans une once de graisse – silhouette quasi sculpturale. Elle posa la tête sur sa poitrine. Appuya le bout de ses doigts sur son cœur et lui en renvoya les pulsations. Il plaqua la main de Helen sur sa poitrine pour l'arrêter.

Le vent changea, soufflant à présent en direction de la mer et faisant ployer les branches des orangers. Sans crier gare, une abeille vint se poser sur le talon de la main de Dror et se glissa dans le tendre interstice entre leurs deux paumes. Instinctivement, Helen se rejeta en arrière, arrachant sa main à la sienne.

L'abeille – ramassée sur elle-même, ailes collées au corps, impuissante contre le vent – s'accrochait à la paume de Dror, dernier objet stable entre elle et le vaste océan.

Celui-ci se leva avec précaution, abritant l'insecte entre ses mains jointes. Marchant contre le vent en direction des orangers, enfonçant dans le sable, il l'emporta vers un abri sûr.

Il revint, examinant sa main.

« Elle t'a piqué ? » demanda Helen.

Devant son hochement de tête affirmatif, elle s'exclama : « Mais elle va mourir, alors ! » Ces mots n'eurent pas sitôt franchi ses lèvres qu'elle en perçut l'absurdité. Comme si le monde se devait d'être juste envers ses créatures.

Il pivota sur ses talons, courut à petites foulées jusqu'à l'eau, nagea plusieurs minutes en fendant les vagues avant de se mettre sur le dos et de se laisser porter par les flots.

À une courte distance du rivage, un garçon dans une barque s'était arrêté au niveau d'un des rochers d'Andromède et tendait un panier au pêcheur, qui posa sa canne pour recevoir son déjeuner, avant de passer une main sur la tête du gamin en signe de remerciement. Au bord de l'eau, deux filles avec de longues tresses se promenaient main dans la main. Un peu plus loin sur la plage, un homme âgé, la peau parcheminée, marchait lentement sous les orangers, portant un éventaire fermé de marchand ambulant, sans doute en route vers un après-midi de travail dans un endroit susceptible de lui offrir davantage de clients. Quand il croisa le regard de Helen, son visage s'éclaira. Puis il lui fit signe de la main, releva le couvercle de son éventaire contre sa large bedaine et commença à s'adresser à elle en arabe. En s'approchant, elle vit qu'il avait là un bric-à-brac de bijoux de pacotille en métal terni, certains incrustés de pierres d'un beau bleu, d'autres avec des trous là où les pierres manquaient.

« Très joli », dit-elle pour lui faire plaisir. Mais, secouant la tête devant ses tentatives pour lui parler en anglais ou en hébreu, il lui sourit de ses dents tachées et désigna d'un geste enthousiaste la rue du restaurant et, au-delà, la ruelle qui se trouvait derrière. Là-bas, sa charrette : dans sa charrette, il avait beaucoup d'autres choses, il avait sûrement ce qu'elle cherchait.

Gveret, bvakasha, dit-il, répétant plusieurs fois la formule. « Mademoiselle, s'il te plaît. » C'étaient les seuls mots d'hébreu qu'il avait l'air de connaître.

Elle laissa le vendeur, qui avait toujours les deux mêmes mots à la bouche, la conduire jusqu'à une petite rue ; elle n'était pas certaine que l'homme aurait grand-chose d'intéressant, mais elle voulait faire la surprise d'un petit cadeau à Dror. Dans la charrette, aussi délabrée que son contenu, il y avait un grand panier. Après plusieurs tentatives infructueuses, il en ouvrit le couvercle pour révéler un assortiment d'objets plus importants : pots à eau, tasses en métal, médaillons ornementés. Elle passa un long moment à fouiller, pendant que le marchand respirait nerveusement dans son dos, pour finir par choisir un petit cadre couleur argent avec un motif de grappes de raisin.

Elle paya sans marchander, beaucoup plus sans doute que la valeur réelle de l'objet, mais la somme restait dérisoire. Puis, avec un geste de la main à l'adresse du vendeur ravi, elle regagna la plage.

« Helen ! » Dror, encore mouillé de sa baignade, une serviette sur les épaules, s'arracha à la conversation apparemment animée qu'il avait avec un autre homme – le propriétaire du restaurant où ils avaient acheté leur déjeuner. Il accourut vers elle. Elle se raidit devant le mélange d'incrédulité et de fureur qu'elle lut sur son visage.

« Qu'est-ce qu'il y a ? lança-t-elle, riant avec insouciance.

– Mais à quoi tu penses, bon sang ? »

Elle se retourna. Le vieil Arabe avait disparu.

« L'essentiel de ses marchandises était dans sa charrette, tu comprends.

– Alors, comme ça, tu suis un parfait inconnu dans une ruelle ?

– Mais je n'ai pas... Bon, tout va bien, non ?

– Tu es stupide ou quoi ? »

Elle ouvrit la bouche, puis la referma. Elle ne comprenait pas la colère de Dror. En l'espace d'un court instant, il était passé de la plus tendre ferveur à une fureur méprisante.

« Une jeune Anglaise blonde, expliqua-t-il, en compagnie d'un juif israélien. Te rends-tu compte que tu serais une cible idéale pour un attentat ?

– Mais, Dror... c'était un vieil homme asthmatique.

– Ce n'est que maintenant, une fois l'épisode terminé, que tu peux le dire avec certitude. Si tu es décidée à ignorer les dangers, tu ferais aussi bien de...

– Qu'est-ce qu'il avait de différent par rapport au type qui nous a vendu nos sandwichs ?

– Ahmed ? J'ai acheté mon déjeuner chez lui au moins une dizaine de fois. Tout le monde le connaît. Il s'apprêtait à partir à ta recherche avec moi juste avant que tu réapparaisses. »

Elle resta sans réponse.

« Réfléchis un peu à ce qui aurait pu t'arriver. »

Il parlait comme un adulte grondant un enfant ; il n'avait pourtant que vingt-quatre ans, seulement cinq ans de plus qu'elle.

« Ce que je ne comprends pas, lui dit-elle d'un ton calme, c'est pourquoi l'idée que je puisse être en danger devrait t'amener à me regarder comme si tu me haïssais. »

Ils reprirent le car pour traverser le désert. La chaleur de l'après-midi chauffait le toit en métal ; elle tourna la tête du côté de la fenêtre qu'elle avait baissée le plus loin possible. Quand ils eurent couvert le plus gros de la distance qui les séparait de Be'er Sheva, Dror posa une main sur la sienne – un geste machinal accompli comme par devoir. Au bout d'un moment, elle retira sa main.

Quand ils arrivèrent enfin à la base, elle pensa qu'ils allaient partir chacun de son côté. Au lieu de quoi, il la conduisit jusqu'au bâtiment désaffecté situé dans la partie nord, souvent déserte, de la base, où ils avaient volé leurs moments d'intimité au cours des dernières semaines. Ils étaient à peine entrés qu'elle refusa d'aller plus loin.

« Ne me touche pas, dit-elle, si c'est pour toi une telle torture. » Elle voulait le traiter avec cette ironie cinglante qu'on voit aux stars de cinéma dans les films, mais sa voix tremblait.

Il s'écarta et poussa la mince porte en métal. Le soleil inonda la pièce, puis la porte se referma derrière lui, la plongeant dans la pénombre.

Elle le trouva à l'extérieur, en train de fumer et fixant d'un œil sombre le paysage vide du désert. Il ne se retourna pas au bruit de ses pas. « Il faut que tu comprennes », dit-il. Bien sûr, songea-t-elle. En le regardant, elle s'efforça d'imaginer ce à quoi auraient pu ressembler sa mère et sa sœur – mêmes boucles foncées et mêmes yeux noirs sur un visage sans doute moins dur.

« Je suis désolée, Dror, je...

– Tu n'as pas à être désolée. »

Il jeta sa cigarette, l'écrasa sous sa sandale. « Quand je t'embrasse, seul compte l'homme qui t'embrasse. Ceux que je peux être par ailleurs sont sans importance. » Il s'interrompit, attendant qu'elle comprenne. « Cette semaine, c'est à peine si j'ai pensé à ma famille », reprit-il sur un ton de reproche.

Elle ne trouva rien à répondre face à cette naïve expression de douleur.

Un long moment s'écoula. Elle entendit sa voix, sans vraiment prendre conscience de ce qu'elle disait. « Tu te sens seul avec moi ? demanda-t-elle. Parce que je ne suis pas juive ? »

Il ne répondit pas, et, quand elle reprit la parole, ce fut à sa grande surprise sur un ton qui, loin d'être conciliant, était accusateur.

« Es-tu incapable de me faire confiance ?

– Ce n'est pas une question de confiance. C'est... Je ne crois pas, Helen, que tu te rendes compte de tout ce que tu touches quand tu me touches.

– Tu as raison, je ne me rends pas compte. Les nazis ont fait de ton monde une horreur, et toi, après tout ce que tu as enduré, tu as décidé que c'était dans ce monde-là que tu voulais continuer à vivre ? C'est ça que tu veux, Dror, vivre dans un monde où les gens sont condamnés à ne jamais franchir une limite, à ne jamais se toucher les uns les autres ? »

Il se tourna brutalement pour lui faire face, puis s'arrêta, le visage rouge de fureur.

« Tu me trouves sans cœur, dit-elle.

– Oui », lâcha-t-il après avoir pris une longue inspiration.

Elle tremblait, mais ses mots sortaient d'un trait, comme s'ils ne lui coûtaient rien. « Ce n'est pourtant pas le cas, rétorqua-t-elle. Et je ne pensais pas que tu étais de ceux qui confondent dureté de cœur et simple franchise. »

Un troupeau de chèvres traversait la plaine à petits pas au-delà de la clôture de barbelés. Suivi d'un garçon frêle, la tête enturbannée de blanc, un bâton pendant, inutile, à son côté. Rien d'autre ne bougeait sur l'horizon.

« Tu as raison, dit Dror, avant d'ajouter après l'avoir regardée un moment : Quand tu vois quelque chose qui te paraît ne pas avoir de sens, tu le dis. Eh bien, tu devrais continuer comme ça. »

Son beau visage s'était adouci. Elle sentit que son chagrin reposait à présent timidement entre ses mains.

Elle aurait voulu s'excuser, reconnaître qu'elle avait eu tort, lui demander de lui en dire plus, de lui livrer le fond de sa pensée, de ses émotions, jusqu'à ce qu'elle puisse ressentir ce qu'il ressentait.

Il resta à l'écart encore un moment. Puis il lui effleura le visage, à tâtons, comme un aveugle.

Cette nuit-là, elle s'allongea à son côté sur la couverture rêche, avec le sentiment de tomber d'une grande hauteur. Il l'accueillit avec solennité, l'empreinte de ses mains sur son corps désormais indélébile.

Et puis, un soir de la même semaine, leur secret cessa d'en être un. On chuchotait sur un des bancs de la buvette ; Nurit, la cuisinière, était assise à côté de Dov, le tombeur membre de l'unité de bombardement, et tous deux secouaient la tête en écoutant ce que disait Avi, le volontaire américain. Installée près d'eux, Muriel ne perdait rien de la conversation, les bras enroulés autour du torse, et finit par prononcer un verdict sans concession.

D'où elle se trouvait, seule au bout de son banc comme une naufragée en pleine mer, Helen ne saisit qu'un seul mot du discours de Muriel : Dror. Un nom qui aurait pu être craché à la face d'un traître.

L'espace d'un instant figé dans le temps, les yeux de Muriel restèrent rivés à ceux de Helen.

Dror était assis, son attention en éveil, au milieu des autres à une certaine distance, son soda intact dans sa main. Elle s'aperçut que lui aussi avait senti le changement. Elle vit l'espoir circonspect qui se lisait sur son visage s'effacer pour faire place au découragement, puis, très vite, à la colère.

C'est alors qu'Avi se tourna vers Muriel et, d'une voix suffisamment forte pour faire cesser toute activité au comptoir-caisse derrière eux : « Ben, c'est pas comme si les volontaires non juifs participaient à notre effort. »

Dror tapota sa canette du bout des doigts. Il se leva, et les mots qu'il prononça s'adressaient à Avi aussi bien qu'à tous les autres, la vingtaine de soldats en uniforme qui tournaient leurs visages juvéniles, confiants et craintifs, vers lui comme ils l'auraient fait avec un frère aîné qu'ils admiraient.

« Les non-juifs qui sont ici le sont par choix, dit-il. Nous parlons sans arrêt d'héroïsme. Combien d'entre vous auraient *choisi* de renoncer à leur sécurité ? »

Il n'obtint pas de réponse, mais les visages autour de lui avaient un air de reproche. Il fit demi-tour et quitta les lieux.

Helen ne bougea pas de son banc jusqu'à ce qu'ils soient tous partis, sans qu'aucun d'entre eux ne lui accorde plus qu'un bref coup d'œil. Même à ses yeux, le commentaire de Dror paraissait un peu léger. Les volontaires juifs avaient eux aussi choisi de renoncer à leur sécurité. Walter le Canadien, Maria l'Italienne, Avi, anciennement Abe, et ses compatriotes américains, et bien sûr David, le Londonien : tous avaient quitté un endroit où ils auraient pu jouir d'une existence confortable, et tous avaient l'intention de rester en Israël. Pour eux, ce travail de volontaire était une façon de se préparer à leur nouvelle vie en tant qu'Israéliens, qui allait les précipiter dans une société où chacun devait mettre la main à la pâte parce que la guerre à venir était inévitable. S'ils étaient venus ici, c'était parce que, comme Helen avait entendu Avi le dire d'un ton résolu aux autres volontaires américains, la sécurité n'avait plus aucun sens pour lui dès l'instant où il savait avec quelle facilité on pouvait tuer les juifs. Ils n'étaient pas ici, comme c'était le cas de Helen, pour quelques mois, voire une année, histoire de se rebeller une dernière fois avant l'âge adulte.

Une semaine s'écoula encore avant que s'annonce le dénouement. Une semaine pendant laquelle Dror lui chuchotait à l'oreille de se réveiller, dans le silence et la chaleur du bâtiment où ils se retrouvaient, et lui boutonnait la chemise de son uniforme avec un soin absurde. Une semaine de regards détournés, même de la part des filles qui jusque-là s'étaient montrées plutôt amicales à son égard ; de silence quand elle faisait gicler l'eau de son balai sans faire attention sur le sol de la cuisine, la cuisinière s'abstenant de toute remarque par un reste de respect pour Dror. Une semaine de tensions presque dissipées dans la claire lumière dispensée par son amant, par son sourire quand il la voyait, sa délicatesse quand il la manipulait comme un objet précieux. Allongée à son côté, regardant pulser les veines de son cou, elle sentait ses craintes s'évanouir. Ici, elle était au centre des choses. Ici, elle était enfin à l'endroit précis où il était possible de rester étendue nue, en paix, à regarder dans les yeux noirs de l'homme à côté d'elle, en sachant qu'ils s'étaient juré la vérité. Elle se rendit compte que, pour la première fois depuis son enfance, elle n'avait pas peur de vivre dans le monde. Elle le dit à voix haute dans le silence ambiant, écoutant les mots hébreux tomber paisiblement de sa bouche, comme des pierres, dans l'immobilité du désert : « Je suis vivante. »

Elle se réveilla pour découvrir le regard de Dror sur elle. Instinctivement, elle se redressa et ramena la couverture sur ses seins.

« Sais-tu combien d'entre nous sont morts ? »

Elle crut d'abord qu'elle avait mal entendu.

« Un sur trois, dit-il, fournissant la réponse à sa propre question d'un ton calme, mais avec une intensité qui la mit aussitôt sur ses gardes. Un juif sur trois dans le monde. Et dans mon pays, en Pologne, la proportion est de neuf sur dix. »

Elle attendit. Il l'observait avec une émotion qu'elle était incapable de définir. « Et ta mère est au nombre des victimes, dit-elle. Et Nessa. »

Il cligna des yeux.

« Sais-tu combien d'entre nous sont morts ici, juste après les camps, pendant la guerre d'indépendance ? Quand on nous a attaqués sur cinq fronts à la fois ?

– Dror, on dirait que tu fais un discours. »

Il se leva, et elle vit qu'il s'était habillé pendant qu'elle dormait. Il se mit à aller et venir devant elle, comme s'il était en train d'interroger un suspect. Puis il s'arrêta pour dire : « Je veux que tu saches où tu mets les pieds. »

Elle le regarda. N'oublie pas que moi aussi j'ai connu la guerre, faillit-elle lui dire, pour aussitôt se sentir honteuse. Elle ne gardait que peu de souvenirs du Blitz : le bras de sa mère tirant un rideau épais pour étouffer le vacarme et les hurlements du monde extérieur ; un fouillis de verdure glissant devant la fenêtre du train ; la poignée lisse de sa valise dûment étiquetée, un chaton vivant dans un abri de jardin, et puis une grande femme silencieuse qui avait déjà pris chez elle trois autres enfants. L'embarras d'avoir oublié comment lacer ses chaussures, et l'aînée des filles lui montrant comment s'y prendre.

« Ce dont je parle, commença-t-il, comme s'il avait lu dans ses pensées, ce n'est pas simplement d'une guerre qui commence et se termine, Helen... mais d'une chose à laquelle l'Angleterre n'a pas pu te préparer. Donne-moi le nom d'un pays, n'importe lequel, et je te parlerai de l'époque où il ne pensait qu'à tuer les juifs. Sais-tu que les nazis allaient recruter des paysans locaux en Russie pour les aider à noyer les juifs, avant qu'ils aient trouvé des méthodes d'extermination plus efficaces ? Trente mille morts en deux jours à Babi Yar. » Un silence.

« Par noyade.

– Dror, arrête.

– Je veux que tu essaies d'imaginer ça. »

Elle le regarda, effarée.

« Moi, je l'imagine. On ne peut pas noyer les gens en masse, tu vois ; il faut procéder individuellement. Peux-tu imaginer ce que c'est que de forcer un enfant, une femme, un homme à garder la tête sous l'eau ? Et pas juste une seconde, comme si tu agissais par réflexe avant d'avoir eu le temps de réfléchir. Noyer quelqu'un suppose que tu maintiennes... Il faut que tu continues jusqu'à l'extinction de toute vie », conclut-il d'une voix brisée.

Elle refusait d'imaginer, elle n'y pouvait rien. Elle sentit les tendons de son cou se contracter. Proche de la panique, elle leva les mains en avant pour repousser l'horreur... pour le repousser lui ?

Il s'assit en face d'elle, si doucement que c'est à peine si elle l'entendit.

« J'ai besoin que tu comprennes.

– Pourquoi fais-tu ça ? » demanda-t-elle.

Il ferma les yeux.

Elle restait assise en face de lui, la couverture remontée jusqu'au cou. Pour la première fois, l'idée lui vint qu'elle était peut-être en train de l'attirer dans un univers néfaste pour lui. Tout à coup, la douceur de ses seins, la chaleur de sa peau lui parurent pleines de traîtrise, comme si elles pouvaient l'entraîner hors du droit chemin dans un monde qui exigeait froideur et insensibilité.

Chassant cette pensée, elle tendit la main vers lui et laissa toute cette confusion s'écouler hors d'elle. Elle pensa : *En te touchant ici, ici encore et là, je te conduis à moi.*

Le soir suivant, ils traversèrent l'interminable espace découvert qui séparait la buvette du quartier des officiers, la main de Dror tenant fermement la sienne. C'était la première nuit qu'ils passaient dans sa chambre, et ils ne firent rien pour se cacher tandis qu'ils pénétraient ensemble dans le bâtiment. Cette nuit-là, ils firent l'amour lentement, avec une infinie douceur. Quand ils eurent fini, elle ne s'endormit pas. Dehors, la voûte très haute du ciel noir au-dessus du désert, les étoiles multipliées à l'infini. Elle regardait Dror fixer le plafond de ses yeux sombres et brillants dans l'obscurité.

Sur le champ de tir cette semaine-là, elle passa son temps sous un soleil implacable à ramasser les enveloppes de cartouches qu'elle laissait tomber au fond d'un sac avec un cliquetis étouffé, tandis que la transpiration ruisselait dans son dos et entre ses seins, et que sa vue butait sur l'horizon. Aucun moyen d'échapper au désert. D'en adoucir l'âpreté, d'estomper la réalité. C'était la raison pour laquelle elle était ici, elle en avait atteint le noyau dur, désormais. La raison pour laquelle il lui avait fallu quitter l'Angleterre. Elle était venue ici pour trouver un endroit où les mensonges polis n'avaient pas cours. Et elle était récompensée par la découverte de ce à quoi elle aspirait – un amour synonyme d'honnêteté. Dror n'était-il pas venu à elle pour la confronter aux vérités les plus impitoyables ? Tandis que les douilles lui glissaient des doigts, elle fit apparaître son image sur la plaine déserte : inflexible, et pourtant le cœur encore prêt à s'ouvrir. La promesse qu'elle lui fit alors était comme cousue dans son corps : jamais je ne te mentirai.

Quand il lui tendit l'ouvrage poussiéreux à la fin de cette semaine-là, elle le repoussa en disant : « Non, cela n'est pas nécessaire, Dror. »

Ils étaient dans sa chambre. Un autre jour de permission pour tous les deux ; elle avait cru à un heureux hasard jusqu'à ce que Muriel lance à la cantonade depuis sa couchette au-dessus de la sienne que le grand, le tout-puissant Dror truquait l'emploi du temps des volontaires pour satisfaire ses *plaisirs*. Aucune des filles n'avait relevé la remarque. En dehors de Muriel, les soldats évitaient toute allusion à la situation, choisissant d'aller et venir autour de Helen pendant la journée comme si elle était invisible. S'il leur arrivait de croiser son regard, c'était avec la plus totale neutralité. Tout le monde semblait attendre un signal encore indéterminé qui leur signifierait que la crise était passée.

Dror, vêtu en civil, insista, essayant de lui mettre le livre dans les mains. « Je l'ai trouvé à Be'er Sheva, dit-il. J'ai essayé de t'expliquer les choses à ma façon, Helen, mais... Tu m'as dit que tu aimais les livres, reprit-il après un long soupir. Peut-être que comme ça, tu comprendras mieux. »

Elle regarda le titre. *Histoire du peuple juif*. Elle rit tout fort, délibérément, pour lui montrer qu'elle ne prenait pas son air solennel au sérieux. Mais quand elle leva les yeux, le visage de Dror était sévère. Un instant, il ressembla à l'officier autoritaire qui avait si froidement accueilli les volontaires à leur arrivée à la base.

Elle lui fit un salut réglementaire.

« C'est important, dit-il, sans sourire. Il faut que tu saches dans quoi tu t'embarques. »

Le livre était usé, sa couverture, abîmée, les lettres du titre, presque effacées. « Est-ce que tu comprends à quel point tout ceci est absurde, Dror ? »

Il ne répondit pas.

« Tu voudrais me voir lire un ouvrage sur l'histoire juive afin que je décide si je t'aime ou pas. Mais je le sais déjà. Je sais déjà tout ce que j'ai besoin de savoir à ce sujet. »

Il garda le silence. Elle avait toujours su qu'il lui faudrait parler la première.

Elle crut d'abord qu'il allait venir s'installer au bord du lit où elle était assise et lui renvoyer ses paroles. Mais il ne bougea pas, son visage marqué par une tension qu'elle ne lui connaissait pas, et il se contenta de dire :

« Tu ne sais pas ce que tu fais.

– Tu as tort et tu le sais, Dror, lança-t-elle d'un ton cinglant. On dirait que tu es à une tribune. *Ça*, poursuivit-elle avec un geste en direction du livre, ça n'a rien à voir avec l'amour. C'est de la peur. Tu as juste peur de... l'amour », conclut-elle avec un grand geste de la main les englobant tous les deux.

Et pourtant, au moment même où elle prononçait ces mots, elle se demanda si c'était lui qu'elle accusait ou bien elle-même. Ne s'était-elle pas sentie soulagée, si peu que ce fût, quand un sentiment dont elle était incapable de contenir les débordements avait été endigué par la colère qui l'avait pris ce jour-là à Jaffa ?

Mais l'écœurement se lut sur son visage, et elle comprit que ses mots avaient fait mouche.

« Helen, qu'est-ce que la vie pourrait encore m'apporter aujourd'hui qui me fasse peur ? »

Pas un seul bruit de pas ne rompait le silence de la caserne.

« Je t'en prie », dit-il.

Il lui avait apporté son repas du soir dans la chambre qu'il occupait, déposant le plateau à côté d'elle tandis qu'elle lisait sur son lit dans sa robe bain de soleil. Il disposa avec soin serviette et couverts et lui abandonna la pièce avec une tendresse qui, en d'autres circonstances, aurait pu paraître comique.

Elle feuilleta le livre, pleine de rancune, comme un enfant forcé de se plier aux conditions d'une punition injuste. Par l'unique fenêtre de la chambre, elle apercevait Dror, appuyé contre un arbre dans sa chemisette bleue, qui fumait cigarette sur cigarette. Il tenait à ce qu'elle embrasse l'histoire de son peuple, faute de quoi, elle le savait, il lui faudrait le quitter sans plus attendre, et avant qu'ils soient si soudés l'un à l'autre qu'aucun acte chirurgical ne pourrait plus les séparer sans causer des dommages irréparables chez l'un comme chez l'autre.

Elle parcourut la première page, sans véritablement saisir le sens des mots. Dror voulait-il qu'elle pèse chaque phrase ? Très bien. Elle se força à passer à la deuxième page. Puis à la troisième. Il attendait d'elle une enquête impartiale. Mais Helen n'était pas prête à lui accorder ce plaisir. Elle savait d'avance quelle fin elle donnerait à cette histoire, et rien ne pourrait la faire changer d'avis. Le livre de Dror, elle allait le lire, et elle lui dirait – quelle que soit l'horreur des vérités contenues dans ces pages – que, même si c'était aller contre l'évidence et la logique, ils pouvaient malgré tout rester ensemble.

Elle essaya un stylo sur le bloc qu'il lui avait apporté, écrivit son nom en lettres rageuses. Au bout de quelques minutes, elle aligna d'une écriture négligée une série de titres destinés à lui permettre de s'y retrouver dans les différentes périodes. *Le Royaume d'Israël. Les Débuts de la diaspora. Les Grecs et l'hellénisation.*

L'histoire de Mattathias et des martyrs judéens l'arrêta, et elle lut malgré elle. *Dans l'isolement de leur exil au milieu du désert, la vérité se fit lumineuse : donner ouvertement expression à leur croyance signifiait l'anéantissement.* Elle s'imprégna des mots et poursuivit. Sa colère s'apaisa. Le sens qu'elle voulait imposer à l'histoire lui paraissait à présent moins flagrant, c'est du moins ainsi qu'elle se rappellerait les choses plus tard. Pour l'instant, les récits eux-mêmes, leur décor dépouillé et familier, captaient toute son attention. Au fil de sa lecture, elle recopiait des noms, des dates, comme si faire écho de sa plume à des faits pratiquement insoutenables les scellerait dans sa mémoire et lui permettrait de les comprendre.

Dehors, Dror faisait les cent pas, écrasant des mégots dans la terre.

Quelle paix avait été la sienne pendant ces moments. Chacune de ses respirations, quand elle changeait de position sur le mince matelas de Dror ou tendait la main pour tourner une page, était toujours un échange, une question, une exploration du monde remplie d'espoir.

Quand il revint avec deux verres de thé à la menthe, elle referma le livre et replia ses notes pour éviter qu'il les voie. « Ça ne nous mènera à rien, Dror. »

Il secoua la tête sans un mot, remua son thé, faisant remonter du fond du verre une spirale de feuilles foncées.

« Parle-moi de ta sœur, dit-elle en les regardant retomber. Voilà l'histoire des juifs que j'ai envie de connaître, Dror. La tienne. »

Avec les mouvements lents et contrôlés d'un homme qui veille à ne pas laisser tomber les objets qu'il a dans les mains, il reposa le verre et la cuillère sur la table. « On pourra parler de tout, dit-il avec douceur, quand tu auras fini de lire. »

Elle poursuivit sa lecture, concentrée à l'extrême, tout l'après-midi, puis toute la soirée. Et jusqu'au bout de la nuit, à la lumière de la lampe de chevet. Lui dormait à son côté, son corps imbriqué dans le sien, ne bougeant que pour ramener un oreiller sur son visage quand la lumière le gênait trop, une main confiante reposant sur sa cuisse. Le premier contact qu'il s'était autorisé depuis qu'il lui avait remis le livre.

Elle lut jusqu'à ce que le noir du ciel étoilé vire au bleu profond des prémices de l'aube.

Ce n'est que quand elle eut terminé et refermé l'ouvrage que des larmes de frustration lui montèrent aux yeux.

La page unique sur laquelle elle avait pris des notes était griffonnée recto verso. Elle l'avait retournée pour écrire au dos, avait rempli les marges, l'avait mise tête en bas pour l'annoter encore, écrivant entre les lignes déjà existantes.

Dror se réveilla, se leva et lui apporta son petit déjeuner : leben, pita, tranches de concombre salées, le tout disposé proprement sur les assiettes en plastique bleu du mess. Il posa avec précaution son café devant elle.

« Qu'as-tu appris ? » demanda-t-il avec sollicitude.

Elle ne l'avait jamais vu effrayé auparavant.

« Tu as lu les passages sur Dreyfus ? Sur le Livre blanc ? »

Elle eut un hochement de tête affirmatif.

« Est-ce que tu as remarqué, demanda-t-il en scrutant son visage, la manière dont les choses changent sans changer ? La manière dont elles ne font qu'empirer, dont le piège se referme un peu plus chaque fois ? Helen, pourquoi voudrais-tu vivre avec ça ? »

Elle garda le silence.

« Tu vois ce que je veux dire ? reprit-il.

– Ce que tu veux dire ? Que t'aimer, à t'entendre, serait une malédiction ?

– J'ai besoin que tu regardes la vérité en face.

– Pour mieux m'effrayer, pour que je prenne la fuite. »

Les mots lui blessaient la gorge. « Tu refuses de te séparer... ne serait-ce que d'un iota de toute cette horreur. »

Elle heurta du bout des doigts le bord de sa tasse de café, qui déborda, éclaboussant ses jambes, la page d'écriture à côté d'eux, faisant baver l'encre d'un bleu vif de telle sorte que de longues lignes de mots coulèrent vers les marges et furent perdues.

L'instant d'après, elle pleurait, et, étouffant un gémissement, il débarrassait son lit du livre, de la page, de la tasse de café, et, quand ils firent l'amour, la voix qui murmurait à l'oreille de Helen annonçait la fin d'un orage : *Je suis désolé désolé désolé.*

Un après-midi, Muriel la coinça sans crier gare à côté des toilettes extérieures. Elle attrapa Helen par le bras, avec violence, sans faux-semblant. « Tu ne sais donc pas qu'il va travailler pour le service des renseignements ? Tu ne sais donc pas qu'ils le veulent, après avoir vu de quoi il était capable comme chef de commando ? Est-ce qu'il t'a dit qu'il commençait en juin, qu'il risquait de passer la moitié de sa vie comme agent secret dans d'autres pays, si on le lui demande ? Que sa femme ne saura jamais ce qu'il fait vraiment ? Est-ce que t'as jamais entendu parler du Mossad... ou l'Angleterre est-elle trop pure pour avoir besoin de ce genre d'organisation ? Alors, laisse-moi t'expliquer : ces hommes-là laissent des veuves derrière eux et n'auront même jamais droit à un monument commémoratif pour la bonne raison que leur travail n'existe pas, parce qu'il n'est pas reconnu. »

Muriel n'avait toujours pas lâché le bras de Helen, empêchant le sang de circuler. Quand celle-ci essaya de se dégager, elle ne fit que resserrer sa prise, comme soudain saisie du désir fébrile de se justifier. Helen vit bien que Muriel ne tarderait pas à regretter ses paroles, une fois la crise passée. «Je me disais bien qu'il n'aurait pas pris la peine de te l'annoncer. Mais il l'avait dit à Uri avant ton arrivée ici pour tes petites vacances, si nobles, si généreuses, il a dit à Uri qu'il voulait consacrer sa vie à la sécurité nationale. À faire ce dont *notre* peuple a besoin pour que ce pays ne devienne pas un nouveau piège prêt à se refermer sur les juifs. »

En entendant l'écho des paroles de Dror, Helen en oublia la douleur dans son bras.

« Il serait prêt à se jeter du haut d'une falaise pour ce pays, poursuivit Muriel. Et il le fera à la minute même où on le lui demandera. Il est probable qu'ils l'enverront d'abord travailler pour le service de renseignements dans les pays de l'Europe de l'Est, peut-être juste pour quelques mois, voire quelques années. C'est lui le type avec lequel tu pensais vivre ton petit conte de fées ? Ou bien est-ce qu'il a juste oublié de te dire que tu viendrais toujours en second ? Il ne t'aimera jamais comme il nous aime, nous. »

Elle planta là Muriel et partit en courant, sans se soucier d'être vue, vers la chambre de Dror, où elle le trouva sur son lit, en train de lire le journal. « Tu vas me quitter, c'est ça ? Tu vas partir et te faire tuer pour ta patrie ? »

Il referma lentement son journal, qu'il posa à côté de lui.

« Muriel vient de me mettre au courant. Tu te prépares à faire de moi une veuve de guerre, c'est ça le sort que tu me réserves ? »

La tristesse qu'elle lut dans ses yeux la déconcerta. Elle secoua la tête... N'allait-il pas au moins essayer de nier ? Elle était venue en courant comptant l'entendre dire qu'il s'agissait d'un malentendu, et dans l'espoir de pouvoir tomber dans ses bras, tout au soulagement de voir qu'ils avaient franchi ensemble un nouvel obstacle.

« Helen, dit-il calmement. Je ne t'ai pas menti. Je veux travailler pour ce pays, si lui veut bien de moi. Mais... »

La conversation se déroulait trop vite, elle n'arrivait pas à suivre. Il y avait en lui quelque chose qu'elle ne comprenait pas ; elle était une étrangère dans ce pays, somme toute. Mais ne l'avait-elle pas toujours été ? Elle fut envahie tout à coup d'un immense sentiment de solitude, d'un besoin physique d'entendre le bruit de la pluie. L'Angleterre. Le paysage rocailleux désolé qui s'étendait devant la fenêtre de Dror lui fit battre le cœur comme si celui-ci allait la lâcher si elle devait rester un moment de plus sans voir un peu de verdure. Devait-elle admettre que tout cela, en réalité, lui faisait peur ? Une pensée lui traversa l'esprit : je n'y arriverai pas si je ne peux pas compter sur lui.

Elle éleva la voix, plus qu'il n'était nécessaire.

« Ce que tu es en train de dire, Dror, c'est que je viendrai toujours en second. Que je ne te comprendrai jamais parce que je ne suis pas juive. Je ne serai jamais comme...

– Tu es... »

Il se leva, s'approcha d'elle, eut un geste d'impuissance. « Helen, je ne cherche qu'à être honnête avec toi. Je veux que tu saches le pire, de manière à ce que tu puisses partir maintenant s'il le faut. Mais ce n'est pas... Si tu décides de rester avec moi, Helen, je vois maintenant qu'il nous sera possible de... »

Son seul désir en ce moment, c'était de le blesser, pour qu'il la prenne une nouvelle fois dans ses bras, lui murmure des excuses pour les images insupportables que les paroles de Muriel avaient fait surgir en elle : Dror perdu. Dror porté disparu. Helen seule dans une cuisine vide, à des années d'ici, écoutant la radio dans un pays qu'elle ne comprendrait jamais. D'une voix rauque, elle prononça les mots les plus durs qu'elle put trouver : « Il y a un trou là où était ton cœur autrefois. Et tu as mis l'histoire à sa place. »

Un silence de mort. Les yeux clos, il dit simplement : « Non. »

Il rouvrit les yeux et la regarda. « C'est toi qui es dans mon cœur, dit-il. Mais, d'un autre côté, tu as raison, Helen. Je ne suis plus celui que j'étais. Je... »

Il fallut un moment à Helen pour se rendre compte que sa voix se brisait.

« J'ai détesté ce changement, reprit-il, d'une voix plus forte. Positivement détesté. Tu crois peut-être que je ne m'en suis pas aperçu quand ça m'est arrivé ? Crois-tu que le monde peut te déchirer le cœur sans que tu en prennes conscience ? »

Elle comprit que l'émotion qui l'étranglait venait de cet aveu sur lui-même, et elle s'en voulut de l'avoir forcé à voir ce qu'elle voyait. Et elle l'aima en cet instant comme elle n'avait jamais aimé personne, le trouvant si évidemment exempt de tout reproche qu'elle se serait volontiers allongée sur le sol en béton pour poser sa tête sur ses bottes usées.

Il en avait terminé. Il resta encore un moment sans bouger, puis il ouvrit la porte et lui fit signe de sortir.

Il y avait un soldat qui faisait un croquis du Masada, penché sur le capot de sa jeep. Elle laissa sa valise et son billet pour Londres dans la voiture qu'elle avait louée pour sortir du désert une dernière fois. Elle sentait elle-même la dureté de son sourire, mais elle vit les yeux du soldat se teinter d'un espoir insensé quand elle s'approcha de lui, vêtue d'une jupe et d'un chemisier auxquels son corps n'était plus habitué après tous ces mois d'uniforme. Et elle lui prit son dessin des mains d'un geste rapide et péremptoire.

« Comment êtes-vous venue à l'histoire ? » lui avait demandé Aaron au terme de ce premier jour de travail chez les Easton.

Elle rassembla ses affaires, son manteau, sa sacoche. Sa canne, dont le vernis sur le pommeau était presque effacé d'un côté. Éteignit le plafonnier et verrouilla la porte de son bureau.

Dehors, dans les dernières lueurs du jour, elle appuya sa canne contre une grille et entreprit en s'aidant de ses deux mains de boutonner son manteau pour se protéger du froid. Une fois le haut fermé, elle mit les mains dans ses poches et reprit son souffle. Puis elle enfila ses gants, laborieusement, récupéra sa canne et se dirigea à pas lents vers sa voiture.

12

6 DÉCEMBRE 1663
7 KISLEV 5424
LONDRES

Elle ouvre le rideau rouge et fait cliqueter les anneaux en bois. La pierre est glacée. Elle assure fermement ses pieds nus sur le sol et se lève, son souffle à peine perceptible dans la pièce obscure. Depuis le lit gigogne, les bruits sonores du sommeil de Rivka. Elle tâtonne et trouve le rebord de la fenêtre. Reste debout un moment devant les carreaux qui laissent filtrer non pas la lumière mais une lueur cherchant à faire pâlir l'obscurité.

Une traînée de lune est encore visible au-dessus des murs de la cité, et un brouhaha anime brièvement la rue en dessous de sa fenêtre, rires gras d'hommes rentrant d'une taverne. Elle resserre son châle autour de ses épaules, avant de suivre le mur jusqu'à ce qu'il ouvre sur la cage d'escalier.

Sans le feu qui le réchauffe pendant la journée, le bureau du rabbin renvoie des sons creux. Elle s'attarde un moment à l'entrée. Même à cette heure, c'est l'instant qu'elle préfère par-dessus tout : celui où elle pénètre dans la pièce sombre. Les volumes reliés l'attendent, silencieux, alignés en ordre de bataille sur les rayons recouverts de tissu. Elle franchit le seuil, prend une longue inspiration. Puis, rapidement, va chercher bougie et fusil dans un tiroir près de l'âtre. La pièce fait un valeureux effort pour s'illuminer. Les volumes qu'elle est allée récupérer chez le relieur tout récemment sont sur une table d'où elle les lira demain au rabbin. Elle pose la bougie sur une assiette, tire le rideau qui couvre le rayonnage le plus proche et laisse courir sa main sur le dos des livres, le bout de ses doigts épousant le cuir finement ridé de la reliure. Le premier livre qu'elle effleure ainsi est en portugais : *Consolação às Tribulações de Israel.* Le suivant, *Ketseh Ha-Arets*[1], est en hébreu. Puis c'est un ouvrage en français, *Les Principes de la philosophie*, et pour finir *Sidereus Nuncius*[2] – écrit dans un latin si dense qu'il lui a résisté pendant presque un mois avant de commencer aujourd'hui à se rendre à son obstination.

Quelque chose a pris vie en elle ces dernières années, d'abord lentement, puis avec davantage d'urgence au fil des jours. Le rabbin ne peut pas ne pas s'en être aperçu. Une passion s'est emparée d'elle. La ville, ses livres.

Au moins une fois par mois désormais, il lui demande de s'aventurer dans Londres pour s'occuper de faire relier les ouvrages que la communauté d'Amsterdam continue d'envoyer, ou pour acheter de nouveaux textes avec l'argent versé pour leur entretien par son neveu. Ester redoute depuis longtemps le jour où le rabbin se rendra compte de sa folie, car le nombre de livres dans sa bibliothèque augmente plus vite et de manière plus dispendieuse que les besoins de la maisonnée ne sauraient le justifier. Le rabbin, en effet, n'est pas capable de plus de quelques heures d'études avant que la fatigue s'empare de lui, et les élèves qui viennent frapper à sa porte se sont faits beaucoup plus rares ces temps-ci, les frères HaLevy étant deux des cinq à se présenter encore à intervalles plus ou moins réguliers pendant la journée. Il reste que, en dehors de cette manie consistant à amasser les livres, l'esprit du maître semble intact, et, ma foi, quelqu'un qui comme lui a vécu toute sa vie si chichement mérite bien la chance de s'autoriser ces folles dépenses.

À chacune des incursions d'Ester dans Londres, la ville semble grandir et s'éclairer, les rues forment un réseau serré qu'elle parcourait au début avec méfiance, mais aujourd'hui avec assurance. Elle s'attarde devant les tables des libraires pour le simple plaisir de respirer l'odeur des livres, et s'étonne d'avoir pu l'oublier, cette odeur ; peut-être ses années de deuil ont-elles émoussé ses sens. À présent, les caractères carrés du latin et de l'anglais la ravissent ; elle aime la sensation que lui procurent les mots qu'elle forme silencieusement dans sa bouche. Tout autour d'elle, des inconnus suivent du doigt les lignes imprimées, leur exploration curieuse, pleine de révérence, voire de tendresse. L'amour des livres lui a toujours paru être une émotion d'une grande intimité ; pourtant, pour les juifs, les livres les plus sacrés ne sauraient être manipulés par des mains humaines. Aucune femme ne peut approcher la Torah, et même un homme ne peut en toucher les rouleaux qu'avec une baguette en bois ou en argent. Mais ici, parmi les Gentils, même les écrits les plus sacrés peuvent être caressés. Au début, quand les courses du rabbin l'amenaient vers les éventaires des libraires autour de la cathédrale St Paul, elle n'osait pas s'approcher des textes chrétiens. Il lui avait fallu des semaines pour s'enhardir à poser les mains sur l'un d'eux, puis à en ouvrir

1. « Le bout du monde » désigne l'Angleterre en hébreu médiéval.
2. « Le messager des étoiles », traité d'astronomie écrit par Galilée en 1610. (N.d.T.)

un deuxième, un troisième, feuilletant les cahiers et s'attardant de longues minutes devant les pages. Au début, comme si les mots risquaient de la brûler, elle lisait sans s'autoriser à effleurer les lettres imprimées du bout de ses doigts. Puis, elle a osé. *Nous avons jugé bon, avec ce livre, de rendre compte de notre foi...* Quelles voix étranges, tournées vers l'intérieur de l'être, comme si la vérité ne résidait pas dans l'enseignement de la communauté, mais dans un seul esprit, une seule âme. Non sans effort, elle a déchiffré les phrases soignées d'un chrétien anglais du nom de John Jewel. Tourné les pages l'une après l'autre d'un texte intitulé *Summa Logicae*, et bien que la maigre instruction en latin qu'elle a glanée dans le temps lors des leçons données à son frère ne lui ait pas permis de comprendre les passages les plus difficiles, elle n'en a pas moins passé au crible les fragments de chaque argument jusqu'à ce qu'elle saisisse le sens de l'ensemble. Il y a également un livre écrit par une chrétienne d'une grande piété connue sous le nom de Julienne de Norwich, que les chrétiens – mais une telle histoire peut-elle être vraie ? – ont enfermée autrefois dans leur église pour qu'elle y passe toute son existence, lui apportant nourriture et autres nécessités de la vie, de façon que les fidèles puissent venir se pencher à la petite fenêtre de sa cellule pour se confesser et recueillir les fruits de sa sagesse. Page après page, la femme rapporte ses visions.

À l'atelier de reliure, chauffé autant par la chaleur animale dégagée par ceux qui circulent dans les allées étroites que par le maigre feu qui brûle dans la cheminée, elle se tient aux côtés d'inconnus devant des tables sur lesquelles s'entassent des parchemins, des cahiers non attachés et des morceaux de cuir. Des volumes aux riches reliures sont rangés sur de hauts rayons, attendant d'être récupérés par ceux dont les initiales dorées ornent les dos à la suite du nom de l'auteur. Il y a un curieux ouvrage politique de van den Enden, une description de la société idéale dont elle a déjà mémorisé certains passages. Un exemplaire de *L'Anatomie de la mélancolie* de Robert Burton, avec une lourde volute d'encre sur le frontispice, est là depuis des semaines, sans que personne vienne le récupérer ; chaque fois qu'elle vient ici, elle insère le bout de son ongle au hasard dans l'épaisseur du livre, et quelle que soit la page sur laquelle elle tombe, elle étudie le passage en détail pour en tirer jusqu'à la dernière miette de savoir. Elle s'est attardée de la même façon sur une collection reliée en cuir vert foncé, dont le bord des pages est marbré de rouge et de violet. Descartes. Galilée. William Alabaster. William Shakespeare.

Et quand le rabbin envoie Ester dans Londres acheter encre, papier ou plumes, elle se précipite, expédie ses emplettes et, ses paquets sous le bras, part se promener où bon lui semble. Comme ces sorties sont différentes de celles qu'elle fait avec Mary pour courir les couturières et les bottiers, tant d'heures gaspillées en bavardages insipides qui l'empêchent de profiter pleinement des richesses de Londres défilant derrière la vitre du carrosse des da Costa Mendes. Tandis que, lâchée seule dans Londres, elle a tout loisir d'observer une équipe d'hommes décharger une péniche aux couleurs vives et un harenguier décrépit, de croiser un grand Maure aux lèvres sombres qui découvrent un sourire de plus en plus large à mesure qu'elle approche, avant que tous deux éclatent de rire, puis se séparent sans avoir échangé un mot. Elle avise la charrette d'une grosse femme moustachue et lui achète une prune, non pas pour le petit goût amer du fruit mais pour avoir l'occasion de fixer dans sa mémoire les gestes de l'Anglaise et sa petite moue satisfaite quand elle a fini de parler. Elle lorgne deux apprentis accroupis au bord de la rivière, les voit agiter leurs poings fermés et lancer les dés interdits sur la terre entre leurs genoux joints. Un peu plus loin, trois hommes les regardent, entrechoquant leurs gobelets de grog métalliques et occupés à porter un toast bruyant à la litanie des péchés que le retour du roi ne va pas tarder à restaurer dans le pays : jeux de dés, de boules, combats d'ours et de chiens, chaque péché salué par un même refrain repris en chœur « un vilain et très grossier plaisir ».

De retour à Creechurch Lane, elle travaille à sa table tandis que Rivka va et vient dans la pièce. Sa plume, qui court sur le papier sous le regard aveugle du rabbin, répond fidèlement aux paroles du saint homme avec un crissement léger, le bruit d'un petit animal qui accomplit son délicat travail et gratte pour se faire ouvrir. *Au très estimé Yochanan Yisrael. Au très honoré rabbin Abraham ben Porat.* Sur instruction du rabbin, elle envoie une demande à un kabbaliste de Hamelin concernant la numérologie d'un verset de la Genèse ; des pages et des pages de dictée adressées à d'obscurs jeunes chercheurs qui ont, directement ou indirectement, sollicité son avis ; une question au Conseil des Quatre Pays de Jaroslaw à propos de leur décision dans une affaire de non-respect des règles diététiques de la Pâque ashkénaze, ce qui lui permet de constater que le rabbin n'hésite pas à consulter les rabbins d'Europe centrale et n'entretient aucun préjugé à leur égard, contrairement à ces rabbins séfarades d'Amsterdam qui interdisent toute relation avec les hordes d'Ashkénazes appauvris.

L'érudition qui coule de la main d'Ester l'enfièvre, mais aucune fièvre n'habite le rabbin, seulement une concentration patiente qui, loin de trouver la présence d'Ester importune, semble au contraire l'apprécier. À force de transcrire ses paroles, elle a accès à l'esprit du rabbin : clair, capable d'une grande concentration et dénué d'orgueil ; son argumentation ne s'accompagne jamais des brillantes envolées rhétoriques ni des soudaines diatribes propres aux discours de ses célèbres confrères d'Amsterdam dont elle se souvient, Aboab et Abendana. Non, HaCoen Mendes exprime ses opinions en termes mesurés, empreints d'une humilité telle qu'aux yeux d'Ester elle brille comme un joyau, tandis que l'encre fraîche s'inscrit dans le sillage de sa main qui court sur le papier.

Il reste, évidemment – c'est ainsi qu'il conclut lui-même ses missives –, que ceux qu'il se permet de conseiller sont certainement capables de trouver par eux-mêmes des arguments plus convaincants et qu'ils ne doivent pas oublier de répondre à leur vieil ami afin de partager avec lui leur propre sagesse.

Quand le rabbin en a terminé avec sa correspondance pour la journée, il lui demande de lui lire des extraits des controverses théologiques. Elle prononce pour lui des phrases de raisonnement logique tortueux en araméen, essayant d'en extraire un sens, tandis que le rabbin réfléchit. « Tu entends l'argument avancé par l'autre camp ? lui arrive-t-il de demander au bout d'un long silence. Comprends-tu pourquoi ils disputent d'une hypothèse aussi absurde, étant donné que cette situation ne se présentera jamais dans ce monde ? » Elle entend, elle comprend. Et se souvient : si jeune, ses chaussures effleurant à peine le parquet de leur maison d'Amsterdam, ses seins pas encore en bouton, l'air printanier humide et piquant sur sa peau. « Quel est le but de l'étude ? » l'a questionnée un jour le rabbin. Et elle de répondre : « Que l'esprit soit habillé de raison, laquelle apporte plus de protection que l'ignorance. » Il l'avait alors corrigée d'une voix douce : « Le texte que nous avons étudié disait "savoir", Ester, et non "raison". » Et elle de riposter : « Mais la raison protège davantage, car c'est elle qui sème les germes du savoir. Celui-ci n'engendre rien en dehors de lui-même. »

Il avait alors souri, en plissant toutefois le front, et avait dit après un silence : « Tu raisonnes bien. »

Des paroles qu'elle entend encore et qui la réchauffent au bout de toutes ces années, tandis qu'ils continuent à travailler ensemble.

Pas plus tard qu'hier, il lui a demandé de descendre de son rayon un gros volume, les *Confessions* de saint Augustin. « Lis », s'est-il contenté de dire. Lentement, elle a prononcé les mots latins à haute voix. L'après-midi s'est empli d'eux à ras bord, est resté suspendu comme un grand oiseau embrassant le ciel et flottant dans les airs sans même avoir besoin de battre des ailes. *Noverim te, noverim me.* Le rabbin ne l'interrompant que pour corriger sa prononciation. Quand elle a refermé le livre, il a déclaré : « Je crains leurs prêtres, c'est vrai, Ester. Mais j'ai lu de semblables ouvrages à Lisbonne dans ma jeunesse, et bien que beaucoup estiment que j'ai tort en cela, je ne crains ni leurs livres, ni la langue dont ils se servent. Si le latin est la langue dans laquelle le monde choisit de vêtir ses croyances, alors les juifs ont le droit eux aussi de l'utiliser. Et je ne permets pas aux fers qui m'ont scellé les yeux de me sceller aussi l'esprit. Quand un homme, quels que soient son pays ou son peuple, crie son désir de connaître Dieu, ses questions méritent réflexion. »

Elle a effleuré le dos du livre devant elle. Des murmures surpris sur des péniches à Amsterdam sont revenus taquiner sa mémoire. « Même les questions de quelqu'un comme de Spinoza ? » a-t-elle dit.

Le visage du rabbin s'est figé. Mais Ester a poursuivi, fouillant son esprit à la recherche des bribes de conversation offusquée surprises alors qu'elle cousait sans bruit dans le salon d'une voisine peu de temps après l'incendie. « D'après les gens, il croyait que Dieu pouvait même être dans un arbre ou un combat. »

Elle ne conserve qu'un seul souvenir de Baruch Spinoza remontant à son enfance. Sans doute l'a-t-elle revu par la suite, sans doute se sont-ils croisés dans la rue, sans doute s'est-il trouvé dans la galerie de la synagogue tandis qu'elle-même était au balcon. Pourtant cet unique souvenir est antérieur à son exil. Plus âgé qu'Ester, il devait alors avoir treize ou quatorze ans, et cet après-midi-là, on l'avait chargé d'accompagner le rabbin depuis la synagogue jusque chez elle. Elle ne se souvient que de deux yeux foncés aux paupières lourdes et d'un regard curieux. D'un être aussi qui, avec le recul, lui avait paru trop frêle, trop timide, trop tendre, pour abriter les pensées diaboliques qui, comme elle l'apprendrait plus tard, le dévoraient.

« Spinoza, a dit le rabbin, en choisissant ses mots avec soin, comme s'il parlait à contrecœur, affichait simplement ses doutes. Je n'ai pas réussi à convaincre les autres rabbins d'être plus cléments. Pas réussi non plus à lui faire entendre raison, a-t-il ajouté avant de tourner son visage vers Ester avec détermination. Spinoza a choisi l'exil, et par conséquent la mort. »

Et pourtant, a songé Ester avec un agacement qui l'a surprise elle-même, la rumeur ne courait-elle pas que l'hérétique, qui avait rejeté son nom juif, poursuivait ses étranges discussions dans les tavernes et chez les relieurs sous le nom de Bento, ou même Benedictus, de Spinoza ? Ne murmurait-on pas qu'il suivait l'enseignement de l'ancien jésuite van den Enden, dont les idées, disait-on, frisaient l'athéisme ? Comment en ce cas considérer que Spinoza était mort ?

L'appel de Rivka depuis la cuisine était venu interrompre ses réflexions : le repas du soir était prêt. Lentement, le rabbin s'était libéré de ce qui le troublait. Pour finir, il s'était tourné vers Ester, le visage apaisé. « Je pense que tu ne mettras pas ta foi en danger en lisant les paroles d'un chrétien. Mais il serait sage que tu ne révèles pas que c'est moi qui t'ai introduite à de tels ouvrages. Que nos bons cousins d'Amsterdam apprennent que j'ai permis à une fille l'accès à ce genre d'écrits, et ils risqueraient de t'interdire de continuer à travailler pour moi, ce qu'ils semblent pour l'instant avoir oublié. »

C'était la première fois qu'il faisait allusion à son sexe, et c'est dans le silence qu'elle a accueilli son petit discours, de peur qu'un seul mot d'elle ne le ramène à la réalité en lui faisant prendre conscience de sa complaisance à son égard et de l'inconvenance de la nouvelle vie qu'il lui autorise.

À présent, à la lueur de la bougie, les livres sont devant elle : saint Augustin, Descartes. Et sur ces ouvrages reposent ses mains, non plus irritées et rougies par les tâches ménagères, mais étranges et délicates, animées d'un désir propre. Celui de toucher chaque page, chaque ligne d'encre.

Il reste plus de la moitié de la bougie. Elle pourra lire une heure avant que la flamme commence à trembloter, plus longtemps si elle va en chercher une autre dans le tiroir. Combien en a-t-elle déjà brûlé ce mois-ci ? Les heures qu'elle passe ainsi la nuit lui sont de plus en plus nécessaires, car son étude de la journée la force à explorer ces ouvrages plus à fond, et avec une attention soutenue que rend impossible la présence d'autres personnes dans la pièce. Les nuits où elle arrive à se réveiller après son premier sommeil, elle s'oblige à sortir de son lit et à descendre jusqu'au bureau du rabbin, où elle reste à étudier jusqu'à ce que des larmes de fatigue lui voilent les yeux. C'est en vain qu'elle se jure solennellement de ne brûler qu'une bougie à chaque fois ; car quand la première se met à grésiller, elle en allume une autre – après tout, la pension allouée au ménage est bien suffisante pour qu'elle s'autorise juste une bougie de plus. Elle utilisera la monnaie du rabbin pour remplacer celles qu'elle a prises lors de sa prochaine escapade. Priant le ciel pour que Rivka ne découvre pas le pillage de la réserve avant qu'elle ait eu le temps de procéder au remplacement, elle pousse un long soupir apaisé et ouvre les *Confessions*.

L'autre moitié de la chandelle se consume tandis qu'elle s'interroge sur la ferveur d'Augustin. Elle cherche dans ces pages quelque chose qu'elle ne saurait nommer et qui lui échappe de peu. Elle passe ensuite à Descartes, sous les minces volutes de fumée témoins du sacrifice d'une deuxième, puis d'une troisième bougie. Retour à Augustin, jusqu'à ce qu'elle ait appris de longs passages par cœur, car si le latin est la langue dans laquelle les penseurs s'accordent à s'exprimer, alors elle l'étudiera jusqu'à ce qu'il lui livre ses secrets. Elle continue donc à lire, envahie tout entière d'une sensation solennelle : une fatigue paralysante doublée d'une inépuisable curiosité. Ce n'est que quand la quatrième chandelle rend l'âme, le vide de la pièce soudain palpable dans l'obscurité, qu'elle se lève, referme les livres et les remet en place à tâtons. Dans le profond silence de la maison, elle regagne son lit sans un bruit, dans une sorte d'état second dû à l'épuisement, la maison paraissant tour à tour s'agrandir et se rétrécir autour d'elle.

Au matin, elle dort comme une masse, nullement dérangée par les rayons du soleil ou le gazouillis des étourneaux sur le toit, et il faut les claques de Rivka sur le mur au-dessus d'elle pour qu'elle se réveille. Dans la cuisine, elle mélange la pâte à crêpes, prise de vertige si elle lève la tête trop vite, sa vision obscurcie comme par un rideau menaçant de se refermer. Une question bat dans sa tête, au rythme de sa cuillère heurtant à chaque tour la paroi du saladier en bois. Pour quelle raison, quand les rabbins veulent comprendre la volonté de Dieu, ou Augustin la construction de l'âme humaine, ne raisonnent-ils pas comme Descartes, sans rien prendre pour acquis ? Faut-il que tout questionnement s'appuie sur des textes et des traditions déjà établis, ou bien l'esprit peut-il par lui-même appréhender tout ce dont il a besoin pour sonder le monde ? Et quelle est la meilleure méthode de recherche pour atteindre la vérité ? La cuillère claque dans le bol, les questions, dans son esprit, ses lèvres forment des mots isolés en latin.

Soudain, Rivka est devant elle. « Quel animal nocturne, dit-elle en portugais, a bien pu se glisser dans la maison et utiliser toutes les chandelles qui étaient dans le bureau du rabbin ? »

Ester garde un silence effaré ; c'est à peine si elle distingue le visage carré de la bonne.

« Ou est-ce que par hasard le rabbin se serait amusé à éclairer son bureau la nuit, alors qu'il vit en permanence dans l'obscurité ? » La voix de Rivka frémit d'une étrange colère. Ester n'arrive à se concentrer que sur le nez strié de veinules et les pores dilatés, incapable d'enregistrer ce visage fatigué autrement que dans les détails. « C'est lui qui a laissé à d'autres le soin de nettoyer les coulures de cire sur la table ? »

Ester serre le saladier contre sa poitrine. Et puis, tout à coup, tandis que Rivka poursuit, elle voit le visage devant elle dans sa totalité et tout ce qu'il traduit : une fureur et une angoisse qu'elle ne lui a encore jamais vues. « Nous vivons dans cette horrible cité, dit encore la bonne, dans cette maison horriblement froide qui aggrave de jour en jour l'état de santé du rabbin, pour qu'il puisse donner ses leçons, et toi, pendant ce temps, tu dépenses l'argent du ménage en chandelles pour satisfaire des prétentions à l'étude qui n'auront qu'un temps. »

Ester ne trouve rien à répondre.

« S'il préfère tes services comme copiste à ceux d'un homme, dit Rivka en soupirant, je respecte son choix. Je ne le priverai pas de ton travail. Mais je ne supporterai pas de te voir voler la seule personne, poursuit-elle d'une voix menaçante, la seule, tu m'entends, parmi tous ces honorables Séfarades, à avoir été assez généreuse pour accepter la charge de deux orphelins.

– Rivka, je ne suis pas comme ces...

– Tu le deviendras ! »

La dureté de ses paroles paraît la surprendre elle-même. Quand elle se remet à parler, sa voix est un peu plus calme. « Tu le deviendras, répète-t-elle. C'est ta destinée, Ester. Tu es portugaise. Quand la vie t'ouvrira une porte, tu te marieras. Toute fille en ferait autant. Et tu oublieras le rabbin, comme ils l'ont tous déjà fait. »

Au bruit de pas glissant sur le sol de pierre, elles se retournent toutes les deux.

Le rabbin est sorti de sa chambre. Il est là, debout devant elles, dans sa mince robe de chambre, les os de ses clavicules pointant douloureusement, une touffe de poils blancs émergeant du col de sa chemise de nuit. Il s'adresse d'une voix paisible à Rivka. « C'est pour répondre à mes vœux qu'elle lit la nuit. »

La bonne prend un air abasourdi.

« Ester étudie la nuit, poursuit le rabbin, de manière à mieux satisfaire pendant la journée aux besoins que j'ai d'un scribe instruit, si grand est son dévouement à mon humble temple du savoir. » Il tourne maintenant vers Ester un visage qui lui paraît aussi innocent que celui d'un enfant.

« Mais je te dois des excuses, Ester. Je me suis montré négligent en omettant de te signifier clairement que tu ne devais pas le faire. Arrange-toi pour n'étudier que pendant la journée, je te prie, car non seulement les chandelles consument les ressources du ménage, mais une étude prolongée flétrit vite la fleur de la jeunesse.

– Vous saviez donc qu'elle lisait la nuit ? » demande Rivka d'une voix qui s'est voilée.

Le sourire du rabbin est d'une légèreté aérienne. « Un homme de mon âge dort peu, même quand on prend soin de lui comme on le ferait d'un roi. Je ne mérite pas toute l'attention que tu me prodigues, Rivka. Je t'en suis reconnaissant. »

La domestique ferme les yeux un long moment, immobile devant le rabbin. Puis elle les rouvre et, sans un mot pour Ester, se retire dans sa cuisine.

Ce matin, le rabbin a eu ses élèves, et, quand il se retrouve seul, il finit par s'endormir dans son fauteuil. Ester a souvent failli le remercier pour ce qu'il a fait pour elle. Mais quels mots seraient en mesure d'exprimer sa gratitude ? Elle s'assied à ses pieds, rechargeant de temps à autre le feu qui le réchauffe dans son sommeil, remontant la couverture qui glisse de ses épaules, renouvelant l'eau de son verre, même s'il le touche à peine. Elle est si absorbée par ces tâches qu'elle en a presque oublié son rendez-vous avec Mary et qu'elle en est encore à lacer sa robe d'une main quand elle lui ouvre la porte de l'autre.

Mary, boucles noires soigneusement déployées sur des épaules blanches poudrées, fronce le sourcil devant la tenue on ne peut plus terne d'Ester. « Toujours la même robe ? Heureusement que nous allons chez la couturière ! s'écrie-t-elle, avant de glisser un œil dans la rue et d'ajouter : Mère m'a accompagnée à deux réceptions cette semaine, mais elle m'a priée de te dire que tu allais avoir besoin à présent d'une robe adaptée à autre chose qu'à des courses. »

Ester hésite. Est-ce là la manière de Mary de lui faire savoir que l'état de santé de Catherine s'est aggravé ? Elle ouvre la bouche pour poser la question mais Mary ne lui en laisse pas le temps. Déjà, elle l'entraîne vers ce carrosse ridicule – car, pour tout dire, quel besoin a-t-on d'un carrosse pour parcourir les rues étroites de la ville, quand, à pied, en se faufilant dans la foule, on peut faire le même trajet en moitié moins de temps ? Mais Mary adore se faire transporter de cette façon.

À peine Ester installée sur sa banquette habituelle, Mary se lance dans les commérages. « Est-ce que tu as su qu'Isabella Rodriguez a dit que Pierre Alvarez courtisait Rebecca Nones ? » Assise comme à son habitude sur la banquette qui regarde vers l'avant, elle garde tout en jacassant les yeux fixés sur le spectacle de la rue. « Et sais-tu que Pierre Alvarez porte des gants parfumés qui font éternuer Rebecca, et que, parce qu'elle n'avait pas de mouchoir sur elle ce jour-là pour s'essuyer le nez, elle l'a fait, pendant que personne ne regardait, avec une fleur à pollen rouge qu'il venait de lui offrir ? Et, imagine un peu, Rebecca a continué sa promenade avec une tache rouge sur le nez, sans que personne ose braver sa colère en le lui disant, pas même Pierre, son galant... tu savais tout cela ? »

C'est toujours ainsi que s'exprime Mary, donnant à ses affirmations des allures de questions, dans une sorte de monologue déguisé en dialogue. Ester trouve en général plus simple de ne pas répondre.

Voilà que soudain, avec un petit cri de joie, Mary tape sur la vitre pour signifier au cocher de s'arrêter. Dans la rue, marchent deux jeunes filles, habituées de la synagogue, toutes deux coquettement habillées, mais dans des vêtements moins coûteux que ceux de Mary. Penchée par la portière, celle-ci leur fait signe de monter dans le carrosse. Elles regardent d'abord Ester d'un air surpris, avant de s'installer de part et d'autre de l'autre occupante de la voiture, affichant une curiosité attentive. Tandis que le cocher se remet en route, l'une d'elles – une fille au visage rond du nom d'Emilia, jolies boucles brunes en abondance – complimente Mary sur sa robe et sa coiffure avec une telle insistance que celle-ci commence à donner des signes de nervosité. Puis, se tournant vers elle et la pressant de si près que l'autre en cligne des yeux, elle lui demande à brûle-pourpoint : « Comment se fait-il, Mary, que tu aies refusé Joseph Levita ? N'est-il pas vrai que sa famille l'a amené en visite chez toi dans l'espoir d'arranger un mariage ? »

Mary, qui s'était ressaisie, sourit d'un air désinvolte. « C'est un petit freluquet. »

De part et d'autre de Mary, les deux jeunes filles haussent un sourcil incrédule. Levita et sa famille ont fait leur apparition à la synagogue il y a quelques semaines. Ester elle-même a vu le jeune homme en question, qui est loin d'être laid.

« C'est parce qu'il est vénitien ? intervient sa compagne, une fille plus maigre qu'elle, au teint cireux. Mon père me laisserait épouser un juif vénitien si le garçon lui plaisait. Pourquoi le tien a-t-il refusé ?

– Peut-être a-t-il pensé qu'il n'était pas assez bien pour moi », dit Mary d'un ton enjoué.

Elle se délecte à ce petit jeu, mais ce qui se cache sous ses paroles évasives est d'une tonalité plus sombre. Si la relation que lui a faite Rivka la semaine dernière des bruits qui courent à la synagogue est fiable, les Levita, après vérification, ne sont pas aussi riches que les da Costa Mendes l'avaient d'abord pensé. Le père de Mary a donc aussitôt décliné leur offre, et ce contre l'avis de Catherine.

Emilia dévisage Mary. « Mais dis-nous, si le fils Levita n'a pas tes faveurs, qui les a ? » demande-t-elle. Le carrosse roule en silence un moment. « Pas le cousin de Maria Olivera, si ? Rebecca Cancio t'a vue leur parler, à lui et à sa sœur, la dernière fois qu'ils sont venus à Londres. »

Mary regarde la rue d'un air affairé, mais le petit sourire involontaire qui flotte sur ses lèvres dit assez qu'elle ne considère pas celui-là comme un freluquet.

« Mais il est déjà promis à une autre à Amsterdam ! s'exclame Emilia, non sans une certaine satisfaction, note Ester. Tu l'ignorais ? »

Mary a un petit rire dégagé. Mais une fois qu'elles ont déposé les deux jeunes filles, à quelques pas de la synagogue, elle se remet devant la vitre avec un long soupir.

Plus tard, tandis que la couturière drape des tissus sur la silhouette de Mary dans son atelier bien éclairé, celle-ci regarde d'un œil langoureux en direction de la fenêtre la plus proche, se contentant de réponses distraites aux questions sur la disposition des plis et de la dentelle. Elle se penche pour attraper sa bourse, qu'elle attire à elle en la tirant par ses cordons, puis la porte à ses lèvres et lentement ouvre le fermoir en bois lisse en le prenant dans ses petites dents bien régulières, en un geste d'une sensualité telle que même la couturière, la bouche hérissée d'épingles, détourne le regard.

Quand c'est le tour d'Ester de monter en chemise sur le podium pour faire prendre ses mesures pour un busc et une robe, Mary s'assied sur un tabouret rembourré et regarde le corps d'Ester avec une curiosité enfantine, le visage empreint de l'envie nostalgique d'une petite fille trop timide pour oser poser une question à sa grande sœur.

Pour finir, tendant une main pour tâter le tissu de la future robe d'Ester, elle lui demande : « Crois-tu que l'on ait prise sur l'amour ? »

C'est la première vraie question que lui ait jamais posée Mary, et elle est si surprenante qu'Ester ne peut s'empêcher de rire.

« Ce que je veux dire, reprend Mary, passant outre le rire de sa compagne, c'est, crois-tu que l'on peut faire naître l'amour chez l'homme de notre choix, qu'on peut le commander à sa guise ? Ou bien est-ce une réalité hors de tout contrôle ? »

La couturière, une femme mince au visage buriné, aux cheveux striés d'argent, s'est arrêtée net. Mary n'y prête aucune attention, tant elle n'a d'yeux que pour Ester.

Sans un mot, la couturière se remet à lacer le corset d'Ester.

« Hors de tout contrôle, dit lentement celle-ci. Ce serait donc folie de vouloir le commander.

– Évidemment, je n'entends pas par là qu'on devrait *se marier* sans réfléchir, rétorque Mary, dont le débit s'accélère comme pour atténuer l'impact des paroles d'Ester. Bien sûr que nous devons choisir un mari avec discernement. Mais c'est d'amour que je parle. Et ce n'est pas parce que quelque chose est hors de notre contrôle que c'est nécessairement folie que de le rechercher. Peut-être que l'amour, ajoute-t-elle avec un geste vague de la main, est *bon.* »

Ester trouve le mot mal venu. Elle livre le fond de sa pensée, sans se demander si c'est bien avisé. « Il est dangereux pour une femme ne serait-ce que d'éprouver de l'amour. »

Seul rompt le silence qui s'ensuit le bruit de la couturière qui déroule une longueur de fil.

« Tu as tort de dire ça », objecte Mary.

Serait-ce le cas ? Elle craint bien pourtant d'avoir exprimé là une vérité.

Brusquement, tandis que la couturière tire sur le tissu d'un coup sec, le monde se raidit. Ester tente, timidement, de respirer, pendant que Mary vient se placer à côté d'elle.

« Tu as tort, répète-t-elle doucement. Et tu le sais – tu me mens, vilaine fille que tu es. » Elle lève la main et pince la joue d'Ester, suffisamment fort pour laisser une marque. Qu'Ester aperçoit dans la glace de l'atelier.

« Ne refais jamais ça, dit Ester d'une voix contenue. Ou je te laisse et ne reviendrai pas. Je ne suis pas ta domestique. »

Mary rougit de confusion.

Le bruit de quelqu'un frappant à la porte leur parvient depuis le devant de la boutique, et la couturière disparaît.

« Tu trouves que ma mère est idiote ? » laisse échapper Mary quand cette dernière a tourné le dos.

Ester s'exhorte à la prudence. Mary lui demande-t-elle vraiment de dire tout haut ce que l'on murmure tout bas à la synagogue, à savoir que Catherine s'étouffe à respirer l'air vicié d'une ville que son mari se refuse à quitter ?

« Ta mère, répond Ester, a beaucoup de mal à respirer à Londres. Mais pour son mari... »

Les mots ont touché un point trop sensible. La douleur se fait jour dans les yeux de Mary, et Ester se rend compte, mais un peu tard, que sa compagne attendait un « Non » pur et simple en guise de réponse.

« Et qu'est-ce que la tienne de mère, dans sa grande sagesse, t'a dit de l'amour ? » riposte Mary.

La couturière est revenue. Elle recouvre la tête d'Ester d'un voile de tissu et reprend son épinglage. Ester endure l'épreuve, lèvres serrées.

Au bout d'un moment, un petit claquement de langue réprobateur échappe à Mary. Ester sent alors l'estrade plier sous son poids, puis Mary venir se placer sans un mot derrière elle et commencer à enlever les épingles de son bonnet.

« Un peigne », dit-elle. La couturière lui en présente un, puis, à un appel provenant de la pièce sur le devant de la boutique, disparaît à nouveau.

Le front plissé par la concentration, comme si les cheveux d'Ester n'avaient jamais cessé d'être depuis le début le véritable sujet de leur conversation, Mary relève les boucles d'Ester au-dessus de chacune de ses oreilles. Avec des gestes maladroits, elle commence à séparer et à assembler, pinçant de temps à autre une oreille avec le peigne en bois et marmonnant un « Désolée ».

Ces mains dans ses cheveux l'apaisent. Combien d'années se sont écoulées depuis que Grietgen, la femme de chambre, les lui tressait, passant une main affectueuse sur les nattes une fois son travail terminé ? Combien de temps depuis qu'elle n'a pas eu d'amie ? Une étrange docilité lui vient. Les dents fines du peigne dont se sert sa compagne n'ont jamais été destinées à des cheveux épais ou ondulés, mais, en dépit des coups secs et sans pitié de sa coiffeuse, elle ferme les yeux. L'espace d'un instant, son énergie lui revient, et elle ressent le besoin de tout expliquer, de manière à ce que Mary, avec ses airs affectés et ses soupirs alanguis, perçoive elle aussi la voix embrouillée par l'alcool de Constantina, continuant à se faire entendre dans le silence de la nuit. Et qu'elle comprenne quels ravages peut faire l'amour.

« Elle m'a conseillé, dit enfin Ester, de ne pas me conduire comme une petite sotte.

– Ma mère pense que j'en suis une, rétorque Mary, dont les mouvements se sont ralentis, jusqu'à ce que cesse le va-et-vient du peigne. Mais elle se trompe. »

Le peigne se remet en action, manié d'une main plus hésitante.

« Est-ce qu'il t'arrive jamais de te demander, dit Ester, si notre volonté a le pouvoir de changer quoi que ce soit à notre vie ? Ou si nous ne sommes pas au contraire condamnés à être ce que nous sommes par la mécanique même du monde ?

– Ce que je me demande, grommelle Mary, c'est si tu t'attends à ce qu'on te comprenne quand tu parles comme ça.

– Crois-tu que nous ne puissions rien contre ce que nous sommes ? Voilà ce que je veux dire.

– Je choisis d'être ce que je suis », rétorque Mary, en tirant d'un coup sec sur les cheveux de sa victime.

Ester sait qu'elle ferait mieux de ne pas répondre. Mais l'état qui est le sien commence à l'apitoyer dangereusement. Elle ne met pas en doute l'existence de l'amour. Pas davantage non plus le fait qu'il est une tempête synonyme de salut pour quelques élus mais de naufrage pour le plus grand nombre. Elle voudrait tant pouvoir, à l'instar de Mary, se jeter corps et âme dans les rêves. Elle voudrait tant *être* Mary – n'importe quelle femme plutôt qu'elle-même.

Et surtout, elle voudrait pouvoir ne pas se souvenir de la voix avinée de sa mère.

Londres. Constantina, en train d'avaler le vin de Bourgogne en longues goulées aussi méthodiques que manifestement douloureuses. Constantina, se jetant sur son lit, ses longs cheveux noirs dénoués répandus sur l'oreiller. *Londres, c'est là qu'il vivait, lui.*

« Ma mère, dit Ester sans parvenir à retenir les mots, était l'enfant d'amours coupables. »

La bouche de Mary s'arrondit en un sourire hésitant, un peu moqueur. Est-ce possible ? Ester est-elle en train d'avouer ce que personne ne devrait reconnaître, quand bien même ce serait vrai ?

« C'est elle-même qui me l'a dit, reprend Ester d'un ton sévère. Même si le vin embrouillait son récit. »

Devant cette nouvelle révélation scandaleuse, Mary laisse échapper un rire à demi étouffé, qu'elle réprime aussitôt. Une certaine solennité passe sur son visage, qui s'apparente à de la gratitude. Elle déplace ses mains délicatement sur la tête d'Ester, comme si elle craignait de troubler cette sincérité aussi surprenante qu'inhabituelle.

Cette dernière se regarde dans la glace, tandis que Mary s'affaire sur sa chevelure. Oui... elle va dire la vérité. Du moins, les fragments dont elle est certaine de se souvenir. Constantina chuchotant dans la maison silencieuse, Samuel et Isaac sont absents, et les domestiques déjà couchés. Constantina en train de déboucher une bouteille, ahanant sous l'effort. De longs doigts effilés sur des coupes décorées : une pour elle, une autre pour sa fille. Quelques petites gorgées pour une mise en bouche, puis le rire argentin et complice de sa mère. *Sais-tu pourquoi je conserve un livre de poésie anglaise que je n'ai plus envie de lire ? Ce livre était à ma mère. Un cadeau de l'homme qu'elle aimait. Mais elle ne supportait plus de l'ouvrir. Je l'ai fait mien, Ester, parce que j'étais certaine que l'Angleterre serait mon pays quand il viendrait me chercher.* Les yeux noirs de Constantina, perdus dans la pénombre du plafond au-dessus du lit à baldaquin. *Quand il viendrait me chercher. Lui, mon vrai père.*

« Ma grand-mère, dit Ester, était originaire de Lisbonne. Mais l'homme qu'elle a épousé – un négociant qui avait deux fois son âge – l'a amenée à Londres où elle a vécu quelques années. Et pendant son séjour ici, elle a aimé un Anglais, qui n'était pas son mari. »

Mary continue de passer le peigne dans les cheveux de sa compagne, sans broncher.

« Ma mère est née de cet amour, poursuit celle-ci. Elle a été élevée à Lisbonne, donnant le nom de "père" à un homme qui ne l'était pas, et pourtant sa mère n'a cessé de lui répéter la vérité sur sa naissance toute sa vie. » Ester croise le regard de Mary dans la glace. « Ma mère est née d'un grand amour. Mais cet amour ne lui a été d'aucun secours. »

Constantina : ses yeux en amande, l'extravagante cascade de ses cheveux noirs tombant sur ses épaules. Tirant, à moitié ivre, sur le cordon qui retient les rideaux autour du lit. Priant Ester de lui délacer sa robe, tâche dont sa fille s'acquitte avec précaution, de crainte de couper court à cette soudaine intimité.

Une seule fois, Ester ! Je n'ai rencontré mon vrai père qu'une seule fois. Ma mère a pris le bateau avec moi pour venir à Londres dans le but de le retrouver. Et ses yeux, Ester, les yeux de mon père, n'étaient pas simplement marron. Ils étaient pailletés, comme des joyaux, de mousse et de sous-bois.

Les mains de Mary ont abandonné leur travail. « Pourquoi ? » demande-t-elle.

Ester hésite avant de répondre.

« Ma mère m'a raconté que c'était un amour qui leur faisait amèrement regretter à tous les deux d'être liés à d'autres par les liens du mariage. C'était un homme qui, sans être de haute extraction, était connu pour son esprit et sa sagacité dans tout ce qu'il entreprenait. Cependant, il supportait mal de se sentir emprisonné. Tout autant que ma grand-mère. Mais pour finir, leur amour ne leur a apporté que des tourments. Ma grand-mère, Lizabeta, est rentrée enceinte à Lisbonne.

– Mais ils se sont revus, voulut s'assurer Mary. N'est-ce pas ?

– Oui, mais des années plus tard seulement. Quand Lizabeta eut perdu son père aux mains de l'Inquisition. Elle a réveillé ma mère en pleine nuit, et elles ont quitté la maison en cachette. Elles se sont enfuies à Londres, où elles se sont mises à la recherche de l'Anglais. Mais les amis de celui-ci ont refusé de les aider et de leur promettre qu'ils le leur amèneraient.

– Mais ils ont fini par le faire ? demande Mary. Ils l'ont trouvé, n'est-ce pas ?

– Ma mère n'était encore qu'une petite fille. Elle a certainement inventé certaines choses et en a mal interprété d'autres.

– Non, sûrement pas, proteste Mary, dont l'air captivé se reflète dans la glace. Raconte-moi vite la suite. »

Un moment, les chuchotements de Constantina emplissent les oreilles d'Ester, tel le bruit de la mer dans un coquillage. *Voilà ce que ma mère me chantait, Ester, en me berçant pendant la traversée tempétueuse qui nous amena en Angleterre : « Je connais l'âme de ton père. C'est un grand homme. Tu es le fruit, Constantina, d'un grand amour. »*

« Elle a dit qu'elle sentait encore la bonté de son vrai père, même s'il paraissait rongé par les soucis. Elle a dit que se tenir ainsi entre ma mère et cet homme, c'était comme se tenir debout au milieu d'un fleuve. En sentir la poussée, sinon violente, du moins insistante, qui risquait de faire perdre l'équilibre si on n'avait rien à quoi se retenir. »

Mary approuve de la tête ; voilà l'histoire d'amour qu'elle espérait entendre. Il lui faut un moment, semble-t-il, pour s'apercevoir qu'Ester a cessé de parler.

« Et après ? presse-t-elle. Il les a prises avec lui, n'est-ce pas ? »

Ester se détourne du miroir ; les mots pourtant si lointains de Constantina résonnent encore dans sa tête. *Je l'ai haï de ne pas avoir tout tenté pour être avec nous.*

« Non », répond simplement Ester.

Quand elle regarde à nouveau dans la glace, elle voit que le visage de Mary s'est pétrifié.

« Mais ne savait-il pas à quel danger il les exposait en les renvoyant à Lisbonne ?

– Ma grand-mère a choisi de ne rien lui dire là-dessus.

– Mais c'est..., commence Mary, qui s'interrompt, incapable de trouver les mots face à une telle absurdité, avant de se contenter d'un simple : Pourquoi ?

– Ma mère elle-même ne l'a jamais compris.

– Parce que c'est tout bonnement incompréhensible, Ester !

– Je sais que Lizabeta a rappelé à son Anglais toutes ses anciennes promesses d'amour éternel. Mais même s'il ne les reniait pas, il s'était détaché d'elle, et parlait maintenant des contraintes de sa vie, réclamait du temps pour réfléchir. Il a même proposé de l'argent pour subvenir à leurs besoins, un argent que Lizabeta était trop fière pour accepter. Elle n'a rien dit des arrestations de juifs, des prêtres fouettant mon grand-père jusqu'au sang. »

Ester se rappelait encore la voix de Constantina, perdue dans des abîmes de désarroi et d'amertume. *Pourquoi ma mère n'a-t-elle pas voulu lui parler du danger ? Pourquoi, Ester ? Était-elle décidée à soumettre leur amour à une ultime épreuve ? Mais un entêtement pareil, le monde n'en a jamais connu !*

Elle se tenait derrière moi, les bras passés autour de mes épaules, son cœur battant dans mon dos. Et son Anglais pleurait dans cette rue, comme je n'avais jamais vu aucun homme pleurer sauf à un enterrement, et ses yeux s'emplissaient du spectacle de l'enfant que j'étais dans les bras de ma mère jusqu'à ce qu'il torture son visage au point de le flétrir et de le vieillir d'un coup.

« Ma grand-mère, dit encore Ester, ne voulait pas obliger l'amour à l'attirer dans son piège. Elle disait qu'un cœur est épris de liberté, et qu'une fois asservi, il se révolte. Elle disait qu'elle voulait que les yeux de l'Anglais continuent à la voir belle et heureuse, telle qu'en elle-même, et non comme un objet de pitié, car elle n'aurait jamais de plus grand trésor que le souvenir qu'il garderait d'elle. »

Mary se pénètre de ces paroles, puis hausse les épaules d'un air de défi. « Moi, je lui aurais tout dit. Et mon amour m'aurait sauvée. » L'air contrariée, elle reprend son peigne, demandant au bout de plusieurs minutes de silence, d'un ton neutre :

« Que s'est-il passé après ?

– Lizabeta et ma mère ont repris le bateau pour Lisbonne... et l'Inquisition.

– Et après ?

– Je crois que ma grand-mère a connu d'autres amours, mais en rien comparables à ce qu'elle avait vécu avec son Anglais.

– *D'autres* amours ? s'exclame Mary avec un petit rire bête et peu charitable. Ton rabbin sait-il quel genre de descendance il abrite sous son toit ?

– Je le crois, Mary », répond Ester en levant la tête.

Le peigne reprend ses allées et venues.

Mais avec une hardiesse qui la surprend elle-même, Ester lance : « Ma mère s'est crue plus sage que sa propre mère. Elle a quitté Lisbonne et épousé mon père sans amour, parce qu'elle le trouvait sans grande personnalité et par suite peu susceptible de lui rien refuser. Elle n'a pas hésité non plus à le tromper, quand la fidélité ne l'arrangeait pas. Elle me l'a elle-même avoué. »

Constantina, dans la lumière vacillante de la bougie. *Alors, tu vois, Ester, j'ai retenu la leçon de ce qui était arrivé à ma mère. J'ai reconstruit mon cœur. J'ai appris à me conduire en amour de manière à ne jamais être trahie.*

Constantina avait-elle vraiment cru, dans cette nuit d'ébriété à Amsterdam, parler d'amour à Ester ? Il n'y en avait pas eu trace dans ses mots, que seule animait la colère. À l'approche de l'aube et du terme de ces heures étranges qui avaient vu sa mère se confier à elle d'une façon aussi inexplicable à la lueur des bougies, Ester avait retrouvé tous ses esprits. C'est avec solennité qu'elle avait écouté la dernière histoire de trahison de Constantina et l'avait scellée dans sa mémoire.

Lors de ma dernière visite à ma mère, avant sa mort, Ester, sais-tu ce qu'elle a osé me dire ? Elle n'a fait que m'adresser des reproches. Le croirais-tu, Lizabeta m'a reproché ma colère. Moi qui avais grandi nourrie de son chagrin. Elle m'a dit qu'elle avait raté mon éducation, car elle avait espéré m'enseigner à mépriser l'emprisonnement, qu'il soit l'œuvre de l'Inquisition ou de mon propre cœur.

Je lui ai dit que c'était précisément pour échapper à une prison du cœur que j'agissais comme je le faisais. Je lui ai dit : j'agis de manière à ce que l'amour ne me trahisse pas comme il nous a déjà trahies.

Mais elle a secoué ses cheveux argentés comme si l'idiote, c'était moi, et non elle. Elle m'a dit : « Ce n'est pas l'amour qui nous a trahis, Constantina. C'est cet amour-là. Parce que nous en attendions trop, lui et moi. Nous lui avons demandé, chacun à notre moment, de refaire le monde. »

Elle parlait comme si elle cherchait à marquer mon cœur du fer de cette nouvelle vérité et ainsi effacer celle qui y était déjà gravée. « J'ai écrit à ton vrai père, me dit-elle, peu de temps avant sa mort. Tu avais dix ans alors, et nous avions enfin réussi à fuir le Portugal. Je lui ai tout dit. Il n'avait jamais su ce que nous endurions à Lisbonne, Constantina. Personne en Angleterre n'avait parlé de la réalité de notre situation. Sa réponse n'était qu'une longue suite de lamentations. Il disait qu'il aurait fait tout ce qui était en son pouvoir pour nous aider, si seulement je l'avais mis au courant. Mais je ne pouvais pas. Car l'amour n'est ni bourreau ni geôlier. Et puis, je ne pouvais pas vivre comme son ombre dans ce Londres qui n'était pas le mien, comme une femme tenue au secret, sans l'avoir constamment à mon côté. Ne comprends-tu pas ? C'est la réalité même du monde qui a vaincu notre amour. Il n'y a aucune amertume dans mon cœur. Uniquement du chagrin. »

Dans la chambre teintée de la pénombre maladive de l'aube, Constantina avait vidé sa coupe, contrariée, avant de la reposer avec précaution sur la table et de garder les yeux fixés dessus, apparemment perplexe. Puis, elle avait brutalement agrippé l'épaule de sa fille une dernière fois. *J'ai réformé mon cœur, Ester, de façon à ne pas me conduire en imbécile.*

La torpeur et le vin avaient dû un instant ôter son masque à Ester dans la pièce qui tournait autour d'elle, mettant ses émotions à nu. Elle regretterait toujours ce moment. Car Constantina avait flanché, comme si la pitié qu'elle lisait dans les yeux de sa fille lui renvoyait l'image amère de sa propre confusion.

Ce fut l'unique fois où Ester vit le regret vider de leurs couleurs les joues de sa mère.

À peine six semaines plus tard éclatait l'incendie.

Samuel Velasquez, faisant demi-tour dans l'escalier, ses yeux sombres cherchant la porte derrière laquelle sommeillait sa femme. Défiant les flammes dans leur course.

Dans un geste instinctif, Ester lève la main, comme si elle cherchait à les rappeler tous les deux.

Au son de la voix de Mary qui prononce son nom, elle rouvre les yeux.

« Et ta mère, qu'est-elle devenue, après ? » la presse encore celle-ci.

Elle n'arrive pas à distinguer ce qu'elle a dit tout haut de ce qu'elle a pensé tout bas. Pour donner satisfaction à Mary, elle répond simplement : « Elle n'a rien pardonné. N'avoir que l'espoir, jamais matérialisé, d'un grand amour l'a détruite. »

Sa main flotte dans l'air un instant. Elle l'abaisse.

Dans la glace, elle voit que Mary a terminé. Ses cheveux sont tirés à l'arrière de manière élégante sur le dessus et retombent en cascade sur les côtés. De longues boucles caressent ses joues. Un lourd chignon pèse sur sa nuque.

Mary se tient immobile, les bras ballants.

« Voilà », dit-elle, l'air indécise, comme si elle venait d'avoir connaissance de quelque chose qu'elle est incapable de nommer.

L'atelier de la couturière est silencieux. Elles sont toujours sur l'estrade.

« Et toi, tu as déjà aimé ? demande Mary dans un murmure.

– Non. »

Mary secoue lentement la tête, signifiant qu'elle non plus. Puis elle se redresse, ne regarde pas directement Ester mais leur reflet dans la glace, avant d'affirmer avec autorité : « C'est nous qui choisissons d'être ce que nous sommes. Moi, je choisis. Et toi aussi », ajoute-t-elle au bout d'un moment.

Ester ouvre la bouche, avec l'intention de contredire cette affirmation... *Ma mère s'imaginait avoir la haute main sur l'amour, et son erreur l'a perdue.* Mais une envie irrépressible arrête les mots dans sa gorge : à l'instar de Mary, faire confiance au désir. Connaître l'amour et le dire bon.

Un long silence s'ensuit. La main de sa compagne se lève pour remettre en place une mèche rebelle dans les cheveux d'Ester, et s'attarde un moment comme pour en trouver une autre. Et puis, les mouvements de ses mains se ralentissent peu à peu avant de cesser totalement, comme si elle avait peur de toucher trop longtemps quelque chose d'aussi fascinant et sulfureux.

« Voilà », répète Mary d'un ton plus léger, avant de descendre de l'estrade.

Elle rentre de chez la couturière comme au sortir d'une tempête. La porte de la maison du rabbin se referme avec bruit derrière elle ; elle se retourne pour lui donner une poussée comme pour l'étayer contre les assauts d'un grand vent. Toutes ses sensations sont exacerbées.

Un maigre feu brûle dans l'âtre. Le rabbin est endormi dans son fauteuil. Ester sent les battements furieux de son cœur s'apaiser peu à peu.

Sur la table, à côté de la porte, se trouve une lettre encore cachetée, apportée pendant son absence et sans doute laissée là par Rivka pour qu'elle la lise au rabbin.

Elle sort le petit coupe-papier du tiroir, ouvre l'enveloppe et lit le message rédigé en pattes de mouche.

> Au rabbi HaCoen Mendes à Londres,
>
> Avec les bénédictions de D-ieu, je vous salue. Je me permets de vous écrire en qualité de cousine de la défunte mère de Catherine da Costa, et, de ce fait, non sans une certaine connaissance des familles juives de Londres les plus en vue, même si mes maigres revenus de veuve ne me permettent qu'un modeste train de vie ici à la campagne, pour vous présenter avec tout le respect que je vous dois une proposition qui devrait vous réjouir. Lors d'une conversation avec un membre de votre congrégation à l'occasion d'une réception à laquelle je fus gracieusement conviée, j'ai décelé certains sous-entendus à propos d'une personne habitant sous votre toit. Pour être claire, je soupçonne qu'il existe des circonstances propices à une possible union entre la fille dont vous avez la charge, l'orpheline Ester Velasquez, et un jeune homme de cette congrégation londonienne. Vous comprendrez aisément, j'en suis sûre, l'aubaine que cela serait

pour cette jeune fille, dont on me dit qu'elle n'a même pas de dot. Grâce à ce mariage, elle pourrait prétendre entrer dans la vie en qualité de mère d'Israël. Bien qu'une telle union reste improbable au vu de ses maigres moyens, je ne peux que vous inciter à louer mes services, et aussi promptement que possible, avant que l'intérêt du jeune homme faiblisse, et en retour je consacrerai tous mes efforts et mon énergie à la réussite de l'entreprise. Le jeune homme dont je parle souhaite naturellement que l'on fasse preuve de la plus grande discrétion dans cette affaire – il m'a semblé qu'il était surpris par mon offre d'intervention, sans toutefois s'en offusquer, bien au contraire. Me permettrez-vous de venir vous rendre visite lors d'un prochain voyage à Londres pour discuter de la chose avec vous ? Ma rémunération resterait dans les limites de ce que l'on considère ordinairement comme acceptable pour ce genre de service, même si un présent tel que le mariage pour une fille aussi dénuée de perspectives d'avenir est sans prix.

Dans l'attente de votre réponse, respectueusement vôtre,

Isabella Mendoza

Elle serre la lettre dans sa main. Une chape de glace lui étreint la poitrine. Une parfaite inconnue aurait-elle le pouvoir de détruire aussi facilement sa vie, en la mariant pour de l'argent à un jeune homme anonyme et en la séparant du même coup et à jamais du rabbin, de son paisible bureau et de ses lectures ?

Le refus s'impose à elle avec force : *Non, pas encore.*

Le rabbin semble se réveiller. Comme si elle pouvait percevoir le moindre de ses mouvements à distance, Rivka arrive de la cuisine et s'agenouille devant la cheminée, attisant le feu et empilant les bûches. Ester repose la lettre.

Le rabbin l'appelle doucement. « Je suis là », répond-elle.

Il lui fait signe de venir s'asseoir près de l'âtre. Longtemps, il se contente de boire à petites gorgées le thé que lui prépare Rivka. Ester attend qu'il lui pose des questions à propos de la lettre ; puis, le temps passant, elle comprend qu'il en ignore jusqu'à l'existence.

Le feu crépite. La servante l'a chargé au maximum, comme pour suppléer à toute la chaleur que le corps amaigri du rabbin n'est plus en mesure de produire. Assise en face de lui près du feu, Ester reste un long moment silencieuse, jusqu'à ce que la chaleur lui fasse mal aux yeux. Ses yeux à lui, se demande-t-elle, souffrent-ils comme les siens de la proximité des flammes – ou bien le fer qui les a éteints à jamais les a-t-il privés non seulement de la vue mais de toute sensibilité à la douleur ? Et s'il est devenu insensible à la douleur, le désir de tout ce dont il est privé est-il mort lui aussi ?

Une étincelle jaillit de l'âtre dans sa direction.

« Je crois que ces murs de pierre, dit le rabbin, qui n'a pas bougé, ne craignent pas le feu. »

Même aveugle, il l'a sentie sursauter.

« Lisons un peu », dit-elle, plus vivement qu'elle n'en avait l'intention.

Ne s'est-elle pas efforcée, il y a à peine quelques heures, de trouver les mots pour exprimer sa gratitude au rabbin ? À présent, c'est la contrariété qui la pousse à agir. Elle se lève, va jusqu'à la table où elle prend un mince volume, une interprétation de la vie de Jonas dont elle et le rabbin ont commencé à discuter quelques jours plus tôt.

« Quelque chose te trouble, dit-il.

– Non, rien », répond-elle calmement, mais d'une voix ténue.

Le rabbin se tait. Puis déclare : « Je crois que j'ai l'esprit trop fatigué pour ce genre de travail cet après-midi. »

Elle repose le livre.

« Peut-être devrions-nous nous contenter de réciter des psaumes. »

Un remède qu'il prescrit à son intention à elle, non à la sienne. Sa gorge se serre, sans qu'elle sache pourquoi.

« Les mots d'une prière sont à l'image des oiseaux, Ester. Ils s'envolent vers le ciel. »

Elle ne croit pas, elle, que les prières soient à l'image des oiseaux. Un oiseau pourrait s'envoler d'une maison en flammes. Si les prières avaient pu voler, alors son père serait encore en vie à l'heure qu'il est... et peut-être que, grâce aux prières de son père, sa mère elle aussi aurait survécu – oui, même Constantina, l'enragée, l'égarée, la dépossédée. Si les prières avaient eu le pouvoir de voler, Isaac ne serait pas mort.

Avant même de se rendre compte de ce qu'elle dit, elle se tourne vers le rabbin et lui demande : « Que voyez-vous derrière vos paupières ? »

Pour la première fois, une certaine gêne perce sous son silence. Et elle se sent honteuse du petit plaisir qu'elle éprouve à le voir ainsi.

« Je ne répondrai pas, pour l'instant, à cette question. Mais je vais te dire ce que j'ai appris après avoir perdu la vue, dans ces tout premiers jours où j'ai pris conscience de ce qui me serait désormais interdit en ce monde – le contact de ma main sur la page d'un livre, l'encre tachant mes doigts de son poids doux et grave à la fois, un poids que, d'aussi loin que je me souvienne, j'avais toujours chéri. Je parcourais des pièces autrefois familières, les bras tendus devant moi, et me heurtais au moindre obstacle sur mon chemin. Cet apprentissage, Ester, je ne l'ai toujours pas terminé. »

Elle ne bouge pas, pétrifiée de honte, craignant d'en entendre davantage.

« Les distances entre les choses sont immenses, dit-il. Immenses. »

Ses yeux morts sont tournés vers le feu.

« Ester, poursuit-il, ne regrette pas de ne pas être libre d'agir selon tes désirs. »

A-t-il lu dans ses pensées ? Ce matin, après avoir été confondue par Rivka, elle est allée fouiller dans le tiroir du bureau, dans l'espoir de trouver ne serait-ce qu'une dernière bougie à l'intérieur. Mais Rivka n'avait rien laissé, pas même une chandelle à mèche de jonc.

« Tu es capable d'apprendre comme aucune autre femme, continue le rabbin. Et pourtant tu en veux toujours plus. Tu as le goût de l'étude, et je suis prêt à dire, Ester, dût tout Amsterdam me donner tort, que c'est là une grâce divine. Mais il faut t'imposer des limites. Il arrive qu'une personne doive se restreindre, se purifier, accepter de brûler à l'intérieur d'elle-même, sans recevoir tout ce qu'elle désire. » Il se tourne vers elle, l'air grave et pénétré. « Les juifs de Londres ne veulent pas de moi, Ester. Ils croient que je suis venu leur reprocher le dédain dans lequel ils tiennent nos traditions. Ils ne tarderont pas à obtenir ce qu'ils souhaitent : un rabbin respecté pour leur synagogue, qui leur offrira la grandeur et un retour à notre gloire passée. Sous la direction d'un tel homme, leur cœur reviendra, lentement mais au bout d'un certain temps pleinement, au respect de la tradition. Ils ne veulent pas pour guide un homme tel que moi, poursuit-il, toujours tourné vers Ester, le visage blême dans l'éclat du feu. J'accomplirai la tâche qui m'incombe. Je serai leur serviteur aussi longtemps qu'ils toléreront ma présence. Il ne m'appartient pas de demander un meilleur accueil pour mon enseignement.

– Mais vous méritez leur respect, dit Ester avec véhémence. Ils devraient tous être rassemblés devant votre porte, à attendre l'occasion d'étudier avec vous, à vous supplier de prononcer un sermon. Vous êtes un sage qui a subi la torture au nom de sa foi, et eux persistent à porter des croix dans les rues d'une cité où ils n'ont pourtant rien à craindre de l'Inquisition. »

Tout l'amour qu'elle lui porte monte en elle, prenant aussitôt la forme d'un désir ardent de se battre pour lui. « Quel droit ont-ils de mépriser un martyr ? »

Il a un sursaut en entendant ce mot.

« Je ne mérite pas cette épithète, Ester, dit-il au bout d'un moment.

– Ce que je veux dire, c'est que...

– J'ai supplié », dit-il.

Un long silence.

« J'ai utilisé des mots qui me sont venus spontanément, reprend-il. Je ne crois pas avoir abjuré ma foi sous les tortures des prêtres, mais je ne l'ai pas non plus proclamée. Mes paroles étaient incohérentes, je crois. Pour une raison que je n'ai jamais comprise, ils m'ont relâché. Peut-être est-ce parce que je leur ai inspiré de la pitié, en raison de mon jeune âge. Ou peut-être que dans mes balbutiements j'ai prononcé les mots mêmes que, dans leur cruauté, ils souhaitaient entendre. » Il reste immobile comme une statue. Elle voit l'incertitude et le trouble brouiller son visage, avant de s'estomper. « Je ne me souviens pas avoir jamais prononcé le nom de leur Seigneur. Mais il se peut que je l'aie fait. Sinon je ne vois pas pourquoi ils m'auraient laissé vivre. Et pourtant, dire ce qu'ils attendaient de moi n'aurait pas été plus lâche que de me comporter comme je l'ai fait. » Il tressaille, les paupières plissées comme si elles avaient encore le pouvoir d'éloigner la vision. « Je les ai suppliés de me laisser vivre. Après que mon père et ma mère, eux, avaient affirmé leur foi. »

D'un mouvement instinctif, elle s'approche de lui. Pose la main sur son bras et la laisse reposer là. Le rabbin, immobile, ne se dégage pas.

« Ils m'ont laissé partir, en me disant que la perte de ma vue ne serait pas cher payée en échange de ma vie. Avant de me crever les yeux, le plus jeune des prêtres m'a dit : "Ouvre bien les yeux maintenant, pour que ce que tu vois se grave à jamais dans ton esprit et te rappelle la vérité que tu apprends aujourd'hui de la main de Dieu." »

Il est assis là, sans défense, vulnérable comme un enfant, les épaules frêles, la nuque exposée.

« Et il en a bien été ainsi. Cette dernière image m'est toujours restée. Je la revois encore aujourd'hui, Ester, en ce moment même, intacte. »

Elle ne lui demande pas ce qu'il voit. Elle se promet de ne jamais le faire.

Le bois se consume sans bruit, un léger scintillement anime l'air au-dessus de l'âtre.

« Les psaumes », dit le rabbin.

Elle va chercher sur le rayon le petit livre usé, qui l'attend là, impassible, comme si la violence ne venait pas d'ébranler la pièce.

« Numéro trente-trois », dit-il.

Ils psalmodient en chœur.

Plus tard, quand Rivka a persuadé le rabbin de sortir prendre l'air et l'a conduit à pas lents dans la rue, accroché à son bras, elle reste seule dans le bureau. Un long moment.

Puis elle déplie la lettre de la veuve.

Se demande-t-elle qui peut bien être le jeune homme qui a parlé d'elle à Isabella Mendoza ? Oui. Sans doute. Elle ne saurait le nier. Elle ne saurait prétendre que les folles attentes de Mary n'ont rien en commun avec ses propres aspirations.

Mais elle peut difficilement être comme les autres filles. Elle n'a encore jamais entendu parler d'une passion de femme qui ne se soit payée d'un prix exorbitant. La veuve qui a écrit cette lettre a-t-elle elle-même été un jour esclave de ses sens ? Quels qu'aient été les choix de cette Isabella Mendoza, quels qu'aient pu être les espoirs auxquels elle s'est risquée, ils ne lui ont été d'aucun secours. Elle s'occupe aujourd'hui, pour subvenir à ses besoins, de s'immiscer dans d'autres vies pour arranger des unions, sans se soucier de savoir si celles-ci ne se révéleront pas désastreuses pour les êtres unis par ses soins.

C'est un danger pour une femme, se dit-elle encore, de seulement éprouver une passion.

Mais en est-elle persuadée ?

Elle relit la lettre, et la jette au feu.

Un simple geste, une fraction de seconde, et elle a trahi le rabbin.

Tout en respirant profondément, elle regarde la feuille se racornir. Le papier s'enroule sur lui-même, s'envole à demi, soulevé par la chaleur, puis retombe. Elle a détruit la page qui aurait pu la chasser de son refuge auprès du rabbin.

Elle prend pleinement conscience de la réalité de son acte alors qu'elle observe encore le feu faire son œuvre. Et pourtant, si elle avait pu accélérer la transformation du papier en cendres, elle l'aurait fait. Elle regarde les derniers vestiges former une fine toile d'araignée de cendres, puis s'effondrer et grésiller sur les braises orangées.

L'acte qu'elle vient de commettre passe mal, comme un remède qu'elle aurait avalé sur une soudaine impulsion. Il est trop tôt pour dire si son corps va se rebeller.

13

16 DÉCEMBRE 2000
LONDRES

Ma foi, Marisa, tu peux te flatter d'avoir piqué ma curiosité. D'abord tu me parles d'un projet d'excursion dans le Nord, puis tu m'annonces que tu mets brusquement un terme à ton séjour au kibboutz... et après que tu envisages d'aller faire un tour dans le désert. Ensuite, silence radio. Je commence à penser que tu as embrassé l'orthodoxie, que tu portes à l'heure qu'il est un mouchoir sur le crâne et que tu es partie pour mettre huit enfants au monde. À moins que tu aies monté une formation punk et que tu mènes la grande vie à Tel-Aviv.

Je continue pour ma part à trimer sur les fameux documents pour la toujours délicieuse professeure Helen Watt. Certains sont plutôt banals, d'autres, intéressants, mais nous commençons seulement à nous faire une idée d'ensemble de ce qu'ils représentent, sans parler de comprendre ce qu'ils fabriquaient sous un escalier dans une maison de Richmond, localité qui à cette époque devait être à une demi-journée de voyage de Londres. Un des documents contient des références encore mystérieuses, dont Watt tend à penser qu'elles seront d'une importance capitale pour la science. Je n'en suis pas pour l'instant convaincu, bien qu'il semble avéré que nous soyons tombés sur la preuve de l'existence d'*une* et non d'un scribe. Ce qui risque effectivement de faire des vagues au moment de la publication. Aucun doute que la découverte fera avancer les recherches dans le domaine concerné, et il est à peu près certain que quelque article que nous écrivions sur le sujet, il sera publié... ce qui, d'une certaine façon, adoucit l'épreuve qui consiste à se coltiner Watt. À deux ou trois reprises, j'ai cru qu'elle allait se détendre un peu et se comporter en être humain, mais j'en ai été pour mes frais. C'est le genre de personne dont tu n'arrives même pas à imaginer qu'elle puisse avoir un vrai chez-soi. Qui te donne l'impression qu'après avoir tourné au coin de la rue en quittant son bureau, elle va être remisée pour la nuit dans un meuble de rangement à usage des pédants en phase terminale, pour ne se matérialiser à nouveau que lors de son retour au boulot le lendemain matin.

Que Dieu nous garde (note au passage à quel point je commence à parler comme les Anglais) des doyennes du milieu universitaire. Elle réserve aux juifs qui ont vécu dans la clandestinité au XVIIe l'appellation de « crypto-juifs », qualificatif qu'elle utilise comme si elle faisait allusion à une espèce observée au microscope. Elle appelle les Ketouvim les « Livres hagiographes », peut-être pour s'assurer que je ne la prends pas pour une de ces juives à la piété sentimentale. Elle étudie le judaïsme comme elle le ferait d'un insecte favori épinglé à un mur. Enfin, je suppose qu'il va falloir que je m'entraîne à cultiver le fameux flegme britannique. Je suis heureux néanmoins de travailler sur ce projet. Et elle a besoin de mes talents.

La dernière phrase était un mensonge. Peut-être pas. Peut-être que Helen Watt se tournerait brusquement vers lui ce matin même et lui reconnaîtrait le mérite d'être davantage qu'un simple tourneur de pages ?

Peu probable, tout de même. Hier encore, il l'avait surprise en train de vérifier l'une de ses traductions. Quel intérêt de recruter un thésard avec dix-huit ans d'hébreu, d'espagnol et de portugais à son actif si on ne le jugeait pas capable de traduire un texte ?

D'un autre côté, quel intérêt de dédaigner un travail, ne serait-ce que celui de tourneur de pages, quand en un an on n'est pas capable de faire avancer sérieusement sa recherche ?

Ainsi tournaient ses pensées dans sa tête, comme un bus autour d'un rond-point. Il en fallait si peu pour qu'il se mette à ressasser toujours la même chose, un goût amer dans la bouche au souvenir de ces longs mois déprimants passés à Londres. Les semaines gaspillées à la bibliothèque à tenter de tirer quelque chose de l'emploi fait par Shakespeare du nom de Bassanio dans *Le Marchand de Venise*, à rechercher tous les liens susceptibles d'avoir existé entre le dramaturge et la famille juive Bassano alors en faveur à la cour de Londres – pour finir par découvrir qu'un autre chercheur s'était déjà perdu dans cette impasse... sans compter, au passage, que la famille Bassano n'était même pas juive. Et tous les mois qu'il avait consacrés à *La Tempête*, explorant l'idée selon laquelle les livres de magie et l'habit de magicien auxquels fait allusion Prospero pourraient avoir leur origine dans la tradition juive – pour finalement ne trouver aucune preuve corroborant cette théorie, et, pire encore, pour découvrir par la même occasion qu'il ne comprenait rien à *La Tempête*, incapable qu'il était de croire en toute honnêteté à l'abandon par le protagoniste de ses pouvoirs magiques. Et s'il ne parvenait pas à prendre au sérieux le point culminant de l'action de la pièce – s'il n'arrivait pas à accepter qu'un homme tel que Prospero puisse de son plein gré briser sa baguette et, du même coup, renoncer à son pouvoir d'éblouir le monde et d'assouvir sa vengeance, tout en attirant irrésistiblement à lui ceux qu'il aimait –, si Aaron ne réussissait pas à comprendre la surface de ce texte, alors même qu'une proportion significative de l'humanité semblait penser que c'était là le plus beau coup de génie de Shakespeare, comment pouvait-il espérer saisir quoi que ce soit de ce qui se trouvait en dessous ?

Il avait laissé tomber *La Tempête*.

Darcy l'avait réconforté. Plus exactement, Darcy avait fait tout ce qu'on pouvait légitimement escompter d'un universitaire britannique en matière de réconfort. Des doigts d'une main, il avait ramené ses rares cheveux gris sur la tonsure au sommet de son crâne et avait essayé de remonter le moral à son étudiant avec une bienveillance dont Aaron soupçonnait qu'en termes d'empathie elle était tout ce qu'on pouvait raisonnablement attendre d'un tel homme. Eh oui, lui avait-il dit, celui qui choisit le chemin de la difficulté se condamne à de longues nuits d'angoisse. Mais Aaron n'avait pas à s'inquiéter, il finirait par se sortir de cette impasse.

Avec une tape sur l'épaule et un geste en direction de la pendule, Darcy avait escorté Aaron hors de son bureau et de ses pensées.

Il aurait été beaucoup plus simple pour lui, en effet, de se montrer moins ambitieux en ne cherchant pas à dire quelque chose de neuf sur la figure du Barde, vers laquelle affluaient tous ces cinglés d'universitaires comme la misère sur le pauvre monde. Un jour, entre deux gorgées de bière et deux poignées de chips lors d'une petite fête, un type qui avait jaugé les références d'Aaron en matière de bardolâtrie s'était vanté d'avoir lui-même réfuté les trois théories majeures relatives à l'identité de la Dame brune et du beau jeune homme des *Sonnets*, et d'être bientôt le premier à révéler au monde la véritable identité de l'amant et de la maîtresse du grand homme. Quand Aaron avait commencé à lui poser des questions, cependant, l'autre s'était montré réticent, protégeant ses idées comme si son interlocuteur cherchait à les lui voler. Mais il avait eu tort de s'inquiéter ; aux yeux d'Aaron, c'était une perte de temps que de vouloir découvrir l'identité de personnes mortes depuis des siècles – même en supposant qu'on saute le pas et qu'on parte du principe que Shakespeare ne puisait pas seulement dans son imagination quand il avait écrit ses sonnets mais parlait d'êtres de chair et de sang qu'il avait admirés ou aimés. Savoir de quels individus s'était épris le Barde et quel genre de relation il avait pu entretenir avec eux ne contribuerait en rien à une meilleure compréhension de ses textes. Que la Dame brune et le beau jeune homme parlent pour eux-mêmes à travers les âges, leurs messages étaient universels et n'avaient pas besoin d'être replacés dans un contexte.

Pourtant, cela n'équivalait-il pas à remettre en question la pertinence de sa propre recherche ? En quoi était-ce différent d'une tentative pour trouver des liens entre les écrits de Shakespeare et une communauté juive disparue depuis longtemps ? Peut-être devait-il remercier Helen Watt de lui avoir permis de se réfugier temporairement dans une période qui suivait d'une bonne cinquantaine d'années le moment où le Barde avait eu la bonne idée de rendre l'âme.

Dans un mail qui datait de plus de trois semaines, Marisa avait fait allusion à une éventuelle venue à Londres l'été prochain pour assister au mariage d'une amie.

Il la voyait d'ici.

Il la voyait chez lui, à Londres, posant son sac de voyage par terre.

Le regardant. Avant d'éclater brusquement de rire.

Il la voyait nue.

Il la voyait allongée.

Allongée sur des draperies en velours noir dans un portrait peint par Rodney Keller.

Il se demanda si Keller était gay.

Encore l'image du bus tournant autour d'un rond-point.

Il posa une fois de plus les doigts sur le clavier.

Malheureusement, il y a un os. Nous ne sommes plus les seuls à travailler sur ces documents. Le chef du département d'histoire va en autoriser l'accès à une autre équipe. Et inutile de demander : personne n'a l'intention de collaborer. Helen Watt a failli exploser quand elle a appris la nouvelle (le petit futé que je suis l'a tout de suite remarqué à la façon dont ses lèvres déjà minces se sont faites presque invisibles quand le nom du concurrent a été mentionné), mais je devine qu'elle a peur. Peut-être bien qu'elle est humaine, après tout. Pour ma part, je vais continuer à trimer sur ces papiers toute la sainte journée dans le silence de cathédrale de cette salle de lecture. Il faut que je me montre à la fois soigneux et rapide. Ne vous hâtez pas, et ne prenez pas de repos. Ainsi parlait Goethe. Je ne prends pas de repos, mais ça fait un paquet d'heures plutôt rudes à passer en tête à tête avec mon ordinateur et du papier vieux de trois siècles.

Ses doigts s'étaient immobilisés sur les touches. Il essaya de réfléchir à la manière dont il pourrait décrire ce qu'il traversait, jour après jour, dans la salle des manuscrits. Le silence écrasant ; les tables occupées par des étudiants d'une maigreur effrayante, assis dans des postures impossibles ; une page nichée devant lui dans les plis d'un coussin sur lequel il aurait adoré pouvoir poser sa tête. Comment expliquer à Marisa ce que c'était que de lire des documents sans avoir le droit de les soulever ou de les déplacer ? Prendre des notes avec le bout d'un crayon déjà grignoté par les dents d'un lecteur inconnu ; excité comme un ressort prêt à se détendre, en songeant qu'une idée folle pareille à une vague allait surgir et déferler dans son esprit, et que lui-même allait bondir de son siège pour la suivre, au mépris des conséquences possibles. Un état à la fois intolérable et enivrant. Il chercha des mots qui seraient vrais tout en étant acceptables pour Marisa. Rien ne vint. Puis, sans crier gare, ses doigts se mirent à danser sur les touches, et il regarda les mots apparaître sur l'écran.

Ne jamais sous-estimer la passion d'un esprit solitaire.

Il envisagea d'effacer la phrase. Il n'avait tapé les mots de Helen Watt que pour mieux en sentir l'impact, comme on essaierait les gants d'un autre.

Puis il sut qu'il allait les garder, les envoyer comme s'ils venaient de lui.

Si je déchiffre correctement ton dernier mail, Londres te manque. Eh bien, il y a quelqu'un qui t'y attend si tu le souhaites.

– A

Il appuya sur « Envoyer », et regarda l'ordinateur balancer son message dans le vide sidéral de l'irrécupérable.

Dans la salle des manuscrits, seul à la longue table, il fixa d'un œil atone les crayons que la bibliothécaire faisait rouler sur la table. « Ne le prenez pas mal, dit-il en se fendant d'un sourire, mais vos crayons me bousillent les jointures. » Il leva une main et montra tristement les cals brun-rouge laissés par le travail de la veille.

Patricia tourna son regard neutre vers sa poche de chemise, d'où pointait un crayon rond forcément introduit en fraude, puisqu'il n'était pas la propriété de la bibliothèque. Avec un tressaillement de satisfaction presque imperceptible sur son visage impassible, elle le cueillit sur sa poitrine et tourna les talons – le laissant avec une lettre à l'encre pâle datée de 1659 et trois crayons marron soigneusement taillés en forme d'hexagone, pas plus longs que son index.

« Dites donc ! » s'exclama-t-il, avec une indignation qui cette fois-ci n'était pas feinte.

Elle ne se retourna pas.

« Une vraie charmeuse, celle-là », grommela-t-il, quand la femme au port guindé fut hors de portée de voix et que son propre humour l'eut remis d'aplomb.

Il se mit au travail. La première lettre était en portugais, et il expédia la traduction en une demi-heure, avalant sans eau deux ibuprofènes quand, comme chaque jour, à la même heure, il sentit ses tempes commencer à palpiter.

18 mars 1665
2 Nisan 5425
Amsterdam

Au rabbin HaCoen Mendes,

Sans doute ne vous souviendrez-vous pas de l'élève peu méritant que vous avez eu il y a de si nombreuses années, mais je n'ai pas oublié votre enseignement. Votre science a toujours été un guide pour ceux qui ont eu le privilège d'étudier à vos côtés, et vos élèves ont répandu ce savoir comme des miroirs multiplient au centuple la lumière d'une bougie.

Je ne représente qu'une voix mineure dans le kahal d'Amsterdam, mais c'est un grand bonheur que de travailler ici au service des grands rabbins et d'être sollicité pour répondre à une lettre telle que la vôtre. Vous serez honoré d'apprendre que le rabbin Solomon de Oliveyra approuve vos méthodes d'enseignement de l'hébreu et vous renvoie à son ouvrage sur le sujet, *Sarsot Gablut*, que vous ne connaissez peut-être pas encore. Quant aux autres sujets que vous abordez, les débats continuent ici sur la question de savoir si c'est la présente année, 5425, ou l'année prochaine qui sera celle de la venue du Messie. La date est de peu d'importance, alors que la ferveur ne cesse de croître parmi nous. Même les rabbins Aboab et Oliveyra ont écrit à ce sujet des prières désormais incluses dans de nouveaux ouvrages dédiés à l'événement. D'après ce que je comprends de votre lettre, vous et beaucoup d'autres à Londres ne se sont pas encore éveillés à la venue du Rédempteur ; on me dit pourtant que votre ville est perdue dans la contemplation du prodige aperçu dans votre ciel nocturne, comme il l'est dans le nôtre ici à Amsterdam. Bien que je ne puisse prétendre influencer un homme de votre savoir, il me faut tenter de vous convaincre de l'importance d'un signe que vos yeux ne peuvent discerner. On ne saurait ignorer le sens de cette brillante lumière divine qui illumine nos cieux. Les yeux levés vers les collines, votre dévoué

Yacob Rodriguez

Aaron termina sa traduction et prit des notes sur un bloc à part. La participation d'Aboab et d'Oliveyra à l'hystérie engendrée par l'apparition des faux messies était une question déjà bien documentée, mais c'était là malgré tout une jolie preuve. Qui pourrait figurer un jour dans un article.

Il demanda la lettre suivante, datée celle-là de quelques jours plus tôt, et après une pause consacrée à se dégourdir les jambes et à avaler un soda, il se réinstalla à sa table.

13 mars 1665
26 Adar 5425
Amsterdam

Au rabbin HaCoen Mendes,

Le rabbin Isaac Aboab da Fonseca a reçu votre rapport relatif au progrès du retour à la tradition parmi votre communauté londonienne, un retour qui, avec la grâce de D-ieu, se confirmera. Le rabbin Aboab me prie de vous envoyer cette réponse, dans la mesure où son travail au service du rabbinat ici à Amsterdam ne lui laisse que très peu de temps pour ce genre de correspondance.

Vous et moi nous ne nous connaissons pas, mais on m'a assuré de vos mérites, et je sais vos souffrances aux mains de la trois fois maudite Inquisition, ainsi que la dévotion dont vous témoignez depuis longtemps dans votre travail à Londres, laquelle recevra sa juste récompense dans le monde à venir. Je dois cependant vous faire savoir que le nouvellement élu Mahamad de Londres nous a déjà rapporté tout ce que vous décrivez dans votre dernière lettre, et à présent que le très estimé rabbin Sasportas est sur le point de prendre la tête de la communauté, nous serons bien entendu très honorés de recevoir de lui de semblables communications. Ne compromettez pas votre santé dans la rédaction de comptes rendus tels que celui que vous nous avez envoyé. Votre âge mérite que vous vous reposiez, et vous pouvez le faire dans la certitude que les chefs respectés de votre congrégation feront le nécessaire. Benjamin HaLevy, dont le nom, comme vous le savez, est tenu en grande estime, nous parle de la fondation récente à Londres d'une école Etz-Haim d'études juives, et ce grâce aux généreuses donations d'hommes tels que lui. Il nous apprend également qu'il a cessé depuis longtemps de confier ses fils à votre tutorat et qu'il les a mis aujourd'hui dans cet établissement, afin qu'ils deviennent des exemples pour la communauté de la valeur de cette institution créée à l'initiative du Mahamad.

Heureux le maître dont les élèves dépassent le stade de son enseignement, et nous vous devons des louanges, car, à n'en pas douter, ces deux jeunes gens d'Israël ont appris de vous tout ce que vous aviez à leur enseigner.

Quant à votre requête concernant l'éventuelle publication par nos soins, ici à Amsterdam, d'un ouvrage rassemblant vos enseignements, je répondrai que nous serons évidemment honorés de le faire si la chose est jugée appropriée. Vous savez, je pense, que le Mahamad de Londres a, dans son souci de sauvegarder la force et la vertu de la communauté juive de votre cité, interdit la publication de tous travaux qui n'auraient pas reçu au préalable son approbation, mais je suis certain que ses membres donneront sans hésiter leur imprimatur, une fois qu'ils auront pu constater la valeur de vos écrits. J'attendrai simplement que me parvienne leur autorisation officielle.

Enfin, pour répondre à votre dernière question, l'on m'a chargé de vous rapporter que tout commerce avec l'hérétique de Spinoza est interdit à tout jamais, interdiction qui ne saurait souffrir ni restriction ni aménagement d'aucune sorte. Le passage du temps ne diminue en rien les dangers qu'il y a à communiquer avec lui, pas plus qu'il ne le rend plus susceptible de retrouver un jour la voie de la sagesse. Il a quitté notre cité, pour le plus grand bien de nos âmes. Le rabbin Aboab m'a chargé de vous préciser très clairement sa pensée à cet effet.

Confiant dans la venue prochaine du Rédempteur, dont la rumeur commence maintenant à se répandre dans Amsterdam, le jeune homme que je suis tremble à l'approche de l'Éternité.

Avner Ben-Samuel

Aaron termina sa traduction. C'était la réponse concernant de Spinoza qui retenait d'emblée l'attention, bien sûr. Il se demanda ce qu'en ferait Helen Watt. Se pouvait-il que quelqu'un – Aleph – ait souhaité contacter de Spinoza, en dépit de l'excommunication pour hérésie dont il était frappé ? Somme toute peu probable. Plus vraisemblablement, c'était le rabbin, lequel avait fort bien pu avoir de Spinoza comme élève à Amsterdam quand ce dernier était jeune, et pas encore apostat, qui s'était interrogé sur la possibilité pour lui d'envoyer un mot à son ancien disciple. Quoi qu'il en soit, il y avait là matière à un autre article – le moindre document authentique qui faisait référence, même de façon allusive, à de Spinoza, pouvait donner lieu, une fois travaillé, à une publication. Ce qui aurait dû mettre Aaron de bonne humeur ; et pourtant il ne pouvait nier que cette lettre l'agaçait profondément. Aboab ou Oliveyra auraient pu avoir la décence de répondre personnellement à HaCoen Mendes. À moins que la courtoisie entre collègues n'ait pas été de mise chez les rabbins du XVIIe siècle ? Ce n'était évidemment pas une surprise que HaCoen Mendes ait été supplanté : la communauté londonienne, inévitablement, s'était organisée, et avait invité le célèbre Sasportas à devenir le premier Haham de leur synagogue. Dommage pour eux, pensa Aaron. L'année ne serait pas écoulée que le grand Sasportas aurait fui la peste et quitté la ville pour ne plus jamais y revenir. Les juifs de Londres auraient été inspirés de se passer du rabbin vedette et de s'en tenir à quelqu'un comme HaCoen Mendes.

Il demanda le document suivant en donnant son numéro de code : RQ206. Quelques instants plus tard, Patricia déposait sur le coussin devant Aaron une petite liasse de six ou sept pages écrites à la main.

> 23 mars 1665
> 7 Nisan 5425
>
> À Daniel Lusitano,
> Mon angoisse grandit à chaque nouvelle heure que je passe à réfléchir à votre lettre. J'espère que vous voudrez bien pardonner l'abondance de mes missives, mais mes pensées se pressent dans ma tête comme des moutons à la barrière de l'enclos quand rôde le loup. Dans l'obscurité où je suis, je me fais peut-être une image trop nette de l'erreur qui guette votre communauté à Florence. C'est une erreur qui affectera non seulement l'âme mais aussi le corps, car ceux qui se préparent pour l'autre monde avant sa venue ne peuvent que trahir leur vie dans celui-ci. J'entends parler de Sabbataï Tsevi depuis longtemps, mais j'ai stupidement gardé le silence, et je ne peux que m'en vouloir d'avoir attendu de recevoir de mon étudiant bien-aimé une nouvelle preuve de la réalité de la menace pour sortir de ma torpeur. C'est dans l'idée de vous apporter le peu d'aide dont je suis capable que je vous expose ce qui suit.

Aaron poursuivit sa lecture. HaCoen Mendes présentait ses arguments patiemment, pour ne pas dire laborieusement. Sabbataï Tsevi était un imposteur ; le vrai Messie, envoyé par le Tout-Puissant, serait reconnaissable à certains traits, et parmi eux une absence d'ambition pour toute forme de pouvoir terrestre. Étant donné que Sabbataï Tsevi se proclamait le messie d'un monde juif s'étendant de Smyrne jusqu'à Alep en passant par Salonique, et que sa réputation lui attirait chaque jour de nouveaux partisans un peu partout en Europe, le manipulateur qu'il était devenait de plus en plus dangereux tant il était prêt à exploiter les attentes désespérées des foules.

Aaron avait déjà vu ce genre d'argumentation auparavant, et il se surprit à lire le texte en diagonale. Mais quand il atteignit la quatrième page, il posa son crayon.

Il avait déjà vu des documents en écriture croisée. Il s'agissait d'une pratique courante au XVIIe siècle, destinée à économiser le papier et consistant pour l'auteur d'une lettre, une fois sa page remplie, à la faire pivoter de façon à ce que le haut soit sur le côté et à inscrire un nouveau texte à angle droit par rapport aux lignes déjà existantes. Mais il n'avait encore jamais vu un document comme celui-ci. Tel qu'il était orienté sur le coussin, c'était la page en portugais qui s'offrait d'abord à la vue. Mais, à mi-hauteur de la page, un autre texte apparaissait, se dessinant entre les lignes comme un contre-argument venu de profondeurs insoupçonnées. La page se surchargeait brusquement, le portugais du rabbin entrecoupé d'un autre message qui le croisait. Aaron se pencha pour mieux voir. Le second message était en hébreu, à l'exception d'une ligne en anglais. Il reconnut l'écriture d'Aleph, mais elle était légèrement différente, les lettres plus penchées qu'à l'ordinaire, dans la hâte ou l'urgence. Il tourna les autres pages aussi vite qu'il pouvait se le permettre, examinant les deux textes, essayant de comprendre ce qu'il avait sous les yeux. Deux messages, portugais et hébreu, avançant dans des directions opposées, leur logique tantôt se rejoignant tantôt s'écartant, leurs conclusions de plus en plus éloignées l'une de l'autre.

« Patricia », appela-t-il.

Elle ne l'entendit pas, à moins qu'elle ait attendu qu'il manifeste plus clairement sa dépendance.

« Patricia », appela-t-il encore, doucement, la voix teintée d'une humilité inhabituelle.

Elle arriva.

« S'il vous plaît. » Il eut un geste d'impuissance de la main pour l'inviter à tourner à sa place le document dans l'autre sens.

Elle le regarda avec de grands yeux. Puis finit par comprendre. Elle sortit des gants en coton de sa poche, souleva les pages et les réinstalla comme demandé sur le coussin incliné.

Tandis qu'Aaron s'emparait de son moignon de crayon et commençait à transcrire l'hébreu, la bibliothécaire s'attarda un long moment à côté de lui, comme fascinée elle aussi par le contrepoint des deux langues sur la même page.

Ignorant ses jointures douloureuses, il recopia l'hébreu de la quatrième page, essayant d'en déchiffrer le sens. Il semblait s'agir de la fin d'une déclaration ou d'une confession, mais de quelle nature et de quel rapport avec le texte portugais, il n'aurait su le dire, pas plus qu'il n'était capable de deviner la signification de la citation anglaise des deux dernières lignes. Un peu plus tard, il demandait à Patricia de tourner la lettre de manière à pouvoir lire, *in extenso*, le portugais ; puis il la priait de la retourner pour faire de même avec l'hébreu. Il vérifia sa transcription, raturant et ajoutant des notes.

Il revint à plusieurs reprises sur la sixième et dernière page du texte en portugais. En dessous de l'ample signature du rabbin et de l'initiale de la copiste Aleph se lisait le mot *Finis*, orné d'une élégante petite fioriture.

Mais il suffisait de tourner la page à l'envers pour lire, écrit de la même main élégante en hébreu, *C'est ici que je commence.*

C'est ici que je commence.

Je suis une âme solitaire dans une grande cité.

Je suis la main qui court sur la page.

Le rabbin parle, j'écris. C'est ma tâche et mon refuge. Je sers de scribe à un homme qui n'est pas honoré par ceux qui devraient pourtant le respecter.

J'aimerais lui faire honneur.

Mais je n'en fais rien. Au lieu de quoi, je pose des questions interdites aux hommes, bien que je ne puisse être accusée de violer la loi.

Les mots qui quittent ma main sont toute ma vie.

Je n'en ai pas mis d'autre au monde jusqu'ici, et crois que je ne le ferai jamais.

Ce jour, Manuel HaLevy, un homme capable de se servir d'un recueil de poèmes pour essuyer ses bottes, est venu trouver le rabbin pour se moquer ouvertement du cruel enrôlement forcé de son propre frère sur un navire anglais. J'observe ce HaLevy depuis des années, et je connais l'intensité de son mépris pour tous ceux qui sont d'un tempérament plus délicat.

Quand j'ai refusé sa demande en mariage, il m'a demandé ce que j'étais.

J'ai répondu : je suis un vase vide.

Ce n'est pas vrai. Car si le désir est l'essence de l'homme, il doit l'être aussi de la femme. Je suis un vase débordant de désir.

J'écris. Que l'on apprenne les ravages que j'ai causés dans la maison du rabbin, et je serai rangée au nombre des êtres les plus vils qui se puissent compter. Pourtant, je ne cherche pas le pardon. S'il est dans l'ordre divin que nos vies deviennent fausses pour rester vraies, alors ma conscience est aussi claire et pure que mon cœur.

Quand les paroles sont rares, elles ne sont guère proférées en vain, car c'est la vérité que soufflent ceux qui soufflent leurs paroles à l'agonie[1].

Dès qu'Aaron eut fini de vérifier la totalité de sa traduction, il quitta la salle des manuscrits et laissa un message sur le téléphone de Helen. Quelques minutes plus tard, il en laissait un deuxième, puis bientôt, contrarié à l'extrême, un troisième dans lequel il lisait les premières lignes du texte en écriture croisée. Il songeait à en laisser un quatrième quand son téléphone sonna.

1. Shakespeare, *Richard II*, acte II, scène 1, traduction de François-Victor Hugo *in* Shakespeare, *Œuvres complètes*, tome 1, « Bibliothèque de la Pléiade », Gallimard, 1959, p. 553.

« Monsieur Levy ? »

Combien de temps lui faudrait-il encore pour l'appeler par son prénom ?

Dans ses messages, il avait dit des choses qui auraient piqué la curiosité de n'importe quel historien. Mais Helen ne lui posa pas la moindre question, se contentant d'un : « Je vous retrouve à mon bureau. »

Tout en traversant une succession de cours étroites et en louvoyant entre des grappes d'étudiants, il prit un moment pour imaginer Helen Watt enfant. *Non merci, mère. Je préfère attendre et ouvrir mes cadeaux de Noël le mois prochain.*

Elle n'était pas dans son bureau quand il arriva. Il s'adossa au mur à côté de sa porte, puis au bout d'un moment se laissa glisser au sol pour s'asseoir jambes croisées dans le couloir désert. Il sortit son portable de sa sacoche et l'ouvrit.

Aaron,

Je ne veux plus de contact avec toi pour l'instant. Désolée d'être aussi brutale mais je préfère te le dire carrément pour t'éviter d'envoyer des mails dans le vide.

Marisa

Les mots n'avaient aucun sens. Il les relut. Ferma les yeux, les rouvrit, pour retrouver le message intact sur l'écran.

En entendant résonner la canne de Helen Watt, il ferma son portable, se leva et la suivit sans un mot.

Tandis qu'elle s'installait devant sa table, et lui sur la chaise en bois en face d'elle, il trouva qu'elle n'avait pas l'air bien. Puis, sous son regard qui ne cillait pas, il décida qu'il devait se faire des idées.

« Dites-moi ce que vous avez trouvé », dit-elle sans préambule.

Il commença sa description du document à l'écriture croisée, et le seul fait de parler le remit d'aplomb. Le mail totalement déconcertant de Marisa perdit de son impact… il arriverait certainement à le décrypter plus tard. Tandis qu'il s'adressait à Helen, son exaltation lui revint avec une force renouvelée. Deux textes chantant à l'unisson – une œuvre d'art. Qui se lisait presque comme un poème, dit-il à Helen Watt : un journal intime distillé en lignes concises à distance les unes des autres sur le papier comme autant d'îles dans l'océan. Ce n'étaient peut-être que les élucubrations d'une femme de son époque dans un moment de méditation, mais le texte donnait l'impression d'un message codé. En tout état de cause, il laissait deviner une histoire personnelle intense derrière cette collection de documents… et pourtant cette citation finale, pour laquelle Aleph était passée à l'anglais, était tirée du *Richard II* de Shakespeare – Aaron en avait déjà vérifié l'origine sur Internet. Et cette phrase sur le désir… il n'était pas loin de se demander si elle ne pourrait pas être une allusion à *L'Éthique* de Spinoza, sauf que l'ouvrage ne serait publié qu'une bonne décennie après la rédaction de cette lettre. Pour autant, qu'étaient-ils censés faire de ce genre de langage philosophique ? Pareil discours n'était-il pas interdit aux juifs, *a fortiori* aux femmes de la communauté ?

Quand il eut terminé, Helen Watt garda le silence, les yeux fixés sur la fenêtre, le visage pétrifié comme sous l'effet d'une intense concentration.

Il décida d'attendre qu'elle veuille bien réagir. Si elle était capable de se comporter comme si la terre ne s'était pas soudain dérobée sous ses pieds, il pouvait en faire autant.

Et puis, exaspéré par le tic-tac stupidement obstiné de la pendule sur son bureau, il n'y tint plus. Une brèche s'était ouverte dans sa confiance retrouvée. Les mots de Marisa lui revinrent en force et se logèrent dans son cerveau. Comment avait-il pu l'offenser ou la décevoir au point qu'elle ne tolère même plus ses mails ? La seule pensée de Marisa lui était soudain comme un coup de poing en pleine poitrine. Il eut un mouvement de tête involontaire, ignorant le regard sévère que ce geste déclenchait chez Helen Watt.

Qui n'avait toujours pas ouvert la bouche.

Si désorienté qu'il fût, Aaron savait parfaitement ce qu'il fallait penser des documents qu'il avait parcourus aujourd'hui. Helen ne comprenait-elle donc pas l'importance de sa découverte ? Le journal intime, sous toutes ses formes, était un écrit extrêmement rare dans les communautés juives du début de l'ère moderne. Il n'existait pas de saint Augustin juif. Pas plus que de Julienne de Norwich juive. Il y avait, certes, Léon de Modène, mais le seul journal connu rédigé par une *femme* juive de cette période était celui de l'ennuyeuse Glückel de Hamelin, rempli de maximes et de considérations sur le mariage et la dot. Helen ne voyait-elle pas ce qu'ils avaient dans les mains ? S'ils devaient découvrir d'autres notes comme celles-ci dans le trésor – d'autres ajouts personnels griffonnés dans une marge ou d'autres exemples d'écriture croisée, ou peut-être même un passage plus structuré de la main d'Aleph dans lequel elle s'expliquerait sur ce que recouvrait son mystérieux *rangée au nombre des êtres les plus vils qui se puissent compter* –, ils tenaient peut-être la nouvelle Glückel, mais sans le prosaïsme geignard de cette dernière. Une jeune Glückel attachante, battante, un peu philosophe – matière à un fantastique sujet de thèse.

« Ce pourrait être la nouvelle Glückel », dit-il.

Elle ne répondit pas.

« Et si l'on y ajoute l'information contenue dans la lettre de HaCoen Mendes relative à une montée du sabbatianisme à Florence... »

Helen était toujours murée dans son silence.

Il poursuivit, de plus en plus exaspéré.

« ... Florence étant une communauté dont on croyait jusqu'ici qu'elle était épargnée par le sabbatianisme. Ce qui rend cette découverte doublement importante.

– Correct sur tous les plans », dit Helen en inclinant la tête.

Il la regarda, les yeux écarquillés. Elle n'avait toujours pas tourné les yeux vers lui. Il ne fit aucun effort pour masquer sa colère.

« Ce pourrait bien être la nouvelle Glückel, et, en plus, nous avons des renseignements inédits sur l'influence de Sabbataï Tsevi à Florence. L'une ou l'autre de ces découvertes est déjà en soi colossale. Alors, les deux ensemble...

– Je vérifierai la traduction du texte en portugais à la première heure demain matin », se contenta-t-elle de répondre, le regard toujours rivé sur la fenêtre.

Il se raidit sur sa chaise. Et se trouva à nouveau en proie à un malaise diffus, un trouble directement lié à Marisa, qu'il n'avait toujours pas réussi à dominer. Non sans un gros effort, il s'obligea à rester parfaitement immobile. « C'est tout ce que vous trouvez à dire ? »

Helen continuait à fixer la fenêtre, apparemment imperméable à son discours, attendant qu'il parte, manifestement. Comme si elle aussi avait décidé qu'elle ne voulait plus avoir de contact avec lui.

« Vous n'y croirez pas tant que vous n'aurez pas vérifié vous-même si mon vocabulaire hébreu est à la hauteur, c'est ça ? » Ses mains pendant le long de son corps étaient brûlantes.

Elle haussa les sourcils, comme dérangée par quelque bruit lointain.

« Eh bien, si vous n'êtes pas prête à faire confiance à mes talents, autant le dire tout de suite. »

Elle lui jeta un regard rapide, interloquée, comme si cette histoire de confiance ne l'avait même pas effleurée. « Je dis simplement que j'ai l'intention de vérifier ces traductions avant que nous poursuivions, dit-elle avec une douceur inattendue. Simple mesure de prudence. »

Va te faire foutre, avec ta prudence, se dit-il à part lui.

Elle s'absorba à nouveau en elle-même, trop préoccupée pour remarquer que celui qui était en face d'elle la dévisageait avec une haine telle qu'il n'en avait jamais ressenti auparavant. Sa fureur le soulevait presque de son siège ; il avait les mains crispées sur les genoux, comme s'il était menacé par des poings plutôt que par l'indifférence meurtrière de son interlocutrice. Helen Watt, la spécialiste autoritaire de l'histoire juive – avec son Masada encadré accroché derrière elle, comme pour prouver son amour des juifs et de leurs souffrances. Il en avait par-dessus la tête de ces Anglais qui n'arrêtaient pas d'afficher leur amour indéfectible des martyrs juifs. Il en avait par-dessus la tête de Helen Watt. Il était bien décidé à ne pas quitter ce bureau sans avoir été entendu. « Est-ce que vous comprenez ce que ça pourrait signifier ? » répéta-t-il, sans prendre la peine cette fois-ci de déguiser l'urgence dans sa voix.

Elle se tourna avec une telle brusquerie pour lui faire face qu'il se raidit instinctivement comme s'il se préparait à répondre à une attaque. « Oui, jeune homme, je l'ai tout de suite compris », dit-elle, avec un calme olympien.

Il y avait peut-être eu un moment où il aurait pu abandonner la partie, où il aurait pu prévenir un conflit qui risquait de tout chambouler. Mais quand il ouvrit la bouche pour lui répondre, il sut aussitôt que, en admettant qu'il ait jamais existé, un tel moment était passé.

« Vous auriez pu recruter un gamin pour tourner les pages de votre partition, dit-il. Vous auriez dû. Ils reviennent moins cher qu'un doctorant, et ça leur est égal de recevoir sans arrêt des ordres de quelqu'un qui n'a pas une once de considération pour les autres. Mieux encore, poursuivit-il, abandonnant toute retenue, uniquement soucieux de se rebeller contre cette femme hautaine à laquelle il s'était laissé asservir par désespoir, les enfants ne songent pas à défier les British qui prennent leur pied à disséquer l'histoire des autres sans le moindre...

– J'ai autant que vous le droit d'étudier l'histoire des juifs, le coupa-t-elle. Peut-être même davantage, si vous prenez en compte les années de...

– On croirait entendre un colonialiste de la vieille école. »

Il ne se souciait plus de rien. Refusait de s'en soucier.

Il lui était déjà arrivé, à plusieurs reprises dans sa vie, d'avoir à payer un lourd tribut à son incapacité à se contrôler une fois lancé. Il pouvait se passer des années sans que rien de tel se produise ; il était capable de tenir assez longtemps pour en venir à croire qu'il méritait bien son surnom d'Homme Téflon. Et puis, un beau jour, sans aucun signe avant-coureur, il explosait, sans plus se soucier des conséquences de son éclat. Jusque-là, de tels épisodes n'avaient causé que des dégâts minimes, car il ne s'autorisait ce genre de sorties qu'avec des gens qui n'avaient pas barre sur lui, de sorte qu'il passait en toute confiance au mentor ou au groupe de travail suivants, ne laissant dans son sillage que quelque chargé de cours ou directeur de travaux sans intérêt pestant contre lui – des gens dont il n'aurait jamais besoin pour une lettre de référence et dont la mauvaise opinion qu'ils pouvaient avoir de lui n'aurait jamais d'incidence fâcheuse sur son avenir. C'est un épisode de ce genre qu'il était en train de vivre en ce moment même avec Helen Watt, et il n'avait aucune envie de s'arrêter en si bon chemin. Bien au contraire, il n'aspirait qu'à attiser le feu, à voir jusqu'où monteraient les flammes, à quelle vitesse toute cette entreprise – la fantastique découverte sous l'escalier, cette chance en or qui se présentait à lui de sauver une carrière universitaire au point mort pour l'instant et qui conférait à cette femme revêche un pouvoir intolérable – pourrait se retrouver réduite en cendres.

De légères taches roses coloraient à présent les joues de Helen.

« Monsieur Levy, vous êtes sur un terrain extrêmement glissant.

– Des conneries, oui ! lança-t-il en se levant de sa chaise. Des conneries ! » répéta-t-il, comme s'il fallait qu'il répète le mot depuis sa nouvelle position pour finir de se convaincre.

Il en tira une nouvelle énergie, décuplée quand il vit les narines de son opposante se dilater, signe, à n'en pas douter, du profond dégoût qu'il lui inspirait. « Cette histoire, par exemple, elle appartient à la communauté juive tout entière. *Florence. Hystérie sabbatéenne*, précisa-t-il en crachant les mots. *Les rabbins envoyant des messages dans toute l'Europe.* Et vous, vous êtes prête à suivre Jonathan Martin quand il cherche à contourner la loi sur la liberté de l'information, tout ça parce que vous refusez de partager cette découverte avec des chercheurs juifs. Vous ne voulez la partager avec personne, en fait. » Il allait à présent à l'encontre de ses propres intérêts, mais il s'en moquait. Il n'avait qu'un seul désir : humilier cette femme. En même temps, une autre perspective, très séduisante, lui apparaissait, celle de succomber à la réalité. Il la formulait clairement maintenant : il n'obtiendrait pas son doctorat. Il n'avait plus rien à faire de Shakespeare, ni de Helen Watt, ni de l'Angleterre et de son perpétuel crachin, de ses files de gens trempés, de ses personnalités détrempées. Il n'avait même plus rien à faire de l'histoire ; il pouvait très bien vivre sans.

Mais, tout en continuant à parler, il eut un pincement au cœur au souvenir de ces documents si soigneusement rangés sur leurs rayons dans cette maison de Richmond. Le flot ininterrompu de lignes sur le papier, écrites par une main inconnue, qui lui parlaient par-dessus le silence chargé d'attente de plusieurs siècles.

Il chassa l'image en fermant les yeux une seconde.

« L'université, dit-il à Helen, a reçu des demandes émanant du Séminaire théologique juif de New York. Du département d'Études hébraïques de Harvard. Les deux Patricia en discutent à voix basse, il faut que vous le sachiez. Si l'histoire juive vous passionne à ce point, le moins que vous puissiez faire serait d'inciter Martin à hâter la sortie au grand jour des documents, de façon à permettre à un plus grand nombre de chercheurs de travailler dessus. Mais vous n'avez toujours rien fait en ce sens. »

Helen s'était raidie.

« Mais ceci n'est pas une histoire exclusivement juive. Quelque tournure qu'elle prenne, elle nous appartient à tous.

– Ça vous va bien de dire ça, dit-il d'un ton cinglant, vous qui faites tout pour tenir les autres éloignés de la table. Vous avez passé un été en Israël, c'est ça ? C'est pas parce que vous avez lu un jour un journal juif ou mangé un hot-dog kasher ou peut-être – les mots lui venaient d'instinct à la bouche, leur trajectoire celle d'un missile à tête chercheuse – parce que vous avez eu un petit ami juif pendant quelques semaines que cette histoire vous appartient, à vous et à vous seule. »

Helen avait maintenant les joues carrément rouges. « Vous pensez que je profite abusivement de l'héritage de quelqu'un d'autre ? » demanda-t-elle d'une voix neutre, qui suggérait que sa réponse la laissait indifférente.

Il n'avait pas besoin d'en dire plus. Il devinait qu'il avait atteint sa cible, et la satisfaction qu'il en retira éclipsa tout le reste, bloquant pour le moment la vague de regret qu'il sentait monter en lui.

« Bien, dit-elle, avant de retomber dans le silence.

– J'y vais, dit-il en ramassant sa sacoche. Peut-être pourrons-nous avoir demain une discussion plus sensée sur le sujet. »

Il savait que ce ne serait pas le cas. Il quitterait les lieux la tête haute, mettrait ses papiers en ordre et ferait savoir à Darcy qu'il n'était plus au service du professeur Watt.

Et puis, dans la foulée, pourquoi ne pas continuer sur sa lancée et dire à Darcy qu'il se mettait en congé de Shakespeare ? Oserait-il ? Qui pourrait l'en empêcher ?

Tandis qu'il passait sa sacoche en bandoulière, il imagina une conversation téléphonique avec Marisa – dans sa tête, il avait déjà franchi la distance qui le séparait d'elle et l'avait persuadée de lui parler – dans laquelle elle célébrerait sa soudaine libération de la prison universitaire. Et peut-être que, à présent qu'il avait mis au rebut cette version ancienne et démodée de lui-même, elle l'inviterait à le rejoindre en Israël – ou à voyager avec elle autour du monde. Qu'y avait-il, après tout, pour l'empêcher de choisir une vie aux antipodes de celle qu'il connaissait pour l'instant ?

Rien, en dehors du fait qu'il n'en avait jamais voulu d'autre.

Il sentit que son exaltation avait atteint un sommet. Ce silence des cimes, total, ce moment d'équilibre précaire. Juste avant la chute libre. Immanquable.

Marisa avait-elle deviné cet aspect-là de sa personnalité ? Avait-elle, seule parmi toutes celles avec lesquelles il avait couché, percé à jour sa vanité et son sang-froid apparent et compris une vérité qui le taraudait en secret depuis longtemps : le fait qu'Aaron Levy manquait de courage pour mener une vie authentique ? Qu'il n'avait pas la moindre idée de ce qu'il pourrait être une fois privé d'éloges, d'une progression régulière vers un diplôme et un titre, d'une compétition organisée pour l'obtention d'un prix réservé à une élite ?

Un secret que personne n'avait soupçonné jusqu'ici. Sauf Marisa, qui avait sommairement décidé qu'elle ne voulait plus rien avoir à faire avec lui.

Et, peut-être, Helen. Eh oui, pensa Aaron : Helen avait deviné, elle aussi.

À cet instant, alors que sa colère retombait, qu'il était devant elle, les bras ballants, le cœur battant toujours à coups redoublés, Aaron commença à redouter les conséquences de son acte. Une lucidité stupéfiante lui vint, éteignant le feu qui l'avait précédemment dévoré. L'arrogance qui lui avait toujours assuré un atterrissage en douceur après chacun de ses caprices avait fini par créer une brèche dans sa carrière que rien ne pourrait colmater. La façon dont il s'était comporté reviendrait forcément aux oreilles de Darcy. Serait-il même en mesure de continuer ses études ? La réponse à la question ne lui appartenait plus. Comment avait-il pu souhaiter pareille issue, se laisser entraîner vers ce point de non-retour ?

Helen s'était mise à parler. « Pensez-vous vraiment, mon jeune ami, que si j'avais effectivement eu une liaison avec un juif, j'aurais nécessairement acquis de ce fait une sorte de droit de possession, qui irait de pair avec cette attitude *"colonialiste"* condescendante que vous et vos semblables vous complaisez à décrier et à exploiter ? » Son regard bleu était glacial. Instinctivement, il croisa les bras sur sa poitrine pour se réchauffer.

« Je l'ai eue, cette liaison, poursuivit-elle. J'ai effectivement aimé un juif, monsieur Levy. Cet amour me rendrait-il pour autant impropre à mener un travail honnête et impartial ? »

Aaron avait beaucoup de mal à se concentrer sur ce qu'elle disait. Ses paroles n'avaient pour lui aucun sens, ni plus ni moins que si elle lui avait confié avoir été acrobate ou clown dans une autre vie. Il voulait que cette conversation se termine. Il n'avait pas la moindre idée de la manière dont il s'était laissé entraîner, pas la moindre envie non plus de savoir qui Helen Watt avait pu aimer, si tant est qu'elle en ait jamais été capable. Il ne désirait qu'un peu de calme pour repenser à ce qu'il avait fait et s'en émerveiller, tout en s'interrogeant sur le sens à donner à son acte.

« Ah, la vie est une affaire compliquée », dit-il.

Silence étonné de la part de Helen.

« Peut-être, marmonna-t-il, peut-être que s'il n'avait pas rompu avec vous, alors... »

D'une main blanche, elle s'empara de sa canne. Se leva avec difficulté, et, plus grande que dans son souvenir, s'immobilisa devant lui. « Et qu'est-ce qui peut bien vous faire croire, monsieur Levy, qu'il a rompu avec moi ? »

Avec la sensation de se réveiller brutalement d'un rêve, Aaron prit conscience de son erreur et de la nausée qui l'envahissait.

« Ce n'est pas lui qui m'a quittée, dit-elle avec une intensité inattendue. C'est moi. »

Aaron se plaqua contre le mur, comme si celui-ci avait pu s'ouvrir et lui offrir une porte de sortie. Il ne voulait pas lui demander pourquoi elle l'avait quitté, ni quand, ni l'importance que ça pouvait avoir. Il n'avait aucune envie de savoir. Mais il était incapable de détacher les yeux de son visage empourpré, extraordinairement vivant tout à coup.

Ainsi donc, en quelques mots, elle semblait avoir choisi finalement de ne pas emporter son secret dans la tombe, mais d'en déposer l'essentiel entre les mains d'Aaron Levy, dont l'immaturité ne lui permettait pas d'appréhender les choses, ni de les prendre à cœur. Un choix vain, parfaitement gratuit.

Au fil des ans, selon un processus si graduel qu'elle en avait à peine suivi le développement, elle en était venue à comprendre que, en profondeur, Dror avait essayé de lui communiquer un message. Qu'il l'avait en fait suffisamment aimée pour lui laisser le choix de partir. C'était elle qui avait tergiversé, dissimulé, qui s'était enfuie. Elle qui avait choisi de croire Muriel et ses propos jaloux ; les soupirs du cyprès qui lui disait qu'elle était une étrangère ; le reflet brutal et déformé de son visage dans le miroir ébréché de la chambre de Dror.

Le dernier jour, Dror l'avait suivie quand elle avait quitté le quartier des officiers. Avait appelé son nom, malgré les regards qui convergeaient vers lui de toutes parts, l'avait saisie par le bras, malgré les soldats en uniforme qui tendaient l'oreille, pour lui dire à voix basse, de façon qu'elle seule l'entende : « Voilà ce que je suis. Voilà le monde que j'habite. Si tu veux de moi en dépit de tout, je suis prêt à t'épouser dans l'instant. » Il avait soutenu son regard comme si tous deux n'étaient pas sur une scène devant toute la base réunie, devant le vide du désert aux multiples échos. « Je t'aime, avait-il dit. Je n'ai jamais prononcé ces mots jusqu'à présent, parce que je ne voulais les dire qu'à une seule femme dans ma vie. J'ai attendu d'être sûr. » Son visage était tendu par la concentration, ses yeux sombres fixés sur elle avec une tendresse infinie. Il l'entoura de ses bras quand elle lui fit face. « Est-ce que tu comprends ça ? »

Ses mains au creux de ses reins. Son visage comme fracturé, étrangement mis à nu.

Il se rapprocha encore et, quand il resserra son étreinte, sa confiance en lui sembla prendre une dimension physique, lourde d'un désir de possession. Helen sentit alors son cœur se mettre à cogner à grands coups, toujours plus fort, jusqu'à ce qu'elle n'entende plus que lui et qu'elle prenne peur – peur de cet inconnu parlant une langue étrangère, et trop vite, avec trop d'insistance, sans qu'elle sache s'il exprimait l'amour ou la terreur. Elle s'était dégagée de son étreinte et l'avait abandonné là.

« Pourquoi l'avoir quitté ? » demanda Aaron Levy, la bouche sèche au point que sa question était à peine audible.

Helen le regarda un long moment, le visage empreint d'un mélange d'émotions qu'il se sentait incapable de déchiffrer. Puis elle se tourna et d'un geste de la main désigna le dessin encadré au-dessus de la cheminée.

La silhouette floue de la forteresse de Masada, ses contours muets pourtant très évocateurs pour ceux qui savaient lire ce qui y était inscrit. Un choix crucial. L'immolation ou l'esclavage. La liberté ou la vie. Mais pas les deux.

« Parce que, dit Helen, si nous avions été ensemble là-haut, il m'aurait tranché la gorge. »

Troisième partie

14

6 FÉVRIER 1665
21 SHVAT 5425
LONDRES

Du bout de sa chaussure, Ester écarte le pavé branlant dont on s'est servi pour protéger la petite brochure des bourrasques anormalement chaudes pour la saison. Elle la ramasse sur le seuil du rabbin et lit le titre. *Proclamation du Mahamad de Londres.*

Elle rit sans bruit. Elle n'a pas besoin de preuve : c'est Mary qui l'a déposée devant la porte pendant qu'elle allait expédier une lettre. Avec autant d'insouciance que quand elle change de tenue selon sa fantaisie, Mary fait désormais office de messagère non officielle du Mahamad, distribuant les décrets du conseil chez tous les juifs habitant Bevis Marks, Bury Streets et Creechurch Lane – tâche qui ne doit rien au hasard puisqu'elle oblige la jeune femme à s'arrêter à chaque maison et lui offre la possibilité de toquer là où elle le juge bon, pour recueillir des commérages ou faire étalage de ses charmes auprès de tous ceux qui auraient un cousin ou un neveu à marier. Ester n'a pas de mal à imaginer la hâte distraite avec laquelle elle a dû déposer la brochure à la porte du rabbin, sans prendre la peine de frapper. Il n'y a rien ici de ce qu'elle cherche.

Ester lit la première page de la brochure, le portugais émaillé ici et là d'une expression en hébreu. *Interdiction est faite aux juifs de Londres de fréquenter les maisons closes à la manière des hommes de la bonne société londonienne. Tout comme il est interdit à leurs épouses de paraître hors de leur domicile les membres dénudés ou de laisser des étrangers voir leurs cheveux, qu'elles garderont couverts au cours de leurs déplacements dans la ville.*

Elle parierait n'importe quoi que Mary a remis cette proclamation la poitrine pieusement dissimulée sous un châle... et que, sous le châle, la naissance de ses seins poudrés était ornée de mouches en croissants de lune. Quelques heures au service du Mahamad, c'est tout ce qu'est en mesure de supporter Mary avant d'aller goûter aux divertissements qu'offre la ville. Mais ces rares heures d'abstinence excèdent encore ce que la plupart des Londoniens sont prêts à endurer. Londres a tellement changé depuis la restauration de la royauté qu'Ester doit faire un gros effort pour se souvenir de la cité telle qu'elle était. Le roi et ses célèbres maîtresses ont fait du plaisir un art, et il semble que tout un chacun ait suivi l'exemple. Pas un plat, ni une chanson, ni un acte ou un costume qui soit laissé sans ornement s'il est possible de le décorer, et ce jusqu'à l'outrance. Des torrents de dentelle et de boucles d'amour enrubannées parent les messieurs, à l'exception des puritains et des quakers ; les femmes, jeunes et moins jeunes, se promènent dans les rues couvertes de coûteux tissus aux multiples couleurs, bannis sous la domination des puritains ; la profusion et l'excès semblent mettre à l'épreuve les murs mêmes de la cité, comme s'il fallait aller au-delà de la satiété, histoire de voir si ce grand corps qu'est Londres supportera toujours davantage de plaisirs.

Le nouveau Mahamad de la synagogue n'a pas tardé à s'élever contre cette outrance, seul rempart face à tout ce qu'il estime grotesque. Avec à sa tête l'austère et élégant rabbin Sasportas, récemment importé de l'étranger, que l'on voit désormais arpenter ouvertement les rues de Londres dans sa longue robe noire et sa calotte, ainsi que des membres influents et fortunés qui parlent de construire une nouvelle et grandiose synagogue digne d'un rabbin aussi estimé, la communauté juive de Londres lui paraît ressembler de jour en jour davantage à celle d'Amsterdam. Le petit cercle des hommes qui ont récemment constitué le Mahamad parle haut et fort depuis la section de la synagogue réservée aux hommes, lançant des anathèmes contre ceux qui prient aux côtés des juifs d'Europe centrale autant que contre le messie autoproclamé Sabbataï Tsevi, et édictant de nouvelles règles de conduite en matière d'habillement, de danse, de musique et, bien évidemment, de fréquentation des théâtres. Les anciennes déclarations de Constantina à propos des juifs d'Amsterdam résonnent aujourd'hui de manière discordante aux oreilles d'Ester. *Regarde comme les hommes de la synagogue s'érigent en juges.* Il est vrai que tous n'observent pas encore les nouvelles règles que l'on veut imposer à la communauté ; une dispute fait rage en ce moment même, a rapporté Rivka, parce que Sasportas a menacé d'exclure deux hommes qui ont refusé la circoncision. Et, en vérité, nombreux sont ceux et celles parmi les membres de la synagogue qui acquiescent avec respect à ses sermons pour aller ensuite gérer leur ménage comme ils l'entendent, tandis que les plus jeunes, sans une pensée pour les proclamations du Mahamad, se ruent sur les plaisirs qu'offre la ville.

Il se trouve pourtant que ce sont les règles imposées par le Mahamad qui ont contribué à envoyer Ester faire la course dont elle revient à présent. Pas plus tard qu'hier, elle est entrée dans le bureau du rabbin pour le trouver assis inoccupé au coin du feu, comme souvent ces derniers temps. Très peu d'élèves viennent encore suivre son enseignement, la plupart des garçons préférant étudier sous la direction de Sasportas ou fréquenter l'institut Etz-Haim avec les fils de riches. Tandis qu'elle regardait le rabbin presser ses mains l'une contre l'autre puis les écarter, avant de répéter son geste encore et encore, une idée lui a traversé l'esprit.

« Le moment n'est-il pas venu de faire un livre de vos enseignements ? » a-t-elle dit.

Le rabbin s'est tourné vers elle, et elle a remarqué une nouvelle fois à quel point l'hiver a éprouvé ses forces, même s'il ne se plaint jamais. Son corps est plus voûté, son visage plus exsangue.

« Je pense à vos commentaires sur la Torah, a-t-elle repris. Ou sur la Mishnah. Pourquoi ne pas les faire imprimer ? Ainsi votre parole sera préservée. Elle atteindra d'autres élèves, même loin d'ici. »

Un grand calme a semblé alors l'envahir. Quand il a parlé, il y avait de la chaleur dans sa voix. « Peut-être que ma parole pourrait en effet aider des étudiants à voir la sagesse que recèlent les écrits d'autres plus grands que moi. » Il est resté un long moment à écouter crépiter le feu. Puis l'ardeur qui l'animait encore quelques instants plus tôt a paru retomber.

« Mais... non, Ester, a-t-il dit doucement.

– Mais pourquoi ?

– L'autorité du très savant rabbin Sasportas est toute nouvelle, et donc fragile. Il ne serait pas correct que je fasse entendre ma voix en ce moment. Sans compter, a poursuivi le rabbin en choisissant ses mots avec soin, que le Mahamad doit approuver toutes les publications des juifs de cette synagogue, et qu'il n'autoriserait pas la mienne sans l'accord de Sasportas. Je ne voudrais pas qu'il pense que j'essaie de le supplanter. »

Pas plus, a songé Ester, qu'il ne souhaiterait fournir au célèbre Sasportas l'occasion de tomber dans le péché en interdisant la publication des écrits d'un rival. Le rabbin n'a jamais eu la moindre critique à l'égard de Sasportas, même si ce dernier n'a même pas pris la peine de lui rendre visite au cours des mois écoulés depuis son arrivée à Londres. Le rabbin ne porte pas davantage de jugement sur ses enseignements, alors qu'à l'occasion de plus d'un sabbat, Ester, glissant un œil par une ouverture dans le rideau, a vu son visage se crisper pendant que Sasportas, avec son nez fin, son grand front et sa voix mélodieuse, prononçait un magnifique sermon où les louanges alternaient avec les condamnations et les promesses mais d'où n'émanait aucune chaleur.

Le silence qui enveloppait la pièce était impénétrable, le vacarme de la ville un lointain souvenir. Le rabbin a levé les mains, paume contre paume, et les a pressées légèrement l'une contre l'autre.

« Peut-être que la presse d'Amsterdam l'imprimerait ? a hasardé Ester. Je vais écrire au rabbin Aboab. »

Le visage du rabbin s'est coloré d'une lueur d'espoir. Elle a senti la force de son désir d'enseigner, de faire entendre sa voix.

« Merci », a-t-il dit.

C'est ainsi qu'elle a obtenu son autorisation, même si elle a rougi devant l'expression si simple de sa gratitude. « Tous vos élèves se réjouiront. Ils ne demandent qu'à ce que votre parole se répande. »

Un sourire peiné a éclairé le visage du rabbin. « Non, pas tous, Ester. Mais je ne t'en remercie pas moins. »

Elle a attendu. Il n'en a pas dit plus. « Vous pensez à de Spinoza ? » a-t-elle demandé.

Il a hoché la tête en guise d'assentiment.

Risquait-elle une rebuffade pour sa curiosité ? Elle a osé tout de même sa question : « Quel genre d'homme était-ce ? »

Rivka est entrée dans la pièce avec le café du rabbin. Il a attendu qu'elle soit sortie avant de répondre. « J'ai toujours su, même quand il n'était encore qu'un tout jeune garçon, que l'intelligence de Spinoza surpassait de beaucoup la mienne. Pourtant, si seulement j'avais pu lui faire partager davantage la beauté de notre enseignement, peut-être lui aurais-je évité de s'engager dans le chemin qu'il a choisi. J'ai échoué dans mon entreprise. Mais quel sage il aurait pu faire, Ester..., a-t-il continué avec les accents de la conviction après une courte pause, et pourrait encore devenir, si seulement il le voulait. S'ils ne l'avaient pas banni, il pourrait aujourd'hui être une de nos lumières les plus rayonnantes. Il m'a rendu visite une fois, juste avant son excommunication. Je lui avais fait savoir que je souhaitais lui parler. J'avais le sentiment qu'il pourrait peut-être encore rester parmi nous, à condition de maîtriser son désir de critiquer en termes aussi violents ceux qu'il estimait être dans l'erreur. Mais, s'il s'adressait à son ancien professeur avec la même extraordinaire déférence, il n'a tenu aucun compte de ce que je lui disais. Mieux, il a poussé son hérésie au-delà de tout ce que je pouvais craindre, au-delà de tout ce que pouvaient soupçonner les autres rabbins. *Deus sive Natura* : Dieu ou la Nature. Voilà la lance qu'il a choisie pour transpercer notre tradition. Dieu et la Nature sont inséparables, prétendait-il, allant même jusqu'à vouloir m'expliquer que, en conséquence, nous sommes des créatures déterminées par la nature et privées de libre arbitre. Dans un seul souffle, il a nié les miracles, le caractère sacré de la Torah, l'endurance de l'âme, la rédemption ou le châtiment divin. Je crois, Ester, qu'en me parlant ainsi, il pensait sincèrement m'offrir la lumière de la vérité. » Le regret a voilé son visage. « Je n'ai pas su le dissuader. »

Les bruits en provenance de la cuisine avaient cessé, créant une fragile accalmie.

« C'est une honte pour la communauté d'Amsterdam, a repris le rabbin, de n'avoir pas su retenir un de ses fils. Ils ne supportaient pas sa vision de Dieu. Je me suis efforcé de les dissuader. Je me suis rendu à la synagogue et j'ai dit à tous ceux qui étaient là, les rabbins aussi bien que les membres du Mahamad : "Dieu lui-même n'a pas abattu de Spinoza. Mieux, Dieu accepte sa rébellion, lui permettant de continuer à fouler cette terre – car Dieu sait que la vérité finit toujours par triompher de l'incompréhension. C'est pourquoi il nous faut héberger même un hérétique, ne serait-ce qu'aux confins de notre communauté, jusqu'à ce qu'il voie la vérité." Pourtant, sans même rien savoir des nouvelles hérésies que de Spinoza m'avait avouées, ils l'ont exclu de toute vie. Ils ont dit : "La jalousie de Dieu le châtiera." »

Le cœur d'Ester s'est mis à battre étrangement. Elle a demandé, une grande attente dans la voix : « Laquelle des hérésies de Spinoza déchaînait le plus la fureur des rabbins ? »

Après avoir d'abord levé une main comme pour écarter la question, le rabbin l'a laissée retomber sur ses genoux. Calmement, il a énoncé le blasphème. « Que Dieu n'intercède pas en notre faveur. »

Et pourtant, au même instant, quelque chose en Ester lui a soufflé *que Dieu a peur*. C'est à peine si elle a compris d'où lui venait cette pensée, qui pourtant s'est gravée profondément en elle.

« J'aimerais tant, a-t-elle dit sans réfléchir une seconde, que vous puissiez à nouveau parler avec de Spinoza. Pour lui faire connaître le fond de votre pensée sur ces questions.

– Je ne crois pas que mes arguments le convaincraient, a répondu le rabbin, en esquissant un faible sourire de ses lèvres pâles. Mais j'aimerais beaucoup entendre une nouvelle fois la voix de mon ancien élève. J'aimerais lui dire, au moins, que j'ai essayé de persuader le reste de la communauté de le laisser vivre parmi nous. »

Elle a compris qu'il n'en dirait pas plus.

Pourtant, tandis qu'elle lui mettait une couverture sur les genoux et plaçait entre ses mains sa tasse de café oubliée, une idée folle lui est venue : et si elle pouvait elle-même parler avec de Spinoza – cet homme qui a osé défier les rabbins ?

Elle a su aussitôt ce qu'elle lui demanderait. Qu'il lui explique ce que personne, pas même le rabbin, n'a encore été capable de lui expliquer : comment un Dieu juste peut-il accepter qu'un enfant devienne un instrument de mort. L'exemple d'Isaac, son Isaac, est tout ce dont elle a besoin pour prouver que Dieu est soit indifférent à la vie humaine, soit n'a aucun pouvoir pour en modifier le cours. De Spinoza en est-il venu à croire Dieu – *Dieu-ou-la-Nature* – indifférent ? Le Dieu dont parle la tradition doit nécessairement vouloir le bien-être de Sa création. En ce cas, un tel Dieu n'existe pas... à moins qu'il n'existe qu'un Dieu incapable de remédier aux maux du monde.

Tremble-t-Il alors d'une peur impuissante devant le grondement d'un incendie, les cris d'une foule ? Connaît-Il aussi des moments où Il tremble de rage et de désarroi ?

C'est pour le compte du rabbin, s'est-elle dit, qu'elle a ajouté dans sa lettre pour Amsterdam une demande relative à la possibilité d'entrer en relation avec de Spinoza. Au cas où sa requête recevrait une réponse favorable, elle surprendrait le rabbin HaCoen Mendes en lui proposant d'écrire à son ancien élève. C'est ainsi qu'elle a tenté de se convaincre, tout en adressant la lettre précisément à l'un des rabbins qui ont banni de Spinoza. Peut-être, a-t-elle raisonné en regardant l'encre sécher et perdre ses luisances, que la férocité de la communauté d'Amsterdam à l'égard de Spinoza a été en partie une démonstration d'intransigeance destinée à servir d'avertissement aux autres. Car se peut-il vraiment que ces rabbins aient été saisis d'une telle fureur à l'encontre d'un des leurs uniquement en raison de ses idées ? Pareil manque de tolérance n'est-il pas davantage le fait des chrétiens que des juifs ?

Elle a cacheté la lettre avec un pincement au cœur. Personne à ce jour n'a été capable de répondre aux questions qui pleuvent parfois sur elle comme une averse de grêle. Elle a conçu l'espoir à présent que l'hérétique de Spinoza sera peut-être en mesure de le faire.

Elle a porté sa lettre à la messagerie ce matin, les paroles de pardon de son frère bourdonnant à ses oreilles. *Tu es comme une pièce d'argent gravée dans la pierre... une maison faite de rayons de miel ou de plumes ou peut-être de verre.* Si seulement l'esprit malicieux d'Isaac pouvait se glisser en elle, pour prendre la place de cette âme repliée sur elle-même, toujours prête à reculer, qui est la sienne. Ce n'est pas le meilleur des deux qui a survécu, car Isaac était d'une plus belle étoffe qu'elle-même.

La lettre avait été envoyée à Amsterdam. Plus moyen de la rappeler.

Elle se tient maintenant sur le seuil, la brochure du Mahamad à la main... *interdit à leurs épouses... de laisser des étrangers voir leurs cheveux, qu'elles garderont couverts au cours de leurs déplacements dans la ville. Les membres de la communauté n'iront pas non plus chercher le divertissement des théâtres.*

Elle entre dans la maison, referme la lourde porte derrière elle et ôte sa cape ; puis elle jette la brochure au feu dans le bureau du rabbin, et regarde le bord des pages s'enrouler sur lui-même. Des flammes jaunes au cœur noir se fraient un chemin entre les mots en dansant, deux à la fois, puis dix. Enfin, la page se soulève, noircit avant de blanchir aussitôt et de se dissoudre.

« C'est une énigme. »

Un petit cri à peine audible lui échappe. Elle croyait le rabbin endormi.

Il est assis dans l'angle où les ombres sont les plus denses. Le visage levé vers la lumière vide de la fenêtre en face de son siège. Il lui évoque l'image d'un oiseau attendant un souffle de vent qui l'emporterait dans la blancheur du ciel. « Pourquoi Dieu met-il dans le feu une telle faim pour le papier... »

Elle se raidit.

« ... une faim qui pourtant n'est jamais rassasiée tant que dure le feu ? »

Il attend sa réponse, puis pousse un soupir.

« Je vais prier pour comprendre les mystères de Dieu.

– Je brûlais une proclamation du Mahamad. Qui ne concernait que la tenue à porter par les femmes, le théâtre et d'autres choses du même genre.

– Je suis certain, dit le rabbin, que tu ne brûles que ce qui mérite de l'être. »

Elle ne répond pas. Elle laisse les bruits qui viennent du dehors envahir la pièce. Un fardier lourdement chargé qui passe dans la rue étroite, une charrette qui le croise avec tout juste assez de place pour passer. Fracas de roues habillées de fer sur le pavé. « Une femme est venue pendant ton absence, reprend le rabbin. La veuve Isabella Mendoza. Elle est à Londres pour voir un cousin, mais elle voulait me parler. Elle prétend m'avoir envoyé plus d'une lettre ces derniers mois proposant de te trouver un époux. Elle s'est sentie gravement insultée, m'a-t-elle dit, de ne pas avoir de réponse. Peut-être, ajoute-t-il après un court silence, ses lettres se sont-elles perdues en route ? » Dehors, un marchand ambulant crie à la cantonade pour tenter de récupérer de la vieille vaisselle. *Tout ce qui traîne dans vos cuisines, mesdames. Tout ce qui traîne...*

« Je suis désolée, dit-elle.

– Je te crois, Ester, dit-il après un instant de réflexion. Et je te pardonne. »

Elle attend.

« Je lui ai dit que j'allais réfléchir à sa proposition avant de lui donner ma réponse. »

Elle se raidit, sa colonne telle une douelle de tonneau. Elle tend ses mains ouvertes devant elle, comme pour repousser les paroles du rabbin. « Je n'en veux pas, dit-elle. Pas pour l'instant. »

Le visage du rabbin est tourné vers elle. Elle sent le poids de ses pensées sur elle.

Pourrait-elle quitter la pièce, là, tout de suite, à son insu ? Le laisser parler dans le vide ?

« Que souhaites-tu en ce cas pour ton avenir ? demande-t-il.

– Je ne souhaite rien », fuse sa réponse, plus rapide qu'elle ne l'aurait voulu.

Une ébauche de sourire plisse le visage du rabbin devant la vivacité de sa réaction mais est rapidement remplacée par un air grave. « N'envisages-tu pas de te marier ? » demande-t-il.

Les bruits de la rue se sont éloignés.

« Je mourrai un jour », laisse-t-il tomber dans le silence.

Elle fait un pas en direction de la porte, mais ne peut se résoudre à le laisser seul.

« Ce foyer disparaîtra. Mon neveu cessera de l'entretenir après ma mort, dit-il, en levant une main à sa tempe, emprisonnant son visage de ses doigts écartés. Je me suis montré égoïste. J'ai fait passer mon bien-être avant le tien.

– Mais...

– Les talents que tu exerces ici ne seront d'aucune utilité à une épouse, poursuit-il en laissant retomber sa main. Bien au contraire, ils effraieront les éventuels soupirants. Je le savais, et pourtant je t'ai laissée continuer et, ce faisant, j'ai compromis tes perspectives d'avenir. Ester, tu es... une élève remarquable. Tu n'en as peut-être pas conscience, mais moi qui ai eu tant d'élèves, je suis en mesure de l'affirmer. Pouvoir étudier avec un esprit intelligent, c'est échapper à sa prison, pour un temps », dit-il, les lèvres tremblantes.

Avec une résolution qui emplit Ester de terreur, il poursuit.

« J'ai attaché tellement de prix à ton amour de l'étude et au mien, que j'en ai oublié ce que cela pouvait te coûter. Marie-toi, Ester. Tu as ma permission. Mieux, je t'en conjure. Et tu as aussi mes excuses.

– Des excuses pour quoi ?

– Pour t'avoir laissée gâcher ta vie.

– Mais c'était ce que je voulais, dit-elle. Et ça l'est toujours.

– C'est la peur qui parle en toi en ce moment, dit-il en secouant la tête. Tu as déjà beaucoup perdu, et tu crains aussi de perdre ce foyer. Je le comprends. Mais, crois-moi, il n'existe pas d'autre avenir pour toi. Après ma mort, Rivka pourra continuer à laver, cuisiner, faire le ménage pour une famille riche. Mais toi ? Es-tu de constitution assez forte pour gagner ton pain en travaillant de cette façon des journées entières ? Rivka ne le pense pas, et je la sais sincère. Elle m'a confié que tu as des vertiges quand tu t'imposes les efforts qu'exige un tel labeur. Je ne peux pas me montrer égoïste plus longtemps, dit-il en secouant la tête lentement. Je ne peux pas te condamner à une telle vie, ou à une telle mort. »

Ses mots se referment sur elle, comme un lourd couvercle. « Dans les années à venir, reprend-il, plein de sollicitude, tu te féliciteras de ce choix. Tu auras quelqu'un pour veiller sur toi dans ton vieil âge, Ester, comme moi je t'ai eue, dit-il avant de se tourner sur son fauteuil et de lever la main vers elle. Je ne nierai pas l'aubaine que toi et Rivka avez été pour moi. Et je le dis même si je sais à quel point la perte de nos moments passés à étudier ensemble va te peiner. Elle me peine, moi aussi, profondément.

« Peut-être..., commence-t-il avant de s'interrompre. Peut-être, longtemps après ma mort, quand tu auras élevé des enfants, si c'est là la volonté de Dieu, trouveras-tu un peu de temps pour te remettre à étudier.

– Vous serez laissé à votre obscurité », dit-elle d'une voix blanche.

Il hoche la tête, avant de dire : « Je ferai tout ce qui est en mon pouvoir pour te trouver un bon parti. »

Elle laisse échapper un rire.

Surpris, il semble choisir ses mots avec un soin tout particulier. « On disait de ta mère que c'était une beauté. Tu ne peux pas avoir été desservie par la nature au point de ne pas trouver un homme prêt à prendre soin de toi. »

Comme c'est étrange que le rabbin, qui la connaît depuis si longtemps, puisse n'avoir aucune idée de la couleur de ses yeux ou de son teint.

« Mon physique n'est ni plaisant ni déplaisant, dit-elle, mais j'ai laissé voir au monde à quel point je me soucie peu de son opinion à ce propos.

– La veuve Mendoza me dit qu'il y a un jeune homme de la communauté qui, promet-elle, ne te tiendra pas rigueur du travail que nous avons accompli ensemble, à condition que tu acceptes de t'en détourner pour t'occuper de sa maison. Elle a pris soin de ne pas me donner son nom, dans la mesure où ni moi ni le jeune homme en question n'avons encore accepté de l'employer, ni n'avons convenu d'un prix pour ses services. Si bien que pour l'instant, je n'ai que la parole de cette femme en la matière. Mais, que son ingérence ait été souhaitable ou non, je pense qu'elle est sincère quand elle dit croire qu'une union serait possible. »

Le visage du rabbin est indéchiffrable. Le feu à côté de lui n'est plus que braises. Ester ne fait pas mine de lui redonner vie.

« Je comprends très bien ton désir de l'étude, mais tu dois réfléchir aux choix qui se présentent à toi. Je ne peux pas faire comme si Dieu t'avait créée homme, et par conséquent capable de vivre de son esprit et de son savoir. Dieu a mis en nous des désirs innombrables. Mais nous les contrôlons pour pouvoir vivre. J'ai été obligé, pour ma part, de maîtriser mes propres désirs quand la perte de ma vue m'a interdit de devenir le savant que je voulais être, ou de fonder une famille. Je regrette vraiment, dit-il en baissant encore la voix, de t'avoir induite à croire que tu pourrais être une érudite. Tu en avais l'étoffe, cependant.

– Vous êtes vous-même un grand savant, dit-elle, prise d'une colère impuissante. Et maintenant, il n'y aura plus personne pour prendre vos paroles sous la dictée.

– Je ne te forcerai pas à te marier, Ester, dit-il en courbant la tête. Mais tu ne me serviras plus de scribe non plus. »

Dans la maigre lumière qui tombe de la fenêtre, sa peau paraît presque translucide. « Mon égoïsme m'a amené à pécher contre toi. Je te demande ton pardon. »

Elle se lève, les yeux inondés de larmes, sans savoir quel parti adopter. Elle s'empare tout de même de sa cape et quitte la pièce, laissant la porte grande ouverte derrière elle.

Dehors, une ville agitée par une brise tiède. Le nuage formé par l'épaisse fumée du charbon de mer s'est élevé, comme un immense voile soudain tendu très haut au-dessus des rues. Des traînées de fumée flottent encore dans l'air, comme les lambeaux de tissu d'une créature vivante. Les vapeurs nocives des fours à briques et des tanneries sont emportées loin vers la campagne aujourd'hui, semble-t-il, et le vent nettoie l'atmosphère, la laissant claire et entêtante. Tout Londres est dans les rues, chevaux de trait tirant des charrettes bringuebalantes sous les ordres affolés des conducteurs, pigeons s'envolant en masse et déployant leurs vagues dans le ciel.

Elle se fraie un chemin dans les ruelles, la vue encore brouillée par les larmes. Où aller ? Elle n'a aucune destination précise en tête. Elle sent en revanche qu'il lui faut échapper à toute cette presse, à tout ce vacarme. Elle ira donc au parc – où elle est allée deux fois déjà avec Mary, laquelle adore s'exhiber sous ses frondaisons. Elle connaît le chemin, même si elle a l'habitude de le voir défiler depuis la vitre du carrosse. Elle marche vite pour empêcher les larmes de lui obscurcir la vue : Cheapside, Newgate, Holborn, mais à mesure que les rues se rétrécissent, il lui semble que la foule augmente. Dans sa confusion, elle imagine que tous ces inconnus surgis des rues adjacentes ne sont venus que pour contempler, bouche bée, cette curieuse fille d'Amsterdam qui refuse de se marier. Elle chasse cette pensée – elle est invisible au milieu de ce flot de citadins.

Quand elle atteint le parc, elle constate qu'avec cet avant-goût de printemps et ses airs de vacances les allées sont pleines. Travailleurs en tablier sale ou lunettes tachées sortis pour un moment de détente, une ménagerie ambulante qui n'exclut ni les hommes ni les animaux : épagneuls trottinant au bout de leur laisse, lévriers solennels précédant d'un pas mesuré des femmes en train de bavarder, et même un singe en chemise équipé d'un harnais, chaloupant et gambadant dans le sillage du vieil homme qui le tire. Carrosses et chevaux bordent la lisière du parc, et elle remarque parmi eux l'équipage des da Costa Mendes – Mary, songe-t-elle, dans un accès d'apitoiement sur son sort, aura déniché une autre escorte, mieux adaptée à son tempérament. Elle s'engage dans l'allée. Des étrangers marchent devant et derrière elle, des cris de gaieté montent de certaines grappes de promeneurs, elle a dans les narines l'odeur de la terre foulée par d'innombrables pieds. La pelouse est traversée de vagues de Londoniens allant à contre-courant les uns des autres, certains en grande tenue : visages maquillés, perruques aux boucles savamment travaillées. Des groupes de gens bien mis en croisent d'autres aux vêtements banals, se séparent pour se retrouver à nouveau, à l'image des volées d'oiseaux ou des traînées de fumée qui encombrent le ciel.

Combien de temps marche-t-elle ainsi ? La peur interdit la réflexion, et, sans elle, plus de notion de temps ni de succession, uniquement des visages et le rythme de ses pieds sur la terre meuble, sans compter le brouhaha de voix inconnues.

Soudain, au milieu des visages, celui de Mary – puis toute une série d'autres plus ou moins connus, à lui donner le vertige. Elle s'arrête quand ils la hèlent : quatre couples chargés de ballots – de quoi déjeuner en plein air. Mary, au bras de Manuel HaLevy, jette un coup d'œil à Ester, avant de détourner aussitôt la tête. Il y a sur son visage une crispation que cette dernière n'a pas le cœur d'interpréter, mais il se pourrait qu'elle ait à voir avec son compagnon. Celui-ci, à son tour, la dévisage de ce regard aigu et dur qu'elle a pratiquement oublié, car plus d'un an s'est écoulé maintenant depuis la dernière visite des frères HaLevy chez le rabbin. Sur les talons de son frère aîné, Alvaro a perdu ses airs poupins au profit d'une allure juvénile. À son bras, une grande bringue, l'air impatiente, qu'elle a déjà aperçue à la synagogue, la fille de la famille Cancio. Alvaro dévisage Ester, les yeux écarquillés, comme si elle sortait tout droit d'un rêve. Une expression malheureuse et nostalgique s'inscrit sur son visage, et il hésite, obligeant sa compagne à s'arrêter en trébuchant.

« Bonjour », lui dit-il en anglais.

Elle répond d'un hochement de tête.

Aussitôt, il est en alerte. « Vous n'êtes pas bien ? »

Avec son manteau fauve et ses bottes appareillées, sa perruque aux boucles lisses, ses joues pâles et son corps gracile, il ressemble à un adolescent qui jouerait à l'adulte. Elle se dit qu'elle devrait poursuivre son chemin ; elle n'a aucune envie de lui parler. Il ne peut lui être d'aucun secours.

« Non, vous n'êtes pas bien, affirme-t-il.

– Je suis bien, au moins de corps », répond-elle.

Il se tourne vers sa compagne, et, après avoir échangé quelques mots, s'en détache. L'air morose, la jeune fille suit les autres jusqu'au banc qu'ils ont choisi, non sans jeter un coup d'œil derrière elle, visiblement intriguée.

« Même si vous ne souhaitez pas ma compagnie, dit-il en venant aux côtés d'Ester, je vous remercie du prétexte que vous me fournissez pour m'écarter du groupe. » Elle est surprise de la malice qui éclaire le visage d'Alvaro, même si celui-ci se reprend dans l'instant, comme effrayé par sa propre franchise.

« Allez donc la rejoindre, lance-t-elle sèchement, et poursuivez votre cour. »

Il ouvre la bouche, puis la referme sans rien dire.

Elle secoue la tête, honteuse de son propre dépit. Quel besoin de passer sa colère sur un jeune homme incapable de se défendre ? Et pourtant elle le déteste pour la simple raison que, en dehors de son manque de hardiesse, elle lui en veut de cette vie qui lui ouvre une voie royale. Elle s'arrête et se tourne vers lui. « Pourquoi vouloir marcher avec moi ? demande-t-elle à voix basse. Allez la retrouver..., dit-elle en désignant la fille enrubannée maintenant assise sur le banc, elle ou une autre. Allez en trouver dix, cent, s'il le faut. Trouvez-vous une femme. »

La stupéfaction se lit sur son visage pâle. Mais au lieu de se montrer blessé, irrité ou déconcerté, il manifeste une extrême attention. Il s'efforce de déchiffrer son expression, hésitant, comme s'il quêtait la permission de parler franchement.

« Je me marierais, en effet, si j'étais assez sage...

– Moi, jamais », le coupe-t-elle.

Il soutient son regard, indécis, comme si ses yeux pouvaient prononcer les mots que ses lèvres n'osent articuler.

Les autres ont décidé d'aller s'installer un peu plus loin et l'appellent pour qu'il les rejoigne. Elle entend Manuel lancer une plaisanterie moqueuse à son frère, aussitôt emportée par le vent. La compagne d'Alvaro s'est levée du banc ; même à cette distance, sa posture est éloquente et témoigne de son irritation.

« Je suis maudit, chuchote-t-il à l'oreille d'Ester. Je n'aurai jamais ce que je veux.

– Pourquoi ? » demande-t-elle à voix haute.

Et tout à coup, en voyant ses yeux s'écarquiller sous l'effet de son trouble, l'idée lui vient que son prétendant anonyme, c'est lui.

Il semble plein du désir candide de se confier, mais elle ne saurait y répondre.

Autour d'eux, le ressac de voix étrangères.

« Je suis maudit », finit par répéter Alvaro, et ses yeux brillants abandonnent les siens.

Elle le regarde rejoindre la jeune femme près du banc ; elle lui prend le bras et l'entraîne sur l'allée à la suite des autres.

Un vertige la prend.

Elle pourrait épouser quelqu'un comme Alvaro. Il serait bon avec elle. Et puis il a de la fortune. Sa vie s'en trouverait embellie.

Sans doute, mais la veuve Mendoza n'a-t-elle pas précisé que le soupirant exigerait d'Ester qu'elle renonce à ses études ?

Autrefois, avant que l'incendie ait détruit tout faux-semblant, elle aurait pu devenir le genre d'épouse prête à étouffer en elle sa passion de l'étude, à se montrer courtoise et bien élevée, à se proclamer heureuse avec ce qu'elle avait à disposition. Plus maintenant. Le cœur humain – celui de sa mère, celui de sa grand-mère et le sien – est le lieu de désirs chaotiques. Et elle ne peut les dompter que par la vie de l'esprit. En vivant par les mots, les livres, la froide raison. En suivant l'itinéraire que tracent ses pensées, si infime que soit le geste, si fragile et invisible. Marque laissée par un ongle sur le mur d'une prison.

La perspective de vivre entourée de ce mouton d'Alvaro HaLevy et d'une ribambelle de ses rejetons, leurs yeux fixés sur elle tandis qu'elle prétendrait être celle qu'elle n'est pas, lui fait hâter le pas. Elle ne peut en aucun cas épouser Alvaro. Cela reviendrait à le punir par pure frustration.

Elle est un être contre nature ; il faut qu'elle s'en persuade une fois pour toutes.

Elle poursuit sa route. Au bout d'un moment, elle se sent tenaillée par la faim. Elle n'a pas un sou pour acheter un petit pain ou une orange aux marchands ambulants qui sillonnent les allées. Elle est partie de chez le rabbin avec sa seule cape pour tout bagage. L'air a fraîchi maintenant, et bien que le parc soit encore animé par ceux qui refusent de voir s'achever cette journée, la foule se clairsème.

Une douce pénombre enveloppe peu à peu les pelouses. Mais que s'est-elle imaginé, comment a-t-elle cru pouvoir survivre ? Quelques heures à peine loin de la nourriture et de l'abri que lui offre d'ordinaire la maison du rabbin, et déjà elle perd ses moyens. La vérité lui saute au visage : le rabbin avait raison. Elle n'a qu'une alternative devant elle : se marier ou consacrer sa vie aux durs labeurs de domestique.

Depuis un moment, sans vraiment s'en rendre compte, elle observe une femme corpulente qui marche d'un pas lent, vêtue d'un manteau passé sur une robe de chambre. Une étole en zibeline lui couvre les épaules, ses mains sont enfoncées dans un manchon en fourrure et un masque en feutre noir couvre la partie supérieure de son visage. Une dame fortunée, sans doute, incapable de résister à l'attrait de la douceur de l'air, mais peu désireuse d'être reconnue en robe de chambre, qui, comme tant d'autres, goûte un bref instant à la liberté et à la fraîcheur humide du parc et de sa verdure.

Au moment de la croiser dans une légère montée, Ester est frappée par quelque chose de familier dans la démarche lourde, les bajoues un peu molles, le port de tête un peu hautain. Elle arrive à la hauteur de la femme, qui interrompt sa laborieuse ascension. Derrière le masque, deux yeux larmoyants trouvent ceux d'Ester. « Aujourd'hui, dit la femme au bout d'un moment, l'air est respirable. »

Catherine da Costa Mendes, la mère de Mary. Sous le masque noir, elle fixe Ester de ce regard vide et tranquille de celle qui peine trop pour se soucier encore de juger ou d'être jugée. La dame, Ester s'en rend compte, se soumet bien malgré elle à la pente du chemin.

« Je suis heureuse de voir que vous allez suffisamment bien pour vous risquer à l'extérieur », dit Ester. Une allusion aussi directe à la santé de Catherine, elle le sait, risque de paraître indélicate. Mais elle n'a plus en elle la force de s'encombrer de délicatesse.

« Non, je ne suis pas suffisamment bien, rétorque Catherine d'un air lugubre. Mais j'ai voulu accompagner Mary. Et je suis sûre qu'elle m'attend à l'heure qu'il est, sans doute à bout de patience. » D'un geste du menton, elle désigne la lisière du parc, où sa fille est vraisemblablement déjà installée dans le carrosse. L'instant d'après, elle reporte son regard sur Ester, et s'ensuit entre elles une reconnaissance tacite de tout ce qu'est et n'est pas Mary.

Catherine s'appuie lourdement sur sa canne, le souffle court. La lumière a baissé, et le parc se vide rapidement à présent des femmes qui considèrent leur honneur trop précieux pour se trouver encore dehors après la tombée du soir. Trois d'entre elles les croisent à vive allure, tenant à pleines mains leur robe relevée, ralenties dans leur marche par leurs chaussures élégantes ; elles ont un regard plein de curiosité à l'adresse de Catherine et d'Ester. Elles franchissent la dernière bande d'herbe et atteignent la rue ; l'une d'elles se tourne vers les autres pour leur parler, ses paroles impossibles à distinguer à cette distance ; seul parvient à Ester un grand rire de soulagement. La plupart des gens qui arpentent les allées à présent sont des hommes, et les mieux habillés pressent le pas.

« Tu marchais sans but précis, dit Catherine. Je t'ai observée. Et pourtant tu en as sûrement un.

– Je suis venue chercher un peu de fraîcheur », dit Ester.

Elle voit bien que Catherine la jauge, même si ses yeux sont en partie cachés derrière le masque.

« Laissons là ces politesses, veux-tu, dit Catherine. Je n'ai plus de souffle pour les mensonges. Ils m'ont pourtant servi, en leur temps, poursuit-elle quand elle peut à nouveau respirer, ses mots tranchants comme du silex. Maintenant, ils s'écaillent. Je ne tolère plus non plus les bavardages inutiles... ce qui ne laisse pas de contrarier ma fille. Comme tant d'autres changements, petits ou grands, j'en suis sûre. » Elle scrute le visage d'Ester et hoche la tête devant ce qu'elle y voit. « Toi et moi ne risquons rien à dire la vérité. Il ne faudra pas longtemps, vois-tu, pour que j'emporte avec moi dans la tombe tout ce que tu pourras dire. Et je... cette vérité, j'aimerais l'entendre », conclut-elle, le visage un instant crispé par un air presque féroce.

Le parc est tranquille. Même ainsi, masquée et luttant pour respirer, Catherine conserve le port droit et impérieux d'une femme dont tout le monde craint le jugement.

Un grand rire transperce le silence. Deux femmes, corsages largement échancrés et jupes écarlates qui affichent leur commerce, entraînent des clients dans les bosquets.

C'est Ester qui parle la première.

« Pourquoi poussez-vous Mary à me prendre comme dame de compagnie ? Quand elle me fait venir à présent, elle me dit que c'est sur votre insistance.

– Tu penseras de moi ce que tu voudras pour t'avoir parlé comme je vais le faire, dit Catherine avec force, en mesurant ses mots avec soin. Mais sache que je ne suis pas le genre de personne à se laisser prendre d'ordinaire aux ombres et aux présages. »

Elle attend que son interlocutrice acquiesce avant de poursuivre, impitoyablement. « J'ai rêvé que j'étais dans ma tombe. Pourtant je voyais par les yeux d'un oiseau perché sur un toit, et j'ai vu que Mary avait besoin d'aide. Je volais alors de toit en toit à la recherche de quelqu'un capable de prêter assistance à ma fille. » Elle reprend son souffle. « Il n'y avait personne. Et c'est ainsi que se terminait le rêve, Ester. Sans personne. »

La pénombre a teinté le masque de Catherine d'un noir encore plus profond. Un moment, Ester se complaît dans l'idée que c'est quelqu'un d'autre qui la regarde derrière cet écran... un être qui lui est cher, à qui elle appartient. Catherine se doute-t-elle à quel point sa vision est proche de ses rêves à elle, qui trop souvent déchirent son sommeil ? Sa mère dans sa robe verte, son regard blessé ; son père et ses yeux de velours, appelant son nom. Son frère sur les quais, dont la voix retentit d'un appel urgent.

Usant du tranchant de la raison pour repousser les ombres, elle répond sans attendre. « Je ne crois pas que les rêves nous instruisent en quelque façon. Ils nous troublent, nous affaiblissent, et ne sont que des signes trompeurs. »

Catherine prend le temps de peser la hardiesse d'Ester. « Peut-être est-ce sage de ne pas leur accorder d'importance, dit-elle ensuite. Néanmoins, ce rêve-là, je ne l'ai pas oublié, car il était différent de tous ceux que j'ai pu faire par ailleurs dans ma vie. Mary aura besoin d'une amie. Et je veux que cette amie, ce soit toi. »

Ester en a le souffle presque coupé. Comment a-t-elle été assez sotte pour penser, ne serait-ce qu'un instant, que Catherine pourrait se soucier de son bien-être ? Pour une femme telle que Catherine da Costa Mendes, Ester ne saurait être autre chose qu'une domestique, en l'occurrence, un instrument destiné à soulager Mary de ses ennuis.

« Mary a tout ce dont elle a besoin, dit Ester, d'un ton soudainement obstiné. Même si elle ne se marie pas, elle héritera et ne manquera de rien. Ce n'est pas elle qui mérite la pitié. »

Elle a rarement osé prononcer ce mot, ni après la mort de ses parents, ni même après celle de son frère. Mais à présent, elle est habitée d'une faim dévorante. *La pitié*. Personne en dehors du rabbin ne lui en a jamais fait l'aumône.

Catherine recule d'un pas, comme pour se protéger du contact d'Ester. « J'ai mis au monde cinq enfants, dit-elle, la bouche crispée sous le bas de son masque. Le savais-tu ? Seule Mary, la dernière, a vécu au-delà de six ans. »

Le visage d'Ester refuse de céder à sa volonté.

« Écoute-moi, Ester. Je ne saurais être la mère ou la gardienne d'une autre enfant. Le monde m'a pratiquement vidée de mon dernier souffle. Je n'ai pas de pitié à te consacrer, même s'il se peut que tu en sois digne. De la pitié, je n'en ai plus à donner, murmure-t-elle, à qui que ce soit sur cette terre. » Quelques secondes plus tard, elle ajoute, comme si elle cherchait à se convaincre absolument :

« J'ai épuisé toutes mes réserves.

– Mais... et votre époux ? demande Ester. Lui est en mesure d'aider sa fille.

– Mon époux... C'est à peine s'il aura encore une pensée pour elle quand je serai morte. Il ne se souvient d'elle que de loin en loin à l'heure qu'il est, alors que je suis encore là pour la lui remettre en mémoire. Il me faut donc quelqu'un d'autre pour veiller sur elle, et je ne puis confier cette charge à une fille dotée d'un avenir similaire au sien. »

Ester laisse échapper un rire moqueur.

« Cela vous surprendra peut-être, mais un avenir, j'en ai un moi aussi. J'ai un prétendant. Je viens pourtant de dire au rabbin que je refuse de me marier.

– En ce cas, tu n'es qu'une petite dinde, rétorque Catherine, les lèvres pincées. Comment penses-tu pouvoir survivre ?

– Je veux continuer à étudier », dit Ester d'une voix calme.

Un petit cri de surprise échappe à Catherine. Au bout d'un moment, elle lève sa canne et se remet en chemin.

Lentement, elles gravissent la pente. Depuis les bosquets, les échos d'une lutte sur l'herbe – un cri étouffé, d'extase ou de consternation. Le parc s'est transformé ; des lanternes ont été allumées par des silhouettes rassemblées au bord de la pelouse, mais la sécurité que promet leur lumière est encore éloignée, et les noms qu'appellent ceux qui les tiennent aussi difficiles à reconnaître que s'ils étaient prononcés dans une langue étrangère. Ester avance dans l'obscurité, réglant son pas sur celui de Catherine ; quoi que leur réserve le sort, elles n'auront aucun moyen de s'en préserver.

Catherine s'arrête brusquement. « J'ai été témoin de ce genre de situation, dit-elle, même si elle ne s'accompagnait pas de l'impudence que tu te plais à imaginer. Il arrive qu'une femme, en certaines circonstances, puisse acquérir ce qu'elle désire en dehors de la protection d'un homme. Si tu trouves le moyen de vivre comme tu l'entends, si peu naturel que ce puisse être, tu porteras sur tes épaules les vœux de milliers d'épouses. Ce qui ne les empêchera pas d'être les premières à te maudire en public comme si tu étais le diable en personne. »

Les branches au-dessus de leurs têtes sont maintenant presque invisibles contre le ciel. Dans l'obscurité, le visage et le masque de Catherine se confondent.

« Alors, guette la moindre fenêtre susceptible de s'ouvrir, Ester. » Un grincement étouffé en guise de respiration. « Le moindre interstice par lequel tu pourras te glisser. » Dans le silence, le bruissement de la soie : Catherine, prenant appui d'un bras de tout son poids sur sa canne, a levé l'autre. Des doigts froids et tremblants effleurent la joue d'Ester, une seule fois, avant de retomber.

Elles atteignent l'extrémité du parc, et le quittent.

Depuis la vitre du carrosse des da Costa Mendes, son épaule doucement ballottée contre celle de Catherine, Ester regarde la ville s'installer dans la nuit. Sur la banquette en face d'elles, tandis que la voiture cahote sur les pavés, Mary les observe, curieuse et maussade ; d'abord sa mère, ensuite Ester. Dehors, les bourrasques qui fouettaient Londres jusqu'à le rendre méconnaissable se sont enfin apaisées, et tout est calme.

*

Une fois rentrée, elle trouve le rabbin au coin de l'âtre, comme s'il n'avait pas bougé de tout le temps où elle s'est absentée. Rivka a garni le feu très haut, et la pièce danse dans une lumière orangée inhabituelle pour cette heure tardive.

« Dieu t'a protégée, dit le rabbin d'une voix enrouée Je n'étais pas tranquille, tu sais. »

Elle referme doucement la lourde porte derrière elle. Lentement, elle suspend sa cape à une patère.

Non sans effort, il se lève de son siège. Sa forme squelettique se déploie avec difficulté.

« Quel est l'ange qui t'a sauvée des voleurs et des assassins ?

– Je ne veux pas me marier, lance-t-elle tout à trac.

– C'est bien ce que je craignais, dit-il, l'air profondément peiné. Ester, je t'ai fait grand tort. »

Elle ne dit rien.

Pendant un long moment, il n'y a aucun bruit en dehors du ronflement sonore du feu. Puis le rabbin s'empare à tâtons de la canne appuyée contre le mur. « Puisque tu gardes le silence, je ferai de même. »

Il commence alors sa lente progression à travers la pièce, en direction du vestibule et de sa chambre obscure.

Elle voudrait lui emboîter le pas, lui proposer une lampe dont il n'a pas besoin, glisser un oreiller sous sa tête. Au lieu de quoi, elle allume un brûle-jonc dans l'âtre et, le tenant devant elle de ses mains glacées, monte l'escalier.

15

17 DÉCEMBRE 2000
LONDRES

Elle approcha la page de ses yeux pour tenter de déchiffrer l'encre trop pâle du tirage papier.

C'est ici que je commence.

Là, devant elle, trônait sur son bureau un exemple d'écrit autobiographique de la plume d'une juive séfarade du XVIIe siècle. Aaron avait eu raison, bien sûr : c'était une découverte remarquable, elle l'avait compris dès l'instant où, la veille au matin, elle avait écouté le dernier de ses messages téléphoniques.

Seul un pareil message aurait pu la sortir de l'apathie dans laquelle l'avait plongée sa visite au Dr Hammond. Comme d'habitude, elle avait pris le premier rendez-vous de la matinée pour en avoir fini au plus tôt de ses remontrances et avait prévu de se rendre ensuite directement à la salle des manuscrits. Mais en sortant de chez lui, elle avait ressenti une fatigue telle qu'elle avait eu du mal à fixer son attention sur la route. Elle conduisait agrippée au volant, à peine consciente des voitures autour d'elle, tellement vulnérable tout à coup et obsédée qu'il lui fallait à tout prix éviter de repenser aux paroles du médecin, ou pire à l'expression qu'il avait eue en les prononçant. Sans le vouloir, elle ne prit pas le chemin de l'université mais rentra chez elle. Elle gravit les marches épouvantablement raides de l'escalier menant à son appartement et déverrouilla la porte étroite, les membres gourds et las. En fait, elle dormait très mal depuis des semaines. Cette fatigue était-elle le point faible que le Dr Hammond avait décelé chez elle, et qui l'avait poussé à ne pas attendre plus longtemps pour lui parler franchement et insister pour qu'elle comprenne ? Elle pénétra dans l'appartement. Gagna la cuisine, puis le long couloir froid, et enfin sa chambre. Elle s'allongea sur le lit dans lequel elle dormait depuis maintenant quarante ans. Quelle importance – son esprit fonctionnait au ralenti et ses pensées avaient du mal à affleurer à la surface – si elle n'allait pas au bureau aujourd'hui ? Quelle importance si elle décidait de ne pas se mesurer à la montagne de documents, aussi exaltants que terrorisants, qu'elle savait ne pas avoir pour l'instant la force de gravir ? Fermant les yeux, elle laissa le tic-tac du réveil lui emplir lentement les oreilles et finit par capituler devant sa musique lancinante. Elle sombra dans le sommeil que tant de nuits lui avaient obstinément refusé.

Il avait fallu le troisième message – celui dans lequel Aaron lisait impatiemment plusieurs lignes d'un document dont il tenait à ce qu'elle le voie de toute urgence – pour la sortir de sa torpeur. Au prix d'efforts considérables, elle avait enfilé ses chaussures, son manteau, était montée dans sa voiture pour affronter la circulation. Quand elle avait reçu Aaron dans son bureau, c'est à peine si elle avait été en mesure de parler, à plus forte raison de trouver les bons mots pour reconnaître l'évidence. Oui. Il avait raison, bien sûr. Le document en écriture croisée qu'il venait de découvrir était vraiment inouï au regard de ce que l'on savait jusqu'ici de la vie, du degré d'instruction et de la conception du monde des femmes séfarades du XVIIe.

Il aurait été normal qu'elle lui manifeste, au minimum, sa gratitude. Au lieu de quoi, ici même dans son bureau, assise en face de lui, pleinement consciente des perspectives qu'ouvrait la découverte qu'ils faisaient ensemble, elle l'avait perdu.

Il l'avait bien cherché, en un sens. Mais si elle avait jamais imaginé qu'elle pourrait tirer un quelconque plaisir à voir Aaron Levy puni de son arrogance, elle s'était trompée. Pour une fois, il n'avait pas croisé son regard, sa frêle stature voûtée sous le poids de la défaite. Il lui avait tendu sa traduction en marmonnant : « Vous avez besoin d'une nouvelle cartouche pour votre imprimante », et avait quitté le bureau sans un mot de plus.

Après son départ, elle était restée assise dans son bureau, à écouter le bourdonnement continu de l'appareil de chauffage, les mains posées sans vie sur ses genoux, les yeux dans le vide. Il lui avait fallu dix bonnes minutes pour retrouver son calme et pouvoir porter son attention sur les pages étalées devant elle. C'est alors qu'elle fut frappée par la remarque qu'avait faite Aaron : le tirage papier de la transcription était pratiquement illisible tant il était pâle. L'empreinte de l'esprit et de la force vive d'une personne ayant vécu au XVIIe siècle, perdue pendant près de trois siècles et demi et finalement retrouvée... pour être presque effacée par une cartouche d'encre moribonde. L'ironie de la chose aurait pu paraître amusante. Mais plus rien n'était drôle pour elle, et ce depuis des années. Était-ce là le problème ? Était-ce son manque d'humour, sa trop grande raideur, qui l'avaient empêchée de rendre justice à Aaron quand il lui avait présenté sa découverte ? Et était-ce la raison pour laquelle il était parti avec cet air humilié qu'elle n'aurait jamais pensé lui voir, son moment de triomphe transformé en défaite ? Depuis quand était-elle devenue cette personne morose, incapable d'empathie ?

Elle savait quand le processus était devenu irréversible. Elle se souvenait précisément du moment où cela était arrivé. Quatre ans plus tôt, au printemps, peu de temps après qu'elle avait appris la mort de Dror, en lisant un article qui méritait à peine le nom d'article tant il était bref : deux paragraphes dans un journal qu'elle avait trouvé sur Internet en cherchant le nom de Dror – chose qu'elle avait gardé l'habitude de faire de temps à autre sur l'ordinateur de sa chambre.

La notice, qui avait été publiée trois mois plus tôt, parlait de Dror comme d'un « homme d'affaires », ce qui faillit d'abord la faire rire avant qu'elle poursuive sa lecture.

Dror avait trouvé la mort quand sa voiture avait accidentellement quitté la route quelque part dans les environs de Moscou.

Sur l'instant, elle n'avait pas pu se résoudre à croire que Dror ait pu mourir sans qu'elle le sache. Elle, qui ne croyait pourtant pas aux phénomènes paranormaux, refusait d'admettre que le monde puisse être désormais privé du visage de Dror, de son corps, de ses mains et de ses yeux, sans qu'elle l'ait soupçonné de quelque façon que ce soit. Et pourtant c'était écrit là, noir sur blanc.

Ce n'était pas un accident, elle en était certaine. Si la voiture de Dror était allée à sa perte, c'était parce qu'on l'avait obligé à quitter la route alors qu'il était en mission pour le compte des services secrets, mission dont lui ou ses supérieurs espéraient qu'elle pourrait sauver des vies.

Son corps, disait encore l'article, avait été rendu aux Israéliens par les Russes en échange de quelque chose. De quoi ? Elle serait plus tard incapable de s'en souvenir. Les semaines qui avaient suivi, quand elle était sur le point de s'endormir ou qu'elle se réveillait au milieu de la nuit, il lui arrivait parfois de ne plus savoir lequel des deux était mort. Une fois, dans une sorte de demi-sommeil, elle avait été frappée par l'image de Dror s'interrompant en plein travail quelque part dans le monde ou lors d'un repas en compagnie de sa bruyante famille pour se rappeler Helen avec un douloureux pincement de nostalgie, et le désir de lui épargner ce chagrin était monté en elle comme l'eau sombre d'un puits, menaçant de la submerger ; elle était alors restée éveillée, en chemise de nuit, perdue, à feuilleter son exemplaire des *Sonnets* de Shakespeare.

Ne te rappelle point, si ces mots tu relis,
La main qui les traça, car mon amour est tel
Qu'en tes tendres pensées je préfère l'oubli
Si mémoire de moi te doit être cruelle[1].

1. *Sonnet 71*, traduction de Jean Fuzier *in* Shakespeare, *Œuvres complètes*, tome 1, « Bibliothèque de la Pléiade », Gallimard, 1959, p. 107.

Elle aurait volontiers sacrifié sa place dans le cœur de Dror, effacé tout souvenir d'elle, si pareille démarche avait pu calmer sa douleur. Mais Dror ne l'avait jamais oubliée. Elle en était certaine.

Ce fut ce printemps-là qu'elle sentit la gêne dans son pied. Au début, cela ressemblait au contact, léger mais insistant, d'une main amie – comme si quelqu'un qui l'aimait avec une immense et indéfectible affection posait deux doigts au sommet de la courbe de son pied droit et lui disait : *Tu es sûre ?* Il lui avait fallu soulever ce pied en toute conscience, la légère pression des doigts cédant sans protester : présence aimante qui ne cherchait aucunement à prévaloir sur elle.

Puis c'est le pied tout entier qui fit peu à peu montre de résistance. Elle se levait chaque matin pour le trouver de plus en plus lourd. Mais même si elle devait le traîner, elle insistait pour avancer, et il finissait par se soumettre à sa volonté.

Les médecins employèrent des mots comme « radiculopathie » et « idiopathie », qui sonnaient à l'oreille comme des termes de dérision, jusqu'à ce qu'elle prenne conscience de leur sens : ce n'était pas que ses symptômes étaient ridicules ou idiots, mais simplement que les médecins étaient incapables d'en déterminer l'origine. Pour autant, elle savait que, en raison précisément de leur incapacité à poser un diagnostic, ils ne la croyaient pas, sinon ostensiblement du moins de façon indirecte, faisant montre d'une politesse condescendante qu'elle jugeait plus blessante que toute moquerie. Ce n'est qu'un an plus tard, quand sa pâleur et sa raideur s'étaient accentuées et qu'elle avait maîtrisé l'art de masquer la douleur et les tremblements devant ses collègues, qu'un diagnostic avait été établi. Elle avait accueilli la nouvelle sans prononcer un seul mot, pour la plus grande gêne du Dr Hammond, lequel avait paru déconcerté par le fait qu'elle n'avait aucune question à poser. Mais elle n'avait rien demandé. De même qu'elle ne lui avait rien demandé hier, répondant par le silence à son sermon.

On était vendredi aujourd'hui, presque midi. Elle était assise à son bureau, la transcription d'Aaron entre les mains. Elle avait encore dans les oreilles les échos de la dispute de la veille. Elle était incapable de retrouver par quelles voies Aaron – ou peut-être elle-même ? – en était arrivé à évoquer Dror. Tout ce qui lui en restait, c'était la sensation qu'elle avait éprouvée sur le moment : celle de quelque chose montant en elle pour finir par déborder, un flot incoercible qu'elle refusait d'arrêter.

Elle s'exhorta à se concentrer. Elle avait fini non sans mal de corriger une dizaine de copies d'histoire moderne ; elle avait besoin de débarrasser son bureau et son esprit pour les préparer à recevoir les documents, lesquels ne manqueraient pas, elle le savait, d'épuiser ce qui lui restait de force. Pour tout dire, espérer pouvoir consulter l'ensemble des documents suffisamment vite pour se préserver de Wilton et de son équipe était un vœu pieux. Aaron Levy allait vraisemblablement lui annoncer sa démission aujourd'hui par mail – c'était bien dans le style de sa génération de communiquer en toute sécurité à coups de pixels sur un écran. Ou peut-être se contenterait-il de ne pas se présenter dans la salle des manuscrits, laissant parler l'évidence. Elle n'aurait su dire à cet instant si elle regretterait de le voir partir. Mais il était clair que son départ donnerait un sérieux coup à son travail, peut-être même mortel.

D'un geste impatient, elle leva la traduction d'Aaron à la lumière, pour lire plus facilement la page sortie de son imprimante défaillante.

Les mots qui quittent ma main sont toute ma vie.
Je n'en ai pas mis d'autre au monde jusqu'ici,
et crois que je ne le ferai jamais.

Dans la faible lumière de la pièce, elle fut saisie d'un pressentiment irrationnel. Elle se leva à demi de son bureau pour le chasser de son esprit. La transcription qu'elle avait dans les mains l'effrayait. Elle la fixa d'un œil circonspect, comme si les mots à peine lisibles sur la page avaient le pouvoir de bouleverser non seulement toutes les idées reçues des spécialistes du XVIIe siècle, mais aussi ce qu'elle-même croyait savoir de sa propre vie.

Un coup frappé à sa porte.

Elle s'empara de sa canne, essaya de trouver son équilibre. Puis, avec la docilité d'une petite fille, alla ouvrir.

« Bonjour, dit Jonathan Martin.

– Bonjour. »

Sa voix lui parut mal assurée.

En dépit du fait qu'il n'était pas particulièrement grand, Jonathan Martin s'encadrait dans la porte avec l'autorité d'un homme de haute stature. Sous ses épais cheveux grisonnants, son visage pourtant ridé témoignait d'une évidente bonne santé ; comment faisait-il pour avoir cet air perpétuellement bronzé du vacancier qui rentre d'un séjour sous des latitudes plus clémentes ? Il était là devant elle, avec ses lunettes dernier cri sans monture, sa grosse alliance en or au doigt, sa chemise rentrée sans un pli dans son pantalon sous une veste ouverte, et pas une once de ce ventre qu'arborent volontiers les hommes de son âge.

Son sourire la fit tressaillir.

« J'ai pensé que je ferais bien de te dire que Brian Wilton et sa petite équipe commencent aujourd'hui à travailler dans la salle des manuscrits. J'espère que leur accès aux documents ne contrariera pas le vôtre.

– Ah oui, vraiment ?

– Mais oui. Ajouter l'ingrédient Wilton à la préparation ne peut qu'aller dans le sens du bien commun.

– Ne me fais pas le coup du *bien commun*, je te prie, dit-elle en se redressant de toute sa hauteur.

– Je suis un peu surpris de ton caractère possessif, répondit Martin d'une voix conciliante. Plus il y aura de gens qui étudieront ces documents, mieux ce sera, tu ne crois pas ? »

Bien sûr que non, elle ne le croyait pas, pas plus que ne l'aurait cru Martin lui-même à sa place, ou tout autre universitaire un tant soit peu ambitieux. Mais elle tint sa langue. Jonathan Martin jouait très bien son jeu. Il savait que malgré sa réputation d'intransigeance – construite sur sa défense inconditionnelle des exigences du département, son insistance sur la nécessité de diversifier la liste des langues recevables pour une éventuelle qualification, et une demi-douzaine d'autres durs combats menés au fil des ans –, Helen Watt n'était pas du genre à faire des scènes. Elle était capable de pétrifier un adversaire de son mépris, certes, mais on pouvait aussi lui faire confiance pour ne pas s'abandonner à l'hystérie. Martin l'avait coincée, et, s'il avait tenu à lui transmettre son message en personne, c'était manifestement pour assister en direct à sa déconfiture. Helen, semblait-il, lui tapait sur les nerfs depuis longtemps, et à un point qu'elle n'avait jamais soupçonné. En d'autres circonstances, elle s'en serait fait gloire.

Martin l'observait derrière ses verres sans monture.

« Tu prends ta retraite cette année, n'est-ce pas ? dit-il. Et nous savons tous qu'il faudra plus de quelques mois pour venir à bout de ces documents.

– Je peux continuer à travailler même après la retraite, dit-elle d'un ton égal. Je peux traduire et publier sans rémunération. Tout ce que je demande, c'est de garder mon libre accès à la bibliothèque. »

Martin sourit à nouveau. Un sourire moins éclatant, plus propre à témoigner une légère dose de compassion. « Ce n'est pas un arrangement pratique, Helen. Et tu es une femme pratique. »

La remarque fit mouche, et c'était à l'évidence ce qu'il cherchait. Le recours à son prénom, la connaissance implicite de sa personnalité et – au bout de deux décennies et demie au cours desquelles elle ne se souvenait pas l'avoir jamais entendu parler d'elle autrement que comme une « chercheuse » ou une « collègue » – l'allusion à son statut de femme : le tout destiné à ébranler les piliers qui la soutenaient.

Elle le regarda traverser le hall et, après avoir frappé un coup élégant à la porte, disparaître dans le bureau de Penelope.

La salle des manuscrits était déjà occupée, comme elle s'y attendait, par Wilton et ses trois protégés. Ils étaient penchés au-dessus de la table du milieu, deux de chaque côté. Une fille, les cheveux châtain terne, ses lèvres minces maquillées de rose pâle, et deux hommes – sans compter bien entendu Wilton, à peine plus âgé que ses étudiants. Depuis quand n'avait-elle pas croisé le chemin de Wilton ? Deux ans peut-être... si cela remontait à l'époque lointaine où elle avait cessé d'assister aux réunions de département. Elle remarqua aussitôt que les trois hommes sans exception avaient des cheveux magnifiques. Ceux de Wilton, d'un châtain foncé luxuriant, tombaient en mèches ondulées depuis le sommet du crâne jusqu'au ras des oreilles. Où est-ce qu'un historien était allé chercher des cheveux pareils ? Abondants, sans être efféminés. Ses deux acolytes masculins arboraient des coiffures qui, pour être plus modestes, n'en témoignaient pas moins d'un indubitable respect pour la notion de style. Seule la fille semblait suffisamment fanée pour avoir l'air d'une authentique œuvre de la nature.

Jusqu'à aujourd'hui, elle n'avait rien eu à reprocher à Wilton, en dehors, peut-être, du genre qu'il se donnait. Thésard, il avait ri de bon cœur et avec une apparente sincérité aux plaisanteries de ses mentors, s'était rangé avec esprit à l'avis général dans les réunions auxquelles pouvaient participer les doctorants et avait proposé ses services plus souvent que n'importe lequel de ses semblables. Pour autant, il restait apprécié de ses condisciples. Un jour, Helen était assise sur un banc à côté de l'entrée du département, peu désireuse d'être aperçue en train de reprendre son souffle avant d'affronter le trajet jusqu'à sa voiture, quand Wilton avait pris deux autres étudiants par l'épaule à une dizaine de mètres de l'endroit où elle se trouvait (tant elle était invisible) et, avec un mouvement de tête en direction de la secrétaire d'âge mûr et plutôt corpulente qui venait de passer et se dirigeait vers le parking, avait marmonné quelques mots sur la possibilité de repérer une virago au nombre des agrafes de son soutien-gorge. « Il n'y a pas une femme dans le département d'histoire, avait-il dit, qui ait moins de trois agrafes. Notre tragédie, c'est de ne pas être dans le département des langues romanes. Vous avez vu la dernière des protégées de Castleman à la soirée d'avant les vacances ? Un chemisier en soie avec des brides aussi fines qu'un fil dentaire. »

Les autres s'étaient esclaffés, et Wilton s'apprêtait à envoyer une grande claque dans le dos de l'un d'eux quand il avait vu Helen sur son banc, les yeux fixés sur lui.

Il avait eu la décence, elle s'en souvenait, de rougir. Mais elle était certaine que l'incident ne l'avait pas marqué bien longtemps. Les hommes tels que lui étaient pour la plupart imperméables au remords. Aaron entrerait sans peine dans cette catégorie. En fait, s'il avait un peu de bon sens, il irait rejoindre le clan Wilton.

S'armant de courage, elle passa devant l'équipe aux opulentes chevelures, résolue à ne pas se démancher le cou pour tenter de voir sur quels documents ils travaillaient. Pourtant, même en gardant les yeux fixés droit devant elle, elle mesura aisément l'étendue de sa défaite. Elle entendait les crayons crisser depuis la table – la sienne jusque-là ! – de Wilton. Quatre crayons prenant des notes ; quatre coussins marron. La bande était occupée à traduire *quatre* documents à la fois. Jamais elle ne réussirait à elle seule à amener au grand jour l'histoire d'Aleph avant Wilton et ses poulains.

Elle ne fit pas semblant de se dire que peu importait le premier arrivé, finalement. Parce que c'était bel et bien capital. Elle aurait voulu pouvoir serrer ses mains raides et faire brusquement tourner ces têtes pleines de gel en hurlant : *Ceci est à moi.*

Elle s'était arrêtée de marcher. Sans réfléchir, elle s'était retournée, à quelques pas du bout de leur table, pour leur faire face.

Les trois thésards la regardaient d'un œil vide. Wilton leva un œil distrait, salua vaguement de la tête, et s'apprêtait à revenir à ses occupations quand il la reconnut et se figea. Au bout d'une demi-seconde il se fendit d'un sourire affligé.

Puis il leva une main – mais que faisait-il ? – et eut un geste jovial, qui s'apparentait sans doute à celui qu'un concurrent adresse à un adversaire avant la compétition. *Bonjour, mon grand ami, et que le meilleur gagne.* C'était sportif de sa part. Aucune animosité là-dedans, bien sûr, mais aucune envie non plus d'entendre ses théories concernant les documents tant qu'il n'aurait pas établi les siennes... après quoi, inutile de le préciser, il serait en mesure de s'en accorder tout le mérite, puisqu'il n'y aurait eu aucune collaboration.

Elle laissa son geste venir se heurter à ses traits d'une totale rigidité, avant de retomber.

Il lui adressa un nouveau sourire, plus bref celui-là, et, après avoir tiré sur la manche de son blazer d'un air indécis, reporta les yeux sur son travail.

Helen se dirigea vers le bureau de la bibliothécaire, où elle prit un bout de crayon et une fiche, inscrivit le numéro du document qu'elle souhaitait consulter et tendit la fiche à Patricia Starling-Haight. Laquelle, après un coup d'œil au numéro, annonça : « Déjà sorti. »

Helen sentit ses lèvres s'arrondir sous l'effet de la surprise. Quelques heures de présence à peine dans la bibliothèque, et déjà Wilton en était au document qu'elle-même et Aaron avaient mis quinze jours à atteindre. Elle n'aurait jamais cru que son obsolescence pût être aussi rapide.

Elle attendit pour parler d'être sûre de maîtriser sa voix.

« Je prendrai le suivant dans le catalogue, en ce cas.

– Pourquoi ne pas lui demander si vous pouvez voir celui que vous voulez ? » lui demanda Patricia sans bouger.

Helen releva le menton. À quoi servait la stricte éducation qu'elle avait reçue, sinon à afficher un air digne et impérieux quand la situation l'exigeait ? « *Lui*, dit-elle, n'a rien d'un allié dans cette affaire. »

Patricia entrouvrit les lèvres en un petit sourire ravi. Elle descendit ses lunettes sur son nez et regarda fixement Helen. Bien incapable de se rappeler la dernière fois où quelqu'un avait osé lui rire à la figure.

« J'avais pourtant l'impression qu'il était votre unique allié. Franchement, c'était plutôt agréable de constater que vous en aviez un. »

Depuis l'autre côté du bureau, Helen dévisagea Patricia. Cela faisait deux décennies qu'elle regardait son visage rond et inébranlable, se dit-elle. Or c'était seulement aujourd'hui qu'elle se rendait compte, dans un sursaut de surprise, que l'autre en faisait autant de son côté.

« C'est le professeur Martin, dit-elle en baissant la voix, qui a décidé de qui aurait accès aux documents. Je travaille en solitaire.

– Dommage », dit Patricia, sans pourtant la moindre trace de compassion – et Helen reconnut, comme si elle regardait dans un miroir, son double, fuyant toute sentimentalité, à son propos comme à celui des autres.

Le visage de Patricia s'était pourtant animé d'une autre émotion : un intérêt sincère. Et même la suggestion, tout évanescente qu'elle soit, d'une solide camaraderie. Pour la première fois, il lui vint à l'esprit que la bibliothécaire devait avoir pratiquement son âge, et que sur son bureau bien rangé il n'y avait pas de photos d'enfants ni de petits-enfants.

« J'ai toujours pensé que vous étiez l'une des très rares personnes sans trop d'ego de cet endroit, enchaîna-t-elle, le regard direct. Peut-être le seul membre de la faculté qui se préoccupe davantage du passé que de son petit présent nombriliste.

– Ma foi, c'est... » balbutia Helen en recouvrant sa voix.

Mais l'autre n'en avait pas terminé. « J'ai toléré son absence d'éducation en partie parce que je croyais qu'il était tributaire de votre bon vouloir, dit-elle, l'ébauche d'un sourire malicieux sur les lèvres. Dois-je confisquer tout de suite les crayons qu'il a introduits ici en fraude ? Ou bien commencerons-nous par le téléphone mobile qui se trouve dans sa sacoche ? Ou le couteau universel dont notre scout américain juge bon de ne jamais se séparer, ou peut-être les stylos qu'il cache dans ses poches ? »

Helen se retourna. À une petite table, dans un renfoncement entre deux bibliothèques près du mur, était assis Aaron, sa silhouette maigre et familière penchée sur un document à l'encre épaisse posé sur un coussin en velours marron. Son anxiété, tandis qu'il mordillait le bout de son crayon, tête baissée, était perceptible, même de dos.

Helen n'en revint pas du soulagement que lui procura sa présence.

Il leva la tête et, pour la première fois, son visage ne manifesta aucun amour-propre, aucune hostilité, rien d'autre qu'une humble absence de certitude. Ils se regardèrent. Au bout d'un moment, il inclina la tête. Sa façon à lui de faire amende honorable.

Elle laissa échapper un rire bruyant, qui s'apparentait à une remise de peine.

Il retrouva son sourire suffisant, avant de revenir à son document sans un mot.

Helen se retourna vers la bibliothécaire, consciente de la rougeur qui colorait ses joues.

« Il semblerait, dit-elle, que j'aie fait erreur sur la personne dont vous parliez.

– On dirait bien, oui », dit Patricia, admirablement impassible.

La laissant à son bureau, elle se dirigea vers la table où était installé Aaron. Elle lut par-dessus son épaule. La lettre en portugais était sur le coussin, ayant subi une rotation sur la gauche, l'hébreu croisant le portugais à angle droit.

« Qu'avez-vous trouvé ? demanda-t-elle en s'asseyant sur la chaise à côté de la sienne.

– Pour l'instant, je revérifie ma traduction, dit-il à voix basse. J'y apporte quelques modifications mineures. Mais il y a autre chose qu'il faut que vous voyiez. »

À côté de lui se trouvait un second coussin avec un autre document, qu'il fit glisser vers elle.

« J'ai obtenu de notre Patricia la permission sans précédent de sortir deux documents à la fois aujourd'hui, ne me demandez pas pourquoi, dit-il en portant un doigt à ses lèvres, comme pour faire jurer le silence à Helen. Je crois qu'elle en pince pour moi.

– Cela m'étonnerait beaucoup », dit Helen.

Comment étaient-ils passés d'une colère blême à cette étrange sensation de bien-être ? Elle ne savait pas trop ce qui s'était produit, ni même si c'était une bonne chose. Ce qu'elle savait en revanche, c'est qu'elle n'avait aucune envie, à cet instant précis, de se retrouver seule à cette table.

« J'ai demandé à conserver le document à l'écriture croisée, dit-il, parce que je ne voulais pas courir le risque de les laisser mettre la main dessus avant que vous ayez pu le consulter.

– Vous parlez du groupe de Wilton ? » demanda-t-elle, essayant d'afficher un air détaché.

Aaron se retourna brusquement pour regarder Wilton et son équipe. C'est le torse tout entier et pas seulement la tête qu'il orienta dans leur direction, si bien que personne dans la salle ne pouvait ignorer que c'était pour mieux les observer.

Deux des étudiants lui rendirent son regard, un peu perplexes. Aaron se fendit d'un sourire gourmand jusqu'aux oreilles.

S'étant réinstallé bruyamment sur son siège, il pivota vers Helen. « Bande de mauviettes », dit-il tout haut.

Un profond silence s'abattit sur la salle des manuscrits.

D'un ton désinvolte, comme si personne dans la salle n'écoutait, il ajouta :

« D'un point de vue purement objectif, évidemment.

– Je suppose que c'est une façon de dire chez vous, en Amérique, *Que la meilleure équipe gagne* ?

– Non, répondit-il. Pas du tout. »

Elle sentait leurs regards dans son dos : le groupe de Wilton s'interrogeant pour savoir si on se fichait d'eux ou si on les invitait à partager une plaisanterie. Un sourire fleurit sur ses lèvres.

Il n'eut pas le temps de s'épanouir. En dépit du côté bravache d'Aaron, elle voyait plus loin que lui. Jonathan Martin pouvait leur interdire l'accès aux documents à tout moment s'il le décidait. Aaron allait devoir faire son chemin dans ce département. Il ne devait pas brûler ses vaisseaux pour son seul bénéfice à elle – chose dont il n'allait certainement pas tarder à prendre conscience.

Mais il était là, à ses côtés, du moins pour l'instant.

« Et l'autre document, c'est quoi ? lui demanda-t-elle.

– Ah, vous allez aimer », répondit-il avant d'approcher le second coussin.

Elle vit les cernes sombres sous ses yeux. Il paraissait fatigué, sous ses airs immatures, et sincère. Elle n'arrivait pas à concilier cette image avec celle de l'Aaron Levy qui avait quitté son bureau la veille ; même alors, même contrarié et vaincu, il ne s'était jamais départi de son air suffisant. Mais à présent, pour la première fois depuis qu'elle le connaissait, il avait l'air ouvert et sans défense – comme quelqu'un qui, à court d'idées, ne peut qu'attendre, impuissant, la suite des événements. Quand il reprit la parole, sa voix était calme, comme contenue par un revers plus cuisant que tout ce qu'elle-même aurait pu lui infliger.

« Vous vous souvenez du Manuel HaLevy dont il est question dans la lettre croisée ? lui demanda Aaron d'un ton posé. Il semble qu'il y ait eu un scandale impliquant son frère cadet. Ce qui explique pourquoi l'aîné est venu le chercher, sans compter quelques indices intéressants quant à la nature du scandale. »

Elle attendit un moment avant de porter son attention sur le document en question. Elle se rendit compte qu'elle ne comprenait rien au personnage, si ce n'est que, pour quelque obscure raison, il avait courbé la tête et accepté de s'agenouiller à côté d'elle sur l'échafaud. N'avait-il donc nulle part ailleurs où aller ?

Mon Dieu, ils avaient donc quelque chose en commun.

16

20 mars 1665
4 Nisan 5425
Londres

Rester rassemblés ici trop longtemps serait peut-être de la folie. Mais le soleil réchauffe les pavés devant la synagogue avec une audace qui semble tous les fasciner, même Rivka, qui s'attarde, les paupières lourdes, aux côtés du rabbin. Ester va et vient à la périphérie d'un cercle de femmes plus âgées.

Observés séparément, les hommes et les femmes essaimés dans la rue pourraient paraître anglais, quoique sans doute d'ascendance étrangère. Leur teint relativement clair ou leurs visages sculptés dans un moule étrange ne se remarquent guère chez l'homme coiffé d'une perruque anglaise à longues boucles ou la femme vêtue d'une robe anglaise. Pourtant, si les juifs de Londres peuvent prétendre individuellement passer inaperçus, en groupe ils sont d'emblée reconnaissables : yeux en amande bordés de cils presque noirs, nez recourbés, bouches aux coins tirés vers le bas par l'amertume de quelque expérience ancienne.

Sont-ils en sécurité ?

Ils se regroupent, se dispersent, s'assemblent à nouveau. Comme des oiseaux sur un toit.

Quelques femmes autour d'Ester échangent des nouvelles de familles vivant à l'étranger. Ester n'écoute que d'une oreille, clignant les yeux sous l'éclat inhabituel de la lumière. Seul le rabbin Sasportas semble insensible à la séduction du soleil de cette matinée. Il a pris pour habitude de s'éclipser dès la fin des prières et de prendre son repas derrière des volets clos ; il vient juste de disparaître avec sa petite suite au coin de la rue sans un regard en arrière. Sasportas – sourcils en accent circonflexe, calotte noire, lourdes poches sous des yeux sombres – s'attendait manifestement à trouver des fidèles qui accepteraient son autorité avec révérence et ne se contenteraient pas d'éloges polis pour le remercier de ses sermons ou de dons généreux pour remplir les coffres de la synagogue, avant de monter dans leur carrosse et d'aller vaquer à leurs occupations, oubliant tout du sabbat en dépit des foudres qu'ils risquaient de s'attirer lors du sermon de la semaine suivante.

Ester écoute en silence les femmes, qui parlent maintenant de la nécessité qu'il y aurait d'une nouvelle synagogue, dotée d'un vrai balcon réservé aux femmes. Aujourd'hui, comme chaque semaine, le répit du sabbat la trouve mal assurée sur ses jambes, comme si elle venait de descendre d'un bateau, le bruit des vagues encore dans les oreilles. Toute la semaine, un flot de travaux domestiques est monté autour d'elle, la ballottant d'un côté et de l'autre, tandis qu'elle se débattait, haletante, pour se maintenir à la surface. Le pain, les repas, la bière, le charbon, les travaux d'aiguille. Maintenant qu'elle prend sa pleine part des tâches domestiques, elle comprend enfin tout ce que Rivka lui a épargné du temps où elle officiait encore comme scribe du rabbin.

Les jours de lessive, Rivka la réveille avant l'aube pour faire tremper le linge dans une cuve pleine de lessive et travailler ensuite dans la cuisine jusqu'au lever du soleil. Les jours de marché, elle arpente les allées jusqu'à ne plus sentir ses pieds. Elle est capable maintenant de marchander le charbon en anglais et même de comprendre les reparties des vendeurs sur les différents marchés de la ville. Mais toute pensée d'une nature plus délicate s'enfuit à la moindre interruption, et les livres sur les rayons du rabbin pourraient tout aussi bien se trouver derrière une porte close. Elle n'est plus qu'un corps, une bête de somme. Même le soir, dans son lit, quand la marée des tâches s'est retirée et qu'elle devrait pouvoir de nouveau rassembler ses idées, celles-ci lui échappent. Des vers qui à une époque dansaient dans sa tête ont disparu – un tourbillon de mots perdus à jamais. Plus encore que le reste, c'est le sommeil qui la terrasse, en se refermant sur elle comme des volets de chêne. Quand elle passe devant le rabbin dans son cabinet, elle ne s'arrête que pour remettre du bois sur son feu ou lui apporter son repas. Il reste assis dans son fauteuil habituel, le visage assombri, attentif au bruit de son pas quand elle s'approche ou qu'elle s'éloigne, comme à l'affût d'un signal qui lui signifierait que le tort qu'il lui a causé est enfin lavé. Elle ne s'attarde pas. Retourne à la cuisine et enlève le sel d'une motte de beurre. Casse et écrase des blocs de sucre, met de la farine fraîchement moulue à sécher. Un matin, elle apprend de la bouche de Rivka que Catherine da Costa Mendes est décédée, et puis, de concert avec la bonne, leurs deux corps se mouvant à l'unisson, elles tordent un drap pour en extraire un torrent d'eau avant de l'étendre sur la cuve pour le faire sécher.

En ce moment, dans la séduisante lumière du soleil, l'homme à la peau olivâtre et à la perruque noire, Diego da Costa Mendes, le père de Mary, discute avec chaleur parmi les hommes. C'est à peine s'il accorde un regard à sa fille, laquelle se trouve au milieu d'un essaim de jeunes filles enrubannées. Mary de son côté bavarde d'un ton enjoué avec ses compagnes, et pourtant il semble qu'il y ait dans ses manières un manque d'assurance inhabituel chez elle ; dans les bribes de conversation que saisit Ester, Mary fait irruption dans les échanges spirituels des autres à la façon d'un cambrioleur, ses paroles tombant avec une brusquerie sans grâce. De fait, Ester n'a guère eu l'occasion d'échanger avec Mary depuis la mort de Catherine. Quand elle s'est chargée de porter des offrandes de nourriture dans la maison endeuillée, ce sont les serviteurs des da Costa Mendes qui les ont reçues, mais Mary ne s'est pas montrée, pas plus qu'elle n'a répondu aux saluts pleins de sollicitude d'Ester dans les semaines suivantes, si ce n'est par de brèves inclinaisons de la tête. Ester ne se risque pas à rejoindre le groupe des filles rassemblées devant la synagogue : elles lui ont clairement fait comprendre depuis longtemps, et sans avoir besoin de s'expliquer, qu'elle n'était pas la bienvenue dans leurs petites réunions. Leurs yeux fuient ses cheveux argentés, comme si son apparente inaptitude au mariage pouvait être contagieuse.

Tout ce qu'Ester sait désormais de la situation de Mary c'est ce dont tout le monde est témoin : quand d'autres veufs prendraient à cœur le bien-être de leur seul enfant encore en vie, Diego da Costa ne semble aucunement se soucier de sa fille. D'aucuns pensent qu'il ne tardera pas à se trouver une nouvelle femme, plus jeune, qui lui donnera d'autres enfants. Pas plus tard que la semaine dernière, Ester a entendu les matrones de la synagogue chuchoter que Diego da Costa Mendes courtisait une dame loin de Londres – il s'est déjà rendu là-bas à deux reprises dans les quelques semaines écoulées depuis le décès de son épouse. « Dans sa demeure à la campagne, vous vous rendez compte ? a murmuré la voix désapprobatrice de la femme. Et dire que notre Catherine, bénie soit sa mémoire, a souffert mille morts dans cet air londonien qu'elle ne supportait pas, tandis que lui refusait de quitter la ville. » Les autres femmes avaient secoué la tête sans rien ajouter, car même s'il n'y a guère d'affection dans la communauté pour la famille da Costa, personne n'a envie de s'en faire des ennemis.

À présent, un peu à l'écart de ce cercle de juges circonspects, Ester saisit des bribes du bavardage entre les amies de Mary, dont le babil excité est amplifié par le mur de pierre à côté duquel elles se trouvent.

« C'est tout bonnement obscène, dit Emilia Valentia avec du ravissement dans la voix tandis qu'elle joue avec une de ses longues boucles brunes. C'est ce que dit tout le monde, et je suis sûre que c'est vrai.

– Et elle a vu ça ? » demande la fille Cancio, une grande gigue anguleuse, dont la question fait s'esclaffer les autres.

Elles font durer leur accès de gaieté comme si elles jouaient pour un public, jetant de temps à autre un œil de l'autre côté de la rue étroite, là où plusieurs jeunes gens de la communauté prennent eux aussi des poses d'une désinvolture étudiée.

« Tu en es sûre ? reprend la fille Cancio d'une voix plus mesurée qui manifeste une surprise sincère. Comment son père a pu permettre une chose pareille ?

– Mais il était avec elle ! s'exclame Emilia. Et sa mère aussi ! Toute la famille était là. »

Sarah Cancio, la corpulente matrone qui se trouve à proximité d'Ester, écoute elle aussi la conversation des jeunes filles et se penche en dehors du groupe des femmes pour adresser un mouvement de tête approbateur à sa fille. « Le théâtre est une obscénité », lance-t-elle vivement. Sous la poudre où la sueur a tracé de fines rigoles, son visage témoigne d'une impatience sincère. « C'est une influence néfaste pour une jeune fille, terrible pour sa réputation. C'était déjà assez abominable avant qu'ils autorisent les femmes à monter sur scène. Mais allez savoir quel public d'ivrognes se rassemble à présent dans de tels endroits ? »

Sa fille fronce le sourcil et s'enfonce un peu plus dans le cercle de ses amies, semblant reconsidérer sa désapprobation à présent que sa mère vient d'affirmer la sienne.

« Et pourtant la moitié des *gentlemen* de Londres fréquente ces théâtres, mère, proteste-t-elle. Et, à vous entendre, vous voudriez me voir mariée dans la bonne société ?

– Tu ne trouveras personne parmi nous pour t'emmener dans de tels cloaques, rétorque sa mère avec un rire méprisant. Que les chrétiens jettent leurs âmes sur le tas de fumier que constitue pareil divertissement, c'est leur affaire. »

Des hochements de tête vigoureux de la part des autres femmes mettent un point final à la discussion : le théâtre n'est point fait pour les jeunes filles de la synagogue.

Comme s'ils agissaient sur un signal, les gens commencent à se disperser – les femmes échangeant de brèves étreintes, les filles des baisers rapides sur les lèvres, tout en se remettant mutuellement en place quelque boucle ici ou là une dernière fois avant de se séparer. Tandis que ses amies s'en vont retrouver leur famille et quittent les lieux, Mary s'attarde, les yeux rivés sur son père, lequel continue de converser avec ses compagnons. Sa fille lui est apparemment devenue invisible, autant que l'était son épouse auparavant. Peut-être l'a-t-elle toujours été.

La douleur, soudaine, insupportable, déforme le visage de Mary. Puis, tout aussi soudainement, elle s'efface. Sans crier gare, elle pivote sur ses talons.

« Pourquoi me regardes-tu comme ça ? » lance-t-elle à Ester.

Celle-ci est habituée depuis si longtemps à passer inaperçue qu'elle en oublie elle-même sa présence. Elle hésite, avant de dire : « Parce que ton père refuse de te voir. »

Un moment, les mains de Mary tripotent le tissu de son corsage, comme si elles cherchaient un autre endroit où se poser. Ester se dit brusquement que Mary pourrait bien la gifler devant tant d'impudence.

Au lieu de quoi, les mains se posent, l'une après l'autre, sur son poignet et le pressent fortement.

« On ira, nous, affirme Mary.

– On ira où ? » demande Ester.

Mais elle n'a pas sitôt formulé la question qu'elle lit la réponse sur le visage plein de défi de sa compagne.

Deux jours plus tard, Ester monte dans le carrosse pour trouver Mary en train de scruter la rue par la vitre. Vêtue d'une robe en satin bleu qui met en valeur son teint de rose et ses boucles noires, elle est assise toute roide sur la banquette ; son corset, lacé très serré, comme le veut la mode, lui pince cruellement la taille. Sur sa gorge repose une petite croix en argent qu'Ester n'a jamais vue. Nombreux sont les membres de la congrégation à porter ce genre d'ornement quand ils s'aventurent dans Londres, mais elle est certaine que Mary ne l'a jamais fait du vivant de sa mère. Celle-ci caresse à présent la croix d'un geste machinal d'un seul doigt, comme si chaque pression était destinée à lui donner le courage de lancer au monde un défi qui l'épouvante.

Tandis qu'elle s'installe sur la banquette, Ester entend Mary, les yeux levés vers le ciel, grommeler : « De quoi se mêle-t-elle, celle-là ? »

Ester suit son regard jusqu'à une haute fenêtre de la maison du rabbin, où elle devine la silhouette de Rivka, qui les observe.

« Elle m'a donné une journée libre, dit Ester, pour que je puisse t'accompagner.

– À t'entendre, on dirait qu'elle me fait la charité, rétorque sa compagne, les yeux toujours fixés sur la forme qui s'encadre dans la fenêtre, la croix nichée dans le creux de sa main.

– Les exigences du ménage pèsent plus lourd sur les épaules de Rivka quand je ne suis pas là pour l'aider.

– Je contribue à élever dans le monde un membre de *sa* maisonnée, lance Mary, la voix chargée de colère. Je n'ai que faire de sa charité. Ni de celle de quiconque ! ajoute-t-elle avec un coup d'œil à Ester, qui garde le silence, tandis que le carrosse s'ébranle. Si tu trouves la chose si frivole, pourquoi m'accompagner ? »

La rue défile lentement devant la vitre. Sans savoir si elle a voulu se montrer cruelle ou au contraire indulgente, Ester s'entend dire :

« À cause de ta mère.

– Comment ça, ma mère ? »

Ester hésite, puis répond avec toute la douceur dont elle est capable.

« Ta mère a fait un rêve. Qu'elle m'a raconté. Elle m'a demandé de veiller sur toi.

– Je ne te crois pas », réplique Mary, dont le visage s'est figé.

Puis, plissant les yeux, elle se tourne vers le cocher, un homme taciturne, au teint cireux, et lui lance : « Plus vite ! » Il roucoule un ordre à son cheval, qui, dans un sursaut, accélère l'allure le long de la rue étroite, en direction de Westminster.

« Si ma mère avait su, dit Mary d'une voix précipitée, que la tienne était née en dehors des liens du mariage, jamais elle ne t'aurait permis de m'accompagner dans Londres. »

C'est la seule allusion qu'elle a jamais faite à la lointaine conversation qu'elles ont eue chez la couturière, et Ester sait que la remarque est délibérément blessante ; en même temps, elle comprend le message qui la sous-tend : Mary a gardé le secret d'Ester, même auprès de sa mère.

« Ta mère m'a accueillie, alors qu'elle savait que je n'avais aucune perspective d'avenir.

– C'est juste, dit Mary d'un ton coupant, tu n'en as aucune. »

Ester ne répond rien.

Un moment plus tard, Mary agite une main en un geste d'excuse. « C'est vrai que tu pourrais te marier quand même, je suppose », dit-elle d'une voix radoucie. L'idée semble lui donner de l'énergie. « Ce n'est pas impossible, tu sais, dit-elle en se tournant vers sa compagne, même sans dot. Tu pourrais prendre soin d'un mari plus âgé. Peut-être même avoir des enfants, et, si ton époux est suffisamment riche, avoir des domestiques pendant que tu diriges ta maison. Tu pourrais oublier tout ce qui s'est passé avant le jour de ton mariage – ce serait une belle vie, non ? Imagine un peu ! »

Le carrosse poursuit sa route. Ester imagine... un peu.

« Quelle aide te croyait-elle capable de m'apporter ? demande Mary d'une voix douce quand elle reprend la parole.

– Je l'ignore. »

Elles regardent défiler la ville. « Par exemple, en m'accompagnant à des comédies obscènes ? » s'esclaffe Mary d'un rire sinistre et dément. Avec un pincement au cœur, Ester reconnaît le rire d'une fille qui souffre, et qui serait capable de faire s'écrouler une maison sur sa tête juste pour la voir tomber.

Avant même qu'elles franchissent les larges portes sculptées du théâtre, l'odeur âcre des spectateurs entassés dans la salle les prend à la gorge. Un mouchoir blanc enroulé autour de la main, Mary cherche quelques pièces qu'elle glisse dans la paume sale du guichetier au visage gras, qui lui fait un clin d'œil en empochant l'argent. « J'en vois pas beaucoup des comme vous qui paient pour regarder de là », dit-il en lui lançant une œillade lubrique quand elle passe devant lui. La jeune femme lui répond par un grand sourire, derrière lequel Ester décèle une lueur d'inquiétude.

Elles sont en retard – le spectacle a commencé, la foule se presse, et tandis qu'elle suit Mary dans la cohue, elle constate que, dans un surcroît de bravade, sa compagne a acheté des tickets pour le parterre, là où se tiennent les éléments les moins fréquentables. Mais il est trop tard pour remettre en question pareil choix, ou pour savoir jusqu'où Mary a l'intention d'aller. Les funambules ont entamé leur ballet aérien : deux hommes robustes, le visage tendu par la concentration, qui vont et viennent au milieu des ombres qui couronnent la scène. Ester a déjà vu des numéros de danseurs de corde à Amsterdam, mais ceux-là se déroulaient au milieu des clowneries et des quolibets. Ici, les deux équilibristes ont un air solennel, voire menaçant ; ils effectuent leurs cabrioles en spirales lentes et fluides au-dessus de la foule, à la manière de prêtres officiant pour le compte de quelque religion exigeante et silencieuse. On entend distinctement les craquements de leurs cordes au-dessus de la flûte et des roulements de tambour qui les accompagnent. Leurs corps se ploient et se déploient, dans une sorte de rite mystérieux gravé dans l'air.

Elle s'efforce de rattraper Mary, mais celle-ci est occupée à se frayer un chemin vers les premiers rangs, se faufilant entre les bancs verts sans dossier, nullement rebutée par l'odeur des seaux à pisse sans couvercle. Les corps autour d'Ester résistent ou cèdent tandis qu'elle se débat pour avancer et ne pas se laisser distancer. Elle n'ose regarder autour d'elle, mais garde le menton levé et suit les évolutions des funambules. Sous ses pieds, le crissement de coquilles d'huîtres que l'on écrase, le liquide visqueux de flaques invisibles. Rares sont ceux qui consentent à s'asseoir ; certains sont juchés sur les bancs, beaucoup restent debout dans les allées. Les hommes se bousculent autour d'elle, l'un d'eux lui donne un coup de coude involontaire, son compère l'attrape par le cou et lui crie à l'oreille : « Tu fais pas la différence entre un homme et une donzelle, dis voir ? T'as qu'à tâter les morceaux les plus tendres, crénom ! », et les hommes alentour de s'esclaffer lourdement tandis qu'elle poursuit son chemin à tâtons. Elle appelle le nom de Mary en vain dans un murmure où perce la panique et finit par atteindre le bord de la scène juste derrière elle.

Elles reprennent leur souffle au premier rang du parterre. Dans la cohue qui les presse de toutes parts, quelques rares femmes, dont il n'est guère difficile à l'allure de deviner le commerce. Dans la pénombre des galeries, des dames bien mises sont assises aux côtés de gentlemen à la tenue tout aussi élégante, quelques-unes ont été assez hardies pour ôter leur masque afin de mieux distinguer les danseurs de corde. Ester quitte les galeries du regard juste à temps pour voir une orange fendre l'air, lancée par quelque main invisible depuis le parterre. Le projectile effleure à peine la corde de l'acrobate pris pour cible, mais l'homme tressaille malgré tout et donne l'impression de se recroqueviller sur lui-même, comme une moule qui se replierait dans sa coquille. Un moment, il oscille dangereusement, bras écartés pour retrouver son équilibre, son ombre dansant, tour à tour immense puis rétrécie, sur le mur du fond de la scène, comme celle d'un pendu au bout de sa corde. Immense, puis rétrécie, immense, avant qu'il parvienne enfin à retrouver le contrôle de ses mouvements.

À côté d'Ester, Mary regarde, hypnotisée.

Avec un roulement sourd du tambour invisible et un brusque saut périlleux dans le vide, les deux équilibristes atterrissent sur la scène, saluent avec une véhémence extrême et disparaissent derrière le rideau. À ce signal, des acteurs costumés envahissent la scène et crient en chœur :

« Et maintenant, louons tous les honnêtes hommes ! »

– Honnête homme, je le suis, moi », lance l'un d'eux depuis le centre du groupe.

La pièce a commencé, le discours des comédiens presque noyé sous le flot des rires grivois du public derrière et au-dessus d'eux. Un acteur qui incarne un personnage du nom de Roderick Rogue parcourt la scène, braguette en avant, le visage grimé comme celui d'un clown. À sa grande surprise, Ester comprend l'essentiel des plaisanteries débitées en anglais et sur un rythme rapide. « Si elle est prête à se marier avec un farceur, je jure de la farcir tout mon soûl. » Grondements approbateurs depuis le parterre, maigres applaudissements depuis les balcons. Les acteurs, qui s'échauffent au fil de la pièce, semblent aborder chaque nouvelle réplique paillarde avec un entrain croissant, encouragés en cela par le public ; hissant leur histoire des tréfonds d'un humour grossier jusqu'à un plateau de déclarations morales sentencieuses, ils replongent ensuite avec délices dans leur milieu premier, à l'instar d'un navire qui reprend de la vitesse dans chaque creux de vague.

« La fortune d'un homme n'est-elle pas entre ses mains ?

– Et si tu veux bien, regarde un peu ce qu'il y a dans les miennes ! »

Deux femmes font leur entrée sur la scène au milieu des hommes costumés, robes au décolleté plongeant, boucles blondes pour l'une, brunes pour l'autre. Censées incarner des oies blanches, elles parent chaque tentative d'attentat à leur pudeur avec une ignorance aussi suave que feinte. Ester ne voit rien dans leur attitude de particulièrement provoquant – après tout, leurs robes sont à peine plus immodestes que celles des femmes assises aux balcons –, et pourtant, par la simple vertu de leur élévation sur cette estrade en bois, elles semblent attiser le désir des hommes du parterre au-delà du supportable. Des mains abîmées par le travail se tendent à l'unisson chaque fois qu'une des femmes s'approche du bord de la scène, comme pour la saisir par les chevilles au cas où elle ferait un pas de trop.

« Quelle abomination ! » murmure Mary, si près d'Ester que celle-ci perçoit sa respiration.

La scène se vide de tout son monde, et un homme fringant d'âge indéterminé arborant une longue perruque bouclée vient se placer au centre ; son visage maigre est en sueur, ses joues rouges comme s'il avait trop bu. Il se lance dans un discours impressionnant, en partie improvisé semble-t-il, comme s'il était chargé de faire patienter les spectateurs le temps de changer le décor derrière le rideau. Ses élucubrations, qui commencent par des réflexions sur l'amour, « la pire et la plus délicieuse des folies », avant de passer en revue les qualités de l'amant idéal, ne tardent pas à lasser l'assistance. Il en est à répéter, avec un clin d'œil appuyé, que l'amant doit être généreusement pourvu par la nature, quand il voit un fruit pourri arriver sur lui. Il l'écarte de la main et poursuit, imperturbable, ce qui lui vaut de se faire une nouvelle fois brocarder par les spectateurs. Il n'en termine pas moins son numéro avant d'effectuer sa sortie, tout en poussant le projectile hors de la scène de l'intérieur de ses chaussures au rythme d'une danse enlevée. Trois hommes apparaissent alors dans son sillage et entonnent une chanson à tue-tête. « Si elle n'est pas aussi gentille que jolie, mais grincheuse et pas commode... Laisse-la, elle n'est bonne qu'à se faire entretenir par un petit monsieur. »

Une main calleuse se faufile autour de la taille d'Ester et entame des travaux d'exploration vers le haut. Prise de panique, elle y plante ses ongles, et la main se retire prestement.

« On ferait mieux de partir », chuchote Mary, qui reste pourtant figée sur place.

Puis les chanteurs font leur sortie, et une étrange vision s'offre aux yeux d'Ester.

Une femme – l'actrice aux boucles blondes qui un peu plus tôt déambulait au milieu des hommes dans une robe jaune vif – vient de faire son apparition en habit d'homme sur le devant de la scène. Elle a noué ses cheveux à l'arrière, dissimulé ses seins sous un épais justaucorps et ses bras fuselés sous des manches dorées. Elle pourrait passer pour un courtisan au visage particulièrement juvénile.

Les cris enflent si fort dans la salle que c'est à peine si on distingue le propos de l'actrice ; elle se rend aux désirs des spectateurs en cessant de parler et en écartant largement les jambes pour leur permettre de voir son étrange entrejambe.

« Le poisson a une queue fourchue ! » crie un homme, et elle pivote gracieusement sur elle-même en guise de réponse.

Les hurlements des hommes ébranlent le théâtre et semblent ne pas devoir s'arrêter ; ils emplissent les oreilles d'Ester d'un grondement continu.

Le vacarme finit par se calmer, et l'actrice peut enfin reprendre le fil de son discours. Plissant son visage rougi dans un semblant de détermination, elle explique le but de son déguisement. L'intrigue de la pièce, fait-elle comprendre à l'assistance, exige que le personnage qu'elle incarne ait recours à ce subterfuge : elle se fera passer pour un homme et, en trompant son soupirant sur son sexe, elle gagnera sa confiance et découvrira la vraie nature de ses sentiments pour elle.

Une femme en haut-de-chausses. De quel pouvoir la jeune femme de la pièce ne s'est-elle pas investie, grâce à un simple changement de costume ! Mais pour elle, la tromperie n'est qu'un moyen de satisfaire une vanité passagère : découvrir les pensées d'un soupirant trop avare de compliments.

Si elle détenait un tel pouvoir, Ester l'utiliserait tout autrement.

La femme cesse de parler. Puis, avec une simplicité qui stupéfie Ester, elle descend de l'avant-scène sur le plateau qui avance dans la salle, comme un personnage qui descendrait du cadre d'un tableau pour pénétrer dans le monde réel. Et tandis qu'elle prend la pose juste hors de portée des mains avides qui se tendent vers elle, que les autres acteurs émergent des coulisses pour se faire prendre au piège de son costume, et que l'histoire continue à se dérouler, Ester pose la main sur le bord de la scène pour se convaincre de sa réalité.

Une idée lui vient alors, aussi simple qu'impossible à mettre en pratique. Elle agrippe le bois de la scène jusqu'à faire blanchir ses jointures.

La pièce est terminée. Les spectateurs se séparent et se déversent hors de la salle. La foule bruyante et excitée reprend forme humaine, des hommes et des femmes clignent les yeux devant la lumière du jour qui les aveugle par les portes ouvertes du théâtre. Ils sortent dans la ville, seuls ou en groupes.

La main d'Ester reste sur le bord de la scène vide. Elle sent le théâtre retomber peu à peu dans le silence. Elle laisse son regard s'égarer vers le dôme du toit, vers les galeries ornées de leurs piliers aux sculptures tarabiscotées. Ici et là, elle distingue un masque de femme – arcs délicats des trous pour les yeux, visage de velours impassible – abandonné ou oublié.

Un cri léger à son côté. Ester se retourne, juste à temps pour apercevoir le pâle visage de Mary, aussi indéchiffrable que la lune. Puis celle-ci s'effondre contre elle.

Ester la retient dans ses bras, mais a du mal à la maintenir debout. Chancelant sur ses jambes, elle cherche un espace à peu près propre où allonger la jeune femme. Mais le sol n'est qu'amas de coquilles d'huîtres, inondé par un seau à pisse qui a débordé dans un coin. Au prix d'un énorme effort, elle traîne sa compagne jusqu'à un endroit sec, lui enlève son châle et le roule en boule pour le lui placer sous la tête.

La respiration de Mary est saccadée. Maladroitement accroupie au-dessus d'elle, Ester constate que ses paupières papillotent. Sur les côtés de l'avant-scène, des silhouettes vont et viennent, celles des comédiens qui remisent les costumes pour les représentations du lendemain. Ester regarde autour d'elle en quête d'assistance, mais en vain ; les rares spectateurs qui quittent encore le théâtre ne lui prêtent aucune attention. Toute seule, elle ne parviendra jamais à transporter le corps inerte de Mary jusqu'au carrosse qui attend à l'extérieur, mais elle n'ose pas non plus l'abandonner seule ici pendant qu'elle va quérir l'aide du cocher.

Un petit objet dur l'atteint dans le dos. Elle se retourne juste à temps pour voir la mince silhouette d'un des acteurs disparaître derrière le rideau. À ses pieds se trouve l'objet qu'il vient de lancer, enveloppé dans un morceau de tissu. Qu'elle déplie pour découvrir un cube sali d'une substance blanchâtre. Elle le renifle d'une narine méfiante, et a un brusque mouvement de recul : du sel volatil. Elle le fait respirer à Mary et la voit revenir à elle en sursaut, battant des paupières et articulant un juron silencieux.

Mary regarde les balcons, le sol encombré de détritus, la scène, avant de sembler enfin comprendre où elle se trouve. Remarquant une lueur d'amusement sur le visage d'Ester, elle jure à nouveau, tout haut cette fois. Avant de se soulever sur les coudes.

« Quelle honte ! » marmonne-t-elle, encore qu'il soit difficile de savoir si elle parle de la pièce ou de sa position humiliante, étendue au milieu des ordures. En cherchant à se remettre debout trop vite, elle heurte un banc et retombe assise. L'œil noir, le regard fixé droit devant elle pour ne pas avoir à admettre l'indignité de sa situation, elle attend qu'on l'aide. Ester lui prête son bras pour qu'elle se relève et la tient par le coude le temps qu'elle recouvre son équilibre, puis Mary, parcourant le théâtre des yeux, la tête haute, histoire de donner le change, se dégage d'un mouvement brusque.

« Laisse-moi desserrer ton corset, dit Ester.

– Ne sois pas ridicule. J'ai fait trop d'efforts, c'est tout. »

Quand Ester secoue vivement la tête, Mary ajoute, regardant ailleurs comme soudain gênée :

« Ce matin, en travaillant dans le jardin.

– Depuis quand Mary da Costa Mendes travaille-t-elle au jardin ? lance Ester, sans pouvoir étouffer un rire.

– Je vais récupérer ça, mes biches. »

Un homme – l'acteur à la mince silhouette qui a jeté les sels – s'approche d'elles à grandes enjambées sur l'avancée de la scène. Toujours occupé à nettoyer avec un torchon sale le maquillage qui lui recouvre le visage, il saute sur le sol et tend la main. Ester lui rend le sel volatil.

Il abaisse le torchon. Ester s'aperçoit alors que c'est l'homme qui s'est fait bombarder d'immondices sur la scène, mais n'en a pas moins poursuivi, imperturbable, son interminable monologue sur l'amour. Et pourtant, privé de l'entrain espiègle qui l'animait durant la représentation, c'est à peine s'il est reconnaissable. Le maquillage criard marque encore les sillons de son visage, qui apparaît maintenant très quelconque, creusé par l'âge, assemblage de morceaux disparates. Sa perruque abondante a laissé place à des cheveux bruns qui grisonnent, rejetés en arrière, et les années qu'avait déguisées la grâce juvénile dont il faisait preuve en scène sont à présent bien visibles. Le pantalon et le pourpoint brodé ont été remplacés par les habits râpés d'un homme qui a connu des jours meilleurs. Sa chemise en soie est rapiécée, son haut-de-chausses en velours usé jusqu'à la corde.

Il examine Mary, depuis sa couronne de cheveux brillants jusqu'à sa jolie bouche et aux mouches qui ornent ses seins, jusqu'aux délicates chaussures nichées dans des socques. Son visage s'éclaire d'un sourire canaille. Rapidement, il finit de se nettoyer les joues et le cou. « Vous êtes la troisième à tomber dans les pommes depuis le jour du Seigneur, dit-il à Mary. Mais les femmes sujettes à la pâmoison choisissent d'ordinaire les galeries plutôt que le parterre pour pouvoir s'évanouir en toute quiétude. »

Le visage livide de Mary a retrouvé quelque couleur, mais elle garde le silence, en quête, manifestement, d'une réplique spirituelle.

« Je préfère m'évanouir aussi près que possible du sol, répond-elle au bout d'un moment.

– Ah, ah ! Non seulement belle, mais pas sotte. »

L'homme tend le bras. Mary le prend, rougissante, et il fait quelques pas avec elle comme s'ils étaient sur une promenade, et non dans une salle de théâtre.

« Et votre pâmoison n'avait d'autre origine, j'imagine, que la force de notre discours, ajoute-t-il, recourant encore à l'élocution de l'acteur.

– Si elle s'est évanouie, intervient Ester, c'est à cause de la cohue.

– Mais peut-être l'esprit étincelant des acteurs y était-il aussi pour quelque chose, glisse-t-il malicieusement à Mary. En vertu du droit que vous avez sur l'évanouissement, vous êtes la seule à pouvoir nous fournir la bonne réponse. »

Déjà, une moue enjôleuse se dessine sur les lèvres de Mary.

« Il serait temps pour nous de partir », dit alors Ester, pressée de dissiper le charme de cet inconnu avant qu'il agisse davantage.

Mary lui lance un regard mauvais. Ce que voyant, l'homme adresse à Ester un sourire large et magnanime – comme si c'était l'envie qui avait pressé la jeune femme de parler.

« Vous pouvez vous joindre à nous si le cœur vous en dit. À moins que vous n'ayez été indûment choquée par mon numéro ?

– Ce n'est pas faire insulte à votre jeu que de dire, réplique Ester d'un ton dont elle-même perçoit le trop grand sérieux, que vous récitez le texte d'une pièce médiocre, œuvre d'un écrivain médiocre.

– Voilà une sortie qui n'a rien d'un compliment, s'esclaffe l'autre, dont le rire emplit la salle. Je me garderai de vous demander ce que vous pensez de mon jeu, chère madame, car je redoute votre opinion. Peut-être vos autres admirateurs prennent-ils plaisir aux railleries. Mais moi, j'apprécie la gentillesse chez une femme. »

Il garde tout au long les yeux rivés sur Ester, mais celle-ci observe les effets délibérés de ses paroles sur Mary, dont le visage rougissant affiche un sourire béat.

Derrière Mary et son compagnon, d'autres acteurs commencent à passer sur la scène. Une femme aux cheveux blonds vaporeux et au regard las approche sur l'avant-scène ; on a du mal à reconnaître en elle l'actrice impudente qui tout à l'heure arpentait la scène en haut-de-chausses et, avec un discours on ne peut plus dérangeant, menaçait de faire s'écrouler le ciel sur la tête d'Ester.

La femme saute avec agilité de la scène et murmure : « Thomas, je te vois demain, mon chéri. » Puis, sans se soucier de Mary, que l'homme a toujours à son bras, elle l'embrasse sur les lèvres avant de s'éloigner d'un pas pressé. Mary en reste bouche bée, le ressentiment qui se lit sur son visage cédant bientôt la place à une vive curiosité.

Deux autres hommes qui sont apparus derrière l'actrice s'attardent sur la scène, attendant manifestement Thomas. L'un, un Espagnol barbu de haute taille, lui lance un regard sombre et impatient. L'autre, un Anglais, gracile, aux cheveux courts et vêtu de façon modeste mais convenable, est imberbe et a les cheveux nettement plus fins. Il a un air vif, de paisibles yeux gris et observe Thomas avec un détachement pensif qui induit Ester à se demander s'il n'étudie pas au séminaire.

« Voyons, Thomas, qu'est-ce que tu peux bien avoir à faire avec deux juives ? » demande l'homme au teint foncé. Une voix basse, amusée, qui n'a pas empêché ses lèvres de se retrousser dans un demi-sourire qui paraît à Ester plus dangereux qu'enjoué. Il a un visage étroit, des yeux pâles qui ne cillent pas, une barbe épaisse soigneusement taillée.

Thomas laisse échapper un rire surpris.

« Des juives ? répond-il en écho, avant de pivoter sur les talons et de scruter le visage des deux jeunes femmes. Mais celle-ci porte une croix.

– Comme font tous ses congénères qui veulent cacher ce qu'ils sont, dit l'Espagnol.

– C'est vrai, ça ? demande Thomas, examinant, étrangement fasciné, le visage de Mary, laquelle pour une fois détourne le regard.

– Oui, tout à fait, intervient brutalement Ester, soudain sur le qui-vive.

– Une juive, dit Thomas qui siffle de stupéfaction. C'est la Saint-Jamais, aujourd'hui. Qui aurait pu croire que je me dénicherais une juive ? »

L'homme mince, qui se tient un peu à l'écart des autres, prend la parole d'un ton mesuré. « Très honoré de faire votre connaissance, dit-il. Je me présente, John Tilman. Voici Thomas Farrow, que vous connaissez déjà. Quant à lui, c'est Esteban Bescós. »

Mais Thomas, qui rit toujours, n'a que faire de ces politesses. « Bon Dieu, je n'en reviens pas ! » s'exclame-t-il, et du plat de sa main libre il donne un grand coup sur l'avant-scène, comme pour célébrer sa bonne fortune. « Une juive qui porte la croix, et son austère chaperon. » Après un geste vague en direction d'Ester, il recule d'un pas, sans pour autant lâcher la main de sa compagne, de façon à mieux l'examiner. Dans sa confusion, la jeune femme tressaille, mais Thomas agite la main pour lui montrer qu'il est inoffensif. Tandis que Mary se redresse timidement, Ester voit le regard de Thomas tomber sur sa bague en diamants et le bracelet en perles qui orne un de ses poignets.

« Elle est remise, à présent. Merci », dit Ester, qui se saisit du bras de Mary, prête à l'entraîner à sa suite.

La tenant chacun par un bras, ils se dirigent de concert vers la sortie. Les deux autres les suivent à distance.

« Mais vous n'avez toujours aucun compliment à faire aux acteurs ou à notre philosophie ? dit Thomas à Ester d'un ton accusateur, même si ses paroles sont clairement destinées à Mary. La philosophie est profonde, ajoute-t-il avec un nouveau coup d'œil aux bijoux, qui se cache sous nos plaisanteries.

– Non, aucun, rétorque Ester, tandis que de sa main libre elle pousse la lourde porte du théâtre.

– Aucun, vraiment ? s'écrie-t-il avec cette fois-ci une indignation bien réelle dans la voix. Votre ignorance est offensante !

– Aucun, répète Ester, qui heurte son coude contre la porte quand elle essaie de la tenir ouverte sans lâcher le bras de Mary. Encore que, si vous devez brailler pareilles inepties et leur donner le nom de philosophie, ce théâtre est la parfaite chambre d'écho pour ce genre d'élucubrations. »

Elle tire sur le bras de Mary.

S'arrêtant sur le seuil à côté de Mary, Thomas répond d'un air dégagé : « Quelle chance que cette pièce n'ait pas été soumise à votre anglais d'étrangère. Sinon, nous aurions assisté pour la première fois dans l'histoire à la pendaison, l'écartèlement et l'éviscération d'une pièce anglaise. »

Bescós émet un grognement approbateur.

« Dans mon anglais, rétorque Ester, les mâchoires serrées, votre pièce aurait assez de poids pour laisser une forte empreinte dans l'esprit des spectateurs, sans pour autant les gaver d'un surplus de sucre filé qui leur donnerait l'impression d'avoir l'estomac bien rempli au sortir du théâtre, alors qu'ils seraient taraudés par la faim à peine quelques instants plus tard. » Jamais jusqu'ici elle n'a parlé en ces termes en anglais, pas plus qu'elle n'a osé accoster un Anglais. Mais elle est si impatiente de rentrer que la gêne et la timidité ne brident plus son discours, et l'anglais qu'elle a appris ces dernières années s'affranchit librement de ses limites.

« Une fois que votre public s'est rendu compte de l'inanité de la pièce, poursuit-elle, le visage échauffé, il n'a plus un sou vaillant pour se procurer de quoi nourrir utilement son corps ou son esprit, tandis que vous-même repartez leurs shillings en poche pour aller acheter de quoi abreuver toute une armada. Une comédie peut être un régal, si on la sert sans prétention excessive. Votre affaire, elle, mérite au mieux le nom de divertissement, monsieur, certes pas celui de philosophie.

– Voilà qui n'est pas mal ! s'exclame Bescós en donnant une tape sur l'épaule de Thomas. La demoiselle s'entend aux principes de base de ta profession. »

Thomas feint de s'épousseter là où l'autre a posé sa main et répond d'un coup de poing dans le bras de Bescós.

Ester réussit à entraîner Mary d'un pas dans le demi-jour de la rue devant le théâtre. Mais celle-ci se dégage sèchement de sa compagne, l'air furieuse. « Sa grossièreté, dit-elle à Thomas, est considérée comme une calamité dans notre communauté. Je suis la seule à encore accepter de sortir avec elle ; toutes les autres refusent. » Devant les éclats de rire de Thomas, la rougeur de Mary s'accentue. Avec une attitude cérémonieuse proche du défi – comme si elle parlait non seulement pour le bénéfice d'Ester mais pour celui de la communauté rassemblée –, elle tend la main et annonce :

« Mary da Costa Mendes, avant d'hésiter un instant, puis d'ajouter avec un regard furtif en direction d'Ester : et Ester Velasquez.

– Mary ! »

Mais Thomas s'esclaffe déjà. « C'est un plaisir que d'apprendre votre nom, Mary. Un plaisir interdit, si j'en juge par la colère de votre amie ici présente, ce qui me le rend d'autant plus précieux. Dans un nom se cache la vérité, ajoute-t-il, et j'ai hâte de découvrir la vôtre. »

Dans le dos de Thomas, l'Espagnol aboie plus qu'il ne rit. « Ne tenez pas rigueur à notre ami acteur de ses déclarations sur la vérité et la philosophie. Il nous rappelle à peu près tous les quinze jours que son père l'a envoyé, plein d'illusions, étudier à Oxford pendant la guerre civile. Mais sa principale occupation là-bas, j'en ai peur, n'a guère dépassé la publication de quelques pamphlets censés révéler que les Têtes rondes avaient des rapports avec leurs chevaux. »

À ces mots, John, qui jusqu'ici est resté silencieux, à l'écart du petit groupe, s'exclame :

« Tu oublies que tu as affaire à des dames, Bescós !

– Il a raison, Bescós, renchérit Thomas avec une révérence obséquieuse à l'intention de Mary, tout en ignorant Ester. Je vous prie de nous pardonner, le théâtre nous fait parfois oublier nos manières. »

Ester observe de nouveau John. Visage sculpté, joues rosées. Surprenant son regard sur lui, il la fixe un moment, l'air grave. Puis un sourire vient éclairer son visage, qui de solennel se fait un instant enfantin.

« Lady Mary, reprend Thomas, ne craignez point notre John. S'il lui arrive de nous juger, il ne nous accable pas de ses opinions, même s'il a l'air compassé d'un magistrat – profession qu'il faut nous garder de trop ridiculiser, dans la mesure où c'est là la fonction qu'exerce son père. Mais les rois ont un bouffon, et John est le mien. N'est-ce pas, John ? »

L'autre rit avec indulgence, mais Thomas s'entête.

« Que dirait ton père, John, des amis dont tu t'entoures ?

– Mon père n'est pas là, répond John, circonspect. Mais s'il était présent, il prendrait soin de rassembler toutes les preuves avant de rendre son verdict.

– Et les as-tu rassemblées, toi, ces preuves nécessaires à te forger une opinion ? » interroge Thomas en riant.

En se tournant pour s'adresser à John, il a conduit sa compagne par mégarde tout près du mur de la ruelle. L'ample manche de la jeune femme effleure un pot en argile qui contient un peu de terre. Celui-ci vacille avant de basculer de la niche où il se trouvait ; John le rattrape d'un mouvement preste et souple avant qu'il heurte le pavé et le remet à sa place sans un mot. Cette fois-ci, malgré le ton conciliant de sa réponse, le sourire qu'il adresse à Thomas a quelque chose de contraint. « C'est mon père le magistrat, je ne suis que son fils. »

Bescós fait face à ses deux compagnons et s'adresse maintenant à eux avec une soudaine dureté dans la voix. « Il reste que n'importe quel magistrat, voire n'importe quel homme sensé, pourrait s'étonner de la folie dont vous faites preuve tous les deux en donnant à une juive le nom de dame. » Il se tourne vers Ester et plante ses yeux dans les siens. Froids, impitoyables, ils ne la lâchent pas, si bien qu'elle sent bientôt les siens vaciller. Ce n'est qu'alors que l'autre esquisse un léger sourire.

Elle est saisie d'un frisson de peur. Tirant à nouveau sur le coude de Mary, elle fait un pas en direction de l'endroit où attend le carrosse. Cette fois, Mary ne résiste pas. Derrière elles, Ester entend les hommes les suivre, comme une meute sur la trace d'un gibier, mais elle ne se retourne pas. Dans la rue suivante, le carrosse est là, et le cocher sort de son somme quand Ester tambourine sur le bois verni de la voiture. Mary monte à bord, suivie d'Ester, qui referme solidement la portière ; mais le temps qu'elle pousse le loquet, Thomas est déjà à la fenêtre de sa compagne, lancé dans un badinage frivole qui provoque un petit rire chez sa partenaire. Ester se détourne, contrariée, pour découvrir à son tour quelqu'un devant sa fenêtre. John, le visage sérieux, les sourcils arqués, affiche un air à la fois amusé et préoccupé. Avec un geste de la tête en direction de Thomas, il commente : « Sa langue est montée sur de gros sabots. »

Dans sa confusion, elle pousse la portière et constate qu'elle est verrouillée. Mal à l'aise, elle regarde de l'autre côté du carrosse, où Mary est penchée à la fenêtre, les deux coudes posés sur le rebord, la tournure de sa robe repoussée du côté d'Ester. Thomas dispose à présent d'une vue imprenable sur les appas de Mary, s'il ne s'en est pas déjà suffisamment rassasié.

Ester reporte son attention sur John, toujours à sa fenêtre. Ses yeux sont pailletés d'or et de brun, évoquant la lumière que filtrent les branches d'un arbre.

« Vous parlez toujours de cette façon ? s'enquiert-il. Avec autant de franchise, sans craindre le jugement des autres ?

– Mary, appelle-t-elle, en tirant sur la tournure de sa robe, mais l'autre chasse sa main d'une petite tape sans changer de position.

– C'est une chose bien rare, reprend John.

– Allons-y ! lance Ester au cocher.

– Une minute ! » s'écrie Mary, et Thomas se joint à son rire.

Sur sa main, encore accrochée au rebord de la fenêtre, Ester sent le contact d'une autre main, et John entreprend de détacher délicatement du bois un de ses doigts.

Immobile, elle le laisse libérer la première phalange, puis s'attaquer patiemment au doigt suivant. Elle est tellement hypnotisée par l'intense concentration dont il fait preuve qu'elle en oublie de se dégager, déconcertée par la légère pression de la main de l'homme sur la sienne. Quelle absurdité !

Il détache le troisième doigt, puis le quatrième.

Elle laisse échapper un rire cynique. « Au cas où vous seriez à l'affût de quelques pièces en échange du service que vous nous avez rendu en nous permettant de quitter le théâtre en toute sécurité, dit-elle, je vous conseillerais de vous adresser de l'autre côté du carrosse, où les faveurs s'accordent avec largesse – c'est du moins ce que semble penser votre compagnon. »

Ses paroles ne le distraient nullement de sa tâche.

« Je n'ai rien à vous donner », dit-elle d'une voix faible.

Il en a maintenant terminé. Il soulève sa main avec délicatesse et la repose sur le bois verni de la fenêtre. Un moment, il la lisse, examinant l'un après l'autre les longs doigts fuselés, leurs phalanges rougies par les travaux ménagers, leurs ongles rongés, comme si cette main était une créature vivante méritant tendresse et compassion.

« Voilà », dit-il. Quand il relève les yeux vers elle, c'est avec une expression de bonheur tranquille, comme s'il était surpris de sa propre audace.

Levant la main devant elle, il ferme le poing, avant de déployer à nouveau les doigts, lentement, comme pour lui montrer comment tenir les siens. Un geste d'une simplicité si sereine qu'elle n'en comprend pas la signification.

Mary adresse un mot au cocher, et le carrosse s'ébranle.

Ester regarde droit devant elle. Quand elle finit par se tourner vers sa compagne, un sourire provocant passe sur les lèvres de celle-ci.

Elle sait qu'elle devrait lui dire quelque chose. Mais elle a l'esprit vide.

« Je crois, dit Mary, que je vais avoir besoin de ta présence chez moi. Demain, à midi.

– Pourquoi ? » chuchote-t-elle.

Mary a un joli haussement d'épaules.

« Pourquoi ? répète Ester, qui a recouvré sa voix.

– J'ai besoin d'un chaperon, puisque je reçois un visiteur, dit Mary en se tournant vers elle, ses yeux d'un marron lustré brillant d'excitation.

– Tu lui as dit où tu habitais ? À ce *Thomas Farrow* ?

– Eh bien, oui ! » s'écrie-t-elle, abandonnant soudain toute retenue.

Malgré elle, Ester lâche un rire. Que Diego da Costa Mendes accepte pour sa fille un soupirant chrétien, passe encore, mais elle est certaine en revanche de sa réaction s'il apprenait que cette même fille est courtisée par un acteur.

« Ton père le renverra sans plus ample informé, dit-elle.

– Mon père est absent pour trois jours. »

Ester en reste bouche bée. Quelle folie ! Si elle jouissait de pareille liberté, elle est bien sûre qu'elle ne la gaspillerait pas à flirter avec un homme de ce genre.

Instinctivement, elle a étalé une main, doigts écartés, sur sa jupe et de l'autre tâte la peau de ses phalanges. Rugueuse, gercée à force de lessives. Elle serre le poing.

« Arrête tes sottises, marmonne-t-elle.

– J'ai besoin de toi comme compagne, répète Mary.

– Tu as besoin de moi comme chaperon pour faire taire les commérages, et te permettre de flirter avec un piètre individu dans le seul but de contrarier ton père. »

Le visage de sa compagne s'assombrit. Elle regarde par la fenêtre.

« Ma mère ne t'a-t-elle pas expressément demandé de me surveiller ? interroge-t-elle d'une voix où perce le découragement.

– Dans son idée, c'était pour te maintenir dans le droit chemin, et non pour te laisser t'en écarter. »

Mary s'abstient de répondre.

« Pour parler clairement, insiste Ester d'une voix dont l'intensité la surprend elle-même, je me moque que tu fasses la catin avec un individu tel que Thomas Farrow. Mais ne va pas t'imaginer que ma seule présence suffira à t'épargner les commentaires désobligeants. Comme tu l'as toi-même fait remarquer, je porte le poids du déshonneur de ma mère. Même si je ne me soucie guère de réputation. » Elle prononce cette dernière phrase aussi vaillamment que n'importe quelle fille des rues, comme si la respectabilité était effectivement le cadet de ses soucis. Elle ne sait que trop pourtant à quel point sa perte pourrait lui être dommageable. Et la situation de Mary n'est pas différente. Une réputation sans tache est la clé de ce à quoi aspire toute femme sensée : le mariage et la sécurité. Une vie comparable à celle de ces masques oubliés au théâtre, sereine et indéchiffrable.

Ce pseudo-bonheur de femme est-il une réalité ou un mythe ? Peu importe. Ester n'y peut prétendre, sa position le lui interdit. Sans même parler de son tempérament.

Mais il se peut qu'un autre genre de bonheur lui soit accessible, entre les murs du bureau du rabbin.

Le carrosse s'arrête brutalement. On entend des cris au-dehors, le brouhaha d'un petit rassemblement. Mais l'attention de Mary reste fixée sur Ester. «Je ne te demande pas la charité, lui dit-elle. Je suis prête à te *payer* pour que tu me serves de rempart contre les racontars. »

À l'extérieur, le tumulte s'intensifie, quolibets, insultes, rires salaces. Le cocher, qui a engagé la conversation avec un badaud, lâche à son tour un grand rire. Mais Mary ne détache toujours pas les yeux du visage d'Ester. « Dix shillings pour demain », annonce-t-elle.

Ester pourrait presque s'en amuser. Cette rencontre avec Thomas lui tient-elle donc tant à cœur ? Un flirt avec un homme qui ne saurait être, comme s'en apercevrait le premier venu, qu'un mari calamiteux ? Les désirs d'une femme sont-ils à ce point ennemis du bon sens ?

Raison de plus, dans ces conditions, pour les bannir de son cœur.

«Je verrai Thomas demain de toute façon, que tu viennes ou pas, dit Mary, avant d'ajouter d'une voix plus conciliante : Mais ce serait mieux pour moi, Ester, si tu venais. Et tu le sais. Je te paierai, ce qui revient à dire que je me contenterai de régler un service, vois-tu. En échange de ta seule présence. De cette manière, ajoute-t-elle, ses lèvres s'incurvant en un sourire, mes choix ne seront pas ta responsabilité... pas plus que tes affaires. »

Ester sent son cœur battre plus fort pendant quelques secondes, et brusquement, elle sait qu'elle va accepter le marché. Est-ce lâcheté de sa part ? Mais il n'y a manifestement pas moyen d'arrêter Mary. Et puis, quel meilleur moment pour recevoir cet argent, qui lui servirait à payer chandelles et encre ? En vue de la concrétisation du projet qui a pris forme dans son esprit.

Mary hoche vivement la tête : l'affaire est conclue. Elle donne un coup sur la vitre de séparation.

« Pourquoi sommes-nous arrêtés si près de la maison ?

– Un autre genre de théâtre, répond le cocher, qui ne cache pas son amusement.

– Quel genre ? » demande Mary.

Mais c'est une femme corpulente à cheveux blancs, debout devant sa fenêtre, qui lui répond. « Deux p'tits gars, mademoiselle, surpris en train de batifoler à l'auberge de la Rose. Y en a un qui va pas tarder à avoir de gros ennuis, vu que son père arrive et qu'il risque de pas trop tolérer ces nouvelles pratiques à la mode. » Le tumulte augmente encore devant le carrosse. « Regardez, on est en train d'en sortir un ! » reprend la femme, dont le rire égrillard étouffe le reste de ce qu'elle a à dire.

« Et vous avez arrêté la voiture pour profiter du spectacle ? demande Ester à travers le guichet de séparation.

– Non, c'est pas moi, dit le cocher d'une voix tranquille. Voyez vous-même. »

Ester hésite, puis se tasse contre Mary pour regarder par sa fenêtre ; elle comprend alors ce que veut dire le cocher. La rue étroite est bloquée par des gens qui tendent le cou comme s'ils étaient au spectacle et une rangée de fardiers dont les brancards sont pointés dans un hérissement de lances en direction de l'entrée d'une auberge, d'où vient de sortir en titubant un jeune homme mince et musclé, plié en deux de rire. Il est entièrement nu, en dehors du drap qu'il tient sur son entrejambe, mais à la vue des gens rassemblés il roule le drap en boule et le leur jette, son membre agité faiblement comme un drapeau en berne planté dans un chaume brunâtre et, alors que Mary se penche par la fenêtre pour mieux voir, il ouvre grand les bras et s'incline si bas que les hommes derrière lui rugissent d'un rire lubrique ; quelqu'un court lui rapporter son drap, mais il refuse de s'en couvrir.

La rigidité du corset de Mary n'empêche pas Ester de sentir que son corps est secoué de rire.

« Allons, vous autres ! retentit une voix masculine au milieu du tintamarre. Qu'on me montre mon fils ! »

La foule se tait soudain quand un homme s'en extrait. Ester a un sursaut de surprise en voyant surgir Benjamin HaLevy.

Une frange de cheveux blancs dépasse sous sa perruque noire, de guingois au-dessus de son beau visage olivâtre, si semblable à celui de son fils Manuel. Il a les narines dilatées, la bouche tordue par la colère. Deux charretiers à la forte carrure s'écartent devant pareille fureur.

Sans réfléchir, Ester se rejette loin de la fenêtre et descend avec précipitation du carrosse pour se retrouver au milieu de la foule. À côté d'elle, un homme dit à voix basse à son compagnon en pouffant de rire :

« T'as vu un peu le juif. Il va te le fouetter, son fils, pour être allé comme ça avec un autre homme, même si d'après la rumeur ce genre de petits jeux est monnaie courante à la cour.

– Ces sodomites, je les fouetterais bien moi-même, s'esclaffe l'autre.

– Et moi, donc ! Mais avec le juif, c'est différent – il aime rien de ce qui se rattache à la royauté, pour la bonne raison qu'il déteste le roi. »

Ester se fraie non sans mal un chemin dans la cohue, sans se soucier des protestations de ceux qu'elle bouscule, s'efforçant d'atteindre l'endroit où elle est la plus dense. Quand elle émerge au premier rang des spectateurs, elle voit Benjamin HaLevy sortir sans ménagements Alvaro de l'auberge. Le pourpoint du jeune homme, à moitié déboutonné, est tout de travers. Le poing du père est refermé sur le tissu de sa chemise, qui se déchire sous la torsion. Mais c'est le corps frêle d'Alvaro, et non l'étoffe, qui semble être déchiré, et quand Benjamin HaLevy le relâche et commence à s'éloigner, Alvaro le suit en chancelant, comme si les pavés sous ses pieds étaient sans consistance. S'arrêtant un instant pour recouvrer son équilibre, il parcourt des yeux la foule houleuse qui le conspue et prend lentement conscience de sa situation. À le voir ainsi, Ester voudrait le prendre dans ses bras, tout aussi frêles que les siens, et l'escamoter vers quelque asile imaginaire où il serait en sécurité.

C'est alors que ses yeux croisent ceux d'Ester ; ils s'y accrochent, autant de désespoir que de soulagement, avouant dans un langage muet qu'elle comprend enfin qu'il est maudit.

Le rabbin est assis au coin du feu.

Elle se dit qu'il n'a pas dû bouger depuis qu'elle est partie, il y a des heures de cela. Que c'est à peine s'il a bougé depuis qu'il l'a privée de son travail de scribe ; sans plus personne pour l'aider dans son étude, il pourrait tout aussi bien avoir des fers aux pieds. Elle se dit que, encore aujourd'hui, l'emprisonnement dont il a été victime sous l'Inquisition n'a jamais cessé. Mais cette fois-ci, c'est le résultat d'un choix délibéré. Lui en tient-elle rigueur ? Cela lui faciliterait-il la tâche dans laquelle elle s'apprête à s'engager ?

Il a lentement tourné la tête en direction du bruit, en entendant la porte se refermer derrière elle. Elle pense : ce visage tant aimé.

Le parchemin fragile et pâle de ses paupières, la maigreur de sa silhouette, plus frêle que jamais auparavant. Aucune trace d'agitation dans son expression, non plus que d'espoir. Ni de ressentiment contre le Ciel pour cette vie qui lui a été volée.

C'est son ami, la seule personne de toute la communauté d'Amsterdam qui a compati à sa situation, et à celle d'Isaac, et qui a essayé de les sauver. Et c'est aussi son mentor, doué d'un esprit qui, pareil à une sonde, explore les profondeurs de chaque verset, chaque texte. Mais impossible de se mentir plus longtemps. La peine au cœur, force lui est de reconnaître une vérité qui s'est imposée à elle lors de ces derniers mois de travail en sa compagnie : elle comprend mieux que lui les textes qu'ils ont étudiés ensemble.

L'idée que ses capacités intellectuelles surpassent celles du rabbin lui donne d'autant plus envie de le protéger. Pour se fortifier dans sa résolution, elle se remémore le visage suppliant d'Alvaro : vaincu parce qu'il n'a pas eu la force ni le courage de réagir aux quolibets et aux insultes, ni de se retourner pour frapper la main de son père et se libérer.

« Une lettre est arrivée aujourd'hui de Florence, dit-elle au rabbin, d'un ton qu'elle veut dégagé. Que pensez-vous que je doive en faire ? »

Le rabbin ne répond pas. Combien de semaines depuis qu'il n'a pas reçu de lettre ? Sans le secours d'un scribe, sa correspondance s'est étiolée.

« Peut-être préférez-vous que je ne vous la lise pas. »

Elle sent toute la solitude qui pèse sur son esprit. Elle le devine retournant dans sa tête les mots qu'elle vient de prononcer, jaugeant la profondeur de son dépit. « Lis-moi la lettre, je te prie », dit-il d'une voix douce.

Elle se dirige vers lui, mais s'arrête à mi-chemin. Elle sort un papier de la poche de sa jupe – le programme du théâtre. Saisie d'un doute, elle le déplie sans bruit. *Le Masque des amants*, annonce-t-il. *Ou de la folie des cœurs.*

« De qui est la lettre ? s'enquiert le rabbin.

– D'un certain Daniel Lusitano », répond-elle.

Un nom qu'elle a exhumé de sa mémoire pendant la dernière partie du trajet en carrosse. Les fils Lusitano, d'anciens élèves du rabbin, avaient quelques années de plus qu'elle mais avaient quitté Amsterdam depuis longtemps, quand le commerce de leur père avait appelé ce dernier à Florence.

« Il dit, commence-t-elle, avant de baisser la voix parce qu'elle se rend compte qu'elle parle trop fort, qu'il a été votre élève à Amsterdam.

– Je m'en souviens, en effet, dit le rabbin.

– Au très estimé rabbin HaCoen Mendes, poursuit-elle, la gorge sèche. J'écris l'âme déchirée par la folie des gens au milieu desquels je vis : la communauté florentine, qui a servi jusqu'ici de lumière pour éclairer la route de ceux qui parmi nos semblables étaient dans les ténèbres, et qui aujourd'hui conspire à sa propre destruction. Je me tourne vers vous avec respect et admiration. »

Tout en lisant, elle observe le rabbin, les yeux fixés sur les siens, comme si elle pouvait, par sa seule volonté, le forcer à la voir. « Car votre savoir est grand, reprend-elle. Plus grand que celui de nombreux rabbins dont la renommée dépasse la vôtre. »

Le rabbin écoute, le front plissé.

« Les juifs de Florence sont menacés d'un schisme, je le crains, poursuit-elle. Ici, ceux de notre peuple se tournent en masse vers l'imposteur Sabbataï Tsevi. Ils le croient quand il prétend être le Messie, celui que l'on a attendu avec patience, au milieu de tant d'épreuves et de persécutions. Jusqu'aux rabbins de notre communauté qui commencent à croire en lui. J'ai parlé avec ceux que je croyais pouvoir convaincre, mais mes arguments sont de peu de poids auprès d'eux, car ils restent prêts à rejoindre la multitude des partisans de Sabbataï Tsevi.

« Je n'ai jamais été le plus brillant de vos élèves, mais je ne garde pas moins un souvenir ému des lumières de votre enseignement à Amsterdam, et je suis certain que vous ne verriez dans ce Tsevi qu'un imposteur. Je vous prie, dans votre grande bonté, de bien vouloir m'adresser quelques conseils qui me permettraient de convaincre mon entourage de cette folie. On trouve ici des gens qui vendent tous leurs biens pour se préparer à gagner la Terre sainte le jour où il se proclamera le Messie. D'autres, qui parlent déjà d'ouvrir les tombes de leurs êtres chers de façon que leurs corps soient ramenés à la vie à la fin des temps, qu'ils pensent être imminente. Je crains pour les juifs de cette cité... de cette cité, bafouille Ester, et de toutes les terres où sévit aujourd'hui ce faux prophète. Je crains que notre peuple ne sorte pas indemne de l'expérience une fois qu'il aura adhéré à cette fausse croyance.

Votre respectueux serviteur, Daniel Lusitano. »

Elle attend. Cela devrait suffire.

« J'ai entendu beaucoup de rumeurs sur les proclamations de Sabbataï Tsevi, dit lentement le rabbin, et sur la folie de certains de ses partisans. Mais j'ignorais qu'elle avait atteint Florence, et que les plus sages de cette communauté menaçaient d'en être victimes. Mais pourquoi Lusitano ne s'adresse-t-il pas à l'un des grands rabbins d'Amsterdam ? Ou à Sasportas, dont l'autorité en la matière dépasse la mienne ?

– Peut-être que votre élève ne fait confiance qu'à son maître, dit-elle en s'efforçant de garder un ton égal.

– Je veux que l'on sache, dit le rabbin en se carrant dans son fauteuil, que je condamne comme extrêmement dangereuse la doctrine de Sabbataï Tsevi. »

Cela revient à lui demander d'écrire une lettre sous sa dictée. Mais elle ne peut se résoudre à bouger.

« Je veux que tu rédiges une réponse pour moi », dit-il avec un geste de la main à son intention. Il a l'air agité.

Elle va jusqu'à la table où se trouve l'écritoire. Tombe assise sur la chaise, comme au terme d'une chute vertigineuse.

Le rabbin reste un long moment la tête plongée dans les mains. Puis il la relève et commence à parler, tandis qu'elle transcrit d'une plume brouillonne. *Mon cher Daniel, vous pouvez être assuré que je m'efforcerai de mon mieux de satisfaire à votre requête. De tout cœur, je vous présente ici les arguments qui me semblent les plus conformes à la vérité. Vous avez ma bénédiction pour les améliorer ou les modifier comme vous le jugerez bon, car je vous sais capable d'en faire le meilleur usage, et, comme vous accomplissez la volonté de D-ieu, vous serez mieux à même que moi de trouver les mots susceptibles de convaincre les juifs de Florence.* (Elle a du mal à suivre le rythme, et l'encre tache ses doigts.) *La réfutation des prétentions de Sabbataï Tsevi peut se faire en trois points, que je vais m'efforcer de développer à présent.*

Quand il a terminé sa dictée, le rabbin lui fait relire sa lettre et y apporte quelques corrections. Une fois satisfait, il se lève, s'appuyant au mur de la main pour garder l'équilibre.

À une époque, elle se serait levée pour l'assister. Mais à voir son expression, elle devine que son aide ne serait pas la bienvenue.

« Ces nouvelles me troublent beaucoup, dit-il. Je vais me coucher, maintenant. Recopie la lettre et envoie-la.

– Je m'en occupe », dit-elle.

Il se dirige à tâtons vers la porte – longue et laborieuse entreprise. Il va l'atteindre, quand il se retourne vers elle, le visage tendu et indéchiffrable. « Demain, je te dicterai une autre lettre, pour les rabbins d'Amsterdam, celle-là, destinée à les informer du danger que représente l'influence croissante de Sabbataï Tsevi. Tu continueras à me servir de scribe jusqu'à ce que cette affaire soit réglée, mais pas au-delà. Je ne te demanderai pas, reprend-il après une courte pause, d'écrire à Amsterdam pour faire venir un scribe capable de faire le travail à ta place. Non, je ne te le demanderai pas, pour la bonne raison que je sais que tu ne le ferais pas. Et dans la mesure où je demeure le seul gardien de ton âme, je ne veux pas me rendre coupable de ton mensonge. » Il a le visage plissé par la contrariété, mais est-il fâché contre elle, contre lui-même ou la communauté florentine, elle ne saurait dire. Il finit par sortir.

Elle pose les mains à plat sur la surface lisse et fraîche de la table. Ces mains sont-elles vraiment les siennes ? Les mots mêmes qu'elle a un jour jetés à la figure de son frère l'accusent : *Tu voudrais que je crache sur le seul homme qui nous a aidés ?*

Mais la voilà aujourd'hui en train de trahir sans scrupule la confiance du rabbin.

Les larmes lui montent aux yeux. Elle les chasse.

Au bout d'un moment, elle met de côté la lettre du rabbin, sort une nouvelle feuille de papier du tiroir et reprend sa plume. Elle écrit dans la précipitation.

> À Franciscus van den Enden,
>
> C'est avec un grand intérêt que j'ai pris connaissance de votre travail avec Plockhoy et de votre conception de la société idéale. Cependant, si votre philosophie politique demeure un riche terrain d'exploration, il y a d'autres questions dont je souhaiterais discuter avec vous-même et les philosophes de votre cercle.
>
> Je parlerai sans ambages et vous demanderai de prendre pareille franchise pour une marque de respect. D'aucuns disent que vous allez jusqu'à l'athéisme et que c'est votre association avec Benedictus de Spinoza qui a poussé ce dernier à abandonner son clan, celui des juifs. Si tel était le cas, je n'y trouverais rien à redire, car la notion du divin reste pour moi un mystère non encore résolu, et nombreux sont ceux qui s'efforcent honnêtement de le percer. Il est évident, au

vu de preuves que je formulerais volontiers dussiez-vous accepter de vous engager dans une semblable discussion, que les deux concepts imbriqués de volonté et d'infaillibilité divines ne résistent pas à l'examen, sauf lorsqu'ils sont enveloppés d'un épais voile de mystère par ceux qui tiennent à leur confort moral et spirituel.

C'est déjà faire preuve d'hérésie que de tenir de tels propos, et pourtant mes interrogations vont bien au-delà de ce que j'écris ici. Au nombre de mes plus chers désirs réside l'envie de comprendre la notion de déterminisme que, selon la rumeur, soutiendrait de Spinoza. Y souscrivez-vous vous-même ? Et, selon vous, qu'implique-t-elle ? Que l'homme est totalement privé de son libre arbitre ? Le déterminisme s'étendrait-il jusqu'à Dieu lui-même, si l'on peut encore, avec vous, parler de Dieu ? Dieu possède-t-il une volonté propre, et le pouvoir de l'exécuter, ou est-il autre que ce que toutes les formes de croyance ont imaginé jusqu'ici ? Je vous supplie d'accepter de correspondre avec moi sur ces questions, et sur bien d'autres encore. Je vous donne l'assurance que votre réponse restera entre mes mains et que personne n'en aura connaissance en dehors de moi. Je suis bien conscient des périls auxquels expose la pratique de la métaphysique et des dangers que courent les philosophes qui questionnent de trop près les fondements de la foi. Je ne vous en demande pas moins s'il serait possible à un penseur isolé de rejoindre votre communauté intellectuelle. Car bien que je respire l'air d'une autre contrée, c'est le même souffle qui nous porte, puisque nous autres hommes de philosophie respirons tous l'air des mêmes questions, où que nous résidions.

Dans l'attente de votre réponse,

Thomas Farrow

C'est avec un sourire ironique qu'elle signe le nom de Thomas Farrow comme elle imagine qu'il pourrait le faire : un grand paraphe arrogant. Elle aura quand même fait une bonne action : elle n'aura pas menti sous le nom du rabbin.

Quand Ester ouvre les yeux, c'est pour découvrir un jour déjà bien avancé. Rivka, à qui le rabbin a dû faire savoir qu'il reprenait Ester à son service, l'a laissée dormir, chargeant sans un mot une fois de plus sur ses larges épaules le fardeau des tâches domestiques.

Le monde est changé. Elle prend le temps d'éprouver la nature du changement. Assise au bord de sa paillasse, les jambes croisées sous sa chemise, elle sent le souffle chaud qui anime son corps. Miracle de ses paumes et de ses doigts qui se plient. Conscience de ses mains, bien à elle, maintenant. Des plantes de ses pieds, lisses et tièdes, qui se joignent comme des mains prêtes à applaudir. Elles les tapotent l'une contre l'autre, pour le simple plaisir de la sensation. Puis elle se met debout, se lave le visage dans la cuvette, laisse les gouttes de diamant glisser le long de son cou. Elle s'habille, descend l'escalier et sort de la maison dans la lumière de midi comme un insecte trop longtemps retenu dans sa chrysalide.

Le vent gonfle ses jupes, agite ses cheveux épinglés sans grand soin sur sa nuque. Elle marche dans la rue, riant à la figure de Londres, braillarde et noire de suie. Elle se rend chez Mary, prise dans une tourmente de mots : la réfutation qu'elle pourrait rédiger des assertions pompeuses de Solomon Sivani sur la nature du temps dans la Torah, dont elle a discuté avec le rabbin il y a plus d'un an. Et puis peut-être aussi une lettre à Lodewijk Meijer, car, il y a plusieurs mois de cela, à l'étal d'un bouquiniste devant St Paul, elle a lu une préface signée de Meijer dont elle a gardé certains passages en mémoire. Elle retournera à cet étal dès demain ; peut-être que le volume y sera encore, ou un autre susceptible de l'intéresser. Peut-être qu'en remplissant sa fonction de chaperon auprès de Mary elle pourrait rassembler l'argent nécessaire à l'achat de l'ouvrage qu'elle convoite : les *Principia Philosophiae Cartesianae* de Spinoza. Les extraits qu'elle en a lu lui ont paru d'une extrême prudence, sans aucune trace des audaces communément attribuées à l'hérétique, mais qui lui dit qu'un examen plus approfondi ne révélerait pas un feu caché dans ces pages ? Elle en est là de ses réflexions quand elle franchit les imposantes portes sculptées de la demeure des da Costa Mendes, où elle est accueillie par une domestique qui tend une main pour lui prendre son manteau. Quand elle le lui donne, sa main abîmée par le ménage effleure celle de la domestique, et elle lève les yeux vers le visage terreux de la fille, qu'elle voit accablé de fatigue. Très vite, avant que la pitié l'envahisse, elle se détourne. Se sentir coupable de s'être ainsi libérée risquerait de l'anéantir. Elle a trouvé une planche de salut à laquelle s'accrocher, une chance, fût-elle mince, d'avoir une vraie vie, et elle ne va pas faiblir maintenant à la vue d'une inconnue en danger, comme tant d'autres, de se noyer.

Dans le salon des da Costa, un filet de vapeur parfumé monte d'une théière en porcelaine posée sur une table basse en acajou.

« Te voilà enfin ! » s'exclame Mary d'une voix tendue. La nervosité qui déforme son visage poudré présente un curieux contraste avec sa tenue : une robe d'un bleu délicat, tissée de rubans de soie roses sur la poitrine, avec une cascade de dentelle en dessous.

Thomas, qui se prélasse sur le grand sofa en velours auprès duquel se tient Mary, se tourne à l'entrée d'Ester et lui fait un grand sourire. Puis son regard glisse vers l'autre bout de la pièce, où elle découvre la raison de l'agitation de Mary. Debout dans la lumière crue tombant de la haute fenêtre se tiennent les deux compagnons de Thomas. Bescós, une tasse à la main, contemple le tableau qu'offrent côte à côte le corps alangui de Thomas et celui de Mary, assise toute droite. Non loin de lui se tient John, qui regarde à présent Ester d'un œil doux et interrogateur, sa tasse refroidissant sur une petite table.

Thomas lève la sienne. « À la beauté de notre hôtesse. » Ester a l'impression que ce n'est pas la première fois qu'il porte le toast.

Mary tente un sourire, sans y parvenir.

Sur l'épinette, à côté d'une paire assortie de globes terrestre et céleste, se trouve un carré au point de chevron, la broderie reposant sur le bois verni, comme abandonnée là par une main désinvolte. Un travail d'une incroyable délicatesse, fil de schappe passé dans l'épais satin blanc, avec de petites paillettes argentées et des perles minuscules pour souligner le dessin pratiquement terminé : un motif de fleurs, de papillons et de chenilles. Ester n'aurait jamais soupçonné que la constante agitation de Mary lui permette de produire une œuvre aussi élaborée et réclamant pareille patience.

Thomas, complètement indifférent à ce magnifique travail d'aiguille exposé là à son intention, est occupé à attirer à lui un tabouret brodé du bout d'une botte dernier cri, exercice qui serait parfaitement inutile s'il prenait seulement la peine de se pencher pour l'attraper de la main. Quand il a enfin réussi dans son entreprise, il pose un talon sur le coussin. Ester voit que la semelle de la botte est rapiécée.

Mary avance d'un pas, ses yeux plissés envoyant un message clair à l'adresse d'Ester. Se tournant vers les deux hommes debout à la fenêtre, elle leur lance, d'une voix agréable mais hérissée de quelques épines :

« Ester et moi n'escomptions aucune compagnie en dehors de celle de Thomas.

– Thomas non plus », répond Bescós après s'être longuement esclaffé.

Puis, sans bouger de l'endroit où il se trouve, il retourne à son examen des riches tapisseries et des élégantes décorations de la pièce. Il faut dire qu'Ester est elle aussi frappée par la splendeur de la demeure des da Costa Mendes. Elle n'y est venue qu'une seule fois pour passer prendre Mary, sans pourtant franchir le seuil. Lors de leurs autres sorties, c'est Mary qui est toujours venue la chercher chez le rabbin. À présent, elle ne peut s'empêcher d'ouvrir de grands yeux : argenterie, tapisseries et tentures, bois précieux, tableaux richement encadrés.

« Nous avons suivi Thomas jusqu'ici, dit John, dans le seul but de le ramener au théâtre à temps pour la représentation. » Sa voix a des modulations si douces qu'elle rappelle à Ester le quaker qu'elle a un jour entendu prêcher dans une rue de Londres et qui semblait peser chaque phrase avant de la prononcer, du haut de la caisse sur laquelle il était juché au milieu du tintamarre de la circulation, comme s'il pensait que ses mots pouvaient tout autant blesser que guérir.

Tout en reprenant la parole, John s'excuse auprès de Mary d'un signe de tête. « Il nous a faussé compagnie à la taverne, alors qu'il avait déjà l'esprit passablement échauffé par le vin. Et sa présence est requise sur scène dans moins d'une heure. Les acteurs ont déjà dû se passer une fois de lui et de son rôle. La chose viendrait à se reproduire qu'il le paierait de son emploi. C'est l'unique raison pour laquelle nous l'avons suivi jusqu'ici. »

Thomas, qui a écouté ce discours un sourire ensommeillé aux lèvres, fait un pied de nez à John. Les joues rougies par l'alcool absorbé à la taverne, il caresse sa petite barbe et reporte son attention sur les tapisseries des murs. De temps à autre, il jette un coup d'œil à Mary, toujours debout à côté de l'épinette, mais quelles que puissent être ses intentions à son égard, elles semblent pour l'instant tout à fait secondaires par rapport à l'intérêt qu'il manifeste pour le mobilier de son père. Thomas observe la richesse, note Ester, de l'œil dont certains contemplent un coucher de soleil.

Un bruit de pas se fait entendre dans le hall, et une domestique aux allures de matrone pénètre dans la pièce l'air ostensiblement affairée. Elle passe devant toute la compagnie pour aller jusqu'à la théière, en soulève le couvercle et dit à Mary d'un ton peu amène : « Vous allez vouloir un peu plus d'eau, non ? » Sans attendre la réponse ni prendre la peine de se protéger la main avec un linge, elle prend le récipient encore très chaud contre sa poitrine. « Je suppose que votre père ne va pas manquer de se demander, Mary, quels invités sont venus profiter de son hospitalité pendant son absence. »

Mary pose un doigt sur la surface en métal gravé du globe terrestre, le fait pivoter légèrement d'un côté puis de l'autre, avant de l'envoyer tourbillonner d'un coup sec. Elle lui a imprimé un mouvement si fort que la base du support métallique en tremble, ce qui déclenche un concert de protestations furieuses de la part de l'épinette, dont les cordes en cuivre vibrent d'elles-mêmes dans une cacophonie déchirante comme sous le coup de quelque terrible blessure. Les notes basses sont les dernières à s'éteindre.

« Mon père ? répond Mary. Mais il est occupé en ce moment à courtiser sa nouvelle conquête, comme tu le sais très bien, Hannah. Et il ne sera pas de retour avant quinze jours. »

À ces mots, la domestique laisse échapper un petit cri peiné. Quelque désapprobation qu'elle puisse nourrir à l'égard de la conduite de la fille, il est clair que celle du père la désole davantage encore. Elle quitte la pièce sans un mot.

Mary s'approche vivement d'Ester. La saisissant par le bras, elle lui siffle à l'oreille :

« Emmène-moi ces deux-là au jardin.

– Tu es sûre ? » demande Ester avec un regard en direction de Thomas.

Le visage de Mary est suffisamment éloquent pour la dispenser de réponse. Elle montre du doigt un couloir sur la gauche.

Sans préambule, Ester lance aux deux autres : « Allez, au jardin. »

Bescós se détache du mur, avec un rire brusque et amer.

Elle conduit les deux hommes le long d'un bref couloir et leur fait franchir une porte qui donne sur un jardin en terrasse bien entretenu, ses arbustes fleuris entourés d'une ceinture d'œillets et de lierres torsadés le long des murs. Des plantes exotiques aux fleurs délicates inconnues d'Ester s'épanouissent le long d'une allée incurvée, des haies d'églantier abritent le sentier. Ce devait être le jardin de Catherine, abandonné par sa créatrice durant le sommeil de l'hiver. Quelqu'un a veillé à son entretien d'une main fidèle ce printemps. Avec un sursaut de surprise, Ester se rend compte qu'elle connaît l'identité de cette personne. La taille est maladroite, une haie a été trop dégarnie, une autre a été raccourcie jusqu'à mi-hauteur avant d'être abandonnée. Le désherbage, sporadique et peu soigné, témoigne de la dévotion muette d'une fille pour sa mère.

Sous les dégâts causés par la main malhabile de Mary, on distingue encore le dessin de l'ensemble conçu par Catherine : une courte allée d'arbres formant une haie impénétrable de leurs rameaux entrelacés et une voûte au-dessus des têtes ; des urnes remplies de plantes aromatiques, charmant trompe-l'œil destiné à détourner l'esprit et les sens du fait qu'il n'y a qu'un sentier de gravier qui permet de circuler dans le jardin, autour d'un bout de pelouse exposé aux odeurs vagabondes des tanneries et aux grincements des charrettes qui passent juste de l'autre côté du mur.

Bescós arpente seul le périmètre du jardin, alors que John a résolu de tenir compagnie à Ester. Ils avancent tous deux à pas lents le long du sentier. Au bout d'un moment, elle se tourne vers lui et surprend son regard sur elle. Elle baisse les yeux, mais le rire plaisant de John lui fait relever la tête.

D'un geste de la main, il attire son attention sur un buisson de santoline joliment taillé en forme de globe. Elle aperçoit là, glissé dans l'ombre sous la sphère ventrue de la plante, un petit coussin brodé d'un motif qu'elle vient de voir il n'y a pas cinq minutes. Le coussin a été ouvert et l'un des panneaux soigneusement retiré, découvrant la laine du rembourrage. À côté, par terre sous le buisson, traîne une paire de petits ciseaux en argent.

Quelle détermination, quelle délicatesse Mary a dû mettre à découdre juste ce qu'il fallait de ce panneau pour donner l'illusion qu'il était de sa main, puis à le monter sur un cadre, passer le fil dans une aiguille et déposer le tout sur l'épinette pour faire croire que l'arrivée de Thomas venait tout juste de l'interrompre dans son travail. Un mensonge dont la mise en œuvre est aussi élaborée que la réalisation de la broderie elle-même.

John rit d'une gaieté franche, la bouche ouverte, les épaules penchées en avant, les joues roses, le regard brillant. Ce n'est qu'au moment où il s'arrête, le visage soudain inquiet, qu'elle prend conscience de ne pas avoir ri du tout, mais d'être restée à le fixer avec de grands yeux.

La consternation qu'il manifeste devant son air solennel ne lui paraît cependant plus de mise, et du même coup elle n'arrive pas à contrôler son visage. Comme aux termes d'un accord tacite, ils éclatent de rire de concert : conspiration bienveillante ourdie sur fond de haies bien nettes et d'herbes aromatiques domestiquées. Son rire s'élève au-dessus de celui de John, dans des aigus de petite fille.

Mais d'où vient l'air heureux qu'arbore son compagnon ? Aucune trace de souffrance, de rancune, d'humeur sombre dans son regard. Elle n'a jamais vu d'yeux aussi clairs, ils sont d'un marron délavé, et paraissent suffisamment amples et profonds pour absorber tout ce qu'ils voient.

Elle se mord la lèvre jusqu'au sang.

« Ne cherchez pas à me connaître, dit-elle.

– Et pourquoi ? » demande-t-il, le sourcil arqué.

Comment lui expliquer que, l'espace d'un instant, il lui a rappelé ces anges en bois sculpté qu'elle a aperçus ici et là dans la ville, juchés sur certaines arches majestueuses ou sur les piliers de porches imposants – créatures dont le visage reflète une fascinante innocence ? Chaque fois qu'elle en croise un, elle est sûre que, si elle devait le toucher, cette innocence, elle la flétrirait à coup sûr.

Elle se tient à présent debout face à John, prise entre l'envie de se détourner et celle de sentir encore une fois sa main sur la sienne.

« Si vous me connaissiez vraiment, vous me fuiriez.

– Peut-être ne le pensez-vous que parce que vous ne me connaissez pas. »

Il se tient devant elle, immobile, les bras ballants. Elle a l'impression qu'il vient de lancer un défi... à elle ou à lui-même, elle ne saurait dire. Elle sent qu'elle devrait réagir, répondre d'une façon ou d'une autre. Puis elle voit brusquement que la conduite qui s'impose, c'est justement de garder le silence.

Une minute passe. Puis une autre. Quelque chose change entre eux.

Elle voit Bescós venir dans leur direction. Elle détache son regard de celui de John et reprend sa marche.

« Dites-moi, l'interroge-t-elle comme s'ils n'avaient parlé de rien d'autre tout au long, est-il vrai que votre ami Thomas n'a rien appris à Oxford ? »

John vient se positionner à son côté.

« Pendant le siège d'Oxford, il a fait partie de ceux qui étudiaient sous la direction de Harvey.

– L'anatomiste ? L'auteur de *De Motu Cordis* ?

– Oui, absolument, dit John, surpris. Harvey était très populaire parmi les étudiants coincés là-bas pendant la guerre.

– Et pourtant votre ami n'a pas l'air d'avoir été beaucoup marqué par son enseignement.

– C'est vrai, je le crains, dit John au moment où Bescós les rejoint. Je crois que la seule leçon que Thomas ait retenue de son séjour à Oxford, c'est qu'il détestait les études. Et la seule leçon qu'il ait tirée de Harvey est ce qu'a dit le grand anatomiste quand son ouvrage le plus brillant a été condamné pour avoir contredit Galien. Il a alors déclaré que l'humanité n'était qu'un ramassis de babouins malveillants. Je pense, ajoute-t-il en grimaçant un sourire, que Thomas n'a vécu depuis lors que pour prouver la validité de ce constat.

– C'est au moins là un point sur lequel nous sommes d'accord, Thomas et moi, intervient Bescós, avec un petit sourire satisfait. Nous adhérons l'un et l'autre au jugement de Harvey sur l'humanité. »

Son regard passe au-dessus d'Ester pour se fixer sur John.

« Alors que de ton côté tu as une conception plus délicate de l'esprit humain.

– Plus charitable, je dirais, corrige John.

– Non, dit Bescós, d'une voix soudain grinçante. La charité consisterait à dire la vérité, plutôt que débiter de pieux mensonges. Il est charitable de tordre le cou à un avorton, de mettre un terme à la souffrance des invalides et des estropiés, de reconnaître que certains hommes naissent diminués et qu'il convient de les supprimer. Tu crois avoir le cœur compatissant, John, mais en réalité tu te mens à toi-même. Ceux qui partagent ta jolie vision de l'humanité ne font que prolonger inutilement les souffrances de ceux qui échouent à survivre. Harvey était encore trop généreux dans son estimation ; le babouin témoigne encore d'un sens de la famille, du clan, ce qui n'est pas le cas de l'espèce humaine. »

Sur quoi, il tourne les talons et rentre dans la maison.

Ce n'est qu'après son départ qu'Ester prend conscience de s'être mise sur la pointe des pieds pendant son discours, comme prête à prendre ses jambes à son cou.

Une expression attristée assombrit le visage de John. « Lui et moi avons déjà parlé de mon opinion selon laquelle les soldats qui désertent au plus fort d'une bataille perdue d'avance ne devraient pas être exécutés. J'argumente que beaucoup d'entre eux sont enrôlés de force mais n'ont pas l'étoffe de héros. Vous devinez aisément la réaction de Bescós. J'essaie simplement de lui pardonner sa férocité. »

Elle secoue lentement la tête.

« Je suis désolé, dit John. C'est un être aux idées frustes, qu'il exprime sans détour et sans le moindre égard pour autrui.

– Alors, pourquoi le traiter d'ami ?

– Il est l'ami de Thomas, pas le mien, rétorque-t-il, l'air surpris.

– Et pourtant, vous restez en sa compagnie.

– Seulement quand je ne peux faire autrement. À dire vrai, toutefois, Bescós n'est pas un mauvais homme, en dépit de ses vitupérations et de son apparente insensibilité. À l'auberge où nous logeons, je l'ai vu payer à dîner à des étudiants sans le sou quand des hommes aux manières plus raffinées et à la bourse mieux garnie n'esquissaient pas le moindre geste. Sa générosité a quelque chose de rude, de bourru, tout comme les opinions qu'il professe. Tout ce qu'on peut lui reprocher, je crois, c'est un état de tension permanent, mais il n'est en rien différent en cela de la grande majorité de ceux qui viennent dans cette ville à la recherche de leur avenir. Vous-même, ajoute-t-il après un moment de silence, c'est une véritable amitié qui vous retient auprès de Mary ? Vous paraissez tellement différentes l'une de l'autre. »

Depuis la maison leur parvient l'écho du rire frivole de Mary.

Se surprenant elle-même, elle regarde John droit dans les yeux et lui assène : « Mary me paie pour être présente ici aujourd'hui. »

Il a d'abord du mal à cacher sa stupéfaction, puis il dit en riant : « Permettez-moi alors de vous rendre ces heures de travail plus légères. »

Mais elle n'est pas prête à partager sa bonne humeur. « Mary, contrairement à votre compagnon, dit-elle en désignant la porte par où a disparu Bescós, ne méprise personne pour avoir gardé la croyance dans laquelle il est né. »

John enregistre. Puis hoche la tête sans un mot.

Ils rentrent tous deux dans la maison, à temps pour voir Thomas et Mary sortir d'un couloir donnant sur l'arrière en batifolant comme des enfants – les lèvres de Thomas rouge cerise, le rire de Mary on ne peut plus aigu. Puis le premier, le visage coloré par autre chose que du vin, marche à reculons avec une joyeuse révérence jusqu'à la porte avant de se tourner vers la rue, une expression béate sur le visage. Bescós l'attend déjà, et il tourne le dos à son camarade dès que celui-ci paraît, puis s'éloigne sans un mot.

« On ne prend pas congé ? » lance John.

L'Espagnol s'arrête en chemin, se retourne lentement. « John, mon ami, dit-il, encore que rien dans son air ne semble justifier l'épithète, avant de regarder tour à tour Mary, puis Ester, tu sais très bien que je suis courtois où et quand la courtoisie est de mise. Or, ici et maintenant, elle ne l'est pas. »

Mary a l'air perplexe, comme si elle avait fort bien entendu mais ne comprenait pas le sens des mots.

John secoue la tête. Il se penche pour baiser la main de Mary. Qui reste de marbre. Il répète son geste, rapidement, avec Ester, ses yeux se posant sur elle le temps d'une seconde troublée. Puis il s'éloigne à grandes enjambées pour rejoindre ses compagnons. Au moment où tous les trois tournent à l'angle de la rue, elle constate que John s'adresse à Bescós avec une certaine véhémence.

Elle les regarde s'éloigner avant de se tourner vers sa compagne. Si elle ne dit rien d'autre, il faut au moins qu'elle lui fasse savoir ce qu'elle a vu.

« Mary, ton père a fait grand tort à ta mère, et il fait de même avec toi à présent. Pourtant, tu n'arrangeras rien en...

– Tais-toi, tu ne sais rien, riposte Mary, la voix menaçante.

– Peut-être. Mais... »

Que dire ? Jusqu'où aller ? Un avertissement a-t-il jamais suffi à empêcher une main de se saisir de l'objet convoité ? Mais que s'était donc imaginé Catherine en croyant Ester capable de corriger la trajectoire de sa fille ?

« Tu m'as demandé un jour le conseil que m'avait donné ma mère à propos de l'amour. Mais c'est sa vie, bien plus que ses paroles, qui m'a fourni le conseil le plus éclairé. Les échecs de l'amour à la satisfaire l'ont tellement marquée qu'elle avait pour seule boussole la rancune. Mais si tu avais pu la voir, tu aurais compris comment, même si l'on a toute la beauté du monde, la lame de la rancœur peut se retourner contre soi et vous mutiler cruellement. Si bien que l'on finit par ne plus pouvoir se saisir de rien, Mary. Si bien que la vie... n'est plus la vie. »

Un moment, Mary semble attentive. Puis elle a un haussement d'épaules.

Ester ne sait pas comment se comportent les femmes quand elles tentent de se consoler les unes les autres. Elle n'a pas eu de sœur, ni aucune amie assez hardie pour tenter un geste destiné à soulager les tourments d'une âme. En cherchant les mots adéquats, elle n'entend que la voix avinée de sa mère au cours de cette fameuse nuit, et elle est surprise de trouver, au milieu de son discours sur la trahison, un reste de sollicitude. *Certaines femmes, Ester, aiment à croire que leur cœur est en verre et doit forcément se briser si elles s'avisent ne serait-ce que de penser au péché. Tu m'entends, Ester, se briser !* Aujourd'hui encore, elle entend la fureur impuissante qui étrangle la voix de sa mère. *De telles femmes croient que leur cœur fragile est un signe de vertu. Mais il faut que tu saches qu'il n'est rien de plus qu'un signe de chance. Écoute-moi bien. Seuls les cœurs bien trempés survivent une fois la chance passée.*

Voilà ce qu'elle aimerait pouvoir dire à présent à Mary : une femme doit avoir le cœur bien trempé si elle prétend ne pas succomber au premier choc.

Elle voudrait lui dire : endurcis ton cœur.

Mais Mary se tient à l'écart, les yeux toujours fixés sur l'horizon de plus en plus lointain de la respectabilité. « Crois-tu que ma mère serait très en colère contre moi ? » murmure-t-elle.

Un instant, Ester revient par la pensée à cette soirée venteuse sous les arbres du parc, au bruit de la respiration saccadée de Catherine da Costa Mendes en train de gravir la pente de l'allée. Les yeux las derrière le masque de velours noir. « Ta mère ne s'attardait pas sur les regrets, dit-elle. Et tu devrais faire de même. »

Mary fixe les pavés entre ses pieds. « Je ne regrette rien. Sauf... » Elle s'interrompt, lève les yeux vers sa compagne, le regard pénétrant, comme si un énorme fardeau, une lourde chape de plomb, venait à l'instant de tomber sur elle.

Elle mord sa lèvre rouge et charnue et part en direction de la maison.

Le rabbin attend Ester à son retour. Il garde le silence jusqu'à ce qu'elle ait ôté son manteau.

« À Daniel Lusitano », annonce-t-il à brûle-pourpoint.

Le rabbin a demandé à Rivka de préparer du papier.

« Mon angoisse grandit, dit le rabbin, à chaque nouvelle heure que je passe à réfléchir à votre lettre. »

Elle s'assied à la table.

« J'espère que vous voudrez bien pardonner l'abondance de mes missives, mais mes pensées se pressent dans ma tête comme des moutons à la barrière de l'enclos quand rôde le loup. »

Elle écrit sous la dictée.

« Dans l'obscurité où je suis, poursuit le rabbin, et elle voit qu'il a répété le texte dans sa tête, je me fais peut-être une image trop nette de l'erreur qui guette votre communauté à Florence. C'est une erreur qui affectera non seulement l'âme mais aussi le corps, car ceux qui se préparent pour l'autre monde avant sa venue ne peuvent que trahir leur vie dans celui-ci. J'entends parler de Sabbataï Tsevi depuis longtemps, mais j'ai stupidement gardé le silence, et je ne peux que m'en vouloir d'avoir attendu de recevoir de mon étudiant bien-aimé une nouvelle preuve de la réalité de la menace pour sortir de ma torpeur. C'est dans l'idée de vous apporter le peu d'aide dont je suis capable que je vous expose ce qui suit. »

Sa main ralentit sur le papier. « Vous devriez prendre quelque repos », dit-elle. Est-il à même de percevoir le regret qui perce dans sa voix ? « Je suis certaine qu'il vous écrira de nouveau sans tarder. Vous aurez le temps d'étoffer vos arguments d'ici là, sans vous épuiser à les mettre en forme aujourd'hui.

– Tu te mettrais en travers de mon chemin, maintenant ? » demande-t-il, les narines frémissantes.

C'est la première fois qu'elle le voit en colère. Il a compris qu'elle l'a trahi, elle le sent, même s'il ignore encore la nature de sa trahison.

« Je suis prête à reprendre », répond-elle.

Sa plume court sur le papier sous la dictée du rabbin. La lettre est longue, pleine d'arguments soigneusement développés, de clarifications, son insistance mesurée traversée d'un éclair de passion : *Suivre cet homme, c'est suivre la fausse divinité contre laquelle mettent en garde les commandements.*

C'est elle qui est à l'origine de sa détresse. Inutile de se le cacher. Il est la seule personne à avoir toléré son désir d'apprendre, mieux, à l'encourager. Et voilà qu'elle s'applique à miner le sol qui le porte. Un prix exorbitant en échange de sa liberté. Tout en écrivant, elle se jure de lui rembourser sa dette.

Son corps frémit-il encore de sa rencontre de la matinée ? Porte-t-il encore les marques des yeux clairs de John, de la proximité de sa personne ? Entend-elle le bruit de son rire dans le jardin ? Elle ne doit plus y penser.

Elle n'a pas fait un tel tort au rabbin pour dilapider à présent sa liberté à semblables futilités.

Quand il en a terminé, le rabbin a le visage grave. L'effort que lui a demandé la lettre l'a épuisé. Elle comprend par ailleurs les risques qu'il a pris en adoptant pareille initiative : si prudemment qu'il ait formulé sa pensée, ses paroles ne sauraient être comprises autrement que comme une accusation portée contre les chefs estimés de la communauté florentine. Mais, dans le seul but de venir en aide à son ancien étudiant et d'endiguer la vague des disciples de Sabbataï Tsevi, il a osé parler.

« Recopie-la, à présent », dit le rabbin.

Elle s'exécute, la main lourde, rédigeant une lettre qui ne sera jamais envoyée.

On frappe à la porte d'entrée. Avant qu'Ester ait le temps de se lever, Rivka est sortie de la cuisine pour aller répondre. Un échange assourdi, puis quelqu'un qu'elle connaît bien entre rapidement dans le bureau du rabbin, toujours vêtu de son manteau.

« Manuel HaLevy », annonce Rivka d'une voix neutre.

Ester ne l'a pas revu depuis ce fameux jour dans le parc, et encore était-ce de loin.

« Sois le bienvenu, dit le rabbin en levant la tête. Cela fait bien longtemps que nous n'avons pas étudié ensemble. Tes affaires vont bien, j'espère ?

– Assez bien, répond Manuel. J'espère que vous allez de même », ajoute-t-il avec une étrange pointe d'humour dans la voix.

Ses yeux passent du rabbin aux restes de son thé, puis au feu. Avant de se tourner vers Ester, interrogateurs.

Elle pose la main sur la lettre qu'elle était en train de recopier, même si l'encre en est encore fraîche.

« Mon frère, peut-être avez-vous entendu la nouvelle, a été enrôlé de force, dit Manuel, et il embarque ce jour sur un navire de guerre de la marine royale.

– Mais ton père n'a rien pu empêcher ? s'étonne le rabbin. N'est-il pas un homme de quelque influence, même parmi les chrétiens ?

– C'est sur ordre de mon père qu'il a été arrêté. Ils équipent aujourd'hui en hommes un navire de guerre en partance pour les Amériques, afin de s'opposer aux Hollandais qui menacent nos intérêts dans cette région du monde.

– C'est de l'esclavagisme, dit le rabbin en se levant. Pur et simple. »

Ester regarde tour à tour le rabbin, qui se tient encore à sa chaise d'une main, et Manuel.

« Que signifie tout cela ? demande-t-elle.

– Tu crois peut-être que je ne sais rien de ce monde, Manuel HaLevy, intervient le rabbin. Mais quand je vivais encore à Amsterdam, j'entendais parler ceux qui voyageaient. La vie d'un enrôlé de force est d'une cruauté sans pareille ; les hommes sont enchaînés tout le temps que le vaisseau reste à quai, de façon qu'ils ne puissent pas s'échapper. Une vie de damné. Qui, pour quelqu'un comme ton frère, sans aucune expérience de la mer, ne pourra être que de courte durée, que Dieu le préserve de la mort. Est-ce là vraiment ce qu'un juif peut souhaiter pour son fils, ou son frère ? »

Lâchant le dossier de sa chaise, il fait un pas en direction de Manuel HaLevy, puis s'arrête, son visage déformé par la fureur braqué sur un endroit qui n'est pas celui qu'occupe Manuel.

Celui-ci hausse les épaules, comme si la colère du rabbin était inefficace dès l'instant où elle n'est pas ciblée.

« C'est en raison de la nature de ton frère, c'est ça ? interroge le rabbin.

– Oui, en effet », acquiesce Manuel avec un petit rire.

Dans le dos de Manuel résonnent soudain les épais accents portugais de Rivka : « Vous n'avez donc point de cœur ? Les monstres des profondeurs le dévoreront. »

Bien que la véhémence de l'intervention l'ait fait sursauter, Manuel n'a pas un regard pour Rivka. « Dieu seul connaît le sort réservé à mon frère, dit-il au rabbin. Et puis, mon père pense qu'un travail pénible aidera mon frère à se reconstruire et à devenir un autre homme. À moins qu'il ne soit pas à la hauteur de la tâche. Dans un cas comme dans l'autre, cela arrivera loin de la maison de mon père. »

Rivka traverse rapidement la pièce pour aller aider le rabbin à s'asseoir.

« Pourquoi êtes-vous venu ? demande Ester à Manuel.

– À la requête de mon père, les marins ont accepté d'accorder à mon frère quelques heures de délai pour lui permettre de mettre ses affaires en ordre et de faire ses adieux. Alvaro a demandé à un de nos domestiques d'apporter ici la nouvelle. Mais j'ai jugé plus commode de le faire moi-même. Peut-être avais-je besoin d'un peu d'air. »

Il ne quitte plus Ester des yeux à présent, mais celle-ci est incapable de déchiffrer le message qu'ils lui transmettent. Puis il rit, rompant le sortilège. Un moment, sa bouche s'arrondit sur une moue ironique. « Je crois que mon frère espère un adieu de votre part. »

Quelque chose dans l'apparence de Manuel retient l'attention d'Ester. Ses lèvres charnues et pâles, ces yeux cuivrés sous la frange épaisse de cheveux brillants. Le nez droit et les hautes pommettes, la lourde ossature de son visage qui la domine, toujours assise à sa table. C'est un homme, certes, avec encore quelque chose d'un adolescent. Elle pourrait presque l'imaginer à l'âge des questions, observant silencieusement le monde à travers ces yeux étranges... et arrivant peu à peu à ses premières conclusions, définitives et sans équivoque.

Elle se lève, glisse la feuille sur laquelle elle a recopié une partie de la lettre sous une pile de pages blanches et décroche son manteau.

« Ester, dit le rabbin, tu voudras bien transmettre une note de ma part au père du garçon. *La nature d'Alvaro le conduit peut-être au péché, mais il ne pèche pas contre toi. Que Dieu se charge des péchés de VaYikra, et non l'homme.* Dis-lui aussi (la voix du rabbin monte, puis se fait rauque) : *Il ne nous appartient pas de lapider le pécheur, car nous ne sommes pas les saints hommes qui ont vécu au désert, et nous devons laisser à Dieu la décision du châtiment ou du pardon.* Écris ces mots, dit le rabbin d'une voix tremblante. Écris : *L'exil auquel tu le condamnes sera sa mort.* »

Elle connaît la demeure des HaLevy, même si elle n'en a jamais franchi le seuil. Sa façade en brique domine la rue : fenêtres sévères, toit pentu en ardoise, et non en chaume. Un bel exemple de richesse.

Sa main s'est à peine posée sur le heurtoir qu'Alvaro lui-même vient lui ouvrir la porte. Il est entièrement vêtu de blanc, comme un pénitent ; sa large chemise à moitié nouée au cou pend sur ses hauts-de-chausses.

Il l'accueille sans un mot, lui faisant signe d'entrer dans le hall : l'heure n'est pas aux futilités. Debout contre le mur, dont il semble avoir besoin pour s'appuyer, sa chemise dessinant son corps encore gracile, il pourrait être le portrait d'un jeune éphèbe qui se languit d'amour – n'était le désespoir dans ses yeux. Elle sent qu'il est déjà enchaîné au pont d'un bateau en partance, regardant s'éloigner, impuissant, la terre ferme qui l'a porté jusque-là.

Des profondeurs de la maison monte le bruit intermittent de l'activité quotidienne. Puis un silence abyssal suivi d'un déchaînement de mots en provenance d'une pièce à l'arrière – les cris d'une famille qui se déchire. Une servante maigre aux cheveux blancs émerge d'une porte ; surprise par la présence d'une étrangère, instinctivement, elle la dévisage et exprime ainsi pleinement son angoisse – à l'égard des actes du père ou de ceux du fils... Ester ne saurait dire.

Cette dernière lui tend le mot du rabbin. « Pour Benjamin HaLevy ».

La femme pince les lèvres, avant de disparaître, la lettre à la main.

« Tu voulais me voir, dit Ester à Alvaro.

– Oui, rétorque-t-il en hochant la tête. C'est que... j'ai besoin... »

Il étend les mains ; ce dont il a besoin, seul son père est en mesure de le lui donner. Il baisse la tête. « Tu as toujours été si bonne avec moi. Peut-être connais-tu un psaume ? »

Elle se refuse à le tromper. À aucun moment au cours des vingt-sept années de sa vie, elle n'a eu vent de Dieu descendant des pages des livres saints pour veiller sur le chemin des vertueux. Alors, de quelle aide pourraient bien être les mots de protection divine pour quelqu'un comme Alvaro, qui, selon certains de ces mêmes livres, a gravement péché ?

« Tu sais ce que je suis », dit-il. Il prend une longue inspiration, lève la tête et laisse le poids de sa confiance peser tout entier sur elle. « J'ai toujours voulu te le dire. Maintenant, tu es au courant. La maison de mon père est maudite par la présence d'un pédéraste. Je ne demande aucune bénédiction, ajoute-t-il, le visage décomposé, car quelle bénédiction mérite un homme tel que moi ? » Un instant, sa voix gagne en vigueur, si bien qu'elle arrive presque à se laisser convaincre de son courage ; puis elle voit les yeux d'Alvaro soudain noyés de larmes.

Un pas léger dans un couloir proche. La servante à laquelle elle a remis le mot du rabbin entre.

« Tenez, dit-elle, en déposant délicatement la lettre dans la main d'Ester.

– Il n'y a pas de réponse ?

– Aucune », dit la femme, dont les cheveux gris sont tirés en arrière en un petit chignon serré sur la nuque.

Elle grimace, comme si elle cherchait à dire quelque chose d'autre. « Absolument aucune », se contente-t-elle de répéter, puis elle s'éloigne. Alvaro n'a pas vu le regard de grande tendresse qu'elle a posé sur lui avant de disparaître.

Le jeune homme reste figé sur place, tandis que les pas de la servante s'éloignent. Son immobilité, dans ce vestibule enténébré, fait frissonner Ester – soudain embarquée, dans le vent âpre, sur les immenses vagues grises de la longue traversée qui attend le jeune homme, soumis à la discipline impitoyable d'un bateau en pleine mer. Elle voit d'ici le visage juvénile, le duvet fin sur les lobes des oreilles, les ongles rongés jusqu'au sang – Alvaro pétrifié par une peur si grande qu'elle ne se distingue plus de la prière. Elle voit son corps soulevé au-dessus du bastingage par des inconnus. Des membres lisses tourbillonnant dans les profondeurs obscures, loin, très loin sous la surface chamarrée.

Elle s'oblige à prononcer les mots qu'il attend. « Ma bénédiction, la voici, lui dit-elle. Rêver des rêves si heureux qu'ils te feront rire aux éclats au réveil. »

Elle le regarde remonter à la surface en entendant ses mots.

Du fond de la maison, les ordres d'un domestique.

Elle est surprise de constater que Manuel l'attend dans la rue. Tandis qu'elle passe devant lui et le salue sèchement d'un signe de tête, il lui emboîte le pas.

Ils empruntent St Helen's Street. Il a l'air grave, comme s'il avait une affaire importante à régler. Un bref regard dans sa direction, c'est tout ce que lui accorde Ester, qui n'a pas la moindre idée de ce que signifie sa présence et ne souhaite pas lui donner le plaisir du spectacle de sa confusion.

Ils longent Fletcher's Hall et tournent dans Bury Street. Impossible de nier à présent qu'elle rentre chez elle sous escorte. Il marche à grandes enjambées à son côté, dans son beau manteau, ralentissant si nécessaire pour régler son pas sur le sien. Il a les mains croisées dans le dos, comme un homme plus âgé, imbu de sa réussite.

À l'angle de Creechurch Lane, elle s'arrête, prête à injurier Manuel et à le traiter d'assassin.

« Une journée bien chaotique », fait-il remarquer.

Elle cherche sur son visage des signes de remords. N'en trouve aucun. Rien, en dehors de la résignation pragmatique d'un jeune homme qui s'est déjà accommodé des nécessités de ce monde.

« Une punition cruelle, dit-elle, pour une âme sans défense. Pourquoi faut-il que ton père choisisse de s'en débarrasser ainsi ? »

Il sourit – un sourire plein d'indulgence, comme s'il passait un caprice à un enfant déraisonnable. « Voilà que tu prends sa défense à présent. Et pourtant j'ai vu dans quel dédain tu tenais son admiration de minot. »

Ester secoue la tête avec véhémence – elle refuse d'être impliquée, si telle est l'intention de Manuel. « Je ne lui ai jamais voulu de mal. Et j'ignorais que s'il cherchait à m'épouser, c'était pour cacher sa vraie nature au monde. »

Manuel s'esclaffe bruyamment. Ester a l'impression qu'il prolonge délibérément son rire, les yeux levés vers les balcons des maisons, et au-delà, vers les murs de la cité et la silhouette lointaine de la tour. Puis son regard revient se poser sur elle, la jauge avec ce détachement qui l'a déjà tant frappée, mais qui tient davantage pour l'heure de celui d'un négociant scrutant l'horizon où est apparu un navire de retour d'une expédition dans laquelle il a beaucoup investi. « Ton prétendant, ça n'a jamais été lui, assène-t-il. C'est moi. »

Elle pouffe.

Il garde le silence.

« Tu dis n'importe quoi », lance-t-elle.

Il secoue la tête, s'égayant de sa colère.

« Mais tu me détestes », dit-elle.

Son sourire s'adoucit, se fait contrit.

« Peut-être que je te détestais avant. Mais de tels sentiments sont changeants, et ce que j'ai d'abord méprisé chez toi, est précisément ce qui aujourd'hui me plaît.

– Dois-je prendre ceci pour une demande en mariage ? s'enquiert-elle, recouvrant enfin sa voix. Si c'est bien le cas, elle ne s'embarrasse pas de fioritures.

– Aimerais-tu que c'en soit une ? dit-il en inclinant la tête de côté, sans la quitter des yeux.

– Les jeunes gens ne font-ils pas leur cour avec des mots d'amour ? demande-t-elle, la gorge nouée. Ou bien suis-je étrangère au monde amoureux au point de n'avoir point remarqué que, dans ce pays, les hommes qui font leur demande se comportent en comptables ?

– Il se peut que ce soit le cas pour certains, dit-il en gloussant. Quant à moi, je ne t'en dirai pas plus que ce que j'ai à te proposer. En t'épousant, je ne te promettrais ni fidélité ni obéissance, ni aucune partie de mon cœur qu'un changement de manière de ta part n'aurait pas mérité – et laisse-moi te dire que ta conduite n'est pas sans inquiéter ceux qui ne seraient pas d'une constitution à toute épreuve.

– Ma conduite, comme tu dis, lance-t-elle, oubliant toute retenue, ne changera pas. Et je ne t'épouserai pas.

– Oui, dit-il, avec un brusque hochement de tête. Je comprends bien que c'est là ce que tu crois. Mais tu vas bientôt être acculée au mariage, que tu le veuilles ou non. HaCoen Mendes n'est pas appelé à vivre encore très longtemps. »

En la voyant protester, il hausse le ton, insiste. « Tu le sais très bien. À sa mort, tu seras seule, sans argent ni protection. Tu apprends vite, je n'en doute pas. Mais tu n'auras pas le choix, et l'homme que tu épouseras, ce sera moi. »

Son sourire la met hors d'elle – c'est avec une légèreté inqualifiable qu'il traite ses craintes et la précarité de sa situation.

« Peut-être t'attends-tu à ce que je me laisse prendre à cette plaisanterie ? Qui irait croire que Manuel HaLevy, le fils d'un des juifs les plus riches de Londres, ne rêverait que d'épouser une femme qu'il n'aime pas et qui n'a, qui plus est, ni biens ni la moindre envie de plaire à son époux ? Ou se peut-il que, seul de ton espèce, tu te plaises à plonger le visage dans les épines plutôt que dans les roses ?

– Les roses meurent », rétorque-t-il.

Tandis que les épines résistent à l'hiver. Pour la première fois l'idée la frappe qu'il pourrait bien être sérieux.

« Ma mère était une femme faible, dit-il, même si dans mon enfance je la croyais bonne. Elle n'en a pas moins quitté ce monde sans livrer bataille. Les femmes meurent facilement, poursuit-il, le regard dur, sans aucune place pour la contradiction. Je suis certain que cela n'a pas échappé à ton attention. Elles meurent d'un quotidien trop dur ou bien en couches, parce qu'elles n'ont ni l'endurance ni le goût de ce monde qu'ont les hommes. Elles meurent comme des moutons. Non. Même pas. Même pas comme des moutons. » Son débit se précipite, comme celui d'un apprenti philosophe qui ânonnerait son exposé. « Que Dieu ait pu façonner une créature dotée d'aussi peu de volonté a de quoi laisser pantois. Même une mouche se bat avec plus de conviction qu'une femme pour défendre sa vie. Le jour où un rabbin m'expliquera le dessein de Dieu quand il créa la femme, il aura mon admiration inconditionnelle. Je me contenterai même d'un prêtre s'il le faut, à qui je ferai serment d'allégeance dans l'instant, s'il parvient à me convaincre. Et ne feins pas d'être surprise par ce blasphème, Ester, parce que je t'ai observée quand le rabbin récite ses prières et je sais que tu partages mon opinion. Les paroles du rabbin n'expliquent nullement la manière dont meurent les femmes. » Il fixe un moment le ciel lourd. « C'est un sujet qui a de quoi laisser pantois », répète-t-il.

Mais elle voit bien que ce n'est pas tant son esprit qui est désorienté que son cœur. Qui pourrait se révéler docile ou dangereux, comme une bête captive.

Un ferrailleur passe, poussant sa charrette branlante ; deux petites bonnes leur lancent un regard curieux. Il ne leur prête aucune attention.

« Comment des créatures aussi faibles, poursuit-il, peuvent-elles être jugées désirables ? En vérité, elles sont lâches, trahissent toute promesse de vie. La promesse d'une faible femme est sans valeur. Ce que je cherche, c'est une femme qui ne murmurera pas *Le Seigneur dans Sa grande sagesse*, avant d'exhaler son dernier soupir, mais qui se battra, les poings et la mâchoire serrés pour rester de ce monde, dans *ma* demeure, pour y élever *mes* enfants. Je ne veux pas d'une femme faible, même si c'est le genre que je choisirais pour mes plaisirs. » Il reste silencieux un instant, avant de s'approcher d'elle. « J'ai vu ton visage affronter Londres, comme un rocher la mer. » Elle est choquée de voir la réelle satisfaction qui inonde ses traits. « Tu ne fais aucun effort pour cacher ce que tu penses de l'opinion d'autrui. » Il lève la main, et elle ne comprend pas l'intention de ce geste. Il effleure sa joue de ses doigts, elle a un mouvement de recul, il se contente d'un petit rire.

« Quand tu viendras au mariage, reprend-il, ce sera avec gratitude, et tu y mettras la même énergie que celle que tu mets aujourd'hui à le refuser. L'affection suivra. Quand tu en auras terminé de tes écritures et de tes lectures, et que tu auras renié ce qu'il y a de contre nature en toi pour te tourner vers le naturel, tu porteras des enfants. Et l'essence même dont tu es faite s'adoucira, ton humeur s'attendrira pour devenir celle d'une mère. Je ne tolérerai pas, conclut-il, haussant le sourcil et baissant la voix, une femme difficile.

– Faisons en sorte, alors, de t'éviter un tel sort, lance-t-elle en s'apprêtant à le quitter, grandement troublée.

– Non, dit-il en riant. J'ai fait mon choix. Tu tends ton maigre petit poing comme le ferait... un enfant pour affronter le monde de l'homme. C'est bien fait pour me plaire. Et c'est ce que j'ai dit, sans réfléchir, en présence de la veuve Mendoza, laquelle, à ma grande satisfaction, en a profité pour mener son enquête et détourner la chose à son profit. Même si tu en as tiré une conclusion qui ne laisse pas d'être comique, reconnais-le.

– Tu ne peux pas me désirer », dit-elle, les yeux gonflés de larmes, incapable pourtant de savoir d'où elles viennent.

Il lui parle avec douceur – et, pour la première fois, elle découvre en lui un grand fond de bonté. « Depuis tout ce temps, tu n'as pas eu d'autre miroir que les critiques mesquines de Mary. Prends la peine de te regarder. Et tu verras qu'il n'y a nulle imperfection en toi, dit-il d'une voix qui se fait plus lente, tout en l'observant de près. Une fois que tu auras fait ce que fait toute femme à ses cheveux et que tu auras effacé les prémices d'une vieillesse prématurée..., poursuit-il, en tirant sur une mèche avant de la relâcher doucement. Il y a toute une vie cachée là. »

Elle voudrait prendre la fuite, mais n'en a pas l'énergie.

« Tu as une beauté bien à toi, dit-il. Mais plus important, tu as suffisamment de force virile en toi pour te mesurer à moi.

– Tu aimes donc les hommes, comme ton frère ? » lui lance-t-elle, retrouvant sa voix.

Il rit de cette saillie. Il la domine de son imposante carrure. « Mon frère et moi ne saurions être plus opposés de nature ou d'inclination. »

Elle n'en doute pas.

Toute trace de gaieté a disparu du visage de son compagnon. Sa mâchoire est serrée. La peur se mêle en elle à un besoin inhabituel de protection. À quoi s'exposerait-elle en cessant de se battre pour tout ce en quoi personne ne croit en dehors d'elle et en acceptant la sécurité qui lui est offerte ?

« Je ne suis pas un égoïste, Ester. Tu me vois ici, mis à nu devant toi. » Son visage prend un air songeur, étrange pour quelqu'un qui a l'habitude de voir tous ses désirs assouvis. Puis il lève les deux mains, paumes vers le ciel, dans un geste d'une telle emphase qu'il n'a rien d'implorant. « Ta sauvagerie, je la veux pour moi. C'est vrai. Mais je la veux aussi pour mes fils. Je veux une femme de volonté. »

À l'angle de Bury Street et de Creechurch Lane, des charrettes se croisent bruyamment sur les pavés inégaux. Il attend sa réponse.

« Tu ne m'auras pas, dit-elle sans élever la voix.

– Alors, qu'es-tu donc si tu refuses d'être une femme ? »

Elle regarde la rue étroite, ruban sombre sous les balcons qui la surplombent.

« Un vase vide, dit-elle, sans savoir si ces mots sont censés le provoquer ou s'adressent à elle-même.

– Mais non, c'est faux », dit-il en s'inclinant pour prendre congé.

Elle rentre seule, resserrant son manteau autour d'elle, ses pensées se bousculant dans sa tête. Manuel HaLevy la comprend mieux que personne – il sait qu'elle n'a rien de docile et ne souhaite pourtant pas la voir changer. Et sa mise en garde fait écho à celle du rabbin : elle ne disposera d'aucun moyen de subsistance, d'aucune protection contre la faim et le besoin, après la mort de celui-ci. Pourquoi donc, en ce cas, ne pas épouser Manuel et accepter les termes de sa proposition ? Parce qu'il semblerait qu'elle-même soit contre nature. Ce qu'elle veut – elle ne peut se défaire de ce désir profondément enraciné en elle – c'est faire partie de ce flot qui coule dans les mots des livres et des pamphlets alignés sur les étals devant

St Paul, et dans ceux qui attendent chez le relieur. Ce qu'elle veut, c'est se battre de toutes ses forces pour favoriser l'avancée de ce flot, de manière à être emportée elle-même avec tout le reste par la violence de sa progression – poussée jusqu'au rivage pour se mesurer à une construction intellectuelle qui protège la terre ferme, se jeter contre elle et la regarder s'effondrer. Car une vérité nouvelle se cache derrière elle, elle en est certaine. Un continent qui attend d'être exploré.

Comment expliquer au reste du monde que sa propre vanité – ses prétentions à la réflexion philosophique, qu'un homme tel que Manuel HaLevy aurait tôt fait de piétiner – a plus de valeur à ses yeux que n'en aura jamais la sécurité qu'on lui propose ?

Elle est arrivée. La porte claque avec bruit derrière elle, puis la maison retombe dans le silence. Le rabbin s'est retiré dans ses appartements, le feu dans le cabinet de travail, réduit à quelques braises.

Le corps d'une femme, dit le monde, est une prison où son esprit ne peut que s'étioler.

Elle s'oblige à rester immobile au centre de la pièce, les paumes délicatement posées sur le tissu de sa robe. Elle ne s'autorisera pas un pas de plus avant que son agitation se soit calmée.

La nature ne donne pas seulement à la femme un corps mais aussi un cerveau, et le désir de s'en servir. Est-il prédéterminé qu'un côté de la nature d'Ester doive étouffer l'autre ? Si deux des créations divines se trouvent en opposition, pourquoi faudrait-il que Dieu décide à l'avance que l'une est parfaite et par suite doive l'emporter ? Dieu décrète-t-il avant chaque orage qui du vent ou du chêne l'emportera, l'un des deux Lui étant plus cher que l'autre ?

À moins que... à moins que ce ne soit l'orage lui-même qui soit la création préférée de Dieu – et qu'il soit le seul moyen capable de régler la question de la suprématie entre le vent et le chêne en montrant lequel est le plus fort. Peut-être – et elle tremble à l'évocation d'une telle hérésie – est-ce l'orage lui-même qui est Dieu. Ce dernier n'est jamais que le tumulte sans fin de la vie occupée à prouver de nouvelles vérités en effaçant les plus anciennes.

Il est donc juste qu'elle fasse ce que lui dicte son esprit, et que le combat lui-même résolve la question du plus fort : sa volonté ou sa nature de femme.

Toujours vêtue de son manteau, elle traverse la pièce, s'assied à sa table, trempe une plume dans l'encre et commence à écrire, rapidement, comme si ses mots risquaient d'être vus par d'autres et de lui être ôtés.

> Au très estimé Thomas Hobbes,
>
> Je viens vous demander par la présente de m'autoriser à engager votre illustre esprit dans un échange. Bien que je vous sois totalement inconnu, je crois être le genre de personne à qui vous pouvez

accorder votre confiance : quelqu'un qui partage votre quête et n'entretient aucun lien avec les pouvoirs susceptibles de condamner un penseur pour incroyance ou athéisme.

Mes interrogations métaphysiques sont nombreuses, mais tout particulièrement ces derniers temps la question de l'extension. Qu'il me soit permis de m'enhardir et de vous demander quelle relation vous établissez entre le monde du divin et celui de la nature, et quelles sont vos positions en matière d'intervention providentielle. Pour ma part, comme vous vous en doutez probablement, je ne partage pas les réflexions communément répandues sur le sujet. Je suis en désaccord non seulement avec la notion de la prééminence divine sur la nature, mais aussi avec la façon dont elle s'exprime à travers le miracle, notion comparable à l'approche d'un pauvre mathématicien dont les calculs ne seraient pas parvenus aux résultats recherchés et qui aurait recours à l'introduction soudaine et mystérieuse d'un nouveau nombre destiné à corriger l'ensemble.

Je désire passionnément discuter et apprendre de mes pairs, de manière à pouvoir redresser mes erreurs et, là où je possède quelque lumière, à l'amplifier. Cependant mon infirmité m'interdit de me rendre jusque chez vous afin de converser face à face, comme devraient pouvoir le faire deux penseurs. J'espère que vous voudrez bien prendre ma parole – si faible qu'elle vous paraisse – pour argent comptant. J'espère aussi que vous voudrez bien répondre à cette lettre.

Elle signe *Thomas Farrow*, et attend que l'encre soit sèche.

Là, sur le bureau à côté d'elle se trouve celle du rabbin pour Florence. Lentement, mais délibérément, elle la fait pivoter sur la table en bois. Trempe sa plume qu'elle fait glisser sur le papier entre les lignes inversées, et déroule le ruban d'encre bleu-noir qui soulage ses pensées.

Elle écrit en hébreu : *C'est ici que je commence.*

17

22 DÉCEMBRE 2000
LONDRES

Il était arrivé ce matin pour trouver la salle des manuscrits striée de longs rayons de soleil vide à l'exception de l'incontournable Patricia. Il avait demandé un document, et celle-ci lui avait apporté une facture, rédigée par un marchand anonyme datée de décembre 1664 – tant pour tant de sacs de farine et un baril de quelque chose d'illisible. Le papier n'était que partiellement endommagé, et Aaron laissa son regard glisser sur les lettres et leur halo d'encre brunie. Rien d'intéressant.

Un silence à l'anglaise régnait dans la salle, révérencieux et tendu. *Elle ne sait pas ce qu'elle rate.*

La veille encore, alors qu'il faisait de la place dans sa kitchenette pour une liasse de transcriptions épistolaires du rabbin HaCoen Mendes, il avait poussé sur le côté une pile de notes concernant sa thèse (incroyable à quel point celle-ci lui paraissait étrangère, comme rédigée en sanskrit par un chercheur studieux qui rebutait légèrement Aaron), et, ce faisant, il avait fait tomber son Shakespeare par terre. En le ramassant, il avait feuilleté les sonnets pour finir par s'arrêter sur l'un d'eux.

Ne te rappelle point, si ces mots tu relis,
La main qui les traça, car mon amour est tel
Qu'en tes tendres pensées je préfère l'oubli
Si mémoire de moi te doit être cruelle.

L'œil rivé à la page, il s'était senti emporté par un soudain accès de colère. Putain, il ne comprenait toujours pas. Ou peut-être que Shakespeare racontait des conneries. L'amour n'était-il pas, par définition, le désir d'occuper les pensées de l'aimé(e) ? Rien, dans l'idée que s'en faisait Aaron, qui ressemblât de près ou de loin à la volonté de s'effacer pour le bien-être de l'autre.

Peu importait : Marisa avait effacé Aaron de ses tablettes sans son aide, dans le seul but de satisfaire son propre bien-être.

Il poussa un long, très long soupir, et reconnut la vérité : elle ne l'aimait pas.

Au-delà de cette idée, un immense terrain vague.

Au bout d'un moment, il se rendit compte qu'il pourrait passer une journée entière à le traverser sans jamais arriver nulle part.

Il avait un crayon coincé au creux de la main. Il le prit entre ses doigts, appuya sur ses phalanges abîmées et, tel un mineur en route vers une destination inconnue, il se mit à écrire – lentement, continûment, remplissant le vide de son travail.

Était-ce là l'effet de la tristesse sur un homme ?

Il transcrivit méticuleusement, évitant tout recours à la sténo susceptible d'entraîner des confusions par la suite. Le grattement solitaire de son crayon sur le papier meublait le silence, l'humanisait et lui apportait, à lui, réconfort.

Seigneur ! Il mûrissait.

Les femmes adoraient ça.

À midi, il avait transcrit deux documents, sans grand intérêt ni l'un ni l'autre. Détritus domestiques : une facture pour une reliure : une note concernant l'heure de la prochaine leçon d'un élève.

Il se leva, la nuque raide d'avoir travaillé toute la matinée. Il voulait consulter une nouvelle fois la lettre à l'écriture croisée. Quelque chose l'intriguait, même s'il n'aurait su dire quoi – quelque chose qu'il ne trouverait pas en se contentant de regarder la transcription sur son ordinateur. Les mots hébreux étaient soigneusement choisis et agencés, comme si chaque phrase devait survoler quelque obstacle invisible avant de se poser avec légèreté sur un point particulièrement crucial et délicat.

Au bureau, il adressa un sourire de commande à Patricia. « Document RQ206, s'il vous plaît », dit-il.

Elle secoua la tête. Son habituel petit chignon gris et serré avait tout l'air d'avoir été appliqué à l'arrière de sa tête à la spatule. Elle semblait, si possible, encore plus irritée qu'à l'ordinaire. « Il ne sera pas disponible avant 13 heures. »

Il se retourna pour parcourir du regard la longue pièce et ses rangées de tables, occupées à cette heure par deux doctorants en lettres classiques.

« Mais je suis le seul ici à travailler sur les documents Richmond. Qui est-ce qui l'a en ce moment ?

– Il n'est pas disponible, dit-elle. Pas avant 13 heures. »

Répétition qui sembla la combler d'aise.

« En ce cas, je prendrai le suivant sur la liste », dit-il en lâchant un soupir d'exaspération.

Il eut le temps de travailler encore une heure avant l'arrivée de Helen.

« Où étiez-vous passée ? demanda-t-il en se levant. Je pensais que vous arriveriez bien plus tôt. » Il sentit qu'il avait pris un ton accusateur, mais à dire vrai il s'était détendu en la voyant.

Helen posa sa serviette. Et s'abstint de répondre dans un premier temps, un rictus inquiet aux lèvres. Quand elle prit la parole, ce fut d'un ton paisible, même s'ils étaient seuls dans la salle de lecture, en dehors de Patricia, penchée sur l'écran lumineux de son ordinateur.

« Je viens de voir Wilton et un de ses étudiants dans l'ascenseur, avec un appareil photo. Il descendait. »

Venant du laboratoire de conservation.

Aaron poussa un juron.

Devant le bureau de Patricia, il dominait celle-ci de toute sa hauteur et ne recula que quand elle leva la tête de son ordinateur. L'occupation de l'espace par un homme de haute stature : voilà un sujet de thèse auquel il aurait pu rendre justice s'il n'avait pas bêtement choisi une lutte à mort avec Shakespeare. Il savait exactement comment se déplacer dans l'espace en présence des femmes, du moins celles de son âge ou presque : quand lever un bras et se pencher légèrement vers elle pour souligner un point. Quand s'enfoncer sur son siège et les laisser venir. Il n'était pas aussi sûr de lui, malgré tout, avec les femmes d'un autre âge.

Il posa une main légère sur le bureau de Patricia et prit la parole sur un ton qu'il espérait désinvolte. « Qu'est-ce qu'ils font les paparazzis, au laboratoire ? »

Elle fixa sa main d'un œil désapprobateur, mais il ne la retira pas.

« Un seul photographe, ça ne fait pas *des* paparazzis », dit-elle avant de revenir à son écran. Mais à la manière erratique dont elle déplaçait sa souris, il vit bien qu'elle était énervée, et qu'il n'était pas nécessairement en cause.

« Le document en question est photographié, en même temps que deux ou trois autres, dit-elle au bout d'un moment.

– Mais, ils ont le droit ? demanda-t-il, sans pouvoir réprimer un mouvement convulsif de sa main sur le bureau.

– Oui, confirma Patricia. Si Jonathan Martin donne son aval.

– Avec la bénédiction de la Patricia conservatrice ? »

La Patricia bibliothécaire accusa le coup en entendant l'appellation, mais il était trop choqué pour s'en soucier. Il réfléchit à toute vitesse. Il allait faire machine arrière. Pouvait-on envisager de mettre un peu d'huile dans les rouages ? « Je l'aurais plutôt cru capable de les occire avec son regard au laser. »

La bibliothécaire le dévisagea. Ses yeux étaient d'un bleu pâle et franc. Elle avait ôté ses lunettes. Lentement, elle les plia, faisant entendre un double-clic mélodieux. Bruit que le reste du monde savait parfaitement signifier de sérieux ennuis avec la bibliothécaire.

« Bien entendu... » commença-t-il. Avant de poursuivre, il lui offrit un sourire timide pour s'assurer qu'elle comprendrait la plaisanterie, qu'il s'agissait à la fois d'un compliment et d'un flirt purement récréatif. « Vos yeux à vous sont mortels, eux aussi. »

Elle battit des paupières.

Il se pencha plus près, prenant des airs de conspirateur, faisant porter tout son poids sur sa main.

« Vous ne me trouvez pas à votre goût, dit-il à voix basse.

– Incroyable, n'est-ce pas ? » répondit-elle en se penchant elle aussi en avant, si bien que sa tête grise faillit effleurer la sienne.

Son haleine empestait le café froid.

Elle revint à son écran.

Au bout d'un moment, il ôta sa main et s'éloigna.

« Alors ? dit Helen.

– Il se pourrait en définitive qu'elle ne soit pas aussi folle de moi que je le croyais », dit-il avec une moue feinte de dépit.

Elle eut une expression désespérée qu'il ne comprit qu'à demi. Elle le contourna pour se diriger vers le bureau de prêt. Aaron la suivit.

Helen s'adressa à Patricia d'une voix sourde mais précipitée. « Ils ont photographié le RQ206 ?

– Oui, soupira Patricia, tout en jetant un coup d'œil à son catalogue. Ainsi que les suivants dans la série. »

Il les vit échanger un regard. Se fit l'impression d'observer deux phares battus par les vagues se renvoyer des signaux de part et d'autre d'une baie au beau milieu de l'hiver. Complicité silencieuse et fugace qui l'excluait.

Helen fit face à Aaron, la mâchoire serrée. Patricia, elle, se détourna, dans un geste que l'on aurait pu croire plein de tact ou de compassion. À condition de savoir comment fonctionnaient les British. Ou les femmes d'un autre âge.

Ou les gens tout court. Peut-être, finalement, que ce qu'il ne comprenait pas, c'étaient les gens eux-mêmes.

Wilton allait leur voler l'exclusivité de la crise sabbatéenne à Florence. Aaron était pourtant sûr qu'ils seraient les premiers. Mais comment garder pareil espoir, alors que l'autre équipe disposait de quatre chercheurs sains de corps et d'esprit pour travailler sur le projet – sans compter un raccourci de taille côté publication, puisque Jonathan Martin n'avait qu'à passer un coup de fil au rédacteur en chef de la *Early Modern Quarterly*. Le choix qu'avait fait Wilton de photographier les documents cette semaine, quand la plupart des universitaires plongeaient tête la première dans leurs parties fines de début de vacances, pouvait même signifier que ledit rédacteur avait d'ores et déjà accepté de jeter un œil aux travaux pendant les vacances de Noël. Wilton allait s'empresser de sortir un article sur la lettre à l'écriture croisée et tout ce qu'il avait pu lire d'autre, avant d'avoir fini de consulter l'ensemble de la documentation. Rien à voir avec ce que l'on nomme habituellement une recherche approfondie, mais la tactique ne laissait pas d'être brillante. Celui qui écrirait un article sur le sujet à la suite de Wilton ne ferait que creuser les recherches du pionnier – simple disciple sur la piste tracée par Wilton.

Leur seule assurance, songea Aaron, c'était que Wilton et sa clique n'aient pas encore clarifié la révélation concernant le sexe du scribe. Il consulta ses notes. « Je me demande s'ils ont photographié le RQ182 ? » La lettre de Yacob de Souza spécifiant que la jeune fille au service du rabbin devait être remplacée au plus vite.

« Celui-ci et la lettre croisée sont les deux premiers qu'ils ont réclamés en arrivant ce matin. » Patricia fit glisser ses lunettes de lecture au bout de son nez.

« Bien », dit Helen.

Quelque chose sur le bureau de la bibliothécaire sembla retenir son attention. Même si elle détournait la tête, sa posture, elle, restait vigilante, comme si elle débattait en silence de la marche à suivre.

« Alors le suivant, s'il vous plaît », dit-elle calmement.

Hochant la tête en guise d'approbation, Patricia se leva pour aller le chercher.

Ils travaillèrent sans un mot pendant une demi-heure encore. Avançant pas à pas, Aaron transcrivit une suite inintéressante de matériaux : comptes détaillés du ménage de la main soignée d'Aleph, les majuscules rejetées vers l'arrière et couronnées de fioritures, comme autant de créatures démoniaques prêtes à dévorer la page. *Pour deux boîtes de blanc d'Espagne, la somme de 4 pence. Pour une livre de café, 2 shillings 6 pence.* Il nota une nouvelle fois qu'il n'y avait aucune rentrée d'argent liée à d'éventuels élèves – signe, peut-être, que le flot s'était tari ? De temps à autre, il faisait une pause, pour glisser un coup d'œil furtif à Helen. Il n'avait jamais pris le temps de la regarder écrire. Ses jointures blanchies par l'effort poussaient le crayon sur la page de son cahier en un gribouillis si déterminé qu'il imaginait la mine de plomb creuser des vallées en laissant de grosses pierres sur son passage. S'il s'était penché plus tôt sur l'écriture de Helen, sans doute l'aurait-il crainte, elle, davantage.

À midi et demi, sans y être invitée, Patricia la bibliothécaire s'approcha de leur table. Elle posa un coussin devant Helen : le document suivant dans la série. Indifférente au fait que Helen et Aaron étaient déjà au travail chacun de son côté. Puis elle s'éloigna, avant de revenir trois fois de suite. Six documents d'un coup, ce qui constituait une violation flagrante du règlement de la bibliothèque. Patricia les disposa les uns à côté des autres sans un mot. Sans même leur accorder un regard, elle posa une main nue ravagée par l'âge sur la table et se replia vers son bureau.

« Seigneur, dit Aaron en se tournant vers Helen. C'est de *vous* qu'elle est dingue. »

Helen s'était levée et parcourait rapidement les documents.

« Vous êtes copines, toutes les deux, reprit-il. Je ne vous vois jamais parler ensemble. »

Elle fit glisser un coussin vers elle et plissa les yeux. « Je ne sais rien d'elle, dit-elle d'un air distrait. Et elle n'en sait pas davantage sur mon compte. Désolée de vous décevoir. »

Il désigna les six documents juchés sur leur petit coussin individuel.

« Eh ben, si ça, c'est pas de l'amitié...

– Ça, dit-elle, lui faisant face, et baissant ses lunettes sur le bout de son nez, en anglais, ça signifie : *Que la meilleure équipe gagne.* »

Il la regarda droit dans les yeux, mais s'abstint de rire devant l'ironie du trait. À quoi pouvait bien servir de se précipiter sur la suite, désormais ? La vitesse n'avait plus d'importance. L'équipe de Wilton allait publier l'histoire d'*une* et non d'*un* scribe ainsi que la correspondance inédite jusqu'ici concernant la crise sabbatéenne ; deux immenses découvertes que Helen et lui avaient eu la naïveté de garder par-devers eux tant qu'ils n'auraient pas correctement inventorié le contenu de la cache et ne se seraient pas fait une idée cohérente de l'ensemble : le qui, le pourquoi et le comment. D'un claquement de doigts, sans tambour ni trompette, leur travail avait perdu toute pertinence.

Un échec. Cette fois-ci, il ne recula pas devant l'évidence, mais au contraire joua avec l'idée comme le fait la langue du vide laissé par une dent arrachée, explorant avec circonspection le goût métallique un peu âcre, la surface nue et lisse.

Puis il revint à son travail. Il n'était jamais resté attelé à une tâche auparavant, tout en sachant qu'il n'arriverait à rien. Il n'était pas sûr de se comprendre lui-même. Mais que faire d'autre ? Quand l'horizon devant vous n'a plus rien à offrir.

Délaissant temporairement les nouveaux documents, il sortit subrepticement son ordinateur et le positionna sur ses cuisses, sous la table. En dépit des récentes transgressions de Patricia au règlement interne de la salle de lecture, il ne doutait pas que, pris en flagrant délit, il ne tarderait pas à se faire chasser. Helen Watt, de son côté, semblait bien trop occupée pour lui prêter attention. Il afficha sur son écran une traduction de la lettre croisée originale.

Commence par le début, s'admonesta-t-il. En bon cartésien qu'il était, il lui fallait approcher les preuves en les mettant systématiquement en doute. Un

retour aux principes de base : y avait-il une seule chose dans tout l'univers dont il pouvait dire en toute certitude qu'il la connaissait ?
Il lut les mots d'Aleph.

> Je pose des questions interdites aux hommes, bien que je ne puisse être accusée de violer la loi.

Très futé de ta part, Aleph. Tu es une femme, tu ne peux donc être accusée de faire des choses « interdites aux hommes ». Futé, mais en aucun cas significatif. D'une certaine façon, Aleph avait suscité en lui davantage de respect que cette approche ne le laissait attendre. D'une certaine façon, il espérait plus que ce griffonnage à l'envers sur une lettre de son patron, que ces hyperboles essoufflées évoquant les terribles mystères de son travail de scribe. « Allez, grommela-t-il. Donne-moi mieux que ça. »
Il sentit les yeux de Helen sur lui, mais garda les siens sur l'écran.

> J'ai répondu : je suis un vase vide.
> Ce n'est pas vrai. Car si le désir est l'essence de l'homme, il doit l'être aussi de la femme. Je suis un vase débordant de désir.

Il lut le texte hébreu en entier, puis les dernières lignes en anglais.

> Quand les paroles sont rares, elles ne sont guère proférées en vain, car c'est la vérité que soufflent ceux qui soufflent leurs paroles à l'agonie.

Helen et lui avaient déjà lu et relu à maintes reprises ces lignes qui n'en demeuraient pas moins aussi obscures qu'à la première lecture. On connaissait *Richard II* depuis environ 1600, Aleph avait donc fort bien pu voir la pièce au théâtre ou la lire. N'importe, la citation restait déplacée et tout aussi décousue que les réflexions qui la précédaient. Peut-être, conjectura Aaron, que cette histoire de questions interdites était une référence cachée à Sabbataï Tsevi – peut-être Aleph avait-elle été attirée par le mouvement du prétendu messie, allant ainsi à l'encontre des opinions de son patron. Ou peut-être que ce délire aux allures de confession n'était qu'une manière pour elle de métaboliser le fait que le rabbin n'était pas censé avoir une femme comme scribe. Pour autant, les allusions genre *soap opera* aux événements du jour, cette histoire de la plus vile des âmes – tout cela sentait la paranoïa à plein nez, la mise en scène. Peut-être pouvait-on même y voir la main d'une psychotique.
Cependant, tout en se livrant à ces réflexions, il voyait la silhouette indistincte d'Aleph elle-même se matérialiser derrière Helen et Patricia, toutes les

trois s'accordant à secouer la tête, perplexes devant cet Américain obtus : pourquoi partait-il du principe que les choses n'étaient pas différentes de ce qu'elles apparaissaient en surface ?

Je pose des questions interdites aux hommes.

Pourquoi ? Pourquoi donc était-il interdit aux hommes de vouloir se renseigner sur une déviance sabbatéenne à Florence... en admettant que ce soit là ce qu'entendait Aleph ?

« Helen », dit-il.

Elle le regarda l'air ébahie, et il s'aperçut qu'il venait de l'appeler par son prénom pour la première fois.

Du bout de son crayon, il tapota la ligne sur son écran, le positionnant de manière à ce qu'elle puisse lire. « Ça vous dit quoi ? » demanda-t-il.

S'ensuivit un silence, au cours duquel Aaron eut l'occasion d'apprécier un trait de caractère qu'il n'avait pas remarqué chez elle jusqu'ici : rabrouer un étudiant qui lui demandait de se pencher sur des documents qu'elle avait déjà vus dix fois n'était pas son genre.

« Elle dit clairement, chuchota Helen, que c'est le rabbin qui est coupable de violer la loi, pas son scribe. Mais, bien entendu, elle triche en disant ne pas pécher parce qu'elle n'est pas un homme. Elle parle par énigmes.

– Ouais, dit Aaron. OK. »

Manifestement, Helen, qui l'observait de près, ne voyait rien là d'étrange.

« OK quoi ? dit-elle.

– Mais pourquoi est-ce interdit aux hommes ? » explosa-t-il.

Le regard de Helen s'égara vers le haut plafond, avant de revenir sur lui.

« Bonne question, commenta-t-elle.

– Croyez-vous qu'elle ait pu vouloir parler d'autre chose ? Un autre genre d'interrogation, quelque chose qui aurait pu effectivement être illégal ?

– Possible, dit-elle.

– Quelles questions n'étaient pas bonnes à poser au XVIIe ?

– Par où commencer ? interrogea-t-elle, avec un rire sardonique. Dans les années 1660, on pouvait être emprisonné pour catholicisme avéré quand le roi en place était protestant, et pour protestantisme dans le cas inverse, sans compter que le terrain était encore plus miné pour les juifs. Les autorités françaises fouillaient les sacs aux frontières à la recherche de livres interdits – gare à vous si vous étiez pris en flagrant délit d'importation d'idées. Les professions d'athéisme pouvaient vous valoir la torture. Pensez un peu à ce qu'il est advenu de Jean de Witt, voix tolérante et politiquement modérée, s'il en est. Lui et son frère furent littéralement dépecés par la populace. Seule la décision du propriétaire de la maison d'enfermer Spinoza ce jour-là – à qui l'horreur et le chagrin avaient fait perdre la tête – évita à ce dernier de subir le même sort en se retrouvant face à une foule en délire qui brandissait des pancartes portant les mots *Tu es le plus grand des barbares.* »

Aaron lui donna le temps de retrouver la terre ferme loin des lieux où son discours l'avait emportée.

« Moi, je crois simplement qu'Aleph manigance quelque chose.

– Pourquoi ? » contra Helen, mais il n'y avait rien de personnel dans son ton cassant.

Elle allait examiner son idée ; c'était pour cette raison qu'ils étaient ici.

Même à ses propres oreilles, ses arguments ne tenaient guère la route.

« Pourquoi cette lettre croisée ? Pourquoi ce besoin soudain d'économiser le papier ?

– Vous avez constaté vous-même le soin avec lequel étaient tenus les comptes. Peut-être veillait-elle simplement à ne pas trop dépenser.

– N'empêche, dit Aaron. On a lu des dizaines de lettres de HaCoen Mendes qu'elle a écrites pour lui, sans qu'il y ait aucun précédent de ce genre : utiliser un brouillon pour y coucher ses propres réflexions.

– Fort bien. En ce cas, que croyez-vous donc, vous, qu'elle manigançait ? »

Il prit son temps, il n'était pas sûr de ne pas perdre pied. « C'est peut-être une sorte de commentaire.

– Comment ça ? »

Il tapota l'écran devant lui. Les lignes impeccables du texte échouaient à recréer ce qu'il avait éprouvé devant l'original : un foisonnement de mots qui vous sautaient à la figure. « Vous savez comment une page de la Torah est proposée à l'étude, d'accord ? Il y a le texte principal de la Torah en hébreu – juste un ou deux versets –, et puis, l'encadrant, en tout petits caractères, des bribes d'interprétation et de contre-argument. Eh bien, c'est exactement ce que ça m'évoque quand je vois cette lettre. Comme si les lignes croisées constituaient un commentaire sur cette lettre florentine, ou mieux, une réponse. »

Le silence de Helen suggérait une réflexion claire, lucide et concentrée. Elle ne dit pas à haute voix *Je vous prends au sérieux*, et pourtant, au fil des secondes qui passaient sans réprimande, Aaron se sentait plus léger, soulagé.

« Il faut que vous voyiez ceci », dit-elle.

Elle poussa son coussin vers lui. Pour lui faciliter la lecture.

L'écriture n'était pas familière ; la lettre, rédigée en latin, était datée du 17 avril 1665.

> À Thomas Farrow,
>
> Deux lettres de vous. Je me vois donc dans l'obligation de vous apporter une réponse. Votre réflexion est solide, j'en suis certain, mais vous faites erreur en pensant que je vais me précipiter dans un échange concernant les propositions et les preuves que vous avancez.

Je ne suis pas d'humeur à disputer avec des personnes inconnues de moi. Qu'il me soit néanmoins permis de vous mettre en garde contre la nature dangereuse de vos arguments. Je ne partage pas les positions que vous me prêtez, pas plus que je ne suis disposé à accueillir favorablement l'idée de poursuivre semblable correspondance.

Fidèlement vôtre,

F. van den Enden

« Qui est Thomas Farrow ? demanda Aaron. Et pourquoi ce nom, van den Enden, me dit quelque chose ?

– Aucune idée pour ce qui concerne Farrow, dit Helen. Mais van den Enden est à coup sûr un nom que vous avez dû croiser lors d'une révision pour un examen ou un autre. C'était un ancien jésuite, très actif dans les cercles radicaux d'Amsterdam – il a eu Spinoza comme élève et l'a beaucoup influencé. Van den Enden est surtout connu pour ses théories politiques, il a finalement été exécuté pour conspiration contre Louis XIV. Néanmoins, je n'ai pas la moindre idée de ce à quoi il pourrait bien répondre ici. Pas plus que je ne comprends ce que vient faire cette lettre dans les papiers d'Aleph. Peut-être que Farrow ou van den Enden avaient un lien avec le rabbin ou avec celui qui a caché les documents sous l'escalier. Ou bien encore, allez savoir, peut-être que quelqu'un qui n'a strictement rien à voir avec cette lettre l'a jetée un jour, bien plus tard, dans la cache de Richmond. »

Elle inscrivit les deux noms sur son bloc. Il lui fallut longtemps pour former les lettres : *Thomas Farrow, Franciscus van den Enden.*

« Je peux aller faire un tour aux archives demain, dit-elle, et lancer une recherche sur Farrow.

– Je n'arrive pas à me faire à l'idée, dit-il en agitant la tête, l'air confondu, que vous autres Londoniens deviez aller systématiquement fouiller dans des archives papier pour retrouver un obscur pékin du XVIIe. Il vous faut une trace matérielle pour tous les individus qui remontent à la nuit des temps. »

Il repoussa le coussin et son document loin de lui.

« Je me demande parfois comment vous arrivez à respirer, dans ce pays.

– Qu'est-ce qu'il y a de mal à avoir de bonnes archives ? dit-elle, attirant le coussin vers elle, comme pour se protéger. Les historiens se nourrissent d'archives.

– N'y voyez pas d'offense, c'est juste que les Anglais sont finalement épinglés sous le microscope du moment où ils naissent jusqu'au moment où ils meurent. Tout le monde connaît leur hérédité. Leur généalogie. »

Helen eut un petit reniflement réprobateur et revint à son document. Tant pis s'il s'aventurait sur un territoire sacro-saint pour elle.

« Nous autres, dit-il, toutes ses fossettes soudain égayées par un sourire, on se fout comme de l'an quarante de la généalogie.

– Oui, dit-elle pensivement, crayon en main. C'est l'une des très rares choses que j'ai toujours respectées à propos de l'Amérique.

– Vous voyez ? demanda-t-il.

– Quoi donc ?

– Vous autres Anglais, vous ne savez pas faire un compliment. Pas vraiment. Vous ne savez pas vous y prendre.

– Et comment, monsieur Levy, dit-elle en se tournant vers lui pour lui faire face, dois-je, selon vous, vous complimenter ? Dites-moi. J'aimerais des instructions précises.

– *Je vous aime bien*, par exemple », articula-t-il clairement, renversé sur sa chaise.

Elle le regarda par-dessus ses lunettes, sourcils arqués. Il faillit éclater de rire devant cette pose parfaitement réussie de déconfiture anglaise, mais se retint juste à temps.

« Allez-y, l'encouragea-t-il. Je vous mets au défi. *Je vous aime bien, Aaron Levy*, reprit-il, pesant chaque mot avec insistance, à présent, comme s'il apprenait la langue à un étranger, *vous êtes finalement un être humain tout à fait respectable.* »

La bouche de Helen s'était fermée. Elle l'ouvrit au bout d'un certain temps simplement pour dire :

« Vous êtes encore plus bête que je croyais.

– Vous y êtes presque, rétorqua-t-il. On réessaiera une autre fois, d'accord ? Ne soyez pas déçue, vous vous en êtes bien sortie. »

Une fois qu'elle se fut remise au travail, il revint à son ordinateur. Qu'elle aille donc voir aux archives. Il ouvrit Google et tapa le nom.

Une bonne centaine de Thomas Farrow s'inscrivirent sur son écran. Un homme politique canadien. Une nécrologie dans un journal de Floride. Il circonscrit la recherche au XVIIe. La moisson, une fois toutes les mauvaises herbes arrachées, était maigre : un seul lien. Un doctorant du Michigan, un certain Derek Godwin, écrivait une thèse sur un dénommé Thomas Farrow, dont les dates – 1622-1667 – correspondaient. Godwin avait fait une communication trois ans plus tôt dans un colloque ; sans doute, à l'instar d'Aaron, poursuivait-il son labeur pour pouvoir produire un jour son *opus magnum.* Selon Godwin, dans le résumé du colloque proposé par le site – lequel n'était plus d'actualité depuis longtemps –, Farrow était une voix du XVIIe trop souvent oubliée, un penseur qui avait sans doute peu écrit mais avec une grande prescience.

Potentiellement intéressant, en admettant qu'il s'agisse bien du même Farrow. Lequel n'avait pas pour autant trouvé un accueil très favorable auprès dudit van den Enden. Aaron se promit de chercher l'adresse de Godwin et de lui faire un mail plus tard, il s'en occuperait une fois sorti de la salle des manuscrits, là où le cliquetis d'un clavier en action ne risquait pas de vous attirer les foudres des autorités en place.

L'équipe de Wilton entrait à l'autre bout de la pièce. Ils s'installèrent tous ensemble à la table la plus éloignée de Helen et d'Aaron, se positionnant de telle sorte qu'ils ne puissent pas se voir les uns les autres – tous sauf la fille, qui, étant la dernière, dut s'installer au bout. Aaron croisa son regard au moment où elle s'asseyait, et elle détourna le sien d'un air coupable.

Tandis que Patricia fondait sur eux, Aaron, qui rangeait discrètement son portable, comprit la raison de sa venue. Sans même faire mine de relever les yeux, Helen avait indiqué les deux coussins qu'elle tenait à garder sur le bureau. En quelques secondes, les preuves du favoritisme de Patricia s'étaient évaporées, et la fauteuse de troubles était de retour à son bureau avec les quatre documents incriminés.

Celui qu'avait Aaron sous les yeux était la lettre adressée à Thomas Farrow. Sur le coussin devant Helen, se trouvait un feuillet qu'il n'avait pas encore vu.

Une seule page, rédigée de cette écriture qui leur était désormais familière. Un tableau de dépenses et de dettes – sans aucune rentrée consécutive à d'éventuelles leçons particulières. Presque au bas de la page, cependant, se trouvait quelque chose qu'ils n'avaient jamais vu sur les autres tenues de compte. La lettre habituelle, aleph, de la main de la scribe... mais assortie de la trace verticale d'une signature, non pas d'une main déliée mais en hébreu en lettres distinctes les unes des autres, comme si l'auteur mettait le monde au défi de rater cet étroit chemin d'impressions menant jusqu'au bas de la page. *Aleph samech taph reish.* Et puis, juste en dessous, tracé à l'horizontale en caractères romains : Ester Velasquez.

« C'est elle, murmura Helen. C'est elle. » Son visage prit une expression qu'Aaron ne saisit pas, chargée de regret et de sympathie, telle qu'on pourrait avoir pour un ami auquel on a fait un tort considérable et dont on n'attend aucun pardon.

« Ester », dit Aaron, s'essayant au prénom.

Sous le nom d'Ester, signé de la même main, il y en avait un autre.

> Thos. Farrow
>
> Qu'il y ait au moins un endroit où je ne sois pas divisée mais unique. Ce sera cette page.

Sous cette ligne, une liste de trois noms, les deux premiers cochés sur le côté.

Van den Enden
Hobbes
De Spinoza

Helen lâcha la page pour reporter son regard sur Aaron.

« Thomas Farrow est peut-être, ou pas, dit-il, sentant son cœur s'emballer, un philosophe mineur qui correspondait avec certains grands contemporains. Il y a un doctorant aux États-Unis qui estime que Farrow a été méconnu par l'histoire. Vous croyez qu'il est possible... »

Il n'avait pas envie de finir la phrase. Helen garda le silence une minute. Puis hocha la tête.

Ensemble, d'un commun accord, ils regardèrent en direction de la table occupée par Wilton et son équipe. Pour l'instant, du moins, le document était entre leurs mains.

Aaron sortit un bloc-notes et se mit à écrire d'une main rapide. Helen comprit qu'il transcrivait la page qu'ils avaient sous les yeux, recopiant chacune des lettres à l'identique.

Quand il eut terminé, il reposa son crayon et ferma les yeux. Puis il tendit la main vers le coussin et effleura le document à tâtons.

« Qu'est-ce que... ? » demanda Helen en se penchant brusquement sur son siège.

Il ouvrit les yeux, cibla le feuillet, se saisit du bord inférieur, et avant qu'elle ait eu le temps de l'arrêter, il était debout et dans le même instant déchirait le papier, sur deux centimètres en bas à gauche de la page, en évitant soigneusement d'endommager l'écriture.

Elle ne comprenait pas ce qu'il cherchait, comme si elle avait été témoin d'un acte de violence perpétré sur un corps vivant. « Aaron ? »

Il se tordait les mains. Quand il appela Patricia, ce fut d'une voix si contrite que Helen faillit se laisser prendre à sa sincérité.

« Jamais je ne me le pardonnerai, dit-il à Patricia qui approchait. Je suis tellement désolé. Je suis... » poursuivit-il en levant les mains, dans un geste d'excuse, à court de mots.

Le regard de Patricia tomba sur le document déchiré.

Aaron montra la fermeture éclair de son gilet et la fit glisser du haut vers le bas et du bas vers le haut tout en parlant comme pour mieux montrer à quel point elle était lâche. « Le papier s'est pris dans la fermeture au moment où je me levais. J'ai dû me pencher trop près et frôler la page, les poids du coussin l'auront retenue si bien qu'elle s'est déchirée quand je me suis redressé. Je ne remettrai jamais ce vêtement. Comment imaginer qu'un tel accident puisse se produire ? Je suis tellement, tellement désolé. »

À l'autre bout de la pièce, l'équipe de Wilton leva les yeux. Tandis qu'Aaron poursuivait son abjecte litanie, l'un des doctorants se tourna vers ses camarades avec une grimace condescendante qui signifiait clairement : *Quel manche, ce type.* Tandis que Wilton, avec l'air compatissant de celui qui voit plus loin que l'humiliation d'un concurrent d'ores et déjà hors course, se contentait d'un haussement de sourcils avant de retourner à son travail.

Plus le silence de Patricia se prolongeait, plus Aaron tentait de le remplir d'excuses et de protestations. À sa grande surprise, Helen se rendit compte que Patricia était en train de se laisser convaincre. Après avoir constaté que les dégâts étaient minimes et n'affectaient en rien l'écriture de la page, celle-ci semblait se satisfaire de l'acte de contrition d'Aaron. Mieux, elle paraissait impressionnée : il avait enfin, aurait-on dit, pris conscience de la valeur matérielle du support manuscrit.

« Peut-être, finit-elle par dire, va-t-il nous falloir ajouter une autre règle au protocole en vigueur, même si, ajouta-t-elle avec un petit reniflement désapprobateur, les règles ne semblent jamais vous avoir beaucoup perturbé.

– Je suis prêt à rédiger l'écriteau pour vous, dit Aaron. *Pas de fermeture éclair dans la salle des manuscrits.* Je me charge de faire la police. Sérieux. J'en ferai une zone strictement réservée au velcro et aux boutons. »

Son angoisse, tandis qu'il tendait une main impuissante vers le document déchiré, était presque persuasive.

« C'est réparable ?

– C'est à l'autre Patricia de décider, reprit la bibliothécaire en secouant la tête. *La Patricia conservatrice.* Celle *au regard laser.* »

Il prit la réprimande en silence.

« J'espère que ça ne va pas lui occasionner trop de travail. Je sais qu'elle est déjà débordée avec les autres documents et qu'elle n'a pas le temps de réparer toutes les bêtises et les maladresses des étudiants. Pouvez-vous lui transmettre mes excuses les plus sincères ?

– Je pense que nous en avons terminé pour la journée », dit Helen à Patricia.

Puis elle se surprit elle-même en se levant pour donner gauchement une petite tape sur l'épaule d'Aaron. « Je crois qu'il va falloir que nous nous calmions un peu avant de vouloir poursuivre. »

Patricia s'empara du document et quitta la salle pour se rendre au laboratoire. Helen entendit la porte de l'ascenseur s'ouvrir et se refermer.

Aaron rangeait ses affaires. Quand il se tourna vers Helen, il n'affichait pas ce petit air suffisant auquel elle s'attendait. Il semblait troublé. « Ah, ça m'a coûté, cet exercice, dit-il doucement. Plus que je n'aurais cru. »

Les cheveux de Helen avaient échappé à sa barrette, et les mèches grises lui tombaient devant les yeux. « Vous êtes sacrément brillant », dit-elle.

Aaron esquissa un sourire qui éclaira bientôt tout son visage. Et l'air égaré qu'elle avait récemment remarqué chez lui – cet air qui l'avait amenée à penser que peut-être Aaron Levy était finalement capable de comprendre quelque chose de la vie – disparut sous l'assaut de ce grand sourire, comme cela n'arrive que chez les gens encore jeunes.

« Eh ben, voilà ! s'écria-t-il, si fort qu'elle sursauta. On y est, cette fois ! » Il applaudit au ralenti – de grandes claques sonores et espacées qui auraient fait accourir Patricia si celle-ci n'avait pas été occupée à porter son blessé à l'étage du dessus.

Helen ne parvenait pas à masquer son embarras. Jusqu'à Wilton qui avait levé sa crinière léonine et les observait à présent.

« Voilà quoi ? demanda-t-elle d'un ton acerbe.

– Mais... un compliment, bien sûr, dit Aaron, qui affichait une expression béate. Je savais que vous finiriez par y arriver. »

18

10 avril 1665

À Benedictus de Spinoza,

Mon nom vous est certainement inconnu. Je souhaiterais néanmoins correspondre avec vous, tant j'apprécie votre pensée philosophique. Je vis dans l'espoir que vous accepterez d'échanger avec un lointain interlocuteur, car, comme vous ne l'ignorez pas, nombreux sont ceux qui aspirent à comprendre la vérité, même s'ils sont dispersés aux quatre coins du globe.

J'ai lu votre texte *Principia Philosophiae Cartesianae* et l'admire profondément. Vous faites montre d'une limpidité sans pareille dans cet ouvrage.

Pour autant, je pressens dans ces pages le poids de tout ce que vous ne dites pas. Vos phrases retiennent vos pensées comme un mur, une colline – mais seulement pour un temps, pendant que la terre s'alourdit sous les pluies diluviennes et que le sol et la roche, quoi qu'il arrive, finissent par se libérer.

Vous affirmez en privé, m'a-t-on dit, que Dieu est la nature. S'il en est ainsi, alors l'homme sous toutes ses formes est contenu dans la nature, mais il s'ensuit aussi que Dieu ne choisit pas les êtres ou les choses qu'il aime ou qu'il n'aime pas, contrairement à ce que pense le plus grand nombre, mais est également présent dans toutes ses créatures. En conséquence de quoi, Dieu ne prend pas parti dans les luttes qui opposent les peuples.

Pareil raisonnement devrait être correct, à mon sens. Il reste que je me sentirais grandement soulagé si un autre que moi tenait le même raisonnement en toute impartialité.

J'aimerais, de même, comprendre avec plus de clarté ce que vous entendez quand vous parlez de Dieu – car, ici encore, celles de vos paroles qui m'ont atteint promettent beaucoup sans pour autant tout dire.

Le désir de converser avec vous me poursuit depuis longtemps. Mon manque de pratique en matière de controverse philosophique m'a obligé à me rapprocher de votre ami van den Enden avant de vous importuner, dans l'espoir qu'un échange avec lui m'instruirait de la manière de parler et d'argumenter qui est la vôtre quand vous communiquez entre vous, et que je pourrais par suite m'adresser à vous sans paraître novice. Van den Enden a cependant refusé d'engager toute correspondance avec moi. Je me prends à espérer qu'il en ira autrement de vous.

J'attends votre réponse et vous en dirai plus alors.

Thomas Farrow

11 avril 1665
20 Nisan 5425

À mon bien-aimé élève Daniel,

Votre silence m'inquiète, c'est pourquoi je vous écris de nouveau, même si ma démarche risque de vous déplaire. Vos paroles m'alarment grandement. Je crains ce que feront les juifs de Florence au service de Sabbataï Tsevi, mais je crains plus encore les extrémités auxquelles ils se livreront quand son imposture éclatera au grand jour. Je sais les dégâts causés au sein d'une communauté par la naissance d'un espoir sitôt étouffé, la honte et les divisions qu'il sème. Sabbataï Tsevi ne laissera pas votre Florence dans l'état où il l'a trouvée, pas plus que le feu ne traverse un bouquet d'arbres sans l'anéantir.

Je vous prie de me dire si vous avez reçu mes lettres, même si elles ne vous ont été d'aucun secours. Je crains pour votre sécurité dans ce monde de bouleversements imprévisibles. L'infirme que je suis n'est capable de remplir qu'une part infime des devoirs qui lui reviendraient s'il était en pleine possession de ses moyens, et pourtant cette obligation qu'est mon amour pour mes élèves, la lumière de mes ténèbres, je m'en acquitte de tout mon cœur. Je vous supplie donc de pardonner la demande que je vous fais de votre bien-être, mais je n'aurai point de répit tant que je ne vous saurai pas en sécurité.

Rabbin HaCoen Mendes

א

29 avril 1665

À Benedictus de Spinoza, dont je tiens les pensées dans la plus haute estime,

Vous gardez le silence face à ma requête, comme si celle-ci cachait des épines. Pourtant vous savez, avec cette intuition constitutive de votre nature, que même une épine peut être porteuse de vérités salutaires. Si mes pensées vous semblent tournées dans une langue autre que celle qui se pratique parmi les hommes de votre cercle, je vous demanderai d'ignorer les imperfections de mon discours, car une infirmité du corps m'interdit depuis longtemps de m'entretenir facilement avec des philosophes dont il me serait possible d'apprendre des façons plus raffinées. Je ne demande rien d'autre qu'une réponse à mes questionnements, comme le font tous les malades et les penseurs. Peut-être qu'apprendre que j'ai fait la connaissance à Londres de votre ancien maître, le juif Moseh HaCoen Mendes, contribuerait à renforcer la confiance que vous seriez prêt à m'accorder. C'est pour moi un homme admirable, d'une grande sagesse, en dépit de son adhésion à des croyances que je ne partage pas. Il parle de vous avec bienveillance, et n'a qu'éloges pour votre intelligence.

J'aimerais discuter avec vous de mes questions antérieures auxquelles je voudrais pouvoir ajouter les suivantes : quelle est la nature des obligations que l'homme doit aux conventions de la société à laquelle il appartient ? Si ces dernières sont erronées – comme cela se produit nécessairement, car les conventions d'une société sont en contradiction avec celles d'une autre, et toutes ne peuvent être justes – alors est-il permis à un homme, voire exigé de lui, d'agir à partir de sa propre définition de la vertu ? Pour finir, à quelle obligation est tenu un être humain à l'égard d'un autre, dans un monde aussi perverti que le nôtre ?

Bacon voudrait nous voir établir une Maison de Salomon au sein de laquelle les philosophes pourraient à tout moment échanger leurs idées... car toute idée doit être vérifiée à l'aune des preuves fournies par l'observation de la nature et les raisonnements d'autres penseurs – et si elle se révèle stérile, qu'elle soit céans réduite à néant. Ma réflexion requiert de discourir avec la vôtre. Serait-ce vraiment trop téméraire que d'espérer vous voir peaufiner votre philosophie avec quelqu'un qui partage les mêmes idées, dût cet échange venir contredire en définitive tout ce que je m'efforce de mettre à l'épreuve ? Question qui ne saurait trouver de réponse tant qu'elle n'a pas été affrontée.

Thomas Farrow

30 avril 1665
15 Iyyar 5425

À Daniel, à moins que je puisse vous dire mon fils,

Quel réconfort que de vous savoir en vie. Je craignais, je puis bien l'avouer aujourd'hui, que vous n'ayez succombé à quelque maladie, comme celle qui ces temps-ci endeuille Londres, et dont les gens ont si peur qu'ils en évitent certaines paroisses de la ville, au point de diminuer leurs nécessaires labeurs et donc leurs moyens de subsistance.

Je suis heureux que ma lettre vous ait aidé à mener vos discussions à Florence. Je ne suis pas outre mesure surpris que vous me demandiez de m'expliquer sur la meilleure façon de comprendre la parole de Jérémie et d'Isaïe, dans le but d'établir les signes annonciateurs de la venue du Messie. Vous avez toujours été un étudiant attentif et je vois que vous vous rappelez fort bien ma mise en garde quant à une éventuelle interprétation erronée de ces passages. Ce travail va requérir plusieurs semaines de réflexion, mais comme vous le croyez de quelque efficacité quant au relâchement de l'emprise de Sabbataï Tsevi sur votre congrégation, je suis prêt à l'entreprendre. À dire le vrai, pareille tâche soulagera ma solitude. Vous trouverez peut-être étrange que mon esprit continue à se rebeller encore aujourd'hui. Et pourtant quand j'assiste au labeur de cette maisonnée, il m'arrive d'aspirer à plier mon corps à quelque astreinte utile, voir avec mes yeux et travailler avec mes membres, car un tel exercice élève l'esprit de l'homme et, dans ma jeunesse, élevait le mien. Même un vieillard doit se garder des tentations malsaines du regret et du désespoir. Ainsi en va-t-il de mes infirmités qui doivent être un hommage rendu à Dieu, lequel dans sa grande miséricorde m'épargna tandis que d'autres, plus dignes que moi, périssaient, me laissant sain d'âme et d'esprit.

Je vous demande de ne pas hésiter à m'écrire aussi souvent que vous le jugerez bon sur les questions qui pourraient agiter votre communauté. En retour, je vous offre franchise et sincérité.

Moseh HaCoen Mendes

א

19 mai 1665
24 Iyyar 5425
Londres

Un éclair, le temps d'un lourd battement de cœur. Un grand rugissement parcourt la ville, des rideaux d'eau ruissellent sur les vitres de la maison da Costa Mendes. La fureur qui déchire le ciel réactive ses terreurs d'enfant. Dans chacune de ces zébrures, un écho – les cris rauques de son frère, les siens, et les appels de son père dont la silhouette disparaît dans l'escalier en feu.

Le nom de sa mère qui résonne au milieu des fracas de la charpente qui s'effondre. À côté d'elle, le chandelier en argent à trois branches des da Costa Mendes, dont la chaleur monte en torsade. Ce ne sont que des éclairs, se raisonne-t-elle. Que du tonnerre et des éclairs. Qui ne frapperont pas ici. Mettront le feu ailleurs – à un arbre dans une pâture, loin des murs de la ville. Quel manque de courage d'avoir peur de ce genre de chose alors même qu'elle ne craint rien d'autre – pas plus la maladie que la mort. Elle se tient très raide, son corps tel un poing levé vers le ciel. « Frappe-moi », murmure-t-elle, les lèvres collées à la vitre froide et ruisselante.

La pluie engorge le verre épais, efface la rue. Le monde se noie dans une grisaille liquide.

Depuis le hall, derrière elle, lui parviennent des rires. Thomas et Mary se sont retirés dans une autre pièce. Elle se détache de la fenêtre et glisse sa main une fois encore dans sa poche pour en tâter le contenu. Dix shillings en pièces de cuivre et de plomb, et cinq autres en monnaie royale. Une jolie somme uniquement pour le mal de jouer les statues semaine après semaine, pendant que Diego da Costa Mendes multiplie ses absences loin de Londres et que Mary et Thomas se livrent à leurs ébats quelque part dans la maison. Pourtant, les pièces qui tintent dans sa poche sont une piètre consolation face aux besoins de plus en plus pressants de la maison du rabbin.

Que celui-ci ait été oublié ne fait plus aucun doute : les sommes déboursées par le père de Mary qui s'étaient déjà raréfiées après l'arrivée du rabbin Sasportas se sont définitivement taries. Peut-être Diego da Costa Mendes a-t-il jugé que Sasportas risquait de se sentir insulté en voyant un autre rabbin, fût-il d'aussi humble réputation que HaCoen Mendes, recevoir de sa part un soutien financier. À moins que Diego se soit tout bonnement montré oublieux des besoins matériels du rabbin. Si Catherine était encore en vie, elle s'assurerait que les versements se poursuivent – mais elle est morte, et son veuf a manifestement d'autres sujets de préoccupation.

La situation ne manque pas d'ironie, si l'on songe que les pièces de Mary vont revenir à une maison que son propre père a abandonnée. Mais Ester se garde bien de dire à Rivka d'où vient l'argent qu'elle lui remet chaque semaine. Et le seul fait que la gouvernante n'exige jamais d'explication en dit long sur ses inquiétudes quant à l'entretien du ménage.

Mais pas plus le libertinage insensé de Mary que l'emploi absurde d'Ester en tant que compagne rémunérée ne sont destinés à durer. Encore quelques semaines peut-être, et Thomas se sera lassé d'essayer de mettre la main sur l'argent de Mary. Jamais le père de celle-ci n'autorisera un tel mariage.

Mal à l'aise, Ester examine la pièce dans laquelle elle se tient. Posé sans soin, face contre le rembourrage d'un siège, se trouve un livre à reliure épaisse dont elle n'avait pas remarqué la présence. Elle le soulève : *Actes de la Royal Society : de l'état des découvertes, études et travaux en cours des savants à travers le monde.*

Elle n'a encore jamais vu une publication de cette société, même si elle en a déjà entendu parler. Les hommes de la synagogue font allusion de temps à autre à une découverte concernant les mécanismes de la nature ou bien à une étude nouvellement publiée sur les marées susceptibles d'affecter la navigation de leurs bateaux. Elle soulève le frontispice, un portrait du roi et d'un homme qui serait Francis Bacon si l'on en croit la légende, et se met à tourner les pages. « Calculs de physique mathématique expérimentale ». « De l'utilité des montres à pendule en mer pour le calcul des longitudes ». « Histoire expérimentale du climat ». « Une tache sur un des anneaux de Jupiter ». « Recette du vin de mûre proposée par l'honorable sir Thomas Williamson ». Cette dernière contribution, comme tout un chacun pourrait s'en douter, n'étant là que pour garantir à la Royal Society les faveurs et le mécénat du crétin titré qui les fournit. Si seulement elle pouvait diffuser ses idées avec autant de facilité que ce fabricant de cidre.

Cette semaine lui a apporté deux nouveaux courriers en réponse aux lettres de Thomas Farrow. Chaque fois que le coursier a frappé, Ester se tenait juste à côté de la porte pour pouvoir ouvrir plus vite, glissant les lettres dans sa poche jusqu'à ce qu'elle ait le loisir de les lire. Bien qu'elle n'ait pas encore reçu la missive dans laquelle elle place le plus d'espoir, un échange semble devoir s'amorcer avec van den Enden et Lodewijk Meijer. Leurs propos à l'un et à l'autre restent prudents et réclament plus amples informations : « Avec qui avez-vous étudié ce sujet ? » « Êtes-vous d'accord avec Hobbes sur les questions qui concernent la providence ? » C'est son ton un peu brusque, Ester en est certaine, qui justifie une telle circonspection. Et pourtant elle n'arrive pas à se discipliner pour s'exprimer autrement. Même en latin, elle n'a aucune patience pour les phrases qui s'étirent comme un long cou prêt à se démancher, et qui nécessitent un examen approfondi pour savoir où se niche l'écœurante ambition, et où l'insulte cachée. *Mon esprit n'est par nature que l'ombre du vôtre, plus perspicace, et je vous prie en conséquence de pardonner cette demande et de comprendre qu'elle est le fruit d'une pensée qui n'a pas encore aperçu la lumière qui a nourri la vôtre...* elle ne peut se résoudre aux circonlocutions de telles phrases.

Lentement elle tourne les pages de ces *Actes.* Ces messieurs de la Royal Society ont recours naturellement à ce genre de langage, là où elle-même, pour transmettre ses messages hésitants, se voit contrainte de tromper et de trahir, et de guetter le moindre rai de lumière susceptible d'éclairer sa lecture. Ce sont pourtant là des hommes qui font étalage de leurs hypothèses et de leurs conclusions comme si leurs pensées n'avaient point besoin d'être habillées mais pouvaient se permettre de circuler dans le monde sans crainte ni vêtements. Elle est partagée entre l'envie et l'étonnement devant tant de folie – car si le roi mourait, ou si la lubie le prenait de passer d'une forme de christianisme à une autre, ces mêmes mots imprimés sur la page pourraient bien valoir à leurs auteurs de finir la tête au bout d'une pique.

Entendant un bruit, elle referme vivement le livre sur ses genoux.

Bescós est là, son regard sur elle. Absorbée dans sa lecture, elle n'a pas remarqué son entrée. Lentement il finit de se sécher, en se servant de la serviette qu'a dû lui fournir à la porte Hannah, la domestique. Il se frictionne la nuque. Puis passe à ses cheveux, lissés et aplatis par la pluie là où ils n'étaient pas protégés par son chapeau. Pour finir avec la barbe qui lui tombe jusqu'à la naissance de la gorge.

Le sourire qui joue sur ses lèvres n'en est pas vraiment un. « Quelle belle juive mélancolique ! »

Il s'assied sur le coussin à côté d'elle. Le divan grince sous son poids. Elle sent l'odeur de ses cheveux mouillés, perçoit la chaleur que dégage son corps, remarque les pores dilatés de sa peau.

Elle soupèse les pages reliées entre ses mains, comme si elle n'en faisait aucun cas. « C'est à vous ? » demande-t-elle.

Il jette un coup d'œil à l'ouvrage, et elle voit la surprise s'inscrire sur son visage. « Les *Actes* de la Royal Society ? Non, c'est à Thomas », dit-il avec un petit rire moqueur.

Que Thomas puisse avoir ce genre de lecture n'a pas même traversé l'esprit d'Ester. N'aurait-elle pas commis une grave erreur, finalement, en signant ses lettres du nom de Farrow, certaine que l'homme serait inconnu des penseurs auxquels elle s'adressait ?

« Thomas serait plus prêt à orner les cabinets d'aisances avec de telles pages qu'à les lire, reprend Bescós. Il n'empêche que son père, un bel idiot lui aussi, s'obstine à lui envoyer de telles publications avec le fervent espoir qu'une instruction plus poussée le persuadera d'abandonner le théâtre et de restaurer la réputation de la famille. Cela ne m'étonnerait pas que Thomas ait apporté ici ce fascicule dans le seul but de s'en débarrasser en me le remettant. » Une lueur d'amusement éclaire brièvement son visage, vite remplacée par une grimace d'impatience.

Bescós est différent aujourd'hui de ce qu'il est d'ordinaire. Il semble avoir l'esprit ailleurs, comme s'il attendait que les plateaux d'une balance se stabilisent pour pouvoir lire le résultat affiché.

Abruptement, une moue de dégoût lui tire les coins de la bouche vers le bas.

« On finit par se lasser d'un silence tel que le vôtre, vous savez. Vous n'avez pas la moindre bribe de conversation à offrir en pâture à un invité ? N'y a-t-il aucune dame de la cour, aucune actrice que vous rêveriez de vilipender tout en prétendant la louer ? Aucun récit d'aventure culinaire dont vous voudriez me divertir ?

– Je ne parle que fort mal le langage oblique des coquettes, si c'est à cela que vous faites allusion, rétorque-t-elle d'un air impassible.

– Vous croyez en revanche pouvoir parler celui-là ? dit-il avec un geste moqueur en direction du volume posé sur le coussin à côté d'elle. Pourquoi une femme irait-elle lire ce qu'elle n'a aucune chance de comprendre ? »

Dehors, deux zébrures consécutives. Elle se prépare pour l'explosion qui va suivre.

« Je connais une jeune fille de qualité, reprend-il. Elle comprend, elle, où est sa place dans ce monde et elle préférerait encore enfiler des perles plutôt que de s'embarrasser d'un ouvrage pareil. »

Bescós a l'air contrarié, mais il semble à Ester que la source de son mécontentement n'est pas la jeune fille en question. Vaut-il mieux passer outre ce mouvement d'humeur potentiellement dangereux ou tenter de le désamorcer ?

« Son père autorise-t-il le mariage ? » lui demande-t-elle.

Elle s'aperçoit trop tard qu'elle aurait dû garder le silence. En imaginant le comprendre, elle a franchi une ligne interdite. Elle sent peser sur elle le poids soudain de son attention, comme jamais jusqu'ici.

« Son père souhaite lui voir atteindre, dit platement Bescós, une plus grande maturité. Alors même qu'elle en possède davantage dans une seule mèche de ses cheveux que lui dans toute sa pauvre tête. Mais je constate que vous vous croyez autorisée à vous mêler des affaires de ceux qui vous sont supérieurs. D'un mouvement rapide, il s'empare du volume sur les genoux d'Ester, sa grande main repoussant brutalement la sienne. *J'en ai trouvé le principe sans grande difficulté*, lit-il à haute voix, *lequel est le suivant : que cette comète gravite autour du Grand Chien en un cercle si large que cette portion, ici décrite, n'excède que de très peu en respect de la circonférence totale, si bien qu'il n'est guère différent pour notre œil d'une ligne droite.*

Il se tourne vers elle. « Vous vous croyez capable de comprendre pareil discours ? »

Elle se garde d'une réponse.

« Vous le croyez. Je le vois. On dit que les juifs volent les idées aussi bien que l'argent et le sang, et vous êtes en train de me prouver la vérité de cette affirmation. Et pourtant croyez-vous vrai ce qui est imprimé ici ? Que vos yeux pourraient vous tromper, et que la ligne droite qu'ils vous montrent appartient en fait à un cercle qui échappe à votre perception ? »

Elle ne dit rien : lui répondre, n'est-ce pas risquer de le provoquer davantage ?

« Moi, je crois à ce que je vois, reprend-il, en l'observant. Et en tous les sens dont Dieu m'a fait don et qui tous prouvent la vérité de Sa parole. »

Elle se rend compte qu'il parle de Dieu non pas avec passion, mais avec un instinct de propriétaire. Dieu, pour l'instant, serait le serviteur de la mauvaise humeur de Bescós.

« Je n'aime pas ces hommes de science, dit-il. Ils nient l'existence de Dieu et vénèrent l'esprit à sa place.

– Et pourtant, dit-elle, tout en sachant qu'elle ne devrait pas, l'homme n'est-il pas doué d'un esprit qui lui permet de mieux comprendre l'œuvre de Dieu, voire de l'aider à prévenir des souffrances inutiles au sein de ses créatures ?

– Oh ! s'exclame-t-il, en applaudissant très fort à deux reprises, ce qui la fait tressaillir. Quand j'étais encore enfant, mon père m'a envoyé étudier chez les prêtres. Savez-vous ce qu'ils m'ont enseigné ? »

Les yeux d'Ester trouvent un refuge bienvenu dans la pluie, qui continue à cribler les vitres.

« Ils m'ont appris qu'il n'existait rien de tel que la souffrance *inutile*. Les châtiments de Dieu ont une vertu curative, poursuit-il, se penchant un peu plus près, comme pour l'inviter à la confidence. Les prêtres nous ont également inculqué leurs enseignements concernant les juifs. Ils nous ont expliqué que vous autres ne croyez pas à la souffrance inutile tout simplement parce que vous ne l'estimez pas capable de purger l'âme et que vous ne croyez pas non plus à une vie dans l'au-delà.

– Je ne connais pas la théologie dont vous parlez, dit-elle calmement.

– Peu importe, dit-il, en écartant son objection d'un geste paresseux. Les prêtres feront valoir leur argument de manière on ne peut plus persuasive le moment venu. »

Elle s'aperçoit qu'il s'empare d'une menace et l'abandonne comme un enfant le ferait d'un jouet. Est-il dangereux ou bien fait-il semblant ? « L'Inquisition n'existe pas dans ce pays », dit-elle d'un ton cassant.

Son sourire vient compléter sa phrase sans qu'il ait besoin d'y ajouter : *pour l'instant*. « Votre ami John, dit Bescós, s'est pris, bizarrement, d'une soudaine affection pour les juifs. Mais il faut bien dire qu'il se prend d'affection pour tout ce qui est traqué et que ce qu'il prise le plus c'est de reprocher aux chasseurs leur cruauté. Et pourtant je vous dirai ce que je lui dis à lui : le roi d'Angleterre est protestant comme le papillon est chenille – autrement dit, pour un temps. »

Elle se lève, rougissante, et s'écarte de Bescós.

« Vous devriez quitter cette maison.

– Je n'en ai nullement l'intention. Tout compte fait, je m'aperçois que j'apprécie votre conversation. »

Un coup frappé à la porte d'entrée, et Hannah se précipite pour répondre, passant devant Ester et Bescós avec un regard circonspect, comme si eux aussi formaient un couple scandaleux en mal de surveillance.

John entre. « Ester ! » s'exclame-t-il, tout en tendant ses affaires trempées à la servante. Sa voix est légère, son contentement à sa vue, évident. Elle est trop perturbée pour lui répondre et glisse un regard furtif en direction de son visage perplexe. Avant qu'il ait le temps de s'enquérir de son humeur dans le détail, des éclats de rire parviennent du fond de la maison, bientôt suivis de l'apparition de Mary et de Thomas, lequel, une bouteille dans une main, a passé l'autre autour de la taille de Mary. Saluant ses compagnons comme un maître de maison accueillant ses hôtes, il leur fait signe de s'asseoir.

« Alors, quoi de neuf ? lance-t-il à la ronde.

– John arrive à l'instant, dit Bescós, et vient de manquer une conversation très instructive. La compagne de Mary et moi-même avons discuté de la récente comète. Et de l'aimable correction des erreurs des juifs aux mains de l'Inquisition. »

Brandissant la bouteille à bout de bras, l'autre main sur la robe de Mary, Thomas s'interrompt. Puis il porte le goulot à ses lèvres, avec précaution d'abord, avant de la vider jusqu'à la dernière goutte et de s'installer sur le divan. « La comète. Parlons-en. »

Le visage de Mary se fronce légèrement. Elle cligne les yeux à l'adresse de Thomas. Puis s'assied.

« N'oublie pas les amis, Thomas, veux-tu ? » dit Bescós.

L'autre renverse la bouteille, laissant quelques gouttes rouges tacher le velours du divan. Aussitôt, Mary appelle Hannah pour que celle-ci apporte à boire ; en attendant, Ester l'observe frotter du bout du doigt la tache d'un air à la fois triomphant et contrarié.

John fronce les sourcils.

« Pour savoir ce que devient la comète, mon cher Thomas, dit Bescós, tu devrais lire les publications que s'acharne à t'envoyer ton noble père. » Il s'empare des *Actes* de la Royal Society qu'il assène à deux ou trois reprises sur la tête de Thomas. Celui-ci tente de saisir le volume avec une exclamation contrite, mais Bescós le jette par terre, et les deux hommes éclatent de rire.

John le ramasse. Après l'avoir regardé un moment, il se tourne vers Ester et lui demande à voix basse :

« C'est vous qui lisiez cela ?

– Oui, répond-elle.

– J'aimerais savoir ce que vous en pensez, dit-il. Mes professeurs ont une très haute opinion de la Royal Society.

– Vous êtes étudiant ?

– J'étais. Je le suis encore, répond John en rougissant, comme si la question était à la fois un compliment et une accusation. J'ai bien l'intention de le redevenir, si toutefois j'ai mon mot à dire. »

La nouvelle bouteille fait son apparition ; cette fois-ci, c'est un vin des Canaries, très clair. Thomas le lève contre la lumière pour l'examiner de près, laisse courir ses doigts le long de l'élégant motif gravé dans la cire à la base – les armoiries de la maison da Costa Mendes – comme s'il l'évaluait sur une place de marché. Il boit, passe la bouteille à Bescós et à John. Quand elle atteint Mary, celle-ci prend une longue rasade.

« Allez, allez, par ici, dit Thomas, en lui faisant signe de la lui rendre. Pas de meilleur remède contre la peste.

– Ce sont les chats qui la transmettent », dit Mary, en reprenant le vin à Thomas et en en buvant à nouveau goulûment, tout en faisant la grimace, comme si elle se forçait.

Ester constate qu'elle évite le regard de Bescós, se comportant comme s'il n'était pas dans la pièce.

« Non, les chiens, rétorque Thomas.

– Les chats et les chiens, acquiesce Mary. Et les miasmes. Il n'empêche, dit-elle en se tamponnant délicatement les lèvres avec la dentelle de sa manche, que, si j'en crois mon père, on verra la maladie s'éteindre avant de gagner en force. »

Elle rougit, comme si elle n'avait pas voulu mentionner son père. « Et les astrologues ne disent pas autre chose. »

Mary fait circuler le vin. Ester lève la bouteille, pose ses lèvres sur la fraîcheur du goulot. Le liquide est doux et la réchauffe dans l'instant.

Elle lit la surprise sur le visage de John : les dames de sa connaissance, sans doute, ne boivent pas à la bouteille. Délibérément, sous ses yeux, elle prend une seconde gorgée et s'étrangle.

« Où en es-tu de tes amours, mon ami ? » demande Thomas, pendant que le vin continue à circuler.

Bescós lâche un rire de mise en garde.

Mais Thomas s'entête.

« As-tu quelque peu adouci tes manières afin de convaincre le père ?

– Mon cher, tu ne comprendrais pas, dit l'autre paisiblement, et Ester se rend compte que si Bescós s'estime en droit d'agacer Thomas à sa guise, l'inverse ne serait pas toléré.

– Crénom, donne-nous un peu de grain à moudre, s'écrie Thomas. Jusqu'où cette sainte-nitouche autorise-t-elle tes avances ?

– Thomas, l'avertit John. Un peu de respect, je te prie. »

Avec un craquement sinistre, Bescós se rapproche du bord de son siège. « Que sais-tu, toi, de l'amour naturel ? »

Le rire de Thomas s'éteint.

« Si j'avais tes armoiries, Thomas, si j'avais ta superbe instruction, je serais déjà marié. Or regarde un peu ce que tu fais des unes et de l'autre », dit Bescós, en englobant Thomas d'un geste des pieds à la tête.

Depuis son fauteuil, ce dernier incline le buste, l'air moqueur, en guise de réponse.

Mais l'autre élargit son geste pour y inclure Mary et Ester. « Qu'y a-t-il dans cette maison, je me demande, pour vous séduire à ce point, John et toi ? Chacun de vous sous le charme de sa juive. »

Le regard d'Ester se porte sur Mary, qui ne sait s'il s'agit ou non d'une plaisanterie.

« Laissez-moi vous expliquer, dit Bescós, s'adressant toujours exclusivement aux hommes présents, ce qu'est l'amour naturel. Qui se ressemble s'assemble. Tout le reste est contre nature. »

Ester ne peut s'empêcher de se tourner vers John, qui regarde les deux autres d'un œil circonspect et, rougissant, décide d'intervenir.

« Tu parles comme si la compagnie de juives était honteuse.

– Et pourtant, John, comment peux-tu ne pas dire des juifs qu'ils sont contre nature, rétorque Bescós, dont les yeux se sont allumés. As-tu seulement entendu parler, l'ami, des juifs de York ? »

Aucune réponse.

« C'est un exemple fascinant d'entêtement, poursuit-il, la voix soudain légère, comme s'il s'apprêtait à raconter une histoire drôle. Ils se sont entre-tués de leurs propres mains. Ici même, dans notre chère Angleterre, ils se sont réfugiés dans un château, craignant pour leur vie, ont refermé les portes pour se protéger de la populace, et quand celle-ci a clairement fait comprendre qu'elle ne repartirait pas sans avoir tué du juif, ils se sont massacrés au nom de leur foi. Imaginez ! poursuit-il en regardant Ester, un curieux sourire aux lèvres. Ils ont épargné aux chrétiens la peine de jouer du couteau. »

La pluie tambourine au loin sur le toit.

« Pour tout dire, reprend Bescós, les choix des juifs m'ont toujours paru contre nature. Si je puis me permettre, ce sont des martyrs-nés, qui se préparent tout au long de leur vie pour le moment où on commencera à les traquer sans cesser de provoquer les chasseurs. » Il se tourne vers Mary. « Dites-moi, feriez-vous comme eux ? Ou préféreriez-vous que quelqu'un vous mette le couteau sous la gorge ? À moins que vous ne soyez prête à supplier et à renier votre foi pour avoir la vie sauve ? »

John se lève, les mains encore agrippées aux accotoirs du fauteuil.

« Tu insultes cette compagnie et menaces ces dames.

– Ah oui ? s'esclaffe Bescós. Ces *dames*. Sois donc un peu honnête, John. Les manières des juifs ne sont-elles pas couramment considérées comme matière à curiosité ? N'as-tu pas entendu ton propre père entretenir de telles idées à propos des juifs ? »

John rougit jusqu'à la racine des cheveux. Il hoche brièvement la tête d'un air réticent.

« Pour autant, Bescós, tu vas trop loin.

– Fort bien, John, dit l'autre en se renversant sur sa chaise et en agitant la main, je me rétracte et retire tout ce qui a pu vous offenser les uns et les autres. »

Le regard de John se tourne vers Ester. Elle le croise sans détour, et sa confiance semble renforcer la ferme résolution de son compagnon. Il y a en lui quelque chose qui ne demande qu'à être mis à l'épreuve.

Mais l'Espagnol en a fini de ses provocations. Il a un pâle sourire.

« Cette histoire de juifs ne me concerne pas vraiment. D'autres affaires me sollicitent bien davantage. Buvons. Après quoi nous n'aurons plus qu'à traîner Thomas jusqu'au théâtre, je suppose, et le hisser sur scène encore plein comme une outre.

– Eh bien, amis, qu'en dites-vous ? Tout est bien qui finit bien ! » s'exclame Thomas.

Lentement, John se laisse aller contre le dossier de son siège, mais Ester voit bien qu'il n'est à l'aise ni avec Bescós ni avec lui-même.

Mary a les narines dilatées. Ses yeux passent tour à tour de l'Espagnol à Thomas, mais ce dernier n'a d'yeux, lui, que pour les douceurs apportées par Hannah, disposées sans soin sur un plateau d'argent, comme pour mieux mettre en évidence le peu d'estime dans laquelle les domestiques tiennent les invités que Mary fait entrer chez son père.

Thomas choisit une grosse noix au sucre. « Il faut excuser les vilaines manières de Bescós, dit-il après avoir hésité à poser la noix sur sa langue. Ou pas. » Ses yeux brillent comme si quelque chose l'avait enfin piqué. Semblant ne pas remarquer la présence de Mary à ses côtés, il mastique, sélectionne une autre gourmandise, et l'agitant d'un ample geste de la main avant de l'enfourner dans sa bouche, il s'adresse une nouvelle fois à Bescós. « Tu plaisantes à propos de mes études à Oxford, mon ami. Mais ce que j'ai appris de Harvey n'a rien d'une plaisanterie, même si ce n'était peut-être pas la leçon que le grand anatomiste aurait voulu me voir retenir. Ma tête n'a jamais été vraiment faite pour accommoder ce qu'il avait à dire sur les humeurs et la circulation du sang. Mais il est des choses que je n'ai pas oubliées. Je tiens l'homme en grand respect et j'ai vu le monde le maltraiter, poursuit-il tout en continuant d'agiter la noix. Pourtant il avait raison, tout le monde le reconnaît aujourd'hui, dans ses explications des mécanismes du corps humain. Mais cela ne lui a valu qu'une vie de malheur. On l'a traité de fou, on lui a détruit ses papiers pendant la guerre. Quarante ans de travaux partis en fumée. Il en a perdu toute foi en l'homme. Bref, dit-il en continuant d'agiter sa friandise, avant de la laisser tomber sur le plateau, pour montrer ses mains vides à Bescós. La leçon que je préfère retenir des enseignements de Harvey est celle-ci : si le monde est incapable de respecter un tel homme, alors la respectabilité ne vaut pas l'effort qu'elle suppose. » Ses yeux tombent sur la bouteille de vin à ses pieds, il s'en saisit et la porte à la bouche, avant d'arrêter son geste à mi-course. « Ce n'est pas seulement la paresse qui me fait ce que je suis, Bescós, bien que tu n'ignores rien de mon penchant pour elle. Regarde de plus près, et tu t'apercevras que j'ai autant de principes qu'un jésuite – j'obéis simplement à une religion différente. » Un instant, il croise le regard de Bescós. Puis avec un petit reniflement dédaigneux, il pince le genou de Mary, qui pousse un cri perçant, et il lève la bouteille à sa bouche.

« Laissez-nous, dit Mary à Bescós d'un ton dégagé. Tout de suite. »

L'Espagnol se lève et s'adresse à Mary, une lueur amusée dans les yeux. « Vous voilà débarrassée de moi. Mais dites-moi une chose... la prochaine fois que Thomas viendra vous rendre visite, votre père sera-t-il là lui aussi ? Car ce ne peut être que le fruit du hasard si Thomas n'a pas encore été honoré d'une rencontre, ce qui, bien sûr, n'a rien à voir avec le fait que sa juive superbement riche trompe son père ?

– Laissez-la tranquille, intervient Ester.

– Ah, enfin quelques brèves paroles de la princesse du décorum féminin, dit Bescós en se tournant vers elle.

– Si j'ai jamais reçu quelque formation en ce domaine, je n'en ai gardé aucune trace.

– Peut-être votre nature tient-elle du charbon ardent : tout ce qui entre en contact avec elle se racornit. »

Mary lâche un son étouffé.

Thomas se lève. Cette fois-ci, il pose une main sur l'épaule de Mary. « Allons, Bescós, cessons là, en quoi te dérangeons-nous ? »

Ester voit le visage de Mary s'altérer. Seul le mot « nous » semble avoir pénétré son esprit.

« Tu es tout simplement de mauvaise humeur, mon cher », dit Thomas, et il part d'un grand rire pour montrer qu'on est entre amis et que, partant, il ne saurait y avoir d'offense.

« Tu verras, tu en viendras à considérer ceci comme de l'amour naturel, ajoute-t-il en serrant Mary contre lui, sans toutefois la regarder. Quand tu seras revenu à de meilleurs sentiments, il te faudra amener ta fiancée pour qu'elle trinque avec nous.

– Elle est trop bien pour vous, rétorque Bescós, qui se calme à la mention de sa bien-aimée. Je te l'amènerai, Thomas. Uniquement pour qu'elle puisse voir quelle compagnie j'ai été contraint de fréquenter avant de découvrir la sienne. »

Il se tourne vers les autres. Le regard indéchiffrable, il s'incline et ajoute, soudain plus accommodant :

« Mes excuses.

– Je retrouve enfin mon vieux compère, s'esclaffe Thomas. Viens-t'en donc. »

Tous deux se dirigent de concert vers la porte, Thomas avec une expression de soulagement telle qu'Ester se raidit de contrariété.

Il y a des hommes dont la vitalité et la force de conviction sont contagieuses pour leur entourage, que ce soit pour le meilleur ou pour le pire. Son frère était un de ceux-là. Manuel HaLevy en est un autre exemple. Et Bescós un troisième.

Ester se rend compte que, bien qu'il s'en défende, Thomas a choisi Bescós comme planète autour de laquelle graviter. Et ce qui pourrait, à l'œil nu, sembler se déplacer suivant une ligne droite et de son propre élan, décrit en fait une longue orbite autour d'un corps d'attraction plus forte, mesurant à chaque instant sa distance par rapport à l'objet de son admiration.

Mary serait incapable de saisir ce genre de chose. Elle ne peut croire qu'aux preuves les plus directes que lui fournissent ses sens : Thomas l'a embrassée. Thomas a fourragé dans son corsage, jusqu'à ce qu'il en gagne l'accès. En conséquence de quoi, c'est elle, et elle seule, qu'il aime et qu'il protégera envers et contre tout.

John est en train, lui aussi, d'étudier Mary. Une inquiétude pareille à celle d'Ester assombrit son visage, comme s'il était capable de discerner ce qui reste invisible à l'œil nu.

« Or donc, à dimanche prochain, lance Thomas par-dessus son épaule à Mary, toujours vissée au divan. Et ne crains rien, notre éminemment inflammable Bescós ne sera pas de la partie, occupé à faire sa cour de son côté. » Sur ces mots, il envoie un coup de poing moqueur dans l'épaule de son compagnon, non sans retenue, remarque Ester. « Quand tu le reverras, il sera d'humeur joyeuse. »

Mary hésite, avant de hocher la tête.

Thomas dit encore à John : « Prêt à tenir compagnie à notre amie ? »

Les yeux d'Ester trouvent ceux de John. Quelle sortie est donc projetée ? Elle n'a pas prêté attention au babillage de Mary un peu plus tôt.

« Si elle m'accepte, dit-il, souriant devant sa surprise, avant de lui chuchoter à l'oreille : le fleuve. »

Ester se sent rougir comme une pivoine.

Mary quitte le sofa et éclate de rire. « Ne craignez rien, elle vous acceptera ! »

Ester redresse le plateau des douceurs sur la table.

« Ils évitent de se regarder tant ils sont timides », chantonne Thomas.

Ester ferme les yeux au son de la cascade de rires. Elle entend Mary embrasser Thomas bruyamment sur les lèvres, le grognement de satisfaction de ce dernier en réponse et les légères remontrances qu'elle fait à Thomas en le raccompagnant jusqu'à la porte, à la suite de Bescós.

La pluie, à l'extérieur, se calme ; elle entend encore le faible clapotis de l'eau dans le caniveau et le bruit de succion des bottes sur le pavé mouillé. Mary s'attarde sur le seuil pour faire ses adieux à Thomas.

John est resté. Ester le sent debout à quelques pas d'elle. La maison est silencieuse.

« Je suis désolé de ce qu'a pu dire Bescós. J'essaierai de le raisonner », dit John doucement.

Il la regarde, les joues en feu.

« Je crois que c'est à d'autres que les juifs qu'il en veut, même si aujourd'hui c'est à eux qu'il s'en est pris.

– Et pourtant ce qui blesse, dit-elle, n'est pas ce qui mérite en réalité la colère d'un homme mais ce contre quoi il préfère vitupérer. »

John hésite, avant de hocher la tête, une seule fois, comme s'il se faisait une promesse.

« À dimanche prochain, donc », dit-il. Il s'incline, s'approche d'elle et dépose un baiser léger sur ses lèvres, comme elle a vu les Anglais le faire aux femmes qu'ils jugent leurs égales.

Mary referme la porte derrière lui. Ester s'active et redresse les coussins.

« Peut-être que désormais, tu ne seras plus aussi seule », glisse Mary.

Il faudrait qu'elle fasse entendre raison à cette dernière, une fois de plus. Thomas ne peut être porteur que de danger. La vertu de la jeune femme ne tardera pas à être la risée de tous, si ce n'est déjà fait – car penser que les domestiques se laissent berner par la présence d'un chaperon tel qu'Ester, c'est grandement les sous-estimer.

Et pourtant, comment faire entendre raison à Mary, alors qu'elle-même se sent incapable de raisonner ?

Elle s'adresse à sa compagne en portugais. « La solitude... » commence-t-elle. Mais comment l'exprimer – comment mettre en mots ce qui bouillonne en elle – cette chaleur qui la remplit avec une telle constance qu'elle menace d'échapper aux limites de son corps ? Ce besoin d'être sauvée du chemin qu'elle s'est choisi. « La solitude, reprend-elle, martelant chaque mot du mensonge qu'elle s'apprête à dire, ne me pèse pas. »

D'un geste fébrile, Mary remet une tenture en place. « Je t'envie en ce cas, dit-elle, et je te plains. Je t'envie parce que tu ne ressentiras jamais les souffrances qu'éprouve une femme sensible. Et je te plains parce qu'un tel mépris de la vie t'empêchera de te marier. »

Elle ne s'attendait pas à ce que de tels mots la blessent.

« Je ne méprise pas la vie, dit-elle d'une voix paisible. C'est que...

– Quoi ? demande Mary, en se retournant.

– Je ne crois pas que le mariage puisse combler mes attentes.

– Pourquoi ? »

Un instant, poussée par une logique qu'elle ne comprend pas, Ester voudrait faire entendre à Mary tout ce qu'elle perdrait si elle devait appartenir à un homme.

« Pour quelqu'un comme moi, c'est précisément mépriser la vie que se marier.

– Tes propos n'ont aucun sens, dit Mary en les balayant d'un revers de main, sans cesser pour autant de l'écouter, comme si elle espérait voir son amie jeter la lumière sur ce qu'elle-même ne perçoit pas clairement.

– Il y avait une femme, commence Ester. Elle s'appelait Julienne de Norwich. »

Mais elle s'interrompt ; Mary ne comprendrait pas. Se remémorant le regard grave de John au moment où il l'a embrassée pour lui faire ses adieux, Ester revient à leur premier sujet de conversation.

« Je sais que toi, tu veux te marier. Et c'est effectivement ce qu'il te faut. Mais je t'en prie, n'encourage pas un homme qui n'en a qu'après la fortune de ton père et te distingue à peine de l'argenterie et des tapisseries, dit-elle avec un geste en direction de l'ameublement. Si ta fortune doit rester un sujet de considération pour ton soupirant, il ne saurait être le principal, moins encore le seul...

– La fortune de mon père n'est pas la raison pour laquelle Thomas me courtise ! la coupe l'héritière da Costa Mendes. Es-tu jalouse au point de ne pas voir l'amour là où il est ?

– Tu lui plais beaucoup, certes, poursuit Ester, essayant d'étouffer la voix peu familière qui chuchote en elle. Mais tandis que tes yeux s'attardent avec avidité sur lui, les siens s'attachent avec complaisance aux tentures damassées.

– Parce que tu prétends jouer les mères avec moi ? s'exclame Mary.

– Non...

– Non, parce que la mienne est morte », dit Mary, dont le visage ruisselle de larmes.

Des larmes enviables, désespérées. Ester aimerait pouvoir les toucher.

« Comme la mienne, dit Ester d'une voix douce. Personne en dehors de nous-mêmes ne peut nous conseiller.

– Va-t'en ! s'exclame Mary, à travers ses larmes. Tu ne vaux pas mieux que Bescós. Mais... vous jalousez tous les deux l'amour que nous avons l'un pour l'autre, Thomas et moi. La voilà, la vérité !

– Peut-être », dit Ester, qui sent ses yeux se gonfler.

Elle reprend le chemin de la maison à travers les rues luisantes de pluie, et les mots que forment ses lèvres résonnent à ses oreilles comme une prière. Mais une prière qui serait adressée à un dieu étrange : un dieu qui, comme elle, connaîtrait l'amertume du monde mais n'aurait pas le pouvoir de le changer. *Tue-la. Tue cette partie de moi qui désire tant être touchée.*

Elle n'est pas en mesure de protéger son amie. Sauf à la prendre à bras-le-corps comme une enfant pour l'éloigner de Thomas. Mary a choisi sa voie. Et tant pis si l'argent qu'elle lui verse fait d'Ester une maquerelle. Elle doit se cuirasser. Elle le doit.

Elle revoit pourtant le regard plein d'espoir de Mary quand Thomas a franchi le seuil cet après-midi.

À quelles obligations un être est-il tenu à l'égard d'un autre, dans un monde tel que le nôtre ?

Il lui arrive si souvent désormais de passer une bonne partie de la nuit à échafauder des théories qu'elle voudrait vérifier à la lumière des ouvrages que possède le rabbin. Et il arrive si souvent que ces théories – construites avec tant de soin, briques à l'aide desquelles elle espère consolider sa compréhension du monde – s'effondrent l'aube venue. Elle est capable de tromper le rabbin, mais la nuit tombée elle ne maîtrise pas plus l'obscurité que lui. Elle fait en sorte d'utiliser au mieux tous les moments que lui offre la lumière du jour quand elle peut disposer du bureau. Encore hier, dans son désir de confirmer la formulation de l'extension chez Descartes, une question qu'elle a retournée dans l'obscurité jusqu'à en pleurer, elle a oublié que la lettre qu'elle était censée copier (un nouveau conseil du rabbin à l'intention de son ancien élève qui vit aujourd'hui à Florence) était brève. Au bout d'un long silence – cinq minutes, peut-être plus ? –, le rabbin a levé la tête, le visage tourné dans sa direction comme pour saisir les rayons d'un pâle soleil. « Mais combien te faut-il donc de pages pour une si courte missive ! »

Cette fêlure dans sa voix, l'a-t-elle imaginée ? Il a pourtant choisi de poursuivre de son habituel ton bienveillant. « Peut-être que j'exige trop de toi ? »

Refermant les *Meditationes*, elle a convenu qu'il était peut-être temps de mettre un point final à leur journée d'étude.

Les sentiments seront sa perte... chaque lien est une entrave à ses desseins. Peut-être les hommes sont-ils en mesure de nourrir à la fois le cœur et l'esprit ; mais ce luxe n'existe pas pour la femme. Catherine ne s'est-elle pas noyée dans l'air méphitique de Londres à force de vouloir mettre en pratique les vertus de l'amour et de l'obéissance ? Les règles de conduite pour une femme – douceur, docilité, constantes attentions – ont tôt fait de se transformer en chaînes.

C'est pourquoi, songe-t-elle, il convient de déclarer une nouvelle forme de vertu, qui fera que se défaire des anciennes, voire de l'hypocrisie que suppose la chose, deviendra digne d'éloges.

Ou du moins pardonnable.

Depuis peu, quand elle lève les yeux de sa table de travail et voit la fatigue inscrite sur le visage affamé du rabbin – un visage qu'elle connaît depuis l'enfance – elle est saisie d'une faiblesse : le désir d'être pardonnée.

Quelles obligations, dans un monde tel que celui-ci ?

Les quelques gorgées de vin qu'elle a bues chez Mary lui sont montées à la tête. Elle n'a rien mangé depuis ce matin en dehors d'un morceau de pain et d'une friandise. Quand elle arrivera à la maison, elle donnera tous ses gains à Rivka, même si c'est à contrecœur qu'elle les pose sur la table de la cuisine. Mais comment utiliser l'argent de Mary à son seul profit, pour s'offrir des chandelles et des livres, même si elle n'a envie de rien d'autre ? Semaine après semaine, Rivka semble travailler de plus en plus dur, se louant pour faire la lessive chez des étrangers en échange de quelques pièces – car elle refuse de demander son aide à Diego da Costa Mendes, à moins que le souffle du rabbin en dépende un jour. Au lieu de quoi, elle cuisine patiemment sur la flamme la plus maigre, usant et abusant des dernières braises. Elle réserve les miches de pain blanc au rabbin, et pour Ester et elle prépare du pain noir ; même si, en dépit du temps qu'elle met à passer la farine d'orge et de seigle il reste toujours de minuscules cailloux dans la pâte. Ester tâte chaque bouchée avec prudence de sa langue ; quant à Rivka, elle s'est déjà cassé une dent de devant.

Si les besoins grandissants du ménage restent invisibles aux yeux de leur ancien protecteur, ils n'ont pas laissé d'être remarqués par au moins un autre. Mardi, tandis que Rivka était sortie, Manuel HaLevy est passé offrir ce qu'il a lui-même appelé un petit don de soutien. Tout en tendant une bourse à Ester, il a prestement détourné la conversation sur les qualités de l'air – un vent un peu humide ce jour-là, mais favorable à la navigation. C'est ainsi qu'Ester a compris qu'il souhaitait la ménager. Elle lui a fourré la bourse dans les mains, l'invitant non sans raideur à repasser une autre fois pour faire son offre généreuse à Rivka, qui gère les affaires domestiques. Sans se départir de son sourire, il a promis de le faire.

Elle craint le genre de dette à laquelle s'attacherait pareille charité si le besoin devait un jour contraindre Rivka à l'accepter.

De bonne heure ce matin, tout en la regardant travailler en silence, la lèvre supérieure s'enroulant machinalement sur la dent cassée, Ester a interrompu sa propre tâche dans la cuisine, s'efforçant d'imaginer l'existence de la servante. Sans accès aucun à la lecture ou à l'écriture. Sans échappatoire vers d'autres mondes, ni répit loin du quotidien harassant. Sans rêver de pouvoir lancer ses idées très haut dans le ciel chargé de fumées dans l'espoir de les voir retomber dans un endroit plus lumineux.

Mais comment aider Rivka, quand la menace de se retrouver elle-même plongée dans des ténèbres semblables provoque en elle une angoisse qui la terrifie ?

Elle est arrivée. Elle entre, suspend son manteau humide et s'arrête à mi-chemin de la pièce vide.

Là, sur la table, se trouve une lettre, dont le sceau de cire rouge est intact.

Elle s'en approche avec prudence. L'écriture lui est inconnue, mais le cachet est révélateur : une petite rose à épines et le mot latin *Caute*. Une rose, pour signifier tout à la fois le nom de la famille Spinoza – « épineuse » – et la nécessité d'être prudent. Ses mains tremblent tandis qu'elle s'empare de la lettre. Si elle porte bien l'adresse de cette maison, le destinataire en est Thomas Farrow.

Elle rompt le cachet.

Elle a déjà connu des déboires. Elle a voulu écrire à Mersenne à propos de la notion d'extension chez Descartes, sans savoir que l'homme était déjà mort depuis des années ; la réponse de sa gouvernante débordait d'une fureur incrédule. Mais les mots latins inscrits sur cette page la blessent bien davantage que les rejets qu'elle a pu connaître auparavant.

7 mai 1665

À Mr. Thos. Farrow,

J'ai bien reçu vos deux missives, et la présente devra tenir lieu de réponse aux deux. Votre ténacité est admirable, mais vous me permettrez d'en questionner la finalité.

Vous n'exprimez aucune admiration pour ma philosophie, tout en prétextant en percevoir les implications mieux que je ne le fais moi-même, fondant vos prétentions sur une rumeur dont vous ne donnez pas la source. Je ne connais que trop désormais ceux dont le dessein, dans le seul but de servir leurs fins, est de déformer mes arguments, m'entraînant sur le terrain d'un athéisme dont je me défends. Si telle est votre intention, je vous prie de cesser céans. Je suis harcelé depuis peu par un dénommé Van Blijenburgh, qui a d'abord prétendu, comme vous, chercher la vérité – cependant que l'homme consumait mes heures et mes jours dans un échange dont l'ultime propos, semblerait-il, consistait à traquer au sein de mes réflexions tout ce qu'il serait ensuite en mesure de diffamer.

Dussiez-vous, vous aussi, me prendre au piège de mes affirmations, alors sachez que je n'ai pas peur de mes propres idées, même si le monde les craint. Si vous voulez comprendre ma philosophie, vous pourrez lire les ouvrages que je compose en ce moment même et qui seront un jour publiés, ouvrages où je consigne avec la logique la plus claire ce que je professe. La seule satisfaction que je suis prêt à vous accorder aujourd'hui se résume à ceci ; je ne réfute pas le divin, mais uniquement sa fausse représentation, et tous ceux qui prétendent le contraire ne cherchent qu'à me calomnier.

Et ceci encore : votre argumentation procède sans méthode aucune. Je m'étonne que vous soyez au courant de ma relation avec le rabbin HaCoen Mendes. Je n'ai jamais écrit sur son compte, et il demeure, d'après moi, inconnu de toute personne étrangère à la communauté portugaise d'Amsterdam. Il ne serait pas davantage, au vu de son infirmité, en mesure d'être connu des chrétiens d'Angleterre. Je suis donc en droit de m'interroger sur la source de l'admiration que vous entretenez à son égard.

Si vraiment vous l'admirez, comme le laisse entendre votre lettre, nous avons au moins ce point en commun. Le rabbin HaCoen Mendes était un homme de cœur, même si sa réflexion se gardait de faire sauter les murs dont elle était prisonnière. S'il vit encore, j'aimerais qu'il sache que je pense à lui avec le plus grand respect, encore que l'excommunication dont je suis frappé ne peut que lui interdire de reconnaître mon existence. C'est en mémoire de lui uniquement que je vous adresse cette lettre, car je n'en souhaite pas d'autre de votre part.

Si vous êtes offensé par la teneur de ce discours je vous prie de comprendre que je suis obligé de répondre ainsi, car vous déformez ma pensée d'une manière qui tendrait à m'accuser d'être ce que je ne suis pas. Dans la mesure où ce que je suis me place déjà en grande difficulté, je ne saurais tolérer un surcroît de calomnie. Si l'athéisme est au nombre de vos préoccupations, alors parlez-en en votre nom, mais ne salissez pas le mien.

Benedictus de Spinoza

Elle lit et relit. Elle s'empare d'une plume et commence à noircir d'une main rapide une page vierge.

J'entends votre prudence, et si j'ai commis une erreur en m'engageant trop vite dans un débat avec vous, je vous présente mes excuses. Soyez assuré de l'honnêteté de mes intentions, j'en jure non pas en mon nom (car en ce monde un nom se prend et se jette aisément), mais au nom de ma considération pour le rabbin, dont je tiens l'honneur pour inviolable. Si vous pouviez comprendre mon propre besoin de prudence, dont j'oserai affirmer qu'il est au moins égal au vôtre, vos appréhensions s'évanouiraient. Les mots que j'écris, c'est en secret, mes pensées n'étant pas acceptables pour les hommes. C'est pourquoi quand je couche mes idées sur le papier, je ne peux rien écrire d'autre que ce que je perçois comme étant la vérité. Je ne cherche pas à vous prendre au piège d'opinions fallacieuses, mais bien plutôt à découvrir avec vous les vérités à notre portée.

Vous craignez, néanmoins, que je divulgue vos idées, sans m'exposer moi-même. Je vous livrerai donc mon credo ici même :

le Dieu que les théologiens voudraient nous voir prier – un Dieu qui dans un monde de souffrances en aiderait certains et pas d'autres – ne peut détenir la miséricorde qui lui est attribuée. Je déclare donc : un Dieu tel que celui que nous prions n'existe pas. À quoi j'ajoute : l'intervention divine n'existe pas davantage. Non plus que la sanction divine. Il s'ensuit que nous devons nous forger nous-mêmes nos propres notions du bien et du mal. C'est là le domaine du philosophe, là le terrain qu'il doit exploiter.

Je remets mon sort entre vos mains. Si vous souhaitez me proclamer athée à la face du monde, vous le pouvez. Vous pouvez aussi publier l'adresse à laquelle je vis, et, si tel est votre désir, faire de ma vie un enfer, voire contribuer à y mettre un terme. À Londres, les questions que je pose, si elles circulent sous le manteau, ne valent pas la mort à leurs auteurs aujourd'hui, mais si l'on venait à savoir que je propage les vues que je viens d'afficher, elles risqueraient de me valoir promptement la mienne.

Maintenant que je vous ai donné une telle preuve de confiance, pourrions-nous débattre ensemble avec franchise de la forme de l'univers ?

Ce que je connais par ouï-dire des fruits de votre réflexion mais aussi par votre travail dans *Principia* est pour moi une réelle aubaine, dans la mesure où j'en tire la certitude de ne pas être isolé dans ma recherche de la vérité. Toutefois, je le répète : ce que j'ai lu de vous ne peut constituer qu'une partie de votre philosophie, clôture qui encercle et retient la montagne de votre véritable pensée.

À dérouler ainsi le fil de ces longues phrases en latin, elle n'a pas entendu le rabbin entrer. Ce n'est que quand il parvient au coin du feu qu'elle entend craquer le bois de son fauteuil.

« À quoi travailles-tu encore à cette heure ? s'enquiert-il.

– Je recopie, répond-elle, retenant sa main au-dessus de la page. J'ai renversé de l'encre sur notre travail d'hier. »

Le rabbin ne dit rien, se contente de froncer le sourcil.

« Je finirai plus tard », dit-elle.

Il hoche la tête. On dirait que le repos pris cet après-midi ne l'a pas délassé. Il est mal en point. Elle s'en est aperçue à une ou deux reprises, mais jamais autant que ces derniers temps : cette respiration faible et saccadée, cette peau translucide, la présence de la mort déjà partout.

Et pourtant il continue d'épuiser ses forces à exécuter une tâche dont il croit que le monde l'exige de lui. Elle ignore si elle est pour lui une malédiction ou une raison de vivre. Peut-être l'une et l'autre à la fois.

« Ton esprit est troublé, aujourd'hui », reprend-il.

Elle ne répond pas.

« Tu ne peux étudier les Saintes Écritures, Ester, ou même remplir correctement tes fonctions de scribe, si tu es contrariée. Si tu défais ce nœud, alors les mots du texte pénétreront ton esprit et réussiront à l'apaiser. C'est ainsi que me sont toujours apparues les choses tout au long de ma vie, dit-il en portant une main délicate à sa tempe, comme s'il cherchait à partager la matière qui s'y trouve. Quand Dieu a créé le monde, il a d'abord créé la lumière. Le choc, quand je l'ai perdue, Ester, a été terrible. Un temps, j'ai même davantage senti l'obscurité que l'absence de lumière. Peut-être, toi aussi, as-tu éprouvé quelque chose de comparable. Mais ces mots et tout ce que j'apprends sont ma lumière. Je crois qu'ils sont également la tienne. »

Elle comprend qu'il s'inquiète pour elle, cherche à pénétrer ses pensées. Cadeau qu'elle ne mérite pas. Les mots lui échappent, sans qu'elle puisse retenir sa question pleine d'amertume. « Benedictus de Spinoza était l'un de vos élèves préférés, n'est-ce pas ? »

Le rabbin prend une courte inspiration.

« De Spinoza, dit-il au bout d'un moment, a fait mon désespoir. Le Mahamad a promulgué son décret avec l'approbation des rabbins enseignant le Talmud Torah, en dépit de mes efforts pour les en dissuader. Mais je reste convaincu que la sévérité de leur *herem* a irrévocablement banni de la lumière un être sincère.

– Et l'a libéré, dit-elle doucement, en se mordant les lèvres. Pour écrire et penser à sa guise.

– Comprends bien ceci, Ester, dit le rabbin qui s'est raidi, comme sous l'effet d'un air vicié, de Spinoza était dans l'erreur, et gravement. »

Elle a la gorge trop serrée pour parler. Un instant, elle évoque le souvenir du jeune de Spinoza, tel qu'il était alors, quand, arrêté un instant sur le seuil de la porte, il escortait le rabbin jusqu'au domicile de son père. Si hérétiques qu'aient pu être les pensées qu'il entretenait à l'époque, c'était en silence – ne permettant à ses idées incendiaires de se répandre que beaucoup plus tard, après la mort de son père à lui. Avait-il alors, dans son extrême jeunesse, délibérément émoussé le tranchant de ses mots, refusant de trahir son père encore vivant, comme elle refuse aujourd'hui de trahir le rabbin ? Pourquoi fait-elle preuve d'un tel égoïsme ? Quelle force la pousse à vouloir se libérer, au risque d'en faire souffrir d'autres ?

« Ester », commence le rabbin, en se levant à demi ; elle-même se dresse précipitamment, prête à lui porter secours si par malheur il devait tomber. « Un *herem* ne libère personne. Il sépare un individu de la congrégation, et par suite l'exclut de toutes les observances qu'exige le judaïsme, et de toutes nos consolations, comme celle que nous avons connue au Sinaï. Un isolement sans pareil, Ester. Quelle sorte de vie est encore possible, quand nous n'avons d'autre soutien que la logique de notre propre raisonnement ? »

Les joues du rabbin sont roses d'excitation. Elle ne l'a jamais vu aussi troublé.

« Je suis désolée, dit-elle. Je ne voulais pas...

– Baruch Spinoza était dans l'erreur, puisse Dieu lui pardonner, déclare le rabbin avec sévérité. Il en souffre, même s'il ne soupçonne pas la profondeur de sa souffrance. Vivre sans foi, c'est mourir à la vie. Je n'ai pas su lui ouvrir les yeux. »

Il se retient à son siège un moment, avant de renoncer et de se laisser retomber sans force sur le coussin.

« Je pleure encore aujourd'hui sur son sort. Et je regretterai toujours d'avoir échoué dans mon entreprise.

– Pourtant il vit encore. Il est..., dit-elle en hésitant. Où qu'il soit, il doit vous remercier du fond du cœur de vous avoir eu comme professeur. »

Mais le rabbin secoue la tête, attendant que sa respiration saccadée se calme. « Pour nous, il est mort. Et au plus profond de lui, il doit se considérer comme tel. Le jeune homme auquel nous avions confié la lumière de la sagesse n'est plus. »

Le feu craque derrière lui ; sa respiration se fait plus paisible. Les taches colorées sur ses joues ont disparu.

« Vous aurez été les deux meilleurs élèves auxquels il m'ait jamais été donné d'enseigner », dit-il.

Elle le regarde, étonnée.

« Même enfant, poursuit-il, tu faisais montre d'un don que je n'ai perçu que chez un seul autre élève. Le tien n'était pas de la même essence – ton parcours était sans détour, le sien suivait un labyrinthe. Mais vous vous ressembliez tant ! J'y ai souvent songé, Ester. La vie a voulu que je partage la lumière du savoir avec tous ceux qui venaient à moi, mais il m'a aussi été donné de voir les dons les plus précieux tomber en poussière : une intelligence aiguë et vibrante gâchée sur un apostat que je n'ai pu sortir de ses erreurs, l'autre sur une femme qui ne pourra jamais exploiter les talents qui sont les siens. Dieu a voulu que j'enseigne Sa parole, et cet honneur doit me suffire. Il ne m'incombe pas de décider du sort des graines que je sème : lesquelles germeront et lesquelles mourront, voire porteront le fruit défendu. »

Son visage s'assombrit. « Ester, ne commets pas l'erreur de prendre la mort pour la vie. »

Impossible de deviner ce qu'il sait.

« Écris pour moi », dit-il.

19

18 mars 2001
Londres

Elle posa l'eau sur le feu, remit de l'ordre dans la cuisine jusqu'à ce que la bouilloire se fasse entendre, et, tandis que le thé infusait, s'habilla. Tout en sirotant les premières gorgées de son thé brûlant devant la table, elle repéra le dernier numéro de la *Early Modern Quarterly* dans la petite pile de factures et de publicités arrivées la veille. Avant d'ouvrir la revue, elle reposa sa tasse, lentement, se servant de ses deux mains pour ne pas la lâcher. Elle laissa son regard errer sur la cuisine : les plans de travail impeccables, les rideaux blancs, la faible lumière de la lampe à abat-jour. Le géranium dans son pot sur le rebord de la fenêtre.

Combien de temps encore ?

Pour le reste de ses jours. Elle vivrait ici même, dans cet appartement, se débrouillant toute seule, jusqu'au bout. Elle ne prendrait certainement aucune disposition pour entrer dans une de ces épouvantables maisons, en dépit des recommandations du Dr Hammond qui la pressait d'envisager certaines « éventualités ». Et si la perspective d'un déclin prolongé, seule aux prises avec un parkinson, venait à la terrifier ? Eh bien, elle pouvait toujours choisir de ne pas s'attarder là-dessus, non ?

Pour l'instant, le travail occupait ses journées. Tout l'hiver, ils avaient soigneusement évité, Aaron et elle, une quelconque allusion à la publication imminente de Wilton, tandis qu'ils se retrouvaient dans la salle des manuscrits chaque fois que les Patricia lâchaient une nouvelle brassée de documents. Entre deux fournées, quand d'autres projets longtemps différés réclamaient les services du laboratoire de la conservatrice, ils revoyaient leurs traductions et faisaient des recherches d'archives. Ils n'avaient rien trouvé d'autre sur le compte de Thomas Farrow, ni aucun élément susceptible de corroborer l'existence d'un lien entre Farrow et Ester Velasquez. Si Aaron n'avait pas transcrit ce document avant de l'endommager, Helen aurait pu croire qu'ils l'avaient rêvé. Pour autant, ils avaient travaillé ensemble sans que ni l'un ni l'autre acceptent de reconnaître que, malgré leurs efforts, il y avait tout à parier que l'affaire leur échappe.

Une approche satisfaisante de la vie, songea Helen. Le Dr Hammond devrait le noter.

Elle reposa sa tasse, ouvrit la revue, consulta la table des matières.

Il lui fallut un moment pour qu'elle se pénètre de ce qu'elle avait sous les yeux. Une publication en un délai aussi court, c'était du jamais vu. Elle s'était attendue à découvrir l'article au plus tôt dans le numéro de l'été. Avec un pincement au cœur, elle comprit que le rédacteur avait dû réserver l'espace nécessaire à Wilton et à son équipe, à la demande expresse de Jonathan Martin, dès l'achat des documents Richmond.

Rien ne justifiait la montée d'angoisse qu'elle ressentit en lisant le titre : *Une scribe au cœur de la crise sabbatéenne à Florence : une découverte surprenante sous un escalier londonien*

Elle essaya de lire, sans que son œil progresse de manière méthodique jusqu'au bas de la page. Les phrases la frappaient de plein fouet au hasard ; la typographie lui donnait l'impression de grossir à certains endroits, les caractères trop brillants lui faisant mal aux yeux, avant de diminuer et de se fondre les uns dans les autres jusqu'à devenir illisibles, comme si les mots étaient en fusion. Ce n'est qu'après avoir feuilleté l'article deux fois qu'elle fut en mesure de le lire de bout en bout, le texte reprenant sa place peu à peu et s'organisant en phrases compréhensibles et en paragraphes implacables.

> L'existence d'un scribe de sexe féminin démontre que notre connaissance des coutumes sépharades de cette époque mérite d'être creusée. Alors que nous manquons encore de preuves quant à d'éventuelles violations des dictats du rabbinat d'Amsterdam au sein de la communauté londonienne à ses débuts, il semblerait que, préalablement à la consolidation du pouvoir du Mahamad de Londres, il y ait eu un moment où son autorité était suffisamment diffuse pour permettre à une jeune femme de devenir scribe, l'espace d'une brève période, au service d'un rabbin. (Comme indiqué précédemment, des détails techniques liés au processus de conservation ont jusqu'ici empêché l'examen des toutes dernières pièces ; si des additifs ou des corrections devaient se révéler nécessaires une fois lesdits documents disponibles, ceux-ci seraient présentés dès que possible dans une future publication.)

L'emploi atypique d'une scribe juive reste indubitablement une anomalie historique du plus grand intérêt, digne d'une recherche plus approfondie. Cependant, ce sont les propos de l'érudit qu'elle transcrivait qui constituent la révélation la plus significative à émerger jusqu'ici de la cache où se trouvaient les documents. L'étendue de la crise sabbatéenne florentine, mise au jour pour la première fois dans cet ensemble, est d'une importance scientifique sans précédent, pour la lumière qu'elle jette sur le rôle de cette communauté dans le contexte de l'histoire juive de la région. Tandis que l'absence d'informations antérieures concernant des troubles liés à la crise sabbatéenne peut de prime abord apparaître surprenante, elle peut aussi s'expliquer à partir de plusieurs facteurs, qui méritent d'être mentionnés, ne serait-ce que brièvement.

Helen lut la totalité de l'article, cherchant à débusquer les erreurs, sans en trouver aucune. La démarche était convaincante et bien menée. Wilton exposait les divers points plus clairement, force lui était de reconnaître, qu'elle ne l'aurait fait elle-même. Il possédait indubitablement du flair, avait un don de conteur, capable de transformer un article de recherche en histoire. Il était allé jusqu'à insérer une discussion pleine d'humanité de la lettre évoquant l'homosexualité et l'exil d'un jeune juif. Aaron Levy prendrait très mal la chose, dans la mesure où il n'avait traduit la lettre que la semaine précédente et s'était bercé de l'illusion que l'équipe de Wilton ne l'inclurait pas dans son article. Mais non, bien sûr. Wilton ne s'était imposé aucune limite, s'arrogeant tous les mérites.

La brève missive du rabbin HaCoen Mendes au riche marchand Benjamin HaLevy implique non seulement que le fils HaLevy, Alvaro, était homosexuel, mais s'insurge contre la dureté de la peine infligée par le père. Ce dernier, insensible aux arguments du rabbin, choisit de faire enrôler de force son fils sur un navire (il s'agit là de l'exil dont parle le rabbin dans sa lettre – voir l'encart ci-dessous pour le texte intégral –, un châtiment effectivement mis en œuvre comme le confirme la liste des membres de l'équipage embarqué sur le *Triumph*, qui, parti d'Angleterre en 1665, fit naufrage en 1667 au large des côtes brésiliennes dans une tempête qui ne laissa aucun survivant). La punition du père autant que le plaidoyer du rabbin (« Il ne nous appartient pas de lapider le pécheur... ») prouvent la diversité des réactions dans les milieux juifs aux comportements sexuels plus ou moins dissolus de l'Angleterre de la Restauration.

Le document à l'écriture croisée reste l'élément le plus obscur découvert à ce jour. Bien qu'il soit tentant d'espérer plus ample éclairage sur ses trop vagues références, au vu de l'absence d'un chroniqueur juif à la Pepys susceptible de nous fournir une photographie des personnalités et des mœurs de cette communauté, il semble peu probable que nous découvrions dans sa totalité l'histoire qui préside à l'existence des individus en question. La scribe était vraisemblablement la fille d'un dénommé Samuel Velasquez, d'Amsterdam. En compagnie de son frère, elle avait rejoint la maison du rabbin après la mort de leurs parents (il nous reste à vérifier le prénom des deux enfants). Nous pouvons, toutefois, partir du principe que l'éducation de la jeune femme ne l'avait pas préparée aux propos érudits auxquels elle a eu accès chez le rabbin HaCoen Mendes. Les assertions dont elle fait état dans la lettre croisée sont sans doute un mélange de ses propres idées et de bribes empruntées à la conversation du rabbin. Étant donné la nature discontinue de la lettre en question, il semble également possible qu'elle se soit contentée de recopier des fragments d'un poème ou d'une autre source inconnue du lecteur moderne. On peut supposer qu'un scribe s'adonnait à un tel exercice tant pour faciliter la mémorisation que pour améliorer sa pratique de l'écriture. De fait, les dernières lignes du texte invitent à une telle interprétation ; l'allusion de la scribe à une citation du *Richard II* de Shakespeare suppose qu'elle était versée dans le domaine de la littérature populaire et du théâtre de l'époque, et qu'elle souhaitait peut-être témoigner de sa familiarité avec un vers qu'elle chérissait, y compris dans un griffonnage adressé à elle-même entre les lignes d'un autre document.

Tandis que des comparaisons avec la découverte du journal de Glückel de Hamelin s'imposent, cette collection assez lâche d'affirmations n'égale en rien la richesse des renseignements sur la vie quotidienne que l'on peut trouver chez Glückel. La présence d'une jeune scribe reste cependant une découverte capitale, même si elle est de moindre envergure. De fait, sa voix dans ces pages – encore qu'à certains moments haletante, comme elle pourrait l'être pour chacun de nous dans un environnement survolté – peut être perçue comme une note d'humanité touchante comparée à la gravité du sujet abordé : la preuve de l'existence d'une faction sabbatéenne très active à Florence.

De nombreux travaux viendront sans aucun doute s'ajouter aux nôtres ; la porte est ouverte à une biographie du rabbin HaCoen Mendes, dont on sait actuellement peu de choses, mais aussi à une thèse sur la jeune scribe, qui nous permettrait de mieux connaître la vie des femmes juives à cette époque.

Au risque d'insuffler une touche personnelle malvenue dans un article de spécialiste, je dois dire que ce fut un honneur d'être témoin d'une telle découverte et un privilège d'avoir pu initier ce qui sera sans doute une étude riche et plurielle de ces documents.

Elle mangea avant de partir pour l'université. Elle mit le couvert en oubliant le couteau à beurre, rangea le lait dans un placard au lieu du réfrigérateur avant même de s'en rendre compte. Quand elle s'assit, elle ne prit pas la peine, pour une fois, de passer une serviette autour de son cou, et le sandwich qu'elle s'était confectionné tremblotait dans sa main. Elle éparpilla les miettes un peu partout sur la table et le sol, tandis qu'elle tentait de le diriger vers sa bouche, maudissant sa faim, et ce corps qu'elle ne pouvait pourtant pas rendre responsable de sa mutinerie. Si elle avait aimé sa vie, et son corps, au lieu d'être toujours en guerre contre eux, si seulement elle avait aimé quelqu'un, avait permis à un avenir différent...

Elle n'arrivait plus à réfléchir.

Son corsage était taché de jus de tomate. Peut-être n'allait-elle pas se changer et se montrerait-elle au monde dans cet état : tachée, vaincue. *Vous ne mangez jamais ?* lui avait demandé Aaron, un jour de cette première semaine d'innocence naïve à Richmond, passée dans la certitude qu'elle serait la seule à pouvoir exploiter les documents, une fois ceux-ci acquis par l'université.

Bien sûr qu'elle mangeait. Mais en privé. Sans laisser personne en dehors de son médecin voir l'ampleur des tremblements.

Sauf – elle s'en aperçut avec un petit sursaut de surprise – Aaron. Ce premier jour, à Richmond, elle lui avait délibérément montré que ses mains tremblaient. Elle en avait levé une et l'avait laissée s'agiter librement sous son nez : un acte d'agression, un défi. Pourquoi ? Avait-elle à ce point besoin d'un ami qu'elle avait voulu forcer un subalterne à lui accorder sa compassion ? Mais son geste avait eu l'effet inverse : elle avait été tellement perturbée par l'expression horrifiée d'Aaron Levy que c'est à peine si elle lui avait adressé la parole de toute la journée.

Elle se leva pour aller chercher un chemisier propre dans son armoire.

Aaron l'attendait devant la salle des manuscrits. On aurait dit qu'il venait de prendre une bouchée d'un aliment avarié et qu'il hésitait à avaler. « Je l'ai lu », dit-il.

Elle se força à acquiescer de la tête.

À sa surprise, il tendit la main, et avant qu'elle comprenne son intention, il l'avait délestée de sa lourde sacoche. Qu'il fit ensuite passer sur son épaule comme si elle ne pesait rien. « Alors, on y va ? » demanda-t-il après un long soupir et avant de lui ouvrir la porte.

Il lui fallut un moment pour identifier la nature de la sensation qu'elle éprouva en passant devant lui. Aaron se montrait protecteur. Et elle se sentait effectivement *protégée*. Le geste était inutile, sans doute. Mais elle ne lui en était pas moins reconnaissante.

Ce qui lui rendait encore plus difficile la tâche de parler, une fois qu'ils se furent enregistrés auprès de Patricia et qu'ils furent installés devant la table en attendant les manuscrits. Il fallait bien pourtant qu'elle manifeste quelque gratitude.

« Vous devriez intégrer le groupe de Wilton », dit-elle sans le regarder.

Le silence avec lequel il accueillit ses paroles fut interrompu par l'arrivée de Patricia, laquelle déposa un document devant chacun d'eux.

Une fois celle-ci repartie, Helen reprit la parole, les yeux fixés sur le mur devant elle. « Je crois qu'il vous prendrait dans son équipe. Vous êtes bon. »

Il n'avait toujours pas ouvert la bouche. Elle posa enfin les yeux sur lui.

« Vous voyez ? C'est un compliment, non ? »

Elle avait tenté d'adopter un ton badin, mais sa voix était sourde.

Aaron parut chercher une réplique sur le mode ironique, mais finit par articuler tout simplement :

« Merci.

– Je ne vais pas tarder à prendre ma retraite, comme vous le savez, dit Helen, les mots lui écorchant la bouche. Je peux vous fournir une lettre de recommandation.

– Inutile, je n'en veux pas. »

La porte de la salle s'ouvrit, laissant entrer Wilton et son groupe. Ils descendirent l'allée centrale, déposèrent leurs affaires tranquillement dans les casiers. Ils apparurent à Helen trop lumineux pour être regardés, aussi beaux et terrifiants que des anges sortis d'un tableau. Mais Aaron, lui, les examinait sans se cacher, et sans sourire.

Wilton passait à côté d'eux. Elle s'obligea à se lever. S'obligea à le dévisager.

« Félicitations, dit-elle. C'est un bon article.

– Merci, rétorqua-t-il après une seconde d'hésitation. J'avoue que je suis heureux de l'accueil qui lui est réservé. Mais tout le mérite en revient, bien sûr, à la découverte en soi, plus qu'au travail effectué par mon équipe. »

Elle répondit par un sourire pincé. « Vous connaissez Aaron Levy ? » demanda-t-elle.

Wilton fit un pas en avant pour serrer la main d'Aaron. Puis, au lieu de s'éloigner, il s'attarda, la main à plat sur la table, et Helen se rendit compte qu'il avait besoin de faire encore un peu pencher la balance en sa faveur, de manière à profiter pleinement de son triomphe. Après l'avoir vaincue, il était prêt à faire montre d'un minimum de compassion.

Le regard de Wilton était tombé sur le document que Patricia venait de déposer devant Aaron.

« C'est la dernière des lettres sabbatéennes, j'imagine.

– Comment le savez-vous ? demanda Helen, cassante, avant de regretter le ton agressif qu'elle avait adopté.

– Le rabbin est mort le 8 juillet de cette année-là, au plus fort de la peste, dit Wilton. Nous disposons des registres des décès de la paroisse, qui *a priori* sont fiables. Cette lettre est datée de trois semaines plus tôt environ. »

Il examina la lettre, d'un air attendri.

« C'est triste d'une certaine manière de le voir partir, bien sûr. Ces documents sont vraiment émouvants, vous ne trouvez pas ?

– Absolument », répondit-elle d'une voix faible.

Wilton faisait des efforts visibles pour se faire apprécier, et de son côté elle ne pouvait se défendre d'une certaine sympathie à son égard.

« La dernière, ou pas, intervint Aaron.

– Vous avez raison, bien entendu, acquiesça Wilton avec un sourire affable. Il est important de s'entourer de précautions. Mais allez vérifier les registres de la paroisse ; vous y trouverez confirmation de la date du décès.

– Je n'y manquerai pas, dit Aaron, d'un ton qui aurait pu paraître provocateur si Wilton n'avait pas réagi avec un sourire étonnamment amical.

– Génial, dit Wilton. Mieux vaut vérifier deux fois qu'une. »

Et il rejoignit sa table de travail.

Au bout d'un moment, Aaron poussa un soupir et s'étira pour se détendre, en imitant leur interlocuteur tout bas :

« *Mieux vaut vérifier deux fois qu'une.*

– Ne vous moquez pas de Wilton par dépit, l'apostropha Helen. Un peu de bon sens, que diable !

– Ce n'est peut-être pas du dépit. J'ai peut-être d'autres raisons.

– Lesquelles ?

– Je sais pas, dit-il, en haussant les épaules. Peut-être que je vous aime bien. »

Elle plissa les yeux sous la lumière de la claire-voie.

« Vous êtes encore plus stupide que j'aurais cru, dit-elle.

– Je vais vous dire une chose, lança-t-il en s'écartant de la table. Rédigez-moi donc cette lettre pour Wilton, d'accord ? Je ne suis pas un imbécile. Rédigez-la ; je la garderai par-devers moi, et si nous n'avons pas avancé d'ici deux ou trois semaines, alors, aussi vrai que je vous parle, je quitte le navire. Même si ça doit signifier travailler avec Wilton.

– Mais pourquoi vous déplaît-il à ce point ? demanda-t-elle en le regardant. C'est pourtant votre genre, ajouta-t-elle avec un geste vague en direction de Wilton, de ses étudiants, de leurs cheveux...

– Je n'ai pas aimé la façon qu'il a d'écrire à son sujet, dit-il après une hésitation.

– Au sujet de qui ?

– D'Ester. »

Elle le regarda sortir son carnet et se mettre au travail.

Sur la table, devant elle, encore un bilan domestique, comme la plupart des documents qu'elle et Aaron avaient eu l'occasion de dépouiller ces derniers mois. Il ne restait, à en croire Patricia Smith, la conservatrice, que quinze pièces, dont dix seraient prochainement disponibles, quatre d'entre elles plus complexes à préparer, pour des raisons techniques que Patricia aurait été ravie d'exposer si elle avait pensé qu'un historien puisse y porter le moindre intérêt. Et, bien évidemment, pour clore la série, le document qu'avait déchiré Aaron, maintenant relégué en fin de liste.

Pour la première fois de sa vie Helen n'était pas sûre d'avoir envie de se mettre au travail. À quoi bon chercher à nier l'évidence. En admettant que Wilton se casse la figure, d'autres concurrents ne tarderaient pas à se manifester.

« Quel genre de progrès voulez-vous que nous fassions en quinze jours ? s'entendit-elle dire. Nous sommes d'ores et déjà à des kilomètres derrière Wilton et son équipe.

– Vous avez raison, dit aussitôt Aaron. Il n'y a aucun espoir. »

Quand elle se tourna, elle fut surprise de le voir sourire. Si elle n'avait pas été convaincue du contraire, elle aurait dit qu'il flirtait. « Il faut que je vous montre quelque chose », chantonna-t-il.

L'idée la traversa qu'il était devenu fou.

« J'ai reçu ça hier soir, juste après avoir terminé l'article de Wilton, dit-il, et j'y ai beaucoup réfléchi. » Il sortit son ordinateur de sa sacoche et le posa en équilibre sur ses genoux.

« J'ai enfin eu une réponse de ce doctorant, Godwin.

– Godwin ?

– Le type du Michigan, qui fait des recherches sur Thomas Farrow. Vous vous rappelez peut-être que je lui ai écrit il y a quelques semaines. J'avais eu une vague réponse, sans grand intérêt. Maintenant je sais pourquoi. »

Il ouvrit un mail sur son écran. Elle loucha sur les caractères minuscules. Tout en fronçant les sourcils, il agrandit la police et, après avoir vérifié qu'aucune des deux Patricia n'était en vue, posa le portable sur la table. « Godwin est convaincu que Thomas Farrow est la prochaine grande découverte sur la scène philosophique, dit Aaron en se grattant le menton. Pour tout dire, il délire un peu à son sujet. »

Aaron,

Ça fait un bout de temps depuis ton mail, désolé. J'ai été très occupé. En fait, j'ai enfin trouvé preneur pour un article sur Thomas Farrow, qui devrait sortir l'an prochain dans *Archiv für Geschichte Philosophie*. Je me sens du même coup plus libre de parler. Sans être paranoïaque... personne n'a envie de se faire couper l'herbe sous le pied, si tu vois ce que je veux dire.

Tu veux donc en savoir un peu plus long sur Thomas Farrow. Je ne crois rien exagérer en disant que je suis sans doute le seul expert mondial en la matière – je n'ai pas beaucoup de mérite dans la mesure où personne ne semble le connaître ni beaucoup se soucier de lui. J'espère pouvoir bientôt changer tout ça, si j'arrive à me faire entendre.

Thomas Farrow appartenait à la petite aristocratie du Worcestershire. Il avait des sœurs, mais pas de frères, et si son père était relativement fortuné, il ne semblait pas particulièrement généreux à l'endroit de Thomas. Il semble bien que les mœurs dissolues du fils aient laissé une fâcheuse impression au père, manifestement aveugle aux dispositions et au potentiel intellectuels de son rejeton. Cécité à mon avis fort dommageable, au vu de ce que l'on sait désormais de notre homme.

Thomas Farrow ne paraît pas avoir retenu l'attention de ses professeurs pendant ses années d'études à Oxford, et son instruction a été interrompue par la guerre. La manière dont il a vécu pendant l'Interrègne nous reste inconnue, mais il est devenu par la suite acteur – de second plan, d'après ce que j'en sais, et d'un âge déjà bien avancé pour prétendre développer des talents de comédien (en admettant qu'il en ait jamais eu) – quand rouvrirent les théâtres sous Charles II. Mais le plus frappant reste la manière dont il s'est épanoui en tant que philosophe entre 1665 et 1667. Si on en restait là, on pourrait presque croire que ce déluge très bref de publications est sorti de nulle part – si ce n'est qu'en étudiant de près sa production, on se rend compte qu'il puisait allègrement dans ses expériences et ses études antérieures.

Je détaille l'ensemble de ces remarques dans l'article à venir (prévu dans le numéro de l'hiver prochain, d'après ce qu'on m'a dit), je ne m'étendrai pas davantage sur ce sujet, mais j'ai retrouvé des lettres de Farrow dans les archives de la Royal Society et dans les papiers de van den Enden et d'Adriaan Koerbagh. Certaines contiennent des affirmations téméraires, d'autres, des argumentations philosophiques plus fouillées. Il est clair, entre autres, que la position adoptée par Farrow sur le divin va bien au-delà de tout ce que même Hobbes a jamais pu avancer, ce qui, à l'époque, était étonnamment risqué. Farrow flirte avec l'athéisme à une époque où pareil comportement pouvait coûter la vie. Ses principaux sujets de préoccupation semblent avoir été la nature de Dieu et, suivant la réponse apportée à cette question, la nature des obligations morales et sociales de l'homme.

Farrow n'a jamais beaucoup attiré l'attention durant sa brève carrière pour la bonne raison qu'il ne s'est jamais fait le genre d'alliés susceptibles de diffuser ses travaux. La raison en est, à mon avis, qu'il était par trop cavalier. Point de courbettes devant les autres philosophes, aucune de ces professions d'humilité du genre « votre esprit est si grand et le mien si petit ». Il tranchait dans le vif. J'ai fait une grande découverte, si je peux me permettre : j'ai dégotté une lettre de Thomas Browne à un membre mineur de la Royal

Society, un dénommé Jonathan Pierce, dans laquelle Browne se plaint de Farrow en ces termes : « Ce butor de Farrow détruira votre argument en une seule phrase, courte et brutale. »

Une seule phrase, courte et brutale. Le moins qu'on puisse dire, c'est qu'ils semblaient respecter le monsieur, qu'en penses-tu ?

Au fait, je te dois des remerciements. Ce fut toute une affaire de tenter de convaincre les gens de l'intérêt de ce sujet pour une thèse. Sans entrer dans les détails concernant les coups et les revers d'une vie de doctorant, que tu ne connais sans doute que trop, je me contenterai de dire que j'étais au fond du trou, même pas sûr de faire accepter mon article sur Farrow, sans parler du reste. Ton mail m'a sauvé la mise et m'a rappelé qu'il y avait des gens désireux d'en savoir plus sur mon bonhomme. Pour moi, c'est un joyau encore à découvrir, et le fait que sa carrière de philosophe a été brutalement interrompue par une mort accidentelle à l'âge de quarante-sept ans est une tragédie. J'entends réparer l'injustice de l'oubli dans lequel il est tombé. On a pu l'estimer peu digne d'attention dans ses premières années, mais sous ces dehors insignifiants œuvrait un esprit remarquable. Ce qui tend à prouver qu'on ne sait jamais quels penseurs s'avéreront tels, tant qu'ils n'ont pas confirmé leur potentiel.

C'est du moins là ce que j'espère voir mon directeur de recherches conclure à mon propos... d'ici quelques années.

Salut à toi,

Derek

Helen relut la lettre. Quand elle se tourna vers Aaron, le visage de celui-ci brillait d'excitation.

« Vous croyez qu'il y a une chance ? » demanda-t-il.

Un instant, elle faillit répondre par la négative, lui dire qu'il sautait trop vite aux conclusions, au mépris de la logique. Mais les mises en garde qu'elle s'apprêtait à faire valoir s'évanouirent aussitôt. Pourquoi s'était-elle jamais souciée de parler de cette façon – cette langue de bois des universitaires par laquelle on prétendait ne pas savoir, alors qu'on connaissait la vérité, jusqu'à ce qu'on ait vérifié et revérifié cent fois la validité d'une assertion ? Que lui avait-elle rapporté, cette langue de bois ? Et, aujourd'hui, qu'avait-elle à perdre ?

« C'était son écriture à elle, dit Helen. Elle a écrit *Thomas Farrow* en toutes lettres au bas de cette page. »

Si Ester avait endossé l'identité de Thomas Farrow, du moins épistolairement parlant, alors s'ouvrait tout un champ de possibles. S'était-elle servie de cette fausse identité pour entretenir une correspondance clandestine ? Et *quid* du vrai Thomas Farrow – simple coïncidence si elle avait utilisé son nom ou bien l'avait-elle réellement connu ?

« Vous croyez pouvoir demander à Godwin les épreuves de son article ?
– C'est déjà fait. »

Elle eut un hochement de tête approbateur.

« Wilton semble penser que la lettre croisée est le résultat d'un émoi de collégienne. Mais si tout ce qu'elle dit, c'était pour de vrai ? dit Aaron. Et si Ester ne se montrait pas faussement timide, mais disait la vérité, aussi clairement qu'elle l'ose, concernant sa décision d'écrire sous un nom d'emprunt ? »

Oui. Oui. Helen entendait d'ici les protestations de tous les spécialistes du domaine : les juifs du XVIIe n'avaient encore aucune tradition du journal intime ; ils ne se défoulaient pas sur le papier ; toute femme éduquée mettait son instruction au service de sa maison. Helen se moquait bien de tout cela. Sans raison aucune, elle était certaine de ce qu'elle avançait : si Ester avait écrit des textes croisés sur des brouillons qui ne servaient plus, ce n'était pas pour se faire plaisir ou se montrer intelligente, pas davantage pour pratiquer l'art de l'écriture – mais bien parce qu'il y avait un secret qu'elle avait étouffé jusqu'à ce qu'il devienne insupportable... et elle avait besoin, à tout prix, d'au moins un endroit au monde où la vérité puisse éclater.

Helen semblait avoir renoncé à toute logique, et aurait été par suite bien incapable d'expliquer pourquoi les dernières lignes de la lettre croisée lui revenaient en mémoire à présent : *Quand les paroles sont rares, elles ne sont guère prononcées en vain, car c'est la vérité que soufflent ceux qui soufflent leurs paroles à l'agonie.*

Elle prononça la phrase à haute voix.

« Que croyez-vous que ça veuille dire ? demanda Aaron.

– Je ne sais pas, dit-elle en secouant la tête. Mais je crois qu'elle cherche à nous faire passer un message. À propos de sa vie. Ou peut-être, ajouta-t-elle au bout d'un moment, à propos des regrets qu'on peut avoir. »

Elle s'était détournée de l'écran, tout comme lui. Les yeux d'Aaron étaient sombres et saisissants, ceux de Dror et les siens à la fois, et elle aurait voulu garder à jamais cette image dans son souvenir.

Ils revinrent à leur travail. Leurs crayons grattaient le papier de leur bloc sans interruption. Helen évitait soigneusement de regarder la table de Wilton. Au bout d'une demi-heure, Patricia la bibliothécaire apparut, porteuse d'une troisième puis d'une quatrième pièce pour Helen et Aaron, sans plus se soucier apparemment de savoir si l'équipe de Wilton remarquait sa manœuvre ou pas – manifestement elle aussi avait vu l'article de la *Early Modern Quarterly*. Tandis qu'ils travaillaient, Patricia multipliait les allées et venues comme une apprentie sorcière, sans qu'on lui demande rien, et changeait les feuillets.

Helen venait tout juste de porter son attention sur le quatrième document : encore une liste de dépenses domestiques. Elle était rédigée en portugais de l'écriture penchée d'Ester Velasquez et datée du 4 mai 1665. Une fois encore, aucune rentrée d'argent. Elle la parcourut rapidement, comme elle le faisait habituellement, avant d'en entamer la traduction. Au bas de la troisième et dernière page, sous l'habituel total des dépenses et l'initiale aleph, l'œil de Helen saisit une ligne croisée d'une encre différente, comme si elle avait été ajoutée après coup. Non, pas même une ligne. Un seul mot, tracé très finement et soigneusement à l'encre entre les lignes de l'inventaire, comme une araignée suspendue dans un coin, à peine visible.

אהבתי

Une attaque, une rebuffade, à travers les siècles. Une main tendue.

Les lettres croisées épelaient un seul mot, qui signifiait en hébreu : « J'ai aimé. »

20

17 juin 1665
Londres

Au très estimé Benedictus de Spinoza,

Votre brève réponse à ma dernière missive découragerait tout autre moins déterminé que moi de poursuivre cet échange. À dire le vrai, la modestie devrait me pousser à conclure que mes idées sont trop médiocres pour justifier que vous perdiez votre temps à les prendre en considération. Si c'est là la raison de votre refus d'engager un dialogue avec moi, force m'est de vous présenter des excuses et de me retirer. Mais dans ma folle obstination, monsieur, je tiens que, en dépit des défauts qui ne doivent pas manquer de vicier mon argumentation, c'est le désir dans lequel je suis de peser les mérites de l'athéisme qui vous amène à refuser de débattre avec moi. Il se peut que d'autres – ennemis de la tolérance dans votre pays ou même espions de l'Inquisition – aient tenté de vous prendre dans les rets d'une telle controverse. Il est naturel que vous me soupçonniez d'être dévoué à quelque cause hostile à la libre-pensée.

Et pourtant je jure, même si cela me déchire le cœur, que je m'efforce de ne plus défendre aucune cause, hormis celle de la vérité. Car toute croyance indéfectible, qu'elle ait pour objet l'individu ou la société, ne va pas sans aveuglement, et tout amour menace de brouiller la vision, tant sont rares ceux qui ne supportent pas de voir la vérité si celle-ci doit porter atteinte à ce qui nous est cher. En vous séparant de votre communauté, il se peut que l'exil auquel vous ont condamné les rabbins d'Amsterdam vous ait, de fait, offert une forme de liberté. À l'écart de vos semblables, vous n'êtes plus exposé aux terribles chagrins engendrés par les martyres de votre peuple, lesquels ne sauraient laisser quiconque indifférent. Tant que vous étiez témoin de telles souffrances, certaines pensées – celles dotées d'épines qui écorchent les gens de notre propre communauté – vous auraient paru inavouables.

Je me réjouis de penser que vous employez cette indépendance d'esprit désormais à délier votre langue et votre plume, et que vous vous exprimez d'une façon qui vous était interdite auparavant. Mais la prudence ne nous abandonne jamais, car ce monde n'est pas sûr.

S'il existe une liberté au-delà de celle qu'apporte l'excommunication, peut-être est-ce celle de ne pas exister.

Le seul fait d'exister nous met, vous-même, moi et tous les penseurs, en danger. Est-ce la raison pour laquelle ce que vous dites reste en deçà de ce que vous croyez ? Vous ne remettez pas en cause l'existence de Dieu, dites-vous. Il s'ensuit que j'aimerais savoir quelle forme d'existence divine vous concevez. La sottise de ceux qui s'attachent aux notions d'intervention divine est manifeste à chaque instant, car le nouveau-né difforme n'a pas mérité les souffrances qui l'attendent, pas plus que ceux qui vouent leur vie à la vertu ne méritent les douleurs et les tourments qui sont souvent les leurs. Il s'ensuit donc que soit Dieu ne fait aucun cas de la souffrance, soit Dieu n'a pas le pouvoir de se montrer plus clément envers sa création. À moins que l'immortalité n'existe que dans le but d'équilibrer ces équations après la mort, celles-ci demeurent nécessairement déséquilibrées. De même que je m'efforce de me défaire de tout ce pour quoi je ne trouve pas de preuve, et de même que je n'ai jusqu'ici trouvé aucune preuve d'une vie après la mort, il s'ensuit que de telles idées ne peuvent que me conduire vers un théisme dans lequel le divin détient le pouvoir sans possibilité de pardon ni de justice, comme si un enfant régnait sur l'ensemble de l'univers dispensant des décrets selon son caprice ; ou alors vers la théorie qui voudrait que la force régissant l'univers soit investie de volonté mais pas de pouvoir, théorie qui suffirait à me faire accuser d'athéisme. C'est cette position qui m'amène à embrasser votre conception de Dieu comme nature. Et pourtant l'appréhension que j'en ai ne me satisfait pas.

Dans votre seconde missive, vous me proposez quelques miettes, comme pour mieux me dissuader de poursuivre : Dieu, dites-vous, est substance. Monsieur, je reste sur ma faim. Quelle forme et quel dessein revêt cette substance ?

J'ai vu les yeux aveugles du rabbin HaCoen Mendes. Mettre la foi en doute, c'est mépriser tous les croyants de son espèce. L'athée doit paraître en conséquence bien cruel au martyr.

Pourtant, le philosophe qui refuse de parler avec honnêteté n'accepte-t-il pas d'aveugler la vérité ?

T. F.

Elle pose sa plume et relit sa lettre. Osera-t-elle envoyer un tel texte ? Si elle l'a écrit, c'est davantage pour savoir jusqu'où elle est capable d'aller.

Le rabbin somnole dans son fauteuil. Même quand elle ne parvient pas à trouver en elle la moindre trace de croyance en ce Dieu des psaumes et des prières, elle demeure convaincue de la sainteté du rabbin HaCoen Mendes. En le trompant, elle est son pire ennemi.

Pourtant, le changement qu'elle a remarqué récemment dans l'argumentation de celui-ci est indéniable. En son nom, le rabbin ose peu, gardant pour lui ses objections, cédant à d'autres autorités. Mais au nom de l'imaginaire Daniel Lusitano, c'est de sa propre autorité qu'il parle. Son visage s'illumine, sa langue s'aiguise et pourfend les erreurs. Ce n'est que dans son amour pour ses élèves – d'abord de Spinoza, aujourd'hui Daniel Lusitano – qu'il peut affirmer ses idées. Et tandis qu'elle forme les mots du rabbin sur ces pages qui ne seront jamais envoyées, elle sent sa main transcrire une pensée alerte et vigoureuse.

C'est ainsi qu'elle justifie sa trahison, prouvant encore davantage s'il en était besoin sa vilenie.

Elle glisse la page qu'elle vient de rédiger sous la lettre sur laquelle elle reposait, arrivée deux jours plus tôt.

5 juin 1665

Ester,

Tu trouveras ci-joint la somme de sept livres en vue de subvenir aux besoins de la maison du rabbin HaCoen Mendes et de ceux qui vivent avec lui. Je sais que tu ne seras pas assez stupide pour repousser cette aide, car quand bien même tu te la refuserais à toi-même, tu ne la refuseras pas aux personnes de ton entourage.

Considère ceci comme un présent et sache d'où il vient.

Je vais bientôt partir pour la campagne, où n'ont pas encore germé les semences de la peste, qui déjà se répand dans certaines paroisses de la cité. Je prévois pour l'instant de m'y rendre seul. Mais il pourrait en être autrement.

Manuel HaLevy

La moitié des pièces qui accompagnaient son mot a été immédiatement dépensée en provisions de bouche. Le reste, Rivka se charge de le gérer au mieux. Ester n'a pas encore répondu.

Elle sort une page blanche.

À Manuel HaLevy,

Je te remercie de ta missive et du soutien qu'elle nous accorde dans le besoin qui est le nôtre. Ta générosité dépasse toute attente. Nous ne pouvions espérer davantage.

Elle reste assise un long moment, à chercher d'autres mots qui ne la trahiraient pas. Sous la lettre de Manuel, il y en a une autre destinée à de Spinoza, signée d'un nom d'homme – un texte qui dit la vérité de sa pensée. Pourtant les vérités de son corps, elles, restent indéniables : ce ventre qui crie famine, ces pieds si douloureux à force d'arpenter les rues avec des chaussures usées jusqu'à la corde. Et une autre faim encore, qu'elle ose à peine nommer, celle-là.

Je ne saurais prendre ta demande en mariage en considération, écrit-elle lentement.

Au bruit de la pendule qui sonne l'heure, elle se lève et nettoie les traces d'encre sur ses mains. À l'étage, elle hésite un moment à enfiler une robe que Mary lui a fait acheter il y a bien longtemps, quand Catherine s'était mis en tête de voir Ester chaperonner sa fille. Elle ne l'a pas souvent portée, mais elle devrait encore lui aller, les plis du tissu tombant de sa taille toujours avec la même élégance. Un moment, elle lisse du bout des doigts le taffetas bleu pâle.

Immobile, une main sur le tissu qui crisse, force lui est de reconnaître ce qui lui arrive. Elle s'est trahie elle-même, s'est prise à espérer. Mais quoi ? Qu'un Anglais aux yeux pleins de sollicitude lui pardonne d'être juive ? Qu'il l'aime... et puis après ? L'épouse ? Et dans sa bonté lui fasse renoncer, avec moins de rudesse mais tout autant de fermeté que Manuel HaLevy, à cette force qui l'anime ?

Elle se retourne et arrache sa robe de tous les jours de son crochet, manquant déchirer la couture. Tout en jurant, elle regarde la silhouette qui se débat avec les boutons dans la glace étroite. La haine monte en elle pour cette vie qui est la sienne.

Un bruit depuis la rue ; le carrosse des da Costa Mendes est devant la porte. Ester descend l'escalier en toute hâte, tandis que Rivka fait entrer Thomas Farrow.

« Bonjour », chantonne-t-il.

Son pourpoint rouge et usé est ouvert sur un gilet de soie bleu, ses hauts-de-chausses découvrent au niveau du genou une culotte bleue, la doublure rouge de ses chaussures à talons est retournée pour former une corolle. Il dévisage Rivka – comme s'il avait déjà entendu parler des juives d'Europe centrale, épaisses, le cheveu rare, les joues marquées de petite vérole et le menton semé de grands poils, sans jamais croire que pareilles créatures puissent exister. Rivka en fait autant de son côté et prend note de la tenue haute en couleur de Thomas, puis du visage et des cicatrices de petite vérole soigneusement dissimulées sous une couche de céruse – vanité appliquée et affichée d'un homme qui cherche à paraître plus jeune.

Lentement, Thomas ôte son chapeau en velours noir pour saluer Rivka, dont pas un muscle ne tressaille. Celle-ci ne verserait pas une larme, songe Ester, si Mary devait se perdre de réputation, fût-ce avec un homme comme celui-ci.

Ester écarte les rideaux de cuir et monte dans le carrosse, s'installant à côté de John, qui se recule pour lui faire de la place. Lui aussi est vêtu d'un pourpoint et d'une culotte, mais la différence avec Thomas est de même nature que celle qui distingue un paon d'un modeste oiseau de rivière brun et blanc.

« Belle journée, dit John, tandis que le carrosse se met en branle.

– Oui », répond-elle.

Il est trop près pour qu'elle puisse vraiment l'examiner. Au lieu de quoi, c'est Mary qu'elle regarde, assise à côté de Thomas sur la banquette en face d'elle. Elle est vêtue de moiré jaune et d'un jupon en soie pêche. Sur sa joue et son décolleté plusieurs petites mouches en velours noir – un cheval au galop, un navire aux voiles gonflées et un croissant de lune sur la gorge. Assis côte à côte, ils forment à eux deux une gravure de mode colorée. Mais l'expression qu'arbore Mary est bien différente de celle de Thomas. Ses lèvres sont distraitement entrouvertes et ses yeux, brillants mais vagues – elle a dû forcer sur la belladone pour les dilater, sacrifiant la netteté du regard à l'image d'elle-même plus douce et féminine qu'elle souhaite renvoyer à Thomas.

Mais qui est-elle après tout pour juger Mary ? Elle-même en est encore à chercher un mot à offrir en pâture à John. Elle sait comment prévenir le flirt, mais ignore tout de la manière de le faire advenir.

Thomas s'adresse à eux d'une voix forte, pour couvrir le fracas des roues sur les pavés. « Je pensais qu'on aurait pu aller voir les fous à Bedlam ou les marionnettes à Charing Cross. Mais ces endroits sont tellement bondés, et puis Mary craint la peste. » Il prend un biscuit au sucre dans le petit sac que lui présente cette dernière, le mange avant de sortir de sa poche une flasque dont il dévisse le bouchon. « Alors j'ai pensé à la maison des Indes, mais Mary a une peur bleue des serpents, à tel point qu'elle pourrait bien s'évanouir à la vue du très gros qu'ils ont là-bas. C'est ce qui m'a décidé pour le fleuve, pour une promenade sur l'eau. » Il avale une gorgée.

« Il n'a jamais été question que du fleuve, murmure John à l'oreille d'Ester, mais il ne cherche qu'à impressionner Mary. Le Londres de Thomas n'est fait que de théâtres et de tavernes.

– Oui, même si c'est Mary qui paiera pour le bateau, rétorque Ester, sautant sur l'occasion de pouvoir enfin parler, ainsi que pour le boire et le manger. »

John ne répond pas. Elle lui jette un coup d'œil furtif. Il regarde avec attention par la fenêtre, rouge de honte.

Ce n'était pas ce qu'elle voulait dire. C'est absurde – que lui importe qu'il ne participe pas à la dépense, laissant à la fortune da Costa Mendes le soin de subvenir à tout ?

Elle n'entend rien à son désir typiquement anglais de vouloir garder les dehors de la bienséance. L'observation des convenances, l'idée d'un monde où il faut respecter certains codes, lui semble saugrenue. Le pragmatisme déclaré d'un Manuel HaLevy, elle doit bien l'admettre, lui paraît plus honnête. Et pourtant, la seule pensée qu'elle ait pu froisser la fierté de John la bouleverse.

Elle ne souhaite rien tant que le comprendre – et il lui semble aussi secret qu'elle-même.

Elle se tourne abruptement pour lui faire face. De manière presque comique, il a un brusque mouvement de recul.

« Pourquoi êtes-vous ici ? demande-t-elle.

– Sur cette banquette ? dit-il d'un air mi-chagrin mi-rieur.

– À Londres, je veux dire.

– J'entends les exigences de mon père, lance-t-il en retour – comme si pareille défense lui était venue à l'esprit avant même qu'elle pose la question. Il voulait que je me prépare à suivre ses traces. C'est un homme vertueux et fort respecté, mais je lui ai dit que je souhaitais d'abord parfaire mon éducation. Si je reviens un jour à sa profession, je veux que ce soit avec les yeux ouverts sur le monde.

– Et qu'étudiez-vous ?

– La poésie, l'histoire, l'art, la philosophie naturelle. »

Il part d'un rire bref, comme s'il craignait qu'elle juge ces sujets futiles. « J'ai terminé l'université il y a des mois, mais, dans la mesure où on ne s'y préoccupe plus guère aujourd'hui que de théologie et de droit, celui qui souhaite élargir son champ d'études doit faire appel à des répétiteurs privés. Je m'attarde à Londres avec ce qu'il reste de ma bourse pour assister à des cours aussi longtemps que je pourrai. Semaine après semaine, désormais, je reçois une lettre de mon père me rappelant au domaine, et pourtant je ne souhaite nullement rentrer avant que d'y être obligé. » Il scrute son visage, et ce qu'il y voit semble le rassurer. « Je tiens sa sagesse en grande estime, mais son esprit est à l'image de ses jardins. Chaque plante, chaque arbre est taillé de la façon la plus noble qui soit, mais chacun n'a qu'une place, et une seule, dans l'ordonnancement du paysage. » Il lui jette un nouveau coup d'œil, avant de regarder par la fenêtre ; une rougeur d'une origine bien différente lui colore à présent les joues.

Près d'un escalier menant au fleuve, leur cocher arrête le cheval. Brève conférence, puis Thomas et John descendent du carrosse et les abandonnent à leur sort. Mary, assise comme une poupée, continue à papilloter des yeux.

« Descendrons-nous ? » demande Ester.

Pas de réponse en dehors d'un haussement d'épaules imperceptible qui signifie manifestement *non*.

« Qu'est-ce qui te tracasse ?

– Absolument rien », dit Mary d'une voix étranglée, le regard rivé sur l'extérieur, sans un geste, pas même quelques instants plus tard, quand Ester fait osciller le carrosse en descendant.

Des flaques laissées par les pluies récentes bordent la route. Sous ses chaussures, l'eau brunâtre suinte des pavés. Non loin de là, au sommet de l'escalier, John et Thomas ont une conversation animée avec un moustachu, debout, les bras croisés. Ils ne sont pas seuls à solliciter ses services : deux autres hommes attendent derrière eux. À côté d'Ester, le cocher de leur carrosse a une main posée sur le harnais. Il se cure les dents, l'œil sur le fleuve et les bateaux.

Thomas a l'air mécontent quand John et lui reviennent à la voiture. Voyant Mary toujours perdue dans sa rêverie, il tapote des doigts sur la portière et la fait tressaillir. « Difficile de trouver un bateau pour remonter le fleuve, annonce-t-il. Les riches n'ont qu'une envie : quitter la ville par peur de la contagion, et leur lamentable couardise les pousse à réquisitionner tous les bateaux disponibles. Notre homme insiste pour que nous louions les services de son cheval pour haler la yole, sinon il nous refuse l'usage de son embarcation – pour la bonne raison qu'il gagne plus d'argent en nous louant les deux et qu'il sait pertinemment que son canasson hors d'âge ne vaut rien en ville. Il a eu raison de nous, car d'autres attendaient pour louer son bateau, au cas où nous aurions refusé son offre. C'est quand même le comble, louer les services d'une pareille haridelle quand on dispose d'une aussi belle bête qui ne fait rien, dit Thomas, en coulant un regard plein de regrets en direction de leur cheval. Donnant une bourrade joviale dans l'épaule du cocher, il apostrophe celui-ci : « Tu devrais le louer pendant que nous remontons le fleuve. Quelques pièces d'argent supplémentaires dans la poche, ça ne se refuse pas. »

Le cocher de la maison da Costa Mendes s'abrite du soleil étincelant, sans rien répondre. Mary, qui dans l'intervalle est descendue de la voiture avec raideur, lui fait signe de partir. Acceptant son renvoi momentané, l'autre remonte sur son siège et fait claquer sa langue. L'homme et la bête disparaissent dans les rues de la ville.

Mary les regarde s'éloigner avant de se tourner vers Thomas et de demander d'un ton lourd de sous-entendus : « Combien pour le bateau ? »

Thomas hésite, puis avec un regard furtif à l'adresse de John, annonce : « Six shillings. »

Mary sort une bourse brodée de la poche de sa jupe et compte ostensiblement les pièces en les lui déposant dans la main.

Thomas, d'un geste insouciant, les lance en l'air et les rattrape. À présent que l'argent lui est tombé du ciel – comme un cadeau du destin, et non de Mary –, il retrouve son entrain. Il envoie une tape sur l'épaule de John.

« Heureusement que le fleuve ne fait que se descendre ou se remonter, dit-il. Notre homme est si soûl qu'il n'arriverait pas à se torcher le cul tout seul.

– Voyons, Thomas ! proteste John.

– Elles en ont entendu d'autres, John. Arrête d'avoir peur des femmes. »

S'approchant de Mary par-derrière, il lui claque les fesses. Le geste lui arrache une grimace, mais elle ne bronche pas, ce qui semble le contrarier. Face à son silence, il hausse les épaules et se tourne de nouveau vers le fleuve.

« Je jurerais que la promenade sera fort agréable, dit-il.

– Tous ces gens qui fuient la ville, murmure John, l'air grave. L'épidémie a-t-elle atteint d'autres quartiers ?

– Ils s'en vont pour rien, John, rétorque Thomas en riant. S'enfuir comme ça, sur ces petites embarcations. Ils le font systématiquement chaque fois qu'une menace pèse sur la ville. Et sais-tu qui se frotte les mains ? Les voleurs, pardi. Plus un homme est riche, plus il sue la peur, et plus, à la moindre ombre dans le ciel, il abandonne tous ses biens terrestres sauf ce qu'il peut emporter avec lui. Tous ces beaux messieurs terrifiés vont se faire cambrioler et ne retrouveront plus rien de leur vaisselle d'argent quand ils reviendront chez eux. Si seulement j'étais doué pour le vol, j'irais participer au pillage sans perdre une seconde – et si je sentais qu'on me met la main au collet, je partagerais mon butin avec le magistrat. »

Thomas s'esclaffe quand John veut émettre une protestation. « Sans vouloir offenser le magistrat qu'est ton père. Je te crois sur parole quand tu me dis qu'il est honnête, mais si c'est le cas, il est bien le seul de son espèce dans tout le royaume. »

Il n'y a qu'Ester pour apercevoir le rictus d'amertume qui déforme un instant le visage de Mary : *Pourquoi voler quand il s'en trouve pour combler tous vos désirs ?*

Ils se rendent ensemble jusqu'à l'escalier boueux et descendent dans la yole qui tangue, Thomas en premier. Dans sa robe simple, Ester monte dans l'embarcation sans grande difficulté, mais Mary, encombrée dans ses atours, a du mal et manque verser, tandis que John et Ester la maintiennent de chaque côté sur le siège, auquel elle s'accroche des deux mains, même si les planches de bois brut lui semblent repoussantes.

Le batelier détache la corde de son taquet et l'attache au harnais du canasson, qu'il entraîne à contre-courant d'un pas lent le long du chemin de halage, la barque en remorque.

Le fleuve est large à cet endroit, son débit, peu pressé. « Temple Gardens », annonce John. Penché en avant, il nomme chacun des sites qui se profilent devant eux. « Whitehall... Westminster. » La pierre s'élance à des hauteurs vertigineuses et propose des perspectives inimaginables : rêves de grandeur et de grâce, invisibles depuis les ruelles qu'elle emprunte d'ordinaire. Quelle ville doivent apercevoir les oiseaux du haut du ciel, au-dessus de l'humanité, au-dessus du tintamarre et de la fumée ? Tandis qu'elle regarde défiler le paysage en silence, John s'esclaffe.

« Londres », dit-il d'un geste ample comme pour mieux le lui présenter.

Se peut-il que cette cité qui a présidé à toutes ces années passées en son sein soit suffisamment petite pour être englobée dans ce seul geste et disparaisse en l'espace de quelques minutes ? C'est pourtant bien le cas ; les murailles sont là, un instant de fraîcheur à l'ombre de la pierre, et déjà la cité se referme derrière eux. À l'extérieur des murs, les habitations se clairsèment. Rues miteuses, quelques rares maisons ou tavernes ici et là : vestiges de la ville débordant dans la campagne. Pour finir par se tarir définitivement. Dans le silence grandissant, ils croisent un batelier qui fredonne un air ; les sabots du cheval claquent sur la terre du chemin de halage. Oubliées les vapeurs et les odeurs des tanneries, auxquelles se substitue un air pur et légèrement humide.

Qu'un tel air puisse exister, et si près de la ville, reste pour Ester une source inépuisable de stupéfaction. Son cœur pleure un moment sur le sort de Catherine.

Dans la lointaine verdure tournent des moulins, et sur les collines herbeuses les lavandières aux jupes remontées et fixées à la taille étalent des bannières de lessive aveuglantes de blancheur. Au bord de l'eau, où la marée doit monter et descendre, des algues échevelées frissonnent sous le courant. Une fraîcheur écrasante de silence. Jamais Ester n'a senti pareille vie. Les oiseaux fondent sur le bord de la rivière et l'eau s'étoile ici et là sous le poids d'insectes qui semblent piétiner sa surface. Tout est vert autour d'eux. Jusqu'aux grilles en métal le long de la rive qui croulent sous la végétation et autour desquelles s'accroche la mousse en couches si épaisses qu'on croirait pouvoir la casser par endroits pour la croquer. Quel trait d'imagination absurde ! Une faim comme elle en a rarement connu s'empare d'elle. Si elle pouvait défaire et refaire sa vie, elle n'hésiterait pas un instant – elle se lèverait et plongerait depuis ce bateau pour s'immerger dans le fleuve au mouvement lent et se retrouver aussi vibrante que l'eau et l'air. Qu'importe si elle ne sait pas nager. Pour le moment, elle se persuade que l'eau ne saurait la tuer mais la porterait au contraire hors de ce monde marqué par le malheur dans lequel elle a trop longtemps vécu.

Le cheval avance à pas comptés, la brise souffle et s'apaise, la corde grince, la barque tangue.

À Barn Elms, John la saisit par le bras et l'aide à prendre pied sur la rive. Derrière eux, Mary s'exclame, indignée, et rappelle Thomas qui l'a abandonnée pour monter seul sur la berge.

« Une heure, pas plus », dit le batelier. Même à cette distance, Ester sent son haleine chargée de bière. « Vous avez pas payé pour plus, et je resterai pas plus longtemps à garder ce bateau ; j'ai à faire aujourd'hui sur le fleuve, et j'ai pas l'intention de pâtir de vos galanteries. Ce bateau partira dans une heure, chargé ou pas. »

Thomas saisit le bras de Mary. « Va te faire foutre », marmonne-t-il à l'oreille du batelier. Ils pénètrent dans le parc d'un pas pressé.

Mais John met son doigt sur ses lèvres et entraîne Ester dans une autre direction.

Le sol est gorgé d'eau, et bientôt ses pieds sont trempés. Elle n'a pas de socques, lui non plus, mais ils ne retournent pas au bateau pour autant.

Ils atteignent un champ. Le survolant, se posant sur les branches hautes, sautillant au milieu de l'herbe, une étonnante sarabande d'oiseaux : mouchetés, tachetés, gorge grise, ailes rousses. Un vent léger plisse les petites flaques d'eau noires. Des troncs habillés de mousse vert pâle bordent les haies du champ. Un monde paisible et attentif.

D'un côté, à quelques pas, la limite du champ est balisée par une clôture de jeunes arbres taillés, bien vivants, mais tressés par une main humaine qui leur imprime une nouvelle forme. Ester se dirige vers eux et pose la main sur les branches enchevêtrées pour en sentir la résistance élastique.

« J'ignorais que l'Angleterre pouvait ressembler à ça, dit-elle.

– C'est toute l'Angleterre qui est ainsi », répond John avec un grand sourire.

Elle éclate d'un rire joyeux.

« Je ne pensais pas à Londres, mais au reste de l'Angleterre, la vraie, dit-il, l'air malheureux. Londres est brillant, tumultueux et vicié. On y trouve tous les joyaux du savoir, mais aussi toute la saleté du monde, à parts égales. Même si j'aime cette ville, il s'agit d'un rêve dont l'homme s'éveille un jour. Dont je m'éveillerai moi-même. » Une ombre passe sur son visage, mais bientôt son ardeur coutumière le reprend. « L'Angleterre, c'est ça, Ester. »

Un peu plus loin dans le champ apparaît une biche – nez de velours, manteau brun tacheté – qui les regarde d'un seul œil noir et brillant.

« Marchons droit sur elle », chuchote John, et c'est ce qu'ils font, d'un pas lent, la main de John sur son coude, tous deux titubant et se rattrapant l'un à l'autre dans la boue, jusqu'à ce qu'ils voient les longs cils de la biche et perçoivent son souffle paisible. C'est alors qu'elle fait demi-tour et s'éloigne calmement, comme si elle voulait leur montrer qu'elle n'a pas peur d'eux.

L'espace d'un instant, elle croit comprendre le désir de Mary de tout donner à un homme.

Elle se retourne pour faire face à John.

Il tressaille. Puis, alors qu'elle s'apprête à parler, il pose ses lèvres sur les siennes. Un baiser furtif.

« Vous vouliez dire ? » chuchote-t-il.

Son visage exprime un mélange absurde de bonheur et d'attente. Elle sent la même expression se refléter sur le sien.

Mais elle n'est pas le genre de femme à qui il croit avoir affaire. Il faut qu'il le sache.

« Avec vous, je me sens libéré », dit-il. La vie l'habite tout entier : à l'image des eaux du fleuve, luisantes de courants souterrains, elle semble se diffuser dans tout son être jusqu'à l'aveugler. « J'aime votre compagnie, dit-il. Vraiment beaucoup. »

Pourquoi ? Que peut-il bien lui trouver ? Elle se dresse sur la pointe des pieds, pose les mains sur ses épaules et l'embrasse pour le découvrir. Il répond avec plus de douceur qu'elle n'aurait cru – un baiser qui la pénètre jusqu'aux entrailles.

« Vous ne savez pas qui je suis, dit-elle, désireuse de chasser la sensation qui l'envahit.

– Bien sûr que si. Je connais votre âme. Ester, serait-ce trop téméraire de ma part de penser que vous et moi sommes semblables parce que nous comprenons ce genre de chose ?

– Si vous connaissiez mon âme, dit-elle en bafouillant... si vous la connaissiez vraiment, John, vous sauriez qu'elle a vécu si longtemps sans lumière qu'elle ne croit plus à ce qui se peut voir grâce à elle. »

Mais il rit : son babillage semble le remplir d'aise. « Ester, vous vous condamnez comme si vous étiez le diable en personne. Mais je ne suis pas Bescós, moi. Vous n'êtes pas moins pure parce que vous êtes juive », dit-il lentement, pour s'assurer qu'elle le comprend.

Elle a l'impression d'avoir des années, des siècles de plus que lui. Elle sent ses mots devenir poussière. Mais elle s'oblige à les prononcer quand même pour lui arracher du visage ce masque confiant.

« Je ne suis pas en paix avec ce monde. Je... je trouve le peu de paix que j'ai ici, dit-elle, en se tapotant la tempe.

– Racontez-moi.

– Je m'interroge... sur le monde, fait-elle d'une voix qui s'égare. Sur... Dieu, je me pose des questions. »

Son front se plisse ; il semble sur le point de lui demander quelque chose. Puis ses traits se détendent. « Je comprends, dit-il. Je comprends suffisamment les choses, Ester, pour que ce que vous avez à me dire ne me trouble pas, parce que je lis en vous. Si vous croyez que je dis la même chose à d'autres femmes, vous vous trompez. J'ai ressenti quelque chose pour vous dès notre première rencontre, une liberté que je n'avais jamais connue auparavant. L'augure d'une joie autre. »

Elle ignore ce qu'il lui en coûte de prononcer de telles paroles. Ou même s'il comprend leur pouvoir de destruction ou de rédemption. Tout ce qu'elle sait, c'est que face à une tendresse aussi confondante elle n'est plus qu'une créature craintive et sans défense. C'est à peine si elle se rend compte qu'elle parle à voix haute.

« Seriez-vous prêt à aimer une femme qui place la vérité au-dessus de la douceur ?

– Si vous chérissez une vérité, Ester, je ne vous en aimerai que davantage. Et si je ne connais pas cette vérité, je l'apprendrai. Et si je ne puis l'apprendre, alors je la tolérerai. Voilà la mesure de l'amour que je vous porte ! Mais quelle peut bien être la nature de cette vérité pour qu'elle vous rende aussi malheureuse ? Parlez et déchargez-vous du fardeau qu'elle représente.

– Une vérité pour laquelle j'ai sacrifié mon honneur », dit-elle enfin, pesant soigneusement ses mots.

Il rougit d'embarras, et ce n'est qu'au bout d'un moment qu'il réussit à demander :

« Vous n'êtes plus vierge ?

– Vous vous fourvoyez.

– Alors, je vous dois des excuses, Ester. Je vous ai offensée, dit-il, l'air misérable.

– En aucun cas ! s'exclame-t-elle, impatiente. Ce que j'essaie de vous dire, John, c'est que j'ai menti sur ce que je suis. »

Il garde le silence. Puis lentement, soulagé, semble-t-il, il hoche la tête. « Je soupçonne qu'être juif en ce monde est en soi un danger. Pour un juif, laisser entrevoir sa foi au mauvais moment, même si celle-ci ne porte atteinte à personne, c'est s'attirer des foudres inusitées. C'est une discussion que j'ai tenté d'engager avec mon père sur le plan légal, car il me semble que les châtiments encourus pour dissimulation de la vérité ne devraient pas s'appliquer à ceux dont la nature même les met en danger s'ils la révèlent. Ester, écoutez-moi. Si un juif ment sur sa croyance parce que son entourage refuse de la reconnaître, n'est-ce pas le monde qu'on devrait poursuivre plutôt que lui ? »

Prairie, arbres, lierre – une luxuriance inouïe l'environne pendant qu'il parle. S'il lui pardonne en croyant que ce qu'elle cache, c'est son judaïsme, lui pardonnerait-il aussi en apprenant que ce qu'elle dissimule, c'est son statut de femme ?

Elle se reprochera par la suite de ne pas avoir eu le courage d'aller jusqu'au bout en lui révélant tout. Mais il est trop tard – elle a succombé à l'espoir et, avec lui, à la pusillanimité.

« Vous souviendrez-vous avoir parlé ainsi ? lui demande-t-elle d'une voix douce.

– Je n'oublierai pas. »

Ses yeux se voilent de larmes.

« Je vous connais, Ester, même si vous êtes persuadée du contraire. » Ses bras l'encerclent. « Vous êtes intègre. Et je vois bien que, contrairement à la plupart des femmes et à nombre d'hommes, vous êtes suffisamment forte pour veiller sur vous-même, en dépit de ce qu'il vous en a sans doute coûté d'acquérir cette force. »

Il y a dans son admiration quelque chose de... trop soudain, de trop naïf, qu'elle aurait du mal à expliquer. Elle aimerait pouvoir lui parler des chemins pleins d'embûches qu'elle a dû emprunter avant de se retrouver dans ce champ verdoyant. Voudrait lui montrer qu'elle n'est pas de ces femmes qui se plaisent à geindre.

Ne te fie à l'amour que si tu sais ce qu'il coûte à l'amant, songe-t-elle.

Avant de chasser aussitôt cette pensée.

Un cri depuis la berge les fait se retourner. Thomas rejoint la rive en courant et en insultant copieusement le batelier, qui tire ostensiblement sur sa corde pour placer la barque dans le sens du courant.

« On arrive ! crie Thomas. Vous avez avancé les pendules, bon sang ! »

Tandis qu'ils approchent, l'homme détache l'animal famélique et lance l'amarre à Thomas.

« Vous rendrez la barque à mon homme à l'embarcadère où vous m'avez trouvé, dit-il d'une voix pâteuse, et vous rentrez directement, sinon j'exige le double du prix.

– Vous avez été payé pour une heure, et nous sommes ici depuis à peine une demi-heure », rétorque Thomas.

Le batelier grommelle quelque chose, et tout ce qu'entend Ester en atteignant la berge, c'est *marre d'être planté là à surveiller ce bateau*. Il s'éloigne, tirant son cheval par la bride.

Ester grimpe dans l'embarcation, suivie de Mary.

« Emmène ta vieille carne », crie Thomas, avec un geste grossier dans le dos du batelier. Puis, mettant un pied dans la barque, il s'empare d'une rame et fait mine de s'en servir de massue, mais l'autre s'éloigne déjà sans rien remarquer.

« Thomas », dit Mary.

Il ne la regarde pas, mais repose la rame, stabilisant la yole le temps qu'elle s'installe à côté d'Ester. Puis il grimpe à son tour, boit une grande rasade à sa flasque et s'essuie la bouche sur sa manche, animé d'une fureur mal contenue.

Debout sur la berge, John les pousse pour les éloigner de la rive avant de sauter à bord et de s'installer sur le banc étroit à l'avant. Le fleuve les entraîne.

Mary fixe l'eau. Les effets de la belladone se sont dissipés, et son regard est moins flou. Une boucle de cheveux s'est échappée de sa coiffure, dont elle mordille pensivement la pointe.

Les bateaux remontant le courant se sont faits plus nombreux durant leur promenade, comme si une vanne invisible avait été ouverte et que Londres avait commencé à se vider au moment même où Ester et ses compagnons y reviennent. Certaines des péniches et des barques qu'ils croisent sont lourdement chargées d'un bric-à-brac domestique ou même de meubles de prix.

« Regardez toutes ces tapisseries enroulées à bord ! dit John en montrant l'une d'entre elles. Le fleuve est plein d'aristos en fuite ; une fois arrivés, ils renverront leurs serviteurs pour charger leurs possessions, et il y aura des voitures et des charrettes plein les rues. »

Ester ignore ce qui la pousse à parler, mais elle ne peut s'en empêcher – il faut qu'elle s'assure de John.

« Votre famille appartient à ces "aristos" ? demande-t-elle.

– Oui, dit-il avec un rire gêné.

– Une vraie petite furie, dites-moi ! » s'exclame Thomas.

Le regard de Mary est toujours perdu dans les profondeurs du fleuve.

Thomas hisse les rames hors de l'eau et les pose sur les plats-bords, laissant le courant porter le bateau. « Petite furie aux cheveux argentés et aux grands yeux gris, poursuit-il. Fée ou sorcière, John et moi ne nous accordons pas sur la réponse. » Il boit une nouvelle gorgée d'alcool, puis reprend la parole, d'un ton cinglant qu'Ester ne lui connaît pas. « Votre John est en effet un "aristo", Ester. Comme je le suis moi-même, si vous voulez savoir. Mary l'ignore, comme elle ignore que j'ai des perspectives d'avenir ailleurs. » Il ne regarde qu'elle en parlant, sans qu'Ester comprenne pourquoi.

« Le John que vous voyez là était appelé à être le troisième dans la lignée des juges de la famille. Il le pourrait encore – si ce n'est qu'il se préfère en poète et ne s'est pas encore décidé : liera-t-il son sort au nôtre ici à Londres, ou retrouvera-t-il la sécurité de ses semblables ? Dis-moi, John, ta mère t'a-t-elle écrit pour te supplier de quitter la saleté et la pestilence de Londres ?

– Je suis mon propre maître », lance John d'une voix égale, depuis le siège d'où il regarde le fleuve.

Pendant quelques minutes ils suivent le fil de l'eau en silence. À l'approche de la ville, des morceaux de bois, de papier, des détritus de toutes sortes et même des excréments flottent dans le courant. Au bout d'un moment, Thomas reprend les rames.

Mary, les yeux fixés droit devant elle, s'adresse à Ester à voix suffisamment basse pour ne pas être entendue des deux hommes.

« Mon père a écrit pour dire qu'il ne rentrerait pas à Londres avant que la peste ait désarmé.

– Il ne te demande pas de le rejoindre ?

– Si. Mais je n'irai pas. Il a trouvé une autre femme.

– Mais cette dame, dit Ester, étonnée, ne te demande pas de venir ?

– Si je n'y vais pas, c'est parce que je ne le souhaite pas », dit Mary d'un ton fier.

Mais derrière ces mots se cache une raison inavouée.

Les murs de la ville se profilent, et ils se retrouvent une fois de plus dans Londres. Ester se tortille pour regarder derrière elle les vertes collines, qui déjà ont disparu, masquées par le trafic qui encombre le fleuve. Lourde odeur de fumée qui stagne sur l'eau. Elle ferme les yeux pour retenir le vert de la mousse, de l'herbe, des arbres ; le brun du manteau de la biche.

« Thomas, lance John, dont la voix la sort de sa rêverie. Tu viens de dépasser l'embarcadère. » Elle ouvre les yeux pour voir John désignant du doigt l'escalier en pierre où ils ont loué le bateau et qui maintenant s'éloigne derrière eux.

Mais Thomas continue de ramer comme s'il n'avait rien entendu. Il les maintient au milieu du fleuve, dans un courant encombré de déchets et de petits tas noirs et mous qui flottent à la surface et dont Ester préfère ignorer l'origine.

« Thomas ! » crie John.

Les yeux de Mary sont rivés sur Thomas à présent, et ses dents sont si fermement plantées dans sa lèvre inférieure qu'Ester se demande comment elle fait pour ne pas saigner.

Ils approchent du pont. Même à cette distance, Ester entend l'eau bouillonner sous les protections de pierre qui entourent les piles.

John se tourne sur son siège, les mains accrochées de chaque côté du bateau, et crie par-dessus le vacarme : « Tu ne vas quand même pas passer sous le pont ? Pas avec des dames à bord ? »

Thomas ne répond pas.

« Tu te rends compte ! »

L'autre manœuvre pour les amener au milieu du courant. Ester sent le bateau prendre de la vitesse quand le courant se fait plus rapide.

« Thomas, l'interpelle John d'une voix basse et pressante, en se levant à demi, mets ta vie en danger si tu veux, mais pas la leur. Dépose-nous à un débarcadère. »

Il y a beaucoup moins de bateaux autour d'eux à présent. Ceux qui descendent le fleuve abordent pour décharger leurs passagers, laissant les mariniers braver les rapides qui se précipitent entre les piles. Certains d'entre eux, des hommes au visage rude, jettent un regard curieux de leur côté tandis qu'ils rejoignent les barques qui font la queue. Sur la rive de Southwark, un petit rassemblement s'est formé pour les observer. Ester comprend pourquoi. Les protections au pied des piles sont nombreuses et les roues qui encombrent les couloirs font obstacle au passage de l'eau et provoquent la montée du niveau côté amont du pont, et sa baisse côté aval, créant une véritable cascade au milieu du courant. Les bateaux qui essaient de passer sous le pont de Londres s'écrasent sur les petits piliers, contre les arches en pierre ; ceux qui parviennent à franchir le goulot sans encombre courent le risque de chavirer, entraînés par la chute vertigineuse qui les attend à la sortie. Seuls des bateliers expérimentés ont une chance de réussir la manœuvre.

Depuis la rive, quelqu'un pointe le doigt vers Mary et Ester et crie quelque chose d'inintelligible.

« Thomas ! » Cette fois, c'est un hurlement. Mais Ester se rend compte qu'il est trop tard.

Thomas est occupé à manier les rames, un sourire démoniaque aux lèvres. « Voyons voir comment ce bateau sait danser, d'accord ? » commente-t-il. Mary saisit le bras d'Ester et s'y agrippe avec une telle force que celle-ci laisse échapper un cri, tandis que, ahanant sous l'effort, Thomas tire sur les avirons avec une violence décuplée.

« Et si on décorait le précieux bateau de ce forban de quelques belles éraflures, hein ?

– Thomas ! » hurle à son tour Mary.

Mais le forcené a les yeux rivés sur les piliers devant lui. L'eau n'est plus qu'un éboulement de verre noir qui les précipite en avant, et Thomas ne serait plus en mesure de faire demi-tour, même s'il le voulait. Ester aperçoit l'ouverture qu'il a choisie, un passage sombre encombré de rochers et masqué en partie par un rideau d'écume. Au-dessus d'eux se profilent le pont et ses étagements d'échoppes : une ville en miniature perchée au-dessus du fleuve bouillonnant, mais dont les bruits sont noyés sous le fracas des tourbillons. Ester ne dispose que d'un bref instant pour voir des bâtiments silencieux, les faibles miroitements des fenêtres dans une brume de fumée, vision fugitive des dernières lueurs du jour. Et le visage de Thomas, rouge de fureur. Et John propulsé en avant, agrippé aux plats-bords dans une étrange contorsion tandis que la proue plonge dans l'eau et que la poupe se soulève dans les airs et qu'ils s'enfoncent dans l'obscurité – la poitrine d'Ester heurtant le fond du bateau, Mary s'aplatissant sur elle de tout son poids. L'eau cingle la joue d'Ester, et le bateau s'écrase sur l'eau, secoué d'un côté et de l'autre. Elle se dit : *Ma dernière heure a sonné.* Elle est surprise du regret qui soudain lui serre le cœur à cette idée.

Un raclement sinistre, un combat avec la pierre invisible, un déluge d'eau. Et puis, ils passent.

Une longue glissade dans la lumière dansante.

Sur le point de chavirer, leur embarcation gîte dangereusement quand le courant la jette vers l'avant. Mais, par miracle, elle retrouve son équilibre, bien à plat sur l'eau.

Le monde réapparaît, la couleur d'abord, puis l'écume, et pour finir les bruits. Tandis que la barque plonge et franchit une vague après l'autre du flot régurgité par le pont, Ester aide Mary à lever la tête et à vomir par-dessus bord.

Thomas et John écopent avec leurs mains. Deux hommes s'approchent dans leur bateau. L'un s'esclaffe. L'autre, l'air grave, leur jette un seau pour les aider.

« Sacrebleu, mais qu'est-ce qui t'a pris de vouloir faire passer des dames sous ce pont ?

– Celles-là, dit Thomas en s'arrêtant une seconde, ne sont pas des dames. »

Le regard d'Ester croise celui de John. « Il faut qu'on ramène ces dames à terre, dit John, s'adressant à l'un des bateliers, et qu'on mette notre ami au lit pour qu'il cuve son vin à son aise. »

L'homme s'approche jusqu'à agripper le bord de leur embarcation, avant de tendre une main à Mary. Mais celle-ci s'accroche désespérément au banc et refuse l'offre. Sa robe est trempée et lui colle au corps, les mouches sur son visage disparues ou de travers. Elle se penche à nouveau par-dessus bord, les yeux fermés pour ne pas avoir à regarder le courant.

Quand elle en a terminé, elle crache avant de dire à Ester d'une voix atone : « Je suis enceinte. »

Le batelier attend toujours.

« Un moment, dit Ester, je vous prie. » L'homme se détourne pour préserver leur intimité. Rapidement, écartant les cheveux mouillés de Mary, Ester murmure : « Thomas est au courant ? »

Mary a un reniflement de mépris, vite étouffé par une nouvelle convulsion, même si son estomac désormais vidé n'a plus rien à rendre. Une fois la crise passée, elle s'effondre contre le flanc du bateau. « Bien sûr qu'il est au courant. Pourquoi crois-tu..., poursuit-elle, avec un geste en direction du pont. Je lui ai dit à Barn Elms, chuchote-t-elle, avant de lever son visage vers Ester, le regard crâne. Il a dit que ça ne serait pas arrivé si je n'avais pas... » elle s'interrompt, laissant à Ester le soin de compléter.

Ce que fait celle-ci au bout d'un moment. *Pris du plaisir.*

« Comme je l'avais déjà entendu dire, j'ai fait bien attention. »

Une mouette décrit des cercles au-dessus d'eux, un arc pour franchir le pont avant de raser le courant. Elles suivent son vol jusqu'à voir son corps gris se perdre à l'horizon.

Un dernier spasme secoue Mary. Après quoi, le regard à nouveau posé sur l'eau, elle reprend la parole, comme pour elle-même. « J'ai dit à Thomas que mon père me renierait. Nous allons tout simplement devoir subvenir nous-mêmes à nos besoins. Une fois qu'il se sera fait à l'idée. »

Ester ne relève pas.

Avec l'aide de John, elles s'extirpent de l'embarcation à moitié submergée pour grimper dans celle de l'homme à l'air grave – d'abord Ester, puis Mary raide comme un piquet dans sa robe endommagée. Thomas, toujours dans la barque, leur prête à peu près autant d'attention que si elles étaient de parfaites inconnues.

Ainsi donc, les efforts répétés de la mère visant à protéger sa fille n'auront servi de rien, pas plus que les tentatives vaines et maladroites d'Ester. Mary va devoir devenir un autre genre de créature que la petite fille gâtée élevée par Catherine. Une femme dont Ester n'arrive pas même à imaginer la vie.

L'homme rame jusqu'à la rive, où elles attendent en silence, Ester enveloppée dans la couverture rêche qui empeste la fumée et qu'a refusée Mary, malgré ses frissons. Elle entend la voix de John au-dessus du bruit de l'eau, toujours en train d'écoper. Thomas, debout à présent dans l'embarcation qui s'enfonce, pendant que John s'affaire, pousse une chanson paillarde et se moque des appels à l'aide de John, jusqu'à ce que ce dernier, les mains agrippées aux plats-bords, fasse osciller l'embarcation. Thomas s'effondre au fond du bateau et se met au travail.

Pour finir, les deux hommes rejoignent enfin la rive et, au pied du débarcadère, parviennent à retourner la barque et à la vider de son eau. Le batelier qui les a secourus accepte de la faire transporter par son fils et son neveu jusqu'à l'embarcadère avant le pont – moyennant, une fois encore, quelques-unes des pièces de Mary, qui, les jupes retroussées, les compte à voix bien haute de manière que Thomas, à quelques pas de là, le visage tourné vers le fleuve, n'en perde pas une miette : trois shillings et deux pence.

Une fois la course réglée, il se met à pleuvoir. Pour se réchauffer, ils entrent dans une taverne proche, une pièce au plafond bas où flotte une odeur de suif et de laine mouillée. Pendant le bref trajet qui les y a conduits, une conversation s'est engagée entre Mary et Thomas à voix basse. Ester ne saurait dire s'il s'agit d'une réconciliation ou d'une dispute ; toujours est-il qu'ils s'installent ensemble à l'autre bout de la longue table.

John, assis à son côté, commande du pain, de la bière et de la soupe de grouse.

La chandelle sur la table répand une lumière jaune. John pose les mains sur la surface éraflée du bois.

« Au fond, dit-il, Thomas est un brave garçon.

– Thomas n'est plus de la première jeunesse, dit Ester, assise très droite sur son banc, et vous le traitez encore de garçon.

– Je crois qu'il aimerait ça, dit John, avec un sourire.

– Peut-être. Mais en ce cas, son amour de la jeunesse ne s'applique qu'à lui et n'inclut pas les enfançons. »

John la regarde, sans comprendre. Puis il se tourne vers l'autre extrémité de la table, où Thomas et Mary observent le plus grand silence – Thomas louchant dans sa chope, Mary avec un air déterminé et résolu qu'Ester ne lui connaît pas.

John, qui a enfin compris, secoue la tête lentement. Il ouvre la bouche, prêt à se récrier *Thomas fera ce qu'il convient*. Mais il hésite.

« Ne nous mentons pas, voulez-vous », dit-elle.

Il acquiesce.

Elle tente de s'éclaircir les idées ; elle n'a pas l'intention de discuter. Pour une fois, elle n'a aucune envie de raisonner ni d'aligner des preuves. Elle voudrait cependant lui dire quelque chose, mais ne trouve pas les mots.

« Ne nous mentons pas, répète-t-elle.

– Je ne vous mentirai pas. Votre honnêteté est un..., dit-il en buvant une gorgée de bière, avant de reposer sa chope. Votre honnêteté est un phare dans la tempête. »

Il regarde Thomas et Mary un moment, d'un air écœuré. Puis – comme s'il se dépouillait des incidents qui ont émaillé leur retour sur le fleuve – il lui sourit doucement. De la main, il tapote la table. « J'ai envie de vous montrer tous les endroits paisibles et les lacs, Ester. De vous montrer l'Angleterre. » Il y a de la ferveur dans son expression, comme si se consacrer à l'idéal de pureté qu'elle incarne devait être source d'une joie mêlée de crainte.

Une femme apporte la soupe. Tout en fermant les yeux, Ester se réchauffe les mains autour du bol. Elle comprend qu'elle devrait lui rappeler les obstacles qui s'opposent à un amour comme le leur, entre un gentil et une juive. Mais elle n'a plus de mots pour tenter de prévenir sa détermination à l'aimer – plus aucun désir non plus de l'en détourner. Elle n'a plus envie d'être celle qu'elle est devenue : misérable et dolente, constamment sur ses gardes. Pour la première fois elle se dit : *Je comprends pourquoi nous dormons. Pour dénouer les liens dont nous entrave le monde.* Elle se prend à espérer l'oubli – et s'enfonce un moment dans un rêve. Un sentiment nauséeux de chute ; une dangereuse sensation d'intense liberté. Si son corps demeure sur le banc dur – elle sent le genou de John contre sa robe trempée – elle se voit dans un bateau avec lui. Ils remontent le cours du fleuve, loin de tout ce qui la lie à la cité de Londres, loin du devoir et des épreuves, voguant sur la surface miroitante de l'eau sous le soleil. Les flancs oscillants du bateau. Ses flancs à elle, bercés par le chatoiement des flots ; et puis, à son oreille, le son apaisant de la voix de John, et une pluie de lumière derrière les paupières. Et le monde vert, vert à perte de vue.

Une idée folle lui vient à l'esprit. Elle ouvre les yeux.

« Si... » commence-t-elle avant de s'arrêter net. Sa main droite est posée sur la table. Elle glisse sa main gauche vers la sienne jusqu'à ce qu'elles se touchent. De la droite, elle se saisit de la chandelle dans le bougeoir et la lève bien haut. Quand les premières gouttes de cire chaude tombent sur sa main, il tressaille, mais il n'esquisse aucun geste de recul tandis que, d'un mouvement circulaire, elle égoutte la cire sur leur peau : une petite pluie cuisante qui ne laisse aucune brûlure, mais se fige en un réseau de fines nervures qui vont les lier l'un à l'autre jusqu'à ce qu'ils décident de les briser.

21

20 mars 2001
Londres

À 14 heures, la Patricia bibliothécaire lui avait assuré que sa collègue conservatrice ne tarderait pas à descendre. À 14 h 30, elle le lui avait répété. Après quoi, elle avait refusé de répondre aux questions de plus en plus lourdes de sous-entendus d'Aaron. Même les incitations polies de Helen n'avaient pas réussi à la convaincre de prendre son téléphone pour déloger sa collègue de son perchoir.

Il était presque 15 h 30 quand la Patricia conservatrice, avec ses cheveux d'un brun-roux passé et son visage étroit et sévère, s'approcha de leur table. Elle avait l'air de quelqu'un qui a atteint l'extrême limite de la patience, ce qui était sans doute déjà chose faite quand elle avait ouvert un œil le matin. Par comparaison, l'autre Patricia donnait une impression de franche amabilité.

« On me dit que vous avez besoin de mes services ? demanda-t-elle en les scrutant tous les deux.

– Nous nous demandons, dit Helen, s'il reste des documents non encore autorisés à la consultation qui seraient datés d'après le 8 juillet du premier été de la peste. Donc juillet 1665.

– Vous croyez sérieusement que j'ai besoin qu'on me rappelle les dates de la Grande Peste ? riposta la conservatrice.

– Toutes mes excuses, dit Helen en inclinant la tête. J'ai souvent affaire à des gens avec qui c'est nécessaire. »

Quelque peu amadouée, la responsable du laboratoire ouvrit la chemise coincée sous son bras et consulta une page. « Nous sommes encore en train de traiter les derniers documents. Mais aucun n'est daté d'après le 8 juillet 1665, à une exception près, peut-être. Il y en a un que nous n'avons toujours pas ouvert, pour la simple raison que personne ne l'a jamais fait – le cachet de cire, que nous croyons d'origine, est intact. La chambre d'humidification n'est pas libre pour l'instant, mais dès qu'elle sera disponible, nous nous en servirons pour enlever plus facilement le sceau et ensuite assouplir le papier afin d'éviter qu'il se craquelle au niveau des plis. C'est un processus assez long. Je n'ai aucune idée de ce que sera la date du document. En dehors de celui-ci, il n'y en a aucun autre après cette date. »

Ainsi donc Ester avait bel et bien cessé d'écrire à la mort du rabbin.

Aaron regarda la Patricia conservatrice regagner le bureau de sa collègue, où toutes deux entamèrent une discussion, consacrée sans doute à une étude comparative des meilleures façons de décapiter les chercheurs mâcheurs de chewing-gum.

Ester était-elle morte pendant la peste ? D'après l'article de Wilton, les registres paroissiaux faisaient état de la mort du rabbin, mais ne mentionnaient nulle part une femme du nom de Velasquez, que ce soit pendant l'année de la peste ou la décennie qui avait suivi. Ester était-elle morte dans l'anonymat, au cours des semaines les plus chaotiques de l'épidémie ? Ou avait-elle survécu à la maladie pour disparaître dans le silence et l'oubli – sa vie d'érudite s'éteignant dès l'instant où la mort du rabbin lui avait interdit toute possibilité de poursuivre ses activités ? La preuve de sa disparition se trouvait-elle dans les registres londoniens d'une année plus tardive... consignée peut-être sous un nom d'épouse ?

Aaron reporta son attention sur le document posé sur le coussin devant lui. Ils l'avaient lu chacun une demi-douzaine de fois. En vérité, ils n'avaient aucune raison valable de le garder tout l'après-midi, sauf à vouloir, un peu naïvement, retarder le moment où Wilton et sa clique mettraient la main dessus. Il fixa à nouveau les yeux sur cet unique mot. *Ahavti. J'ai aimé.*

Un verbe au passé. Qu'elle qu'ait pu être la nature de cet amour, il avait vécu au moment où Ester avait pris sa plume pour glisser cet aveu au milieu des lignes récapitulant les dépenses du ménage.

J'ai aimé. Il avait l'impression d'être très vieux en prononçant ces mots et fut pris d'une envie soudaine d'enlever le feuillet du coussin où il était niché pour y poser sa tête à la place.

Bon, se dit-il, l'esprit un peu vide.

Oui, après tout, Ester Velasquez était peut-être bien morte à Londres dans l'anonymat le plus complet, pendant ou après la peste, comme le suggérait l'article de Wilton.

Mais, d'un autre côté, Wilton ne s'était-il pas un peu trop empressé de négliger l'histoire d'Ester pour mieux reporter ses efforts sur le gros butin représenté par la découverte d'une Florence sabbatéenne, sans accorder l'attention qu'il méritait au sort de la jeune femme ? Et si le décès d'Ester Velasquez était absent des registres londoniens tout simplement parce qu'il s'était produit ailleurs ?

Un coup de fil et, vingt minutes plus tard, il était dans un bus à destination de Richmond upon Thames. Il avait inventé une excuse pour quitter la salle des manuscrits de bonne heure : inutile en effet de susciter de faux espoirs chez Helen tant qu'il n'aurait rien de concret à lui montrer.

Il sortit de la gare au milieu de la cohue de fin d'après-midi, gravit la montée qui menait jusqu'au bâtiment abritant l'hôtel de ville et le musée, et, au sortir d'un dédale de couloirs étroits placardés de panneaux d'affichage, finit par trouver le bureau des archives municipales, où il fut accueilli par Anne – plus jeune que ne le laissaient entendre sa voix mûre et son professionnalisme au téléphone. Oui, elle avait bien les registres qui l'intéressaient. Oui, elle pouvait rester ouverte pour lui une demi-heure de plus, comme elle le lui avait promis lors de leur échange téléphonique. Le bureau des Études locales était censé fermer en ce moment même, mais comme elle avait encore du travail...

Tout en parlant, elle s'activait à débarrasser à son intention un petit coin sur une table croulant sous des montagnes de paperasse. La pièce était vaste mais encombrée de tables et de rayonnages, tous chargés de dossiers. Les visiteurs, devina-t-il, devaient être rares même aux heures d'ouverture, et le seul fait qu'il veuille consulter les archives méritait que l'on ouvre le bureau pour lui au-delà de l'horaire normal. Mais Aaron remarqua les coups d'œil furtifs que lui lançait Anne tandis qu'elle lui libérait un espace pour travailler, et la manière dont elle fuyait son regard quand elle lui adressait la parole. Il avait l'habitude de ce genre de réaction, mais d'ordinaire ne s'y attardait guère. C'est pourtant ce qu'il fit cette fois-ci. Anne n'était pas maquillée, et son chemisier boutonné presque jusqu'au cou laissait à peine deviner les contours de ses seins. Revenant vers lui une fois de plus, elle posa sans un mot un bloc et un crayon devant lui. Était-ce de cette façon que flirtaient les filles de son genre ? Peut-être bien, tout compte fait ; désemparées devant la sexualité, elles usaient du dévouement comme arme de séduction.

Le temps qu'il s'installe, Anne revenait avec trois épais volumes qu'elle déposa sur la table.

Comment avait-il pu ne jamais s'intéresser aux filles timides ? Il lui vint à l'esprit que leur manque d'attrait pour lui provenait non pas de quelque déficience de leur part mais bien d'un défaut personnel.

Confronté aux originaux de trois volumes d'archives du XVIIe siècle, il s'attarda un moment sur son bilan d'acquisitions récentes, et n'en revint pas. Était-ce possible ? N'avait-il ne serait-ce qu'embrassé aucune fille depuis Marisa ? Il fit défiler les dernières semaines, puis passa en revue les trois mois écoulés depuis qu'elle avait coupé tout contact, les cinq mois depuis la dernière fois où il l'avait vue. Chou blanc.

L'esprit un peu ailleurs, il ouvrit le premier volume de la pile et se mit à tourner les pages lisses et épaisses. Registre paroissial, Richmond, Surrey. Le papier avait le même grain que celui auquel il s'était habitué dans la salle des manuscrits, mais ici il n'était pas sous haute sécurité : pas de gants, pas de moignons de crayons, pas de Patricia pour vous harceler de ses rappels à l'ordre. L'idée le traversa tout de même, quand il lui eut jeté un coup d'œil à l'autre bout de la salle, qu'Anne – qui classait quelque chose dans une vitrine tout en lui coulant un regard furtif de temps à autre – pourrait bien, avec quelques années de plus, devenir à son tour une Patricia.

Et, songea-t-il avec un pincement au cœur, avec quelques hommes de plus se comportant comme lui.

Des colonnes de noms, de dates, décès, naissances, mariages, tous relativement lisibles pour un habitué des fioritures alambiquées de ce genre d'écriture officielle.

C'est dans le deuxième volume qu'il tomba sur le nom HaLevy.

> 4 septembre 1666. Marié. Manuel HaLevy de Richmond, à Ester Velasquez d'Amsterdam.

Il se redressa sur son siège.

Ainsi donc elle avait survécu. Et s'était mariée.

Il aurait dû en être heureux. Heureux pour Ester, qui avait survécu à la peste, et pour lui-même – parce qu'à présent il savait comment les documents s'étaient retrouvés à Richmond. Manifestement, Ester les avait apportés quand elle s'était mariée... Aaron avait tout de même du mal à imaginer quelle valeur pouvait bien avoir une dot de feuillets écrits aux yeux d'un homme tel que Manuel HaLevy. L'unique référence à ce dernier dans les écrits d'Ester montrait clairement dans quel dédain il tenait l'instruction et le savoir. Était-ce la raison pour laquelle Ester avait mis les papiers sous clé ? Pour les préserver d'un mari qui n'aurait sans doute pas hésité à s'en défaire en les jetant au feu ?

Elle avait décliné la proposition de Manuel HaLevy avec véhémence, ou du moins c'était ce que laissait entendre la lettre croisée. L'homme ou ses idées semblaient l'avoir répugnée. Et pourtant elle ne l'en avait pas moins épousé.

Il essaya de se représenter Aleph laissant derrière elle une ville frappée par la peste pour venir se réfugier à Richmond. Aleph se mariant dans ce village... pendant que Londres brûlait derrière elle, parce que, si ses souvenirs étaient exacts, le 4 septembre 1666 avait marqué l'apogée du Grand Incendie. Il essaya d'imaginer une fête organisée malgré tout en ce jour, avec des invités résignés ou indifférents à la destruction de toute une ville à quelques kilomètres de là. D'imaginer Ester Velasquez sous le dais dressé pour la cérémonie, enfin libérée du fardeau de tout ce qu'elle avait entrepris jusqu'alors. En avait-elle été soulagée ?

Au cours des mois où il avait déchiffré son écriture, il s'était peu à peu formé une image d'Ester Velasquez : petite, des grands yeux, un peu trop maigre, le teint pâle et les cheveux foncés. Emily Dickinson, se dit-il dans un sursaut... avec un nez légèrement busqué. Était-elle vraiment devenue la maîtresse de la grande demeure sur la colline qui dominait le fleuve ? Il se la représentait ayant abandonné pour de bon son aleph en pattes de mouche, occupée désormais à faire le tour de la maison pour surveiller le travail des domestiques. Passant chaque jour des dizaines de fois devant l'escalier richement sculpté au pied duquel elle avait enfoui les premiers fruits de sa liberté intellectuelle et personnelle. Peut-être s'accordait-elle une trêve de temps à autre pour ouvrir le placard et relire ses papiers, souvenirs de sa liberté perdue. Mais peut-être n'en avait-elle jamais rien fait, pressentant qu'il lui serait trop pénible d'affronter les témoins de toutes ces occasions passées.

Il chassa ces pensées. Il était peu probable qu'il parvînt un jour à entrer dans l'esprit d'une obscure juive du XVIIe siècle anglais. Ester Velasquez avait vécu, travaillé un temps comme scribe, puis, dans le sillage de la mort du rabbin, avait été sauvée par son mariage avec Manuel HaLevy. Qui sait, elle avait peut-être été heureuse ici à Richmond. Peut-être pas. Personne ne le saurait jamais. Et puis, en quoi cela le concernait-il ?

D'autres pensées lui vinrent tandis qu'il était assis là, dans la salle confinée des archives, un volume d'actes vieux de trois cent trente-quatre ans entre les mains. Il lui apparut qu'il avait espéré voir l'histoire d'Ester ne pas tourner court en trouvant un dénouement banal et prosaïque. À l'instar de Helen, il avait refusé de reconnaître que la vision qu'avait Wilton des aptitudes et de la personnalité d'Ester puisse être la plus vraisemblable. Au lieu de quoi, il avait désiré que l'histoire d'Ester livre quelque chose de stupéfiant : une exhibition triomphale de ces mêmes qualités dont il aurait voulu voir en lui le reflet. Il avait souhaité une Ester indépendante, intelligente, rebelle, indomptable. Il avait espéré, de façon déplacée pour tout dire, que son histoire contribuerait à son sacre à lui. Mais bon, l'histoire était indifférente à ses problèmes. Peu importait ce qu'il désirait.

Le monde s'était simplement refermé sur la tête d'Ester Velasquez. Et pouvait tout aussi facilement se refermer sur la sienne.

Ce qui n'aurait pas dû constituer une grande nouvelle pour lui.

Soudain pris d'une étrange panique, il fouilla les registres en quête d'autres informations sur Ester. Enfants, décès ? Peut-être les deux ? Il suivait les listes du doigt, à la recherche de son nom, ne désirant plus désormais que voir la fin de cette foutue histoire qui l'obsédait depuis des mois. À l'autre bout de la salle, Anne regardait furtivement la pendule. Il savait qu'elle s'efforçait de différer le plus longtemps possible le moment où elle devrait lui dire de partir. Il tournait les pages ; il était venu à bout de 1667, 1668, puis 1669... mais les registres s'allongeaient d'année en année, conséquence d'une augmentation constante de la population. Jusqu'ici, il n'avait trouvé aucune autre référence à Ester HaLevy, même si un Benjamin HaLevy, sans doute le beau-père d'Ester, était mort en 1667. Toujours pas d'enfants. Peut-être dans les années 1670 ?

« Il est l'heure, j'en ai peur », dit Anne. Elle se tenait à côté de la table, une main aux ongles coupés ras posée timidement sur le dossier d'une chaise vide.

Il lui offrit un sourire contrit.

« Je me demandais si je pouvais juste consulter encore quelques pages.

– Non, dit-elle simplement. Désolée. »

Pas étonnant qu'il n'ait aucun succès avec les Patricia ; même dans leur jeunesse, elles insistaient sur le respect des limites. Il rangea ses notes. Précédant Anne le long de la série de couloirs et d'étages, son pas silencieux derrière lui, il aurait voulu se retourner pour la complimenter – et pourtant, même s'il le pensait sincèrement, il ne trouvait pas les mots pour le lui dire sans paraître sarcastique : *vous irez loin.*

Dans la rue, il hésita. Il n'avait pas envie de retourner à la gare routière, mais ne savait guère où aller. Anne, qui avait soigneusement vérifié la bonne fermeture de l'entrée principale du bâtiment, descendait à présent les marches en pierre et prenait la direction de la grand-rue, d'un pas, semblait-il, tout aussi hésitant.

« Si je peux faire autre chose pour vous... » dit-elle.

Ses yeux bleus étaient clairs et très beaux. Il s'arrêta le temps de maudire un monde qui n'offrirait peut-être jamais à une fille comme elle l'occasion de vivre une histoire d'amour, ou de voir ses rêves se réaliser. Et, brutalement, il eut le sentiment intolérable que c'était peut-être lui qui était responsable de l'ordre de ce monde.

« Merci, c'est gentil, dit-il. C'est juste que... j'aurais aimé trouver la date de décès de quelqu'un. »

Elle attendit sans rien dire.

« 1670, ou plus tard. Ester HaLevy. »

Hochant la tête, elle sortit un carnet et nota le nom. Puis, en rougissant légèrement, le numéro du portable d'Aaron.

« Je ferai la recherche pour vous.

– Merci. Merci infiniment. »

Elle tourna les talons et disparut au milieu des passants.

L'après-midi prenait les teintes bleutées du soir. Autour de lui, les Anglais rentraient chez eux. Mais, en un instant, le sentiment exaltant de vivre à l'étranger qui l'avait soutenu au cours des derniers mois perdit de sa magie ; il se rendit compte que sa nouvelle existence, au sens propre exotique, lui avait fait oublier l'isolement qui était la base même de sa vie, que ce soit en Angleterre ou aux États-Unis. Contrairement à tous ces étrangers munis de paquets et de porte-documents qui remontaient la longue pente sinueuse, lui n'avait personne chez qui rentrer.

Un témoin d'alerte clignotait dangereusement en lui. Une définition de la solitude lui vint à l'esprit : on est seul quand on comprend soudain que l'histoire de sa vie n'est pas telle qu'on la croyait.

Il contre-attaqua. Qu'importe, après tout, qu'Ester ait épousé Manuel HaLevy. Ce n'était pas nécessairement une défaite. Elle avait au moins échappé à la peste. Et qui sait si finalement elle n'était pas tombée amoureuse de HaLevy, même si l'homme, au départ, lui avait fait l'effet d'un piètre imbécile ? Voilà, se dit-il, ce qu'il raconterait à Helen Watt – car brusquement, aussi exaspérante que puisse être cette femme, il eut envie de lui faire cadeau d'un dénouement heureux à la vie d'Ester. *Regardez*, lui dirait-il. *Une amourette née du dédain. Notre Ester a décidé d'épouser le type pour lequel elle n'avait au départ que mépris.*

Helen ne s'y laisserait pas prendre une minute. Impossible qu'Ester – Aleph – ait accepté d'épouser un homme pour qui l'étude et le savoir comptaient pour rien.

Par une trouée dans les arbres, il regarda le fleuve d'un œil morne. Puis, se surprenant lui-même, il commença à remonter la pente au lieu de redescendre vers la gare routière. Il allait se payer une bière chez Prospero.

En route, il changea d'avis.

Bridgette vint lui ouvrir. Elle ne le replaça pas tout de suite. Puis un petit sourire ironique se dessina sur son visage, où il s'attarda un assez long moment. Si long qu'Aaron commença à se sentir idiot.

« Salut, dit-il.

– Toujours curieux ? demanda-t-elle.

– Un peu, répondit-il, avant d'ajouter, un rien trop tard, de la maison, s'entend. »

C'était bien ce qu'il voulait dire. Ce qu'il pensait vouloir dire. Il avait quitté la rue et remonté l'allée étroite qui traversait le jardin nouvellement paysagé des Easton dans l'idée que revoir une dernière fois la maison pourrait, de quelque manière, l'aider à mieux comprendre les raisons, pour lui encore obscures, du choix d'Ester Velasquez.

« Je vous en prie, dit-elle, entrez voir la *maison*. »

Il hésita à partager son rire.

À l'intérieur, tout était tranquille. Il comprit aussitôt qu'Ian n'était pas là. Le haut plafond se perdait dans la pénombre du soir, et l'on sentait encore les odeurs de plâtre et de peinture d'une récente restauration. Passant devant lui, Bridgette appuya sur un interrupteur, et de minuscules spots illuminèrent les toiles alignées sur les murs : images abstraites, criardes et crues sur le fond sombre des lambris sculptés. Dans une pièce plus petite sur la droite était exposée une ménagerie de natures mortes agressives – fleurs et fruits biscornus, déformés d'une manière qui mit Aaron mal à l'aise. Sur le linteau au-dessus de la porte faisant communiquer les deux pièces, pareils à des sentinelles surgies du XVIIe siècle pour monter la garde sur les transformations apportées à leur demeure par les Easton, se trouvaient deux angelots qu'Aaron n'avait pas remarqués auparavant : créatures au visage expressif, inclinant la tête comme pour regarder d'un œil curieux tous ceux qui passaient en dessous d'eux. Ils avaient un petit air malicieux et complice, tout à fait reconnaissable en dépit des siècles écoulés depuis que l'artiste l'avait immortalisé dans le bois.

Les boiseries finement travaillées, les tableaux inquiétants, les hauts plafonds, la lumière dure qui tombait des fenêtres à meneaux... Aaron dut bien admettre que la *juxtaposition* (il entendait d'ici Helen prononcer le mot d'une voix moqueuse) était efficace. L'ensemble produisait une impression discordante qui n'était pas forcément négative sans qu'il puisse dire si elle était pour autant positive. Les amateurs de discordances en matière de couleurs trouveraient là de quoi combler leurs attentes. Pour sa part, elles lui agaçaient les dents.

« Ça vous plaît ? demanda Bridgette. On ouvre la semaine prochaine. Harmoniser les priorités dans les travaux de rénovation a été pour le moins – ses traits se durcirent, et Aaron comprit qu'elle était d'humeur agressive – anxiogène. »

Il fit le tour du hall d'entrée, feignant de regarder les tableaux et hochant la tête d'un air qu'il espérait réfléchi et approbateur. Mais ce qu'il cherchait en fait, c'était à se rapprocher de la niche sous l'escalier.

« Nous avons fait boucher », dit-elle d'une voix neutre.

Laissant tomber les faux-semblants, il alla tout droit jusqu'au pied des marches, et vit que le placard avait effectivement été condamné, et le panneau sombre doté de sa serrure remplacé. Le menuisier avait fait du bon travail. De loin, le réaménagement passait inaperçu.

Bridgette l'observait. Avait-elle remarqué le coup au cœur qu'il avait eu en voyant l'endroit désormais vide si prestement refermé ? Car il lui semblait que ce dernier aurait pu devenir lui-même une pièce d'exposition dans la galerie des Easton, un témoin du peu d'importance, en définitive, qu'avaient les passions et les défaites d'un autre.

« Un verre ? » demanda Bridgette.

Il eut un vague hochement de tête qui sembla amuser son interlocutrice. Elle se détourna, ouvrit une porte dérobée entre deux tableaux, ornée d'une élégante petite pancarte portant le mot « Privé », et disparut derrière. Il l'entendit s'éloigner le long d'un passage sans doute réservé jadis à la domesticité. Le bruit de ses pas s'éteignit ; et une lourde porte que l'on referme lui renvoya un écho lointain.

Plusieurs minutes s'écoulèrent. Il était toujours à côté de la cage d'escalier, le cœur paisible de la maison. Que seul le silence animait ; il en percevait le souffle, les mouvements, le parcours, semblable à celui de l'oxygène dans le corps. Un silence vieux de trois siècles.

Un silence de sermon, songea-t-il ; mais avant même de s'engager sur le sentier rebattu du sentiment de suffisance inhérent à la profession de son père, il se força à reconnaître l'évidence : il n'avait jamais réussi à se purger de cette histoire de rabbin. Toute sa vie, il avait voulu devenir ce qu'était son père – un homme dévoué à une cause et vénéré pour son humble dévotion ; un intermédiaire, en somme, vivant sous l'emprise d'un grand pouvoir, et lui-même doté d'une emprise sur ses semblables.

Qu'il ait été incapable d'atteindre le niveau de son père lui paraissait à présent une évidence. Aaron Levy manquait de ce sérieux nécessaire à la transmission de la sagesse de l'histoire. Il avait cru aimer l'histoire ; en fait, il ne la sentait même pas.

Une question désagréable lui revint. Quelle était donc cette anecdote que lui avait racontée Marisa à propos de son frère homo ? Il n'y avait guère prêté attention sur le moment, préoccupé qu'il était par l'impression qu'il pouvait lui faire. Mais la conversation lui revenait à présent, comme une pelote qu'on dévide. Le frère était un sportif, les filles lui couraient après. Il n'avait jamais rien dit à personne en dehors de Marisa, laquelle reconnaissait le terrain pour lui, repérant les garçons qu'il trouvait à son goût pour qu'il tombe sur eux comme par hasard, et puisse avoir au moins l'occasion de leur parler. Et puis un connard avait dévoilé le pot aux roses, et, en quelques semaines, la vie du frangin était devenue un enfer ; il avait eu du mal à surmonter sa dépression. *Même notre grand-mère, qui avait réchappé à Bergen-Belsen, a fait comme s'il ne se passait rien.* Marisa parlait d'un ton neutre, lentement. *Ça a presque tué mon frère. Je n'arrêtais pas de lui dire : Danny, pourquoi tu n'acceptes pas de te libérer ? Mais il avait trop honte. Je me suis dit alors qu'il me fallait, moi, être libre.* En dépit du fait qu'elle tenait une bière à la main, Marisa avait gardé les yeux fixés sur ceux d'Aaron. *Les gens passent leur temps à vouloir plaire à un public. Mais une fois que t'as compris qu'il n'y a pas de public pour te voir ni t'écouter, la vie devient très simple. Elle consiste tout bonnement à faire ce que tu sais, au fond de toi-même, être juste.*

C'était bien ce qu'elle avait dit, non, en le regardant comme ça, tranquillement ? Et puis elle avait levé sa bière, et s'était mise à parler des juifs américains. Et, stupidement, c'était cette partie-là de la conversation sur laquelle il avait sauté. Comme si une petite discussion sur le sens de l'histoire allait enfin lui fournir l'occasion de montrer à Marisa de quoi il était capable.

La mémoire, ils s'en moquent, avait-elle dit, *comme de l'histoire, qui risquerait de les mettre mal à l'aise. Tout ce qu'ils veulent, c'est qu'on les aime. Être aimés... c'est comme une drogue pour eux.* Elle parlait des juifs américains... mais elle aurait aussi bien pu parler de lui.

Le silence de la maison semblait lui adresser des reproches. Il eut un choc quand il comprit tout à coup que c'était bien lui que visait Marisa quand elle avait dit cela.

Il ferma les yeux, et revit son visage. La lumière chaude et intrépide de ses yeux. L'invitation couplée au défi. Rodney Keller avait très bien saisi ce qui faisait de Marisa un être sans égal, tel qu'Aaron n'en avait jamais rencontré, d'une franchise dérangeante.

Elle lui fit repenser à Ester Velasquez. Ou plutôt – se corrigea-t-il – à l'Ester Velasquez en laquelle il avait choisi de croire.

Il ne voyait vraiment pas ce qui avait pu pousser Marisa à coucher avec lui ce jour-là, cinq mois plus tôt. En revanche, il avait une petite idée de la raison pour laquelle elle ne voulait plus rien avoir à faire avec lui.

Il ne savait pas ce qu'il fabriquait dans cette maison. Ne savait plus non plus ce qu'il faisait en Angleterre.

Avec un claquement qui se répercuta dans tout le rez-de-chaussée, Bridgette émergea d'une porte située de l'autre côté de la pièce. Elle rit en voyant l'expression étonnée d'Aaron.

« Cette maison est pleine de surprises, non ?

– Ma foi, vous en êtes vous-même une, en tout cas. »

La réponse sembla lui plaire. Elle lui tendit un verre et but une gorgée du sien, avant d'approcher deux chaises pliantes en métal brillant.

« Alors, qu'avez-vous trouvé dans ces papiers qui vous excite tant ? Avez-vous appris qui a inventé la roue ? Ou qui a été le premier à découvrir le feu ? persifla-t-elle en agitant une main aux ongles manucurés.

– Oui. En fait tout s'est passé ici, dans votre maison.

– Comme je le soupçonnais », dit-elle en faisant cliqueter un ongle contre son verre.

Un moment de silence. Puis Bridgette secoua lentement la tête. Son visage s'était fermé.

« Cette foutue maison.

– Qu'est-ce qu'elle a donc, cette maison ?

– Oh rien, répondit-elle avec une moue désabusée, avant de lever son verre dans la lumière pour l'examiner. Mais dites-moi, votre charmante patronne s'est-elle un peu radoucie ? J'ai cru que son regard allait littéralement transpercer le pauvre Ian. *Ces papiers sont à moi !* » ajouta-t-elle, mimant Helen Watt en se raidissant sur sa chaise.

Il ne put s'empêcher de pouffer. Posture rigide, menton levé, mine figée, regard glacial à vous pétrifier sur place, tout y était – l'imitation était excellente.

« Pas mal, dit-il.

– Pour tout vous dire, votre patronne me rappelle un peu ma tante, une psychorigide convaincue du bien-fondé de sa position. Sauf que ma tante, elle, avait un côté sciences occultes. Elle disait toujours qu'elle *sentait* des choses chez les gens. Elle me lisait des contes de fées quand on m'envoyait ici chez elle, mais le seul dont je me souvienne c'est *La Petite Fille aux allumettes*. Vous le connaissez ? La gamine qui grelotte dans la neige. À regarder par les fenêtres les gens qui se chauffent devant leur feu, sans pouvoir rien saisir de cette chaleur. C'est cette impression-là que j'avais toujours en l'écoutant, poursuivit-elle, tandis qu'une expression indéfinissable lui éclairait le visage. Je faisais de gros efforts pour être réfléchie, à la hauteur de ses attentes, mais la moitié du temps je ne comprenais même pas de quoi elle parlait, bon Dieu. Et elle le voyait bien. Vous savez ce qu'elle m'a dit juste avant de mourir ? Elle était dans ce foutu hôpital, où ils l'avaient mise après l'avoir persuadée non sans mal de quitter sa précieuse maison. Elle m'a pressé la main, comme si c'était moi la malade, et elle m'a dit : *Quel dommage, moi qui espérais que nous pourrions être bonnes amies.* »

Ils burent une gorgée.

« Mais j'y pense..., reprit Bridgette, c'est bien ce à quoi vous autres Américains vous passez votre temps, non ? Vous avouer mutuellement plein de trucs. Et c'est contagieux, votre manie ! Oui, je parle bien de la vôtre », précisa-t-elle en pointant un doigt sur sa poitrine.

Au-dessus de lui, les hauteurs vertigineuses de la maison vide. Ses fenêtres avec leurs crémones noires. Leurs vitres épaisses, déformées par le temps.

Il répondit à Bridgette par un rire et but une nouvelle gorgée.

Les occasions propices au flirt défilaient l'une après l'autre. L'inclinaison de la tête de Bridgette ; la manière dont elle présentait son corps de profil sur la chaise étroite ; les pauses de plus en plus longues entre ses questions pleines d'ironie sur *le sérieux monacal de la vie d'universitaire* et ses parades à lui : chaque réplique suivait un scénario qu'Aaron connaissait bien. Il sentait les moments où c'était à lui de jouer. *Allez, maintenant.* Mais chaque fois il les laissait passer, tout en devinant que Bridgette ne perdait rien de sa passivité. Son attirance était indéniable, et Aaron n'avait jamais eu trop de scrupules à céder à une femme mariée qui offrait ses services. Il avait couché avec l'une d'elles quand il était à la fac, chez elle qui plus est, pendant que les enfants étaient à l'école et le mari au travail. Toujours est-il que le temps passait, que Bridgette attendait, et il n'avait pas échappé à Aaron qu'il ne jouait pas le rôle espéré. Le silence l'oppressait de manière intolérable. Il avait envie de se lever et de crier : *Expliquez-moi !*

Mais la maison lui avait expliqué de son mieux. Simplement il voulait davantage que ce qu'elle avait à lui donner.

Bridgette s'approcha de lui, sous prétexte de voir où il en était de son verre. Tandis qu'elle se penchait au-dessus de lui, il leva une main – un geste presque machinal – et écarta le rideau ondulant de ses cheveux. Un geste insignifiant en soi, mais il n'en fallut pas davantage. Son visage s'illumina d'une attente surprenante – puis, avec un tendre sourire, elle fit courir ses ongles sur la jambe de son jean. Un contact électrique. Il sentit son corps répondre à l'appel sans même le consulter : une clarté soudaine au milieu de son désarroi.

Tout se passa avec une rapidité stupéfiante. Elle lui prit la main, la posa sur son sein, et la soie fine de son chemisier sembla se dissoudre pour lui permettre de sentir le mamelon se durcir ; il se leva avec l'impression de flotter dans les airs. L'instant d'après, ils gravissaient un escalier vieux de trois cent cinquante ans, avec des fenêtres ouvrant sur eux à chaque palier et des marches craquant sous leur poids, et tandis qu'ils s'élevaient dans l'obscurité, Bridgette le tenant par la main, ils auraient pu paraître en lévitation, si rapide et fluide fut leur ascension et leur arrivée devant une porte à demi fermée, et finalement dans les draps frais de Bridgette. Aaron avait déjà couché avec une femme sur un simple coup de tête, mais là, la soudaineté de la chose le sidérait. Bridgette sentait la lavande, quelque chose d'à la fois épicé et anesthésiant qui l'étourdissait, mais peu importait, elle savait ce qu'elle voulait lui voir faire et il n'eut aucun mal à s'exécuter, à s'accorder aux mouvements de son corps, dans un déferlement de draps froissés, de souffles haletants rythmés par la montée du plaisir. À un moment, il surprit son regard et rit, sentant une joie soudaine naître en lui ; Bridgette, elle, ne rit pas, gardant un air farouche et absorbé. Il oublia vite ce spectacle, emporté dans une descente au tréfonds de son être de plus en plus accélérée, le meilleur de lui-même rassemblé en un instant d'un tel bonheur que toute distance au monde s'évanouit et qu'il eut la sensation de s'y fondre tout entier.

Il revint à lui lentement. Son corps rendait un son... régulier, paisible comme le murmure d'une voix.

Le plafond coquille d'œuf au-dessus de leur tête était orné en son centre d'une rosette finement travaillée. Ses yeux s'attardèrent sur le mur du fond, la frise blanche, le placage peint en blanc.

Il finit par reconnaître ce bruit en lui : le battement de son cœur.

Il refusa de penser à Marisa.

« Mmmm. » Il entendait presque le sourire de Bridgette. Elle lui posa une main à plat sur la poitrine. Se nichant contre lui, elle l'embrassa sur le bas de la joue.

Il resserra machinalement son étreinte, sans la regarder.

« Ne me dis pas que ce n'était pas bon, lui murmura-t-elle à l'oreille.

– Si, ça l'était. »

Un silence s'ensuivit, suffisamment long pour qu'il se rende compte à quel point il avait dû avoir l'air peu convaincu.

« Alors, dit-elle, qu'est-ce qu'il y a ? »

Il glissa un œil vers elle et découvrit sur son visage la dernière chose à laquelle il se serait attendu : la nostalgie. Un battement de cœur plus tard, et il s'apercevait que lui aussi devait arborer la même expression, et que tous deux se dévisageaient avec un air également désespéré dont il ignorait l'origine.

Il détourna les yeux. Quand elle reprit la parole une minute plus tard, elle était redevenue la Bridgette qu'il connaissait.

« Nooon ! roucoula-t-elle, en s'écartant un peu pour mieux le regarder. Ne me dis pas que tu te sens *coupable* ? »

Non, ce n'était pas le cas. En fait, il se sentait vieux. Aussi paralysé et impuissant que les murs qui l'observaient. Il lui apparaissait que, à son insu, il était devenu un acteur dans quelque drame de la vie de Bridgette, quelque querelle avec son mari ou sa propre existence. Elle s'appuya sur un coude, avant de dire en lui enfonçant un doigt dans la poitrine à chaque mot : « Mais si ! Tu... te sens... coupable. Et tu n'es même pas marié, je me trompe ? Comment peux-tu te sentir coupable, alors que moi, non ? »

Il n'était pas convaincu par cette dénégation, et pensait que c'était seulement là la conversation qu'elle voulait avoir. Il décida de jouer son rôle.

« Ian a l'air d'un type bien.

– Oh, tout ce qu'il y a de bien, dit-elle, un petit sillon apparaissant entre ses sourcils parfaitement arqués. C'est un type très bien. »

Il était manifeste que ce n'était pas un compliment.

Ce n'est qu'à cet instant qu'il prit conscience de leur nudité. Il tira un drap sur lui.

« Écoute, dit-elle, les yeux ailleurs. Tu sais aussi bien que moi que ce genre d'incident ne signifie rien. On était juste curieux, tous les deux. »

Machinalement, et pour éviter de paraître pudibond, il lança : « Et tu l'es toujours ? »

Mais ses mots sonnaient creux.

Elle laissa la question en suspens. Elle avait compris qu'il n'était plus sous son charme. Son regard gris-bleu, brillant et dur, lui disait qu'elle voyait en lui et qu'elle n'avait que faire d'un Américain esseulé dans son lit.

« Non », répondit-elle.

Tout en se rhabillant en silence à côté du lit, il regarda la vue qui s'encadrait dans la fenêtre : la longue pente herbeuse qui descendait jusqu'au fleuve. De cette hauteur, dans le soir qui tombait, l'eau était d'une immobilité trompeuse. Remontant la fermeture de son jean, il s'approcha de la fenêtre, et la pensée lui vint soudain qu'elle – Ester – s'était tenue précisément à cet endroit, dans cette même pièce, observant, tout comme lui en ce moment, les dernières lueurs du jour se refléter sur le fleuve et ses eaux lentes, fascinantes et inaccessibles.

Ce n'est que quand il se retrouva dans la rue, les baisers d'adieu ironiques de Bridgette encore sur les joues, que la voix de Marisa résonna dans sa tête.

Aaron, l'entendit-il dire.

Rien d'autre. Juste son nom. La voix d'une conscience reprochant un oubli.

Il regretta alors, très profondément, d'avoir fait l'amour avec Bridgette Easton. Non pas à la pensée qu'il puisse y avoir quelque chose de vraiment dérangeant dans une aventure sans lendemain comme celle-ci, dont, après tout, c'était à Bridgette de tirer les conséquences, pas à lui. Simplement, ce genre de relation n'était plus fait pour lui, Aaron Levy. Il avait suffisamment changé ces derniers mois pour savoir que son ancienne vie sonnait creux.

Pas assez pourtant pour se fixer clairement un but vers lequel tendre.

Il passa devant chez Prospero, son col relevé pour se protéger du froid et de l'obscurité. Prospero, hein ? Bordel, il ne comprenait toujours pas *La Tempête*.

J'ai aimé. Les mots le poursuivaient dans la pénombre tandis qu'il descendait la colline pour rejoindre la gare routière, et, comme il n'arrivait pas à s'en débarrasser, il se les appropria.

Quatrième partie

22

28 juin 1665
15 Tamuz 5425
Londres

Le garçon de courses, après avoir remis la bourse, donne un coup de chapeau et se prépare à battre en retraite.

« Tu nous prêtes tes bras une minute ? » l'interroge Rivka, avec un geste en direction d'un sac de charbon à la couture déchirée qui se trouve juste derrière la porte, déposé là un peu plus tôt dans la semaine par un commis qui a refusé de franchir le seuil pour aller le vider dans la charbonnière.

Depuis sa table, Ester voit le garçon qui s'est présenté, un grand blond à la maigre moustache, secouer vivement la tête en réponse à la question de Rivka. Il en est ainsi désormais partout dans Londres : chacun a peur du contact de l'autre.

Le sac de charbon est bourré et demande deux personnes pour être soulevé, un effort qui s'est révélé ce matin au-dessus des forces d'Ester, laquelle a lâché prise de son côté et a failli faire éclater le sac en le laissant tomber, amenant Rivka à la congédier sans un mot. À présent, Rivka pousse un soupir et dit au gamin : « Contre une pièce. »

Le coursier, qui semble pourtant avoir grand besoin d'un bon repas, hésite. Puis, scrutant le visage de Rivka, comme à la recherche d'un signe de la maladie, il franchit le seuil avec le haussement d'épaules fataliste de celui qui tente le tout pour le tout. Il soulève le sac avec Rivka, et tous deux le transportent jusqu'au bas de quelques marches grinçantes pour le vider dans le coffre. Puis il revient avec la servante jusqu'à la porte, en frottant ses mains pleines de poussière noire, et accepte avec un plaisir non dissimulé la pièce que lui donne Rivka.

« C'est encore un jour de prière et de jeûne, vous savez, dit-il en empochant joyeusement la pièce, à cause de la peste. » Il s'appuie contre le mur, se soutenant de ses deux mains à plat, et se balance d'avant en arrière d'un air satisfait, tout fier d'être porteur de nouvelles aussi importantes. « Les prêtres disent tous que c'est le châtiment de Dieu, pour sûr, et que le signe c'est la comète qu'on voit tous les soirs au-dessus de Londres. Ils disent que la peste est le feu que Dieu nous envoie en expiation de nos péchés. » Il jette un coup d'œil machinal en direction du ciel, puis regarde derrière Ester et Rivka à la recherche de la porte de la cuisine.

« Mais j'y pense, chez des juifs, on pourrait peut-être trouver à manger.

– Non, rien pour toi ici, annonce Rivka.

– Voyez un peu à quoi je suis condamné ! s'écrie-t-il en haussant les épaules et en continuant à se balancer contre le mur. Même dans une maison de juifs, je suis trop crétin pour trouver de quoi manger. C'est ce que dirait ma mère. Vous avez pas intérêt à être par les rues un jour comme aujourd'hui. Faut pas vous montrer, parce que, s'ils vous trouvent, ils pourraient bien dire que c'est vous qui nous avez amené la maladie. Vous avez l'air de braves gens, si je peux me permettre. Vous avez intérêt à rester bien tranquilles, et à vous servir de votre argent juif pour acheter des pilules contre l'infection. Je crois, moi, dit-il après avoir regardé la rue un moment et hoché la tête avec un air de sage componction, que c'est les papistes, avec leurs idées tordues, qui ont attiré ce châtiment sur nos têtes. »

Quand il est enfin parti, Rivka se tourne vers Ester. « Aucune de nous deux ne sortira avant la fin du jeûne. »

Ce n'est qu'à cet instant qu'Ester se rend compte à quel point les échanges entre elles se sont faits rares, comme si la disparition quasi totale des bruits de pas sous leurs fenêtres les poussait depuis quelque temps à se taire elles aussi. De toute façon, Ester n'a besoin d'aucune incitation pour rester à l'intérieur ; hier encore, alors qu'elle approchait de la maison, elle a croisé un groupe de flagellants, une douzaine d'hommes marchant solennellement au milieu de la rue étroite en direction du fleuve, dans un silence rompu uniquement par d'intermittentes psalmodies et les claquements ignobles du fouet sur leur dos nu. Elle s'est aplatie contre la devanture d'une boutique pour les laisser passer. Cette vision est restée gravée dans son esprit : des hommes qui la frôlent en titubant et continuent obstinément d'avancer, leur torse dénudé dégoulinant de sang, le bas du dos drapé de rouge.

Rivka referme derrière le coursier. Encore appuyée contre la porte, elle ouvre la bourse et compte les pièces. À voir son air soulagé, Ester devine que l'argent envoyé par Manuel HaLevy suffira à couvrir non seulement les besoins de la semaine, mais aussi l'achat du laudanum. Les maux qui assaillent le rabbin depuis des années se sont aggravés ces derniers temps, et la douleur ne le lâche plus. Le laudanum et les décoctions d'écorce de saule sont les seuls palliatifs qui l'apaisent.

Le médecin est venu à deux reprises, et lors de sa deuxième visite, a déclaré, après avoir longuement tâté le ventre du malade, que ce grand déséquilibre des humeurs qui l'affecte ne devrait pas tarder à se révéler fatal. Passant outre les gémissements de Rivka à cette nouvelle, il a agenouillé non sans mal son imposante carcasse au chevet du rabbin et, le regard rivé sur le visage de son patient comme s'il pouvait lui ouvrir les yeux et lui faire voir son respect, lui a dit : « Tout homme sait bien que sa vie a une durée limitée, et mérite par suite d'en connaître le terme de manière à pouvoir parler avec dignité à son Dieu, qu'il soit juif ou chrétien. » Le rabbin s'est alors soulevé dans son lit et a saisi la main du médecin avec une grimace de gratitude. En partant, ce dernier a accepté d'être payé pour sa visite, mais leur a dit qu'il ne reviendrait pas, car il voyait bien que l'argent était trop rare pour être gaspillé dans un traitement de toute façon inefficace... quant à lui, il avait à peine dormi tous ces jours tant il était pris par les malades et ceux qui appréhendaient la maladie, et il craignait lui-même d'être contaminé si le surmenage venait à rompre l'équilibre de ses humeurs. Après avoir répandu du vinaigre sur leur seuil pour écarter la peste, il est parti d'un pas pressé.

Depuis, les nuits du rabbin sont agitées, ponctuées par des douleurs de source inconnue qui l'amènent à crier d'une voix ténue et méconnaissable. Quand, réveillée par ces cris, Ester descend l'escalier, c'est pour trouver Rivka déjà au chevet du malade – il semble que la servante soit capable d'entendre la plainte avant même qu'elle ait franchi les lèvres du rabbin : *« Me esta tuyendo, Mae. »* Parfois, c'est trois fois dans la nuit qu'elles se retrouvent ainsi toutes deux à son chevet, ou devant sa porte, à attendre en silence que sa respiration s'apaise. Une seule fois, ses yeux se portant timidement sur Ester dans la faible lumière du feu couvert pour la nuit, Rivka lui a demandé d'une voix rauque : « Mais qui réclame-t-il ? »

Le feu, grâce à un bref regain de vie, a révélé un instant l'attente qui creusait le visage usé et grêlé de Rivka.

Ester a répondu aussi honnêtement qu'elle le pouvait. « Il réclame du réconfort. Je crois qu'il réclame sa mère. »

Les yeux de Rivka ont d'abord exprimé la déception, puis le soulagement ; elle a écrasé une larme d'un geste furtif. Et Ester s'en est voulu de sa propre cécité : elle croyait si fermement être la seule à désirer ce qui était hors d'atteinte qu'elle en était venue à admirer le dévouement de Rivka à la personne du rabbin sans jamais se poser la question des sentiments de la domestique.

À présent, chaque jour qui passe rythmé par la respiration saccadée du rabbin amplifie l'immense solitude de leur demeure. Une femme a frappé à leur porte le jour du sabbat et les a pressées de fuir à la campagne, mais avant qu'Ester ait eu le temps de se lever pour voir de qui il s'agissait, elle a entendu Rivka lui dire que le rabbin était trop faible et ne supporterait pas le voyage. Le temps qu'elle arrive à la porte, la femme était déjà partie, comme si la réponse de Rivka était en soi porteuse des germes de la maladie. En fait, elle ne saurait dire lesquels des membres de la congrégation sont encore à Londres et lesquels ont quitté la ville. Les femmes qui se pressaient devant la synagogue pour échanger les dernières nouvelles à voix basse – qui partait, qui restait ? – ont disparu depuis que le lieu de culte a été fermé. La carte de Londres semble avoir été redessinée : les limites entre les quartiers, autrefois invisibles, sont désormais des gouffres que l'on franchit à ses risques et périls, car la liste des décès dans chacun d'eux est surveillée de près, et peu importe que les proches mentent pour en masquer la cause, les chiffres parlent d'eux-mêmes. Ces dernières semaines, le nombre sans cesse grandissant des victimes s'est propagé de quartier en quartier comme un raz-de-marée – ou plutôt comme un incendie, car sa progression est irrégulière, comme si un vent capricieux transportait des étincelles susceptibles d'embraser une parcelle de forêt tout en laissant celle d'à côté, pour l'instant, intacte. La peur, à présent, empoisonne tout commerce entre les vivants.

C'en est fini désormais des quelques pièces que gagnait Rivka il y a encore peu : on ne lui confie plus aucun raccommodage ni aucune lessive depuis au moins quinze jours ; s'occuper d'une couture déchirée ou d'une combinaison tachée ne vaut plus le risque d'un contact avec un autre foyer. À présent, Londres raccommode lui-même ses coutures, vit dans des vêtements sales, cuit son pain ou l'achète lors d'expéditions furtives, comme si la maladie risquait de couper court à la transaction en bondissant à l'improviste. Même Mary n'a pas donné de nouvelles depuis des semaines, depuis leur sortie sur le fleuve. Pas plus qu'elle n'a répondu aux trois mots qu'Ester a laissés pour elle à sa porte, après que la domestique, bras écartés, lui eut barré l'accès de la maison, comme si elle la soupçonnait d'être porteuse du mal, en lui disant, avec une rudesse blessante, que Mme da Costa Mendes n'était là pour personne.

Confinée à l'intérieur pendant de longues heures tranquilles, Ester lit et relit les lettres que John lui envoie depuis ses pérégrinations dans la campagne jusqu'à ce que leurs phrases forment une étrange musique dans sa tête.

> Mon cœur n'aspire qu'à vous rejoindre à Londres, dès que j'aurai réglé les affaires dont je m'occupe pour aider mon père.
>
> La rumeur d'événements terribles me parvient de Londres, et j'ose croire qu'elle n'est pas totalement fondée. Allez-vous bien, ma chère Ester ?

Elle ne saurait comment répondre, quand bien même ses déplacements lui permettraient de recevoir une réponse.

Seul Manuel HaLevy semble deviner combien leur situation est difficile à présent, et, de lui-même, pourvoit à leurs besoins. La bourse que Rivka a dans la main est la troisième qu'il leur a fait parvenir en trois semaines. Les deux premières étaient accompagnées d'une lettre demandant à Ester de le rejoindre à la campagne. Dans chacune d'elles, l'écriture de Manuel est claire, le ton assuré.

> Mon père a terminé la construction et l'aménagement de sa nouvelle maison. Je suis certain que sa magnificence vous amuserait, Ester. Partout, du bois et de la pierre sculptés, et une façade en brique de nature à faire oublier aux ennemis des juifs qu'ils nous haïssent et à les obliger à venir cirer nos bottes. Il contemple la Tamise depuis sa fenêtre comme un souverain pontife... faisant de moi ce phénomène fort commun (quoique rarement reconnu) dans l'Église catholique : un fils de pape. Et quand vous serez la belle-fille du pontife, vous pourrez conduire le souper de la famille à la manière d'un prêtre ou d'un rabbin, voire d'un pacha de la côte barbaresque – à votre guise, peu m'importe.

Ester est restée longtemps à réfléchir aux lettres de Manuel HaLevy, pour finir par y répondre très simplement, renvoyant son domestique avec ces quelques mots : *Soyez remercié de votre aimable invitation, mais elle n'est pas nécessaire.*

Rivka a fini de compter l'argent contenu dans la troisième bourse. Elle lève les yeux. « Pas de lettre pour vous avec les pièces de cette semaine », dit-elle d'un air indéchiffrable.

Quelque chose semble venir troubler le rabbin dans son sommeil. Ses traits se durcissent, puis la douleur paraît un moment relâcher son emprise. Son visage se détend, et Ester voit clairement la pureté qui l'illumine. Les derniers mots qu'il lui a demandé d'écrire ont séché sur la page devant elle : *Car je te parle comme le ferait un père à son fils, et bien que tes efforts portent sur un domaine hors de ma portée, je veux nonobstant t'entourer de toute la compréhension et de tout l'amour de Dieu qui habitent mon cœur. C'est à cette tâche que je me consacre désormais, dans la certitude que ce sera ma dernière bonne action en ce bas monde.*

Si seulement elle méritait, elle, la confiance et les conseils dont témoignent ces mots adressés par le rabbin à son élève florentin.

Elle repousse sa chaise ; Rivka va avoir besoin d'aide dans la cuisine. Mais au moment où elle s'éloigne du bureau du rabbin, celui-ci lève la tête et parle d'une voix claire, comme s'il venait de passer les dernières heures à réfléchir et non à somnoler.

« Il faut que tu quittes la ville, dit-il, et que tu emmènes Rivka avec toi. Le médecin a dit que la maladie se répandait.

– Je ne vous quitterai pas plus que je ne quitterais mon père.

– Mais je te le demande instamment, dit-il d'une voix douce. Protège-toi. Nous avons examiné ensemble les quatre devoirs auxquels la tradition commande que l'on sacrifie sa vie. Tu sais comme moi que demeurer auprès des mourants n'en fait pas partie.

– Vous perdez vos forces à vouloir me persuader », dit-elle d'un ton plus tranchant qu'elle ne l'aurait voulu.

Elle revient à la table et s'empare d'un livre. « Vous lirai-je quelques pages de *Consolação* ? »

Il se tourne vers l'âtre.

À la vue de son corps prostré – il est incapable maintenant de se tenir droit même quand il est assis –, elle est saisie d'un accès de passion. Elle sait qu'elle n'a aucun droit de nommer « amour » un tel sentiment, elle qui chaque jour trahit la confiance de cet homme. Et pourtant jusque dans son écriture, quand elle pose des questions qu'il considérerait comme autant de blasphèmes, c'est lui qu'elle a toujours présent à l'esprit, et sa bonté reste la norme à laquelle elle éprouve sa propre compréhension du monde. C'est la forme d'amour la plus élevée dont elle est capable : le respect. Mais le respect exige aussi que, quand les instruments de la logique qu'il lui a fournis vont à l'encontre de sa tradition bien-aimée, elle en fasse usage même s'ils la conduisent à des conclusions qu'il rejetterait catégoriquement. Le plus grand acte d'amour – en fait, la seule religion qu'elle comprenne –, c'est de clamer la vérité à propos du monde. L'amour doit donc être un acte de vérité, une mise à nu de l'âme et de l'esprit aussi ardente que celle du corps. Vérité et passion ne font qu'une et sont impossibles l'une sans l'autre.

Mais un amour qui serait prêt à faire s'écrouler la maison ?

Celui-là serait mis au compte de l'égoïsme chez un homme, chez une femme, de la perversité. Et pourtant, dans son cœur obstiné et dépravé, elle persiste à nommer « amour » la passion féroce qu'elle éprouve pour son professeur.

Le rabbin parle si soudainement qu'elle sursaute.

« As-tu écrit pendant que je dormais ? demande-t-il, avec une note inhabituelle dans la voix.

– J'ai transcrit vos écrits, je me suis contentée..., répond-elle.

– Non, dit-il, avant de prendre une longue inspiration et de poursuivre non plus en portugais mais en castillan, ce que je te demande, c'est si tu as transcrit *tes* paroles. »

Elle reste parfaitement immobile.

Son visage, levé à présent vers le plafond vide, est agité de tremblements, mais il presse ses doigts les uns contre les autres en parlant. « Tu as fait preuve de fausseté, l'accuse-t-il, tout en s'efforçant de maîtriser son expression. À qui écris-tu, quand tu t'assieds à cette table ? »

Impossible de répondre sans le blesser.

« Ester. »

Un long silence.

« C'est pour toi que j'ai composé mes lettres à Florence, dit-il. Pour toi que j'ai mis en forme mon interprétation des versets portant sur le Messie, pour que tu puisses t'envelopper de leur chaleur et te rappeler le Dieu d'Israël. Depuis ton plus jeune âge, ton esprit est assoiffé non seulement de la vérité des textes sacrés mais des réponses aux questions interdites qu'ils peuvent soulever. Je ne sais pas comment tu vis avec cette soif impie que tu avais à la naissance, et pourtant j'ai toujours senti l'honnêteté chez toi en dépit de cette erreur, et toujours voulu, malgré tes agissements, rester ton professeur. C'est pour cette seule raison que j'ai osé argumenter avec toute la hardiesse possible, et défier les dépositaires d'une autorité plus grande que la mienne, et ce à seule fin de faire apparaître à un esprit tel que le tien la beauté de notre tradition. Il y a longtemps, continue-t-il avec de lents mouvements de tête, j'ai déjà échoué avec l'un de mes élèves les plus doués et les plus enthousiastes. J'ai œuvré, Ester, au mieux de mes capacités, pour ne pas faire de même avec l'autre. »

Elle comprend, maintenant. Elle n'a pas les mots pour décrire le don qu'il lui a fait, pas les mots non plus qui exprimeraient toute la honte qu'elle ressent devant tant de générosité. Elle se rend compte tout à coup que, s'il s'adresse à elle en castillan, ce n'est pas seulement parce qu'il lui parle de choses élevées et quelque peu solennelles, mais aussi parce que, encore aujourd'hui, il veut éviter la honte qui serait la sienne si Rivka apprenait de quoi elle s'est rendue coupable.

« Il faut que je sache à présent quels dommages tu as causés sous mon nom.

– Vous devez me croire, je vous en supplie, je n'ai jamais utilisé votre nom, toujours celui d'un autre.

– J'en suis heureux, dit-il au bout d'un moment.

– Quant à ce que j'ai écrit et à qui, je vous prierai de ne pas me le demander, car je sais que ma vision des choses vous est odieuse.

– Je ne poserai donc pas de questions, dit-il après un long temps de silence. Mais quelles qu'aient pu être tes erreurs, j'en endosse la responsabilité. C'est ma faute si tu as été mal formée.

– Non, proteste-t-elle. La faute est entièrement mienne. Je vous ai trompé. »

Mais il secoue la tête, puis lève un doigt pour l'empêcher de poursuivre. Il a un autre sujet à aborder.

« Tu as eu l'occasion, un jour, d'épouser Manuel HaLevy. Rivka me dit que tu le pourrais encore.

– Non, je...

– Fais-le, Ester, crois-moi. Et s'il le faut, trompe ton mari, comme tu m'as trompé, mais ce sera alors avec le ventre plein et des enfants dans la maison. Mon souhait... ce que je veux, c'est que tu vives, Ester. Sans connaître la faim. Je le souhaite avec une ferveur plus grande, Dieu me pardonne, que celle avec laquelle je prie pour te voir changer de conduite. Je connais ton obstination. Toutes mes paroles ne t'empêcheront pas de faire usage du cerveau que Dieu t'a donné, même si tu oublies que c'est effectivement un don de Dieu. Mais permets-moi un dernier conseil. Marie-toi, et mange à ta faim. Et que ton mari reste plus ignorant de tes pratiques que je ne l'ai été. »

Elle secoue la tête, à plusieurs reprises. D'une chose au moins, elle est certaine. « Manuel HaLevy ne se laissera pas abuser. Il m'a dit lui-même que, une fois mariée, je n'écrirais plus que pour apprendre à écrire à ses enfants. Il est... comment dire, c'est un homme meilleur que ce que je croyais. Il est généreux et honnête quand il le veut. Mais il consacre son intelligence et son énergie à la construction d'un édifice destiné à ses héritiers. Une entreprise de ce genre est certes louable, mais je la crains plus qu'elle ne me réjouit. Je ne suis pas femme à me satisfaire de ce qui semble devoir combler mes semblables, poursuit-elle en fermant les yeux, souhaitant ne rien voir d'autre que ce que voit le rabbin. Dieu m'a faite ainsi. » Derrière ses paupières closes, le feu dessine des ondulations – un océan de chaleur et de flammes dansantes. Elle se rend compte qu'en dépit de ses efforts, elle n'a pas dit la vérité. Car si c'était John que le rabbin la pressait d'épouser, elle ne se déclarerait pas incapable de partager les joies que connaissent les autres femmes. Et s'il en est ainsi, si c'est Dieu qui a fait ce qu'elle est, alors d'où lui vient ce désir de s'en remettre corps et âme à un Anglais dont elle ignore les intentions bien plus qu'elle ignore celles de Manuel HaLevy ? Comme il est difficile de démêler la vérité quand il s'agit de soi.

« À présent, dit le rabbin d'une voix faible, tu vas écrire pour moi une lettre au dotar d'Amsterdam. Si tu refuses d'épouser Manuel HaLevy, alors peut-être qu'une dot de leur part t'ouvrirait des perspectives meilleures pour un autre mariage. Ester, il te faut penser à ton avenir. »

Elle ne dit rien.

« Allons, écris, poursuit le rabbin. Je crois que tu ne peux que m'obéir, au vu des circonstances. »

À l'aube, elle se lève, encore lourde de sommeil. Toute la nuit, à la demande de Rivka, elle est allée chercher des couvertures et de l'eau, sans oser venir plus près, même si la respiration haletante du rabbin résonne partout dans la maison, rythmant les heures qui passent. Dans la pâle lumière du matin, elle relit les lettres de John.

> Je repense à vous dans cette prairie, à la biche qui nous a permis de l'approcher. Je repense à votre poing agrippé si fortement à la fenêtre du carrosse, après cette pièce stupide, et au long travail qu'il m'a fallu pour dénouer vos doigts l'un après l'autre. Comme je languis de vous voir pareillement dénouer votre esprit jusqu'à ce que vous déposiez en moi tout le poids de votre confiance. Car je vois que la vie ne vous a pas épargnée, et que cette confiance vous ne l'accordez pas aisément.
>
> Une fois mon travail ici terminé, je rentrerai à Londres, non sans appréhender la pestilence mais rempli de joie à la perspective de vous revoir.

Toute la matinée, ses pensées se sont bousculées dans sa tête, suscitant tour à tour désarroi ou espoir, et l'isolant du monde extérieur. Chez l'apothicaire, entourée de femmes à la mine sombre échangeant des propos sur les herbes médicinales, elle s'est bouché les oreilles pour ne pas entendre des histoires d'enfants sortant de leur tombe pour venir réconforter des mères éplorées. Quand une femme a levé un doigt et déclaré qu'elle percevait le bruit de la comète dans son voyage terrifiant à travers les cieux, ce grondement, signe de la vengeance divine, Ester a resserré son poing sur les pièces dans sa poche et gardé les yeux fixés sur le comptoir de l'apothicaire. Elle a rapporté à la maison la petite fiole de laudanum qu'elle a laissé Rivka administrer au rabbin, restant elle-même à distance. C'est ainsi qu'elle était près de la porte quand on a frappé et qu'un garçon de courses lui a remis une lettre avant de s'enfuir.

> Je réside en ce moment chez Thomas dans Downgate Street, car il est en grand besoin de compagnie et de conseil. Mais je vois la maladie partout dans Londres et n'ai pas l'intention de m'attarder. Je suis en possession d'un permis de circuler et souhaite quitter cette ville aussi rapidement que possible. Venez avec moi, chère Ester. Je vous emmènerai découvrir une nature dont vous n'avez jamais même soupçonné l'existence.
>
> Ester, mon père voudra que vous vous convertissiez. Je suis bien obligé de dire qu'un tel choix vous faciliterait grandement la vie, même si je ne ferai rien pour l'exiger de vous. Si vous deviez tout de même vous y résoudre, l'attachement que vous portez aux croyances de votre peuple resterait pour vous une affaire de conscience, et je respecterai toujours votre conscience.

À midi, elle se glisse hors de la maison. Elle traverse Gracechurch Street, se hâte dans Lombard, ouvre les yeux comme elle ne l'a pas fait depuis des jours et voit Londres comme doit le voir John après son absence de quelques semaines pendant lesquelles la ville a subi une transformation radicale. Dans Candlewick Street, un homme a enlevé tous ses vêtements et les agite au-dessus de sa tête. Échelle pitoyable de ses côtes, tache sombre de ses parties génitales, cris de dément que ne saisit pas Ester, qui s'éloigne vivement. Dans une ruelle étroite, elle aperçoit une croix tracée à grands coups de peinture blanche maladroits sur la porte en bois d'une habitation, signalant à tous de se tenir à l'écart. Le mal tient désormais toute la ville entre ses griffes. Deux hommes portant des nez d'herbes en cône la croisent d'un pas pressé, marchant au milieu de la rue afin d'éviter la proximité des maisons. Ils ne s'écartent que quand une charrette passe, chargée de deux corps que l'on emporte pour les enterrer, un homme et une fillette qui semble reposer, la tête sur la poitrine du premier. Ester a le temps d'apercevoir le visage de la petite morte, beau en dépit des plaies qui le ravagent, et apaisé dans ce sommeil éternel aux côtés de son père.

C'est John qui vient ouvrir la porte de Thomas.

Avant qu'elle ait le temps de le saluer, il pose une main sur son coude et l'attire à lui. Son baiser est léger et interrogateur, puis joyeux. Il la retient par la taille.

« Où est Thomas ? demande-t-elle.

– Il est allé voir Mary. Elle l'a supplié de lui rendre visite, ce qu'il n'a pas fait de toutes ces dernières semaines. Comment va-t-elle, Mary ?

– Je donnerais cher pour le savoir. Elle n'a pas répondu à mes lettres, et n'a pas daigné non plus venir jusqu'à la porte quand je suis allée la voir.

– Ce n'est pas la première fois que Thomas a ce genre d'ennui, j'en ai peur, dit John en secouant lentement la tête. Et il ignore superbement le problème.

– Oui. On l'a tous compris, sauf Mary.

– Peut-être ne se prémunit-on jamais contre ce qu'on espère ne pas voir arriver ?

– Peut-être, en effet. »

Il n'y a rien d'autre à dire sur le sujet. Ils restent tous deux debout dans l'entrée. Puis John rit, rompant le silence. « Alors, viendrez-vous avec moi ? Je prévois de partir demain dans la matinée, pas plus tard. »

Ils sont à peu près de la même taille, et elle soutient son regard. « Je suis venue vous dire pourquoi je ne peux pas. Du moins pas pour l'instant. »

Il a un petit rire incrédule.

« Le rabbin est trop malade pour voyager, dit-elle. Il est en train de mourir. Je dois rester avec lui.

– Il vous sera impossible d'obtenir un permis de circuler si vous attendez encore, Ester. Les demandeurs doivent déjà attendre plusieurs jours à l'heure qu'il est, pour se le voir refuser parfois. La maladie se répand trop vite, il n'y a pratiquement plus un quartier qui ne soit touché.

– Je sais tout cela, et s'il devait mourir cette nuit, je serais avec vous demain. Mais comprenez-moi, je ne peux pas l'abandonner tant qu'il est vivant. »

Il hésite, puis secoue la tête. « Non, Ester, justement je ne vous comprends pas. Si c'est de l'amour que vous ressentez pour moi..., commence-t-il sur le ton d'un adulte aux prises avec la logique spécieuse d'un enfant raisonneur. Votre loyauté envers le rabbin vous fait honneur. Et je la respecte. Mais il faut que vous compreniez que Londres est en train de se refermer pour se consumer tout entier dans ce cataclysme. C'est d'amour qu'il s'agit ici, Ester, et d'un amour qui cherche à vous sauver. Si vous le rejetez, il se peut que nous ne nous revoyions jamais, dit-il en la fixant avec une intensité qu'elle ne lui connaît pas. L'amour a-t-il si peu d'importance à vos yeux ? »

Les mots s'étranglent dans sa gorge. « Vous me comprenez mal », dit-elle, sans pouvoir aller plus loin. Comment expliquer ce qu'elle ressent, les espoirs absurdes qu'il a fait naître en elle ? Elle n'arrive pas à se représenter un sort heureux pour elle-même, et pourtant le seul fait de penser à lui est une semence qui germe et menace de fendre la pierre. L'heure qu'ils ont passée au bord du fleuve lui a révélé une beauté si stupéfiante qu'elle ne sait plus si elle doit la chasser de son esprit ou ne plus penser qu'à elle. Le calme et la modestie de cet homme la fascinent comme ne l'ont jamais fait les fières promesses de Manuel HaLevy. Elle voudrait pouvoir lui dire ne serait-ce qu'une petite partie de tout cela, mais les mots la terrifient, comme une prière si pleine d'orgueil qu'elle serait capable d'attirer la malédiction.

« J'ai fait un grand tort au rabbin, dit-elle. Je vous en parlerai un jour. Je ne peux pas le réparer, mais je peux encore accompagner le saint homme dans ses derniers moments. Si je ne le fais pas, je ne serai jamais celle que vous souhaiteriez avoir à vos côtés. »

Il hoche la tête, sans qu'elle parvienne à déchiffrer son geste. Son visage a changé. Quelque chose ne va pas, c'est clair.

« S'il vous plaît », supplie-t-elle.

Mais il la regarde comme si elle lui faisait signe de la rejoindre sur une étroite corniche et que, tandis qu'il est pris de vertige devant la hauteur, elle s'excusait de l'avoir défié de faire l'ascension.

« J'ai dit à Bescós qu'il avait tort, annonce-t-il à brûle-pourpoint, sur le point de lâcher prise, dirait-on, le courage le disputant au malaise sur son visage. Il prétendait qu'une juive choisira toujours de privilégier en toute occasion sa loyauté envers sa tribu, et je lui ai rétorqué qu'il se trompait.

– Non, dit-elle. Cela n'a rien à voir. Je choisis, moi, selon mon cœur, et mon cœur va vers vous. »

Elle sent alors ce cœur battre fort dans sa poitrine, et de fait, pour la première fois de sa vie, elle arrive presque à le voir ; à sa grande surprise, il lui apparaît comme une petite chose brave et pleine de promesses, coupelle en bois remplie d'un liquide doré qui déborde bientôt de toutes parts – le rabbin respirant dans son lit, la chandelle à la lumière de laquelle Ester s'est si longtemps usé les yeux à lire, la petite fille morte aux côtés de son père dans la charrette. Tout cela est beau, infiniment précieux, et coule vers elle avec une soudaine assurance, jusqu'à cet endroit où ils se trouvent en ce moment.

John.

Elle lui pose les mains sur la poitrine, son cœur cogne aussi vite que le sien.

« Le rabbin m'a servi de père depuis que le mien est mort. Je me dois de l'assister dans ses derniers moments.

– Je comprends », dit-il.

Mais elle voit bien qu'il n'en est rien. Elle voit qu'il s'est mis en tête de la sauver, que c'est là une tâche qui lui incombe, la lumière qu'il a choisi de suivre. Il a décidé d'être, purement et simplement, son sauveur.

Pour la première fois, elle comprend que les mots et la logique sont incapables parfois de tout exprimer. Ils ne sauraient faire comprendre à John ce à quoi elle est prête à s'engager avec lui, en dépit du fait qu'elle refuse son offre.

L'image lui revient des mains de sa grand-mère, délicates et assurées sur l'épinette. Elle enlève les siennes de la poitrine de John. En pose une sur son épaule. Puis l'autre, et, s'avançant d'un pas, se presse contre lui comme si elle voulait franchir une porte. Surpris par sa hardiesse, il a d'abord un mouvement de recul, puis se penche en avant, encore hésitant. Le baiser qu'il pose sur ses lèvres est plus affirmé, comme s'il voulait tester quelque chose de nouveau, et elle lui prouve dans sa réponse qu'elle lui parlera clairement avec tout son être. Rapidement et sans trop voir ce qu'elle fait, elle l'entraîne vers une petite porte de côté, puis une autre, derrière laquelle se trouve un lit, et elle l'allonge auprès d'elle, tout en s'efforçant de ne pas penser au sort de Mary. Elle l'aide alors à délacer, dénouer, ses doigts guidant les siens jusqu'à ce qu'elle soit nue à son côté, et lui, prenant soudain conscience avec une courtoisie absurdement gênée qu'il est le seul à porter encore des vêtements, fait de son mieux pour se retrouver dans le même état, tous deux riant de l'intermède comique qui le voit se débattre avec une chemise et des hauts-de-chausses qui lui résistent quand il veut les ôter dans sa trop grande hâte.

Sa peau rose pâle contraste avec la sienne, plus dorée ; son corps est mince, comme elle se l'est imaginé. Fermant les yeux, elle retrouve la lumière verte qu'elle garde de ce jour au bord du fleuve, et dont elle a si souvent rêvé depuis. Mais même dans ses rêves, elle ne s'est jamais offerte ainsi à son côté, en un duo silencieux mettant en jeu tous les sens hormis la vue. Le contact de sa peau sur la sienne, aussi léger que la soie d'une toile d'araignée, si délicat qu'un simple souffle pourrait le dissiper – car ils choisissent non pas simplement d'aimer, mais d'aimer *comme cela*, et, quand il la pénètre, les mots lui viennent à l'esprit avec une clarté fulgurante : *Cela, nous l'avons inventé ensemble*. Elle ouvre les yeux pour le lui dire, et son visage lui paraît étrange – égaré, vivant et beau comme un orage qui se déchaîne contre les fenêtres qu'il illumine. Le visage chéri de John, animé d'une lumière sacrée qui lui évoque les anges, ces créatures emplies de désir et de compréhension.

Cet amour n'a pas de fin, voudrait-elle dire. Vois comme il nous porte, nous transporte. Elle prononce son nom, et en même temps éclate de rire.

Mais, au moment même où elle rit, elle voit une ombre passer sur son visage. Elle sent qu'une pensée vagabonde vient le troubler, comme si une voix, l'espace d'un instant, l'appelait, envoyé discret d'un monde étranger à ce lit : un monde rigide dans sa conception du vice et de la vertu, dans lequel le cœur de John n'a jamais osé jusqu'ici s'aventurer, si bien que ses battements à présent ne sont que tonnerre et chaos. Ses yeux se voilent d'inquiétude.

C'est alors qu'elle perd son regard. Le corps de John recouvre exactement le sien ; il la serre fort contre lui et enfouit son visage dans le nuage de ses cheveux sur l'oreiller. Un mélange des corps riche de promesses. Son souffle précipité dans son oreille.

Un frisson de plaisir.

Il repose sur elle en silence. Puis il s'écarte. Elle sent son regard sur elle, mais quand elle lève les yeux, il détourne les siens vers la fenêtre. Ils restent allongés sur le lit, respirant à l'unisson. Elle tente de croiser encore son regard, qui encore la fuit. Comme si elle l'avait entraîné trop loin, trop vite, comme si une force l'obligeait à sortir de lui-même, le poussait à désirer être un autre homme maintenant, tant il est effrayé à l'idée d'être John. La chambre est silencieuse.

« Tu étais vierge ? » demande-t-il.

La question sonne comme une fausse note, une réplique qui se serait trompée de pièce. N'a-t-il pas compris ce qu'elle vient de lui dire, ce qu'elle lui a offert avec son corps ? Qu'a donc sa virginité, ou la sienne, à voir avec ce qui vient de se passer ?

Sa question exige pourtant une réponse, dans cette même langue étrangère qu'il vient d'utiliser. Elle a un hochement de tête réticent. *Oui.* Voyant qu'il faut en plus des mots, elle dit : « Je me remets entre tes mains. »

Elle le sent acquiescer de la tête. Mais il semble s'être fermé. Quand il la regarde à nouveau, c'est comme s'il était désormais très loin, comme si quelque chose en lui, et en elle, l'effrayait.

Un claquement – une porte qui se referme. Thomas. À ce bruit, John bondit sur ses pieds et s'habille, tend ses vêtements à Ester avec courtoisie, mais sans lui accorder un regard. Un instant plus tard, elle est habillée elle aussi, et John lui presse l'épaule avec une chaleur un peu forcée, lui murmure quelques mots avec un petit rire d'excuse ; puis elle se retrouve dans le salon et se dirige vers la porte, John hors de vue derrière elle, et Thomas la saluant au passage, l'œil lubrique, la mine suffisante.

Impossible de regretter ce qu'elle a fait. Impossible.

Elle arrive à la maison, sans aucun souvenir de ce qu'elle a croisé en chemin, ni de qui, vivant ou mort. Elle referme la porte derrière elle, se retourne, et la vue de Manuel HaLevy, installé à sa table un verre de bière devant lui, la fige sur place.

Rivka est juchée, mal à l'aise, sur le siège du rabbin. Il est évident qu'elle a hâte de retourner à ses tâches, mais le maître somnole dans sa chambre, et un désir tout à fait inhabituel chez elle a poussé la servante à se montrer polie, l'empêchant d'abandonner leur visiteur à son sort. Dès qu'Ester pénètre dans la pièce, Rivka se tourne vers Manuel HaLevy, marmonne « Avec votre permission » dans un anglais rocailleux et sort après une courte révérence, un geste si inhabituel chez elle qu'Ester en reste bouche bée.

Avec l'impression de vivre un rêve, elle se tourne vers le visiteur. Elle s'aperçoit, dans un sursaut qui ne l'atteint que de loin, qu'elle n'a pas rangé ses écrits d'hier. Elle a été si perturbée par sa conversation avec le rabbin qu'elle a laissé à la vue de tous au milieu de la table la page qu'elle avait écrite pour lui. Mais Manuel s'est contenté de la pousser sur le côté et ne semble pas s'y être intéressé. Il a l'air de bonne humeur, en grande forme physique, le teint coloré.

« Je suis venu voir ce qu'il advenait de mon investissement », dit-il.

Elle a du mal à contrôler sa vision. Il y a trop de lumière ; la fenêtre n'est qu'une grande tache blanche, et elle ne distingue pas les traits de Manuel.

« Mon père m'envoie régler quelques affaires mineures ici à Londres et m'assurer que les serviteurs ne profitent pas honteusement de son absence. Mais bien sûr je suis heureux de l'occasion qui m'est donnée de venir vous voir – même avec Londres dans cet état, poursuit-il, en l'examinant de plus près, son large front plissé par l'inquiétude. Vous n'êtes pas malade ? »

Elle résiste à l'envie de porter une main à sa joue que rougit la honte, et secoue la tête.

Le soulagement sur son visage fait bientôt place à l'amusement.

« La peste aurait-elle émoussé votre langue pourtant si affûtée ?

– Non », dit-elle en esquissant un petit sourire.

Il boit une gorgée de bière. « Avez-vous remarqué que Sasportas est parti – et pas simplement pour la campagne, mais carrément pour l'étranger ? Notre nouveau très estimé rabbin n'a pas jugé bon, semble-t-il, d'assister ses ouailles dans cette terrible épreuve. La peste lui fournit la sanction divine qu'il lui fallait pour s'enfuir, ce qu'il n'a cessé de vouloir faire depuis son arrivée ici. L'homme était trop pieux pour une communauté de marchands. » Les lèvres pleines de Manuel se plissent en un rictus ironique, puis il redevient sérieux.

« La peste ne sévit pas à Richmond, Ester. Venez avec moi.

– Je refuse de l'abandonner maintenant, dit-elle d'une voix neutre, avec un geste en direction de la chambre du rabbin.

– Je comprends », dit-il en acquiesçant de la tête.

Elle ne sait si elle doit se sentir reconnaissante ou amère.

« J'aimerais que vous m'accompagniez, reprend-il, mais je respecte votre choix. Quand nous serons mariés, vous ferez preuve du même dévouement à mon égard. »

Il se penche par-dessus la table et ramasse la page qu'il a écartée. Elle sait ce qui y est écrit : les mots qu'elle a pris sous la dictée du rabbin sans comprendre qu'ils lui étaient destinés. *Car je te parle comme le ferait un père à son fils, et bien que tes efforts portent sur un domaine hors de ma portée, je veux nonobstant t'entourer de toute la compréhension et de tout l'amour de Dieu qui habitent mon cœur. C'est à cette tâche que je me consacre désormais, dans la certitude que ce sera ma dernière bonne action en ce bas monde.*

Avec un sourire compréhensif, Manuel HaLevy repose la feuille, la tapote et place dessus son verre vide. « Souvenez-vous du choix qui vous est offert », dit-il.

Une nuit dévastée par les rêves. Au cours de longues heures sans sommeil, dans un silence noir que seuls viennent interrompre les gémissements du rabbin, elle fait défiler dans sa tête les événements de la journée, comme si elle essayait de résoudre une équation qui aurait chair et cœur douloureux comme termes.

Un peu avant l'aube, des bruits de roues sous sa fenêtre.

Elle descend l'escalier et ouvre la porte avant que John ait eu le temps de se saisir du heurtoir. Elle garde une main sur la poignée pour assurer son équilibre.

Derrière John, se détachant contre la rue sombre et le ciel laiteux, un carrosse où sont empilés des bagages. Le cocher est courbé sur son siège, le visage fermé à la ville ; encadré dans la fenêtre à demi fermée, regardant droit devant lui, Thomas. Avant de s'adresser à elle, John leur jette un coup d'œil, comme pour trouver dans leur impatience la force de continuer.

Quand il se retourne vers elle, elle le trouve diminué, plein d'appréhension.

Il s'est passé quelque chose, mais quoi exactement ? Le monde entier lui dirait qu'elle a commis une erreur en se donnant à lui, qu'il la déteste à présent de lui avoir sacrifié sa vertu... mais elle est certaine que c'est faux. Quelque chose s'est interposé entre eux, et ce faisant a déclenché une chute terrible et silencieuse qu'elle ne sait comment arrêter. Elle lui a fait don de son corps, parce que c'était pour elle la seule manière d'être vraie, de lui faire comprendre ce à quoi elle s'engageait avec lui, de déposer son offrande à elle en réponse à l'amour qu'il lui offrait. Mais leur étreinte l'a emporté trop loin, jusqu'à un territoire où il ne se reconnaît pas, et elle pas davantage.

Si elle pouvait se glisser dans sa poche, tel qu'il est là devant elle, elle le ferait. Elle serait même prête, en cet instant, à abandonner le rabbin. À renoncer à ses écrits comme à une aberration stérile, à monter frissonnante dans le carrosse pour se réchauffer à son côté. *Emmène-moi avec toi.*

Mais il est trop tard. Le visage de John porte la trace de ses souffrances. Elle y lit son désir de conserver une bonne image de lui-même, la panique qui lui fait fuir les fléaux de la ville, et elle parmi eux.

« Tu viendras me rejoindre plus tard. Peut-être. Après, dit-il, risquant chaque mot avec précaution.

– Après la mort du rabbin ? » demande-t-elle, se forçant à entrer dans sa logique.

Il a un hochement de tête peu convaincant.

Elle voudrait insister : *Mais que fais-tu de notre amour ? De tout ce que tu as juré ?* Et tandis que John glisse encore un œil vers la sécurité qui l'attend dans le carrosse, une autre envie, plus désespérée encore, monte en elle : prononcer l'irréversible qui, elle le sait, le lierait dans l'instant : *Je t'ai sacrifié mon honneur ; tu connais désormais ton devoir à mon égard.*

Mais comment accepter un amour acheté par la pitié ? Elle ne saurait pas davantage s'attacher John avec un discours sur un honneur dans lequel elle ne croit pas. L'honneur et l'amour ne sont pas parents, et tous ceux qui prétendent le contraire font beaucoup de mal dans le monde. C'est maintenant seulement qu'elle comprend le choix douloureux de sa grand-mère. *Notre cœur est épris de liberté*, disait Lizabeta, *et quand il se voit asservi, il se révolte.*

Elle pense alors : je dois me garder d'asservir ce cœur qui aspire tant à être libre. Que John vienne à moi en toute liberté, ou bien qu'il ne vienne pas.

« J'attendrai donc que tu me fasses signe », dit-elle.

Il semble d'abord soulagé, puis, alors que la clameur de tout ce qu'elle n'a pas dit résonne dans le silence, malheureux. « Je n'ai pas ta force de caractère », lui dit-il, après s'être repris, en la fixant dans les yeux.

Tu l'aurais, songe-t-elle, si tu avais ma vie.

« Je te revois bientôt, alors », dit-il en déposant un baiser hésitant sur sa joue.

Dans sa confusion, elle ne s'est pas dérobée. Des mots blessants montent à ses lèvres, mais les prononcer serait gaspiller un silence dont elle a besoin à présent pour s'imprégner jusqu'au moindre détail de ce qu'il est. A-t-elle un jour jugé frivole de la part d'une femme de s'habiller en homme afin de connaître les vrais sentiments de son amant ? Elle irait elle-même bien plus loin maintenant, au moment où John se tourne vers le carrosse. Elle serait prête à se couler dans une autre forme, si cela devait lui permettre de le comprendre. De l'ensorceler. D'être différente de ce qu'elle est.

Il l'a aimée. En douter, ce serait douter de sa propre santé mentale.

Le carrosse s'éloigne dans la rue.

Les jours se succèdent, privés d'épaisseur et de lumière. Ils se fondent dans un courant paresseux, uniforme, sauf le jour du sabbat, quand Rivka allume les bougies dont la lueur anime brièvement de ses trémulations les ombres de la maison, puis dépose une goutte de vin sur la langue du rabbin, tandis qu'elles attendent toutes deux qu'il l'ait avalée. Derrière leurs fenêtres, la ville est méconnaissable. Le fracas des sabots sur les pavés a pratiquement disparu, et il ne reste des foules londoniennes qu'une population très contrastée : ceux qui sont trop pauvres pour fuir la ville et ceux qui sont trop attachés à leurs possessions pour y renoncer ; ceux qui sont en trop mauvais état pour entreprendre le voyage et ceux qui ont pleine confiance en la solidité de leur constitution ; ceux qui veulent se livrer au pillage, et les quelques rares âmes charitables qui s'obstinent encore à soigner les malades, dans le silence inquiet qui pèse sur la ville.

De temps à autre, Ester entend des cloches dans le lointain, étrange martèlement, vacarme sourd suivi d'un calme terrifiant. Parfois, des cris étouffés leur parviennent de derrière leur porte. Ester s'aventure dehors quand elles ont besoin de provisions, se proposant pour les courses et les corvées du ménage, afin que Rivka puisse rester au chevet du rabbin. On ne trouve plus une goutte de laudanum dans la ville, et l'apothicaire a doublé le prix de l'écorce de saule. L'homme refuse maintenant d'accepter la pièce de la main d'Ester, mais lui fait signe de la tête de la poser sur son comptoir – comme si non seulement le contact physique mais même la communication orale risquaient de s'avérer fatals.

Un jour en fin d'après-midi, tandis qu'elle rentre de chez l'apothicaire, elle fait un détour par le parc où elle a rencontré Catherine un soir. Une idée stupide, mais elle ne craint plus pour sa sécurité. L'herbe a envahi les allées, et l'air déjà sombre est riche des appels des oiseaux – car, sur ordre du maire, tous les chats de Londres, soupçonnés de transmettre le mal, ont été exterminés. Elle écoute les trilles joyeux de leurs chants, au milieu de la fraîcheur des vagues herbeuses, jusqu'à ce que les étoiles commencent à piqueter le ciel. D'une rue voisine déserte vient la faible lumière d'une unique lanterne, portée par un passant invisible qui rentre chez lui à pas pressés, son reflet pâle voyageant de fenêtre en fenêtre.

Des mots qu'elle a lus dans un autre monde, sous la lampe d'un atelier de reliure, lui reviennent à l'esprit : *Ce qui n'est plus et ce qui ne peut plus être amendé ne devrait pas être regretté.*

Le doux gazon anglais sous ses pieds.

Elle trouve Rivka les yeux rougis. Elle suspend son manteau à la patère et perçoit la respiration hachée du rabbin, couché sur le lit que lui a improvisé Rivka près du feu. Sa voix n'est plus qu'un murmure éraillé. Elle s'approche, hésitante, pour tenter de l'entendre. Elle ne s'est pas permis de l'approcher depuis des semaines, préférant se rendre utile de loin, car elle est convaincue que sa présence lui pèse.

« *Vidui* », dit-il.

Si le monde n'était pas dans un tel chaos, Sasportas ou quelque autre religieux respecté de la synagogue recevraient la confession du rabbin. Ne vaudrait-il pas mieux pour lui ne pas se confesser du tout, plutôt que de confier son *vidui* à quelqu'un qui l'a trahi ?

Pourtant, le seul interlocuteur disponible désormais, c'est le Ciel, dont elle-même, livre de prières à la main, serait l'intermédiaire. Fermant les yeux, elle se promet de purger son esprit de toute autre pensée de façon à pouvoir lui rendre au moins ce service sans faillir.

Elle trouve le livre si souvent feuilleté et lit les mots lentement, laissant à chaque formule le temps de pénétrer. *Modeh ani lefanecha.* Il répète certaines d'entre elles après elle, tandis que d'autres tombent de ses lèvres sans être articulées. *Te'he mitati kapara.*

Quand elle a fini, un son monte de sa gorge desséchée. Il a du mal à parler quand il dit : « Voici maintenant ma confession. »

Il s'éclaircit la voix, un travail long et laborieux.

« Les distances entre les choses, murmure-t-il, sont vastes. »

Sa main se lève, s'agite dans les airs, avant de retomber sur la couverture qui lui couvre la poitrine.

« Ce qui me console, c'est d'arriver en paix à la mort, sans être mis à l'épreuve une seconde fois. Car j'ai souvent pensé que j'aurais failli. Comme cela m'est arrivé dans ma jeunesse, quand je fus mis à l'épreuve par les hommes de l'Inquisition.

« Je ne garde que peu de souvenirs de ce que j'ai répondu à leurs terribles questions, même s'ils ne cessaient de les répéter. Je ne me souviens que d'avoir tenté d'effacer de mon esprit les noms que je connaissais, des noms qui, une fois donnés, causeraient forcément la souffrance d'autres juifs. Et pourtant je dois confesser que si l'on m'avait demandé de renier mon Dieu, je l'aurais fait – car en ce lieu de terreur, mon corps ne percevait plus que son supplice, et mon esprit affaibli n'arrivait pas à croire que les douleurs dont j'étais le témoin étaient celles qui accompagnaient la naissance du Messie. »

Il est épuisé. Il se repose un moment, avant de rassembler de nouveau quelque énergie.

« Quand ils m'eurent ôté la vue, je tâtonnais, les mains tendues devant moi, pour me déplacer dans chaque pièce, chaque passage, chaque ruelle de Lisbonne, puis d'Amsterdam. Et sais-tu l'impression que j'avais, Ester ? Que les distances entre les choses étaient vastes, plus vastes que je l'avais cru quand je voyais encore. Je sentais le vide partout. Tout était creux, privé de la présence de Dieu. Je marchais les mains tendues et je sentais la création divine détruite.

« Dieu me bénit, à présent, murmure-t-il, et m'épargne une nouvelle torture. C'est la seule chose que je craignais en ce monde... que si l'Inquisition devait de nouveau se saisir de moi, je faillirais une seconde fois. J'ai eu peur, Ester, de mourir sans un psaume sur ma langue. » Il lève une main tremblante qu'il passe lentement, doucement, à tour de rôle sur ses paupières closes à jamais. « Ainsi qu'a été puni Mathanias, je l'ai été. Toute ma vie, pendant ces longues années, j'ai gardé en moi la dernière vision qu'il m'a été donné de voir de mes yeux de chair. Ma mère, murmure-t-il, sa main s'égarant vers ses paupières. Sur le chevalet. Le corps brisé, mais les yeux encore ouverts et brillants tandis que la vie la quittait. Elle n'avait pas renié sa foi. Elle ne pouvait pas lever une main pour couvrir sa nudité. Elle est toujours restée devant mes yeux aveugles telle que je l'ai vue alors, ajoute-t-il après un long silence, en abaissant la main, chaque matin, chaque jour et chaque nuit. Je l'ai toujours portée en moi, en parcourant ce monde vide qui était le mien. »

Sa respiration est inégale, tantôt à peine audible, tantôt sonore.

« J'ai travaillé à restaurer la présence de Dieu dans ce vide. Car réparer le monde grâce à Sa parole est l'œuvre à laquelle Dieu nous a destinés. Si ce n'est, dit-il après une longue interruption, que j'ai souhaité jour après jour pouvoir cesser de l'avoir devant les yeux. Même si cela devait signifier oublier à jamais son visage tant aimé.

« Le péché dont je me confesse à présent, reprend-il d'une voix plus forte, c'est d'avoir désiré la mort. En secret, je l'ai appelée, car la cécité jamais ne suffira à effacer la vue des terreurs que recèle ce monde en miettes. »

Une fois de plus, il retombe dans le silence. Puis il hoche la tête, sa barbe mince et tachée s'agitant sur la couverture qui couvre sa poitrine creuse, avant de déclarer : « C'est là ma confession. »

Il ne lui en dit pas davantage. Peu à peu, il tombe dans une sorte de léthargie.

Rivka apporte une chaise, prend place à côté d'Ester et se met à égrener des psaumes de mémoire. À un moment, pendant la nuit, Ester se joint à sa récitation. Leurs paroles s'écoulent dans le silence. Sous le flot léger des murmures, à la lueur du feu, Ester regarde la transformation qui s'opère chez le rabbin, à mesure qu'il sombre en lui-même. Et comme s'il ne renonçait toujours pas à sa bienveillante tutelle – l'invitant, alors même qu'il glisse hors de son atteinte, à l'examiner lui avec tout le soin et toute la minutie qu'ils ont mis à étudier ces textes ensemble –, elle a l'impression de voir se dessiner autour de sa tête, puis de sa poitrine douloureuse, comme une couronne d'épines. Et pourtant cette couronne, qui reste une torture, est un tendre rappel de quelque chose qu'il a connu toute sa vie – comme si elle était porteuse d'une voix murmurant : *Tu l'as toujours su, n'est-ce pas ?* Et cette voix, elle se rend compte que le rabbin l'entend, et qu'enfin il se rend. Car la mort – c'est ainsi qu'elle apparaît à Ester en cet instant – attend d'être acceptée, même quand elle doit convaincre, menacer, insister sans merci jusqu'au renoncement final. Elle continue à observer tandis que s'écoulent les lambeaux de sa vie derrière le rabbin, comme l'eau dans le sillage d'un navire.

Le feu, qui ne sert plus désormais à le réchauffer, se consume jusqu'à ses dernières braises.

Le bruit des pleurs de Rivka réveille Ester.

Conscience accompagnée d'un choc sourd dans la poitrine : le monde a changé.

On ne trouve plus de tombes individuelles ni de pierres tombales à Londres, fossoyeurs et tailleurs de pierre sont depuis longtemps dépassés par l'urgence et la multiplicité des demandes. Dans le cimetière de St Peter upon Cornhill, on a entassé les cercueils les uns sur les autres jusqu'à la taille, dit-on, avant de les abandonner là pour privilégier les fosses communes. On fait désormais glisser les morts dans des fosses, en soulevant des nuages de chaux, pendant que de petits groupes de vivants qui restent prudemment à l'écart les uns des autres récitent une prière à la hâte. Peu importe que le rabbin ne soit pas mort de la peste, car toutes les prétentions à d'autres causes de décès sont à présent raillées tant les familles cherchent à les dissimuler dans le seul but de faire accroire que leur maison n'est pas la proie de la peste. Ester et Rivka doivent louer une charrette et emmener elles-mêmes le rabbin jusqu'à la fosse de Stepney Mount, où elles détournent les yeux d'un amoncellement de corps, une centaine peut-être, dont beaucoup entièrement nus, membres et visages couverts d'ulcérations et de poussière de chaux. Elles récitent les prières qui leur paraissent s'imposer, puis font glisser le corps frêle, enveloppé du linceul qu'a confectionné Rivka, dans la tranchée silencieuse et pratiquement pleine.

Avant de rentrer ensemble à la maison.

En arrivant, Ester trouve, glissé dans l'interstice sous la porte, un mot de Mary.

Je t'en prie, viens, écrit d'une main trop ronde et enfantine pour une femme de son âge et dans son état.

Désormais privée de la respiration du rabbin, la demeure est plongée dans un silence effrayant. À la suite de Rivka, Ester se lave les mains et le visage dans la cuvette de la cuisine ; puis s'attarde, étrangement oisive, dans la pièce de devant. Elle ne peut s'empêcher de penser que, même si la peste les épargne, ce foyer cessera bientôt de vivre.

Avec une paire de petits ciseaux pris dans sa poche, Rivka découpe le col de son vêtement en signe de deuil, puis celui d'Ester. Dans la maison vide, le crissement des ciseaux qui mordent le tissu est alarmant. Mais le silence qui s'ensuit est bien pire encore. Au moment où Rivka abaisse les ciseaux, Ester voit reflétée sur son visage la conscience qu'elle-même a prise de leur situation : elles sont seules.

« Je vais chez les da Costa Mendes, dit-elle. Je reviendrai avant la nuit. »

Rivka acquiesce, les lèvres serrées.

Elle se hâte à travers les rues désertes. Les habitations des juifs autour de Creechurch Lane sont abandonnées ou silencieuses. S'il reste encore des gens, derrière ces fenêtres, qui pourraient se soucier de la mort du rabbin ou du fait qu'elle et Rivka sont toujours vivantes, personne ne s'est montré depuis des semaines. Et pourtant, Ester ne peut s'empêcher de scruter les vitres, dans l'espoir qu'un visage familier apparaisse tout à coup entre les meneaux et que quelqu'un la regarde, comme un noyé sous l'eau ou un habitant d'une autre planète.

Elle franchit la grille des da Costa Mendes, la referme avec soin derrière elle, et ce n'est qu'alors, en levant les yeux, qu'elle voit la croix blanche peinte sur la porte.

Elle hésite puis s'avance et frappe, évitant la croix comme si celle-ci était maudite.

Mary entrouvre la porte juste assez pour permettre à Ester de voir son visage. « Non, je ne suis pas malade, dit-elle, en ouvrant la porte plus grand et en agrippant le bras d'Ester. La croix, c'est pour donner le change. »

Ester se laisse entraîner dans le vestibule qu'elle connaît bien, et Mary ferme la porte à clé derrière elle.

Elle n'a pas fait un pas dans le salon qu'elle sait déjà qu'il n'y a personne d'autre dans la maison. Tous les meubles sont de travers, des oreillers sont entassés sur le sol, des couvertures sur un divan, et de la vaisselle sale empilée çà et là. Mary n'a jamais eu à tenir une maison. Elle semble avoir mangé et dormi ici, dans le salon, où la fenêtre donne directement sur la rue déserte. Elle est vêtue d'une robe bleue tachée et relâchée à la taille. Son ventre est trop gros pour être encore contenu par les corsets qu'elle porte d'ordinaire. Il est évident qu'elle n'a eu personne pour lui dire comment s'habille une femme enceinte. Sans ses bijoux et son maquillage, elle ressemble à une enfant, tandis qu'elle s'installe, jambes croisées, dans un fauteuil capitonné, tirant Ester à elle pour que celle-ci prenne le siège à côté du sien.

« Les serviteurs sont partis il y a huit jours, dit-elle, toujours agrippée au bras d'Ester. Non sans emporter au passage certains des biens de mon père. » Elle hausse les épaules, comme si elle ne leur en voulait pas de ce larcin, puis, relâchant Ester, elle dit calmement :

« Thomas est parti, lui aussi.

– Je sais, répond Ester. Je l'ai vu le jour de son départ. Avec John. »

Elle lève les yeux pour les plonger dans ceux de Mary, grands et sombres, et n'a aucun mal à imaginer la terreur qui doit la saisir pendant les longues nuits solitaires, abandonnée de tous dans l'angoisse invisible que distille la ville autour d'elle.

« John t'a-t-il demandé de l'accompagner ? »

Ester ouvre la bouche pour répondre, puis hésite, avant de dire : « Oui, dans un premier temps. Mais je crains qu'il ne le veuille plus maintenant, même si j'étais en possession d'un permis de circuler. »

Dans le silence qui s'ensuit, un accord tacite se conclut entre elles : aucune des deux ne fera dire à l'autre ce qu'elle a perdu.

« Pourquoi une croix sur ta porte ? demande Ester. C'est bien la marque d'une maison frappée de la peste, non ? »

Mary secoue la tête avec véhémence. « Personne n'est mort dans cette maison, Ester, du moins pas encore. Mais Bescós est venu. » La peur se lit à présent sur son visage, et elle hésite avant de poursuivre, un ton plus bas, comme si on pouvait les entendre. « Thomas lui a tout raconté. Il lui a dit que je restais. Et que j'attendais un enfant. » Elle commence à se balancer doucement d'avant en arrière, les bras autour de son ventre. « Et Bescós s'est tout de suite douté que les serviteurs quitteraient la maison. Il a déclaré que, maintenant que j'étais devenue la seule gardienne des richesses de mon père, il les ferait siennes. »

Ester assimile la nouvelle. Elle croit Mary sur parole, et pourtant ce que lui dit celle-ci ne correspond pas à l'idée qu'elle se fait de Bescós. Elle l'a toujours pris pour un homme détestable, certes, voire... dangereux. Mais jamais pour un vulgaire voleur. Il y a quelque chose de hautain en lui. Ne considérerait-il pas comme indigne de lui de menacer une jeune femme affolée dans l'espoir d'un misérable butin ?

« C'est lui qui a envoyé quelqu'un peindre la croix, Ester, reprend Mary. Je ne savais pas qu'elle était là jusqu'à ce que j'essaie de sortir et qu'un homme dans la rue me crie de rentrer immédiatement, comme si j'étais un rat cherchant à s'échapper de son piège. Personne ne viendra, dit-elle d'une voix étranglée. Tous les nôtres ont quitté la ville, et, de toute façon, ils ne me parlaient déjà plus, même avant le début de la peste. Quand je me suis glissée dehors ce matin pour aller te trouver, la femme qui m'a vue s'est mise à hurler et à appeler à l'aide, me menaçant d'ameuter les foules, et il a fallu que je passe devant elle en courant... et dans cet état, Ester, ajoute-t-elle en montrant son ventre et le tissu qui bâille à la taille. Bescós a dit que si je ne commençais pas à le payer avec l'argenterie de mon père, il attendrait simplement que je meure, de faim ou de maladie, et qu'il viendrait alors chercher tous les objets de valeur. »

Ester se tourne vers la fenêtre. À travers les carreaux, elle parcourt la rue vide, seul spectacle offert à Mary lors de ses jours et de ses nuits solitaires. « Abandonne la fortune de ton père, dit-elle. Laisse Bescós la récupérer, laisse ton père en pleurer la perte. Manuel HaLevy nous accueillera. Toi et moi, et Rivka. J'en suis certaine. » Et elle l'est, sincèrement.

Et si Manuel lui demande de lui promettre quelque chose en retour ? Peut-être le devra-t-elle. Et tant pis si elle n'arrive pas à aimer Manuel – si elle pleure John à jamais. Pour des raisons qui lui restent obscures, John s'est détourné d'elle. Tout ce qu'elle a chéri – ses constructions et ses édifices intellectuels soigneusement élaborés – n'a apporté que chagrin au rabbin et n'a profité à personne si ce n'est à elle. Mais choisir le mariage pourrait les sauver.

Manuel HaLevy avait vu juste : pour finir, la vie lui forcera la main, et elle accueillera son offre avec gratitude.

Mary la regarde fixement, puis quelque chose qui s'apparente à un rire monte de sa gorge. « Manuel HaLevy est mort. Il y a plus d'une semaine, de la peste. Ce sont les serviteurs qui me l'ont dit avant de partir. Il a été atteint le jour où il devait quitter Londres. Il n'a jamais franchi les murs de la cité. »

Le salon est trop mal éclairé. Ester ne distingue rien dans la pièce emplie d'ombres. Elle se lève.

Mary la prend par la manche. « Viens vivre avec moi, Ester. »

Elle secoue lentement la tête, non pas en signe de réponse mais simplement pour bouger.

« Je ne peux pas vivre seule, insiste Mary. Je ne sais pas comment faire. Il reste de la nourriture dans la resserre, mais je ne saurais même pas la préparer. Soit je vais mourir de la peste, soit je vais mourir de faim, à moins que je vive pour mettre le bébé au monde, et je suis épouvantée à l'idée de le faire toute seule. Je n'ai pas ton courage. Je suis désolée, reprend-elle après une courte interruption, de ne pas avoir répondu aux lettres que tu m'as envoyées. Je pensais... je pensais que tu ne voulais peut-être me voir que parce que je te payais pour veiller sur moi. Je me disais : d'abord Thomas, maintenant Bescós, ils sont tous après l'argent de mon père – et j'ai pensé que tu n'étais pas différente. Que je n'avais pas de véritable ami. Et puis... et puis, j'ai cru que tu étais partie avec John. Et même si ce n'était pas le cas, je ne voulais pas être vue dans cet état », conclut-elle en abaissant une main vers son ventre mais sans le toucher, comme s'il s'agissait de quelque chose d'entièrement distinct d'elle. L'instant d'après pourtant, elle l'entoure de ses bras d'un geste protecteur. « Je suis navrée, dit-elle d'une voix étouffée et solennelle, à propos du rabbin. C'est là-bas que tu étais ce matin ? »

Ester hoche la tête.

« *Que le Tout-Puissant te réconforte*, commence Mary, visiblement mal à l'aise, *parmi les...* » Elle s'interrompt, incapable de se rappeler la suite. Puis elle abandonne avec un petit rire d'impuissance.

Le monde s'est transformé si vite qu'il ne reste plus d'autre alternative – c'est du moins l'impression qu'en a Ester – que l'action. Chez le rabbin, ce qu'il reste de nourriture et de combustible ne durera pas plus de quelques jours ; après quoi plus rien, aucun revenu, aucun salut sous la forme d'un don de Manuel HaLevy. Elle pense avec appréhension à la croix sur la porte de Mary. Mais dans cette maison-ci, il y a encore de la nourriture, de l'argent, de beaux meubles qui pourraient s'échanger contre un moyen d'évasion. À condition de se montrer prudentes, elles peuvent encore aller et venir à leur guise.

« Rivka peut venir aussi ? » demande-t-elle.

Mary acquiesce d'un mouvement de tête ; le soulagement inonde son visage, si bien que, l'espace d'un instant, elle ressemble à certaines de ces peintures qu'Ester a eu l'occasion de voir dans de riches demeures à Amsterdam, où une jeune femme, rêveuse et bien en chair, attend la naissance de son enfant.

Mary se lève, la peau pâle de son ventre saillant à travers l'ouverture de sa robe. « Venez dès aujourd'hui, dit-elle. Ce soir, avant le couvre-feu. »

À la tombée de la nuit, tout est prêt. Rivka, qui s'est contentée de questions d'ordre purement pratique face aux explications d'Ester concernant la situation de Mary, s'est aussitôt mise à rassembler les quelques affaires dont elle a besoin et a suivi Ester, fermant la porte à clé derrière elles, et s'éloignant sans un regard en arrière, comme si elle ne supportait pas de rester un instant de plus entre ces murs où ne se fait plus entendre la faible respiration du rabbin.

Plutôt que de se mettre en quête d'une charrette dont le bois risquerait d'être infecté de germes, Ester préfère transporter toutes ses possessions à la main, en prenant bien soin de ne pas être vue en train de franchir la porte des da Costa Mendes. Ses biens personnels, coincés sous les bras, ne lui ont demandé qu'un voyage. Elle retourne seule chercher les livres du rabbin et transporte l'entièreté de sa bibliothèque à raison de deux rayons à la fois.

Inlassablement, elle sillonne les rues silencieuses, les précieuses pages et les couvertures usées creusant des sillons rouges dans la peau tendre de ses avant-bras, parodie d'un langage muet énonçant des accusations qu'elle serait incapable de réfuter. Pour finir, lors de sa sixième et dernière expédition, elle emporte les papiers. Si le corps du rabbin est dans une fosse commune, elle a le pouvoir de préserver ses écrits. Incapable de supporter de trier les pages qu'elle sort des tiroirs et des rayons, elle rassemble tout en vrac : comptes domestiques, avis de l'atelier de reliure, sermons du rabbin. Et quelque part au milieu de ce fatras, les lettres du saint homme à son élève de Florence – ces lettres dont elle sait maintenant qu'elles lui étaient adressées, pour la ramener à la raison et lui faire oublier l'extravagance de ses idées. Elle emporte aussi, bien sûr, ses écrits à elle. Il lui semble, pendant qu'elle se hâte le long des ruelles dans la lumière déclinante, que ses questions et ses propositions ont été exprimées dans le langage d'une chair meurtrie et d'un esprit malade. Que de cruelles blessures dans ces traces infimes laissées sur le papier par sa plume !

Cette nuit-là, Ester reste éveillée longtemps sur un des matelas confortables de la maison da Costa. Dans un lit à côté du sien, Rivka repose paisiblement, endormie ou non, Ester l'ignore. Dans une chambre voisine, Mary remue bruyamment dans le sien.

Ester ne ressent pas encore le chagrin que lui cause la mort de son bienfaiteur. Son esprit est incapable, d'une certaine manière, de concevoir cette disparition. Fourrés pêle-mêle ce soir sous le matelas sur lequel elle est couchée se trouvent les papiers du rabbin et les siens – présence muette dont elle ne saurait dire ce qu'elle en attend. Et puis son esprit fuit aussi le souvenir cinglant de John.

Mais elle revient sans cesse, sans comprendre pourquoi, à un fait qui est lui tout à fait appréhensible : la mort de Manuel HaLevy. Elle ne peut s'empêcher de penser à lui. Elle sent presque son saisissement quand pour la première fois il a titubé... son grand corps soudain affaibli et brûlant de fièvre ne lui obéissant plus quand il lui ordonne de se lever, de marcher ou de se débarrasser du mal dont il est victime. Et bien qu'elle ne l'ait pas aimé, durant cette première nuit dans son nouveau logement elle pleure des larmes amères sur son corps robuste, torturé puis figé à jamais. Elle pleure pour la protection qu'il lui a si longtemps accordée. Et pour cette autre protection qu'il a lui-même sollicitée d'elle en échange, avec tant de ferveur et de déférence : l'assurance d'avoir une épouse qui jamais ne serait une victime consentante.

23

4 AVRIL 2001
LONDRES

Il s'attarda sous la douche et prit son temps pour son café au réfectoire. Il alla ensuite faire une course dont il songeait à s'acquitter depuis des semaines : acheter au magasin de fournitures de bureau à côté de l'entrée du métro des cartouches neuves pour l'imprimante de Helen. Dans la queue à la caisse, il alla même jusqu'à laisser passer devant lui une mère de famille qui martelait son portable, pendant que son gamin tout juste en âge de marcher tapotait un étalage de stylos du bout collant de sa sucette.

Mais il eut beau temporiser, il ne s'en retrouva pas moins en fin de matinée à la longue table habituelle dans la salle des manuscrits, devant la dernière fournée de documents.

C'est à contrecœur qu'il commença à lire les lignes régulières des manuscrits, un crayon entaillé coincé entre ses jointures douloureuses. Il comprenait, bien sûr, pourquoi il détestait l'idée d'en finir avec la cache : comme un joueur qui lance la roulette, il en était venu avec le temps à croire à la promesse d'une autre trouvaille dans chaque nouvelle série de lettres.

Mais pendant qu'il travaillait sur l'anté-antépénultième document, puis sur l'antépénultième, il se rendit compte ce qu'avait d'irréaliste l'espoir qu'il avait mis dans ces papiers. Pas de révélation stupéfiante, pas de coup de tonnerre, pas de sagesse cachée depuis trois siècles pour venir galvaniser sa vie à la dérive. Ester Velasquez n'allait pas surgir comme une marionnette de derrière les rideaux et le sauver de lui-même. En admettant qu'elle ait bien écrit sous le pseudonyme de Thomas Farrow, ils ne pourraient jamais le prouver. Pas si le reste des documents était de la même eau que celui qu'il avait sous les yeux.

Le seul travail qui restait donc à Aaron, dans ces dernières heures de lecture, c'était d'écouter. Rien de plus. Seule véritable responsabilité de l'historien, comme il aurait dû le savoir depuis le début.

Il s'efforça donc d'écouter ce qu'Ester disait vraiment, plutôt que ce qu'il voulait l'entendre dire.

Il n'y avait rien là d'intéressant. En silence, il traduisit une nouvelle liste de dépenses domestiques, celle-ci sans aucun gribouillis dans les marges. Il lut une missive du rabbin adressée à son étudiant florentin, mais elle était brève et pour l'essentiel se contentait de reprendre ce qu'il avait déjà dit sur Sabbataï Tsevi et les dangers d'une ferveur mal placée.

Quand Patricia déposa l'avant-dernier document sur le support devant lui, il s'aperçut qu'il serrait les poings.

Une seule feuille de papier, qui plus est remplie à moitié.

28 juin 1665
15 Tamuz 5425
Avec l'aide de D-ieu

Au très estimé rabbin Isaac Aboab da Fonseca,

Depuis mon lit de douleur, j'adresse mes respectueuses salutations à l'honorable *kehillah* d'Amsterdam. Chaque heure qui passe me rapproche désormais de ma fin. Les anges qui escortent le soleil dans son voyage à travers le ciel ne ralentissent pas leur course pour allonger mes derniers jours, et je ne le souhaite pas. Le travail que j'ai pu avoir le mérite d'accomplir en ce monde est maintenant terminé, que je l'aie ou non mené à bien.

Les gens qui m'entourent ici à Londres veillent à mes besoins et me lisent des psaumes, et j'ai le bonheur de ne manquer ni de confort ni d'une bonne âme à qui me confesser.

J'ai une requête à vous présenter. J'espère que vous me trouverez suffisamment méritant pour y répondre favorablement. Je souhaiterais que vous persuadiez le dotar de pourvoir à la dot d'Ester Velasquez, au cas où elle devrait se marier un jour. Il lui a été peu donné dans cette vie et beaucoup enlevé. Quand elle aura atteint l'honneur et la stabilité qu'apporte la cérémonie du mariage, je crois qu'elle se révélera une femme de valeur. Si l'on devait soulever des objections en raison de la moralité de sa mère, je demanderais malgré tout au dotar de m'accorder ma demande, au nom du devoir envers les morts. Dans ce monde voué au chaos, je vous prie humblement d'accompagner et de fortifier mon âme à la faveur de cette bonne action, laquelle vous vaudra récompense dans le monde à venir.

Pour tous mes péchés je supplie D-ieu de m'accorder Son pardon.

Confiant dans la venue du Messie et du règne miséricordieux de D-ieu, qui poindra sur nous comme une aube, révélant chacun des mystères qui aujourd'hui confondent nos âmes aveuglées,

Rabbin Moseh HaCoen Mendes

א

Il se redressa sur son siège.

Un silence absolu pesait sur la salle. Un pâle rayon de soleil éclairait le parquet à côté de ses pieds. Ses yeux le piquaient.

Au bout d'un moment, il se leva. Il était 14 heures. Plus que vingt minutes avant d'aller retrouver Helen dans son bureau. Laquelle lui semblait avoir perdu cette dernière semaine tout appétit pour la salle des manuscrits. Il se demanda si elle redoutait comme lui d'arriver au bout des documents. Elle n'était plus elle-même depuis peu, avait perdu sa fougue coutumière, et ce n'était pas la lettre du rabbin sur son lit de mort qui risquait de lui remonter le moral.

Autant en finir tout de suite. La Patricia bibliothécaire le regarda approcher.

« Pourrais-je avoir le dernier de la série ? » demanda-t-il, s'efforçant de paraître plus dégagé qu'il ne l'était en réalité. Elle ne fut pas dupe. Le regard qu'elle lui accorda n'était pas loin d'être compatissant.

« La lettre au lierre n'est pas encore prête, dit-elle.

– De quelle lettre parlez-vous ?

– Du tout dernier document. C'est une lettre pliée, dont le sceau à la cire est encore intact, dit-elle avant de pincer les lèvres. Le sceau représente un lierre grimpant très orné. Très joli, en fait. »

Elle haussa les sourcils d'à peine un millimètre ; cette fois-ci, son sourire, quoique à peine esquissé, était bien réel.

« Et il sera prêt quand ?

– Ma collègue à l'étage a ôté le cachet et le préserve pour pouvoir l'exposer. La lettre elle-même est à l'heure actuelle dans le compartiment d'humidification. La conservatrice pense qu'elle devrait être prête dans une huitaine de jours.

– Pas avant ? »

La bibliothécaire abaissa ses lunettes.

« Vous n'avez pas idée du contenu de cette lettre, j'imagine ? » insista-t-il.

Elle ferma la bouche, expira longuement par le nez.

« Vous ne comprenez pas du tout les Anglais, n'est-ce pas ?

– Naan. Pas du tout. »

Elle prit un air entendu et le regarda un moment en silence. « Alors, laissez-moi vous aider, dit-elle avant de se pencher au-dessus de son bureau. Nous sommes des gens très patients, nous autres.

– Ça a fait son temps, vous ne croyez pas, cette histoire du British-stoïque-face-à-l'Amerloque-impatient. Mieux vaut que vous le sachiez.

– Ah bon ? fit-elle d'un ton égal.

– Oui. Sans compter que c'est ridicule. Le professeur Helen Watt, qui est pourtant anglaise au point d'avoir un pouls au repos voisin de zéro, est en ce moment même en train de répéter un numéro de pom-pom girl dans l'attente de pouvoir fêter la sortie du dernier document. Elle en est quasiment à faire une pyramide humaine à elle toute seule. »

Patricia ne battit pas d'un cil.

« Mais si vous tirez quelque chose de cette citadelle anglaise imprenable, reprit-il, je suis partant.

– C'est terriblement courageux de votre part.

– J'en suis bien conscient. »

Aucun des deux n'avait bougé d'un pouce pendant cet échange. Ils se dévisagèrent en silence.

« Serions-nous tout à coup devenus amis ? » demanda-t-il. Il entendit quelques ricanements venant des étudiants travaillant aux tables alentour.

« C'est comme ça que vous vous comportez, vous autres ? Vous vous brutalisez les uns les autres jusqu'à ce que paralysie s'ensuive, puis vous vous payez mutuellement des bières ? C'est ça qui m'aurait échappé pendant tout ce temps en Angleterre ? »

Elle releva ses lunettes et le regarda par en dessous.

« Que je suis bête, s'exclama-t-il. J'ai sauté l'étape brutalité.

– La prochaine fois, essayez sans les raccourcis.

– Je ne crois pas que je le ferai, non. Je ne suis pas du genre particulièrement patient. Et puis, ça me plaît assez de constater à quel point les Anglais sont déconcertés quand on leur dit qu'on les aime bien. »

Comme une goutte de savon dans de l'eau grasse, ses dernières paroles firent lever les têtes dans toutes les directions ; Patricia trouva refuge dans son ordinateur, et les étudiants de part et d'autre d'Aaron, qui, un moment plus tôt, leur jetaient des coups d'œil subreptices, revinrent à leurs manuscrits avec une vigueur renouvelée.

« Bien, dit-il, s'adressant à la salle silencieuse. Je suis heureux que nous ayons pu avoir cette conversation à cœur ouvert. »

De retour dans le bureau de Helen, il posa ses sacs. Sans un mot, il sortit la cartouche neuve de sa sacoche et l'installa dans l'imprimante.

« Merci », dit-elle faiblement.

Avec un petit signe de tête, il brancha son ordinateur portable et imprima sa transcription de la lettre du rabbin, qu'il plaça sur son bureau. « Lisez, ça va vous tirer les larmes. »

Elle prit la feuille d'une main tremblante et la parcourut un moment. Puis elle la posa à côté de son ordinateur – sans grand soin, lui sembla-t-il, comme si son contenu ne la concernait guère. Avant de reporter son regard sur la fenêtre.

Maintenant qu'il la regardait avec attention, il remarqua qu'elle était assise très raide et qu'elle portait un gros pull-over en dépit de la douceur de cet après-midi d'avril. Il lui vint brièvement à l'esprit qu'il devrait peut-être s'inquiéter pour elle. Mais, d'un autre côté, combien de fois était-il resté assis dans ce bureau à fouiller son expression distante en quête d'un signe suggérant qu'elle appréciait ou simplement reconnaissait comme tel un cadeau qu'il venait juste de lui apporter ? Il en était toujours allé ainsi avec Helen, et rien n'indiquait qu'il en serait jamais autrement. C'était là, manifestement, toute la mesure de l'amitié qu'elle était capable d'offrir.

« Pensez-vous pouvoir trouver l'adresse mail des archives juives d'Amsterdam ? demanda-t-elle d'une voix grêle, dont il ne sut dire si c'était à cause de la déception ou de la fatigue.

– Oui, bien sûr, pourquoi ?

– Essayons de voir s'ils ont la copie définitive de cette lettre, dit-elle en parlant de manière circonspecte comme si elle voulait éviter de mordre dans quelque chose d'amer qu'elle aurait eu dans la bouche. Ils ont la communauté juive du XVIIe siècle la mieux documentée d'Europe, et ce courrier est adressé à un de leurs rabbins les plus célèbres. »

Elle déglutit, ce qui lui prit un certain temps. « Pour une fois, reprit-elle, on réussirait peut-être à retrouver la deuxième copie d'une des lettres de HaCoen Mendes. »

Il chercha l'adresse, et la lui épela. Elle eut beaucoup de mal à la taper. Elle dut revenir en arrière à deux reprises pour recommencer, écrasant son index sur la touche Effacer. Sans en avoir eu l'intention, il se retrouva derrière elle pour l'observer. Le spectacle de ces mots luttant pour prendre forme sur l'écran avait quelque chose de fascinant. Non sans effort, Helen termina enfin avec les salutations d'usage.

Puis, voulant revenir au début sans doute pour se relire, elle effaça par inadvertance tout ce qu'elle venait d'écrire.

Elle se leva sans un mot de sa chaise et s'écarta d'un pas. Elle lui fit un vague signe de la main, et il prit immédiatement sa place. Usant du langage soutenu qui aurait été le sien, il rédigea une requête aux archives juives d'Amsterdam et la signa du nom de Helen. Tandis qu'il tapait, il la sentait respirer doucement dans son dos. « Oui, c'est parfait », dit-elle quand il eut terminé.

La petite sonnerie accompagnant l'envoi du mail tinta dans le bureau. Aaron se leva.

« Bon, dit-elle en reprenant sa place. Les dernières lettres. J'avais espéré avoir d'autres preuves », ajouta-t-elle à sa grande surprise.

Il acquiesça de la tête. Sans preuve supplémentaire, leurs conjectures concernant Farrow ne valaient pas un clou.

Elle le regardait fixement.

« Qu'y a-t-il ? » demanda-t-il.

Elle secoua la tête, comme pour se débarrasser d'une mouche importune.

« Bon sang. "Helen Watt" », énonça-t-il à la manière d'un maître d'école.

Non sans réticence, comme si elle avouait une intimité qu'elle n'était pas sûre de vouloir partager, elle lâcha :

« Il y a un problème avec les lettres envoyées à Florence.

– Du genre ?

– Pourquoi n'y a-t-il aucune autre trace nulle part de cette crise sabbatéenne à Florence ?

– Parce que la plupart des archives ne survivent pas pendant trois cent cinquante ans. Il est beaucoup plus inhabituel d'avoir des preuves que d'en être privé.

– Sans doute, dit Helen, mais pourquoi n'avons-nous aucune des lettres de l'étudiant florentin du rabbin, alors que celui-ci en a reçu d'autres, ce que nous savons pour les avoir vues.

– Excusez-moi, mais je ne vous suis pas.

– À un certain moment, après qu'on a eu fait pression sur le rabbin pour qu'il renonce à employer Ester comme scribe, les lettres s'arrêtent temporairement. Puis, peu de temps après, elles reprennent avec ces missives à Florence. Ne pourrait-on pas penser qu'elle a été invitée par le rabbin à lui servir à nouveau de scribe uniquement parce que la crise de Florence l'exigeait ?

– C'est possible, reconnut-il. Mais il pourrait y avoir des dizaines d'autres raisons pour expliquer cette interruption. Maladie, documents détruits dans un incendie, voyage au...

– Et ne croyez-vous pas, l'interrompit-elle, avec, cette fois-ci, quelque chose d'explosif dans la voix, que se voir barrer l'accès à l'éducation pourrait fournir à une jeune femme affamée de savoir, et passionnée par l'étude des mécanismes mêmes de la pensée, une motivation suffisante pour *inventer* une crise sabbatéenne ? »

Il était sûr maintenant qu'elle n'allait pas bien. Une Helen Watt en pleine possession de ses facultés aurait balayé cette entorse à la logique et cherché une explication plus plausible. Elle avait vraiment un problème, aujourd'hui. À moins qu'elle l'ait depuis longtemps.

Mais elle n'en avait pas terminé. « Vous connaissez l'histoire du Masada, bien sûr », dit-elle. Elle tendit une main vers le mur. Son doigt, plié à chaque jointure comme si elle était incapable de le redresser, s'agita, puis pointa en tremblant le dessin accroché au-dessus de la cheminée.

« Oui, je connais. » Comme toute personne ayant fréquenté l'école hébraïque d'une synagogue.

« Comment savons-nous ce qui s'est passé là-haut ? dit Helen, le doigt tremblotant toujours en direction de l'esquisse.

– Vous voulez dire sur le mont Masada ? demanda Aaron en fronçant les sourcils. C'est dans Flavius Josèphe. *La Guerre des Juifs.* »

Mais au moment même où il donnait cette réponse, il prit conscience de sa bêtise.

« C'est vrai... mais comment cet historien l'avait-il appris ? poursuivit Helen. Il n'y était pas, lui, au sommet du Masada, il était avec l'armée romaine. Quand il est arrivé sur les lieux, les juifs avaient déjà enduré... leur glorieux martyre, dit-elle en pinçant les lèvres. Ou commis, comme l'a décrit le chef des juifs, un acte ultime de *miséricorde.*

– Y a pas une histoire de femmes qui s'étaient cachées et qui ont survécu..., dit-il en fouillant sa mémoire.

– Deux femmes, en effet. Elles se sont cachées dans une grotte avec quelques enfants. Il semble qu'elles n'aient pas partagé l'opinion de leur chef selon laquelle c'était faire preuve de miséricorde envers soi-même que de s'autodétruire au nom d'une noble cause, mais qu'elles aient eu un avis différent sur la question, dit Helen, dont le doigt s'agitait à présent de façon si incontrôlée qu'Aaron aurait voulu pouvoir s'en saisir pour le stabiliser. Tout le monde regarde la silhouette de cette montagne, reprit-elle, et pense aussitôt à des gens qui ont choisi de commettre un acte prétendument honorable, même s'il signifiait la mort pour eux-mêmes, leurs femmes et leurs enfants. Et c'est ce que l'on retient de l'épisode, rien d'autre. Personne ne parle jamais de ces deux femmes qui ont choisi la vie et la capture, pour poursuivre leur chemin, honorable ou non, libre ou non, peu importe. Personne ne fait jamais remarquer qu'elles étaient peut-être autre chose que faibles, qu'elles avaient peut-être sciemment mis en doute la vision du monde qui exigeait d'elles qu'elles périssent. En attendant, elles sont restées en vie, et, Aaron, ce sont elles qui ont raconté l'histoire à Flavius Josèphe, elles qui nous ont permis de savoir ce qui s'était passé. »

C'était vrai. Toutes les fois où il avait entendu cette histoire, personne n'avait pris la peine de soulever la question de savoir comment les détails avaient pu en être connus, et cela ne l'avait pas interpellé. Comme si cette histoire, elle était tombée du ciel. Le seul professeur à avoir fait allusion aux femmes qui s'étaient cachées dans la grotte, Aaron s'en souvenait à présent, les avait traitées de lâches.

« Ici même, dit Helen. Il y a en filigrane la marque d'un choix différent. »

Elle abaissa sa main.

Elle lui demandait, en somme, de relier des points à travers des siècles d'histoire, comme si Ester Velasquez appartenait à une chaîne invisible incluant deux femmes qui avaient un jour refusé le martyre sur le mont Masada. « Vous suggérez donc, dit-il lentement, qu'une femme du XVIIe serait allée jusqu'à inventer une crise sabbatéenne simplement dans le but d'écrire quelques lettres à des philosophes. » Il hésita, conscient de l'inconfort de sa position : il lui fallait faire comprendre à une historienne plus âgée que lui de plusieurs décennies l'imprudence qu'il y avait à s'attacher à des hypothèses certes séduisantes mais sans fondements.

« Vous ne croyez pas que nous devrions faire montre d'un peu plus de prudence dans cette affaire, et ne pas appliquer les stéréotypes du féminisme moderne à des gens dont nous ne savons pratiquement rien ?

– Il me semble, jeune homme, que l'heure pour nous n'est plus à la prudence. »

Un long silence s'ensuivit.

« Vous n'êtes pas bien », dit-il.

Elle ne jugea pas bon de répondre. Mais cela se voyait. Elle déclinait, de quelque obscure manière, depuis leur première rencontre, quoiqu'un élément nouveau fût récemment apparu. Quelque chose en elle paraissait l'entraîner vers une destination sur laquelle il n'avait aucune envie de s'interroger, et qui lui procurait un réel malaise.

Mais elle reprenait à présent la parole d'une voix ferme, comme pour faire oublier sa remarque. « J'ai pris contact avec votre Derek Godwin. Sur Internet. J'espère que vous n'y verrez pas d'inconvénient. Je lui ai dit que j'avais la chance de travailler avec vous, il faut que vous le sachiez. Et je lui ai aimablement demandé un échantillon de l'écriture de Farrow, en lui promettant, évidemment, de ne rien publier sur notre homme tant que son propre article ne serait pas sorti. Il s'est montré un peu méfiant, mais il m'a envoyé une photo – un gros plan d'un fragment constitué d'une seule phrase. Aaron, c'est la même écriture ! Ester Velasquez a écrit sous le nom de Thomas Farrow. Et si elle a menti à ce sujet, qu'y aurait-il d'étonnant à ce qu'elle ait menti à propos d'une pseudo-crise sabbatéenne à Florence ? Elle a inventé cette histoire de toutes pièces, croyez-moi », conclut-elle en se dressant à moitié sur sa chaise sous le coup de l'excitation.

Le scepticisme dut se lire sur le visage d'Aaron.

« Vous êtes surpris, Aaron Levy, par l'insensibilité de cette femme ? »

Il fut un instant déconcerté, ne sachant pas vraiment qui elle avait en tête.

« Si cela vous paraît invraisemblable, vous n'avez qu'à réfléchir, à penser, Aaron, à l'époque où vivait Ester Velasquez, au genre de personne qu'il lui a fallu être pour mettre sur le papier les idées hérétiques qu'elle semble avoir formulées sous le nom de Farrow. N'oubliez pas que la persécution religieuse faisait rage partout. La torture aussi. Même les juifs qui choisissaient d'abjurer leur foi devant l'Inquisition étaient anéantis – tout ce qu'ils se voyaient offrir en échange de leurs aveux, c'était le supplice censément moins douloureux du garrot, plutôt que le bûcher, encore que, après le garrot, leurs corps étaient jetés dans les flammes pour faire bonne mesure. La vie était semée de terreurs, les pires étant réservées aux athées. Il fallait un caractère sacrément trempé pour oser défier pareils dangers et remettre radicalement en question la croyance religieuse... qui plus est en la couchant noir sur blanc sur le papier. Vous comprenez bien qu'une telle personne ne pouvait être une “gentille fille”. »

Il n'avait rien à lui opposer. Helen avait toujours été une obsédée de la preuve. Et pourtant, à un moment ou à un autre au cours de ces derniers jours – ou peut-être peu à peu, durant les semaines qui avaient suivi leur défaite aux mains de Wilton –, son obsession l'avait quittée. Il remarqua, à cet instant, que son cardigan était boutonné de travers.

De manière très inconfortable, son regard était maintenant posé sur lui, plein d'attente.

Un bref coup de semonce sur l'ordinateur de Helen. Il se tourna vers l'écran avec gratitude.

À sa grande surprise s'affichait déjà la réponse au mail qu'ils venaient d'envoyer. Un hochement de tête de la part de Helen lui enjoignit de l'ouvrir.

De : Archives juives d'Amsterdam
Sujet : Lettre

Professeur Watt,

C'est un jour calme pour moi aujourd'hui, et je suis heureuse de pouvoir répondre sans tarder à votre demande. Nous détenons en effet la lettre que vous évoquez. Je l'ai scannée et vous l'ai mise en pièce jointe. N'hésitez pas à me faire savoir si vous avez besoin de renseignements complémentaires.

Dina Jacobowicz

Quatorze minutes depuis l'envoi du mail. Que soient bénies toutes les Patricia du monde, songea-t-il distraitement – qu'elles dorment du sommeil du juste, bureau bien rangé, conscience au repos. Il ouvrit le fichier, Helen toujours à ses côtés.

Elle était là, l'écriture familière d'Ester. Mais la voir sur un écran plutôt que sur un papier granuleux éveilla en lui une certaine affection ainsi que le désir de s'excuser, comme s'il voyait soudain une femme qu'il aurait aimée exposée dans la vitrine d'un musée, anesthésiée et hors d'atteinte.

Les lettres tracées à l'encre telles que reflétées sur l'écran étaient d'un marron passé, délavé. Il constata qu'elle avait recopié mot à mot les premières lignes de la lettre du rabbin à Aboab. Mais, dans le troisième paragraphe, elle avait omis les phrases où l'auteur témoignait de la compassion à son égard et garantissait qu'elle était une femme de valeur. Elle avait également omis la prière du rabbin demandant le pardon de Dieu pour ses péchés.

Aaron lut les mots qu'elle y avait substitués.

> Je n'ai pas dévié de mon chemin en dépit des inconstances du monde.

Le reste de la lettre, Ester l'avait fidèlement recopié.

Le rabbin avait donc bien essayé d'obtenir une dot pour Ester, et celle-ci avait rejeté le bénéfice de l'allusion flatteuse à sa personne.

Ne venait-il pas de reprocher à Helen de se livrer à des conjectures sans fondement ? Mais il se trouvait maintenant incapable de résister au désir de se représenter Ester Velasquez telle qu'il l'avait toujours voulue : une femme ardente, déterminée, fidèle à ses principes.

Helen plissait les yeux en regardant l'écran, apparemment vaincue par l'image en miniature de l'écriture d'Ester. Sans rien demander, Aaron cliqua sur la touche Impression.

Tandis que Helen sortait la page de l'imprimante, Aaron repensa, de manière totalement imprévisible, au seul fragment dont il se souvint de son cours de physique au lycée : l'histoire de Ludwig Boltzmann, moqué de ses détracteurs sa vie durant pour ses théories. Intransigeant jusqu'au bout, il avait demandé que son équation cinétique soit gravée sur son tombeau. À ce jour, l'équation était toujours là, sur sa pierre tombale... mais aussi dans chaque manuel de physique à travers le monde, pour la bonne raison que, comme Boltzmann l'avait toujours su, il avait raison et ne s'était jamais laissé intimider.

Ester avait dû posséder, elle aussi, cette sorte d'obstination. Ce qu'Aaron respectait en elle, tout en ne pouvant s'empêcher par ailleurs de maudire sa bêtise. Pourquoi cet attachement soudain à l'intégrité à un moment où pareille décision risquait de lui coûter la sécurité ? Peut-être que si elle avait effectivement essayé d'obtenir cette dot du dotar, elle n'aurait pas eu à épouser un homme riche qui allait lui interdire d'écrire.

Non pas qu'un mari du XVIIe siècle, quel qu'il soit, le lui aurait permis.

Son portable sonna. Tournant le dos à Helen, il l'extirpa de sa sacoche et répondit. La voix anglaise le laissa perplexe.

« Anne Fielding, répéta-t-elle. Du bureau des archives de Richmond.

– Ah oui ! Bien sûr », dit-il, mais un peu tard.

La voix timide et pleine d'espoir avec laquelle elle l'avait d'abord salué s'éteignit aussitôt, remplacée par celle de l'employée diligente et efficace.

« Ester HaLevy est morte en 1691, l'informa-t-elle. Le registre donne la date du 13 juin, cause de la mort : une fièvre.

– Merci, dit-il lentement.

– Je vous en prie.
– Des enfants ? songea-t-il à demander.
– Aucun, d'après nos registres. »
Il en ressentit une déception qu'il aurait eu du mal à expliquer.
Helen avait cessé de lire pour écouter. Il réussit à prononcer un autre « Merci ».
Devinant son état d'esprit, Anne adopta un ton déférent.
« Je suppose que son mari lui a survécu. Mais je n'ai pas réussi pour l'instant à retrouver la date du décès de Manuel HaLevy. Nos registres s'interrompent sur une période de trois ans et demi, de 1694 à 1697, en raison d'un dégât des eaux intervenu au cours des années 1920 dans le bâtiment qui les abritait. Je ne peux donc vous renseigner sur ce qui s'est passé dans l'intervalle. Mais autant que je sache, il n'y a pas eu d'héritiers. La maison a été vendue en 1698.
– Merci, merci infiniment, dit Aaron. Vous avez été formidable. Vraiment. Je suis..., il hésita, ne sachant comment formuler sa pensée. Vous avez été formidable », répéta-t-il piteusement.
Il entendit distinctement Anne prendre une longue inspiration, puis hésiter un instant. « Voulez-vous que je fasse des recherches sur quelques années supplémentaires ? demanda-t-elle. Je peux essayer de voir si je trouve d'autres mentions concernant les HaLevy... ou peut-être les gens qui ont occupé la maison après eux. »
Il pressa la main à plat sur le bureau de Helen, regardant ses doigts se déployer. Il commençait à soupçonner qu'Aaron Levy avait plus d'un côté pitoyable et que cette médiocrité était pour une bonne part impossible à racheter. Mais il se sentit l'envie soudaine de ne pas donner de fausses idées à Anne Fielding – au moins ça. « Oui, je vous en serais très reconnaissant, dit-il avec tout le détachement dont il était capable. Je vous rappelle la semaine prochaine pour faire le point. Ma petite amie est à Londres en ce moment. »
Il eut un pincement au cœur en entendant Anne retenir son souffle ; puis elle dit, avec la remarquable dignité d'une fille qui maîtrisait depuis longtemps l'art de se relever de ce genre de déception : « J'attends donc de vos nouvelles. »
Il raccrocha et se tourna vers Helen, qui le regardait d'un air sceptique.
Il répondit à sa question non formulée avec un mouvement d'humeur. « Non, je n'ai pas de petite amie. Ester est morte en 1691, enchaîna-t-il immédiatement pour couper court. Apparemment sans enfants, si l'on en croit les archives existantes. Donc, voilà. Elle a vécu vingt-six ans après avoir écrit les derniers documents retrouvés sous l'escalier. » Il gratta une petite entaille dans le bois du bureau.
« Et pas de mystère quant à la raison pour laquelle elle a cessé d'écrire, j'imagine. Avec un Manuel HaLevy en guise d'époux. Comment l'avait

décrit Ester, déjà ? *Un homme capable de se servir d'un recueil de poèmes pour essuyer ses bottes.*

– Oui, dit Helen doucement. Le mariage aura signifié qu'elle mettait sa plume à la retraite. Je suppose que son état d'esprit n'a pas changé et qu'elle n'est pas non plus tombée amoureuse de lui. Je suppose qu'elle s'est mariée pour survivre, une fois privée de tout moyen de subsistance après la mort du rabbin.

– Nous ne le saurons jamais, n'est-ce pas ? dit-il en se tournant vers la fenêtre. Même si l'on fait procéder à une expertise graphologique pour confirmer que Thomas Farrow était bien Ester Velasquez, il reste que j'ai vu dans le résumé de son article que Godwin n'a rien de la plume de Farrow après l'année 1666. »

Un printemps de liberté intellectuelle, un sursaut de conscience, une mort paisible. Telle était l'histoire d'Ester dans son entier. Et elle éveillait en lui une pitié mêlée d'un sentiment tenace d'échec.

Toujours debout, il laissa ses doigts s'égarer vers son ordinateur portable, ouvert au bord du bureau de Helen. Un joueur qui lance inutilement sa bille sur le plateau de la roulette... oui, c'était bien à cela qu'il ressemblait. Fébrilement, machinalement, il bascula sur sa boîte mail. Et là, comme une mauvaise plaisanterie à ses dépens, se trouvait un seul nouveau message. Tout en fixant l'écran des yeux, il se dit que la nouvelle de la mort d'Ester Velasquez avait dû appeler celle-ci également, la faisant surgir du vide laissé par ce qui avait été florissant un jour et qui était désormais perdu. Ce qui était revenu vers lui, annoncé par deux jeunes Patricia en guise de figures de proue, c'étaient les morceaux d'épave résultant du naufrage de tout ce à quoi il s'était autrefois consacré.

De : Marisa Herz
Sujet : Assieds-toi

Il obéit, se laissant tomber sur la chaise devant le bureau de Helen et attirant à lui son portable.

Aaron,

Tout d'abord, mes excuses pour avoir coupé les ponts de manière aussi brutale un peu plus tôt dans l'année. J'imagine que la chose a dû te paraître bizarre.

Je sais que le choc va être rude, mais je ne voulais pas t'impliquer dans cette histoire avant d'être absolument certaine de ma décision. J'attends un enfant. Et, oui, c'est toi le père.

Au temps pour la fiabilité des moyens de contraception.

Je suis passée par diverses phases de panique et de déni, avant de faire mon choix. C'était en fait très clair pour moi dès le départ, mais j'ai pensé préférable de me donner le temps de la réflexion avant de me rallier à ma décision finale, au cas où il se serait agi d'une crise hormonale.

Je vais m'installer ici et mettre en place les moyens nécessaires pour accoucher. Je ferai tout par moi-même. Pour l'instant, je m'occupe du côté pratique : argent, boulot, garde d'enfants. Je crois que ça va marcher. Et même si ça ne marche pas, on fera avec, si tu vois ce que je veux dire.

Il va falloir que tu réfléchisses un peu de ton côté à présent. Je n'ai aucune intention de me marier, ni avec toi ni avec un autre. Je ne t'invite pas non plus à vivre avec nous. Mais si tu veux faire la connaissance de ta fille, tu peux. Fais-moi savoir ce que tu penses faire. Si tu ne veux pas entendre parler d'elle, alors restons-en là et coupons tout contact pour de bon. C'est *ma* décision, et j'en assume la pleine responsabilité. Contente-toi de m'envoyer un résumé de tes antécédents médicaux ou quelque chose du genre, au cas où elle développerait certaines bizarreries – ce qui me permettra de lui dire que c'est à toi qu'elle les doit.

Désolée si mes plaisanteries paraissent déplacées. Je suis là-dessus depuis un moment maintenant. Toi, tu viens seulement de commencer à encaisser, et je me montre sans doute trop frontale. Ça m'arrive, parfois. Mais je me connais, et je sais que je suis incapable de prendre en compte tes sentiments pendant que je m'occupe de moi et que je m'applique à bâtir une vie que j'espère décente pour la petite. Bref, fais-moi savoir la solution que tu auras retenue, mais ne t'attends pas à ce que je t'assiste en quoi que ce soit dans tes délibérations.

Tu es un type bien, Aaron Levy, en dépit de tes efforts pour convaincre les gens que tu n'es qu'un connard arrogant. Ne crois pas que je ne vois pas clair en toi. Cette petite fille et moi avons une longue route devant nous. Je ne suis pas fâchée que tu sois son père.

Marisa

Ce fut seulement quand il arriva à la fin du message qu'il prit conscience du fait qu'à un moment au cours de sa lecture un son lui avait échappé. Un « Oh » prolongé, à lui couper le souffle. On en entendait encore l'écho dans le silence du bureau.

Helen parut d'abord ne rien avoir remarqué. Elle était à nouveau sur son ordinateur, en train de murmurer : « L'archiviste d'Amsterdam nous envoie deux ou trois autres documents, tout ce qu'elle a trouvé sur HaCoen Mendes ou Ester Velasquez... » Elle s'interrompit.

« Je vais tout imprimer pour qu'on puisse le parcourir plus tard, d'accord ? »

Il n'avait toujours pas levé les yeux de son écran.

Il entendit des pages sortir de l'imprimante, mais Helen ne fit pas un geste pour les récupérer.

« Ça va ? » lui demanda-t-elle.

Il ne la regarda pas.

« Non, de toute évidence ça ne va pas. »

Il eut un haussement d'épaules peu convaincu. Il se tourna lentement vers elle. Essaya de se concentrer sur son visage, mais c'était au-dessus de ses forces. Son regard s'arrêta au niveau de son menton.

« Vous avez besoin d'un moment ? » demanda-t-elle vivement, mais même à travers le voile qui semblait avoir enveloppé tous ses sens, il sentit qu'elle aurait voulu demander ce qui n'allait pas, sans savoir comment s'y prendre.

« Je vais vous laisser, dit-elle en se levant.

– Non, ne partez pas. »

Elle s'exécuta. Elle resta debout, appuyée sur sa canne. Il constata qu'elle n'avait pas idée de ce qu'elle pourrait faire de sa personne. Il lui avait demandé de rester. Rester et se rasseoir ? Rester et lui murmurer quelques paroles de réconfort ? Par deux fois, elle ouvrit la bouche comme prête à parler, avant de se raviser. Au bout d'un moment, elle s'assit.

Lui restait muet.

Elle joua avec la poignée de sa canne, la calant dans le creux de sa main à plusieurs reprises comme si elle soupesait un objet que soudain elle ne reconnaissait plus. Aaron, qui la regardait d'un œil vide, surprit son propre reflet dans le verre de la pendule qui se trouvait sur le côté du bureau. Même brouillé, ce dernier révélait une vérité impossible à cacher. Un instant, il vit son visage, comme d'autres pouvaient le voir. Et s'efforça, à la place, de s'imaginer tel qu'il aurait voulu être : un homme avançant dans la vie en conformité avec les règles, fort de sa compréhension des choses essentielles. Irréductible, d'une seule pièce, insécable. Qui méritait un enfant.

La distance entre lui et cet homme était si grande qu'elle en était infranchissable.

Il s'obligea à respirer calmement et à regarder la fine petite aiguille dorée parcourir le cadran de la pendule et son visage à lui. Animée de ses pulsations infinitésimales, elle traversa encore une fois le reflet d'Aaron, puis une autre, pareille à quelque créature innocente et prophétique, consciente de ce dont il était capable, mais gardant ses opinions pour elle.

24

25 juillet 1665
13 Av 5425
Londres

Les cloches qui bourdonnent. Jour et nuit, les églises saluent le départ d'un fidèle, chaque carillon ralentissant le sang qui coule dans les veines de la ville. Parfois, la moitié de la nuit se passe sans que se fasse entendre le glas ; puis un coup sourd ébranle l'air, suivi d'un silence, suffisamment long pour prendre une inspiration, le temps que la cloche revienne sur elle-même pour se remettre à résonner. Parfois aussi, les coups arrivent immédiatement les uns à la suite des autres, avant que les bras invisibles qui tirent sur la corde du beffroi abandonnent leurs efforts, laissant chaque son s'affaiblir puis s'évanouir. Six fois dans l'heure. Ou davantage.

Dans la journée, les vitres des da Costa Mendes s'embuent sous l'effet de la chaleur. Mary, émergeant en sursaut d'une torpeur prolongée à côté de la fenêtre de devant, fait le tour de la maison en titubant et ouvre toutes grandes les fenêtres – sa rage soudaine pareille à une marée emportant avec elle les autres membres de la maisonnée. Ester la suit sans un mot. De même que Rivka, dont les talons résonnent sur le parquet tandis que, sévère, elle referme bruyamment les fenêtres l'une après l'autre. Bang, bang. « Les miasmes de la peste sont portés par l'air ambiant ! » crie-t-elle à Mary, mais celle-ci a déjà gagné le deuxième étage, où elle se jette de tout son long sur son lit défait et insulte Rivka en castillan dans des termes qui obligent Ester à intervenir en appelant son nom. Faisant comme si elle n'avait rien entendu, Mary roule sur le dos et assène une grêle de coups sur son ventre en l'injuriant en anglais : « Immonde enflure ! »

Quinze jours déjà qu'Ester n'aurait parlé à personne, en dehors de Rivka et Mary ? Davantage ? Les rares passants pressent le pas en voyant la croix sur leur porte. Le signe tracé par Bescós les a mises à l'écart, sans qu'elles sachent s'il les protège ou les met au contraire en danger.

Au fil de ces jours de réclusion, l'énervement de Mary s'exacerbe. Un jour, tandis qu'elle fait sa toilette devant sa cuvette – tâche qu'elle accomplit avec irritation tant son ventre la gêne dans ses mouvements –, elle s'en prend à Ester : « Comment peux-tu supporter de rester enfermée dans cette cage ? lui crie-t-elle, le visage dégoulinant d'une eau qu'elle ne se donne pas la peine d'essuyer. Tu n'as pas besoin d'*air* ? »

Ester la regarde en plissant les yeux. Comment lui expliquer qu'elle n'a besoin que de rester ici à rêvasser, que c'est le monde du dehors qui lui donne le vertige ? La peste, le glas, le rabbin, John. Autant de pensées douloureuses, insupportables.

Mary secoue violemment la tête, répandant des gouttelettes autour d'elle, ses cheveux se déployant en éventail comme la crinière de quelque animal sauvage. Puis elle s'arrête, se penche en avant, et s'appuie des deux mains sur la coiffeuse. Elle regarde Ester dans la glace, les cheveux fins sur ses tempes plaqués sur la peau pâle. « Tu es heureuse de te cacher ici, hein ? » l'accuse-t-elle.

C'est vrai. Ester est restée un long moment dans son lit ce matin, ses pensées décrivant une grande courbe circonspecte comme si elles côtoyaient un précipice. La tête posée sur l'oreiller, elle a essayé d'échafauder une argumentation logique, qui commençait ainsi : l'amour est source de souffrance.

Pourquoi est-il source de souffrance ?

Parce qu'il dépend d'une autre personne. Parce qu'il ne se suffit pas à lui-même et ne peut en conséquence être contenu dans un seul et même être.

Elle s'est trouvée incapable de poursuivre plus loin sa tentative. Cette capacité qu'elle avait jusqu'à une date récente à imposer les lignes strictes du raisonnement logique à un monde en déséquilibre a alors semblé la fuir.

« Ester, si John t'a rejetée, dit Mary en cherchant les yeux d'Ester dans la glace, est-ce si grave ? » Elle fait des efforts manifestes pour trouver des paroles de réconfort, mais ce n'est pas là son fort. « Il n'a jamais été bien vif, si ? Moi, je le trouvais ennuyeux ! poursuit-elle, le visage assombri. Tu pourras toujours en trouver un autre, toi. Pas comme moi. Mais, ajoute-t-elle, ôtant les mains de la coiffeuse pour se les plaquer sur le ventre, Thomas nous acceptera, lui. » Avant qu'Ester ait le temps de répondre, Mary a déjà quitté la pièce, se heurtant dans sa hâte à Rivka qui monte au deuxième étage, les bras chargés de linge repassé.

Elles ont beau être à l'abri de la suie et de la saleté de la ville, Rivka s'astreint à une stricte routine de travaux domestiques, à laquelle elle contraint Ester, ignorant Mary jugée irrécupérable dans ce domaine. Pour tout dire, les beaux objets qui ornent la maison semblent exercer sur elle une sorte de fascination. Il arrive à Ester de la surprendre en train de caresser du doigt une broderie ; de sabler le fer à repasser pour le nettoyer encore une fois ; d'ajouter de l'indigo à l'amidon pour donner un blanc encore plus pur au linge d'une maison dont elle n'apprécie ni ne respecte les propriétaires. Cela étant, elle semble considérer les biens de la famille da Costa Mendes comme exempts des péchés de leurs propriétaires. Et tandis que Mary arpente la maison, tantôt se parlant plaisamment à elle-même, tantôt ressassant les répliques d'une dispute – « Je refuse d'être ta catin », ou bien, avec un mépris douloureux, « Tu parles d'un individu ! » –, Ester descend l'escalier pour aller travailler aux côtés de Rivka. Pour une fois, elle est reconnaissante de l'oubli que procurent les tâches ménagères, qui obligent son corps à battre et à tordre à un rythme oblitérant toute réflexion. Ces mêmes corvées qu'elle détestait parce qu'elles l'arrachaient à ses chères études sont à présent les bienvenues – et qu'était-ce donc, après tout, ce qu'elle avait tant chéri dans sa capacité à penser ? Quel désir avait-elle bien pu avoir des grandes perspectives que lui ouvrait son esprit, quand il était le lieu de terribles pensées, ou – pire encore, à présent – d'une vaste étendue déserte et sans relief ? Les papiers qu'elle a transportés avec tant de soin depuis chez le rabbin sont toujours intacts sous son matelas. Elle a peur de les sortir, comme s'ils devaient l'accuser de crimes qu'elle ne serait pas en mesure de nier.

Rivka insiste pour être seule à sortir, prétendant qu'elle ne peut pas tomber victime de la peste, car elle a été sujette à tant de maladies infantiles jadis dans son village de Galice qu'elles ont fini par renforcer la résistance de ses humeurs à l'infection. Mary se moque de ce genre de raisonnement, se plaignant à Ester du fait que Rivka ne quête, en réalité, que la liberté d'aller et venir à sa guise. Mais la servante semble avoir toute confiance dans sa théorie, et il lui arrive souvent de se glisser dehors tard dans la journée pour aller faire des courses et rentrer juste avant le couvre-feu.

Un soir, peu de temps après le retour de Rivka, l'attention d'Ester est attirée par une voix d'homme dans la rue. Elle est en train de coudre dans la lumière déclinante qui tombe de la fenêtre du rez-de-chaussée, reprenant une petite déchirure dans la couture d'un drap, les doigts raides d'avoir longtemps tenu l'aiguille. Le glas vient de sonner déjà trois fois au cours de la dernière heure écoulée.

« Mais qu'est-ce que je vois ! Ah, ces juives sont les reines de la cautèle ! »

C'est la voix de Bescós. Ester se lève, lâche son raccommodage sur la table.

« Vous vous êtes multipliées. »

Il est debout dans la rue, devant la fenêtre, beaucoup trop près. Son visage est tendu ; ses yeux levés vers la fenêtre se fixent sur elle.

Il paraît plus maigre, et quelque chose dans son expression a changé. En dépit de la peur qui l'étreint, une étrange pensée vient à Ester : il est en danger.

Mais l'idée est vite chassée par la voix rauque de Mary qui ouvre brutalement une fenêtre à l'étage et crie : « C'est vrai. J'ai maintenant des amis avec moi. »

Bescós recule d'un pas et s'abrite les yeux en les levant vers elle. Puis il rit, un rire prolongé qui lui laisse le temps de choisir l'homme qu'il veut être. Au bout d'un moment, Ester voit qu'il a pris sa décision.

Il n'y a pas d'autres passants. Les volets sont maintenant fermés dans toutes les habitations alentour, autant d'yeux scellés par la peste.

« C'est donc là ta nouvelle famille ? lance-t-il à Mary.

– Et alors, en quoi cela vous concerne-t-il si je ne suis plus seule ? rétorque-t-elle.

– Simple curiosité de ma part. Laquelle de vous deux est la tenancière de ce bordel ? Je serais tenté de dire celle aux cheveux argentés, poursuit-il, les yeux toujours rivés sur Mary, mais avec un geste en direction de la fenêtre derrière laquelle se tient Ester. Mais, à en juger par les vers que Thomas a réussi à tirer du nez de John, elle se serait plutôt mise à vendre sa propre marchandise, la maligne. Ou qui sait, ajoute-t-il en remuant la tête d'un air déçu, à l'offrir pour rien. »

Abruptement, il se retourne et donne un grand coup du plat de la main sur le mur. Ester sursaute, son cœur cognant violemment dans sa poitrine. Derrière elle, elle entend le hoquet de surprise de Rivka. Bescós est à nouveau en train de rire ; il a deviné, même depuis l'extérieur, à quel point les pièces sonnent vides dans la maison.

« Quelle bêtise chez certaines femmes, dit-il l'air songeur, parlant lentement à présent, que de donner gratuitement le seul bien monnayable qu'elles possèdent. Mais à moins que vous ayez là-haut quelques juives que je ne connaîtrais pas encore, ce doit être la chauve la maîtresse des lieux. »

Ester se retourne en entendant derrière elle Rivka qui retient son souffle. La servante est là, un paquet à moitié défait dans la main.

« Vous auriez pu trouver mieux pour attirer le chaland, continue Bescós. Les catins sont acceptables, mais leur gardienne aurait grandement besoin d'une perruque. »

Si Ester a jamais cru Rivka imperméable aux blessures, elle est détrompée par le bruit de ses pas qui s'éloignent en direction de l'office. Un moment plus tard résonne le bruit mat d'un pilon dans son mortier.

Bescós s'approche de la fenêtre d'Ester. Celle-ci recule de deux pas, puis trois, dans la pénombre de la pièce. Mais il s'adresse à elle calmement à travers les carreaux, comme s'il lui communiquait une nouvelle anodine. Prononcées d'une voix basse, ses paroles lui sont exclusivement destinées.

« Mary croit qu'elle va couver la fortune de son père comme un oiseau et déposer son chiard dans un nid d'argent. Mais vous, l'argent ne vous intéresse pas, je me trompe ? »

Elle ne répond pas.

« Dites-moi, il y a assez de livres pour vous ici ? Assez d'hérésies spirituelles et corporelles ? Une fille contre nature a non seulement besoin d'être "servie" par un homme mais doit disposer d'une bibliothèque entière pour apaiser ses appétits débridés. Tandis qu'une vraie jeune fille... »

Il s'arrête, et donne un instant l'impression d'être pris de vertige, assailli par le doute. Puis il continue, comme s'il ne s'était pas interrompu. « ... n'a besoin que de trouver où placer sa confiance. Et de demeurer pure. »

Ester a soudain l'étrange certitude qu'elle est morte, sa « demoiselle de qualité », l'amour dont il rêvait, son union avec elle empêchée pendant un temps par un père inflexible... et, songe-t-elle, désormais impossible à jamais.

À travers les vitres de la fenêtre à meneaux, Bescós a l'air d'un homme fait de petits carreaux assemblés, disposés les uns à côté des autres de manière à former une figure humaine. C'est comme s'il s'était scindé en plusieurs fragments, à l'image de cette ville, chaque section fermée à l'autre. Tandis qu'Ester le regarde, il ferme les yeux, comme épuisé, et les garde clos. Puis il les rouvre sur la rue. Elle a l'impression d'assister au réveil de quelqu'un qui sortirait d'un rêve pour se retrouver dans un paysage impitoyable et chercherait un moyen de le traverser sans trop de difficultés. *Bon, si c'est cela, le monde...*

Avec un sursaut, elle s'aperçoit que c'est comme si elle assistait à son propre réveil à la sortie d'un rêve.

Maintenant encadré dans la fenêtre, Bescós s'arc-boute d'un bras sur le haut du chambranle et parle lentement à travers la vitre. « À en croire Thomas, John a l'air malade à la seule mention de votre nom. Vos appétits ont eu raison de notre pauvre John, pas vrai ? Mais en essayant de prouver votre valeur, vous la réfutez. Car il n'y a qu'une seule sorte de femme vraie, toutes les autres sont repoussantes. »

Ester sent ses membres s'engourdir. Un vers extrait d'un sonnet, lu un jour dans un volume qu'elle a feuilleté à l'étal d'un libraire, lui revient en mémoire. *Aussitôt assouvi, aussitôt méprisé*[1].

D'en haut parvient le bruit du bois raclant sur le métal, et un liquide répugnant se déverse sur le pavé à côté de Bescós. Mary a vidé un seau depuis sa fenêtre – urine ou eau sale, ou peut-être simplement eau de lessive. Bescós a failli être aspergé, mais n'a reçu que quelques éclaboussures sur sa botte et le bas de sa jambe.

1. Shakespeare, *Sonnet 129*. (N.d.T.)

Il s'est écarté d'un bond avec un cri, et il reste un long moment à secouer la jambe, comme terrorisé par la saleté. Dans sa panique, il apparaît au bord des larmes. Le spectacle pourrait être comique, si ce n'est l'impression qu'a Ester de n'avoir jamais assisté à rien de plus dangereux, et elle a envie de rentrer sous terre en entendant Mary rire à gorge déployée au-dessus d'elle.

Puis le calme semble revenir. Le sourire matois qu'arborait Bescós un peu plus tôt a disparu. Il se penche maintenant vers la fenêtre d'Ester, l'air sombre. Donne un coup sec sur le verre avec sa chevalière, si fort qu'elle a peur de le voir se briser. Puis s'éloigne.

Ester entend dans son dos la voix de Rivka, basse et calme comme une respiration. « Il va rameuter une bande et revenir », dit-elle.

Ester se retourne.

« Il en a assez d'attendre ce qu'il convoite, c'est clair, reprend Rivka. Ça commence toujours comme ça, tous les malheurs du monde. Voilà ce qu'il veut, ajoute-t-elle en désignant, un torchon à la main, l'argenterie et les tapisseries des da Costa Mendes.

– Je crois que ce que veut Esteban Bescós n'est plus de ce monde », dit Ester en secouant la tête.

Mais Rivka se contente de fermer les yeux et de se tapoter doucement les paupières avec deux gros doigts, une caresse pourtant. « J'ai vu, moi, dit-elle en rouvrant les yeux. Je connais. »

Ester reprend son raccommodage. Quelle différence qu'il soit mené par l'amour de l'argent ou celui de sa jeune aimée disparue ?

Si ce n'est que la soif d'argent peut, elle, être assouvie.

Il se passe plusieurs jours avant que Rivka s'aventure à nouveau dehors, et elle reste absente des heures. Elle a fait trois boulangeries avant de finir par en trouver une qui n'a pas encore été fermée, sinon à cause des décès du moins à cause des rats – car depuis qu'on a exterminé les chats, les rats se sont multipliés par milliers, les réserves sont pillées chaque nuit, et aucun réapprovisionnement n'arrive de la campagne environnante pour meubler les rayons des magasins. Rivka ne raconte pas ce dont elle a été témoin au cours de ses pérégrinations, mais tandis qu'elle empile six miches sur l'étagère, elle dit doucement : « À présent, cette ville comprend. »

Ester, qui est en train de rincer du beurre, lève les yeux vers la servante et lit sur son visage une résignation chagrinée ; elle se rend compte alors qu'elle a enfin pardonné à Londres et adopté la ville.

Elles tranchent le pain et le tartinent d'une épaisse couche de beurre, ce qui est leur ordinaire à présent pour le repas de midi, car même Rivka ne supporte plus d'allumer un feu dans la chaleur étouffante de la journée. Mais quand elles appellent Mary pour qu'elle les rejoigne, elle ne répond pas.

Elles fouillent partout, appelant son nom d'une voix plaintive dans la cave, le grenier, le jardin. Elle a disparu.

Au fil des heures, sans l'agitation bruyante de Mary, le silence semble enfler, jusqu'à emplir toute la maison d'un calme effrayant que Rivka et Ester ne peuvent briser qu'en parlant à voix basse.

À la tombée de la nuit, la porte d'entrée s'entrouvre. Rivka, qui attend à côté d'Ester sur les coussins raides du salon qu'elle s'autorise rarement, bondit de son siège et se saisit du bras de Mary, refermant la porte du pied derrière elle.

« Mais où étiez-vous ?

– Ça ne te regarde pas ! » s'écrie Mary en se débattant avec fureur.

Ester voit que, de manière à couvrir son ventre lors de sa sortie, Mary a transformé une jupe en se servant d'un morceau de tissu maladroitement découpé dans un de ses draps de lit. Elle a les joues rouges, les yeux brillants, en contraste marqué avec l'air éteint qu'elle affiche depuis plusieurs semaines. Cette sortie lui a manifestement fait du bien.

« C'est moi qui fais les courses dans cette maison, dit Rivka, son accent plus prononcé sous le coup de l'émotion et ses paroles à peine intelligibles. Pas vous. Vous auriez dû me demander. »

Mary, qui lutte en vain pour libérer son bras, parle avec un dédain longtemps réprimé. « Tu es une menteuse ! Une... une créature avide ! Mais regarde-toi ! » Sur son visage s'étale une vérité qu'Ester n'a jamais devinée jusqu'ici : ce dont Mary a le plus horreur, c'est la laideur. Toute sa vie, la beauté a été son idéal, son refuge le plus sûr. Mais elle est désormais privée de toute protection. Elle est debout là, le ventre proéminent, négligée de tous. Face à une Rivka qui s'apparente pour elle à une créature surgie de son pire cauchemar.

Pourtant cette dernière rit devant cette sortie, et Ester est heureuse de constater que Mary ne parvient pas à la blesser.

« Tu prends toute la liberté pour toi seule ! reprend Mary. Ou plutôt non, tout ce que tu veux, c'est échapper à cet enfer. C'est pour ça que tu tiens tant à faire les courses ! C'est parce que tu veux mourir. »

Sans crier gare, Rivka saisit Mary par l'autre épaule et la secoue violemment, si bien que celle-ci perd l'équilibre et ne reste sur ses pieds que parce que Rivka ne relâche pas sa prise.

Le silence s'installe un moment dans la pièce, le visage de Mary défait par l'incrédulité.

Rivka la lâche enfin. « Restez dans la maison, dit-elle. Si vous ne le faites pas pour vous-même, faites-le au moins pour le bébé. »

Mary se frotte le bras, en accablant Rivka d'insultes incohérentes. Mais cette dernière se dirige déjà vers l'escalier.

Quelques minutes plus tard, tout en se goinfrant de tartines beurrées, Mary s'adresse à Ester comme s'il ne s'était rien passé. « Tout n'est qu'horreur et saleté dans les rues, Ester. Il y a des gens qui se lamentent comme... comme des fantômes, mais en plus fort. Comme s'ils avaient perdu l'esprit. » Elle cesse brutalement de mastiquer, comme au souvenir d'un épisode particulièrement pénible. Puis elle se remet à manger, et c'est tout juste si Ester ne voit pas l'énergie monter de son ventre, une faim irrépressible de pain, d'eau, de vie. « J'ai dû courir quand j'ai croisé les unes après les autres une douzaine de charrettes pour ne pas avoir à regarder les corps entassés, le spectacle de la première m'avait amplement suffi. Il m'a fallu des heures pour trouver quelqu'un qui accepte d'envoyer ma lettre à Thomas. Et puis cette canaille l'a abîmée en versant du vinaigre dessus pour qu'elle ne répande pas la maladie. Je lui ai juré que je n'étais pas atteinte, mais il n'a rien voulu savoir. Maintenant Thomas va croire que je pue. »

Larmes adorables que celles qui gonflent ses yeux ! Ester regarde, fascinée. Se peut-il vraiment que Mary se soucie encore de ce genre de détail ?

« Pourquoi lui as-tu écrit ? demande-t-elle.

– Je veux qu'il sache, dit Mary d'un ton fier, tout en essuyant ses larmes, que je suis toujours en vie. Et que je vais le rejoindre dès que j'aurai réussi à me procurer un permis de circuler. Même s'il me méprise. Il ne me méprisera plus quand j'aurai donné naissance à l'enfant. »

Du regard, elle défie Ester de la contredire.

Le silence est rompu par le glas d'une cloche dans le lointain. Mary veut l'ignorer et se mord le pouce. Quand l'écho s'est tu, elle boit une gorgée de bière. « Te souviens-tu, dit-elle à Ester, de ce jour, chez la couturière, où tu m'as demandé si notre volonté avait le pouvoir de changer quoi que ce soit à nos vies ? Et quand je t'ai répondu que, moi, je choisissais d'être ce que je suis ? »

Ester hoche la tête, l'air hésitante.

Les doigts de Mary dessinent des cercles autour d'elle : un geste qui englobe la maison désertée, son corps déformé. Elle parle d'une voix de fausset, le visage défait par l'émotion.

« Et pourtant j'ai choisi ça. C'est donc que j'étais une pauvre idiote.

– Non, dit Ester. C'est moi qui me suis montrée stupide. Ce que j'ai essayé de te dire c'est qu'on pouvait se passer d'amour. Que l'on pouvait vivre sans en être affecté. »

Mais Mary secoue la tête. Les larmes inondent ses joues à présent. « Est-ce que j'ai tout gâché, Ester ? Dis-moi la vérité. »

Ester hésite à répondre. Quelles paroles de consolation a-t-elle à offrir, quand, en cet instant même, elle se revoit sur le seuil de la maison du rabbin, en train de regarder le carrosse de John s'éloigner et d'écouter s'éteindre le bruit des roues dans la rue ?

Elle ferme les yeux, imagine des doigts effilés sur le clavier de l'épinette, des cheveux foncés semés de fils d'argent, et entend les mots de sa grand-mère. Elle les murmure alors à Mary. « C'est la forme même du monde qui a voulu cela. » Puis, comme elle le ferait pour apaiser un animal effrayé, elle pose une main hésitante sur les cheveux de Mary et les caresse.

Quand Mary s'écarte enfin, le glas a encore sonné par deux fois. Elle s'essuie le visage. Puis se lève vivement. Elle a retrouvé contenance. « Thomas me prendra avec lui, c'est sûr », déclare-t-elle. Elle tourne les talons et quitte la cuisine, emportant avec elle un quignon de pain beurré.

Restée seule, Ester écoute Mary se déplacer à l'étage. Il y a chez son amie un appétit de vivre qu'elle-même ne parvient plus à mobiliser. Elle se dit : de nous toutes, c'est Mary qui survivra.

Mais deux jours plus tard, la sueur s'écoule en fines rigoles sur les joues de Mary alors qu'elle est en train de se coiffer, et elle répond sèchement à Rivka et à Ester, quand celles-ci l'appellent pour le dîner, avant de se mettre finalement au lit, pantelante. La fièvre qu'elle a rapportée avec elle de son escapade la secoue de frissons et trempe son matelas ; bientôt, elle se débarrasse de sa combinaison et de ses sous-vêtements, et reste nue sur son lit à geindre, incapable de supporter le moindre contact sur son corps. Elle étale les mains sur son ventre tendu comme si elle l'auscultait, effleurant de temps à autre la toison sombre en dessous, qui se détache sur la peau pâle comme le coup de pinceau de quelque tendresse oubliée. Ester, à qui Rivka a interdit dans les termes les plus pressants d'approcher davantage, se tient au pied du lit ou apporte ce dont la servante a besoin, tandis que celle-ci lave le corps de la malade, change les draps trempés, dépose des linges frais sur les petits frisottis à la base de sa nuque, pendant que Mary pleure et se tortille sur le lit. Elle jure de se venger de Thomas, maudit ses parties génitales à coups d'épithètes inconnues d'Ester jusqu'ici, puis en reparle en termes si tendres qu'Ester en rougit et que Rivka en ferme les yeux, avant de battre en retraite dans le jardin, où elle fait ployer les buissons en fleur sous des seaux entiers de vomi. Son joli visage semé de taches rouges, là où le sang dessine une toile d'araignée sous la peau, Mary en appelle, d'abord en anglais puis en portugais, à l'amour de Thomas pour ce fils qu'elle porte. Et une fois, elles l'entendent appeler, d'une voix douce et pleine de remords, *« Mamãe »*.

Elle est certaine maintenant que le bébé est un fils. Elle sait qu'il aura des yeux marron foncé. Un rire joyeux, et une voix faite pour le chant. Allongée seule sur son lit, les mains plaquées sur son ventre ou agrippées aux draps, elle l'entend chanter, *durme, durme*, et elle appelle son père, car elle est certaine qu'il serait stupéfait de constater à quel point la voix de son petit-fils est claire et mélodieuse. « Écoute, lui dit-elle. Écoute, je t'en prie. » Puis elle-même retombe dans le silence, pour prêter une oreille plus attentive.

Dehors, le ciel est encapuchonné et silencieux. Une cloche quelque part dans la ville résonne pour annoncer une autre mort, tandis qu'elles conduisent jusqu'à la fosse commune de Hand Alley le corps de Mary, chargé sur une charrette pour laquelle elles ont déboursé une somme qui aurait suffi à l'entretien d'une maison pendant huit jours. Quand elles abaissent la ridelle pour faire glisser le corps, Ester s'interdit de regarder les autres cadavres. Elle garde les yeux fixés sur l'ovale pâle du visage de Mary. Sur ses boucles noires et lustrées, que la chaux ternit bientôt en les recouvrant.

Plus tard, une fois qu'elles ont retrouvé l'abri de la maison, le glas résonne encore, mais sans plus s'arrêter cette fois-ci, et toute la nuit, puis le jour qui suit, elles entendent les cloches, qui jusque-là égrenaient les morts, les annoncer maintenant en un bourdon ininterrompu et lugubre. Un véritable torrent. La cloche sonne ce jour-là jusqu'à se rompre, et les morts se déversent dans la terre sans recevoir le dernier salut des vivants.

Trois jours plus tard, Ester est en train de trancher du pain pour leur repas de midi. Elle est incommodée par la chaleur, et le couteau est lourd dans sa main, mais elle insiste, pensant que la lame est peut-être émoussée. La croûte épaisse semble pourtant résister, la lame glisse, et elle est prise de vertige. Elle se rattrape au bord de la table, et quand elle lève la main à sa nuque, elle sent une petite boule douloureuse.

Rivka est occupée à repasser des draps dans le salon. Tandis qu'Ester quitte la cuisine pour lui dire ce qui lui arrive, Mary est avec elle, Manuel HaLevy aussi, et c'est en leur compagnie que, obéissant aux ordres furieux de Rivka, elle gravit l'escalier et se couche sur le matelas où Mary est morte, pour prendre son tour.

Pourquoi l'homme devrait-il vouloir vivre à tout prix puisqu'il est condamné à mourir ?

La main de Rivka sur son front.

Pourquoi est-ce un péché contre Dieu que de vouloir mourir, et une vertu que de choisir la mort pour défendre Sa parole ? La vie est-elle une monnaie d'échange, qui ne vaut que ce pour quoi on la sacrifie ?

Du bouillon qui lui coule le long du menton, et un linge frais sur la nuque, dont elle se débarrasse en le jetant à travers la pièce : elle n'a jamais senti une chaleur pareille consumer son corps. Le soir tombe et brouille tout. La nuit, puis le jour de nouveau, ensuite une lumière en demi-teinte qui n'est plus ni l'une ni l'autre.

Mais le corps continue à lutter pour vivre. Pourquoi ?

Le monde éloigne d'elle son immensité. Elle sent le vide se creuser entre les choses – l'infini déployant son immense voûte de plus en plus loin de ses lèvres, de son front, de son souffle... et la distance s'étire qui la sépare des étoiles qui doivent en ce moment luire dans le ciel au-dessus de Londres. Il faut qu'elle le dise au rabbin. Mais alors même qu'elle se fond dans cet espace sans fin, elle sent l'infinie petitesse de tous ses organes, de chacune de ses veines, chacun de ses vaisseaux où se précipitent les pulsations. Elle songe : les créatures humaines viennent au monde avec des yeux humides et brillants, ne voyant que des ombres. Toutes le quittent dans le même état. Ce sont les dégâts qu'elles causent entre ces deux moments qu'elle regrette. Elle secoue lentement la tête, envahie par la nostalgie. Elle est dans les bras de John. L'un ou l'autre pourraient s'écarter, mais aucun ne le fait. La caresse légère de la main de John sur son sein. Elle prend appui sur sa poitrine, se penche, puis tombe... sans personne pour la rattraper, et cette chute interminable, angoissante, n'est arrêtée que par les mains rugueuses de Rivka sur son corps nu, qui la basculent pour la remettre sur le lit.

Elle a été jadis une fille pleine de tendresse. Elle est presque certaine de s'en souvenir.

La boucle est bouclée. Elle n'a trouvé dans tout l'univers qu'une chose à l'éclat séduisant, et à présent elle l'a perdue. *Ce n'est pas l'amour qui a failli, seulement un amour.* Mais il ne peut plus y en avoir d'autres. A-t-elle trop insisté à vouloir remodeler le monde ? Son esprit trébuche, manque de l'agilité nécessaire à la compréhension. Et la mort fait trembler le sol comme une lourde charrette qui approche, attendue depuis longtemps, et son cœur vide jusque-là déborde tout à coup de l'envie de se coucher sous ses roues. Elle a lutté pour rester dans ce monde jusqu'à ce que le destin lui ravisse la vie d'une main brutale. Et ce n'est que maintenant, au moment où l'heure a sonné pour elle de mourir, qu'elle avoue, des larmes plein les yeux, avoir profondément aspiré à cette libération.

Elle peut croire à présent que certains martyrs ont pu chanter sur le bûcher.

Cette idée la déconcerte. Est-elle enfin autorisée à souhaiter la mort ?

Elle se passera de l'autorisation.

Mais à mesure qu'approche la charrette, et que son tonnerre submerge ses sens et fait trembler la terre à chacun de ses battements de cœur, son corps se ranime et, sans qu'elle le veuille, roule sur le côté au moment où les roues l'atteignent.

Le grondement de la charrette qui s'éloigne s'atténue peu à peu, la laissant dans la peine.

Elle ouvre les yeux. Pénombre du soir, air étrangement frais. Une pellicule de sel râpeuse sur le visage. Elle cligne les paupières dans la pièce sans lumière, s'éveillant à la première pensée consciente qu'elle a eue depuis longtemps. Elle volette comme un oiseau effrayé au-dessus de son nid, puis finit par se poser : elle comprend que les mains de Rivka ne sont plus là. La silhouette de la servante, tassée sur une chaise à haut dossier dans le coin de la pièce à l'opposé du lit, est immobile. Ce n'est que quand elle parle qu'Ester se rend compte qu'elle est ivre. « Tu as survécu, dit-elle. Ce n'est pas le cas du plus grand nombre. »

Ester écoute comme si l'écho de ces mots pouvait lui dire si c'est une bonne ou une mauvaise chose. Lentement, elle se soulève pour s'asseoir sur le lit. Puis, voyant que Rivka ne la dispute pas, elle laisse ses pieds glisser jusqu'au sol, sent les picotements du bois sur sa peau.

« Combien de temps ? demande-t-elle.

– Huit jours, répond Rivka. Plus, peut-être, ajoute-t-elle avant d'agiter une main en direction de la fenêtre. Demande-le-lui. Il doit savoir – il compte les jours et les nuits qu'il passe à dormir devant notre porte. »

Se tenant au bord du lit, puis au mur, Ester se redresse. Elle se sent très légère, trop : brindille ballottée dans un tourbillon. Elle se dirige à tâtons vers la fenêtre.

En dessous, un inconnu, coiffé d'un chapeau à larges bords, est assis sur la pierre devant la porte contre laquelle il est appuyé. Il a l'air de somnoler.

« Il est arrivé quelques jours après l'enterrement de Mary, dit Rivka, toujours sur son siège. À présent, nous sommes officiellement une maison frappée par la peste, et plus seulement parce que l'*ami* de Mary a peint sa croix blanche. La ville envoie des gardiens.

– Pour combien de temps ? répète Ester sottement, la voix pâteuse.

– Il faut quarante jours avant qu'une maison puisse être rouverte. Il a crié ses ordres en direction de la fenêtre le jour de son arrivée et n'a plus prononcé un mot depuis, si ce n'est pour me dire qu'il porte ce grand chapeau pour qu'on ne puisse pas lancer un nœud coulant depuis la fenêtre et le pendre par le cou avant de nous évader. Pour aller où ? lui ai-je demandé. »

Son élocution est embarrassée, sa voix noyée dans l'alcool. Parmi les fioles et les linges soigneusement rangés sur une table de chevet trône une bouteille poussiéreuse avec une étiquette abondamment ornée ; Ester devine que Rivka l'a extraite du cellier des da Costa Mendes quand elle est tombée malade. « Je lui ai dit, reprend Rivka avec un geste brusque en direction de la fenêtre, que la ville était devenue un démon bien pire que la peste, et que, pour autant que je m'en soucie, il peut nous en protéger jusqu'à ce que le monde tombe en poussière. »

Le trajet du lit jusqu'à la fenêtre a épuisé Ester. Elle doit s'accrocher au rebord.

Rivka porte un verre à ses lèvres avant de prononcer : « Et c'est déjà fait. »

Ester lève la main pour tâter son front. Plus aucun signe de fièvre ; elle sent seulement le sel qu'a laissé la transpiration sur son corps et qui l'a recouvert d'une couche gluante comme celui d'un nouveau-né. « J'ai survécu », dit-elle.

Rivka vide son verre, puis ferme les yeux. Elle reste assise, les paumes ouvertes sur les genoux, les joues rouges, le visage étrangement animé.

Avec une infinie lenteur, comme si les pensées ne pouvaient lui entrer dans la tête qu'à tour de rôle, Ester prend conscience de n'avoir jamais vu jusqu'ici Rivka se reposer. Les soins constants qu'elle a apportés à la malade ont dû la détourner de trop penser à la mort du rabbin. Elle n'a plus maintenant personne à soigner.

Elle ne sait comment dire à Rivka : je compatis au fait que tu n'as plus de foyer.

« D'autres bien meilleurs que moi ont été emportés, se contente-t-elle de souligner.

– La mort, dit Rivka en prenant une profonde inspiration, n'emporte pas ceux qui l'appellent de leurs vœux. Et toi, tu voulais mourir. Je l'ai vu », conclut-elle en posant sur Ester un regard dépourvu de tout reproche.

Dans cette pièce noyée dans la pénombre, elle a quelque chose d'une idole ancienne, d'une statue primitive grossièrement sculptée dans un rocher.

« J'étais jeune, dit-elle d'un ton calme, quand les hommes sont venus dans mon village. Une jeune fille. » À la manière dont elle prononce les derniers mots, Ester sait aussitôt ce qu'elle a traversé.

Elle s'assied au bord du lit.

« Si on m'avait laissé le choix de mourir, mon nom serait aujourd'hui au nombre de ceux des martyrs. »

Rivka souhaite-t-elle toujours mourir ? Mary a-t-elle deviné juste, après tout ?

« Étais-tu vraiment sûre que tu n'avais rien à craindre de la peste ? » demande Ester.

Rivka laisse échapper une sorte de gloussement et secoue la tête.

Il reste que le village polonais qu'elle a laissé en flammes derrière elle semble bel et bien lui avoir offert une protection dont n'ont bénéficié ni Ester ni Mary. Seul son corps a su résister à la maladie, bien qu'elle se soit exposée sans compter.

La chambre s'assombrit encore avec la tombée de la nuit. Les yeux rapprochés de Rivka sont presque noyés dans l'ombre quand elle reprend la parole.

« Tu vas pouvoir continuer à écrire tes lettres à présent, dit-elle avant de poursuivre d'un ton plus vif, et à parler de “vérité”, de “pensée”, et de toutes ces choses que je ne comprends guère.

– Mais tu...

– Je sais lire, oui. »

Malgré le sang qui lui est monté à la tête, Ester perçoit la note d'amusement amer dans la voix de Rivka. « Tu n'en reviens pas, pas vrai ? »

La pièce tourne autour d'elle, sans plus vouloir s'arrêter.

« J'ai appris quand j'étais jeune. Pas beaucoup, pas comme toi. Mais un peu, quand même.

– Mais, si tu savais...

– Je n'ai pas essayé de t'en empêcher, Ester, parce que *lui* – sa voix s'adoucit, caresse le mot –, lui ne pouvait pas vivre sans l'étude. C'était la seule lumière qui lui restait. Et toi tu étais la seule à disposer de connaissances suffisantes pour la lui apporter. Quelque chose dans ces lettres lui permettait de rassembler ses forces, de se tenir plus droit sur sa chaise. Si j'avais moi-même été assez instruite, je l'aurais fait pour lui. Et sans lui mentir. »

Brièvement, sa voix monte d'un ton. « J'aurais éclairé sa vision. J'aurais... » Elle s'interrompt.

Quand elle reprend la parole, elle donne l'impression que la boisson et l'émotion vont avoir raison d'elle.

« Toi, tu restais assise là à écrire ses mots à lui mais uniquement pour servir tes propres intérêts, et tu les enfermais ensuite dans un tiroir, sans les envoyer à personne. Quelle cruauté !

– Non, ce n'était pas de la cruauté, articule difficilement Ester.

– Tu crois peut-être que tu es la seule à savoir ce que c'est que de tout perdre ? »

Un moment, Ester envisage l'idée que Rivka pourrait se lever et s'en prendre physiquement à elle, éteindre la vie qu'elle est parvenue à conserver en survivant à la fièvre. « Je n'ai rien dit de ton manège, reprend-elle. Et sais-tu pourquoi, Ester ? » Elle remue la tête avant d'ajouter d'une voix mesurée :

« Il a vécu plus longtemps qu'il ne l'aurait fait s'il n'avait pas su que quelqu'un à Florence avait besoin de son aide.

– Mais il savait, intervient Ester. Il me l'a dit, vers la fin. Toutes ces lettres qu'il me demandait d'écrire n'étaient pour lui qu'une tentative pour corriger indirectement ma façon de penser. Sauf que... je refusais d'être corrigée. »

Rivka s'imprègne de la nouvelle.

Lentement, la chambre sombre dans une profonde obscurité.

« C'était l'être le plus pur que la terre ait jamais porté », dit Rivka.

Pas de chandelle à l'intérieur, pas de lumière en provenance de la rue. Ester a la sensation que Rivka et elle ont perdu toute réalité, que si elle devait essayer de situer son corps dans l'espace de la pièce, de toucher son bras, sa jambe ou son épaule, sa main ne rencontrerait que le vide.

Un craquement de la chaise en bois signale que Rivka a remué. « Je ne comprenais pas grand-chose à ce que tu écrivais, dit-elle. Mais assez quand même pour savoir que les mots le blessaient. Mais j'ai vu aussi, ajoute-t-elle, une note d'incrédulité dans la voix, que tu l'aimais, cet homme. J'ai vu que ses lettres à Florence te blessaient toi aussi. »

Ester baisse la tête.

« Même en sachant que tu le trompais, il a mis sa dernière énergie au service de ton mensonge. Pourquoi, Ester ? Qu'est-ce qui était donc si important dans tes lettres ? »

Ester ne trouve pas de réponse. Elle reste un long moment assise, immobile, dans l'obscurité, avant de dire : « Je crois que je n'écrirai plus. »

Les forces ne lui reviennent qu'avec réticence. Les vertiges l'obligent souvent à regagner son lit. Cinq jours après la fin de la fièvre, elle est malgré tout capable de se tenir debout sans aide et, une fois arrivée devant la fenêtre qui donne sur le jardin, de la débloquer et de remonter le lourd châssis. Le soleil l'aveugle, le monde tangue. Elle sait que c'est une chaude journée, mais son corps semble avoir oublié comment absorber la chaleur.

En bas, dans le jardin, Rivka pose par terre une bassine pleine, s'arrête un moment, puis la renverse et regarde les filets d'eau s'enfoncer dans le sol. *Elle sait lire*, songe-t-elle. Dans son orgueil, elle s'est montrée encore plus aveugle que le rabbin. Et elle se rend compte à présent à quel point il s'en est fallu de peu que son sort soit lié à celui de Rivka. Si celle-ci avait bénéficié de seulement quelques années de plus d'instruction, si on l'avait familiarisée avec les langues nécessaires, c'est elle qui aurait servi de scribe au rabbin. Elle qui se serait assise au bureau dans la tiédeur de la pièce de devant, obéissant à ses instructions sans essayer de le tromper. Pendant qu'Ester se serait épuisée aux tâches domestiques, jusqu'à ce qu'une union avec Manuel HaLevy lui fasse l'effet d'une bénédiction.

Et pourtant, comme elle lui apparaît étrange à présent cette poursuite de l'étude en dépit de tous les obstacles, cette impression que, privée de la possibilité d'écrire, elle n'aurait pas pu vivre. La maladie avait été plus persuasive que n'importe quel professeur ; ses anciennes idées, si tant est qu'elle s'en souvienne clairement, lui semblent maintenant bien creuses et pitoyables. Elle somnole puis se réveille sur son matelas sans une pensée pour les papiers cachés dessous, qu'elle n'a jamais ressortis depuis son arrivée ici.

Comme elle a eu tort de croire que l'esprit pouvait se rendre maître de toute chose, alors qu'il ne l'est même pas en sa demeure. Malgré tous les arguments de tous les philosophes, Ester découvre aujourd'hui que la pensée ne prouve rien. À l'approche de la mort, Descartes en était-il venu à voir la folie de ses efforts ? L'esprit n'est qu'un appareil au sein de la mécanique du corps – et il ne faut guère plus qu'une fièvre pour en enrayer les rouages. La philosophie n'est pas la vie. Le sang est plus fort que l'encre. Et chaque courte respiration qu'elle prend lui fait comprendre lequel des deux la tient en son pouvoir.

25

11 AVRIL 2001
LONDRES

Dans l'espace confiné du bureau des archives paroissiales, Helen avait du mal à enfiler les gants de coton. Que le port de gants soit désormais obligatoire dans cet endroit s'était révélé une surprise fort désagréable. Ses doigts s'en trouvaient épaissis jusqu'à en devenir presque inopérants, à telle enseigne que le seul fait de tourner une page démultipliait les efforts ; pire encore, les gants l'empêchaient de tenir un crayon, si bien que les notes qu'elle souhaitait prendre dans son carnet lui faisaient perdre un temps précieux, qu'elle passait à dénuder sa main droite puis à l'habiller à nouveau. L'exercice aggravait ses tremblements ; de temps à autre, craignant d'abîmer le papier, elle s'obligeait à interrompre son travail jusqu'à ce qu'ils cessent.

Elle s'était réveillée ce matin-là encore sous le coup d'une nuit de rêves ininterrompus : un puits à l'eau noire miroitante qui la repoussait et l'attirait tour à tour ; la sensation d'abandonner un précieux fardeau qu'elle transportait ; un silence absolu, écrasant, au sein duquel elle n'entendait même plus les battements précipités de son cœur. Se réveillant en sursaut, et en retard, elle s'était passée de petit déjeuner, se disant qu'elle irait directement aux archives paroissiales, puis se rendrait à l'université pour manger quelque chose dans son bureau, à l'abri des regards indiscrets.

Ce qui n'était pas très malin et ne lui ressemblait guère.

Son estomac gronda encore une fois, un bruit sonore et profond. L'homme d'âge mûr qui travaillait à l'autre bout de la longue table fit savoir sa réprobation à l'aide d'un petit toussotement sec.

Elle se carra sur sa chaise et revint à son combat avec le registre. Noms et dates de décès dansaient devant ses yeux. *John Williamson, mort de la peste,*

5 juillet 1665. Sous le nom de John Williamson, des dizaines d'autres, de personnes mortes le même jour, tous méticuleusement copiés de la même écriture soignée, légèrement penchée, de quelque employé de mairie anonyme. Non sans difficulté, elle tourna une nouvelle page. Aucune trace jusqu'ici du rabbin HaCoen Mendes, mais elle savait qu'elle finirait par le trouver. Elle aurait pu, bien sûr, se fier à la date qu'avait proposée Wilton pour le décès, mais elle sentait qu'elle devait au rabbin de s'acquitter elle-même de cette tâche, et de l'accompagner ainsi jusqu'aux ultimes mots de son histoire : une seule ligne d'encre cachée quelque part dans ces pages, au milieu de cet interminable catalogue de trépassés.

Repenser à la vie de cet homme avait sur elle un effet apaisant. Mais une chose ne lui laissait pas l'esprit en paix : l'absence de tout autre écrit d'Ester Velasquez après son mariage. Helen avait compté sur l'obstination de la jeune femme pour triompher de tout : le deuil, la terreur, la mort. Que la voix d'Ester continue à se faire entendre avait été pour elle une nécessité vitale.

Ne serait-ce que pour croire qu'elle-même en était capable.

Avec un frisson rétrospectif, Helen se remémora le silence abrupt, impossible à rompre, qui avait hanté sa nuit peuplée de rêves.

Quel poids n'avait-elle pas accordé à ce qui n'avait jamais été autre chose qu'une réaction instinctive.

En novembre dernier, lors de l'ultime après-midi passé à Richmond, tandis qu'Aaron avait disparu pour une de ses pauses, que les flocons blanchissaient l'allée au-dehors et qu'approchait l'heure où l'expert de Sotheby's devait arriver, Helen s'était levée de son siège et, obéissant à une impulsion aussi sûre et solide que le faisceau d'une torche, avait gravi sans bruit, mais non sans effort, le grand escalier menant dans les étages. À pas feutrés, elle avait exploré le premier – une série de petites pièces, de portes dérobées donnant sur des escaliers de service ; et puis, de part et d'autre de la galerie centrale, deux suites dans le style grandiose du XVIIe siècle. La première, la plus proche de l'escalier, était manifestement utilisée par les Easton – un petit bruit d'eau lui donnant à entendre que le cabinet originel avait été transformé en salle de bains. Plus loin, le long de la galerie, se trouvait la seconde suite – une grande pièce menant à une autre, plus petite, laquelle, à son tour, ouvrait sur une troisième : antichambre, chambre à coucher et cabinet privé, comme autant de boîtes imbriquées les unes dans les autres. La dernière pièce – le cabinet lambrissé – était encombrée par les cartons des Easton. Toujours poussée par la même impulsion irréfléchie, Helen s'était frayé un passage au milieu de ce désordre pour atteindre l'unique fenêtre, avec sa poignée en métal noir saillant comme un levier. Par les vitres étroites, qui avaient dû offrir à une époque une jolie vue sur des jardins soigneusement entretenus, elle avait vu un fouillis de plantes grimpantes, les toits des maisons voisines et un morceau de ruban d'eau. Elle s'était attardée là un moment, sans pouvoir s'expliquer pourquoi, à regarder le fleuve à travers les ondulations de la vitre.

Elle venait de retrouver la galerie centrale quand elle entendit un bruit de pas dans l'escalier. Elle aurait dû se douter, bien sûr, qu'Aaron Levy serait incapable de résister à la tentation de défier ses ordres. S'abritant derrière une colonne, elle l'observa tandis qu'il émergeait sur le palier, s'arrêtait dans la galerie supérieure et s'imprégnait du spectacle, regardant les sculptures des linteaux, les hauteurs du plafond noyées dans l'ombre. Avec un sursaut de surprise, elle se rendit compte que le visage d'Aaron affichait la même révérence que celle qui avait dû se lire sur le sien quelques minutes plus tôt, le même étonnement devant le simple fait que c'était bien *ici*... qu'un endroit comme celui-ci ait pu survivre... et que lui, Aaron Levy, ait l'incroyable chance de se trouver dans cette enceinte miraculeuse.

Une étrange fascination s'était alors emparée de Helen, alors qu'elle regardait le garçon essayer l'une après l'autre les portes qu'elle-même avait déjà ouvertes. Un moment plus tard, elle avait été surprise d'entendre la voix de Bridgette, puis la parade d'Aaron. Même de l'endroit où elle se tenait, à l'angle du couloir, et dans l'impossibilité de voir dans la pièce où se trouvait Bridgette, elle avait distinctement perçu les ondes qui passaient de l'un à l'autre.

Son pas silencieux, tandis qu'elle se retirait vers une porte dérobée, n'avait pas rompu le charme sous lequel ils étaient tous deux. Elle avait failli trébucher dans les tournants de l'escalier, une terrible sensation de châtiment au creux de l'estomac, ses mains osseuses agrippées à la rampe pour prévenir une chute. Sans compter une voix qui lui susurrait qu'elle n'avait pas compris grand-chose à la vie. Seule son immersion dans les documents l'avait sauvée de son égarement, et elle s'y était plongée avec une férocité qui lui tenait lieu de réconfort.

Elle se secoua. Sa montre affichait 12 h 40. Sa faim était devenue intolérable, les gargouillis, de plus en plus insistants. Elle était attendue dans le bureau de Jonathan Martin à 14 heures pour ce que Penelope Babcock avait baptisé « la petite entrevue traditionnelle de préretraite ». Personnellement, Helen aurait donné cher pour terminer ses décennies de service sans les adieux de Jonathan Martin. Mais même à cette date avancée, elle voulait éviter tout faux pas qui leur interdise pour le reste du trimestre l'accès qu'ils avaient, Aaron et elle, aux documents. Elle irait donc à la foutue cérémonie d'adieux de Martin, subirait sa condescendance, mais ferait d'abord un arrêt dans son bureau pour se sustenter un peu grâce aux crackers et à l'eau pétillante qu'elle y laissait en permanence.

Ses doigts gantés descendant par saccades le long des colonnes de noms, elle continua à chercher celui de HaCoen Mendes. Elle tomba soudain en arrêt sur un nom qui n'avait rien à faire ici.

Manuel HaLevy, mort de la peste, 6 juillet 1665.

« Excusez-moi. » C'était l'archiviste. Helen leva vers lui un regard vague et finit par le trouver, auréolé dans l'éclairage au néon. « On a porté à mon attention, dit-il, sans baisser la voix pour faire en sorte de protéger son intimité, que votre manipulation des documents n'est pas conforme à notre règlement. Je me dois de vous demander de quitter les lieux et de ne revenir qu'accompagnée d'une personne capable de vous aider dans vos recherches. »

Elle détourna les yeux de la lumière aveuglante pour les reporter sur les pages devant elle. Et hocha la tête, le nez dans la liste des décès.

En haut des marches qui menaient à la rue, elle sortit son téléphone portable de son sac avec des mains tremblantes et, non sans mal, composa le numéro d'Aaron. Passant outre l'hésitation perceptible de son accueil, elle lui dit :

« J'ai besoin que vous vérifiiez quelque chose pour moi.

– Je suis chez moi », répondit-il.

Il ne lui était pas venu à l'esprit qu'il pouvait être chez lui. « Pourquoi n'êtes-vous pas à la bibliothèque ?

– J'avais besoin d'une journée de repos. »

Sa voix avait quelque chose de bizarre. Il ne semblait pas se soucier de ce qu'elle pouvait penser de sa réponse.

« Je viens de trouver dans les archives une date pour le décès de Manuel HaLevy. Été 1665.

– Mais ils se sont mariés en 1666, dit-il, paraissant ne s'imprégner que lentement de la nouvelle.

– Oui, c'est exact. Combien de temps vous faut-il pour venir jusqu'à la salle des manuscrits ? »

Un long silence.

Qu'est-ce qui pouvait bien empêcher Aaron Levy de rejoindre la chasse en cours ? Elle songea un instant à lui demander ce qu'il lui était arrivé l'autre jour dans son bureau. Mais elle connaissait suffisamment ses propres défauts pour deviner que ses paroles seraient trop directes et plus propres à fermer une porte qu'à l'ouvrir.

Aaron, de son côté, ne paraissait pas sentir la moindre obligation de combler le silence qui s'était installé sur la ligne.

Peu importait : elle avait tout juste le temps, à condition de ne pas s'arrêter à son bureau pour son snack, de s'acquitter elle-même de la tâche.

« Je vais aller à la salle des manuscrits et revérifier ce qu'Ester dit de Manuel HaLevy. Peut-être qu'un détail nous a échappé – quelque chose qui permettrait de distinguer le Manuel HaLevy qu'elle a épousé et celui qui est mort. J'ai une réunion avec Martin à 14 heures. Pouvez-vous me retrouver à mon bureau à 15 heures ?

– Entendu, dit-il, donnant toujours l'impression de traiter les informations au compte-gouttes. Je vais appeler les archives municipales de Richmond pour vérifier la date du mariage. Mais vous, croyez-vous possible qu'il y ait eu plus d'un Manuel HaLevy ? ajouta-t-il après une longue pause.

– Non. Même si nous ne pouvons pas totalement rejeter l'hypothèse. Et puis, les registres peuvent se tromper quant à la date du décès. Un cinquième de la population de Londres est mort cette année-là. Il serait étonnant qu'il n'y ait pas eu d'erreurs. »

Sauf qu'elle ne croyait pas du tout à une erreur, en l'occurrence. Elle pensait en revanche que c'étaient Aaron et elle qui, en suivant leur piste, avaient fait fausse route quelque part.

C'est à peine si elle fut consciente de monter dans son véhicule, de prendre le volant, de se garer. L'esprit ailleurs, elle remarqua simplement que la ville semblait inexplicablement miniaturisée. Elle verrouilla la voiture et se dirigea vers le bâtiment de la bibliothèque, la tête emplie d'un étrange bourdonnement, les narines pleines d'une odeur d'ammoniaque qui lui procurait une sensation de légèreté et de flottement.

Ce n'est que quand elle fut entrée dans le bâtiment et que les portes de l'ascenseur se furent refermées sur elle qu'elle se rendit compte à quel point elle tremblait. Pas seulement les mains, cette fois-ci, mais aussi les jambes. Elle s'accrocha à la barre d'appui, qui lui parut fragile. Les parois de l'ascenseur ne cessaient de monter autour d'elle, lentement mais inexorablement, puis, d'un coup, elles se mirent à se gondoler comme prêtes à s'effondrer sur elle. Elle se trouva incapable de tenir bon. Ses genoux heurtèrent le sol avec violence et un cri lui échappa, qui ne semblait pas venir d'elle. Elle avait lâché sa canne, à présent hors d'atteinte, et les parois continuaient à monter, à se tordre et s'étirer dangereusement. Le monde basculait à une vitesse incroyable, sans lui laisser le temps de demander grâce. Le sol de l'ascenseur était sa seule planche de salut, et elle s'y accrochait comme si elle avait pu encore en tomber, car même s'il continuait à l'emporter toujours plus haut, elle-même n'en finissait pas de sombrer. Elle prit vaguement conscience de l'urgence qu'il y avait à utiliser les toilettes, et, comme une petite fille, elle leva les yeux vers le voile qui assombrissait le plafond pour demander la permission. Une tache tiède, vite refroidie, s'élargit sur sa jupe et ses bas, avant de couler jusque dans ses chaussures.

Les portes de l'ascenseur coulissèrent pour s'ouvrir.

Devant elle, dans la lumière ambrée de la cour, l'étudiant qui assurait la permanence au bureau de la sécurité était concentré sur l'écran de son ordinateur.

L'ascenseur restait ouvert.

Elle planta du mieux qu'elle put la semelle d'une chaussure sur le sol, puis l'autre. Étirant un bras au maximum, elle attrapa sa canne du bout des doigts. Puis elle tendit une main en l'air, dans l'immensité au-dessus d'elle, vers la barre d'appui et s'y agrippa. Lentement, elle se remit debout, non sans qu'une de ses chaussures clapote dans une petite flaque d'urine.

Depuis son bureau, l'étudiant leva les yeux. Il la regarda un moment, l'air hésitant. Puis retourna à son écran.

Les mains tremblantes, elle sortit sa carte de son portefeuille, la lui présenta et franchit le tourniquet sans regarder ni à gauche ni à droite, sans se soucier de savoir s'il avait remarqué les taches sombres sur ses vêtements. Elle gagna la salle des manuscrits d'un pas raide, incapable d'ignorer le contact sur sa peau de sa jupe trempée. Elle referma la porte sans bruit derrière elle et passa, aussi droite qu'elle le put, devant les étudiants penchés sur leur travail, pour se rendre jusqu'au bureau.

« Patricia », dit-elle.

Patricia Starling-Haight leva les yeux. « Oui ? » fit-elle au bout d'un moment.

Helen ferma les yeux. Muette devant le bureau, la tête incroyablement haute.

Les secondes passèrent. Puis Patricia, à côté d'elle, lui murmura d'une voix tendue :

« Vous voulez qu'on vous emmène à l'hôpital ?

– Non, j'ai besoin..., dit Helen, esquissant un geste vague, et dans l'incapacité de garder les yeux ouverts... de me nettoyer. Et puis... je crois qu'il faut que je mange quelque chose », ajouta-t-elle après avoir léché ses lèvres gercées.

C'est seulement quand elle sentit le bras de Patricia soutenir fermement le sien qu'elle ouvrit les yeux et se laissa conduire. Tournant le dos à la salle de lecture, la bibliothécaire la fit rapidement sortir par une porte en bois qui se trouvait derrière son bureau. Le hall étroit dans lequel elles pénétrèrent était encombré de chariots chargés d'ouvrages. Une pâle jeune femme qui triait des classeurs leva sur elles un regard curieux. « Il y a un problème, Elizabeth ? » demanda Patricia d'un ton sec, faisant rougir la jeune femme qui s'empressa de retourner à son chariot. Patricia s'arrêta devant un petit placard dans lequel elle fouilla un moment avant de presser quelque chose dans la main de Helen : une tablette de chocolat aux noisettes. « Ouvrez-la », lui dit Patricia en la faisant entrer dans un monte-charge aux allures de caverne : une grande caisse, creuse, usée par le temps. Les portes se refermèrent sur elles.

Avec un petit murmure inarticulé, Helen tendit la barre à Patricia, qui en ôta vivement l'emballage avant de la lui remettre dans la main.

Helen mangea. Patricia regarda en silence les miettes pleuvoir sur le sol métallique.

Quand elle fut enfin capable d'ouvrir la bouche, Helen demanda :

« Quelle heure est-il ?

– 13 h 15.

– J'ai une réunion à 14 heures », réussit à articuler Helen.

Le visage de Patricia était quelque part au-dessus d'elle, masqué à sa vue.

« Ah oui ? Et qu'est-ce qui pour l'instant vous paraît plus urgent que de vous occuper de votre santé ? demanda la bibliothécaire d'un ton de reproche.

– C'est ma dernière réunion avec Jonathan Martin avant ma retraite », dit Helen en se redressant et en levant les yeux vers Patricia.

Le visage de celle-ci s'assombrit. Mais sa main, qui hésitait à appuyer sur un bouton pour la descente, remonta soudain sur le tableau. L'ascenseur s'ébranla dans une secousse et commença à monter.

Helen prit conscience que l'odeur d'urine qui émanait d'elle emplissait l'espace confiné. Si Patricia s'en trouva incommodée, elle n'en laissa rien paraître.

« Vous habitez où ? » demanda-t-elle.

Helen lui indiqua son adresse.

« Donnez-moi les clés de votre appartement. »

Helen s'exécuta, fouillant dans son sac sans lâcher Patricia des yeux. Impossible d'exprimer sa gratitude tandis que l'autre empochait les clés. Mais cette dernière se contenta d'un coup d'œil à sa montre, et Helen se rendit compte que la bibliothécaire allait lui faire l'honneur de ne pas laisser sa mésaventure troubler en quoi que ce soit son impatience.

Les portes s'ouvrirent sur un espace aussi brillamment éclairé que le paradis, une clarté telle que Helen faillit tomber à la renverse. Mais Patricia la poussa pour la faire entrer. Le laboratoire était spacieux et d'une propreté irréprochable – le genre d'atelier dépouillé et d'un blanc clinique où l'on imaginerait des techniciens en train d'assembler un engin spatial. Patricia Starling-Haight conduisit Helen à l'autre bout de la salle, jusqu'à une table où Patricia Smith était juchée sur un tabouret, pince à épiler en main, frêle silhouette penchée sur un plateau sous la lumière aveuglante d'une lampe de bureau articulée, cheveux brun-roux toujours aussi sévèrement noués à l'arrière. Le plateau contenait des petits fragments de papier. À côté, rangés sur la table pareils à des instruments de chirurgien, des flacons compte-gouttes étiquetés et une variété d'aiguilles et de fils très fins ; sur une table voisine, une chambre vitrée qui rappela à Helen les gravures du cercueil de Blanche-Neige dans les vieux livres de contes de fées : une bulle transparente bien éclairée.

Tenant toujours Helen par le coude, la bibliothécaire dit : « Jonathan Martin attend le professeur Watt à 14 heures pour une entrevue d'adieux. »

La conservatrice, perplexe, leva les yeux vers la pendule, puis sur Helen.

« J'ai toujours pensé, reprit Patricia Starling-Haight, détachant ses mots pour leur donner plus de relief, qu'on ne peut aborder les hommes de ce genre qu'avec sa dignité intacte, et ce en toutes circonstances. »

Les deux Patricia échangèrent un regard. Puis la conservatrice écarta sa lampe d'un geste impatient, et, jetant à peine un coup d'œil à Helen, lui indiqua un tabouret. « Professeur Watt, mettez-vous à l'aise, dit-elle, avant d'ajouter simplement à l'adresse de la bibliothécaire : J'irai vous remplacer à la salle des manuscrits. »

Cette dernière appela l'ascenseur et partit.

Patricia Smith se retourna vers sa table. Elle tira sur une loupe grosse comme une soucoupe montée sur un bras flexible. Regardant à travers, les yeux plissés, elle se servit de sa pince à épiler pour tirer des fibres presque invisibles d'un fragment de papier, opérant à petits coups rapides et précis de ses mains gantées de latex.

Les minutes passaient. La tablette de chocolat avait suffisamment fortifié Helen pour qu'elle prenne une conscience de plus en plus aiguë de la froide pression de ses bas mouillés sur sa peau. Tout en regardant travailler Patricia, elle sentit son soulagement s'évanouir, pour faire place à un sentiment de honte.

Sans crier gare, la conservatrice recula sa chaise. « Un peu d'eau ? » demanda-t-elle, clignant ses yeux bleus et perçants.

Helen acquiesça d'un signe de tête.

Patricia disparut dans une petite pièce contiguë avant de revenir avec un verre. Tandis que Helen commençait à boire, la conservatrice se remit au travail, une façon de manifester une indifférence dont Helen vit bien qu'elle n'avait pour but que de protéger son intimité à elle, tandis qu'elle s'efforçait sans succès de réprimer le tremblement de son verre. Quand elle eut fini son eau, le devant de son corsage était trempé.

Patricia Smith, debout à présent, versait le liquide transparent d'une grande bouteille blanche dans un second plateau, puis, toujours aidée de sa pince à épiler, y déposait plusieurs des fragments. Une femme à la discipline de fer dont le travail tenait de la sorcellerie : réparer les ravages de l'oubli et du temps.

Un moment encore et Patricia se levait, ôtait ses gants et disparaissait dans l'ascenseur.

Helen resta longtemps assise immobile dans le laboratoire silencieux. Tout autour d'elle, sur des rayonnages et des tables, des plateaux métalliques et des chambres vitrées, une compagnie muette de papiers : feuillet après feuillet vieux de plusieurs siècles, déchirés, délavés ou friables. Pages écrites par des mains mortes depuis longtemps. Abîmées par le temps, ou pire. Mais ces pages, elles trouveraient une nouvelle vie.

Helen, elle, mourrait.

Ces fragments serviront à étayer mes ruines.

Le devant mouillé de son corsage lui collait à la poitrine.

Elle avait consacré ses dernières forces à essayer de corriger le destin d'Ester Velasquez, croyant avec ferveur que quelque vérité cachée viendrait racheter l'histoire de la vie d'une autre femme. Mais pendant tout ce temps, semblait-il, elle avait omis de chercher la même chose dans sa propre vie.

Le souvenir, s'enfonçant dans sa spirale descendante jusqu'au fondement même de la mémoire. Elle était assise au milieu des éclats de verre. Autrefois, elle avait ressenti la terreur de l'amour dans son corps. Elle avait aimé Dror, lui-même aux prises avec ses doutes et ses peines, et elle l'avait fui. Elle avait ensuite passé des décennies à se barricader contre la vie, mettant la barre de l'amour si haut que personne n'avait été en mesure de la franchir. Rares, pour tout dire, avaient été ceux qui s'y étaient efforcés. C'était très simple, finalement, de rester invisible même en pleine vue. Le monde ne vous empêchait pas de devenir ce que vous étiez décidé à être.

Elle avait été, pendant bien trop longtemps, incapable de le comprendre.

Elle n'avait aimé qu'un seul homme. Année après année, à l'affût des informations dans son appartement silencieux, elle avait essayé de le retrouver dans les blancs laissés entre deux articles sur Israël, cherché sa présence dans les détails les plus banals. Et, buvant son thé en tournant les pages des journaux, elle avait compris ce à quoi elle avait échappé : les pièges meurtriers contre lesquels Dror l'avait mise en garde, la perplexité douloureuse qu'elle aurait continuellement ressentie à vivre avec un tel homme, son instinct de protection – si puissant qu'il la terrifiait. Et elle avait aussi compris qu'elle était condamnée.

Elle ne s'était que trop volontiers laissé abuser par la sévérité de Dror. Elle s'était dit : mon monde et le sien sont aux antipodes l'un de l'autre et ne sauraient coexister. Mais elle était plus âgée aujourd'hui, et, quand elle repensait à ce jeune homme, elle se rendait compte que ses avertissements relatifs à son histoire n'avaient été que l'expression de sa crainte de la voir entrer joyeusement dans son monde à lui, pour en découvrir plus tard les limites et s'en échapper. Il avait eu besoin, bien sûr, que Helen soit convaincue de la chose. Et il avait compris, mieux qu'elle n'avait su le faire, ce qu'exigeait l'amour.

Au fil des décennies, elle l'avait imaginé restant lui-même. Grisonnant peut-être, un peu plus buriné par le soleil, voire un peu voûté, mais le poing toujours levé, la colère intacte, le cœur toujours plein de ses morts. Elle comprenait aujourd'hui que c'était pour préserver son propre confort qu'elle s'était accrochée à cette image. Elle avait placé le dessin du mont Masada au-dessus de sa cheminée pour lui rappeler le souvenir d'un homme qui n'avait jamais existé – un homme rigide qu'elle pouvait se justifier d'avoir quitté.

Imaginer qu'il aurait pu s'adoucir lui était insupportable. Mais elle s'était trompée. Il y avait des hommes qui faisaient passer l'idéologie avant les sentiments. Dror, qui l'avait suivie quand elle était sortie du mess des officiers, qui avait appelé son nom malgré les regards effarés des témoins de la scène, n'avait jamais été de ceux-là.

Se voir mère en Israël, transportant des paniers en plastique au marché, appelant un enfant au milieu des feux de joie dans une vallée enfumée, était une torture qu'elle s'imposait aujourd'hui. Bruits, odeurs, couleurs assaillaient ses sens : le bruissement des feuilles de palmier dans la brise ; le rire exubérant de collègues aux côtés desquels elle aurait pu enseigner à l'université de Jérusalem ou de Tel-Aviv ; les concombres et les tomates sur les étals des vendeurs au marché, les goyaves, l'hysope et le cumin ; les sifflets aigus des parents tandis que des chants s'élèvent dans le lointain et que les feux de joie crépitent comme des pétards dans la vallée gagnée par l'ombre. Et la radio des chauffeurs de car, les détonations provoquées par l'explosion de quelque engin aux mains de l'équipe de déminage, les téléphones qui sonnent sans relâche tandis que des femmes tentent d'avoir des nouvelles d'un mari, d'une fille ou d'un fils. Le son de sa propre voix, son hébreu à l'accent prononcé, s'efforçant de protéger tout ce qu'elle ne parviendrait jamais à protéger totalement – argumentant, riant, pleurant, apaisant. Vivant.

Et les yeux de Dror, noirs et brillants, en ce moment même fixés sur elle. La suppliant de rester alors même qu'elle lui échappe. Déchaînant la panique dans sa poitrine.

Quelle chose terrifiante que l'amour ! Elle avait gâché sa vie à le fuir.

Les néons vibraient dans le silence, clignotant contre ses paupières comme un signal. Elle ouvrit les yeux et se leva, avec précaution. Là, à quelques pas de l'endroit où elle était assise à l'instant, enfermé dans sa chambre d'humidification, se trouvait un document. Elle n'avait pas fait un pas dans sa direction qu'elle savait déjà de quoi il s'agissait.

L'ascenseur émit son petit tintement et s'ouvrit, livrant passage à Patricia Smith. « Oh ! » s'exclama-t-elle, en voyant Helen devant le compartiment vitré, avec une note de plaisir que celle-ci n'avait jamais entendue dans la voix de la conservatrice. « La lettre au lierre. J'ai réussi à ôter le sceau sans lui infliger la moindre fêlure. » Elle désigna fièrement une petite table où se trouvait une boîte de la taille d'une tasse à thé dans laquelle était posé un rond de cire brune au motif compliqué sur un carré de tissu blanc. « Aimeriez-vous le voir ? L'intégrité de la cire est tout à fait remarquable. »

Helen croisa son regard, mais ne répondit pas. Puis elle fit les derniers pas qui la séparaient de la grande vitrine abritant la lettre au lierre.

« Peut-être plus tard », dit Patricia, sur un ton dont l'ironie était adoucie par une nuance de respect.

Elle n'aurait pas pu arrêter ses mains de trembler même si elle l'avait voulu. Derrière elle, Patricia émit un petit grognement de désapprobation, mais s'abstint de toute remarque quand Helen leva les mains et les posa à plat sur le verre. Elle les y laissa un instant, dans une étreinte hésitante pareille à celle d'un amant rendu timide par des années de refus.

L'écriture était indubitablement différente – plus ronde, moins serrée, plus détendue. Innocente. Et quand elle atteignit la signature, elle comprit enfin.

« C'est donc comme ça que tu as fait », dit-elle à voix haute.

Elle lut et relut, et l'histoire qui si longtemps avait refusé de lui parler la salua alors en toute liberté. Elle écouta avec la gratitude débordante d'une exilée qui entend enfin l'appel de son pays – son nom résonnant dans le crépuscule d'une voix suffisamment forte pour lui rappeler que, tout compte fait, elle n'avait jamais cessé d'être son enfant.

Un nouveau tintement de l'ascenseur, et Patricia Starling-Haight apparut, portant les vêtements qu'elle était allée chercher chez Helen. Comme deux sœurs dans un conte de fées, les Patricia l'encadrèrent de part et d'autre en silence, étendant leurs bras chargés, prêtes à la revêtir pour livrer son ultime bataille.

26

7 SEPTEMBRE 1665
27 ELUL 5425
LONDRES

Quarante jours et quarante nuits : un nombre que même les chrétiens respectent. Quarante jours et quarante nuits de déluge pour engloutir tout ce qu'il reste de vie et nettoyer la terre. Quarante jours et quarante nuits de prières pour Moïse réclamant le pardon sur la montagne écrasée de soleil ; de défis lancés par Goliath aux quatre coins de la vallée, auxquels seul répond le silence.

Les provisions s'épuisent. Ce n'est que grâce à la pratique des serviteurs de la maison da Costa Mendes de stocker des réserves de bois et d'huile et grâce à Rivka qui, pendant quelque temps, a acheté de la farine en quantité, qu'elles réussissent à se nourrir. À un moment pendant la maladie d'Ester, Rivka a divisé leurs provisions en rations quotidiennes qui devraient les mener jusqu'à la fin de leur quarantaine. À présent, chaque jour elle fait du pain, qu'elles trempent dans l'huile aromatisée avec le thym du jardin et qui leur tient lieu de repas.

Bescós ne s'est montré qu'une fois, alors qu'il ne restait qu'une semaine avant le départ du garde en faction à leur porte. Debout près de la fenêtre de la chambre, Ester l'a vu pénétrer dans la rue. Il avait la démarche d'un vieillard. Arrivé devant la maison, il a discuté avec le garde à voix basse. En se redressant pour regarder en l'air, il l'a aperçue.

« Tiens, tu es vivante, a-t-il dit, avant d'ajouter : aujourd'hui. »

Des ombres sous ses yeux pâles, sous ses pommettes. Elle ne l'a jamais considéré comme un optimiste, mais elle a compris alors que ce qui avait disparu de son visage, c'était la flamme de l'espoir, remplacée par quelque chose de tranchant, d'intransigeant.

« Vous autres juives me rendez diablement difficile l'accès à mon argent », a-t-il dit.

Ester est restée figée à sa fenêtre.

Dans la rue, Bescós a fait semblant de réfléchir un moment. « Je m'interroge vraiment, a-t-il lancé avec mépris, sur l'étrange destinée des juifs. Toujours à verser leur sang. Vous devez avoir un vrai penchant pour le sacrifice. »

Le garde a laissé échapper un rire en demi-teinte.

« Toutes les erreurs morales de la chrétienté remontent à... » a-t-il commencé avant de s'interrompre avec un geste dédaigneux de la main, jugeant sans doute trop ennuyeux de continuer sa diatribe avec le garde pour tout public. Reculant de quelques pas, il a paru embrasser la maison du regard. Puis, avec un signe de tête à l'adresse du garde, il est parti.

Ce dernier l'a regardé s'éloigner d'un œil avide, car c'était la seule distraction que lui avaient offerte ces quelques semaines. Ester en a fait autant, ses jointures striées de marques blanches là où ses mains agrippaient le rebord de la fenêtre, son cœur battant à coups redoublés. La témérité de son corps la stupéfie : elle a beau lui enjoindre d'accepter son inévitable défaite, il refuse et insiste pour continuer à respirer.

Et n'est-ce pas une énergie semblable, aussi obstinée, qui anime Bescós ? La terreur le poursuit, mais de toutes ses forces il refuse de céder à son emprise. Il serait prêt à la pourfendre avec tout instrument en sa possession, jusqu'à l'éviscérer.

Si bien que, quand pointe l'aube du quarantième jour et que leur seuil est enfin libéré de toute présence, Ester n'est pas surprise de voir Esteban Bescós dans la rue. Mais il reste adossé au mur de la maison, comme s'il attendait quelqu'un.

Rivka rejoint Ester à la fenêtre de la chambre. Un long moment, elles se contentent d'observer Bescós. Comme s'il risquait de les entendre à travers la vitre, Rivka parle à voix basse. « S'il veut que nous partions pour pouvoir mettre la main sur les biens de Mary, nous quitterons la maison. » Il y a dans sa voix une note qu'Ester n'a jamais perçue auparavant. Elle se tourne. Rivka fixe la rue avec attention, les narines dilatées, la respiration hachée et retenue. « Mais je ne partirai pas, murmure-t-elle comme si elle prenait conseil avec elle-même, non, je ne franchirai pas cette porte avant qu'il nous ait garanti une complète sécurité. »

Des voix dans la rue. En bas, trois hommes ont rejoint Bescós. Suivis de deux femmes qui viennent du côté de Bury Street, l'une voûtée, l'autre jeune. Le groupe engage une discussion. Puis, sur une remarque de Bescós, ils lèvent tous les yeux vers la fenêtre où se trouvent Ester et Rivka.

Bescós parle plus fort que nécessaire, voulant sans doute se faire aussi entendre d'elles. « Deux juives qui se cachent derrière une croix peinte.

Pourquoi ne sont-elles pas mortes, si la peste était dans la maison ? Si vous voulez avoir une idée de ce qu'est la sorcellerie, regardez cette fenêtre. »

Le groupe lève vers elles des visages tendus. Rivka s'écarte vivement, Ester s'enveloppe dans un rideau, espérant voir sans être vue.

« La plus jeune, poursuit Bescós avec un geste de galanterie bouffonne dans sa direction, se croit capable de *penser*. Elle lit des livres qui, entre les mains d'une femme, *a fortiori* d'une juive, conduisent à l'hérésie et pire encore. »

Les hommes et les femmes clignent les yeux dans l'éclat de la lumière. Ils ont l'air, pour l'instant, trop apathiques pour réagir aux paroles de Bescós. Mais la laideur de leurs visages levés dit à Ester tout ce qu'elle a besoin de savoir des intentions de celui qui les a fait venir ici. Des visages qui laissent voir une pauvreté et une piètre santé plus durables et plus indestructibles que la peste. L'un des hommes a une inflammation de la peau qui donne à son nez l'apparence d'une plaie à vif. La jeune femme a un œil normal, mais l'autre est si épouvantablement enflé et purulent qu'Ester au début a eu du mal à comprendre la géographie de ses traits tant ils sont déformés. Elle sait qu'elle doit elle-même avoir un air fantomatique : un teint réduit à un gris de cendres par la maladie, des yeux vidés par tout ce dont elle a été témoin – c'est ce qu'elle a pu voir lors de la seule occasion où elle a été tentée de soulever un des linges dont Rivka a recouvert toutes les glaces de la maison. Mais l'état de ceux qui se trouvent sous sa fenêtre est d'une autre nature.

La femme à l'œil infecté s'adresse à Bescós d'une voix calme ; son sourire révèle des dents cassées. Tout en parlant, elle lève une main vers lui pour souligner ses paroles, presque à le toucher, et lui recule devant cette main dans un sursaut si violent qu'il en perd l'équilibre et trébuche, heurtant le muret derrière lui. Pas de quoi le blesser, et pourtant, il lui faut un moment pour se remettre. Il s'appuie contre le mur, détournant le visage des autres, et Ester voit son air accablé. Il paraît sur le point de pleurer.

Il retrouve lentement contenance ; quand il s'est complètement redressé, son visage ne porte qu'une légère trace de dégoût. Il reprend sa discussion avec la femme, comme s'il n'avait pas été affecté par son geste. Mais l'autre s'est raidie. Quand ils en ont terminé, elle se détourne de lui, la tête rentrée dans les épaules.

« Sorcellerie de juifs... » dit l'un des hommes, d'un ton peu convaincu.

Bescós a l'air exaspéré.

« Oui, sorcellerie juive, affirme-t-il, impatient. Regardez, elles sont là.

– Le pasteur en a parlé », dit la femme âgée.

Église anglicane, donc. Bescós ne partage même pas leur foi.

Trois nouveaux arrivants rejoignent le groupe, le plus remarquable d'entre eux un robuste jeune homme au crâne rasé et au nez camus de boxeur. Sa démarche est raide, comme si ses membres étaient paralysés par une rage contenue. Ester le regarde franchir les quelques mètres de pavés, et son estomac se noue quand elle voit le frisson d'impatience qui le saisit une fois qu'il a levé les yeux vers la fenêtre sur laquelle convergent tous les regards. Il aboie quelque chose à l'adresse de Bescós.

Comme il semble improbable, voire sordide, qu'une bande d'émeutiers se rassemble à leur porte. Qu'elle meure, et Rivka avec elle, sous leurs coups. Elle ne vaut pas mieux, elle est même certainement pire, que bien d'autres qui ont trouvé la mort aux mains de bandes de ce genre.

« Ester », dit Rivka.

Un coup sourd sur la fenêtre. Ester regarde juste à temps pour voir le fumier glisser le long de la vitre. Un deuxième impact, deux traînées sur le verre. Elle est comme paralysée, mais ne peut s'empêcher de fixer l'homme à la tête de boxeur à travers les traces immondes ; il a les yeux pratiquement fermés par une avidité féroce. Il se penche pour ramasser quelque chose à lancer, vise la fenêtre et la manque ; elle entend le fumier s'écraser contre le mur de la maison.

Les autres regardent, dansant d'un pied sur l'autre, dans l'attente, semble-t-il, d'une décision. Il devrait y avoir davantage de bruit, songe Ester. Pourquoi n'y a-t-il pas plus de bruit ? Mais on n'entend que les ahans de l'homme, qui continue à lancer inlassablement ses projectiles, encouragé de temps à autre par un des spectateurs.

Puis, avec un regard douloureux et désespéré à l'adresse de Bescós, la femme à l'œil malade pousse un cri qui transperce le silence. « Vous, messagères de mort ! » Et elle se précipite en avant, se baisse pour ramasser une pierre qu'elle lance avec un hurlement.

Aussitôt, branle-bas de combat. Corps qui se penchent, se relèvent, se bousculent. Pierres lancées contre les murs. Cris de haine, hurlements de rage, l'impact sourd d'un objet lourd – pierre contre bois. L'air est ébranlé ; Ester regarde toujours dans la rue, fascinée, mais Rivka la tire par la manche, l'obligeant à détourner les yeux. Un objet dur heurte la fenêtre, laissant une longue fêlure dans un carreau. Dehors, la voix rauque d'une vieille : « Sortez les juifs de cette maison au nom du Seigneur ! » Et Bescós qui lance d'une voix trop calme pour que son propos ne soit pas prémédité : « Elles partiront ou elles seront brûlées vives. »

Un moment plus tard, coups répétés frappés à la porte d'entrée.

Repoussant Rivka, Ester descend l'escalier si vite qu'elle a l'impression d'une longue chute. Arrivée en bas, elle retrouve son équilibre en s'accrochant à la rampe.

S'efforçant de reprendre son souffle, elle s'arrête dans le vestibule plongé dans la pénombre, l'oreille aux aguets, à égale distance de la porte d'entrée et de la cuisine. Elle pourrait s'enfuir pour gagner le jardin... et après, pour aller où ?

« Tu pourrais éviter à tout le monde d'avoir à allumer un feu. » La voix de Bescós paraît toute proche en dépit de l'écran de la vitre, étonnée d'une victoire aussi rapide.

« Tu brûlerais la maison et l'argenterie qu'elle contient ? demande-t-elle.

– Même fondu, l'argent me satisfera. Ce ne sera peut-être pas le cas de ces bons voisins qui sont les tiens, et que j'ai trouvés en train de mendier dans les rues du quartier. Peut-être devrais-tu leur épargner cet exercice et manier le couteau toi-même, comme les tiens l'ont fait à York, dit-il en riant. Personne ne pleurera deux juives mortes dans une maison qu'elles ont volée à la famille d'une décédée. »

Ester entend maintenant le souffle de Rivka à côté d'elle.

« Prenez la maison, et tout ce qui va avec, dit Ester à travers la porte, et laissez-nous partir saines et sauves.

– Ah, ça, ça ne dépend peut-être pas que de moi », rétorque-t-il en riant.

L'une de ses manches est relevée plus haut que le coude, et elle effleure la peau tendre dans le creux de son bras, sentant sous son doigt les pulsations rapides de sa veine bleutée.

« Ester. » La voix suppliante d'un enfant.

Elle se retourne. Les joues de Rivka luisent de larmes ; ses narines laissent échapper un filet de morve. Elle secoue la tête lentement, d'un côté et de l'autre.

« Ils le feront, murmure-t-elle, avant de nous tuer.

– Rivka...

– Ou pire, l'interrompt la servante en fermant très fort les yeux, ils le feront et nous laisseront en vie. »

Elle s'écarte pour échapper à la main tendue d'Ester et passe brutalement devant elle, lui faisant perdre l'équilibre. Ester la suit en trébuchant, la vision obscurcie par l'effort, elle doit se retenir aux murs pour atteindre la cuisine.

Quand sa vue s'éclaircit, elle a du mal d'abord à appréhender ce qu'elle voit. Rivka, dos au four, récitant des psaumes ; Rivka, un couteau dans la main ; la lame, fichée entre ses seins, qui perce le tissu de son vêtement. Ses yeux se sont étrécis, comme si elle scrutait un tunnel à la recherche de quelque horizon invisible. Ses lèvres remuent au fil de sa récitation, ses joues sont empourprées du rouge de la honte. Elle a un air étrange de soumission, comme un enfant qui demanderait pardon. Ester pousse un cri et se précipite sur elle – mais sa tentative pour s'emparer du couteau manque de rapidité et Rivka la repousse aisément d'un bras. Elle tombe lourdement sur le sol, où elle lutte pour retrouver son souffle.

Rivka, qui la surplombe de toute sa hauteur, continue sa psalmodie. *« Shfoch levavi – al mnat kedoshecha. »* Elle a les yeux fermés à présent, et ses lèvres n'arrêtent pas de remuer. Au moment où elle lui crie de s'arrêter, Ester se souvient, impuissante, d'avoir souvent entendu Rivka parler de la sainteté du martyre et de la douceur d'une mort qui n'entache pas l'âme. Et elle a l'impression que sa compagne n'a cessé de se préparer à la mort depuis le jour où elle a été condamnée à survivre.

Mais le flot des prières de Rivka semble avoir rencontré un écueil. Elle serre les yeux encore plus fort et essaie de se concentrer à nouveau. Elle secoue la tête, une fois, deux fois, comme un marchand prêt à conclure une affaire, mais retenu par un dernier détail. En dépit de son désir de voir l'accord signé, elle ne peut se résoudre à l'accepter tel quel.

La pointe de la lame tremble sur la poitrine. Elle tourne sur elle-même, semble s'enfoncer, puis s'immobilise. Ester voit une petite tache de sang fleurir sur le devant de la robe. Mais le couteau ne pénètre pas davantage.

Rivka rouvre les yeux. Doucement, elle pose le couteau sur le fourneau, caressant le manche, comme si l'instrument de son échec ne devait pas être tenu pour responsable de sa lâcheté. Elle se retourne et plaque les mains sur la lourde table où elle a tant travaillé ces dernières semaines pour pétrir le pain qui les a maintenues en vie.

Lentement, tandis qu'Ester se relève, Rivka se courbe sous le poids de la douleur, abandonnant son corps au bois de la surface encore blanchi par la farine. Elle a cessé de prier, et elle s'en remet désormais à la merci du monde, devine Ester, pour qu'il exerce la violence devant laquelle elle-même a reculé.

Comme il est étrange, au moment où les mains d'Ester sont brûlantes et agitées de tremblements, où son sang lui bat aux tempes, martelant « danger danger » à son oreille... oui, étrange que les mots qui lui viennent maintenant à l'esprit soient des mots marqués du sceau d'une pensée lucide. Elle les articule en silence : *Puisqu'elle est l'ultime impératif moral, la vie doit s'attaquer à tout.*

Il lui faut un long moment pour amener Rivka à bouger. Quand celle-ci se retourne enfin, elle semble perdue, et faible comme si c'était elle qui relevait de maladie. Mais Ester réussit enfin à la conduire, une main dans le creux de ses reins, jusqu'à la chambre où Rivka l'a soignée pendant toutes ces semaines.

Elle prend sa main dans la sienne et la serre, et la servante, yeux baissés, marmonne quelques mots indistincts. Ester la laisse debout à côté du lit.

Elle ouvre une fenêtre. Le vacarme dehors s'est intensifié. Un homme se jette de tout son poids contre la porte d'entrée, salué par des applaudissements. Il y a maintenant plusieurs nouveaux venus, des hommes aux mines plus ou moins patibulaires, mais aussi des femmes, et quelques enfants à la périphérie de la foule, dont une gamine avec une collection de cailloux dans son tablier ramené en boule devant elle.

Un cri strident monte vers elle – elle a été repérée. Un paquet d'ordures s'écrase à sa gauche sur le mur.

Elle doit crier et s'y reprendre à trois fois pour se faire entendre. « Nous donnons la maison à votre Église ! »

Un autre cri, un seul, suivi d'un murmure confus.

Une pierre heurte la brique au-dessus de la fenêtre.

« Nous donnons la totalité de cette maison à votre Église. » Ester prend une profonde inspiration et fixe son attention sur la jeune femme à l'œil tuméfié. « Nous en faisons don jusqu'à la dernière pièce d'argenterie et au dernier meuble à votre pasteur. Qu'il vienne et accepte notre tribut. »

La jeune femme est à peu près de l'âge d'Ester et a dû être jolie autrefois. Ses cheveux châtains, bien que ternes, encadrent un visage en cœur dont les contours harmonieux sont encore visibles en dépit de l'œil abîmé qui la défigure. Quand Ester a parlé, elle s'est tue. Elle se tourne maintenant vers d'autres femmes qui chuchotent à ses côtés et leur fait signe de se taire. Pendant qu'Ester répète son message, l'une d'entre elles s'approche de deux hommes en train de se disputer et pose une main sur l'épaule de l'un d'eux. « Le pasteur ! » le réprimande-t-elle.

Les hommes hésitent.

D'en bas parvient à Ester le bruit sourd de l'homme qui continue à vouloir enfoncer la porte à coups d'épaule, mais les hourras se raréfient à chaque nouvelle tentative. Puis devant la porte, un cri strident. Bescós. « C'est une ruse du diable ! » clame-t-il.

Mais de sa position dominante, Ester fait entendre sa voix perçante. « Nous avons confiance dans votre Église, pas dans celle de cet homme. » Sans regarder Bescós, elle pointe un doigt tremblant dans sa direction. « Que votre pasteur se serve de nos richesses pour effacer nos péchés. Nous lui donnerons cette maison et tout ce qu'elle contient, à lui et à lui seul. Cet homme que vous voyez là, et qui a pour nom Esteban Bescós, veut s'en emparer pour son seul bénéfice. Ne le laissez pas priver votre Église de cette fortune. »

À côté d'Ester, Rivka halète doucement ; on croirait qu'elle sort d'un rêve. Elle dévisage Ester comme si celle-ci était la plus noire des traîtresses. Puis elle se détourne, donnant l'impression d'avoir découvert qu'elle ne valait pas mieux.

Sous la fenêtre, la femme à l'œil enflé élève la voix pour prendre le dessus sur l'homme au visage de boxeur à côté d'elle. « Alors, va à l'église et trouve-le, bon sang ! » lui ordonne-t-elle.

Après une brève hésitation, l'homme incline la tête et s'en va.

Bescós a conservé un sourire figé. « C'est une ruse ! » lance-t-il une nouvelle fois. Et d'un geste large, il désigne la maison da Costa Mendes de l'air de celui qui accueille des amis pour un festin. Mais, sans même se tourner vers lui, la femme répond : « On va laisser le pasteur en juger, qu'est-ce que t'en dis ? »

Le forcené qui s'acharne sur la porte fait une dernière tentative, accompagné des rires de ses compagnons, puis il recule pour se fondre dans la foule, en réclamant de la bière à grands cris.

Ester referme la fenêtre. « Il faut qu'on rassemble nos affaires », dit-elle.

Rivka reste une bonne minute sans bouger.

« Sais-tu ce que m'a dit le rabbin, avant de mourir ? » lui demande Ester, sur le ton de la confidence.

Rivka lève les yeux.

« Il m'a dit qu'il n'avait pas eu le courage d'accepter le martyre quand il était jeune. Et qu'il avait peur de ne pas l'avoir davantage s'il devait de nouveau être mis à l'épreuve. Imagine un peu, continue-t-elle, surprise de sentir sa voix trembler, un homme comme lui, croire qu'il a trahi Dieu. Rivka, je ne partage pas cette idée de Dieu. Un Dieu qui exigerait de nous un tel sacrifice ne saurait être le même que celui qui nous a donné notre désir de vivre. Si je me trompe, alors que le péché retombe sur moi.

– Ne me dis pas des choses pareilles, s'emporte Rivka en secouant la tête avec violence.

– Alors, écoute les paroles du rabbin, si tu ne veux pas entendre les miennes. Il aimerait te réconforter. Il citait souvent le verset *Dieu est proche des affligés.* »

Sans répondre, Rivka se dirige vers l'escalier.

Une heure s'est écoulée ; c'est le plein après-midi, sous une chaleur écrasante. Ester regarde depuis la fenêtre, fermant et ouvrant le poing tour à tour sur la grosse clé de la maison da Costa Mendes.

En bas, la foule grossit encore, à mesure que des passants arrivent des deux côtés de la rue, attirés par le spectacle. Cris et rires fusent ici et là. Plusieurs femmes font le tour du rassemblement – parmi elles, la borgne et sa compagne avec le bébé sur la hanche –, et, témoignant d'une ardeur quasiment lascive, paraissent raconter l'histoire aux nouveaux arrivants. Deux claquements secs en provenance du grenier, aussi retentissants que des coups de fusil, qui arrachent un cri à Ester et à Rivka ; puis des hurlements dans la foule tandis que des éclats de verre pleuvent sur les pavés. Des gamins ramassent encore des pierres dans la rue et visent nonchalamment les vitres du grenier. Non loin d'eux, quelques hommes, impassibles, l'air paternel, sont adossés à la maison comme pour la protéger de toute intrusion prématurée, à moins que ce soit simplement pour s'assurer d'être les premiers à entrer pour se livrer au pillage. Ils observent d'un regard presque furtif les femmes qui vont et viennent à la périphérie de la foule. Il y a quelque chose d'avide mais aussi d'inquiet dans leur posture, et Ester se rend compte qu'ils sont à la recherche d'un ennemi contre lequel ils seraient encore capables de protéger quelqu'un. Ils le combattraient alors avec un acharnement inouï, frappant et redoublant de violence, jusqu'à ce que les fibres de sa chair se distendent et finissent par céder.

Elle ne voit plus Bescós.

L'arrivée du pasteur est suivie d'un silence vibrant.

Ester ouvre la fenêtre en grand et se place bien en vue devant l'ouverture.

Se peut-il qu'un homme d'apparence aussi frêle soit encore capable de marcher ? Il est ridé, voûté sous le poids des ans, et ses paupières sont rouges et gonflées. Peut-être, songe Ester, est-il le dernier pasteur vivant dans la ville.

Mais tandis qu'il approche, elle s'aperçoit que son visage porte les marques de la fureur d'un homme rejeté. Il ouvre grand les bras, et demande d'une voix singulièrement forte : « Donnez-vous vraiment cette maison à l'Église ? » En lançant sa question, il n'a eu qu'un bref coup d'œil en direction de la fenêtre. Son regard revient aussitôt sur les gens massés autour de lui, comme s'il avait enfin réussi à rassembler son troupeau et était cette fois-ci bien décidé à marquer chaque bête au fer rouge. Les plus proches de lui tentent de reculer pour échapper à sa fureur. Ester voit quelques têtes se baisser, même si le gros de la foule ne semble pas outre mesure ébranlé. Mais le vieux pasteur se fait de plus en plus menaçant, va de l'un à l'autre en fulminant, avant de crier toujours plus fort : « Il faut chasser le démon sans merci ! »

Ester hurle depuis la fenêtre. « Je vous donne ceci, dit-elle en brandissant la grosse clé. La clé de toutes les portes. Tout sera la propriété de l'Église, la maison et ses richesses dans leur totalité. »

Mais l'autre ne la regarde même pas. « Le Seigneur n'accepte pas les richesses corrompues, hurle-t-il à l'adresse de ceux qui l'entourent. Il faut qu'elles soient accompagnées du seul tribut qui est éternel. »

Avec ces mots, il tient la rue sous son emprise.

Il tourne son visage desséché vers Ester avec une telle soudaineté que celle-ci recule. « Les juives font-elles aussi don de leur âme ? »

Elle savait que tel serait le tribut à payer. Mais l'entendre de vive voix est une terrible épreuve. Elle se redresse. « Oui », dit-elle.

Derrière elle, un gémissement échappe à Rivka.

« Ce péché, c'est le mien, pas le tien », lui murmure Ester. « Vous entendez, elles offrent leur âme », annonce pompeusement le pasteur à son auditoire. Mais il lève une main, retardant l'absolution. « Une telle offrande sera-t-elle acceptable à Dieu ? »

D'un geste rapide, Ester ouvre le tiroir de la coiffeuse de Mary. « Il nous faut rassembler ce que nous pouvons », dit-elle à Rivka. Tout en marmonnant un *disculpame*, elle écarte les colliers et les bagues, et, fermant son esprit à tout ce que peuvent évoquer en elle ces babioles familières, ramasse les quelques pièces qu'elle trouve – assez d'argent, peut-être, pour pouvoir se faire transporter hors de Londres sans encombre, si elles gardent la vie sauve. Puis, sans un regard pour Rivka, car il lui semble qu'à la moindre provocation celle-ci serait capable de refuser de la suivre, elle descend l'escalier en toute hâte.

Après un assez long moment, elle entend Rivka aller et venir dans les chambres à pas pesants, comme si elle se déplaçait à l'aveuglette. Quand elles se retrouvent au pied de l'escalier, Rivka est vêtue d'une immense cape, et sa silhouette est épaissie par les ballots qu'elle a cachés dans ses vêtements. Elle pose un moment les yeux sur Ester, puis lui agrippe le bras.

Le soleil découpe le plancher de la pièce de devant en triangles, chaque tache de lumière jaune figurant un nouveau seuil. Elles les franchissent ensemble, l'un après l'autre, jusqu'à ce qu'elles arrivent dans le hall d'entrée noyé dans l'ombre. Pour la première fois en quarante jours, Ester pose la main sur la serrure, avant de se tourner vers sa compagne pour obtenir sa permission.

Rivka retient son souffle une seconde, puis incline la tête.

Ester soulève le loquet de la lourde porte et l'ouvre toute grande.

Un flot de lumière les agresse. Devant elles, les gens reculent.

Ester ouvre la bouche pour parler, mais les mots ne franchiront jamais ses lèvres. Corps qui se bousculent. Mains rudes qui empoignent. Un visage, trop près du sien – une plaie purulente sur une joue envahie par la barbe. Cris, bouches ouvertes, un coude qui lui heurte violemment le front. Une main qui se faufile dans ses cheveux, qui tord, tire, et une douleur fulgurante quand une touffe lui est arrachée du crâne. Elle en a le souffle coupé, mais ne pousse pas un cri, pas plus que Rivka, qui lui enserre toujours le bras d'une poigne de fer. Elles sont en passe d'être englouties par la foule, des mains s'accrochent aux épaules d'Ester, à sa taille, cherchant un sein à travers le tissu de sa robe, une autre fourrage sous sa jupe avant de lui saisir le sexe. Elle sent Rivka se débattre à ses côtés, entend grogner un homme qu'elle vient de forcer à la lâcher. Et soudain, le pasteur est là devant elles, qui les attend.

Il étend les bras au-dessus de leur tête, un air d'intense satisfaction sur son visage creusé. Puis les mains, l'une après l'autre, se détachent d'elles.

Le prêtre les observe. L'odeur qu'il dégage – encens et pierre humide – emplit Ester de terreur. Combien sont-ils à s'être trouvés dans la position qui est la leur en ce moment, attendant de mourir pour ce qu'ils étaient, le sang battant à leurs tempes ?

Un instant, tandis que le prêtre les a sous sa fragile protection, tous restent immobiles, comme hypnotisés. Puis, son silence se prolongeant, un frisson semble parcourir la foule... et la seconde qui suit, comme sur une décision subite, elle s'entrouvre d'un coup, incapable de résister plus longtemps à l'attrait de la maison ouverte et aux cris de ceux qui se sont déjà aventurés à l'intérieur.

Affolé par la dispersion de ses fidèles, le prêtre crie : « Celui qui s'empare de ces biens vole l'Église ! » Mais il apparaît clairement que la maison qu'il convoite sera pillée. En ouvrant la porte de la demeure des da Costa Mendes, Ester a éventré un corps, et les charognards se précipitent à présent pour ronger la chair sur les os.

Elle assiste, impuissante, à la scène. Avec à son côté Rivka et l'ecclésiastique que le spectacle laisse tout aussi interdits qu'elle. Les vandales ressortent les bras chargés d'objets de valeur : la vaisselle et les vases en argent du père de Mary ; une robe en soie qui a appartenu à Catherine ; les colliers de Mary étalés en éventail sur les dix doigts de l'homme à la tête de boxeur. Près d'eux, une femme s'affaire sur une boîte de mouches en velours aux motifs compliqués, passant le pouce sur les poils d'une brosse dont se servait Mary pour les coller sur sa peau. Un immense chagrin la submerge, mais elle n'a pas le loisir de s'y attarder. Le prêtre est en train de crier. Que veut-il ? Elle ne distingue pas tout de suite ce qu'il dit, mais comprend tout de même que, comme elle, il tente d'évaluer l'humeur de la populace. La maison restera une jolie coquille, même une fois mise à sac : un trésor pour une Église et un ministre du culte qui en auront la jouissance dans le monde d'après la peste – en admettant qu'un tel monde advienne jamais, et que la loi n'exige pas de lui son bien pour le remettre à quelque membre survivant de la famille da Costa Mendes.

« Voilà des âmes qui ne peuvent plus attendre », dit brusquement le prêtre d'une voix où percent à la fois amertume et satisfaction, comme s'il n'avait rien attendu d'autre, heureux de constater qu'il avait raison. « Elles doivent maintenant se purifier devant le Seigneur ! » Il se détourne d'Ester et de Rivka et s'éloigne. Au moment où Ester s'apprête à le suivre, elle aperçoit Bescós à une fenêtre du premier étage. Ses bras sont chargés d'argenterie, et pourtant son visage affiche une expression désenchantée, comme s'il n'avait rien dans les mains.

Les appels du pasteur ont détourné une dizaine de personnes de la scène, et cette petite escorte entraîne maintenant les deux femmes dans son sillage. Quand ils atteignent le bout de la rue, Ester fixe une dernière fois la maison qui leur a servi de prison et d'abri. La façade est dégradée, souillée d'immondes éclaboussures ; des carreaux manquent aux fenêtres. Elle est encore en train de regarder quand un des draps blanchis avec tant de soin par Rivka descend d'une fenêtre à l'étage, formant une cloche d'air au dessin parfait qui vient s'affaisser avec une incroyable douceur sur le pavé.

Un gamin s'est joint à eux, portant un encensoir qui répand une fumée odoriférante. Il le balance avec vigueur, la chaîne se détendant d'un coup quand l'instrument est arrivé au bout de son élan. Il vient prendre position à la tête du petit cortège, sans qu'Ester puisse déterminer s'il s'agit là d'un rituel ou d'une tentative pour éloigner la peste, mais les filets de fumée leur tracent un chemin à travers une ville désormais méconnaissable. Partout, des croix blanches sur les portes. Des gens, le visage ravagé et hagard, qui marchent seuls dans la rue. Quelques enfants à l'air affamé se joignent à la procession ; d'autres au contraire s'en écartent, comme s'ils savaient depuis longtemps que la mort vient des autres. Des mains se posent à nouveau sur Ester et Rivka – moins nombreuses cette fois-ci, et plus curieuses, moins fébriles. Des mains sur le dos d'Ester, sur ses cheveux, ses oreilles, sa nuque. Rivka, qui la tient fermement par le bras, avance à pas comptés au milieu de la cohue, la tête penchée, les yeux mi-clos, une expression terrible sur le visage. Se haussant du col pour éviter de se faire écorcher les joues par des ongles, Ester a un instant une vision sidérante : très loin au-dessus de sa tête, visible entre les arches des toits, un ciel tel qu'elle n'en a jamais vu depuis son arrivée en Angleterre – mince ruban bleu s'étirant à l'infini. Les propriétaires des tanneries et des fours à chaux qui polluaient la cité sont morts ou partis, laissant un ciel lavé de toute impureté, signe, peut-être, de l'avènement d'une vérité nouvelle destinée à effacer les souffrances de la ville, mais encore hors de portée.

Puis la vision s'évanouit. Ils sont arrivés à destination – un porche, au-delà duquel s'ouvre une cour ceinte de hauts murs, chacun couronné de crânes sculptés dans la pierre. Et puis l'église... combien de fois, dans un autre Londres, a-t-elle pressé le pas en passant devant des bâtiments tels que celui-ci ? À présent, poussées dans le dos, elles pénètrent à l'intérieur, faiblement éclairé, le prêtre à peine visible devant. De hautes voûtes de pierre les surplombent : ombres dansantes des cierges, échos étouffés, odeur entêtante d'encens accumulée dans l'air, semble-t-il, au cours des siècles. Ester s'appuie sur Rivka. Des mots lui reviennent à l'esprit depuis son enfance – une incantation qu'elle pensait avoir oubliée, apprise d'une fille dont la mère l'avait obligée à l'apprendre par cœur.

« Il y a quelque chose que tu peux dire, chuchote-t-elle à Rivka. Je l'ai appris quand j'étais petite. C'est en espagnol, et ça veut dire : *Les paroles que je vais prononcer sont nulles et non avenues.* Tu dis : *Todo lo que voy a decir es nulo...*

– Non », l'interrompt Rivka.

Les yeux écarquillés, elle fixe l'endroit à l'avant de l'église vers lequel on les conduit. De son bras libre, elle emprisonne sa poitrine comme si elle berçait un enfant. « Dieu me voit. J'accepte Son jugement. »

Elles sont maintenant devant le chœur – poussées en haut de quelques marches par les mains curieuses qui les cernent toujours, et comme elles approchent de l'autel, quelqu'un crache – la salive atterrit sur la joue de Rivka, qui a un mouvement de recul mais ne s'essuie pas.

« Ainsi viennent-elles au Christ », lance le prêtre d'une voix grêle et haut perchée.

L'écho se perd dans les hauteurs de la nef, et un grand silence s'installe.

« Ainsi le ferons-nous, poursuit l'homme de Dieu. Notre pays est dévasté, notre ville, en ruine. Dieu a montré le chemin à ces âmes perdues, et notre indulgence à leur égard est l'occasion de notre rachat. Car il y a eu assez de morts, et il nous appartient aujourd'hui de sauver des vies. »

Ses fragiles paroles de miséricorde pénètrent le silence. Sur le visage d'une femme aux cheveux blancs debout près d'Ester, quelque chose qui sommeillait se réveille. Elle incline lentement la tête en regardant le prêtre, et ses yeux s'emplissent d'une ferveur qui ressemble à de l'amour.

Fascinée par la paix surnaturelle qui inonde le visage du prêtre et la force grandissante de sa voix, Ester ne comprend pas les instructions qu'il leur donne, même quand il les répète. Mais des mains la poussent encore en avant, et elle tombe à genoux ; on l'oblige à courber la tête jusqu'à ce qu'elle ait le menton dans la poitrine. Le prêtre psalmodie quelque chose ; ses mains, froides mais efficaces, s'activent mystérieusement. Ester sent ses doigts dégouttant d'huile tracer une croix rapide entre ses sourcils. De l'eau lui éclabousse le sommet du crâne et lui coule le long du nez. Puis elle lève la tête et regarde non pas les gens qui sont autour de l'autel, mais au-delà, vers les murs de pierre et le toit. L'église danse et vacille devant ses yeux, voilée par ce qu'elle comprend être ses propres larmes... mais comment se peut-il que ce simulacre de conversion l'affecte à ce point, elle qui ne croit pas à l'existence d'un dieu susceptible de se soucier de ce genre de chose ? Il lui est pourtant impossible de nier la réalité du sentiment qui est le sien en ce moment, né de la sensation d'avoir été souillée au point de ne plus jamais pouvoir se laver de la souillure. Son regard se pose sur une statue sculptée dans une pierre blanche : une femme – une des saintes chrétiennes – suppliant le ciel, les bras levés, le corps ravagé par la douleur. Puis abaissant les yeux en entendant un petit gémissement de protestation à ses côtés, elle aperçoit Rivka, agenouillée, le front oint de la croix tracée par le prêtre, son visage usé par l'âge et la fatigue levé dans une attitude de prière.

Le soir tombe. Devant elles, le fleuve s'élargit, déployant le grand arc gris d'une prochaine courbe. Au-dessus de leurs têtes, une poussière d'étoiles, à peine visibles, presque déjà éteintes. La tache voilée de la comète.

Le batelier est penché sur les avirons, sa main valide tenant fermement celui de droite, l'autre, une sorte de crochet, attachée à l'aide d'une lanière de cuir à celui de gauche. Au-dessus du nez en cône rempli d'herbes qu'il porte pour se protéger de l'infection, ses yeux bleus s'arrêtent de temps à autre sur Ester et Rivka. Il ne pose pas de questions, n'exige pas de réponse autre que les pièces que lui a tendues Ester au moment du départ, avec la promesse de lui verser l'autre moitié à l'arrivée.

Pas une seule embarcation n'approche la leur. Le trafic sur le fleuve s'est considérablement raréfié, comparé à ce qu'il était en ce jour de printemps à peine quatre mois plus tôt... Ester se force à chasser le souvenir de son esprit.

Le batelier les a averties, quand il a empoché l'argent, que s'ils se faisaient arrêter et qu'on leur demandait leurs papiers, il les débarquerait sur-le-champ et disparaîtrait sans attendre. Il a également insisté pour retarder le départ jusqu'à ce que le soleil ait commencé à décliner. Mais personne ne les a arrêtés. Ils n'ont croisé que quelques bateliers solitaires, qui se saluent à voix basse en passant à bonne distance. Il semble que Londres soit finalement devenu poreux, suite à la mort ou à la défection de ses gardes ; rares sont ceux qui restent pour veiller sur les malades confinés.

Le fleuve amorce une courbe devant eux, large et impénétrable, sa destination mystérieuse. Rivka est assise à la poupe du petit bateau, le regard fixé sur le chemin déjà parcouru. Elles se sont à peine parlé depuis qu'elles ont quitté l'église. Quand a cessé le maigre chant des hymnes et que l'église a commencé à se vider de sa petite assemblée désormais rassasiée, elles sont parties d'un même pas en direction du fleuve, prenant la fuite avant que le prêtre, rattrapé par les remords, les rappelle. Comme il est étrange, pense Ester, après avoir été portée par un groupe jusqu'à l'église, d'en ressortir pour trouver une ville désertée, et comme il semble facile à présent de passer inaperçue. Si Londres a été un jour la ville aux milliers d'yeux, ceux-ci sont à présent presque tous éteints, et deux femmes peuvent parcourir des rues entières, passer devant des centaines de maisons aux volets clos, sans le moindre salut ni la moindre apostrophe.

Par ici, a murmuré Ester à Rivka, en la guidant le long d'étroits passages. *Par là.* Sans plan ni réflexion, elle les a conduites toujours plus loin en direction du fleuve, ne s'arrêtant que le temps d'une courte pause pour reprendre son souffle avant de poursuivre – *par ici, par là* – pour arriver dans un quartier où un jour elle a cherché son frère. Jusqu'à un quai qui, il y a quelque temps encore, résonnait des appels des débardeurs, mais était aujourd'hui désert, et lourd de l'odeur forte de la marée. Toujours plus loin, toujours plus bas, jusque dans la pénombre du côté abrité du pont, Rivka la suivant comme une enfant. Un moment de repos contre un entassement de caisses fendues ; puis, en passant derrière une cabane en bois, elle tombe sur un batelier à moitié endormi... qui a le souffle coupé en ouvrant les yeux sur cette apparition fantomatique, des pièces d'argent dans sa main tendue.

Même dans le crépuscule grandissant, les rives de part et d'autre du fleuve restent verdoyantes. La mort qui a engorgé la ville n'a pas touché à un seul brin de leur herbe. Ester se repaît de cette vision. Une petite brise se lève. Une pensée résonne en elle, à la manière de la note unique d'un carillon : si quelqu'un devait lui chanter une chanson maintenant, elle fondrait en larmes.

Rivka s'agite sur son banc, et Ester ne s'aperçoit que maintenant qu'elle est dans l'incapacité de s'asseoir convenablement. Le menton rentré dans la poitrine, le corps disposé de manière à ne pas être vue du batelier, elle s'applique à défaire sa cape, puis sa robe. Ester se dit d'abord qu'elle a décidé de se dévêtir et de plonger au fond de l'eau à la rencontre d'une mort qu'elle n'a que différée. Mais elle est trop engourdie pour faire plus que regarder en silence Rivka extirper, d'abord avec peine puis un soulagement évident, une épaisse liasse de feuillets enfouis dans son vaste corset. Il y a là des dizaines, des centaines de pages, incurvées sous l'effet de la courbe de son corps. Ester ouvre des yeux ébahis. La page qui était en contact direct avec la peau a une petite tache rouge sur le haut. Le sang de la blessure que s'est infligée Rivka avec son couteau.

Elle tend les papiers à Ester. Qui, dans un premier temps, ne reconnaît pas l'écriture – penchée, fluide, précise, avant de constater qu'il s'agit de la sienne. Et les papiers sont ceux qu'elle a laissés sous son matelas en quittant la maison des da Costa Mendes ; Rivka les a tous sauvés. Ce n'est que maintenant, en regardant vers l'arrière du bateau, qu'Ester voit sur le plancher quelques minces volumes, déposés là pendant qu'elle-même était perdue dans sa rêverie. Ils ne constituent qu'une infime partie de la bibliothèque du rabbin, mais représentent bien plus que ce qu'elle aurait pu imaginer Rivka capable de transporter.

Le paysage, verdoyant, vivant, défile lentement sur les rives. Ester reste un moment absorbée dans sa contemplation, puis finit par dire : « Pourquoi ? »

Le visage toujours tourné vers l'eau, Rivka hausse les épaules.

Dans le silence, on entend distinctement le clapotis feutré des rames plongeant dans l'eau, de même que la pluie des gouttes qu'elles laissent tomber dans leur voyage au-dessus de la surface. Le batelier a baissé son cône d'herbes, fermé les yeux dans l'air frais du soir et courbe la tête, concentré sur sa tâche ; sa respiration monte et descend au rythme de ses mouvements.

Rivka se tourne abruptement, une expression avide sur le visage. « J'avais besoin qu'il soit avec moi, dit-elle. Là-bas. » Dans l'église, Rivka avait pressé les paroles du rabbin contre son cœur. *« Dieu est proche des affligés »*, récite-t-elle, et dans le souvenir d'Ester, la voix du rabbin finit le verset : ... *de ceux dont l'âme n'est pas en paix.*

« Il m'était impossible de transporter le reste de ses livres, dit-elle encore. Alors, je les ai cachés. Derrière des châlits, derrière une porte dérobée. Peut-être que quelques-uns échapperont aux mains des voleurs. Mais ses mots à lui sont ici, en sécurité », dit Rivka avec un geste en direction des papiers qu'Ester a dans les mains. Avant d'ajouter, hésitante : « Et les tiens aussi, Ester. Il se peut que je ne comprenne jamais ce qui t'a amenée à être en désaccord avec lui, mais si ces lettres étaient pour toi importantes au point que tu puisses mentir à un tel homme, et que lui le tolère... » Rivka s'interrompt. Elle fixe Ester d'un regard limpide. « Il fallait sauver quelque chose. Ces papiers sont à toi. »

Un vent léger fait onduler le fleuve, incline les cimes des arbres qui le bordent, avant de les laisser se redresser. De part et d'autre leur parviennent les cris d'oiseaux inconnus, l'écho de leurs appels emplissant l'air. Au-dessus de leurs têtes, les étoiles sont devenues plus lumineuses, la comète plus brillante. Ester contemple la liasse entre ses mains. L'encre qui luisait d'un noir bleuté quand elle l'a déposée sur la page forme à présent un ruban terne qui se déroule sans fin ni sens. Comment expliquer que ses boucles et ses tortillons l'aient un jour autant fascinée – comme si la pensée avait le pouvoir de remodeler le monde ?

Elle tient la liasse au-dessus du flot sombre. Il ne faudrait au fleuve qu'un instant pour laver les pages, les purger de toute la vanité dont elle les a salies.

Sans le vouloir, elle pose les yeux sur la page du dessus : une lettre à moitié terminée.

> Le mot Dieu, par suite, pourrait n'être qu'une autre façon de nommer l'Univers, et ce serait un univers bien froid que celui où la préférence ne serait pas donnée à l'amour sur la haine, au bonheur sur le malheur.

Des mots qu'elle a écrits, et qui la stupéfient. Elle ramène les papiers vers elle et continue à lire, prenant conscience au fil de sa lecture de l'énormité de son aveuglement. Dans son arrogance et sa solitude, elle s'est imaginé comprendre le monde, alors que ses constructions philosophiques en ignoraient l'essence.

L'impératif de vivre, se murmure-t-elle à elle-même. Une force gouverne l'univers, et cette force, c'est la vie, et la vie... est à elle-même sa propre loi, vibrante de tout son pouvoir. Dans son voyage fulgurant à travers le ciel, la comète n'est pas le signe d'une quelconque colère divine, pas plus qu'elle n'a à voir avec un châtiment infligé aux habitants de Londres pour leurs péchés ; la lumière de la comète n'existe que dans le seul but de briller. Elle fend l'atmosphère parce que les lois du cosmos l'exigent. Exactement comme l'herbe pousse sans autre intention que de sortir de terre. Comme la femme défigurée doit défier Bescós, qui la considère comme impropre à l'amour ; exactement comme Ester elle-même a un jour, il y a bien longtemps de cela, écrit parce qu'elle ne pouvait pas faire autrement si elle voulait vivre.

Elle a eu tort de penser que l'univers était froid, et que seul le cœur humain était sujet au désir. C'est le désir qui porte l'univers lui-même, et c'est son seul dieu vivant.

Et le désir est précisément, en ce moment, ce qui la retient de jeter à l'eau ses pages délirantes ; elle ressent l'envie, l'espace d'un instant, puis d'un autre, de les garder. Elle reste assise dans le ventre du bateau, les papiers serrés sur sa poitrine, pendant que l'homme tire sur ses rames pour vaincre la résistance de l'eau et que des oiseaux dont elle n'a jamais entendu le chant auparavant emplissent l'air de leurs notes claires. Elle pense : je devrais au moins lui dire. À de Spinoza. Qu'un poisson ou un arbre ne sont pas dieux, mais qu'est divin le désir qui tremble, bat ou surgit au-dedans d'eux.

Une lettre simple. Peut-être écrira-t-elle une dernière lettre, simple et brève.

Il fait presque nuit quand elles posent le pied sur le ponton vermoulu. Pendant que Rivka parcourt du regard les prairies qui s'étendent devant elles, Ester donne au batelier le reste de la course et le regarde empocher l'argent, puis quitter la rive sans un mot. Un moment, il semble hésiter au milieu du courant : l'évasion dans l'air frais de la nuit ou le retour à la ville et à son gagne-pain ? Un coup de rame, et le bateau vire dans la direction de Londres.

Au-dessus d'elles, sur une éminence non loin du fleuve, s'élève la grande maison. Impossible de la manquer, même dans la demi-obscurité. Elle se dresse, formidable, ceinte de murs, abondamment ornementée. *Une façade en brique*, avait écrit Manuel HaLevy, *de nature à faire oublier aux ennemis des juifs qu'ils nous haïssent et à les obliger à venir cirer nos bottes.*

Elles traversent la prairie à tâtons pendant un moment, puis rencontrent sous leurs pieds un chemin sinueux, qui monte en pente douce et passe bientôt sous une arche de pierre, avant de se séparer en deux tronçons, l'un continuant vers la maison, l'autre disparaissant sous des voûtes de branches tressées pour aller se perdre au fond des jardins. La maison, grandiose, haute de trois étages, est d'une brique orange pâle, sur laquelle se détachent de fines sculptures de pierre blanche. Dans l'obscurité, Ester distingue des avant-toits profonds et des fenêtres immenses, qui luisent des reflets d'une lumière ou d'un feu dans une cheminée. Une maison aux dimensions et aux profondeurs insoupçonnables dont l'entretien doit demander une armée de domestiques. Manuel HaLevy avait raison : son père avait lancé un défi de briques et de mortier si solide que personne ne pouvait nier sa prétention à un morceau de la carte de l'Angleterre.

Dans l'obscurité grandissante, Rivka, la silhouette encore grossie des quelques livres qu'elle a sauvés du pillage, marque le pas.

Quand elles sont montées dans le bateau à Londres, Ester s'est contentée de lui dire qu'elles allaient retrouver Manuel HaLevy dans son domaine. Rivka n'a soulevé aucune objection, pas plus qu'elle n'a demandé qui allait les recevoir là-bas, ni ce que ferait Ester au cas où on ne voudrait pas d'elles. À présent, cependant, tandis qu'elle s'imprègne des dimensions et de la majesté de la demeure, elle cesse carrément d'avancer.

« Rivka », la presse Ester.

Une consternation désespérée se lit sur son visage. Elle se désigne du geste : trop laide, trop pauvre, trop abîmée.

Pourtant, un moment plus tard, elle reprend sa marche, trop épuisée pour se permettre d'être sceptique – son sentiment de défaite inexplicablement remplacé par une confiance retrouvée.

Elles finissent de gravir la pente.

Ester n'a pas pensé plus loin, pour tout dire, que la rive herbeuse, quand elle est sortie du bateau pour fouler un parterre de verdure si tendre qu'elle en a eu la gorge nouée. Mais à présent, un plan s'échafaude dans sa tête, et elle se fait le serment de le suivre, qu'il ait ou non une chance d'aboutir.

Elle a besoin de ses deux mains pour soulever le heurtoir de la porte en chêne sculptée. Il retombe lourdement sur la plaque en métal, un bruit sec et solennel.

Une ombre hésite à une fenêtre toute proche, puis disparaît. S'ensuit un long silence.

Pour finir, un serviteur vient ouvrir, un chandelier à la main. Sa silhouette s'encadre dans le chambranle, découpée par le feu qui brûle derrière lui dans le grand vestibule. Ses cheveux grisonnants et ses épaules voûtées rappellent à Ester un aigle empaillé qu'elle a aperçu un jour dans un magasin, le plumage rare et râpé, mais l'œil toujours menaçant.

L'homme lève son chandelier pour éclairer Rivka, puis Ester, sans se soucier de déguiser son examen. « Vous venez de la ville ? » demande-t-il.

Ester se rend compte trop tard que le désastre doit être inscrit sur sa peau. Elle résiste à l'envie de porter une main à son visage pour dissimuler les cicatrices laissées par la maladie.

« Certificats de bonne santé ? demande-t-il encore.

– Nous n'en avons pas », répond Ester.

Il se raidit et recule, tirant la porte à lui, avant de leur asséner à travers une ouverture aussi étroite que sa maigre figure : « Vous n'êtes pas les bienvenues. »

Elle est sur le point d'insister en faisant valoir qu'elle connaît le maître des lieux quand, depuis les profondeurs enténébrées, parvient un appel indistinct. Sans ajouter un mot, le serviteur referme la porte.

Un brouhaha étouffé. Puis la porte s'ouvre à nouveau, plus largement cette fois, et là, debout aux côtés du serviteur, Benjamin HaLevy en personne les détaille, les yeux plissés.

Elle est depuis longtemps habituée à voir des visages affligés des stigmates de la douleur. Mais ceux qu'elle lit sur celui de HaLevy sont stupéfiants. Disparu, le marchand plein de morgue qui s'attardait dans ses beaux habits devant la synagogue, parlant affaires et état de la mer avec le père de Mary. Benjamin HaLevy porte les couleurs foncées et le col déchiré du deuil, et bien qu'il garde le silence tout en les observant, ses soupirs font peur à entendre, chacun s'il se peut plus étouffé et accablé que le précédent. On dirait un homme pris au piège d'un labyrinthe, qui vient d'essayer la dernière sortie pour la trouver bloquée. Ester comprend que les murs mêmes de sa demeure, jusqu'à son enveloppe corporelle, sont pour lui pareils à une prison.

Un éclair de reconnaissance accompagné d'un tressaillement. « Vous êtes celle qu'il voulait. Je me trompe ? De la maison du rabbin. »

Elle constate qu'il ne parvient pas à prononcer le nom de Manuel.

« Oui, dit-elle.

– Et il est où, votre rabbin ?

– Mort, mais pas de la peste. »

Il reçoit l'information sans réagir. Il l'observe toujours d'un œil dur. « Et pourtant, vous-même portez les stigmates de la maladie. »

Elle se soumet à son examen sans se détourner, consciente toutefois d'un pari hasardeux. Il pourrait reculer devant les marques de sa souffrance, aussi bien que les voir sœurs des siennes.

Au bout d'un moment, il se détourne d'elle pour porter son regard sur Rivka. Mais très vite il revient à elle, attiré, semble-t-il, par le spectacle de ses cicatrices. « Vous nous apportez l'air empoisonné de la ville, pour anéantir ce qu'il reste de la maison HaLevy ? Vous ne pouvez pas attendre qu'elle meure de sa propre déchéance ? » Sa voix est montée d'un ton, comme sous l'effet de la colère. Mais presque aussitôt, quelque chose en lui cède ; il n'a plus assez foi en la colère pour la laisser suivre son cours. Il a été vaincu, non pas par Ester, mais par son impatience à voir cette heure, ce jour s'éteindre enfin. Avec un geste brusque à l'adresse de son serviteur, il murmure : « Elles restent pour la nuit. »

Elle a toujours vu Benjamin HaLevy et Manuel semblables en apparence – corps compacts, visages carrés, yeux brun-vert évaluant froidement le monde. Et il lui semble aujourd'hui surprendre dans l'expression douloureuse du père la réplique de celle du fils, tous deux réunis dans leur compréhension de la mort, comme ils l'ont été un jour dans leur détermination à prendre la vie à bras-le-corps.

« Vous partirez au matin », dit HaLevy. Puis il ajoute en pivotant sur les talons : « Vous ne mangez pas dans ma vaisselle. » Suit encore une instruction adressée au domestique : « Quant à toi, brûle les draps dans lesquels elles auront dormi. »

L'homme soumet à nouveau Ester et Rivka à un examen rapide, puis lance un regard noir dans le dos de son maître.

HaLevy disparaît de l'embrasure de la porte. Ester l'entend monter un escalier.

Le serviteur reste là, les bras croisés sur la poitrine. Rivka a un raclement de gorge délibéré. Ester les voit se dévisager l'un l'autre d'un air hostile. Difficile de dire lequel des deux a l'attitude la plus arrogante. Puis, après s'être écarté pour leur permettre d'entrer, le serviteur appelle une bonne qui leur préparera à manger. Il les conduit ensuite à l'arrière de la maison, passant devant un escalier en bois majestueux et des pièces dont les portes entrouvertes autorisent la vision de riches décors. Elles le suivent, pressant le pas pour rester à sa hauteur, franchissent une porte dérobée et gravissent une volée de marches en colimaçon mal éclairées pour se retrouver dans un dédale de corridors étroits, où circule la domesticité, invisible pour les maîtres.

On les fait entrer dans une chambre sans fenêtre, meublée d'un seul lit étroit, sur lequel se trouve une pile de draps et de couvertures soigneusement pliés. Le serviteur leur indique une chandelle et un briquet, attend que Rivka l'ait allumée, puis s'en va en fermant la porte derrière lui.

Le broc à eau est vide et couvert de poussière, les draps propres, mais rapiécés, les couvertures minces. Un pot de chambre en métal est posé dans un coin. Il n'y a pas de cheminée.

Elles s'asseyent côte à côte, tendant l'oreille aux bruits de la maison, le silence seulement ponctué de temps à autre par des pas qui s'approchent assez pour éveiller leurs espoirs, avant de s'éteindre dans de lointains corridors. Un peu plus tard – un quart d'heure ? Une heure ? –, Rivka ouvre la porte pour découvrir un panier de nourriture, qu'on a laissé là sans les prévenir : viande froide et pain sec, ainsi qu'un récipient rempli d'eau. Pas d'assiettes ni de couverts. Elles mangent avec leurs doigts, goulûment, boivent, s'aspergent le visage avec ce qu'il reste d'eau et se couchent épaule contre épaule sur le lit dur et froid, encore vêtues des seuls vêtements qu'elles possèdent. Ester frissonne, heureuse de la chaleur que dégagent Rivka et le manteau que celle-ci a étendu sur elles.

Elle attend que Rivka soit endormie et que le silence de la maison soit plus profond. Puis elle se lève, trouve à tâtons la chandelle et le briquet et allume la mèche.

L'étroit passage sur lequel ouvre la chambre conduit à un couloir plus large, puis au pied d'un escalier. Elle gravit les marches, entourée d'ombres dansantes. Arrivée sur le palier, elle hésite, puis s'engage dans un autre corridor avant de tourner à nouveau, le labyrinthe fréquenté par la domesticité l'amenant finalement, et en toute logique, devant une porte dont elle est certaine qu'elle donne sur le balcon qui surplombe le hall d'entrée deux étages plus bas.

Elle ouvre la porte et s'introduit dans un espace aux allures de caverne. Elle devine les hauts plafonds au-dessus de sa tête, et en bas, le vestibule majestueux, baigné dans une obscurité sur laquelle sa bougie n'a aucune prise. L'atmosphère qui emplit l'immensité des lieux lui est étrangère.

Elle s'avance sur le balcon et pose la main sur le bois frais de la balustrade. Elle la suit sans bruit jusqu'au bout, puis risque un pas dans le noir qui s'ouvre devant elle. Un pas, puis un autre. Un troisième, et elle se retrouve dans un couloir aussi large qu'une avenue, faiblement éclairé à une extrémité par des brûle-joncs. Se tournant dans leur direction, elle entreprend de le longer, passant devant des meubles sculptés et des tableaux aux cadres massifs, dont elle devine les contours plus qu'elle ne les voit. Elle est maintenant devant une large porte sculptée, au bois si sombre qu'on le dirait noir.

Un dernier frisson à la pensée du chemin qu'elle a parcouru pour arriver à ce moment.

Elle frappe à la porte, doucement : il doit avoir le sommeil léger, si tant est qu'il dorme.

Un long moment s'écoule. Puis un pas lent, d'abord dans son cabinet, ensuite dans sa chambre, enfin dans l'antichambre. Une voix rauque. « Qui est-ce ? »

Elle ne répond pas.

Elle sent HaLevy tendre l'oreille de l'autre côté de la porte. « Barton ? Un problème ? »

Elle frappe une seconde fois, doucement.

Il ouvre. La lumière de sa bougie tombe sur elle, accentuant la pâleur du visage de la jeune femme, et il sursaute comme si l'apparition qu'il avait devant lui était l'image même de l'ange de la mort, venu à pas silencieux s'emparer du peu qu'il lui reste. Elle lui fait peur, et il lève haut la bougie comme si celle-ci avait le pouvoir de le protéger d'elle.

« Por favor », dit-elle en reculant un peu. Elle pense une seconde qu'il va refermer la porte. Mais quand elle tend le bras vers lui, il paraît incapable du moindre geste. Du bout des doigts, elle effleure, à peine, le dos parcheminé de sa main autrefois si forte.

La bougie vacille. Une goutte de cire tombe sur le sol entre eux. De la tête, il lui fait signe d'entrer.

Dans l'âtre de l'antichambre, les charbons du feu de la soirée rougeoient encore. Elle prend le siège qu'il lui indique, un des fauteuils garnis de soie à côté de la cheminée. Il s'installe en face d'elle.

Elle attend, le temps que son agitation se calme. Malgré le riche tissu de sa robe de chambre, l'impression de froid qui l'a fait frissonner un peu plus tôt dans leur pauvre chambre semble à présent l'envahir lui aussi devant son feu, et il se blottit près de la cheminée. Ce que voyant, elle s'empare d'un tisonnier et s'agenouille. Il la regarde disposer du petit bois sur les charbons et la pièce s'éclairer quand il s'enflamme. Au bout d'un moment, il se saisit d'une bouteille ventrue et se verse un verre de porto, avant de lui en offrir un. Ils boivent de concert. Quand il a fini, il allume sa pipe.

Il disparaît derrière des volutes de fumée, et elle estime enfin venu le moment de parler.

Derrière l'écran épais à l'odeur douceâtre, il écoute sa proposition comme un marchand qui pèserait chaque terme d'un marché – habitué à mettre en balance pertes et profits, en l'occurrence, la honte contre une mince chance de réconfort. Par deux fois, il l'interrompt avec des questions et évalue ses réponses. Quand Ester a fini, la pièce reste longtemps plongée dans le silence, uniquement troublée par le bruit intermittent des charbons qui s'effritent dans l'âtre et celui de la lente respiration de HaLevy, pendant que celui-ci réfléchit à sa proposition.

Cinquième partie

27

11 AVRIL 2001
LONDRES

Deux jours déjà, et il n'avait toujours rien dit à personne. Ce matin, il avait réussi à se doucher, mais alors qu'il s'habillait, il s'était arrêté à mi-chemin, en caleçon et en chaussettes, avant de retourner s'effondrer sur son lit. Piégé par la lente dérive de ses pensées. Quel genre d'homme faut-il être, s'était-il dit entre autres choses, pour mettre une fille enceinte et ne pas avoir un seul ami suffisamment intime auquel se confier ?

Nouvelle sonnerie du téléphone. Il ne répondit pas. Helen l'avait déjà réveillé une fois, à propos de la date de décès de Manuel HaLevy. Il n'avait même pas fait semblant d'être intéressé. Désolé, Helen. Désolé, le monde.

Le téléphone cessa de sonner. Puis, au bout de quelques secondes de silence, recommença. À la troisième sonnerie, il se leva et ramassa son portable sur la table.

Helen, bien sûr. Sa voix résonnant au plus profond de lui. « Ne prenez pas la peine d'appeler les archives municipales, dit-elle. Retrouvez-moi à Richmond, à l'arrêt de bus que vous connaissez. »

Il laissa échapper un long soupir. « Vous pouvez me dire ce qui se passe ? » En fait, il était incapable de concevoir ce qui dans les registres des décès pour l'année 1665 aurait pu le pousser à réintégrer la réalité des faits et des conséquences, un monde où il fallait comparer des dates, rédiger des thèses, et où un fœtus flottant dans le ventre d'une femme qui ne l'aimait pas, ni n'avait particulièrement envie de le voir, risquait d'être le seul produit viable des vingt-six ans d'existence du dénommé Aaron Levy sur cette planète.

« Ça peut attendre, dit Helen. Je vous retrouve à 15 h 30 à Richmond, à l'arrêt de bus. Je serai en voiture, et nous irons directement chez les Easton.

Je vous charge de les appeler pour les prévenir de notre visite. Dites-leur ce que vous voulez, mais faites-nous entrer dans la maison. Je vous en prie. »

« Je vous en prie. » Voilà qui était inhabituel de la part de Helen. Mais rien au monde n'aurait pu le persuader d'appeler Bridgette. Elle n'aurait fait qu'ajouter à son malaise, sans compter qu'avertir Bridgette Easton qu'il allait se présenter à sa porte était vraisemblablement le meilleur moyen de s'en voir interdire l'accès. Helen n'était pas au courant – et n'avait nul besoin de l'être – du fait qu'Aaron avait déjà brûlé cette cartouche-là. Ce qu'ils pouvaient faire de mieux sans doute était de se présenter à l'improviste. Mieux encore, il plaiderait un brusque mal de ventre en arrivant en vue de la maison et laisserait Helen poursuivre seule.

Il enfila sa chaussure droite. Puis, un moment après, la gauche.

Au bout d'un long passage à vide, il se retrouva assis dans le bus à destination de Richmond upon Thames, sans aucun souvenir d'avoir fait la queue ni acheté un billet. La circulation défilait devant la vitre, lui donnant le vertige. Avait-il jamais aimé Marisa ? Ou avait-il cherché à l'atteindre uniquement parce qu'elle était inatteignable ? Ce qu'il voulait vraiment, n'était-ce pas une femme plus accommodante, plus facile à vivre ?

Marisa lui offrait la chance de se défiler tranquillement, de l'oublier, elle aussi bien que le bébé. Cette chance, il serait bien avisé de la saisir.

Helen se tenait devant le panneau de l'arrêt de bus, comme la préposée chargée d'aider les écoliers à traverser la rue qui attendrait le chaland. Elle arborait un foulard, noué sous le menton, et un blazer nettement plus élégant qu'à l'ordinaire. Il se détacha du petit groupe des passagers qui descendaient du bus.

« Pourquoi une tenue aussi habillée ? » demanda-t-il.

Un moment, elle sembla désorientée par la question. Quelque chose n'allait pas chez elle – elle était pâle, et ses traits paraissaient en quelque sorte hétérogènes, comme s'ils n'appartenaient plus au même visage.

Puis le monde familier réaffirma ses droits : l'attitude de Helen Watt retrouva sa brusquerie coutumière. « Je viens d'avoir ma dernière entrevue avec Jonathan Martin », dit-elle en lui adressant un sourire sans vie.

Tout en lui rendant son sourire, Aaron se sentit refaire surface lui aussi. Il était parfaitement approprié, d'une certaine manière, qu'ils fassent front ensemble, comme si tout était normal. La chose n'avait rien de forcé, elle était admirable.

Il lui vint à l'esprit que c'était peut-être bien la première fois de sa vie qu'il comprenait les Anglais.

« Des adieux larmoyants, avec Martin ? » demanda-t-il.

Elle lui jeta un œil noir.

« Ce genre de regard ne me fait plus peur, lui asséna-t-il.

– Ça n'a jamais été le cas, jeune homme, dit-elle, avec un sourire plus assuré. C'est bien le problème avec vous.

– Merci.

– De rien. Une entrevue satisfaisante, l'un dans l'autre. J'ai dit à Jonathan Martin que je ne l'avais jamais aimé.

– Vous lui avez dit *quoi* ? »

Elle haussa les sourcils.

Au diable le politiquement correct. Au diable l'accès aux documents. Helen et lui semblaient avoir choisi, au même moment, de tout envoyer promener.

« Et Martin vous a répondu dans la même veine ?

– Bien sûr que non. Il m'a fait un compliment insultant, qui en apparence préservait ma dignité mais en fait la battait en brèche. »

Elle tourna vers Aaron un visage empreint d'une sévérité toute professorale.

« Veillez, monsieur Levy, à toujours reconnaître les compliments de ce genre pour ce qu'ils sont.

– Oui, m'dame.

– *Rien de ce que vous pourrez jamais me dire ne saurait m'offenser, c'est dire le respect que je vous porte.* Voilà ce qu'il m'a sorti, dit-elle avec un air satisfait. Je lui ai fait savoir en retour que c'était précisément ce que je ressentais à son sujet. Ensuite, il m'a félicitée pour ma *remarquable carrière*. Et je lui ai retourné la pareille. Pour finir, poursuivit Helen plus lentement, il a déploré que je ne puisse pas continuer à travailler sur les documents de Richmond jusqu'à la fin du projet, au vu de mon départ à la retraite d'un côté et, de l'autre, de mes problèmes de santé, lesquels, s'il pouvait se permettre ce conseil, semblaient exiger de ma part que je cesse pratiquement toute activité à partir de maintenant. »

Helen se tut un moment. Puis elle laissa échapper un petit rire, tout en haussant les épaules. Son visage semblait amaigri, plus âgé, et pourtant, d'une certaine manière, apaisé. Lavé de toute impureté.

« Je parierais, à l'heure qu'il est, qu'il en fait des gorges chaudes avec sa maîtresse, un verre de cognac à la main.

– Sa maîtresse ?

– Oui, dit Helen simplement. Penelope Babcock est la maîtresse de Jonathan Martin. Voilà, je vous ai livré un secret de notre département.

– Eh ben, quel petit saligaud ! s'exclama Aaron.

– Cessez de vous montrer aussi protecteur avec moi, monsieur Levy. Il se peut que Jonathan Martin soit un petit saligaud, ou pas.

– Vous seriez prête à prendre sa défense ?

– Je n'ai pas à le défendre ou à l'attaquer. C'est vrai que je déteste cet homme, mais je ne connaîtrai jamais les circonstances qui ont pu motiver ses choix. Une vie, c'est toujours complexe. Le nier – penser qu'il n'existe qu'un seul chemin noble au-dessus de la mêlée – peut se révéler une approche pernicieuse de la vie. »

Elle avait parlé avec véhémence ; à présent elle le regardait attentivement comme si elle attendait de lui qu'il lui accorde ce point. Or, il ne pouvait la suivre là où elle s'était égarée. Il lui donna un moment, avant de les ramener tous deux à la réalité. « Il n'en reste pas moins un petit saligaud. »

Cette fois-ci, elle ne souleva aucune objection.

« Bon, et maintenant voulez-vous bien me dire pourquoi nous sommes ici ? »

Helen posa sa serviette sur le trottoir et en sortit avec précaution trois pages de cahier. Couvertes d'un texte au crayon, griffonné d'une écriture tremblée et précipitée.

« Qu'est-ce que c'est ? demanda-t-il.

– Ce qui nous échappait jusque-là. »

Elle leva une main hésitante, et, l'espace d'un instant, il s'imagina qu'elle pointait un doigt accusateur sur sa poitrine plutôt que sur la page qu'il avait sous les yeux. Mais Helen n'accusait pas, elle souriait – un sourire de pur bonheur qui lui donna l'impression d'avoir en face de lui la jeune fille qu'elle avait dû être autrefois. « C'est le dernier document à avoir été sorti de sous l'escalier des Easton. La lettre au lierre – celle qui était cachetée et placée au bout du rayon. J'en ai recopié le texte cet après-midi au laboratoire. »

Elle le regardait droit dans les yeux, souriant toujours. Lui ne savait absolument pas comment réagir devant ce spectacle d'une Helen Watt qu'il n'avait jamais vue.

Elle poursuivit d'une voix enrouée. « Lisez-la et vous comprendrez. Nous ne nous étions pas trompés sur le compte d'Ester, Aaron. »

Il commença à lire, non sans difficulté, les lignes recopiées d'une main à peine déchiffrable. Le texte d'un poème. À la deuxième strophe, il leva les yeux.

« Ester n'a jamais pu écrire un truc aussi lourdingue.

– Ce n'est pas de sa composition, dit Helen. Mais ne prenez pas ce ton indigné. Lisez jusqu'au bout, Aaron. Ça s'arrange en cours de route. »

26 mai 1691

Apologie pour qui n'a pas connu le feu

Voleur, je n'ai jamais été
De tous les jours qu'il m'ait été donné de voir
Pourtant aux flammes j'ai dérobé
Ce que celle à qui je suis uni m'a confié
Une demoiselle la seule que j'ai aimée
À elle je suis lié et à nulle autre

De sang et d'encre

Elle a sondé mon cœur jour après jour
Et toujours j'ai tremblé sous son regard
Même si je vénère d'un amour sacré
Celui qui sculpta là-haut les angelots
Avec une joie sacrée je la nomme épouse
Elle grâce à qui je renaquis à la vie

Je n'ai laissé aucune empreinte sur son cœur
Qui n'en aime aucun et pourtant m'a aimé d'emblée
Si tu lis ceci et me crois cornu
Je dirai que mon cœur en mépris n'a point été tenu
Et bien qu'elle n'ait jamais mesuré mon désir
Elle l'a sanctifié du feu de son âme
Je bénis le sien à jamais

À présent chacun de ses souffles douloureux
Précipite l'heure de sa délivrance
Mais cette jeune dame sur son lit de douleur
  Accablée par la maladie et aussi la terreur
En une chose au moins satisfaite demeure
Car elle a envoyé son époux
Jeter ces pages sur le bûcher
Et condamner au feu son secret

Jamais je ne devinerai quelles pensées furent les siennes
Son intelligence de loin dépasse la mienne
Mon âme est contrite de lui désobéir
Je tremble à l'idée de lui refuser son souhait
Et je révère le moindre de ses mots
Mais cela je ne le ferai point

Elle n'a point porté d'enfant, n'a pas rempli son devoir
En tenant une maison ni soigné sa beauté
Pourtant je la vénère de tout mon être
Et ne souffrirai point que périsse sa parole
Que les autres se moquent de l'amour que je lui porte
À elle qui ne m'a point donné son cœur
Car l'amour n'est point la balance de l'orfèvre
Et souvent l'homme évalue mal du bijou la valeur

À présent la mort approche de la jeune dame
Et dans ses yeux se lit une peur inhabituelle

Elle songe aux comptes qu'elle va devoir rendre
Mais infortuné que je suis je refuse d'accepter sa fin
Et je prie pour qu'elle s'attarde encore
Et pour que Dieu l'épargne ! Une saignée encore !
Cependant que sous le pas de la mort tremble le sentier
Et qu'elle satisfaite croit ses pages vouées au feu
Avec ses derniers souffles de vie elle préserve jalouse
Les traces des marques laissées par une plume chérie
Et pour son plaisir garde en secret
Des lettres qui lui apportent le réconfort qu'elle mérite
Quand le sommeil lui échappe et que défaille sa force
Et que son repos est adouci par le baume de son encre
Elle les lit encore et continue de leur répondre
Niant son sexe de sa plume et de son encre
Bien que je craigne qu'elle finisse par brûler ses trésors
Jusqu'à ce que la mort l'appelle elle s'y accrochera
Et par une longue habitude du secret
Même de ma vue elle cache ce travail
Et croit que je ne vois pas

Ne t'avise pas de la condamner toi qui lis
La trace de ces écrits ses actes les plus féroces
Et si tu devais la juger elle au-delà de tout pardon
Et hérétique chacune de ses pensées
Souviens-toi qu'elle a sauvé ce pauvre malheureux
D'une vie de sombres cauchemars.

Mais je termine à présent tant je me suis attardé
Et dois sécher mes yeux car la dette des pleurs
Est depuis longtemps payée
Je voudrais qu'elle sache qu'à son côté je resterai
Fidèle jusqu'au bout à ma seule bien-aimée
Et déposerai sa moisson sous le grand escalier
Gardant sa flamme à l'abri des orages de la vie
Car jamais de son vivant elle n'a pu briller haut
Sauvée enfin de tout le tumulte du monde
Comme l'a été la mienne ce matin béni où mon Amour
A aligné là-haut ses angelots aux yeux sages.

Au bas de la dernière page, Helen avait recopié la signature de l'auteur en grosses lettres tremblotées : *Alvaro HaLevy.*

Aaron abaissa les feuillets.

« Elle...

– Elle l'a épousé, dit Helen, entonnant les mots avec un rire joyeux.

– Mais je croyais qu'il...

– Apparemment non. Apparemment, il a réussi à rentrer en Angleterre. Et ils ont eu une assez longue vie ensemble. »

La circulation se faisait dense autour d'eux. Aaron relut les vers maladroits, la signature. La réponse les attendait depuis le début. Une femme vieille de trois cents ans et son homosexuel de mari s'étaient montrés plus malins que lui. « Je ne comprends pas la moitié de ce qu'il raconte, avoua-t-il avec un geste d'incrédulité mais sans la moindre gêne. Et dans la dernière strophe, je nage complètement. Mais j'ai quand même une assez bonne idée de l'ensemble. »

L'étonnement béat qu'il lisait sur le visage de Helen était à l'image du sien. L'émotion fit trembler sa voix, il en fut certain, quand elle dit : « Je suis contente pour eux. »

Une joie étrange monta en lui. C'était un sentiment qu'il n'avait jamais éprouvé auparavant, né de l'idée que l'heureuse solution des problèmes d'un autre pouvait servir de substitut à celle de ses propres difficultés.

« Croyez-vous que les autres papiers dont il parle ici pourraient encore se trouver dans la maison ? demanda-t-il.

– Si c'est le cas, ils ne peuvent être qu'à l'étage. Vous avez averti Bridgette de notre visite ?

– Il faut que je vous avoue quelque chose, hésita Aaron.

– Non, ne dites rien. Je ne suis pas aveugle, vous savez. Encore que je me pose des questions sur la pertinence de votre jugement. Je me débrouillerai seule avec elle.

– Oui. Je crois que ce serait mieux ainsi. Préféreriez-vous que je ne sois pas de la partie ?

– Vous êtes fou, ou quoi ? protesta-t-elle. C'est aussi votre affaire à vous, Aaron Levy. »

La pelouse toute récente était impeccablement tondue, l'allée gravillonnée de frais passait devant une petite plaque de bon goût apposée sur un des piliers de l'entrée : Prospect House, c'est ainsi que les Easton avaient appelé l'endroit. Ce détail avait échappé à Aaron le soir de sa dernière visite. Il devait le reconnaître : les Easton s'en étaient bien sortis. Il s'arrêta le temps d'englober du regard les vitres étincelantes et la façade en pierre ravalée.

La porte d'entrée était ouverte. À l'intérieur, une fille assez jolie quoique d'une maigreur effrayante était assise derrière une petite table, au-delà de laquelle quelques visiteurs allaient et venaient entre les toiles vivement colorées accrochées dans le vestibule.

« Ils ne vont pas tarder, disait la fille à Helen au moment où Aaron entra.

– Vous pouvez nous dire quand, exactement ? » insista Helen, prenant appui sur sa canne.

Le front lisse de la jeune fille se plissa : elle trouvait manifestement pénible d'avoir à concilier une politesse de bon aloi avec une obligation de discrétion.

« Vous avez rendez-vous ? demanda-t-elle.

– Non, dit Helen, mais nous avons déjà travaillé ensemble.

– Je vois, dit la fille, son regard passant de Helen à Aaron, pour revenir sur la canne de la première. Voulez-vous jeter un coup d'œil à la galerie en attendant ? Je peux vous installer un siège où vous voudrez.

– Nous attendrons dehors, merci. »

Il emboîta le pas à Helen pour sortir du vestibule, résistant à l'envie de lui suggérer de commencer leurs recherches à l'étage sans la permission des Easton.

À l'extérieur, il y avait un banc de pierre bas au bord de l'allée gravillonnée, sous un arbre soigneusement taillé. Il attendit que Helen s'assoie la première, sa canne oscillant sous son poids.

Ils contemplèrent la rue, où une seule voiture était garée. Aucun mouvement. Au bout de plusieurs minutes, une deuxième voiture passa en brinquebalant. Puis la rue retomba dans le silence.

« Et alors ? demanda-t-elle.

– Que voulez-vous dire ?

– Eh bien, tout ça ! » dit-elle, avec un grand geste de la main incluant sa posture avachie.

Tout près, un pigeon se pavanait sur la pelouse. Une fois arrivé au bord de l'herbe, il s'envola brusquement dans un grand bruit d'ailes.

« Eh bien, non, je n'ai pas de petite amie. Mais c'est vrai que j'ai un problème. » Il se frotta vigoureusement le sommet du crâne du plat de la main, comme si le geste pouvait débloquer quelque mécanisme grippé. « À moins que ce ne soit pas un problème. Ça dépend de comment on voit les bébés. » Il gonfla les joues puis expulsa l'air d'un coup.

« Les bébés imminents, précisa-t-il.

– Où ? dit-elle.

– L'endroit où ils poussent habituellement », répondit-il avec un sourire fat en regardant le pub à peine visible de l'autre côté de la rue.

Elle attendit la suite.

« Israël », dit-il.

Elle laissa échapper un grondement, comme si un étai venait de s'effondrer au-dedans d'elle.

Ils contemplèrent la pelouse vide.

« Allez-y. Vous ne pouvez pas régler cette affaire d'ici.

– Elle ne veut pas de moi.

– Et vous, vous voulez d'elle ?

– Je n'en sais rien. Enfin... peut-être que si, mais, comprenez-moi, je n'ai même jamais passé une journée complète avec elle. Et honnêtement, je ne suis pas sûr qu'un gamin voudrait de... ça », dit-il avec un petit rire et un geste semblable à celui de Helen un instant plus tôt qui le désignait tout entier, des pieds à la tête.

Le pub d'en face ouvrait. Le patron déverrouillait la porte et retournait la pancarte.

« Ne faites pas..., dit-elle, avant de se mordre la lèvre. Ne tournez pas le dos parce que vous avez peur. »

Une longue rangée de lumières jaunes tamisées s'alluma en clignotant derrière les fenêtres du pub. Sur un côté, les vitres se couvrirent de buée, comme si une porte de cuisine invisible s'était brièvement entrouverte.

« J'ai peur de ne pas avoir la force nécessaire », dit Aaron.

Lentement, la buée s'évapora.

Helen regardait elle aussi de l'autre côté de la rue. « Cette force, comment croyez-vous que les gens l'acquièrent ? » demanda-t-elle.

Une petite voiture gris métallisé s'arrêta devant la maison. Ian et Bridgette Easton en descendirent – Ian d'abord, avec ses cheveux blonds et son visage enjoué finement ridé, puis Bridgette. Une vraie gravure de mode. Helen s'était levée et reprenait pied sur l'allée, quand Ian l'aperçut. Sa surprise se transforma vite en une expression de respectueuse solennité, celle d'un collégien qui a depuis longtemps passé l'âge mais s'efforce encore de prouver qu'il mérite une bonne note. De son côté, Bridgette se raidit à la vue de Helen. Elle se tourna instinctivement pour découvrir Aaron, enregistrer sa présence, avant de laisser son regard l'assimiler comme s'il était un élément du banc sur lequel il était assis.

Bridgette fit claquer la portière d'un coup sec et rejoignit Ian, qui s'était penché pour écouter la requête de Helen. Non sans hésitation, Aaron approcha lui aussi.

« Bien sûr, était en train de dire Ian. Mais c'est à Bridgette qu'il appartiendra de répondre à vos questions, je ne reste qu'un instant à la maison. Même si j'ai très envie de savoir ce que vous trouverez, évidemment. La galerie est ouverte au public, poursuivit-il sur un ton d'excuse. Je ne doute pas que vous saurez respecter l'atmosphère des lieux. S'il faut procéder au déplacement de certains meubles, je vous demanderai d'attendre.

– Naturellement », dit Helen.

Avec un hochement de tête reconnaissant, Ian leur fit signe d'entrer.

Bridgette passa devant Aaron d'un pas vif. Elle dit quelque chose d'inaudible à la fille assise à la table, laquelle se redressa sur son siège, et disparut derrière une porte. Signifiant d'un geste de la main à Helen et à Aaron de faire comme chez eux, Ian la suivit.

Dans le grand vestibule, deux femmes faisaient lentement le tour des toiles accrochées aux murs. Jetant un coup d'œil au tableau le plus proche – une abstraction dans des tons de rouge – Helen eut un petit grognement désapprobateur, puis elle conduisit Aaron jusqu'à l'escalier, dont elle entreprit la laborieuse ascension.

Il ne pensait pas pouvoir se forcer à gravir les marches à l'allure de Helen, aussi resta-t-il à l'arrière pour lui permettre de monter à son rythme. Il reporta son regard sur les tableaux, feignant la plus grande attention.

Des voix leur parvinrent depuis une pièce à gauche de l'escalier.

« Tout ce qu'ils demandent, c'est d'avoir accès aux pièces qui servent de débarras et peut-être à une ou deux autres, disait Ian.

– Oui, et du même coup me bousiller ma journée, et puis...

– Je n'ai pas le temps d'en discuter maintenant, dit Ian, haussant le ton. Je dois être à ma réunion dans un quart d'heure. »

Une pause très brève, comme si ses paroles le surprenaient lui-même. « Mais étant donné la conviction avec laquelle tu as consacré toutes nos ressources à l'accueil du public plutôt qu'à donner la priorité à un quelconque espace privé dans cette maison, j'imagine que tu seras capable d'un minimum d'hospitalité à l'égard de mon ancien professeur. »

Bridgette réprima sans doute un mouvement de colère, puis, sans crier gare, sortit de la pièce à grandes enjambées, s'arrêtant net en voyant Aaron. Il s'efforça d'afficher un air détaché, mais il était clair qu'il avait tout entendu. Un instant, elle hésita quant au rôle à lui faire jouer, semblait-il, dans son drame personnel. Une surprenante mélancolie vint assombrir son visage. Puis elle passa vivement devant Aaron et disparut derrière une porte au fond du vestibule.

Helen avait atteint la galerie supérieure. Aaron la suivit, avec l'impression en gravissant les marches basses qu'il entrait dans une atmosphère raréfiée, les battements de son cœur s'accélérant. Une garde d'anges sculptés accompagnait son ascension, et il tendait la main ici et là pour toucher un visage.

L'air était frais et vif au deuxième étage. Sur le balcon à la gauche d'Aaron, un vieil homme était debout, immobile, devant une toile représentant une énorme pomme inclinée, tandis qu'une femme aux cheveux blancs hochait la tête devant un petit paysage aux tons bruns. Optant pour le balcon à droite, Aaron rejoignit Helen au bout de la galerie.

« Elle devait vivre dans ces pièces, murmura-t-elle en désignant une porte fermée sur laquelle une autre plaque discrète annonçait : Privé. L'autre suite est encore plus grande et devait être réservée à l'homme de la maison.

– Attendez... Vous êtes déjà venue ici ? »

Helen eut un air amusé plein de mystère, mais elle balaya la question d'un haussement d'épaules. Elle le conduisit à la porte et entra. En jetant un regard en arrière, Aaron constata que les visiteurs ne paraissaient pas le moins du monde perturbés par leur intrusion, supposant à tort qu'ils faisaient partie du personnel.

Il la suivit et referma la porte derrière lui. Se faufilant entre les cartons pour traverser la grande pièce claire, la canne de Helen frappant le sol de coups irréguliers, ils parvinrent à une deuxième porte qui ouvrait sur la chambre à coucher. Puis une fois celle-ci traversée à son tour, et une troisième porte franchie, ils se retrouvèrent dans le cabinet.

Un petit espace lambrissé de bois, avec une seule fenêtre à meneaux dans le mur du fond. C'est là qu'Aaron rejoignit Helen. Un enchevêtrement de plantes grimpantes masquait la lumière, mais il apercevait, au-delà des toits des maisons voisines, les lents miroitements éteints de la Tamise.

« Aidez-moi », dit Helen, qui se baissa pour poser sa canne par terre, avant de s'arc-bouter avec une incroyable lenteur contre un des cartons qu'elle repoussa.

Il la rattrapa juste au moment où elle perdait l'équilibre. Elle pesait moins lourd que ce à quoi il s'attendait, son corps en quelque sorte creux sous les épaules rembourrées de son blazer.

Il l'aida à s'installer sur une caisse, d'où, assise sous les dentelles de lumière qui tombaient de la fenêtre, elle lui fit signe de poursuivre. Il s'agenouilla et, d'un coup d'épaule, écarta sans difficulté les cartons du mur l'un après l'autre. Un, deux, trois, quatre.

Là, dans la rangée la plus basse des panneaux en bois, un petit trou de serrure rond.

Il entendit la lourde respiration de Helen pratiquement à son oreille. « Ouvrez-moi ça », dit-elle.

Il regarda un moment autour de lui, dans l'espoir de trouver un instrument mieux adapté à la tâche, mais comme rien ne se présentait, il sortit de sa poche son couteau suisse qu'il ouvrit.

« Je vais abîmer le bois, dit-il à voix basse. Est-ce qu'il ne vaudrait pas mieux demander la permission à Bridgette ?

– Vous plaisantez ? riposta Helen. Nous lui demanderons son pardon. Celui de Ian, en fait. »

Il fit jouer la lame la plus mince dans la serrure, d'abord avec précaution. Sans succès. Il allait devoir forcer. Il sentait le regard de Helen sur lui. Il reprit son travail, faisant gicler de petits éclats un peu partout. Le panneau craqua une première fois avec bruit, puis une deuxième, et cette fois-ci une fente se dessina ; deux petites esquilles pointèrent à la surface, dont l'une se ficha dans son poignet. Mais la lame avait pénétré suffisamment loin pour entrer en contact avec quelque mécanisme interne, et il la fit jouer jusqu'au moment où un déclic retentit.

Il fallut plusieurs tentatives pour arriver à faire glisser le panneau, totalement grippé ; la rainure en bois dans laquelle il était censé coulisser était soit obstruée, soit voilée. L'ouverture finit par être suffisamment large pour permettre à Aaron d'aller tâtonner à l'intérieur.

Du plat de la main, il balaya un plancher de bois sec sur une profondeur d'une cinquantaine de centimètres, puis ses doigts heurtèrent le panneau du fond de la cavité. Assis par terre, le corps tourné de côté, il plongea le bras jusqu'à l'épaule par l'étroite ouverture de manière à atteindre les coins les plus reculés. Il explora lentement toute la surface.

Sans rien rencontrer. Ce placard, contrairement à l'autre, avait-il été découvert et vidé à un moment ou à un autre de la longue histoire de la maison ? Mais en ce cas n'existerait-il pas une trace de la découverte des documents ?

Pas si c'étaient les occupants des lieux à partir de 1698 qui les avaient trouvés. Les objets vieux de trois siècles abandonnés par un étranger pouvaient avoir une certaine valeur, mais des documents datant d'une dizaine d'années n'en avaient aucune.

Il balaya encore tout l'espace, en faisant cette fois-ci glisser sa main le long de la paroi du fond. Le bout de ses doigts buta sur un obstacle. Étirant le bras au maximum, il en fit le tour à tâtons. Ses doigts suivirent le tracé d'un rectangle – un objet mince était plaqué contre le panneau, fait d'un matériau plus élastique que le bois. Du cuir ? Il tira sur le bord du haut, s'attendant à ce qu'il lui résiste, comme s'il n'était pas le chevalier à qui il serait donné de réussir à sortir l'épée fichée dans le rocher. Mais l'objet se détacha sans difficulté.

Il l'orienta de façon à l'extraire du compartiment. C'était un mince in-folio doté d'une couverture en cuir rigide, brune, desséchée et finement craquelée ici et là. Le tenant avec précaution, il s'affaissa contre un des cartons, secoué de tremblements comme s'il venait de courir un marathon.

Helen se pencha vers lui. Il se releva, puis s'assit à côté d'elle sur une caisse de façon que leurs épaules se touchent. Posant doucement le livre sur ses genoux et les siens, il l'ouvrit. À l'intérieur, une quarantaine de feuilles éparses dont le papier était dépareillé. L'écriture variait de l'une à l'autre, de même que la langue employée. Anglais, latin, une en français, la suivante en néerlandais. D'une main prudente, Aaron tourna les pages l'une après l'autre. Il y avait des images en surimpression là où un document était resté pressé contre un autre, et une des lettres portait des roussissures d'un brun profond, mais le papier était intact.

D'une main incertaine, Helen se saisit d'une feuille en latin. Lentement, elle la retourna, ajusta ses lunettes et la rapprocha de ses yeux. Au bout d'un moment, Aaron posa une main sur la sienne pour l'empêcher de trembler. Elle sursauta au contact, puis hocha la tête. Ils tinrent la page ensemble pendant qu'elle lisait, et au bout d'un moment il l'entendit exhaler un « oh » de stupéfaction. Mais avant qu'il ait eu le temps de lui en demander la raison, un bruit à la périphérie de sa perception se concrétisa sous la forme d'un claquement de talons sur le plancher, et Bridgette ouvrit toute grande la porte du cabinet.

D'un seul regard triomphant, elle embrassa le couteau sur le sol, le lambris éraflé, la cavité qui se découpait derrière. Se déplaçant entre les cartons avec une agilité surprenante, elle s'empara de l'in-folio sur leurs genoux, retirant la page des doigts de Helen d'un coup sec du poignet.

« C'est fragile ! » s'exclama Aaron.

Passant outre l'avertissement, elle remit brutalement le feuillet dans le livre et se tourna vers Helen.

« Mais bon sang, à quoi vous jouez, tous les deux ?

– Je comprends parfaitement votre inquiétude, dit Helen, du ton d'un professeur qui veut calmer un étudiant sur les nerfs, mais Aaron sentait son genou trembler contre le sien. Nous avions prévu de venir vous trouver pour discuter avec vous de ces documents une fois que nous les aurions récupérés. Mais j'avoue que je suis plus lente que par le passé. Et puis, naturellement, il fallait que nous les voyions pour pouvoir vous dire s'il s'agissait d'autres papiers du XVIIe siècle ou tout bêtement d'une cache de calendriers avec pin-up à la Vespa très en vogue dans les années 1960.

– Mais ça, dit Bridgette en désignant le mur, c'est une atteinte à la propriété d'autrui, vous en êtes conscients ? C'est un délit, en fait. »

Aaron ne put qu'admirer le calme apparent de Helen quand elle reprit la parole. « Notre visite ici est d'ordre purement scientifique. Si, dans notre enthousiasme, nous avons fait un faux pas, je vous présente mes excuses. Et je puis vous assurer que M. Levy n'agit ici que sur mes instructions et que je dois être tenue pour seule responsable de nos agissements. » Helen leva la tête pour regarder Bridgette droit dans les yeux, et les ombres qui tombaient de la fenêtre à meneaux quadrillèrent les plans usés de son visage. « Comme vous pouvez le voir, ajouta-t-elle en déployant ses deux mains devant elle et en les levant vers Bridgette, j'ai besoin qu'on m'aide. »

Un instant, Bridgette resta comme pétrifiée. Aaron, lui, s'arracha à la contemplation des mains tremblantes de Helen pour remonter jusqu'à son visage. Un cran de sécurité quelque part en elle avait sauté. Il n'était plus du tout sûr de ce qu'elle allait faire ou dire.

« Sortez d'ici », leur intima Bridgette.

Helen se leva, lentement, Aaron résista à l'envie de l'aider à se redresser. Il voyait qu'elle tenait à ce que Bridgette prenne conscience de sa fragilité.

« Je vous renouvelle mes excuses pour le dérangement, dit-elle. Il va sans dire que je prendrai en charge la réparation du panneau. Et maintenant que j'y pense, ajouta-t-elle d'un air détaché, je suis également prête à vous acheter ces documents.

– Non merci, dit fermement Bridgette. Je crois comprendre que Sotheby's paie bien, ces temps-ci.

– Bien sûr. L'ennui, comme vous le savez suite à une expérience plutôt éprouvante pour vous, c'est que cela entraîne des formalités et des retards à n'en plus finir. Il n'est peut-être pas nécessaire cette fois-ci de passer par Sotheby's, ni même par l'université. Je peux comprendre que vous soyez excédée par nos interminables procédures d'universitaires.

– Vos procédures, je les supporterai en échange de la somme de dix mille livres. »

Aaron savait pertinemment qu'il devait se taire, mais ce fut plus fort que lui. « Dix mille livres pour quelques malheureux feuillets ? L'autre collection rassemblait cent soixante-treize documents distincts. Celle-ci, une quarantaine tout au plus. » Il n'avait pas fini de parler que Helen disait déjà : « Je suis prête à vous les payer ce prix-là. »

Bridgette éclata de rire. « Vous voulez dire que c'est votre département qui le fera ? Si c'est le cas, j'ai bien envie de doubler la somme. Je n'ai guère apprécié la manière dont votre Jonathan Martin nous a traités la dernière fois. Il est mielleux comme pas deux, ce petit salopard. »

S'appuyant lourdement sur sa canne, Helen releva la tête. « Très bien. Doublez la somme. Je paierai de mes propres deniers. Et nous laisserons le département à l'écart cette fois-ci. »

Jusqu'à ce moment, Aaron avait pensé que Helen bluffait.

« Vous me donneriez vingt mille livres pour quelques dizaines de feuillets ? demanda Bridgette en soupesant l'in-folio. Qu'est-ce qu'il y a dans ce cahier, du Shakespeare authentique ?

– Loin de là, dit froidement Helen. Mais il se trouve que c'est en lien direct avec ma spécialité. Je suis sur le point de prendre ma retraite et, comme je n'ai ni enfants ni héritiers, je peux m'offrir toutes les âneries qui me plaisent avec mon argent chèrement gagné. Et, en guise de flèche du Parthe, voyez-vous, il me plairait beaucoup de publier quelque chose à propos de ces documents que vous tenez en ce moment entre vos mains. Le hasard a voulu que je ne sois pas traitée par mes collègues avec le respect qu'à mon humble avis auraient dû me valoir mes compétences, et j'aimerais beaucoup rectifier l'opinion qu'ils ont de moi. Étant donné le genre de contact que vous-même avez eu avec Jonathan Martin, poursuivit-elle en braquant un regard insistant sur Bridgette, je ne doute pas que vous comprendrez mon envie de partir, comme on dit, sur un coup d'éclat ? »

Bridgette eut un geste d'indifférence, mais Aaron remarqua qu'elle ne tenait plus le cahier aussi fermement.

« Bien, je vais de ce pas chercher un chèque de banque, dit Helen en se dirigeant vers la porte.

– Vous voulez dire... là, tout de suite ? »

Bridgette se tenait sur la seule partie dégagée permettant de traverser le cabinet, si bien qu'elle bloquait le passage de Helen. Celle-ci continua d'avancer, ne s'arrêtant qu'au moment où les deux femmes furent à quelques centimètres l'une de l'autre. « Oui, dit tranquillement Helen. Je ne me fais pas de plus en plus jeune. Vous, si ? »

Bridgette sembla accuser le coup.

« Il y a une agence de la Barclays en bas de la colline », dit-elle sèchement. Elle recula de quelques pas et regarda Helen sortir de la pièce.

Un instant, elle ne sembla pas se rendre compte qu'elle était seule à présent avec Aaron. Mais quand elle s'en aperçut, il comprit qu'il risquait de payer cher sa présence lors de cette dernière scène.

« Excusez-moi, dit-il en se levant.

– Avec grand plaisir », siffla-t-elle, le regard soudain féroce.

Helen se déplaçait avec plus de rapidité qu'il l'en aurait cru capable. Il l'appela et la rattrapa au milieu de l'antichambre ; quand il vit qu'elle ne ralentissait pas, il lui empoigna le coude.

« Ce n'est pas le moment, Aaron Levy, dit-elle, l'air furieuse.

– Arrêtez, juste une minute. C'est une somme d'argent considérable.

– C'est une affaire, pour des documents de cette valeur.

– Pourquoi ?

– Restez avec Bridgette, dit-elle en secouant la tête. Débrouillez-vous pour qu'elle ne passe aucun coup de fil. Et pour qu'elle ne regarde pas les documents.

– S'ils ont une telle valeur, vous ne croyez pas que l'université pourrait les acheter pour nous ? »

Elle essaya de dégager son coude, mais il resserra sa prise, plaquant son avant-bras sous le sien. Il sentait une panique irraisonnée monter en lui – elle était en train de devenir chronique chez lui, cette incapacité à garder la haute main sur tout ce à quoi il tenait vraiment.

« D'où vient cet argent ? demanda-t-il.

– Mes économies pour ma retraite, dit-elle du ton de quelqu'un qui s'adresse à un demeuré.

– Je ne pense pas que ce soit un choix judicieux. Vous allez avoir besoin de cet argent pour vivre. »

Elle parut sur le point d'éclater de rire. « Je suis très touchée de votre sollicitude, monsieur Levy. Mais savez-vous de qui était la signature sur la lettre que j'ai eu le temps de lire avant que nous soyons interrompus ? »

Il secoua la tête.

« Spinoza, dit-elle d'une voix faible, après avoir exhalé un long soupir.

– Putain de Dieu ! s'exclama-t-il en relâchant son étreinte.

– Spinoza n'apprécierait sans doute pas le côté "putain" de la formule, j'en ai peur. »

Une expression d'incrédulité à peine voilée se fit jour sur son visage. « Mais oui, Aaron, Ester Velasquez a réussi à obtenir une réponse de lui.

Vous allez rester avec Bridgette et faire ce que j'ai dit. » Elle chercha à libérer son bras, et cette fois-ci il la laissa faire.

Il la regarda disparaître dans l'escalier.

De l'autre côté de la galerie, sur le mur en face de lui, était accrochée une toile représentant une tour aux allures de phallus jaillissant de ce qui ressemblait à un bouquet d'arbres en barbe à papa. Un jeune couple se tenait devant le tableau, hochant la tête d'un air approbateur – prenant plaisir, sembla-t-il à Aaron, à être choqué. Alors même que la maison autour d'eux vibrait d'un secret autrement plus radical que toutes les peintures exposées.

Il avait un jour cru en un monde clair, manifeste, où tout ce qui était digne d'attention s'étalait au grand jour. Il se rendait compte à présent à quel point les choses vraiment essentielles passaient inaperçues.

Il trouva Bridgette dans la chambre, occupée à feuilleter le cahier. En le voyant, elle le referma brutalement.

« Je n'arrive pas à lire cette foutue écriture, dit-elle.

– C'est ce qu'on appelle le style secrétaire, proposa-t-il.

– Je me fous pas mal de savoir comment ça s'appelle. Mais qu'est-ce qu'il peut y avoir là-dedans de si important pour elle, bon Dieu ? »

La vulgarité de Bridgette lui disait assez que le vernis d'éducation qu'elle avait conservé jusqu'ici se craquelait. Il s'aperçut également qu'elle approchait du point culminant d'un orage qui couvait depuis longtemps, et qui – il en eut soudain la certitude – n'avait que peu à voir avec lui... ou avec Helen, ou même avec les documents, mais plutôt avec ce monde privé qu'elle était censée habiter : un univers distinct qui ne faisait qu'effleurer le sien, mais avait le pouvoir de saccager tout le travail accompli ces derniers mois au moment précis où il allait connaître son apothéose.

Et tout ce qu'il restait à Helen.

Il n'aurait su dire qui méritait de recueillir les documents que Bridgette avait entre les mains, mais il était certain que ce n'était pas lui. S'il les voulait, c'était pour Helen, parce qu'elle-même les désirait plus que tout.

« Mais bordel, c'est qui ce Thomas Farrow ?! » éructa Bridgette.

Qu'avait-elle réussi à voir au juste ?

Il lui fallait peser ses mots : il ne lui dirait qu'une partie de la vérité.

« Farrow était un acteur au chômage. Il écrivait des lettres à des philosophes. Pour l'essentiel, il leur prenait la tête.

– Des lettres d'une valeur de vingt mille livres ?

– Je n'ai aucune idée de ce qu'elles peuvent valoir. Pour le savoir, il faudrait les faire expertiser. Mais cela impliquerait une intervention extérieure. Et je pense pouvoir vous certifier, ajouta-t-il en toute honnêteté, que l'offre du professeur Watt ne tiendrait pas si vous choisissiez cette solution.

– À ce propos, justement, il n'y a pas quelqu'un à la banque chargé d'empêcher des vieilles toquées de sortir d'un coup toutes leurs économies parce qu'un gourou leur a fait miroiter une séance de spiritisme avec leur cher pékinois disparu, ou peut-être, ajouta-t-elle avec un petit rire étouffé, parce qu'elles sont pleines de rancune et désirent se venger de gens avec lesquels elles ont travaillé ? »

Il savait qu'il valait mieux ne pas réagir aux sarcasmes de Bridgette. Il préféra esquisser un sourire.

« Le banquier pourrait bien ne pas oser s'opposer à Helen, vous savez. Elle peut se révéler passablement intimidante et persuasive, si vous ne l'aviez pas encore remarqué. J'ai idée que c'est une aubaine pour vous, si ces vingt mille livres vous intéressent vraiment. Il faudrait ni plus ni moins une loi sur le patrimoine pour l'empêcher d'acheter ces documents si de votre côté vous êtes prête à les vendre... et il faut des années pour mettre en vigueur des lois de ce genre.

– J'imagine qu'elle se moque pas mal de ce qui peut arriver l'année prochaine. C'est plutôt en jours qu'il faut sans doute compter le temps qu'il lui reste à vivre.

– C'est faux, s'entendit-il dire avec une certaine véhémence.

– Vous devriez appeler votre Jonathan Martin. Il vous bénira jusqu'à la fin de ses jours de lui avoir permis d'enlever ces documents à Helen Watt. Et pourvu qu'ils m'en donnent vingt *et un* mille livres, ou quelque chose comme ça, je suis prête à attendre deux ou trois jours de plus. Garder ça par-devers moi un peu plus longtemps ne me posera aucun problème. »

Elle tapota le cahier, niché maintenant contre sa taille fine... et avec un coup au cœur, Aaron songea brusquement à Marisa. Dans sa bêtise crasse, il se rendit compte qu'il n'avait pas encore changé l'image qu'il avait d'elle. Il se la représenta telle qu'elle devait être à présent : la courbe de son ventre rebondi comme une demi-lune, ses yeux gris-vert plissés aux coins par le rire et la tension, son dos solide courbé pour alléger le poids. Ses pieds nus, posés sur un coussin à la fin de la journée. Il l'imaginait comme une déesse de la certitude, et son corps à lui, inchangé, lui apparaissait pitoyable par comparaison. Il rendait grâce au Ciel qu'elle ne soit pas en mesure de le voir ici, en train de tout embrouiller, dans une maison dont même les murs étaient plus émouvants qu'il ne saurait jamais l'être.

Il était encore perdu dans ses pensées quand Bridgette laissa échapper un petit rire. Il sursauta, leva les yeux vers elle et surprit sur son visage une expression indubitablement enjôleuse. « Peut-être qu'après tout, dit-elle, on fait fausse route. Peut-être que nous devrions évaluer les documents à nous deux. »

Le vent avait tourné, sans qu'il en connaisse la raison. Elle brandit l'in-folio, le soupesa doucement dans le vide, comme si elle le défiait.

Il n'avait pas la moindre idée de ce qu'elle manigançait.

« Vous et moi n'avons pas à nous laisser intimider par des gens comme Helen, pas vrai ? » dit-elle.

Il avait la bouche sèche. Mais ce n'était pas le moment pour lui d'oublier comment jouer ses cartes.

« Allez-y doucement, vous voulez bien ? dit-il d'un ton dégagé.

– Pourquoi ? rétorqua Bridgette d'un air faussement timide, en arrêtant toutefois d'agiter le cahier. Vous avez peur que j'abîme les papiers de madame He-len-Watt ? »

Cette manière de prononcer le nom – chaque syllabe aussi cinglante qu'un coup de fouet ! Aaron comprit que ce n'était pas lui, somme toute, qui intéressait Bridgette au premier chef. C'était quelque chose concernant Helen qui l'avait piquée au vif, et elle ne trouverait pas de repos tant qu'elle n'aurait pas évacué le problème. Flirter n'était pour elle qu'un moyen d'arriver à ses fins.

Ouvrant le cahier, Bridgette fit semblant de choisir entre plusieurs pages, en détacha une avec ostentation et la lui tendit.

Il l'accepta d'un air désinvolte, avec un sourire forcé.

La lettre était adressée à Thomas Farrow, et signée Isaac Vossius. Un homme, si la mémoire d'Aaron était bonne, connu dans toute l'Europe pour l'importance de sa bibliothèque personnelle. Vossius semblait répondre là à une demande concernant plusieurs textes ; la lettre était rédigée en latin, d'une écriture en pattes de mouche, et Aaron avait du mal à déchiffrer les titres. Une trouvaille, certes, très loin cependant d'approcher Spinoza. Même s'il était possible qu'elle révèle un état ultérieur des préoccupations d'Ester.

« Alors, elle avait raison ? le titilla Bridgette. C'est la découverte du siècle ? » Elle se pencha par-dessus l'épaule d'Aaron, ses cheveux brillants effleurant son cou.

« C'est une note d'un homme qui possédait une bibliothèque célèbre, et qui répond à une question sur des livres.

– Passionnant », dit Bridgette.

Elle sortit une autre feuille et la lui agita sous le nez.

« Je parie que vous ne résisterez pas à une deuxième.

– Et si on laissait le travail de recherche à Helen ? dit-il avec un rire censé marquer son indifférence.

– Ne me prenez pas pour une dinde, voulez-vous ? Vous savez pertinemment que vous le voulez, dit-elle, avant d'ajouter avec coquetterie à son adresse : Je faisais allusion au cahier, bien entendu. »

Comment s'était-il jamais convaincu que jouer à un tel jeu avec cette femme pouvait être naturel ?

« Vous avez été très bien, vous savez, dit-elle.

– Vous avez été mieux que bien », riposta-t-il.

Un sourire reconnaissant illumina brièvement le visage de Bridgette, un sourire qui, un instant, lui parut authentique. Il se détesta à ce moment-là, comme jamais auparavant. Peu importe le genre de personne qu'était

Bridgette, il ne se conduisait pas correctement avec elle en ce moment en flirtant simplement pour gagner du temps.

Elle lui tendit la feuille, tout en la retenant un instant avant de la lâcher. « Vous êtes certain de ne pas me prendre uniquement pour une sorte de certificat d'authenticité d'un objet rare ? »

Il ne répondit pas. Il abaissa les yeux et parcourut rapidement le texte latin. Là, au bas de la lettre, de l'écriture épaisse et vengeresse d'un homme dont les convictions l'ont tout à la fois condamné et soutenu s'étalait la signature. *Benedictus de Spinoza.*

Ce qu'il fit ensuite, ce fut pour Helen qu'il le fit. Car qu'est-ce que cela pouvait bien faire qu'il se déteste s'il était en mesure de sauver ce qu'elle désirait par-dessus tout ? Avec difficulté, il releva la tête, regarda Bridgette et se força à hausser les épaules. Il lui tendit la lettre comme si elle était sans importance. Il chargea sa voix de toute l'irritation dont il était capable et dit : « Que Helen dépense l'argent de sa retraite là-dessus. Je m'en fiche royalement. Elle a été une vraie salope avec moi. »

Bridgette reprit la page, mais au lieu de la regarder, elle jeta un coup d'œil dans la direction du balcon. Elle sembla réfléchir.

« Vous allez quitter Ian ? demanda-t-il à brûle-pourpoint, se surprenant lui-même.

– En quoi ça vous regarde ? demanda-t-elle en se tournant vers lui.

– En rien », dit-il simplement.

Si ce n'est que pour des raisons qu'il aurait été bien en peine d'expliquer, il aurait voulu qu'ils se montrent sincères l'un avec l'autre.

« Je suis déjà pris, de toute façon. Je me demandais, c'est tout.

– Alors pourquoi poser toutes ces questions ? demanda-t-elle en lui décochant un regard mauvais.

– Eh bien, déjà le fait de m'emmener dans votre chambre. »

Elle rit, mais ne dit rien.

« Dois-je en conclure que vous faites ça souvent ?

– En aucun cas, lança-t-elle. Ce n'est pas parce que je flirte que je vais nécessairement plus loin. »

Il ne la croyait pas. Une seconde plus tard, il changeait d'avis. « Désolé, dit-il.

– J'ai fait une exception pour vous, dit-elle avec de la férocité dans la voix, mais c'était quelque chose en elle, pas en lui, qu'elle s'efforçait de maîtriser.

– Pourquoi ?

– Par curiosité.

– À d'autres.

– Quoi, vous diriez qu'il n'avait rien d'intrigant cet étranger qui vient chez moi exhumer une histoire à laquelle personne d'autre ne s'intéresse ?

– Oui, tout à fait.

– Ma foi, dit-elle, vous avez raison. Vous n'avez rien de spécial. »

Son regard tomba sur plusieurs toiles appuyées contre le mur, d'autres pièces destinées à être exposées, encore enveloppées dans un plastique transparent suffisamment épais pour poser un voile impressionniste sur leurs couleurs crues. Il contempla un instant les formes indécises : indices, évocations, suggestions de l'existence d'une sagesse insaisissable au-delà de ce qui était normalement visible à la lumière du jour. Vues sous cet angle, elles lui plaisaient assez. « Vous savez, finit-il par dire, que je n'ai rien de spécial, ça fait longtemps que je me l'entends dire par des femmes plus ou moins écœurées. J'ai fini par retenir la leçon. »

Quand il releva les yeux, la déception se lisait sur le visage de Bridgette, comme si celle-ci avait compté sur lui pour se montrer plus ouvert à la plaisanterie.

« L'ennui avec vous, c'est que vous n'avez qu'une foutue chose en tête, l'histoire, dit-elle, en poussant un carton du bout du pied. Vous l'aimez, ajouta-t-elle, donnant à son affirmation l'allure d'une accusation.

– Et alors... où est le mal ? Vous, c'est l'art que vous aimez, non ?

– Non, dit Bridgette. L'art, je l'apprécie. »

Elle posa le pied sur une caisse devant elle. Lentement, elle se pencha en avant. La caisse glissa en crissant sur le sol, ce qui parut lui procurer une certaine satisfaction.

« J'ai suivi un cours de dessin, une fois. Et quelques cours d'histoire de l'art. Et j'ai du goût. Ce qui veut dire avant tout que j'ai du flair et que je devine ce qui a des chances de se vendre. Et puis, j'ai aussi un peu d'argent, n'est-ce pas ? N'empêche, c'est plutôt décevant de ne pas être un peu plus passionnée. » Elle s'était efforcée à l'ironie, mais sa voix était rauque. « Vous devriez être fier, vous savez. Ma tante si ridicule aurait approuvé la passion que vous avez Helen et vous pour l'histoire. »

Il regarda Bridgette enlever son pied de la caisse, avant de le poser sur une autre... puis d'hésiter.

« Ian et moi n'avons pas ce genre d'amour pour quoi que ce soit. En tout cas, pas moi. Il se peut qu'Ian m'aime de cette façon. C'était ainsi dans le temps, c'est vrai », dit-elle avec une petite grimace.

Cette fois-ci, elle repoussa la caisse avec violence. Puis elle se reprit avant de lui faire face.

« Si tout le monde pense que je suis sans cœur, autant que je me comporte comme telle, non ? Que je vende ces documents au collectionneur le plus lâche que je puisse trouver, qui les gardera sous clé, bien à l'abri des historiens. Ensuite, j'utiliserai cette manne à satisfaire mes envies les plus chères.

– Lesquelles, par exemple ?

– Une foutue cuisine neuve, dit-elle avec un rire dur, avant de laisser peser son regard sur Aaron. C'est ce que voulait Ian. Mais j'ai dit, moi, qu'il fallait utiliser la totalité des fonds réservés à la restauration de la maison pour l'aménagement des espaces publics de la galerie. Comme d'habitude, j'ai emporté le morceau. »

Depuis l'autre côté de la porte leur parvenaient les bruits des visiteurs déambulant patiemment le long du balcon.

« Je vais être père », dit Aaron tout à trac.

Bridgette siffla de surprise et resta un moment silencieuse, les yeux écarquillés. Sur son visage, le faible reflet d'une certaine nostalgie. « Pauvre gosse. »

Il hocha la tête en signe d'assentiment.

Au bout d'un moment, elle émit un nouveau sifflement.

Il lui apparut soudain qu'il ne désirait plus avoir un quelconque pouvoir sur Bridgette Easton. Ni sur qui que ce soit, d'ailleurs. Il ne se faisait plus confiance dans ce domaine.

Je suis désolé. Il adressa ces mots en silence à Helen, qu'il avait trahie.

« Bridgette, dit-il. Ces lettres ? Elles ne sont pas comme...

– Bien sûr qu'elles ne sont pas comme les autres, le coupa-t-elle. Je ne suis pas complètement idiote, vous savez. Et comme acteur, vous êtes pitoyable. Si elle tient tellement à les avoir, c'est qu'elles ont quelque chose de spécial.

– "Spécial" est probablement un euphémisme. Il faut que vous sachiez une chose. Il y a au moins une lettre dans le paquet signée de Spinoza. »

Bridgette haussa les sourcils. Puis il la vit faire comme si elle n'était pas impressionnée.

« Bof ! dit-elle, en s'examinant les ongles. Vingt mille, c'est suffisant pour la cuisine de Ian.

– Ce que vous avez entre les mains, ne put s'empêcher de continuer Aaron, pourrait valoir beaucoup plus.

– Ne parlez jamais argent avec un Anglais. Ça ne se fait pas. »

Aaron secoua la tête. Puis renouvela son geste.

Bridgette prenait plaisir à voir son incrédulité. Il la laissa l'obliger à baisser les yeux.

« Y a-t-il quelque chose que je puisse faire pour vous ? demanda-t-il au bout d'un moment.

– En dehors de ficher le camp de chez moi ?

– Oui, en dehors de ça. »

Il attendit sa dernière flèche. Mais son expression avait pris un tour contemplatif.

Ils sortirent de l'antichambre. Le filigrane du palier était strié de diamants et de losanges par les rayons du soleil couchant filtrant à travers les fenêtres. Soleil d'or sur les chaussures du couple d'un certain âge qui s'attardait devant les toiles, poussière d'or sur ses épaules, ses cheveux, adoucissant les tons criards des œuvres, atténuant leurs clameurs.

La galerie disposait sans aucun doute des lumières adéquates pour cette heure de la journée, mais Bridgette ne fit pas un geste pour les allumer. Elle resta aux côtés d'Aaron sur le palier tandis que les toiles pâlissaient dans le crépuscule, et ensemble ils regardèrent Helen revenir : une main agrippée à sa canne, une enveloppe blanche tremblant dans l'autre, elle terminait sa lente ascension sous le regard placide des anges joufflus.

La porte du Prospero s'ouvrit pour leur livrer passage, et des odeurs de bière, de pâté de viande en croûte et de bois ciré emplirent les narines d'Aaron. Au même moment, la pluie se mit à tomber : une soudaine rafale de gouttes, comme si une main cherchait à les pousser à l'intérieur. Le pub était accueillant, il y faisait bon ; une table bien éclairée et vide s'offrait à eux, parfaitement adaptée à leurs besoins, et tandis que Helen la débarrassait de quelques grains de poussière, puis sortait chacun des documents de la chemise et le posait avec soin sur la surface lisse, Aaron eut l'impression de vivre un rêve plus vrai que la réalité, dans lequel les sons étaient étrangement amplifiés et chaque objet éclairé par-derrière. Les chaises craquaient mais ne s'effondraient pas ; la pinte ambrée entourée de ses mains par le seul client assis au bar était un calice destiné à quelque rite d'une solennelle beauté ; les gestes de Helen occupée à disposer les documents l'un après l'autre devant lui avaient été décrétés bien avant sa naissance – tout comme cet endroit à la perfection féérique les avait de tout temps attendus, dissimulé là, en face de la galerie des Easton. Le barman desséché qui essuyait paisiblement ses verres avec un torchon blanc, cet homme aux yeux ternes mi-clos, était l'ancien Tirésias, qui avait anticipé toutes les souffrances à venir ; c'était Prospero lui-même, qui avait rompu son bâton et renoncé à ses pouvoirs de manière à faire la paix avec l'éblouissement du monde. Si seulement Aaron arrivait à comprendre comment un homme pouvait vivre en paix après avoir fait un tel choix, ou quels dégâts risquaient d'en découler pour lui, alors il aurait lui aussi gagné sa place dans ce cercle enchanté qui s'était ouvert à eux si vite et comme par magie.

Après avoir aligné la première dizaine de lettres sur l'épais plateau en bois de la table sous la lumière dorée de la lampe, Helen se renversa contre son dossier, et, dans l'instant, Aaron entrevit ce qu'elle-même avait compris depuis le début. Ce dernier cahier contenait les joyaux d'Ester. Les autres documents, ceux qu'Alvaro HaLevy avait cachés sous l'escalier plutôt que de les brûler, n'étaient que les détritus laissés le long d'un chemin difficile menant jusqu'à ces trésors d'encre et de papier. Helen et lui s'étaient trompés en croyant tirer le gros lot avec leur première découverte. Ester avait retenu le meilleur pour la fin.

Il lut debout, à côté de la chaise de Helen, commençant par le document le plus éloigné, et suivant chaque rangée l'une après l'autre. L'écriture d'Ester, il la déchiffrait sans problème ; les lettres d'une plume inconnue réclamaient davantage d'attention ; nonobstant, chacune livrait ses secrets. Il lut, à la suite, des lettres de Thomas Farrow adressées à une demi-douzaine de correspondants, chacune suivie de la réponse qu'elle avait reçue, elle-même appelant une nouvelle missive de Farrow, tantôt saluant de vifs éloges les arguments de son correspondant, tantôt les peaufinant, les contestant ou les récusant en bloc. *Et pourtant comment vous proposez-vous de réconcilier des vues aussi contradictoires ? De ceci, votre lecteur reste dans l'ignorance.* Il arrivait au destinataire des lettres d'Ester de rejeter ses opinions, de demander des précisions ; s'ensuivaient alors d'autres lettres avant que la discussion soit close. Van den Enden, Adriaan Koerbagh, Thomas Browne. Aaron connaissait certains des noms, d'autres pas du tout, mais dans chaque cas, la précision et la férocité des réponses de Thomas Farrow (parfois tout au long de trois ou quatre échanges) étaient sidérantes. Il comprenait l'irritation que manifestaient les correspondants d'Ester dans la défense de leurs idées, car elle pourfendait sans merci les démonstrations bancales tout autant que les raisonnements spécieux. Mais il y avait aussi ceux dont les réactions indiquaient qu'ils avaient reconnu en Farrow un ami précieux. Ainsi de van den Enden :

> Votre raisonnement, que vous construisez habilement à partir de ma propre définition de la piété, condamne cette définition à se retourner contre moi, et renforce ma détermination à suivre jusqu'à son terme une idée restée à demi formulée, celle de la plus complète incorporation des femmes dans la citoyenneté de l'État idéal. Peut-être savez-vous que j'ai donné une éducation à mes filles, même si ce n'est pas là pratique courante. Votre proposition selon laquelle je devrais envisager en théorie l'idée d'une femme à la tête du corps politique dans une démocratie est un développement naturel de ma propre réflexion sur l'éducation universelle... une évolution qui était de toute façon destinée à se produire mais dont l'arrivée a été hâtée par votre questionnement, pour lequel je vous exprime ici toute ma reconnaissance.

Et d'un certain Jonathan Pierce :

> Il me peine d'apprendre à la lecture de votre dernière lettre que votre état ne vous permet pas de voyager. Puis-je vous suggérer, ami très honoré, qu'il est bon pour le penseur de se défaire de temps à autre de tout souci afin de rechercher la compagnie d'esprits de même nature, et le réconfort ainsi apporté est aussi bénéfique à la santé du corps. Si votre état devait s'améliorer suffisamment pour vous permettre d'échapper à votre isolement, je vous promets que

la compagnie d'esprits semblables contribuera à votre guérison. L'amitié est à elle seule un puissant remède, surtout pour des gens tels que nous qui, en raison des chemins particuliers empruntés par notre réflexion, sont contraints à la solitude. Vous seriez le bienvenu ici à Londres à la Royal Society, où je serais heureux de vous faire connaître de nombreux confrères dont la compagnie fortifie l'être tout entier.

Et puis, une fois qu'Aaron, supervisé par Helen, eut soigneusement empilé ces quelques pages et étalé un deuxième lot sur la table, il eut la surprise de constater que la correspondance n'était plus adressée à Thomas Farrow mais à un certain Bertram Clarke. Puis à mesure qu'elle progressait tout au long des années 1670 et 1680, l'épistolier devenait un dénommé William Harrington, ensuite un Owen Richards et, de 1688 à 1691, un James Goddard. Mais l'écriture restait invariablement celle d'Ester, de même que le raisonnement. *Le principe suprême est la vie, et il doit en conséquence servir de fondement à toute éthique.* Aaron passait d'une lettre à l'autre. Trois échanges avec Pierre Bayle. *Mais pouvez-vous être sincère dans cette défense de la foi*, avait écrit Ester, *quand vous la déclarez par ailleurs incompatible avec la raison ? Ou bien votre but est-il de tracer une voie que vous voudriez voir suivie par d'autres penseurs ?* Une lettre à John Wilson, restée apparemment sans réponse : *Je maintiens que vous devriez, en toute logique, reconsidérer votre attaque de* Philosophia S. Scripturæ Interpres, *pour les raisons que j'ai exposées ici même.* Et, à la stupéfaction d'Aaron, deux échanges avec Thomas Hobbes. *Si l'on nie l'existence de substances incorporelles, alors la conception du monde tel qu'il nous a été décrit n'est plus viable. Et cela devient le devoir du philosophe que de définir les véritables propriétés du monde, en raison de quoi je pose les questions suivantes.*

Le dernier ensemble que Helen déposa sur la table était une correspondance entre Thomas Farrow et Benedictus de Spinoza. En feuilletant les pages, Aaron put constater qu'il avait fallu deux missives de Thomas Farrow pour pousser le philosophe à sortir de sa cachette, et trois de plus pour lui soutirer enfin une première réponse substantielle. La correspondance s'étendait sur plusieurs années et s'arrêtait pour des raisons qui n'étaient sans doute pas étrangères aux guerres opposant la Hollande à l'Angleterre et à la France ; mais aucun des deux ne se plaignait des difficultés qu'ils rencontraient à envoyer ces pages de latin de Londres à Voorburg et inversement, comme s'il était vain de s'attarder sur les aléas de la vie pour privilégier avant tout le débat d'idées. Avec la sixième lettre, Farrow avait commencé à souligner un important point de désaccord :

Mais tout en prônant l'amour de Dieu, vous dédaignez le sentiment. Vous avancez que l'homme doit atteindre le calme et

> l'équanimité. Pourtant un vrai système de pensée ne devrait pas exclure la passion mais au contraire en rendre compte comme le fait le mathématicien avec chaque membre de son équation. Vous procédez comme si le désir humain était erreur ou aveuglement, plutôt qu'un élément essentiel de *Deus sive Natura* : une force toujours en mouvement, engagée dans une quête perpétuelle. Si vous refusez de reconnaître cela, votre univers se trouve privé d'énergie vitale, et c'est pourquoi, même si j'admire la beauté du système que vous élaborez, je ne puis y souscrire.

La réponse de Spinoza était cinglante et ne contenait aucune des fioritures ou des circonlocutions propres aux lettres des autres philosophes. Cette fois, pas de préambule du genre *C'est avec intérêt que j'ai lu votre missive...*

> Ce développement n'est que pure folie. Vous mêlez le désir et la passion dans votre raisonnement comme s'ils étaient des entités de même nature, alors que la passion est passive et le désir simplement la conscience que prend l'être du conatus, les efforts déployés par une chose finie pour affirmer sa propre existence. Quant aux passions, elles sont un marécage qui enlise la pensée philosophique. À moins que vous plaidiez pour une morale fondée sur la bassesse, les passions doivent être maîtrisées par la raison, et à moins que vous vouliez peupler l'univers d'arbres en fureur et de nuages voraces et ainsi passer pour un païen, vous devrez admettre que la passion ne saurait être l'essence de l'univers.
>
> Quant au désir, il ne peut être non plus l'essence de l'univers pour la raison qu'il est lié à la conscience d'un être fini.

Mais Farrow, dans une lettre qui ne s'embarrassait pas davantage de circonlocutions, montrait qu'il ne se laisserait pas dissuader :

> Non, je ne veux pas animer les arbres ou les nuages ni me complaire dans des croyances puériles de ce genre, ce dont je parle, c'est de la volonté qui impulse toute vie. Laissons là la discussion sur la passion car, là-dessus, je reconnais le bien-fondé de votre argument. Mais je dois dire que, sur la question du désir, ma position diffère de la vôtre. Il n'est rien d'inerte ou d'impartial dans l'univers. J'entends par là non point que les pierres sont douées de conscience ou que la terre qui s'ouvre et engloutit une ville entière est une divinité avide de vengeance ni rien qui ressortisse à quelque stupide superstition du même acabit, mais plutôt que la volonté et l'élan qui s'expriment à travers eux sont ce que moi j'appelle Dieu.

La réponse de Spinoza était encore plus vive :

> Ce dont vous parlez ici n'est ni plus ni moins que le conatus, lequel a déjà une place dans mon système. Cependant les arguments que vous avancez sont peu judicieux, et vous ne me persuaderez pas de vous suivre dans les régions où vous portez le débat.

Aaron lisait avec l'impression d'être pris dans un vent furieux, ballotté entre deux grandes forces qui s'affrontaient sur des points de logique qu'il avait du mal à appréhender. Il reprit sa lecture, cette fois-ci la réponse d'Ester.

> Je maintiens néanmoins que Dieu, tout en ne pouvant être rattaché au désir, est l'orage qui est la somme de tous les désirs. La substance, dans son infinie diversité, est une manifestation de cet orage, plutôt que l'inverse.
>
> L'idée selon laquelle les actes de l'homme pourraient provoquer le déplaisir ou le plaisir de Dieu, nous la savons l'un et l'autre absurde. La conduite morale correcte est celle qui guide le désir vers ce qui ne va à l'encontre ni des désirs ni des besoins des autres. Et j'ajouterai que, quand je parle de désir, je me réfère à des choses qui ne sont pas finies mais infinies – ou, pour adopter le langage des théologiens, sacrées – et pas à de simples pulsions passagères des sens, mais à une forme de désir plus profond, dont le siège n'est pas le corps mais l'esprit. Je parle de votre amour, et du mien, pour la vérité. De cet instinct qui nous pousse à rédiger ces lettres au mépris du danger. Si nous le faisons, ce n'est pas au nom d'une recherche rationnelle de notre propre bien-être, car nous ne sommes pas seulement guidés par le conatus. Non, c'est parce que nous sommes des créatures de désir.
>
> Vous rapportez dans votre lettre que, lors de vos travaux sur un abrégé de grammaire de l'hébreu, vous avez constaté que tous les mots hébreux ont la force et les caractéristiques de noms. Peut-être ne serez-vous pas surpris d'apprendre que j'ai moi-même une certaine connaissance de cette langue. Et il me semble à moi que c'est le verbe qui commande la langue et pas le nom.
>
> Telle est peut-être la différence entre nos deux modes de pensée.
>
> Séparer la substance de la pulsion de vie, l'existence réglée par la raison de nos désirs, est une erreur – dans laquelle je déplore d'être parfois tombé. Votre esprit étant le plus pur et le plus vaste qu'il m'ait jamais été donné de rencontrer, je gage que vous ne permettrez pas à une telle erreur d'altérer votre philosophie.

À ce stade, au beau milieu d'un paragraphe, Thomas Farrow passait du latin au portugais.

> Vous et moi nous accordons sur nombre de points, je crois, malgré nos différences. Et, en particulier, sur le fait que, la Nature ne faisant qu'un avec Dieu, l'effort de persévérer dans l'être est une réalité capitale. En conséquence de quoi, tous les impératifs qui s'y opposent, le martyre au premier chef, sont mensongers.
>
> Les professeurs de l'Amsterdam de votre jeunesse craignaient un Dieu aux exigences terribles. Cependant, dussé-je renoncer à mon nom et à mon existence, je n'oublierai pas ce que j'ai appris de ceux dont il m'a été donné de voir les sacrifices, et je suivrai d'autant plus volontiers le seul Dieu que je connaisse : une chose immense, rayonnante.
>
> J'en suis venu à présent à comprendre que tout ce que vous proposez, et peut-être aussi tout ce en quoi je crois, n'est pas en fait l'athéisme. C'est, plutôt, quelque chose pour quoi je n'ai pas encore de nom.

La réponse de Spinoza – la dernière lettre de sa main – était adressée à *L'Estimable et Insistant Mister Farrow*.

Comme un enfant, Aaron les avait écoutés raisonner, ferrailler, réfuter, demander des éclaircissements, et il les voyait à présent s'installer dans un silence épuisé. En arrivant aux dernières lignes qui précédaient la signature de Spinoza, Aaron fut surpris de constater qu'elles aussi étaient en portugais.

> C'est pourquoi, bien que vous et moi ne puissions pas être d'accord, ni maintenant ni jamais, je ferai l'effort de traiter la question que vous évoquez, et que je vous remercie d'avoir soulevée. J'ajouterai que ce que vous avez écrit dans votre lettre sur la notion de bonté m'est revenu récemment et que je trouve beaucoup à louer dans vos propos, sujet sur lequel j'espère pouvoir revenir dans un proche avenir.
>
> La capacité à renoncer à son existence, monsieur Farrow, est en vérité une forme de liberté, et peut apporter le réconfort, en particulier à ceux qui ont beaucoup vu. Vous avez raison quand vous dites que mes professeurs d'Amsterdam ne connaissaient qu'un Dieu impitoyable. Ce qui s'applique même au rabbin HaCoen Mendes, pour lequel vous et moi partageons une égale considération, et dont l'épreuve subie aux mains de l'Inquisition restera une de ces flétrissures indélébiles propres à marquer l'humanité. Je n'ai appris que récemment sa mort à Londres au terme d'années de réclusion.

Vous êtes, semble-t-il, une des rares personnes à avoir conversé avec lui au cours de cette période.

Il y a eu à Amsterdam, je m'en souviens, des incendies mortels. C'est une consolation que de penser que les survivants ont trouvé refuge et sécurité.

Mon *Tractatus Theologico-Politicus* à présent achevé, je travaille pour me distraire à un traité sur l'optique des arcs-en-ciel. Mais le sujet me résiste. Peut-être que des gens comme nous, condamnés, comme tous les penseurs, à travailler dans l'ombre, peuvent être pardonnés s'ils perdent leurs moyens au spectacle d'une chose aussi merveilleuse et sans attache qu'une lumière voyageant en toute liberté.

Benedictus de Spinoza

Aaron leva les yeux de la page qu'il venait de lire. Et replongea en silence dans l'atmosphère du pub. Le raclement d'un tabouret de bar sur le sol ; le grain rêche du plateau de la table sous sa paume. Ses sens enregistraient chaque détail avec une acuité dont il n'avait jamais jusque-là fait l'expérience ; chaque reflet renvoyé par les verres sur le comptoir avait l'éclat du triomphe. Il comprenait pourquoi Helen était assise les yeux fermés, comme en prière ou en méditation. Page après page, dans des documents à l'encre abîmée méticuleusement restaurés et apportés jusqu'à eux par les deux Patricia, ils avaient suivi la quête douloureuse d'une Ester Velasquez que la faim ne quittait pas. Mais là, dans ces pages exposées sur le bois de cette table, cette solitude infernale et obstinée était enfin comblée. Aaron le sentait dans l'encre épaisse de la dernière lettre d'Ester à de Spinoza, en portugais : *Nous nous comprenons bien, et je serai désormais satisfait.* Les mots avaient été tracés lentement, la plume formant des lignes inhabituellement larges sur la page, comme si chaque mouvement de la main du scripteur l'avait libéré d'un fardeau... et que tout ce qui restait dans le sillage de ce *désormais* était un contentement apaisé aussi dense que le sommeil.

Et même s'il savait que c'était insensé de se fier à une telle impression, il semblait à Aaron que l'on pouvait percevoir un léger soupir de soulagement derrière les mots du célèbre philosophe. De Spinoza – qui, avec pour seule arme son indignation, avait essayé de s'opposer aux émeutiers qui avaient déchiré membre après membre un chef pourtant tolérant ; un homme convaincu de l'inhumanité de l'homme, et qui, en dépit de l'exil et d'une santé déjà défaillante, avait cru jusqu'au bout dans la sainteté de la pensée logique... Aaron ne pouvait se débarrasser du sentiment que cet esprit puissant, dans ces quelques pages de batailles d'idées, avait trouvé quelqu'un qui ressemblait à un ami.

La correspondance entre eux s'arrêtait là.

En se levant dans la lumière tamisée du pub, Aaron murmura : « Il avait compris. »

À son côté, Helen hocha la tête en silence.

Les lettres qu'il venait de lire révélaient une relation profondément intime, et Aaron, dans sa lâcheté, dans son incapacité à rédiger la réponse la plus simple au mail de Marisa, se jugeait indigne d'en avoir été le témoin. Ce n'était pourtant pas Ester, ni de Spinoza, qui faisait à présent monter des larmes de gratitude à ses yeux. C'était Helen Watt. Ses mains tremblantes, posées avec légèreté sur la table, étaient la plus émouvante des sculptures, objets d'une beauté presque insupportable. Et il savait qu'il ne serait jamais capable de lui dire qu'il l'aimait, comme le bateau sur le point de sombrer aime la lumière du phare, même si celui-ci est impuissant à le sauver du naufrage.

Elle ouvrit les yeux, et quand ils se regardèrent, elle lui offrit un pâle sourire. Puis elle revint aux documents sur la table.

C'est quand elle se pencha pour les relire qu'il remarqua qu'il restait quelques pages dans le cahier tenu contre sa poitrine.

« C'est quoi ? » demanda-t-il.

L'espace d'un instant, ses yeux semblèrent lui télégraphier une sorte d'excuse. Elle marmonna une syllabe inintelligible, puis s'éclaircit la voix avant de répéter le mot.

« Des cendres.

– Que voulez-vous dire ?

– Encre ferro-gallique », dit-elle d'un ton cassant.

Elle s'écarta du bord de la table, le cahier toujours plaqué sur la poitrine.

« De sérieux dégâts. Ceux-là vont devoir aller au labo pour restauration, avant de pouvoir être manipulés.

– OK. »

Il la regarda, les yeux plissés, la lumière tamisée du bar soudain insuffisante pour interpréter l'étrange réserve qu'affichait son visage. Il lui revint qu'elle n'avait pas été elle-même de toute la journée. Manifestement, elle n'allait pas bien. « Voulez-vous que je porte ces dernières feuilles aux Patricia ? Elles accepteraient peut-être de... vous voyez, les réparer un peu, même si ce n'est pas l'université qui les a achetées ? »

Elle ne répondit pas.

« Vous avez l'air..., dit-il, avant d'hésiter pour finalement ajouter, l'air épuisée. »

Elle eut un petit sourire de regret. « Je m'en occuperai, dit-elle. Pourquoi ne pas rentrer chez vous et prendre du repos ? »

Il soupçonna que ce n'était pas seulement l'orgueil qui l'empêchait d'accepter son aide. Il n'avait jamais été capable de tromper Helen Watt, et aucune fanfaronnade n'arriverait à présent à masquer à quel point il était perdu.

Son désarroi ne devait pas échapper à Helen, qui se rendait probablement compte qu'il était trop faible ne fût-ce que pour aller aider ces papiers à retrouver une certaine intégrité. Et soudain, comme si les mots qu'elle venait de prononcer avaient un pouvoir magique, il se sentit accablé de fatigue. Sentit l'air peser lourdement sur ses épaules. Sur sa tête.

Il ne remercia pas Helen. Ne lui dit pas *Je vous suis reconnaissant*, ou *Vous avez eu raison tout au long*. Il rassembla les documents un à un et les lui fit passer. Tout en franchissant la porte que le barman leur avait courtoisement ouverte, il sortit avec Helen dans la lumière des lampadaires, et ils se séparèrent dans la nuit.

28

12 AOÛT 1667
22 AV 5427
RICHMOND, SURREY

Un bruit derrière la fenêtre. Un coup sec, grêle.
Puis un autre.

Elle lève les yeux, remarquant ce faisant que la lueur de la bougie n'est plus nécessaire, car pendant qu'elle lisait le soleil du matin a pris de l'assurance, et à présent le jour inonde les vitres et blanchit en partie le plateau du secrétaire devant lequel elle est assise. Semblable gaspillage aurait à une époque été impensable, mais aujourd'hui elle s'autorise encore un instant pour profiter de la flamme dansante de la bougie, pâle dans la flaque de soleil – la chaleur cireuse caressant l'intérieur de son poignet quand elle passe la main pour aller la poser sur la poignée fraîche de la fenêtre.

Les coups s'arrêtent, puis reprennent : un oiseau quelconque, un de ces nombreux oiseaux du bord de l'eau dont les appels la réveillent le matin, dans sa chambre baignée de soleil, la tête reposant sur la tiédeur du linge blanc. Presque deux ans qu'elle vit dans cette maison, dans ces pièces qui donnent sur la courbe paresseuse de la Tamise, et elle ne connaît toujours pas le nom de ces oiseaux. Peut-être, songe-t-elle en riant, qu'elle devrait le demander à son mari. Oui. Lui saurait.

La pluie d'hier a cessé, la brume s'est levée, et le vert des collines semble maintenant plus profond. Encore aujourd'hui, les saisons à Richmond ont le pouvoir de la surprendre. Londres ne l'avait pas préparée à la campagne anglaise ; sur ce chapitre au moins, John avait raison.

Elle soulève la crémone et pousse le battant. La fenêtre s'ouvre sur un jour si lumineux qu'il abolit toute pensée. Le ciel est d'un bleu intense dont, il y a peu encore, elle n'aurait pas soupçonné l'existence. L'éclat de la lumière est tel qu'il lui blesse les yeux.

Quelle sotte de pleurer ainsi devant un ciel !

Et quelle différence avec le ciel du jour de son mariage... mais quelle heureuse coïncidence aussi qu'ils se soient mariés sous un brouillard noir. Benjamin HaLevy avait refusé de retarder les noces d'un seul jour, en dépit des avertissements répétés du magistrat selon lesquels il était de mauvais augure de se marier sous un ciel obscurci par la fumée. HaLevy avait beaucoup trop attendu, disait-il. Il avait en effet fallu des mois à sa lettre pour atteindre le navire dans son port du Nouveau Monde, et des mois encore avant qu'il reçoive la réponse du capitaine. Puis s'étaient ensuivies des négociations en vue de la libération moyennant transfert d'argent d'un matelot enrôlé de force. Chaque nouveau retard semblait provoquer chez le vieil homme une irritation muette qui allait croissant, si bien qu'Ester avait commencé à craindre de le voir changer d'avis. Mais quand l'océan avait fini par lui rendre ce qu'il lui avait livré des années plus tôt, Benjamin HaLevy avait insisté pour que la cérémonie ait lieu dès l'après-midi du lendemain. Et c'est ainsi qu'on procéda aux préparatifs en dépit de la terrible fumée, de la mine sinistre des bateliers de Londres et de leurs passagers en fuite – eux qui venaient tout juste de se réconcilier avec leur ville qu'embrasaient encore les derniers feux de la peste, pour voir le destin s'acharner sur elle sous la forme d'un incendie jamais vu de mémoire d'homme. Londres était pratiquement réduit en cendres. Le dôme de St Paul avait fondu, disait-on ; et le plomb ruisselait dans les rues.

Et pourtant, à Richmond, le vieil homme avait présidé aux préparatifs de la cérémonie avec une hâte rageuse qui avait laissé toute la maisonnée pétrifiée. La couturière avait redoublé d'efforts pour procéder aux derniers ajustements de la robe de mariage en soie à laquelle avait tenu Benjamin HaLevy, et tout au long de la matinée, il n'avait eu de cesse de venir vérifier, le visage sombre et tendu, l'avancement de l'ouvrage, comme dans l'espoir de voir chaque coup d'aiguille percer les épaisseurs successives de tissu pour mieux réassembler les morceaux épars qu'il avait lui-même contribué à déchirer.

Ils se retrouvèrent pour la première fois dans la grande cour intérieure de la maison, sous le châle de prière de Benjamin HaLevy en guise de dais, tenu au-dessus de leurs têtes par lui-même, son valet de chambre et deux palefreniers. L'officier public avait été requis pour présider à la cérémonie, mais il passa l'essentiel de son temps à jeter des regards inquiets en direction des nuages de fumée qui arrivaient de Londres. La cérémonie religieuse fut conduite en hébreu par un juif encore plus âgé que le maître de maison, italien d'origine, le seul juif instruit qu'avait réussi à se procurer HaLevy en un délai aussi court, la lettre annonçant le retour d'Alvaro ayant été elle aussi retardée. Pour finir, le document faisant état de la date du débarquement n'était parvenu à la maison que quelques heures avant le fils : un homme aux membres déliés, que l'on avait peine à reconnaître avec ses boucles noires indisciplinées, son visage buriné au menton barré d'une cicatrice, son front tanné par le soleil après des années à bord de navires marchands sillonnant les mers lointaines, et les profondes pattes-d'oie incrustées par les épreuves au coin de ses yeux.

Une bande de feu courait le long de l'horizon. Une fumée noire dérivait au milieu des arbres moussus derrière les vitres, et des lueurs orangées pénétraient à travers les fentes des fenêtres fermées. La moindre fissure dans les murs, la moindre porte ou fenêtre ouverte ne fût-ce qu'un instant, laissaient entrer les cendres à flots, si bien que la robe crème d'Ester était grisâtre quand elle eut accompli les sept cercles autour d'Alvaro HaLevy et qu'elle se retrouva face à lui sous le dais. Elle sentait la pellicule qui recouvrait ses cheveux, mais c'est la vue de la cendre sur la tête d'Alvaro qui déclencha chez elle les prémices du rire. Sous ses boucles grises, le visage du futur époux avait pris une étrange gravité, et il était facile de l'imaginer dans son grand âge, vieillard gâteux maître de ce manoir... sa femme dévouée toujours à ses côtés ? La vision était d'une irrésistible drôlerie. Le rire monta dans sa poitrine, puis dans sa gorge. Elle fit de son mieux pour le réprimer. Alvaro HaLevy la fixait d'un air d'excuse solennel et embarrassé, mais il finit, manifestement à sa propre surprise, par céder lui aussi. Leur rire, qui s'échappait de leurs lèvres fermées, interrompit à deux reprises le vieux juif dans sa récitation des formules consacrées. Benjamin HaLevy ferma les yeux comme sous l'effet de la douleur et ne les rouvrit qu'au moment où il fut officiellement doté d'une belle-fille.

L'officiant ferma son livre de prières et toussota pour manifester sa désapprobation ; l'officier public regarda dehors une fois de plus, puis d'un geste impatient trempa sa plume dans l'encre et demanda à Benjamin HaLevy de lui épeler les noms des jeunes mariés. Rivka, qui était restée dans l'ombre dans un coin, observant la scène avec curiosité, comme si elle voyait évoluer les animaux exotiques de quelque étrange ménagerie, parut alors s'éveiller à une réalité plus familière. Elle attira l'attention d'Ester et d'un geste rapide lui fit signe de s'approcher de son beau-père. Avec un dernier regard pour Alvaro, ses cheveux poudrés de cendre et ses yeux brillant encore de leur gaieté partagée, Ester se composa un visage plus grave et s'avança vers Benjamin HaLevy. Devait-elle embrasser sa joue flétrie ? C'est ce qu'elle fit – un baiser rapide de ses lèvres sèches, qui provoqua d'abord la surprise du vieil homme, puis sa gratitude.

C'est à cet instant que son regard se posa sur la page où le magistrat avait consigné le mariage dans le registre officiel... mais là où aurait dû se trouver le nom d'Alvaro, le père avait fait inscrire celui de Manuel HaLevy.

Benjamin suivit le regard d'Ester. Puis ses yeux se levèrent vers les siens et la fixèrent un long moment, cherchant à la défier sans vraiment y parvenir. Elle comprit alors que l'énergie qui l'avait habité s'était éteinte en même temps que son fils aîné, et que lui-même ne tarderait pas à le suivre.

« C'est ce qui aurait dû être », dit-il d'une voix si résignée qu'elle le prit presque en pitié.

Elle se tourna de manière à ce qu'Alvaro ne puisse voir la page sur laquelle son nom n'avait pas été porté et recula vers lui. Il lui sourit, à nouveau hésitant. Un an en mer l'avait débarrassé de sa gaucherie, mais il avait toujours ce regard limpide de petit garçon. Comme elle se sentait âgée par comparaison !

Cette pensée devait se lire sur son visage, car Alvaro pencha la tête sur le côté et lui dit : « C'est notre arrangement qui te dérange ? »

Elle secoua la tête, incrédule.

« Ou c'est lui ? » murmura-t-il en désignant son père. Son visage se ferma, voilé par l'ombre du long tourment qu'il avait enduré. Il ne fit aucun effort pour le cacher. Mais il y avait en lui quelque chose d'autre, à présent, né de cet exil façonné par la nouveauté et les terreurs de sa vie en mer, par les nuits de veille à contempler le vide de l'océan. « Je crois que nous en viendrons à bout. Je t'y aiderai si je peux. Mais il y a autre chose qui te dérange, je le vois bien », ajouta-t-il après une brève hésitation.

Comment répondre à un tel homme, qui disait franchement ce qu'il voyait et ne prétendait pas que le monde était autre que ce qu'il était ? Elle avait du mal à déterminer si Alvaro était stupide ou sage, si elle méprisait son innocence ou au contraire l'admirait, s'il était resté le plus niais des garçons ou s'il était devenu un être différent et étranger à son monde à elle – un homme tel qu'elle n'en avait jamais rencontré auparavant. Toujours est-il qu'à cet instant, elle décida de se montrer aussi sincère avec lui qu'il l'était avec elle. « Oui, toi », finit-elle par répondre. Et devant son air sérieux et perplexe, il éclata de rire.

Ils se tournèrent d'un même mouvement vers Benjamin HaLevy, mari et femme maintenant. Avec une petite grimace, il les précéda vers la salle où les attendait le repas qu'il avait fait préparer en leur honneur, pâle substitut d'un banquet de mariage – cliquetis des fourchettes dans la salle à manger pratiquement vide, le magistrat vidant consciencieusement son assiette, vieil Italien mangeant avec appétit, seul à absorber des quantités impressionnantes de nourriture et de boisson. Benjamin HaLevy, pour sa part, posa sa fourchette dès le milieu du repas, les yeux rivés sur Ester, l'air de regretter un moment le contrat passé avec elle, en vertu duquel il aurait, aussi longtemps qu'il vivrait, un fils et une belle-fille pour s'occuper de lui. Elle n'avait pas promis d'héritier à qui échoirait la grande demeure – elle avait été très claire à ce sujet. Mais du moins aucune honte ne viendrait entacher le nom des

HaLevy durant les derniers jours du vieil homme. Et il mourrait accompagné d'une famille, et pas simplement de serviteurs.

Cette mort ne se fit guère attendre. L'hiver qui suivit le mariage, la vie commença à quitter le vieil homme, comme l'eau s'égoutte d'un récipient fissuré. Il avait appelé la mort de ses vœux, Ester le savait, mais elle arrivait trop vite, et jour après jour, sa belle-fille lisait la terreur sur son visage. Un matin, le trouvant immobile près de la fenêtre au tournant du majestueux escalier, comme si la vue de la longue perspective d'arbres en bourgeons l'avait arrêté sur le chemin de son petit déjeuner, elle lui avait dit : « La mort prend son temps, tout son temps, puis s'abat d'un coup au moment où on la supplie de nous accorder encore une heure. » Il avait tourné vers elle un visage lugubre et glacé comme s'il allait s'emporter contre elle, puis quelque chose avait cédé en lui, et il avait acquiescé de la tête.

Elle lui fit la lecture pendant les dernières semaines : des extraits du seul ouvrage qu'il acceptait d'écouter – *Consolação às Tribulações de Israel* d'Usque –, les pages illuminées par un feu qu'il fixait d'un regard fasciné. *« Choradas que auemos jaa estas chagas... tempo he que busquemos o remedio e consolo pera todas ellos pois somos aqui vinos a ese fim o qual... »* Elle était incapable de lui pardonner, mais elle-même avait été maintenue en vie grâce aux soins de Rivka, laquelle avait pourtant toute raison de l'abandonner, et elle savait ce qu'être veillé par des mains patientes pouvait signifier. Elle l'aida à se tourner dans le lit quand il n'y parvint plus, lui humecta les lèvres avec un linge mouillé quand il ne put plus boire. Elle lui faisait la lecture d'une voix mesurée, lui lisant des mots auxquels elle ne croyait pas. Et le jour où elle pénétra dans sa chambre pour le trouver les yeux vides rivés sur le givre couvrant les carreaux de la fenêtre au-dessus de son lit, des larmes ruisselant lentement le long de ses joues livides, elle fit venir son fils. Alvaro, qui n'aurait pas su davantage retenir son amour que s'arrêter de respirer, pardonna à son père dans un flot de paroles que le vieillard ne pouvait qu'écarter d'une main tremblante, veinée et parcheminée, qui allait d'avant en arrière, dans un mouvement tour à tour de rejet et d'acceptation.

Alvaro resta au chevet de son père jusqu'à ce que la main se fatigue et s'immobilise.

Le deuil imposa alors son silence à la maison, et Alvaro finit par quitter le lit de mort de son père, le visage mouillé de larmes qu'il ne prit pas la peine d'essuyer devant les domestiques. On entendit à peine le bruit de ses pas sur le parquet ciré quand il sortit des appartements pour parcourir les pièces et les couloirs silencieux de la grande demeure, en maître des lieux qu'il était désormais.

Un petit coup sec. Un bleu vibrant. Et des larmes sur ses joues.

L'oiseau. Elle pleure à cause d'un ciel et des coups de bec d'un oiseau. Et de la douceur duveteuse de l'oiseau et du ciel confondus dans sa poitrine, comme si elle avait le pouvoir, sans plus d'effort qu'un léger soupir, de se lever et de renaître sous une forme entièrement neuve. N'est-ce pas ce dont Rivka a parlé ce matin ? Elle s'est arrêtée à la porte, les bras chargés d'une pile de linge repassé et plié, le temps de la gronder. « Tu n'es pas assez vieille pour rester blottie comme ça dans l'obscurité. » D'un geste irrité, Ester lui a désigné en guise d'explication le gros livre ouvert devant elle, même si, à dire vrai, elle a eu du mal jusque-là à lui accorder son attention. Mais Rivka a insisté.

« Londres, c'est du passé. Tu espérais une vie différente, non ? Alors, pourquoi ne pas la vivre ?

– Et tu la vis, toi ? » a-t-elle rétorqué, le rouge lui montant aux joues.

Elle ne voulait pas parler aussi sèchement, mais son cœur a bondi dans sa poitrine à la question de Rivka, ses mains agrippant le livre comme si sa vie en dépendait.

Rivka s'est alors redressée, avec cet air fier et hautain qui est le sien depuis quelque temps pour donner ses instructions, calmement mais fermement, à la domesticité désormais sous ses ordres.

« Oui, je la vis, a-t-elle dit.

– Mais moi aussi », a riposté Ester, regrettant aussitôt sa brusquerie.

Comme Rivka lui est apparue forte et admirable quand, avec quelques claquements de langue contre ses dents, elle est partie faire sa tournée d'inspection. Toutes les épreuves qu'elles ont traversées ensemble l'ont laissée purifiée, elle est maintenant la grande prêtresse du foyer. Alors que, encore aujourd'hui, presque deux ans après leur arrivée, Ester est toujours en équilibre instable dans cette maison, un pied sur le sol, l'autre levé, en attente, hésitant à se poser lui aussi.

Écartant le livre, elle ouvre un tiroir et ressort la lettre qu'elle était en train d'écrire. Elle n'a pas encore décidé du destinataire. Peut-être écrira-t-elle cette fois une page réservée à son seul bénéfice. Peut-être, pense-t-elle avec excitation, s'agira-t-il d'un message ineffable qu'elle jettera ensuite au feu.

Elle relit ce qu'elle a écrit un peu plus tôt ce matin. *C'est le désir de vie qui donne sa forme à l'univers. C'est là son suprême impératif moral.*

Elle en est persuadée, mais quelque chose vient à présent troubler sa réflexion.

Elle a désiré John à une époque, elle ne peut le nier. A lié son sort à son amour. Et pourtant, au long de ces mois de demi-paralysie qui ont suivi la peste, quand le silence de chaque nouvelle journée renforçait la certitude que John l'avait oubliée, elle n'a pas cherché à le revoir. Peut-être que si elle l'avait fait, si elle s'était débarrassée de son orgueil, de cette sacro-sainte liberté du cœur et qu'elle avait rappelé à John sa dette envers elle, elle aurait réussi à le convaincre, aurait éveillé sa pitié, sollicité son amour réticent pour finir par le gagner. Et alors ?

Quoi que John ait pu lui demander, par le biais des mots ou celui du silence, elle n'aurait plus été en mesure de le lui refuser – même s'il avait exigé d'elle qu'elle renonçât à ses études et au savoir pour s'occuper d'une famille et d'une maison, même au risque de devenir un être privé de toute possibilité de penser. Elle n'a jamais appris à doser l'amour : on donne d'un côté, on retient de l'autre. Elle le savait déjà à Londres, quand elle avait lancé à John le défi de son corps : *Viens à moi dans l'amour.*

Comme elle avait été téméraire. Mais elle ne regrettait rien.

Il lui semble qu'elle ne pourrait nulle part au monde vivre telle qu'elle a été créée, un être de chair et d'esprit. C'est un précepte si universel qu'il s'impose avec la force d'une loi de la nature : une composante de ce qu'est la femme doit dominer l'autre. Et une femme comme Ester doit choisir, toujours, entre deux allégeances : à elle-même d'un côté, de l'autre, aux vies qu'elle pourrait mettre au monde et nourrir.

Il y a quelques mois, elle lui a enfin écrit. Alvaro, dans l'ignorance de ce que pouvait signifier pour elle le nom de John Tilman, lui avait rapporté une histoire à propos d'un magistrat fort apprécié, marié et installé à Coventry, vers lequel se pressaient en foule les pétitionnaires, plutôt que vers le père, car le fils était le plus clément des deux, allant même jusqu'à tolérer des opinions que d'autres instances auraient punies avec sévérité.

Elle ne disait pas grand-chose dans sa lettre ; elle espérait que John allait bien et lui souhaitait bonheur et santé.

Ester, commençait sa réponse.

> Je me réjouis d'apprendre que tu vas bien, car ton contentement en ce monde est une des choses qui comptent le plus pour moi. Je suis désormais magistrat à Coventry. Mon père a pris de l'âge, et je le décharge d'une partie de son travail, comme il le mérite. Ma femme, Isabelle, est une bonne épouse, très patiente face aux exigences de ma profession. Notre foyer a été béni de l'arrivée d'un enfant, une petite fille nommée Judith.
>
> Pendant mes années passées à Londres, je me suis plongé dans le néant d'un monde nouveau aussi loin que puisse le faire un homme avant de se rappeler ses obligations : rester lui-même. Je ne suis pas un homme hardi, Ester, sauf dans mon envie de l'être.
>
> Je n'oublie pas mes manquements, ni le courage qui est le tien, et qui m'est toujours un précieux exemple, car il est le critère selon lequel j'évalue nombre de choses, à commencer par moi-même.

Cette lettre, elle l'a lue jusqu'à la savoir par cœur, avant de la mettre de côté.

Quelle chose effrayante que l'amour ! Elle l'avait pourtant affronté.

Elle considère longuement les mots qu'elle vient de confier au papier. Oui, c'est le désir de vie qui conduit l'univers. Mais la question demeure... le désir de qui ?

Peut-être, songe Ester, que forcer une femme à choisir est en soi contre nature.

Elle reprend sa plume et écrit :

> Le sacrifice de soi est considéré par tous comme l'action la plus noble, et d'autant plus pour une femme, laquelle est requise de se consacrer aux autres corps et âme. La bonté est ce que l'on attend toujours d'une femme, qui sera stigmatisée comme contre nature si elle n'est pas entièrement dévouée aux autres.
>
> Mais comment peut-on juger bonne une générosité qui détruit la vie ne serait-ce que d'une seule personne, même si elle profite à autrui ? Est-ce faire preuve de bonté que de se couper de ses propres désirs ? L'impératif qui consiste à protéger toute vie ne devrait-il pas s'appliquer, pour une femme aussi, à sa propre vie ?
>
> Il nous faut donc abandonner notre conception traditionnelle de la bonté chez une femme pour en forger une nouvelle.

Une légère brise arrive de la fenêtre, et la flamme de la bougie se recroqueville pour n'être plus qu'un globe minuscule avant de s'évanouir, remplacée par un mince filet de fumée qui monte d'abord tout droit vers le plafond. Puis elle le regarde onduler et finalement se dissiper, et le chagrin que lui procure sa disparition l'absorbe à un point tel qu'elle ne peut retenir un cri quand elle entend le craquement tout proche d'une lame de parquet.

Alvaro est sur le seuil de sa chambre. « Tu vas me chasser ? dit-il en riant. Alors que je suis venu te délivrer ? »

Elle ne dit rien, se contente de croiser les mains sur les lignes bien droites qu'elle vient de tracer avec sa plume. Une vieille habitude chez elle : cacher la page devant elle.

« Aujourd'hui, chantonne-t-il doucement.

– Tu es devenu fou, dit-elle, presque convaincue de la vérité de son affirmation.

– S'il te plaît », insiste-t-il.

Mais voyant qu'il ne pourra pas l'extraire aussi facilement de sa retraite, il s'avance dans la pièce pour lui parler.

« Dis-moi, quels hôtes invisibles abritons-nous à présent entre ces murs ? Thomas Farrow ne philosophe plus, puisque tu as enfin laissé notre pauvre ami mourir de sa belle mort. Qui donc a pris sa place ? Lequel de tes fantomatiques favoris va cette saison expédier des missives depuis la maison HaLevy ?

– Bertram Clarke », répond-elle, sans pouvoir réprimer un sourire.

Alvaro, sa chemise blanche ouverte au cou et enfoncée sans soin dans son haut-de-chausses, s'approche encore un peu, l'air de plus en plus amusé. Instinctivement, elle fait glisser le livre sur la page à moitié rédigée. Sa main se referme, d'un geste protecteur, sur la bouteille d'encre.

Il s'assied sur la table où elle écrit. « Ne devrions-nous pas l'anoblir, en faire sir Bertram ? chuchote-t-il sur un ton de conspirateur. Ce qui peut-être lui assurerait une réponse plus rapide. »

Elle fait comme si elle voulait le chasser, mais Alvaro a toujours ses yeux de jeune chien. « Peut-être, murmure-t-elle à son tour. S'il mérite son titre. »

Alvaro s'esclaffe. Puis son regard monte en direction de la fenêtre, un réflexe habituel chez lui. Elle sait ce qu'il cherche, bien sûr – elle est aussi familière des allées et venues de son visiteur que lui peut l'être des philosophes fantômes derrière lesquels elle s'abrite pour écrire – *ses esprits de l'air*, ainsi que les nomme Alvaro.

Comme il lui a été douloureux de révéler peu à peu la vérité. Le matin où elle lui a avoué sa pratique, sa mâchoire était si serrée qu'elle pouvait à peine parler. Avec le temps, le mensonge était devenu un vêtement sans lequel elle serait morte de froid.

Mais elle avait décidé que sa nouvelle vie devait commencer sous les auspices de la franchise. Rivka connaissait déjà la vérité ; il fallait qu'Alvaro la connaisse lui aussi. La fin des mensonges : elle lui devait au moins cela.

Elle avait été surprise du plaisir avec lequel il avait accueilli sa confession, et son *Voilà le mystère éclairci !* avait été si spontané, si authentique, qu'elle avait relâché sa prise sur l'accotoir de son siège et respiré comme il lui semblait ne l'avoir point fait depuis des années. Mais il l'avait tellement étonnée avec ses exclamations réjouies au récit hésitant de ses correspondances qu'elle se demandait si elle ne devrait pas plutôt s'en attrister – car il allait certainement comprendre maintenant tout le mal qu'elle avait fait au rabbin ? Et l'en mépriser ?

Pourtant, même s'il avait finalement adopté un air grave face à son insistance à lui montrer la personne qu'elle était vraiment, il ne l'avait pas condamnée, ni n'avait suggéré qu'elle cesse d'écrire. Pareille éventualité n'avait pas semblé lui venir à l'esprit.

Il lui avait fallu des mois après leur mariage pour comprendre ce qui la captivait autant chez Alvaro : elle n'avait pas peur de lui. C'était pour elle un sentiment tellement inhabituel qu'elle se demanda pendant un temps si cette absence de crainte pouvait être de l'amour. Elle doutait que son cœur fût capable d'aimer de nouveau. Pourtant, en l'absence de toute exigence de sa part pour qu'elle soit autre que ce qu'elle était, était né en elle un sentiment discret mais insistant... si bien qu'un jour du premier printemps de leur mariage, dans un soudain accès de désir, elle lui avait touché le bras avant de l'entraîner dans ses appartements à lui. Ce fut leur seule expérience en matière de devoir conjugal : une confusion de dentelles et de boutons, un déshabillage précipité comme s'ils craignaient tous les deux de perdre courage, une vague qui les jeta sur son lit et les y laissa naufragés – le tout se terminant par un grand fou rire qui s'empara d'abord de lui, puis d'elle, et finit par secouer le lit si fort qu'un domestique lança un appel angoissé derrière la porte, bientôt chargé de mauvaise humeur quand le maître refusa d'ouvrir. Voilà à quoi se résumèrent leurs ébats amoureux : la poitrine nue d'Ester secouée de rire jusqu'à ce que les larmes ruissellent sur ses tempes, puis dans ses oreilles – tandis qu'elle reposait sous la fenêtre claire de la chambre, le bras d'Alvaro jeté en travers de son ventre –, si bien que les battements conjugués de son cœur et du sien, et les bruits tranquilles de la maison autour d'eux, se fondaient en un brouhaha montant d'une eau profonde baignée de soleil. L'espace d'un moment, couchée là d'aussi étrange manière aux côtés de son époux, sa vision piquetée de diamants par la lumière et les larmes, il lui sembla que ce devaient être les sons perçus par l'enfant dans le sein de sa mère.

Ce fut Alvaro qui s'occupa de faire imprimer les *Sept arguments contre un faux messie* du rabbin Moseh HaCoen Mendes, et qui se rendit en personne à Londres pour remettre le manuscrit à l'imprimeur. Elle avait passé des semaines à mettre en forme les lettres du rabbin à son élève florentin pour les condenser en une démonstration d'une seule venue. Là où elle trouvait l'argumentation du rabbin un peu faible, elle s'était efforcée de lui insuffler davantage de vigueur et de la clarifier, si bien que, quand elle eut finalement remis les pages en ordre et les eut confiées à Alvaro, il lui sembla qu'aucune autre dénonciation de Sabbataï Tsevi et des sabbatéens n'était aussi convaincante dans sa stigmatisation de la folie de leurs arguments. Les nouvelles récentes de l'arrestation du faux messie et de sa conversion à l'Islam ne semblent pas aujourd'hui avoir dissuadé ses partisans. Les paroles du rabbin sont toujours nécessaires, elle en est convaincue. Elle a l'impression que le saint homme en aurait été heureux, s'il avait pu oublier l'identité de celle qui les a préparées en vue de leur publication.

Elle a longtemps hésité sur la dédicace, mais pour une fois Alvaro a insisté pour faire prévaloir son point de vue. « Dédie l'ouvrage à mon père », lui a-t-il enjoint. Elle a donc inscrit le nom sur la première page, le faisant suivre des termes dictés par Alvaro : *Benjamin HaLevy, homme au cœur lourd et débordant d'amour pour les siens.* Elle considère ces mots comme une profanation. Mais Alvaro lui a retiré le manuscrit des mains avec un hochement de tête déterminé. « Cet ouvrage est ton expiation vis-à-vis d'un homme que tu as profondément blessé », lui a-t-il dit alors, avant d'ajouter en détournant le regard : « La dédicace, je la revendique. »

Elle voudrait pouvoir lui dire qu'il n'y a pas de commune mesure entre le besoin qu'elle éprouve, elle, d'expier et le sien, ni aucune comparaison possible entre la bienveillance du rabbin HaCoen Mendes et la dureté de cœur de Benjamin HaLevy. Ce dernier n'avait-il pas envoyé son fils à une mort quasi certaine ? Tout le monde ne s'était-il pas attendu à ce qu'Alvaro, ce jeune garçon aux joues roses si peu expérimenté, meure dès les premiers jours de son embarquement, enrôlé à la seule initiative de son père ?

Contrairement à Alvaro, Ester a fait du tort à un homme irréprochable, et c'est un tort de la plus haute gravité. Car si elle est hantée par son mensonge, il est un autre péché, et d'une autre ampleur, qu'elle a commis à l'encontre du rabbin. Elle, Ester Velasquez, a profité de son enseignement et de sa confiance – de toute la peine qu'il a prise pour lui apprendre à faire bon usage de son intelligence – afin de prouver qu'il ne peut y avoir de Dieu pour encourager le martyre. Impossible de ne pas voir ce qu'implique une telle position – et elle sait que le rabbin ne le comprenait que trop bien. Car prouver qu'il n'existe aucun Dieu pour prôner la sainteté du martyre revient à dire, entre autres choses, que Moseh HaCoen Mendes a vécu toute sa vie en aveugle pour rien et pour rien que sa mère a abandonné son corps aux tortionnaires.

Voilà ce qu'elle ne pourra jamais se pardonner.

Mais elle avait bien vu qu'Alvaro était incapable de comprendre, qu'il était résolu à rendre hommage à un noble père qui n'avait jamais existé pour expier ce qu'il considérait comme une faute. C'est la raison pour laquelle elle avait consenti à ce qu'il se rende à Londres et remette le manuscrit à l'imprimeur, porteur d'une inscription qui n'était que mensonge mais servirait à atténuer le poids de la culpabilité d'Alvaro. Ils n'avaient jamais plus parlé de cette dédicace.

Elle avait appris la mort de Thomas Farrow à la suite d'une chute de cheval six mois après l'événement. Bien qu'elle ait écrit sous son nom pendant des mois sans savoir qu'il était mort, une fois le fait connu d'elle, elle s'était trouvée incapable de continuer à le faire, si ce n'est avec ceux déjà engagés dans une correspondance avec ledit Thomas Farrow. Cette manifestation d'un caractère pointilleux l'avait jetée dans la perplexité, car elle s'était crue insensible, une fois assise à son bureau, et hors d'atteinte de toute émotion.

Londres était alors en ruine. La synagogue, située dans une portion de la ville épargnée par les flammes, avait survécu. Tout comme la maison des da Costa Mendes, réaménagée depuis peu par le père de Mary et sa nouvelle épouse grosse de plusieurs mois – une jeune et jolie femme au dire de Rivka, qui n'avait pas craint de pleurer ouvertement sur le sort de Mary tout en aidant la servante de ses propres mains à récupérer les ouvrages laissés intacts par les pilleurs. Mais le reste de la ville que connaissait Ester – l'étroite Milk Street, Gracechurch et Thames Streets, Fishmonger's Hall, les ateliers de reliure et les éventaires des libraires devant St Paul, les dédales des passages couverts de chaume qui descendaient vers le pont... tout n'était plus que cendres.

Certaines choses méritaient d'être ensevelies. C'est ainsi qu'elle avait mis Thomas Farrow au tombeau, et après être restée longtemps à sa table de travail, sa plume suspendue, elle l'avait une nouvelle fois plongée dans l'encre pour donner naissance à Bertram Clarke.

Ces derniers mois, Clarke a écrit une série de lettres à Johannes Koerbagh, et il sera l'auteur de la prochaine missive à laquelle elle réfléchit et qu'elle destine à un dénommé Matthew Collins, dont le récent essai sur la théologie et l'ordre de la société l'a fort troublée. Quand Clarke aura rempli son office, un autre viendra peut-être le remplacer. Une petite école de philosophes, se présentant tous comme des résidents temporaires à cette adresse de Richmond, exposant tous les mêmes idées... leurs arguments raisonnés s'évadant dans l'anonymat par sa fenêtre comme des graines de pissenlit, poussées par le vent pour aller atterrir elle ne sait où.

Alvaro a cherché, bien sûr, à la faire sortir de son isolement. Il l'a emmenée une fois dans un café à Londres, une sorte de salon fréquenté par les philosophes. Là, sa chope pleine d'un liquide amer et froid entre les mains, elle est restée des heures à écouter les quelques remarques brillantes émanant de certains orateurs, et les nombreuses stupidités déversées par la plupart. Mais le spectacle des femmes, peu nombreuses, qui ont tenté de participer aux débats lui a été douloureux, car elles ne s'exprimaient que rarement et semblaient tellement conscientes de leur corps et de leur tenue qu'elles prenaient des poses avantageuses sur leur siège, teintant de coquetterie leurs remarques précipitées. Elle a par ailleurs constaté que, malgré leurs efforts, on ne leur prêtait pas l'attention que l'on réservait aux hommes, et que leurs idées ne s'aventuraient pas au-delà de préoccupations toutes féminines, et, même sur ce terrain, restaient timides. Elle s'est tout de même levée à deux reprises, laissant Alvaro somnoler contre le mur, pour essayer de dialoguer avec ces femmes. Mais, contrairement à elles, elle n'était pas habillée à la mode, et elles ont semblé la trouver bizarre. Impossible de leur en vouloir ; si quelqu'un l'avait approchée avec la même avidité que la sienne, elle aussi aurait sans doute eu un mouvement de recul. Pour finir, penchée en avant sur son siège et s'efforçant de se faire entendre au-dessus des joutes verbales masculines, elle a voulu contribuer à un débat sur l'ordre politique idéal... mais au terme de sa brève intervention, sa question finale *Et pourtant n'est-ce pas là tout ce à quoi devrait tendre l'homme ?* a été accueillie par un silence effaré, suivi de quelques rires gênés.

Quand elle a réveillé Alvaro pour partir, elle l'a remercié. *Tu as appris quelque chose ?* lui a-t-il demandé tandis qu'ils sortaient du café surchauffé dans la fraîcheur enveloppante du soir. *Oui*, a-t-elle répondu, *j'ai entendu quelques idées nouvelles, et je vais y réfléchir. Mais j'ai aussi appris que je suis un lierre accroché depuis si longtemps à une tour si étrangement structurée que je suis désormais incapable d'assumer une autre forme.* Alvaro lui a alors pris le bras, avant de dire *Je comprends.*

À présent, il se tient là devant elle, et insiste.

« Aujourd'hui ! répète-t-il. Je ne tolérerai plus d'atermoiements. »

De nouveau ce doux sourire, comme éclairé de l'intérieur. C'est l'homme le plus exaspérant qui soit – à moins que ce soit elle la plus exaspérante des deux, car elle ne parvient pas à s'en tenir à une opinion bien arrêtée sur son compte. Il est stupide, et elle veut qu'il la laisse tranquille. Il est son ami, et elle veut qu'il reste dans sa chambre, avec son odeur de grand air et ses chaussures tachées d'herbe, son col déboutonné – un frère sur lequel on peut compter pour vous taquiner et vous pardonner.

Son visage s'est fait sévère. « Tu auras la visite de ton fabricant d'angelots joufflus, aujourd'hui ? » demande-t-elle, ignorant ce qu'il vient de dire.

Le sourcil d'Alvaro se lève très haut et reste en place.

« Mais c'est un maître sculpteur !

– Auteur, jusqu'au dernier, de tous les angelots des environs, dit-elle en se moquant.

– Ses sculptures sont sublimes, répond-il en rougissant. Reconnais-le. »

Elle fait semblant de réfléchir. Lui plaide sa cause avec un grand sérieux. « La résidence royale de Windsor vient de l'inviter à sculpter trois linteaux. Même les Français font appel à lui. Mon père a eu de la chance de pouvoir lui commander les angelots qui ornent notre escalier avant que son travail soit aussi recherché qu'il l'est aujourd'hui. »

Ester se mord la lèvre pour réprimer un sourire. « Ses sculptures, elles sont..., commence-t-elle, avant de s'arrêter pour l'observer tandis qu'il attend son verdict... agréables. »

Il ne réagit pas.

Et soudain elle n'arrive plus à garder son sérieux. « Oui, d'accord. Lui aussi est agréable, j'en suis certaine. »

Le visage d'Alvaro se fend d'un large sourire.

« Il s'appelle Richard, et nous avons décidé que nous n'avions pas à rester aussi discrets quand il vient me rendre visite. Je lui ai dit que tu comprenais. » Alvaro la regarde alors, visiblement sur le point de lui présenter une demande. « Richard espère faire la connaissance de la noble dame de la maison. »

Elle ne peut se défendre de l'humeur sombre qui la saisit à ces mots. Ses yeux reviennent à la table devant elle. « Cette maison n'a pas de noble dame », affirme-t-elle.

Il garde le silence un moment, respectueux de son accès d'humeur. « Ce sera peut-être pour un autre jour, alors ? »

Elle lève la tête. Elle est trop émue par son visage plein d'espoir pour être jalouse de l'amour sincère qu'il révèle. « Oui. Bien sûr que je le rencontrerai. »

Il sourit avec une telle gratitude qu'elle ne peut faire autrement que sourire à son tour. Ses yeux brillent quand il dit : « Tu es la seule à savoir, pour notre amour. »

La moitié de Richmond et de Petersham est probablement déjà au courant, puisque Rivka n'arrive pas même à faire taire les domestiques à ce sujet.

« Et maintenant, prête pour notre excursion ? » la presse-t-il.

Mais elle secoue la tête. Elle s'obstine à vouloir revenir à leur conversation précédente.

« Tu as d'abord une promesse à me faire.

– Quelle promesse ? »

Il a froncé le sourcil, avant que le souvenir lui revienne. « Ah, toujours cette affaire, dit-il, sincèrement surpris. Mais c'est absurde. »

Elle pince les lèvres.

« Non, dit-il, je ne ferai pas ça, pas plus que je ne serais prêt à te casser le bras. Pas plus que... » Faute de mots, il les remplace par un geste. « Je refuse de le faire, c'est tout. »

Elle ne peut permettre à son affection, pas davantage qu'à la sienne à lui, de présider à ce moment. Elle lui adresse en conséquence son regard le plus sévère. « Promets-moi. »

Il secoue la tête, têtu.

Elle est ulcérée par sa trahison – quelle idiote elle a été de lui faire confiance. Mais comment peut-il ne pas comprendre ? Elle se dresse sur son siège, la colère explosant dans sa voix : « T'ai-je jamais rien demandé ? »

Il secoue la tête, plus lentement.

Elle se maîtrise. Elle a beaucoup réfléchi à la question, et, quoique incapable de démêler l'écheveau de ses craintes, elle a fini par conclure à leur bien-fondé. Elle est une femme, et elle a écrit des hérésies. Même Spinoza et Hobbes rechignent à déclarer ouvertement qu'ils ne croient pas en Dieu.

Pourtant, après sa mort, comme le lui fait valoir Alvaro, elle n'aurait plus rien à craindre. Pourquoi, en ce cas, ne pas l'autoriser à préserver ses écrits ?

Parce qu'ils jettent le discrédit sur les souffrances du rabbin.

Pourtant, même si elle ne se pardonnera jamais une telle faute, ne devrait-elle pas laisser ses écrits intacts derrière elle de manière à ce que d'autres puissent en prendre connaissance ? La cruauté n'est-elle pas d'abord dans ce monde, avant d'être dans ses mots ?

Il lui est impossible d'expliquer sa décision, même à elle-même, pas plus qu'elle ne peut expliquer la terreur qui la saisit aux moments les plus inattendus : des mains qui la tirent par les cheveux, lui empoignent le sexe ; des visages ravagés par la maladie qui veulent cracher sur le sien. Elle reste inébranlable, parle d'une voix égale comme si les mots ne lui coûtaient rien.

«Je veux que tu brûles mes papiers à ma mort. C'est ma seule requête, et elle est simple, et je n'aurai de cesse d'avoir obtenu ta promesse.

– Brûle-les toi-même ! » lance-t-il avant de se lever et de se diriger vers la porte à grandes enjambées.

Il ne lui vient qu'une pensée à cet instant : Ne me laisse pas seule dans cette pièce.

Comme s'il avait pu l'entendre, il ralentit le pas et s'arrête à mi-chemin de sa chambre. Puis il se retourne pour lui faire face.

«Je ne peux pas le faire moi-même, dit-elle, avec un geste en direction de la cheminée. Je n'en supporte pas l'idée. Pas tant que je peux encore lire, penser et écrire. »

Il tend vers elle ses mains ouvertes pour lui prouver ses bonnes intentions. «Je sais que tu es..., hésite-t-il, avant de continuer d'une voix plus ferme : Il a fallu que tu te caches pendant si longtemps. »

La colère d'Ester s'est évanouie, la laissant désarmée. Elle agite lentement la tête, d'un air contrit, avant de comprendre qu'elle devrait s'excuser tout haut.

«Je suis désolée.

– Ester, tous ceux qui pourraient s'offenser de ce que tu as fait sont morts. Les membres de ta famille, autant que le rabbin. Quant à moi, je ne serais pas le moins du monde contrarié de voir ton travail révélé au grand jour et faire quelque grabuge. Quel mal pourrait-on bien te faire après ta mort ? »

Lequel, en effet ? Elle se concentre de toutes ses forces sur les mots qu'il vient de prononcer.

« Que pourrait-on bien faire ? répète-t-il.

– Ne pas écouter, dit-elle, incapable de contrôler sa voix. À cause de ce que je suis. »

Il pose une main sur son épaule, et il insiste. « Mais brûler tes papiers serait le meilleur moyen de s'assurer qu'on ne t'écoutera jamais. »

Elle détesterait pleurer devant lui. Et pourtant, il faudrait que lui, qui idolâtre sa force, voie ce qu'elle est en réalité : une créature faible et vulnérable.

Il cesse de parler un instant pour lui permettre de se ressaisir.

« Tu dis qu'il te suffit de savoir que tes idées seront visibles dans les écrits des autres, dit-il d'une voix paisible. Mais, Ester, personne ne saura que ce sont les tiennes, ces idées. Le moment venu, il faudra que la vérité se sache.

– Qu'elle meure, cette vérité ! »

Il reste un moment debout à son côté. Puis ses longs doigts relâchent leur étreinte sur son épaule. Et il finit par hocher la tête, comme s'il s'avouait vaincu.

Pourtant, quand il la relève, pour l'incliner à nouveau et presser doucement son épaule avant de la laisser aller, son attitude a subtilement changé. Et elle n'est plus certaine d'y lire un sentiment de défaite.

Il a atteint la porte qui sépare sa chambre de l'antichambre. D'une main, il s'agrippe au chambranle comme s'il voulait s'élancer pour la franchir. « Le fleuve m'appelle », dit-il.

Elle le regarde avec de grands yeux. A-t-il vraiment eu l'air de quelqu'un qui bat en retraite ? Pour finir, elle hoche la tête. « Merci », dit-elle.

Il disparaît. Elle se réinstalle à sa table. La page devant elle est à peine entamée.

Elle la finira plus tard. À présent, elle se lève, et après une brève hésitation ouvre grand la fenêtre pour laisser entrer la fraîcheur des bruits du fleuve. Cris d'oiseaux, murmure fluide du courant. Le soleil est plus fort qu'elle aurait cru, et elle se penche à l'extérieur pour mieux le sentir : la chaleur sur son visage la fait sursauter comme un soudain éclat de rire. Et ce bleu, ce bleu infini qui engloutit son regard. Un ciel d'une luminosité stupéfiante : une énigme dont elle ne sait pas où trouver la solution.

29

11 AVRIL 2001
LONDRES

Elle avait su d'emblée qu'il lui faudrait être seule pour lire ces pages. Et elle avait menti. Quand, après avoir étalé l'une après l'autre les précieuses lettres d'Ester sur la table de ce pub à Richmond, elle avait atteint les dernières pages du cahier, ses yeux étaient tombés sur la date : *8 juin 1691, 11 Sivan de l'année hébraïque 5451*. Huit jours avant la mort d'Ester. L'écriture était la sienne. Mais même dans la lumière tamisée du pub, elle avait pu constater que la main avait tremblé en écrivant ces lignes.

> Qu'il me soit permis de faire une nouvelle tentative, dans l'espoir, cette fois-ci, de dire la vérité.

Sans un mot à Aaron, elle avait remis ces quelques pages dans le cahier. Elle lui avait dit, quand il avait voulu savoir ce qu'elles contenaient, que le papier était trop abîmé, tout en sachant au moment même où elle lui donnait cette réponse qu'elle aurait dû être franche et leur offrir la chance de faire ensemble cette ultime découverte. Mais ses efforts pour arracher ces trésors à Bridgette, alors qu'elle savait ne plus avoir suffisamment de résistance pour les étudier avec tout le sérieux nécessaire, l'avaient vidée. Lire ce dernier document en compagnie d'un autre – fût-ce Aaron Levy – demandait plus d'énergie qu'elle n'en possédait.

Elle était donc seule dans son appartement quand elle le lut. Elle avait d'abord soigneusement disposé sur le buffet les lettres qu'ils avaient déjà examinées tous les deux, puis placé les feuillets restants l'un après l'autre sur la petite table de la cuisine. Les pages refusaient de rester sagement à plat, mais crissaient, se rebellaient comme des créatures vivantes, plusieurs d'entre elles glissant à terre. Quand elle s'efforça de les ramasser, elles se plièrent entre ses doigts raides et maladroits, et elle sut que, pour avoir refusé de se laisser aider, elle allait causer des dommages irréparables. Elle se débattait encore pour maîtriser les papiers de ses mains impuissantes quand un verset lui revint en mémoire : *Im eshkaheh Yerushalayim, eshkah yemini.*

Si je t'oublie, ô Jérusalem, que ma main droite perde son adresse.

Elle avait consacré sa vie à la mémoire. Mais ses efforts ne lui avaient servi de rien. Elle avait oublié, quelque part au cours de ces longues années, ce qu'un jour elle avait compris. Et qui était précisément ce qu'Ester Velasquez, elle, avait compris : le désir était la seule vérité qui mérite qu'on lui obéisse.

Helen était arrivée à la fin de sa vie trop assommée pour prétendre encore à une confession. Pouvait-on lui reprocher de vouloir que celle d'Ester Velasquez lui en tienne lieu ?

Elle finit par reposer la dernière feuille sur sa table de cuisine et s'installa sur une chaise. Quels que soient ses défauts, elle était sans illusions, prête à affronter l'inévitable.

Sous la lumière étale de la lampe, ses pieds dans leurs chaussons juchés sur les barreaux de la chaise dans une posture d'écolière, elle suivit d'une main mal assurée les lignes ondoyantes, abandonnant toute précaution et effleurant chaque mot avec vénération, comme si une encre encore humide risquait de laisser des traces sur le bout de ses doigts.

8 juin 1691
11 Sivan de l'an juif 5451
Richmond, Surrey

Qu'il me soit permis de faire une nouvelle tentative, dans l'espoir, cette fois-ci, de dire la vérité. Car dans le silence mordant de l'encre glissant sur le papier, quand la vérité devrait se dresser et parler sans crainte, pendant longtemps j'ai menti.

Je n'ai rien à avancer pour ma défense. Pourtant, bien que je n'aie aucun remords en mon cœur, mes actes eux veulent se confesser aujourd'hui sur le papier, ne serait-ce qu'en hommage à celui qu'un jour j'ai trahi.

Dans cette maison réduite au silence, la plume et l'encre ne résistent pas à la pression de ma main, pas plus que ne se dérobe le fin parchemin. Que ces pages, enfin, enferment en elles la vérité, même si personne jamais ne les lira.

Mon nom est Ester Velasquez. J'ai vécu cinquante-quatre ans et suis à présent au seuil de la mort, la vie ne tenant plus au corps que par un fil. Je réponds aujourd'hui à l'appel fatal, et dans la douleur accomplis ma confession, qui toutefois ne respectera pas le rite prescrit par mes semblables. Je veux en cette heure me défaire du secret qui fut tout à la fois mon salut et mon fardeau.

Que chaque vérité interdite se montre enfin sous son vrai jour.

Mon mari et son bien-aimé ont les cheveux semés de fils d'argent désormais, au bout de longues années d'amour, celui de deux hommes dont j'ai été le témoin envieux et admiratif, car je n'ai, moi-même, jamais connu pareil sort. Je ne peux leur demander leur pardon que pour quelques péchés véniels, puisque loin de nous faire du tort, eux et moi, nous nous sommes au contraire sauvés les uns les autres, et à leur égard ma conscience est en repos.

Sous l'effet de ma maladie et de sa gravité, cette maison est tombée dans le silence. Tous autour de moi se préparent au deuil, même si ma main court encore sur la page.

C'est à l'automne de l'année 1657 que je suis arrivée à Londres, amenée par le rabbin Moseh HaCoen Mendes dans le but de l'assister dans ses efforts pour apporter la connaissance aux juifs de Londres. Que j'aie failli à ma mission, que j'aie sapé les fondements mêmes de son savoir et de sa paix – que je me sois opposée à lui, dont l'affection était ma plus grande consolation, et que je lui aie permis de livrer ses pensées entre mes mains en croyant à ma sincérité – tout cela est vrai, je le confesse. Et pourtant, je choisirais de commettre à nouveau ce péché si c'était à refaire, quand bien même cela signifierait que le remords devrait me torturer tout au long d'une autre vie et au-delà. Si bien que je meurs confessée mais non repentie, et au cas où j'aurais erré dans mes pensées et où il y aurait un prix à payer dans un monde au-delà de celui-ci, je m'en acquitterai sans un murmure, dût-il être le plus lourd qui soit. Et je ne tiens rigueur ni à mon père ni au rabbin de m'avoir permis l'acquisition d'un savoir jugé contre nature pour mon sexe, car ils ne pouvaient prévoir quel genre de créature je deviendrais, ni ce désir, qui me dévorerait, d'apprendre, de questionner et d'ébranler les fondements du monde que je percevais. Et pourtant, même si je savais m'éloigner toujours davantage du chemin tracé devant moi, je me suis insurgée, et m'insurge encore : pourquoi interdire à la femme de suivre sa nature si celle-ci la porte naturellement à la réflexion, car le dernier des animaux n'obéit-il pas à sa nature ? Et pourquoi interdire à la femme ou à l'homme de remettre en question ce qu'on leur enseigne : l'intelligence n'a-t-elle pas un caractère sacré ?

Le monde et moi avons péché l'un contre l'autre.

Je pourrais terminer ici mon *mea culpa*, puisque, même si j'ai d'autres péchés sur la conscience, ma condamnation est déjà assurée. Mais il reste encore quelques lignes à rédiger. La confession est en effet un cadeau que seuls peuvent offrir ceux qui disposent de quelques jours, voire quelques heures, pour prévoir le moment de leur trépas, et certains des êtres que j'ai aimés n'ont pas eu ce privilège.

Les domestiques ont ôté leurs chaussures et étouffent leurs pas, car ils ont reçu l'ordre de ne pas me déranger. Dans ce silence sépulcral, la terreur m'envahit, et je crains qu'elle me brouille l'esprit.

Je ne crois ni au Ciel ni à l'enfer, ni à un quelconque au-delà, mais j'ignore si la vie s'éteint d'un coup comme la flamme d'une bougie ou si elle revêt simplement une autre forme qui nous demeure inconnue. Il est peut-être vain d'espérer que quelque essence de ce qui vit encore en moi puisse, même au prix d'atroces souffrances, survivre à ma fin. Pourtant j'en aime l'idée. J'aime le travail réconfortant de ce cœur dans ma poitrine.

Jusqu'aux oiseaux qui se taisent aujourd'hui.

Je ne crois pas que mon âme sera autorisée à franchir en l'état le seuil de la mort. Néanmoins, par égard pour d'autres qui eux le croyaient et n'ont pas eu l'heur de se confesser, je vais m'efforcer maintenant de les décharger de leurs fardeaux pour les déposer à côté du mien. Mon père, je crois, est mort l'esprit en paix, car il fut toujours un homme dont les paroles et les actes étaient en accord avec ce qu'il jugeait être juste et bon. Mon frère, lui, n'a besoin de personne pour se substituer à lui, car il s'est repenti au prix même de sa vie pour expier un péché qui ne fut jamais le sien. Non, cher Isaac, jamais il ne fut le tien. Ce fut le travail d'étincelles et de flammes luttant pour leur liberté, à l'instar de toute chose sur terre. Ma grande douleur, toutes ces années, m'est venue de ce que leur désir de vie t'a dérobé la tienne. Mais j'aimerais que tu saches que tu n'as pas rêvé en vain de sauver une autre vie par ta mort. Car même si je préférerais qu'il en fût autrement, ton sacrifice a tracé le seul chemin que pouvait suivre l'être étrange que j'étais. Je ne regrette qu'une chose, Isaac, c'est que celle que tu as sauvée n'ait pas été plus digne de ton héroïsme que ta sœur.

C'est ma mère, Constantina Velasquez, qui est morte le cœur chargé des plus lourds remords. Son désarroi furieux hante encore mes rêves de temps à autre. Il m'arrive, au moment de sombrer dans le sommeil, d'entendre sa voix, ce que je n'ai jamais dit à personne. Un appel tout simple, un seul mot : mon nom.

Si j'évoque ici sa mémoire, c'est pour répondre à cet appel, même si j'ignore de quelle aide cela pourrait être pour quiconque serait encore vivant. Mais les volutes de l'encre sur la page m'ont toujours été d'un grand réconfort, et souvent j'ai écrit ce que je me refusais à dire.

Je n'ai jamais été faite pour ce monde et je n'ai jamais pu y plier ma nature. À sa manière, ma mère n'était pas différente de moi. Constantina de Almanza Velasquez était d'une nature qui aurait pu s'épanouir sous d'autres cieux, mais elle n'était pas née ni naturellement constituée pour jouer les matrones à la synagogue d'Amsterdam.

L'écriture, tremblée mais insistante, couvrait le reste de la page et en remplissait deux autres. Il y avait des endroits où l'encre semblait plus sombre ou la pointe de la plume plus épaisse, signe qu'Ester s'était arrêtée un moment avant de poursuivre, une heure plus tard peut-être, ou bien le jour suivant. À mesure que ses yeux parcouraient les lignes, Helen se sentait plus légère, comme si c'était elle qui se déchargeait un peu plus de son fardeau à chaque nouvelle phrase. *Sa nature était rebelle, mais sa rage ne trouvait point d'exutoire...* Elle se rendait compte de temps à autre qu'elle laissait traîner son doigt épais sur le papier, sans se soucier des dégâts qu'il pourrait causer. Tout était là : la famille d'Ester, sa mère, la moralité rigide des réfugiés portugais d'Amsterdam. Et aussi un détail, absurde et audacieux, auquel Helen ne s'était nullement attendue. Non sans difficulté, elle alla jusqu'au meuble où elle rangeait ses papiers et chercha ce qu'elle avait sorti de son imprimante deux jours plus tôt : le dernier document envoyé par mail par l'archiviste d'Amsterdam. La réponse pharisaïque du dotar à l'ultime lettre du rabbin, datée de plusieurs semaines après sa mort. La phrase qui correspondait mot pour mot à une des formules d'Ester.

La fatigue lui faisait tourner la tête. Elle ferma les yeux, réexamina les dates, deux fois, trois fois. La date de naissance d'Ester ; celle de sa mère, de sa grand-mère.

Un lien aussi ténu qu'un fil de soie. Mais s'il y avait une chose à laquelle Helen se refusait à présent, c'était de lutter contre l'intuition.

Oui. Quel meilleur résumé de notre histoire commune : aucun être ne pouvait se dire sans lien avec ses congénères ; les destins individuels étaient tissés les uns avec les autres dans ce monde illuminé, frappé par l'amour. Impossible de rester hors d'atteinte. Mais ne l'avait-elle pas toujours su ?

Minuit était passé depuis longtemps quand elle se releva, les jambes flageolantes. Avait-elle seulement mangé hier ? Patricia lui avait donné quelque chose, elle en était presque sûre. Au fond d'un tiroir de sa chambre, après avoir fouillé dans des papiers sous une lumière crue comme si elle cherchait des preuves sur une scène de crime, elle finit par trouver la bonne page. Elle la déplia, déchirant maladroitement le papier rigide, et l'emporta dans la cuisine où elle l'étala en la lissant par-dessus les pages d'Ester Velasquez.

C'était un feuillet de notes denses, en partie illisible. Son écriture avait-elle pu être un jour aussi minuscule, aussi précise, aussi sereinement sûre d'elle ? Des caractères bleus couvraient la page : d'abord son nom, en lettres raides et agressives – *Helen Ann Watt*. Elle se souvint de la fébrilité avec laquelle elle l'avait rédigée, projetant de montrer ses notes à Dror quand il reviendrait dans la chambre où il l'avait laissée à la lecture de son précieux livre d'histoire, et brûlant du désir de tourner en ridicule cet exercice d'école primaire auquel il la contraignait – comme si son histoire à lui aurait jamais pu la persuader de le quitter ! Ensuite, en dessous de cet en-tête, des noms de cités, des dates, le tout dans le plus grand désordre. Ici et là, plus bas sur la page, une question : *L'Inquisition a-t-elle préparé le terrain au XIXe siècle ?* Elle repéra l'endroit où sa fureur s'était calmée, où l'histoire qu'elle lisait l'avait atteinte, la faisant passer de la colère à la fascination. Elle revécut le moment où elle avait manqué de place en arrivant au bas de la page, l'avait retournée pour écrire au verso, puis l'avait mise tête en bas avant de remplir les espaces entre les lignes sur chacun des côtés. Mots isolés, observations, exclamations en écriture croisée, qui s'étaient faufilés dans les mailles de la logique outrée de ses premières notations. Et dont une moitié était pratiquement perdue, car délavée par le café que lui avait apporté Dror et qu'elle avait renversé, l'encre bleue ayant coulé librement, si bien qu'il était difficile de distinguer les lignes écrites dans la colère de celles résultant d'une attitude plus conciliante – une page en équilibre entre l'amour et la peur.

Quand elle eut terminé sa lecture, elle ferma les yeux, et c'est alors seulement qu'elle devint consciente d'une étrange sensation, comme si quelque chose de froid et de lisse lui enveloppait le bras et la jambe gauche, les engourdissant, les isolant subrepticement de toute perception. Un moment plus tard, l'impression était passée. Mais dans son sillage, elle permettait enfin aux sombres prédictions du Dr Hammond de se loger dans son esprit.

La terreur s'empara d'elle. Cette fois-ci, elle ne chercha pas à s'en cacher. Ce dont elle avait fait l'expérience un peu plus tôt dans la journée sur le chemin de la salle des manuscrits n'était qu'un début.

L'étrange sensation d'engourdissement l'envahit à nouveau, puis se dissipa. C'était différent de tout ce qu'elle avait éprouvé jusque-là avec le parkinson, différent en fait de tout ce dont avait pu la menacer son médecin dans sa description du long déclin qu'elle aurait à affronter.

Mais la maladie lui avait déjà appris que son corps n'était assujetti à aucune autre règle que les siennes propres.

Un sentiment d'urgence la saisit. Maintenant, se dit-elle, maintenant. Car Ester Velasquez ne lui montrait-elle pas la voie, en lignes épaisses d'une encre tremblée, ne lui montrait-elle pas que le moment était venu pour elle aussi de dire les choses qu'elle avait besoin de dire – pendant qu'elle le pouvait encore ?

Elle tâtonna pour trouver la page qu'elle avait écrite il y avait si longtemps et l'écarta. Quand elle rouvrit les yeux, elle avait devant elle la dernière page d'Ester.

Dont l'écriture était plus hésitante encore.

J'ai longtemps vécu seule en mon esprit et n'aurais rien eu contre une mort solitaire, mais mon très affectueux époux tient à m'assister dans ma dernière heure, et je ne puis l'en empêcher. Pourtant, mourir seule serait honnête. Car la vie n'est-elle pas solitaire, et chaque penseur à jamais seul ? Ma main poursuit son labeur, de plus en plus laborieux, et peine dans l'espoir qu'un ami un jour recevra l'empreinte de cette encre. L'ami, le rêve de l'ami, le désir qu'il existe encore quelqu'un quelque part qui vous lira et vous comprendra... Ma main progresse lentement sur la surface du papier à la lueur de la chandelle, bien que mes yeux se ferment de lassitude, animée encore par cet éternel espoir : l'image de mes pensées reflétée et gravée, ne serait-ce qu'un moment, dans l'esprit d'un autre.

Comme j'aimerais que les serviteurs fassent un peu de bruit dans l'escalier.

L'engourdissement me gagne. Si la mort doit brouiller mes pensées, alors qu'elle m'emporte maintenant, car je sens que mes forces m'abandonnent. Ce matin, j'ai versé des larmes telles que mes yeux n'en avaient jamais connu en des moments où j'avais pourtant des raisons plus graves de pleurer. Mes pensées s'estompent, et je ne les contrôle plus.

Quand mon mari viendra, je lui demanderai d'éteindre toute lumière.

C'est Alvaro qui m'a conseillé d'écrire ces lignes pour soulager mon cœur, et son remède a fait effet. Je suis délivrée. Je lui ai donné mes papiers à brûler, maintenant – tous sauf les dernières de mes perles. À ma grande honte, celles-là je ne les ai pas encore promises au feu, car ce sont des lettres échangées avec des esprits qui sentent et pensent comme moi. Je continue à les chérir et vole encore quelques heures pour les relire et y réfléchir dans le refuge de ma solitude. Il reste que je trouverai le courage avant ma dernière heure de jeter mes plus grands trésors en pâture aux flammes. Ces penseurs dont les paroles se trouvent dans mes précieuses pages ont fait connaître au monde leur pensée en publiant des ouvrages où ils parlent plus pertinemment que je ne l'ai jamais fait. Les mots sortis de ma plume qui mériteraient d'être préservés ont été envoyés depuis longtemps à d'autres qui un jour peut-être en feront usage. Il n'est pas en mon pouvoir de dire desquels germeront les graines que j'ai semées, et je n'ai pas non plus la vanité de croire que je devrais laisser une marque plus profonde sur ce monde qui m'a lui-même tant marquée. Ce dernier n'est pas fait pour les pensées ou les cœurs libérés. Que les pages brûlent, car il est de notre destin que tous nos efforts retournent au néant et qu'aucun vivant ne sache jamais vraiment ce qui vécut ou mourut dans le cœur d'un autre. Que je renonce à l'espoir insensé de laisser intact le filigrane de ma pensée pour qu'il soit démêlé peut-être en un temps de plus grande générosité.

Ce temps est encore loin.

Que la vérité retourne à la poussière.

Helen l'avait pourtant entre ses mains, cette vérité.

Elle reposa les feuilles sur la table. Puis, se déplaçant avec précaution, elle alla prendre du papier dans un tiroir de son bureau.

Au matin, elle se réveilla la main encore crispée d'avoir tant écrit. Quand elle se leva, un petit feu d'artifice s'alluma dans sa tête, qu'elle prit, sans s'alarmer, pour des décharges électriques du cerveau. Un calme étrange l'envahit tandis qu'elle passait dans la cuisine, qui ne la quitta pas quand elle attrapa sa seconde chaussure et sentit son esprit se déchirer. Comme une couture qui craque violemment. Rien qui ressemblât au parkinson ; dans la lucidité tranquille qui l'emplit brusquement, il lui sembla au contraire qu'il s'agissait de quelque chose d'entièrement nouveau et de libérateur – un coup de tonnerre, un éclair, un acte de miséricorde. Qui la sauvait du destin accablant tant redouté, tout en lui ôtant ses dernières illusions. Pas de problème, dit-elle en réponse. Je le savais depuis longtemps.

Toujours vêtue du tailleur froissé que lui avaient fait enfiler Patricia Starling-Haight et Patricia Smith, elle porta une mince enveloppe jusqu'à la poste, à un demi-bloc de son immeuble. Elle dut attendre longtemps, et la pièce au plafond bas penchait et glissait dangereusement autour d'elle. Elle avançait pas à pas dans la file, en se tenant au mur.

Le guichetier, légèrement boutonneux, avait le teint cireux et semblait flotter dans ses vêtements. Elle lui tendit l'enveloppe.

Il l'examina puis la lui mit sous le nez en désignant du doigt le timbre qu'elle y avait collé.

« C'est insuffisamment affranchi pour Israël », dit-il.

Elle sourit faiblement. Puis, pour l'apaiser, sortit son porte-monnaie de sa sacoche, l'ouvrit et le posa sur le comptoir.

« Ne comptez pas sur moi pour fouiller là-dedans à la recherche de votre monnaie », dit-il, l'air offensé.

Elle attendit, vacillant légèrement sur ses jambes.

Il plissa les yeux, perplexe, puis, quand au bout de plusieurs secondes elle n'eut toujours rien dit, parut vouloir lui demander si elle allait bien, mais sans pouvoir trouver les mots. Elle vit qu'il avait besoin qu'elle lui pardonne son incapacité à s'informer de son bien-être et tout ce que son manque d'expérience lui interdisait de dire. Si bien que, tenant le porte-monnaie renversé jusqu'à ce qu'il ait dégorgé une petite pile de pièces – en nombre suffisant, à n'en pas douter, pour l'affranchissement d'une lettre qui ne portait pas de signature et n'atteindrait jamais sa destination puisqu'elle n'en avait pas –, elle lui répondit avec un petit sourire qui contenait à lui seul toute la pitié du monde.

30

12 AOÛT 1667
22 AV 5427
RICHMOND, SURREY

Cris des oiseaux. Chuchotement du courant. Bruits du fleuve, frais et pleins de promesse.

Bleu lumineux – déconcertant.

Le grand drap qu'Alvaro a étalé sur l'herbe de la berge est d'une blancheur éblouissante sous le soleil. Elle fait les derniers pas sur le chemin de terre qui mène à la rive. Une brève hésitation et elle pose le pied sur l'herbe, ses chaussures glissant sur la légère pente.

Depuis le bord de l'eau, il la regarde et sourit. Son haut-de-chausses est roulé au-dessus du genou.

« Et si je meurs d'un refroidissement ? dit-elle.

– Enfin, répondit-il. Je savais que je finirais par te convaincre. » L'odeur de l'herbe est enivrante.

« Ce n'est toujours pas le cas, l'avertit-elle.

– Si vraiment tu meurs d'un refroidissement, dit-il, passant outre sa remarque, je publierai tes écrits sous mon nom et je deviendrai célèbre dans le monde entier pour mes idées, jusqu'à ce qu'un roi quelconque me coupe la tête pour l'empêcher de les formuler. »

Elle refuse de rire. « Allons, promets, lui enjoint-elle d'un ton sévère. Dis que tu les brûleras. »

Agitant l'eau du bout de son pied, il fait jaillir des éclaboussures qui retombent juste avant de l'atteindre.

« Veux-tu que je t'apprenne à nager ?

– Pas tant que..., commence-t-elle, voulant revenir à la charge, mais arrêtée par une vision inattendue : l'image de Mary riant de les voir là tous les deux, et affichant à grands mouvements de tête sa désapprobation devant le marché aux termes duquel elle a acheté cette vie, avant d'éclater de rire à nouveau.

– Tiens, regarde, Ester ! »

Il se redresse bien droit, agrippe ses pieds sur l'extrême bord de la berge et s'élance. Sa fine silhouette plonge dans l'eau comme une flèche. Elle regarde son corps s'enfoncer sous la surface brunâtre, créature d'une espèce étrange et pour elle inouïe.

Il revient vers elle à la nage, ses bras dispersant des gouttes scintillantes au-dessus de lui.

Comment, dans cet exil qui aurait dû le tuer, a-t-il appris cela ?

Sortant de l'eau, sa chemise blanche collée à la peau dessinant sa colonne, il plisse les yeux en direction du sentier d'où viendra le sculpteur d'angelots, une fois que les serviteurs lui auront indiqué où rejoindre les maîtres. Une attente joyeuse illumine son visage.

« Promets-moi ! » répète-t-elle faiblement.

Et toujours ce bleu lumineux – déconcertant.

31

9 avril 2001
Londres

Il attrapa son téléphone, pour la quatrième fois de la journée. Composa le numéro de Helen – qu'il connaissait par cœur depuis mercredi – et laissa un message sur son répondeur.

« Helen, c'est encore moi, Aaron. Je vous jure que ce n'est pas du harcèlement. Dites-moi simplement que vous allez bien, d'accord ? Je vous promets de ne pas venir vous voler les documents, même si je ne suis qu'un affreux malfrat d'Américain. Écoutez, ajouta-t-il après une légère hésitation, ce n'est pas une menace, mais si je n'ai pas de nouvelles de vous aujourd'hui, je vais devoir sonner l'alerte à l'université. » Le silence sur la ligne donnait l'impression de ne jamais devoir finir. « Je vous promets de ne pas dire à Martin à quel point vous l'avez toujours admiré. » Alors qu'il se demandait jusqu'où il pouvait aller sur la voie de la plaisanterie, le répondeur lui coupa la parole.

Il revint à l'écran de son ordinateur. Les clignotements du curseur étaient comme autant de reproches. Sans le dernier lot de documents en main, et en l'absence de nouvelles de Helen pour le deuxième jour d'affilée, il s'était retrouvé tellement désemparé que, aux alentours de midi, il s'était obligé à ouvrir le fichier de sa thèse. Pour n'y trouver que des analyses d'une pédanterie insupportable et des notes pour un argumentaire qu'il n'avait jamais réussi à construire. Il avait lu et relu, faisant des tours et des détours au pied de sa thèse comme s'il s'agissait d'une cité fortifiée, sans pouvoir trouver un point d'entrée.

Qu'attendait-il pour agir ? Il était arrivé quelque chose à Helen ; il ne pouvait rester sans rien faire. Certes, il n'y aurait rien eu d'étonnant à ce qu'elle se soit cloîtrée pour travailler seule sur les documents, dans un isolationnisme ombrageux typiquement britannique. Mais il n'y croyait pas.

Il s'était passé quelque chose : elle n'était pas bien, elle était tombée, elle avait besoin d'aide. Ou du moins, c'est ce qu'il lui semblait, mais pouvait-il encore se fier à son instinct ?

Le brusque sentiment de son apathie le submergea. Quatre jours s'étaient écoulés depuis le mail de Marisa, et il n'avait toujours pas répondu. Elle devait se dire, à juste titre, que son silence n'était ni plus ni moins que de la lâcheté. Elle l'avait débusqué dès le début : Aaron Levy n'était réel qu'à moitié, le reste étant pure façade... et à l'heure qu'il était, elle devait avoir compris, ce dont lui-même était conscient, laquelle des deux moitiés prévaudrait sur l'autre. Il trouvait là – dans cette lâcheté paralysante, cette incapacité à ne serait-ce qu'envisager la question sans qu'une peur panique l'oppresse – la juste mesure de l'homme qu'il serait toujours.

Et voilà qu'à présent Helen avait disparu et qu'il n'avait pas la moindre idée de ce qu'il devait faire. Comment avait-il pu ne jamais se préoccuper de savoir où elle habitait ?

Il se leva et s'obligea à quitter son survêtement pour se changer, se rendant compte à cet instant seulement qu'il n'était pas sorti de chez lui depuis l'avant-veille. Il gagna la porte, et une fois dehors, fut assailli par l'après-midi chargé de pollen. Que le printemps soit là avait quelque chose d'incongru. Mais l'air frais le revigora. Secouant sa torpeur, il prit la direction du métro.

Il arriva à la salle des manuscrits pour la trouver fermée. Un écriteau signalait que l'on procédait à l'installation de nouveaux rayonnages et que la réouverture de la salle était prévue pour 15 h 30. Il était 15 h 15, et il se laissa aller contre la paroi vitrée pour attendre. Il n'était pas là depuis deux minutes que des pas se faisaient entendre et qu'il était rejoint par Brian Wilton en personne, qui marqua un temps d'arrêt en le voyant mais ne put décemment trouver d'excuse pour battre en retraite. Wilton lut l'écriteau, puis, avec un hochement de tête poli à l'adresse d'Aaron, prit place à son côté.

Ils restèrent ainsi, adossés à la paroi vitrée.

« Foutus rayonnages, dit Wilton.

– Foutus rayonnages », reprit Aaron en écho.

Wilton inclina la tête en guise d'acquiescement.

Ils attendirent.

Les cheveux bruns de Wilton étaient épais et légèrement ondulés, ses vêtements un peu froissés mais de bonne qualité ; il n'émanait de lui qu'affabilité. Personnellement, Aaron n'avait jamais détesté Wilton comme Helen pouvait le faire, mais il se dit à ce moment-là qu'il n'aurait pas eu à se forcer beaucoup pour éprouver ce sentiment. Ce n'était pas normal pour un historien, anglais de surcroît, d'être aussi raffiné. D'avoir un visage aussi innocent. Wilton remporterait haut la main le concours national de l'historien le plus séduisant. Et celui de la coiffure la plus génialement originale.

« Vous n'auriez pas vu Helen Watt récemment, par hasard ? lui demanda Aaron, conscient d'une note de mauvaise humeur dans sa voix.

– Non, répondit aussitôt Wilton, comme si lui aussi était justement en train de se poser la question. Pas depuis deux ou trois jours. »

Une expression fugitive passa sur son visage. Aaron se rendit compte qu'elle traduisait un sentiment de culpabilité.

« J'ai cru comprendre qu'elle partait à la retraite, poursuivit Wilton d'un ton circonspect.

– C'est ce qu'elle dit », riposta Aaron un peu trop vite, sur la défensive.

Wilton eut un sourire pincé et détourna les yeux.

Aaron aurait donné n'importe quoi en ce moment pour pouvoir révéler à Wilton l'existence des documents que Helen avait achetés à Bridgette. Ou voir son visage quand ils auraient publié ensemble *leur* article. Si toutefois Helen n'avait pas décidé de faire cavalier seul. Ou si, à l'instar d'Alice, elle n'était pas tombée avec les documents dans un terrier de lapin. Ou si elle n'était pas perdue quelque part dans cette ville surpeuplée et solitaire – question qu'il était bien décidé à tirer au clair avant la fin de la journée.

Aaron jeta un coup d'œil à sa montre. Encore cinq minutes.

Wilton poussa un soupir, puis reprit la parole, sans regarder Aaron. « Je n'ai jamais oublié la fois où je l'ai choquée, dit-il en secouant ses cheveux lustrés. C'était il y a des années. J'ai sorti une plaisanterie déplacée, et quand je me suis retourné, elle était là, et le regard qu'elle m'a lancé m'a pratiquement pétrifié sur place. »

À cet aveu, Aaron sentit ses lèvres se pincer en un petit sourire suffisant, mais quand l'autre continua à parler, son sentiment de supériorité se dissipa, remplacé par l'impression que, tout compte fait, il pourrait peut-être en venir à apprécier Wilton davantage qu'il ne s'appréciait lui-même.

« C'est le genre de personne dont la bonne opinion qu'elle peut avoir de vous a du poids, vous savez, poursuivit Wilton. Parce qu'elle n'est pas facile à gagner. »

Aaron hocha la tête.

« Personnellement, je ne l'ai jamais gagnée », ajouta Wilton.

La silhouette de Patricia la bibliothécaire se dessina derrière le verre épais. Un bref grincement métallique, et la porte se déverrouilla de l'intérieur. Wilton était dans la salle avant qu'Aaron ait eu le temps de trouver les mots pour exprimer ce qu'il avait à dire : ça ne me déplairait pas de t'avoir pour ami.

Patricia le dévisageait d'un regard sévère. Il se rendit compte qu'il était resté sur le seuil, empêchant la porte de se refermer. « Écoutez, lui dit-il. Je n'arrive pas à joindre Helen. Elle devait apporter certains documents, peut-être que vous l'avez vue ? »

Avant même qu'il ait terminé, Patricia avait pris un air furieux. Elle secoua la tête, une seule fois, énergiquement. Aaron comprit soudain qu'elle aussi s'était fait du souci, et qu'elle était de ces gens dont l'inquiétude prenait la forme de la colère contre un monde incapable de vous garantir une quelconque sécurité.

« Je ne l'ai pas vue depuis mercredi, dit-elle, et comme si ses propres ennuis lui avaient donné une meilleure perception des choses, Aaron comprit que ce laconisme cachait en fait de l'amour – que tout était amour dans le monde des Patricia, depuis leur travail de conservation méticuleux jusqu'à leur vigilance de tous les instants en passant par la rigoureuse réglementation de ces putains de crayons. Je vais l'appeler moi-même, poursuivit-elle. Si elle ne répond pas, j'irai chez elle, une fois que le menuisier aura terminé son installation. Disons dans environ deux heures. »

Se servant du crayon rainuré que Patricia avait sorti d'une de ses poches, Aaron nota son numéro de portable sur une fiche blanche prise sur la banque de prêts et accepta celui qu'elle lui donnait.

Il se retrouva soudain libre. Il n'arrivait pas à croire à la facilité avec laquelle Patricia l'avait déchargé de toute responsabilité dans l'affaire pour l'endosser elle-même. Il aurait voulu embrasser sa joue ridée en signe de gratitude.

Une minute plus tard, cependant, tandis qu'il errait dans l'atrium devant la salle des manuscrits, il lui vint à l'esprit qu'elle lui avait ôté cette responsabilité un peu comme on enlève un animal blessé des mains d'un enfant.

N'arriverait-il donc jamais à se montrer à la hauteur de la situation, à prononcer un *Merci beaucoup, m'dame, mais je vais m'occuper moi-même de cette affaire* ? Une telle réaction ne faisait-elle pas partie de la définition même de l'homme selon Aaron... à moins que cette définition, il l'ait perdue en route ?

Cette seule idée lui fit faire quelque chose de tellement illogique que seul un imbécile aurait vu là une marque de courage. Il sortit à toute allure du bâtiment, traversa la cour en direction du département d'histoire. Oui, il était bien décidé : il proclamerait son échec, se ferait hara-kiri pour prouver (à qui ?) qu'il lui restait une once d'intégrité. Pendant des mois il avait pensé réamorcer sa carrière universitaire grâce au travail accompli avec Helen, s'était vu en train d'investir le bureau de Darcy pour annoncer à son directeur que Shakespeare n'était plus d'actualité et qu'il avait désormais un sujet de thèse autrement plus prometteur et reluisant. Sauf que maintenant, depuis l'annonce de Marisa, il ne pouvait plus prétendre de manière crédible qu'il était encore capable d'écrire. Et sans les béquilles que représentaient les jugements sévères de Helen, il semblait bien ne plus être capable de grand-chose. Des heures passées à son bureau sans pouvoir aligner trois mots, jusqu'à ce que l'ordinateur menace de l'engloutir tout entier. Même les derniers documents en date semblaient un mirage à présent, la signature de Spinoza un fantasme né de son infernal ego. Il se retrouva en train de frapper à la porte du bureau de Darcy, non pas dans la veste en tweed qu'il portait d'ordinaire pour ce genre d'occasion mais en... quoi donc ? Il abaissa les yeux sur un jean et un tee-shirt bleu... tous les deux froissés, comme l'était la tenue de Wilton, sauf que le négligé de celui-ci était du dernier cri, contrairement au sien. Au moment où il entendit les pas de Darcy approcher de la porte, il se rendit compte que ce tee-shirt, il l'avait déjà mis trois fois dans la semaine.

Darcy ouvrit sa porte. « Bonjour, dit-il, l'air surpris. On avait rendez-vous ? »

La seule vue de Darcy lui mit du baume au cœur : les lunettes carrées à monture métallique, les cheveux châtains grisonnants et déjà clairsemés, la haute silhouette légèrement voûtée. Darcy avait cet air préoccupé de l'homme plongé dans les lents travaux de l'histoire, dont la conviction que les détails de son quotidien pouvaient en toute confiance être abandonnés aux soins d'un tiers – selon toute vraisemblance une épouse qui œuvrait en coulisses – était fondée.

Darcy avait toujours une main posée sur la poignée, et Aaron voyait très bien qu'il lui en voulait de cette interruption. « Vous vouliez peut-être que nous fixions un rendez-vous ? » demanda-t-il.

Le ton était pondéré, voire paternel, ce qui eut un effet apaisant sur Aaron. Pour autant, il se trouva incapable de répondre.

« Bon, finit par dire Darcy, entrez et asseyez-vous. »

Au lieu de prendre place sur son siège habituel sous les hauts rayonnages chargés de livres, Aaron choisit de rester debout, les deux mains appuyées sur le dossier de la chaise. « Je traverse une passe difficile », dit-il.

Sa voix s'étrangla sur le dernier mot. Il se sentait au bord d'une erreur fatale, mais contrairement à d'autres moments où il avait pu perdre le contrôle, cette fois-ci ce n'était pas la colère qui l'avait conduit ici, mais le sentiment qu'il était fait d'une matière tellement friable que le vent le plus léger risquait de le réduire en poussière et que quelqu'un devait à tout prix en être le témoin avant qu'il soit trop tard.

Immobile à son bureau, Darcy esquissa un sourire prudent. « Shakespeare vous mène la vie dure ? »

Aaron secoua la tête. Il lui fallut un moment avant de se risquer à parler. « J'ai gâché ma vie, j'en ai peur. »

Des pas solitaires passèrent devant la porte avant de s'éloigner dans le couloir. « C'est à ce point irrécupérable ? » demanda Darcy.

Aaron se sentait fiévreux, la bouche pâteuse.

« Je n'en sais encore rien. Il se pourrait que j'aie besoin de prendre un congé. Je crois que j'aimerais entreprendre une thèse à l'aide de certains matériaux que Helen Watt a découverts. Seulement j'ai du mal à me concentrer, en raison de problèmes personnels, et maintenant... maintenant je n'arrive pas à la trouver, conclut-il après une seconde d'hésitation, conscient que ce qu'il racontait n'avait ni queue ni tête et qu'il devait avoir l'air d'un petit garçon qui a perdu sa maman dans un grand magasin.

– Que voulez-vous dire, vous n'arrivez pas à la trouver ? » dit abruptement Darcy.

Aaron se souvint brusquement qu'ils étaient amis. « Elle ne répond pas à mes appels. »

Darcy fronça les sourcils et jeta un œil sur la pendule. Puis, repoussant son inquiétude à plus tard, il se pencha en avant pour s'adresser à Aaron, les coudes posés sur le bureau, les mains dressées et plaquées l'une contre l'autre. « Je pense qu'il n'est pas bon d'opérer des changements brutaux quand le cours de la vie n'est pas... stabilisé. » Il agita une main en l'air, avant de la ramener contre l'autre. Il retomba dans le silence, et Aaron s'aperçut qu'il lui laissait le temps de se reprendre, de revenir sur ce qu'il avait dit, d'en atténuer la gravité. Mais celui-ci resta sans réaction.

« Peut-être, reprit Darcy, qui le regarda le front plissé, comme s'il s'efforçait de communiquer dans une langue qui lui était totalement étrangère, que vous pourriez discuter de tout cela avec votre rabbin ? »

Aaron cligna les yeux – Darcy savait-il que son père était rabbin ? Mais non, bien sûr, il partait simplement du principe, comme l'aurait fait n'importe quel Anglais, qu'un juif, pratiquant ou non, chercherait naturellement à résoudre ses problèmes par le biais d'une solution juive, plutôt que par le recours à un psy, comme tout un chacun. Aaron aurait pu se montrer offensé, mais qui était-il pour se permettre de s'offusquer des préjugés des autres ? Il hocha la tête, puis faillit éclater de rire en constatant, surpris, que c'était justement vendredi aujourd'hui. Et quand il finit par dire à Darcy, l'air soudain alarmé : « Oui, je crois que c'est ce que je vais faire », assister à l'office du sabbat lui sembla un choix d'une telle évidence qu'il ne fit ni une ni deux, présenta ses remerciements et, manifestement au grand soulagement de Darcy, gagna la porte.

Dans le métro, le quai était déjà bondé quand il arriva. Un problème sur la ligne avait perturbé la circulation des trains en cette fin d'après-midi de grande affluence. Il attendit au milieu d'une foule de Londoniens de toute espèce et de toute couleur – complets-vestons, turbans, cheveux multicolores, piercings au nez ou ailleurs –, encaqués comme des sardines dans un silence impatient.

Il fallut attendre une demi-heure pour que le trafic soit rétabli, puis Aaron dut laisser passer six rames bondées avant de réussir à monter dans la septième. Quand le train démarra, il s'accrocha à une barre et ferma les yeux. Un moment, il s'imagina que Helen était à bord du même wagon. Elle allait venir vers lui, le morigéner, exigeant de savoir ce qu'il faisait là, loin de la salle des manuscrits, alors qu'il y avait encore tant à faire.

La rame démarra cahin-caha, puis brinquebala avant d'atteindre sa vitesse terrifiante, les parois du tunnel à peine distinctes derrière les vitres poisseuses, chaque station surgissant de l'ombre comme un cadeau de fête qui vous serait brutalement retiré. Sous les lumières clignotantes du wagon, les gens autour d'Aaron paraissaient beaux, leur visage comme sculpté par des questions qui n'étaient que le reflet des siennes. Helen était-elle encore vivante ? L'était-il lui-même ? Existait-il encore un monde hors de ce tunnel ? C'est avec un soulagement inattendu qu'il s'abandonna aux cahots au milieu de tous ces inconnus – de ces mains accrochées aux parois et aux barres, parfois les unes sur les autres, ses voisins balancés en rythme contre ses épaules, son dos, ses bras... des centaines de mains, vivantes ou déjà mortes.

Quand il sortit enfin sur Bayswater Road, il s'aperçut que le soir était tombé, et que les épais nuages de l'après-midi avaient tenu leur promesse. Les rues étaient mouillées, la lumière du jour sur le point de s'éteindre ; à cette heure, les offices seraient terminés dans une synagogue de la Réforme. Il n'en prit pas moins la direction de l'adresse qu'il avait notée dans son carnet.

Depuis qu'il était à Londres, il n'avait jamais essayé de visiter la synagogue, en dépit des recommandations de ses parents ; il ne s'intéressait aucunement au judaïsme réformé qui lui apparaissait comme une variante encore plus vieux jeu que ce qu'il avait connu chez lui. Et maintenant qu'il cherchait la synagogue, il n'arrivait pas à la trouver. Il passa à trois reprises devant une grande marquise jaune avant de se rendre compte que c'était bien là. Il n'y avait rien pour signaler la nature du bâtiment, et, de fait, les gardes body-buildés lui avaient d'abord fait l'impression de videurs ; il avait pensé qu'il s'agissait d'une sorte de club ou de boîte de nuit. Ce furent les juifs d'un certain âge, bien habillés, qui sortaient de l'endroit par groupes de deux ou trois qui le firent s'arrêter et s'approcher pour déchiffrer le petit écriteau placé à l'intérieur des portes vitrées. Des caractères hébreux. Trois cent cinquante ans avaient passé depuis l'époque d'Ester, songea-t-il confusément, et les juifs de Londres veillaient toujours à ne pas se faire remarquer, la menace n'étant plus aujourd'hui ni le garrot ni le bûcher, mais les bombes, et l'enjeu non plus l'hérésie mais Israël.

Les gardes examinèrent Aaron, avant de lui faire signe d'entrer. À l'intérieur, un homme aux lourdes bajoues le toisa du regard avant de lui dire :

« Vous avez manqué l'office.

– Est-ce que je peux au moins faire le tour des lieux ? » dit Aaron qui, se forçant à sourire, refusa de se laisser démonter et congédier aussi facilement.

L'autre eut un haussement d'épaules lui signifiant que ce que pouvait faire le visiteur lui indifférait au plus haut point.

Aaron traversa le vestibule et pénétra plus avant dans le bâtiment, s'arrêtant devant les portes en bois du sanctuaire pour lire une petite plaque. Cette congrégation, fondée en 1840, était constituée au départ de membres provenant de deux origines : la Grande Synagogue de Londres, une congrégation ashkénaze établie en 1690 à Dukes Place, d'une part, et la synagogue Bevis Marks de l'autre, elle-même construite en 1701 pour accueillir la communauté grandissante des juifs espagnols et portugais qui avaient fréquenté pendant la plus grande partie du XVIIe la synagogue de Creechurch Lane.

Derrière les portes, le sanctuaire était grand et étonnamment décoré. Peintures au plafond, orgue encastré dans le mur du fond, dais au-dessus de la *bimah*[1], où étaient rassemblées quelques personnes, qu'Aaron supposa être des fidèles qui s'attardaient après l'office du soir. Un des murs latéraux de l'estrade était constitué d'un écran, derrière lequel le chœur devait se tenir, invisible, pendant le service : mélodies amorties d'harmonies à quatre voix. Il avait entendu parler des congrégations réformées et de leurs offices dans un style digne de la grande époque victorienne. En sus d'un bedeau, une communauté comme celle-ci devait avoir trois assistants en haut-de-forme ; il pouvait voir, sur le devant du sanctuaire, l'abri en bois qu'ils avaient dû occuper pendant le service qui venait de prendre fin, se levant et se rasseyant aux bons moments durant les prières, imités en cela par les fidèles.

Aaron remonta un bas-côté jusqu'à mi-chemin, avant de s'installer au bout d'une rangée de bancs : il allait rester là un moment, puis il s'en irait. Quel meilleur endroit pour un fils de rabbin – un fils, il devait l'admettre, en conflit avec l'auteur de ses jours – pour réfléchir à la paternité ? Mais une des personnes qui étaient sur la bimah, une jeune femme avec un bandeau vert dans les cheveux, une longue jupe, l'air d'une étudiante, s'était retournée et lui faisait signe de les rejoindre. « Ne soyez pas timide », lui lança-t-elle.

Elle était trop enjouée et habillée de manière trop informelle pour correspondre à l'idée que se faisait Aaron des adeptes de la Réforme. De fait, la plupart des autres membres de son groupe étaient jeunes et portaient des tenues décontractées, pantalons sport, jeans, jupes flottantes. Certains avaient l'air américains.

« Je suis juste ici pour voir le sanctuaire, répondit-il.

– Venez un moment, dit la fille, en joignant le geste à la parole. Nous célébrons un office alternatif, nous nous retrouvons une fois par mois. Ça vous plaira, c'est un peu plus drôle que les services qui se déroulent habituellement ici. »

Incapable de trouver une excuse valable pour se dérober, il se leva. Dédaignant les bancs capitonnés, les jeunes avaient disposé des chaises pliantes en cercle près de la bimah, et tandis qu'il prenait place sur l'une d'elles non loin de la jeune fille au bandeau, il vit un autre membre du groupe – un jeune barbu – sortir un tambour d'un sac en toile. Un autre, entre deux âges, tenait un violon, et une femme aux cheveux frisés indisciplinés se retrouva bientôt avec une flûte et une guitare dans les mains. C'est elle qui semblait devoir conduire le service. Mais on aurait pu en dire autant de l'homme au tambour, du violoniste, de la fille au bandeau ou même de deux

---

1. Estrade d'où est lue la Torah pendant le service. (N.d.T.)

ados au visage piqué de taches de rousseur. Sans préambule, en dehors d'une cascade de sourires, ils entonnèrent « Shalon Aleichem », puis un psaume en hébreu, sur un air qu'Aaron crut reconnaître – la flûte interprétant seule la mélodie sous le dais décoré. Il apparut bientôt que la totalité du service allait être chantée. Il n'y aurait pas de sermon aux accents propres à ce genre d'exercice, pas de pauses dramatiques ménagées avant chaque nouvelle déclaration solennelle. Sur les chaises autour de lui, les gens se balançaient ou restaient immobiles, les yeux clos ; certains battaient la mesure de la main sur le métal de leur chaise. Aaron faillit éclater de rire. Pas étonnant que le type méfiant qui l'avait accueilli dans le vestibule n'ait pas jugé bon de mentionner ce genre de service, vraisemblablement regardé d'un œil torve par les congrégations les plus traditionalistes du judaïsme réformé américain ; sans doute allait-il à l'encontre de l'ADN même de la variété anglaise du judaïsme réformé. Les gens rassemblés ici semblaient bien décidés à habiller chaque mélodie d'autant d'harmonies qu'elle pouvait en supporter, à moins que les harmonies aient été le but du jeu, la mélodie passant au second plan. Quoi qu'il en soit, c'était très beau à écouter. Aaron n'avait jamais cru en Dieu. Que ce fût ou non le cas pour ces gens au visage heureux, il était évident qu'ils adhéraient à quelque chose qui leur donnait envie d'exprimer leur foi en chantant. Peut-être croyaient-ils dans le chant. Yeux fermés, niché au cœur des voix, Aaron se dit que c'était un bel objet de croyance.

La musique s'arrêta brusquement. Il y eut des annonces. La femme aux cheveux frisés parla d'un débat à venir sur le conflit israélo-palestinien. « Où que l'on se situe aujourd'hui sur la question israélienne, qu'on soit de gauche ou de droite ou que l'on ne sache même plus où on est, il est important de se rencontrer pour affronter le problème. » Hochements de tête au sein de la petite assemblée ; quelqu'un prit la parole pour préciser où devait avoir lieu la rencontre. Puis les chants reprirent. Et Aaron fut frappé de l'idée que, en vénérant l'histoire comme il le faisait depuis qu'il était adulte, il se trompait de dieu.

Il avait toujours pris en pitié ceux qui étaient emprisonnés dans les moments d'histoire objets de son étude – des gens englués dans un instant T, leur destin scellé par leur incapacité à prévoir ce qui allait arriver. La pire malédiction, avait-il pensé, était de rester figé dans son époque, et il n'était pas de pouvoir plus grand que celui de voir au-delà de son horizon. Étudier l'histoire lui avait donné l'illusion d'être un observateur libéré du piège de son temps. Sauf que c'était bel et bien là ce qu'était le monde : un piège. Les circonstances de votre naissance, les situations qui vous étaient imposées – impossible de sortir de la mêlée. Et ce que vous y faisiez, c'était votre vie, ni plus ni moins.

N'était-ce pas ce que Helen avait tenté de lui dire ?

Les chants prirent fin. Il regarda les participants à l'office ranger leurs instruments sous le dais aux ornements absurdes et se rassembler à trois ou quatre pour partager le vin et les petites brioches tressées. Synagogue, prières, sermons, tout cela n'était pas pour lui. Mais il lui semblait néanmoins que le dieu que venaient de prier ces gens, c'était le présent : un monde dans lequel ils se sentaient obligés d'agir, il leur fallait entrer dans le courant de l'histoire qui coulait à leurs pieds, faire des choix dont ils savaient qu'ils n'excluaient pas l'erreur.

Une fois dehors, il composa le numéro de Patricia la bibliothécaire.

Quand il atteignit le perron de la maison de Cranley Place, Patricia était là, se débattant avec le double de la clé que lui avait laissé Helen. Elle se retourna en l'entendant et poussa un soupir de soulagement. « Merci », dit-elle.

À l'intérieur de l'appartement bien rangé et plongé dans l'obscurité, une seule lumière tamisée.

Patricia appela le nom de Helen une fois, puis deux.

Silence.

Tandis qu'ils parcouraient les pièces, Aaron toucha tous les objets, l'un après l'autre : la modeste banquette et le fauteuil, la table basse avec sa petite pile de revues bien nette, puis le chambranle de la porte de la chambre à coucher. Il toucha aussi le coude de Patricia pour la soutenir quand elle chancela au pied du lit, dans lequel Helen, allongée sous ses couvertures, semblait dormir.

Quand le moment fut venu de parler, il dit à Patricia : « Que faut-il que nous fassions pour elle ? »

Il était tard quand il quitta l'appartement. Il avait suivi les directives de Patricia, obtenu les numéros de téléphone, ouvert la porte au représentant de l'entreprise de pompes funèbres. Et tandis que Patricia passait des appels, il s'était attardé auprès de Helen : toute menue, sous son dessus-de-lit d'un blanc virginal, son visage d'une extrême pâleur détendu à présent, la paix de l'enfance presque retrouvée. Il avait attiré une chaise à lui et s'était assis à son chevet, et de ses deux mains avait saisi et retenu, à travers les couvertures, la courbure de son pied droit, comme si ce contact pouvait lui transmettre ce qu'il tenait à lui faire savoir : *Vous n'êtes pas seule.*

Il était resté même quand l'homme des pompes funèbres avait pris la relève. Jusqu'à ce qu'il n'y eût plus rien d'autre à faire. Ni nulle part où aller, semblait-il, en dehors de chez lui. Il lui vint à l'esprit qu'à un moment plus propice – demain peut-être – il lui faudrait dire à Patricia Starling-Haight que Helen avait peut-être laissé des documents de valeur à la conservatrice Patricia Smith.

Pour tout dire, Helen partie, Aaron trouvait à peine plausible l'existence des dernières lettres découvertes à Richmond. Elle avait mis un tel acharnement à se procurer cet ultime lot que son contenu était devenu synonyme de sa vie, et, du même coup, tout aussi éphémère.

Mais où que soient les lettres à l'heure actuelle, elles étaient à présent la propriété de certains parents de la défunte. Le moment venu, il faudrait qu'Aaron entre en contact avec eux – ou, mieux encore, confie ce soin à Darcy. Avec un peu de chance, celui-ci arriverait peut-être à les convaincre de ne pas les vendre à un collectionneur privé au risque d'en interdire la libre consultation aux spécialistes. Indépendamment de cela, Aaron n'était pas assez fou pour espérer remettre un jour la main sur ces lettres, sauf peut-être en tant que membre marginal de l'équipe de Wilton. Mais c'était loin d'être certain. Un jeune doctorant démoli par sa thèse pouvait difficilement s'attendre à se voir confier des documents d'une telle importance. Lui-même ne se serait peut-être pas engagé pour ce travail s'il en avait eu le pouvoir.

Toutefois, alors qu'il remontait la fermeture de son blouson à côté de la porte d'entrée, Patricia l'appela. « C'était sur sa table de cuisine », lui dit-elle.

Elle déposa une chemise épaisse entre ses mains. Scotché sur le dessus, légèrement de guingois, un petit bout de papier blanc, sur lequel Helen avait inscrit de son écriture tremblée : *Pour Aaron Levy.*

Voyant qu'il ne trouvait pas les mots pour répondre, Patricia écarta doucement la porte et le laissa sortir dans la nuit.

Il n'ouvrit pas la chemise tout de suite, ni dans le métro, ni sur le chemin qui le ramenait chez lui, mais la garda serrée contre sa poitrine jusqu'à ce qu'il arrive devant sa porte. Là, il la décacheta, les mains flageolantes. À l'intérieur, une unique feuille de papier ligné au-dessus d'un cahier qu'il reconnut aussitôt.

> Cher Monsieur Levy,
>
> Si vous tenez ces pages entre vos mains, c'est que je n'en suis moi-même plus capable.
>
> Je ne suis pas quelqu'un de sentimental ; cette déclaration, j'en suis sûre, ne vous surprendra pas. Il faut cependant que vous sachiez que je souhaitais ardemment pouvoir travailler avec vous sur ces documents. Que vous les receviez maintenant signifie que la chose ne se fera pas. Mais j'ai décidé du sort qu'ils connaîtront en mon absence.
>
> Voici donc votre nouvelle thèse.
>
> Ces papiers vous appartiennent en propre désormais. J'ai menti quand je vous ai dit que le dernier était abîmé. Il me semblait alors important d'être seule pour les lire. Quand vous en arriverez à l'avant-dernière page de la confession d'Ester, prenez soin de la placer

à côté de la lettre provenant du dotar d'Amsterdam. Je ne doute pas, Aaron, que vous reconnaîtrez les mots repris d'un écrit à l'autre. Quand vous les lirez, pensez à notre dispute, s'il vous plaît, au sujet de la personne à qui cette histoire appartenait. Vous étiez très en colère, et peut-être n'ai-je pas été alors d'une humeur différente de la vôtre.

Vous aviez raison, Aaron, au sujet du propriétaire de l'histoire d'Ester. Mais moi aussi, même si je n'avais jamais rêvé de cette possibilité. Que vous jugerez peut-être très lointaine. Et elle l'est, indubitablement. Mais je crois avoir mérité le droit, à cette heure, d'affirmer sans preuve que je crois en sa réalité.

D'emblée, vous avez vu quel musée j'avais fait de ma vie. Il semblerait que j'aie trouvé cela insupportable. Recevez mes excuses pour mon piètre comportement.

Traitez ces papiers comme ils le méritent. Je sais pouvoir vous faire confiance.

Helen

Il entra dans son appartement. Alluma, prépara du thé d'une main mal assurée. Il relut la lettre encore trois fois avant d'ouvrir le cahier et d'en entamer la lecture.

Te voilà, dit-il à Ester.

Te voilà.

Et pourtant, même si je savais m'éloigner toujours davantage du chemin tracé devant moi, je me suis insurgée, et m'insurge encore : pourquoi interdire à la femme de suivre sa nature si celle-ci la porte naturellement à la réflexion, car le dernier des animaux ne doit-il pas obéir à sa nature ? Et pourquoi interdire à la femme ou à l'homme de remettre en question ce qu'on leur enseigne : l'intelligence n'a-t-elle pas un caractère sacré ?

Le monde et moi avons péché l'un contre l'autre.

Il lut et relut chaque section lentement avant de passer à la suivante. Il prit des notes, machinalement, sur le seul morceau de papier à portée de sa main, une liste de courses qu'il avait commencée la veille sans grande conviction et abandonnée au bout de trois articles. En dessous de « céréales », « café » et « pain », il remplit la page d'annotations – transcrivant des expressions, parfois des phrases entières, comme s'il pensait que ces feuillets risquaient de s'évaporer une fois terminés. Il écrivait à l'aveuglette, levant à peine les yeux des mots d'Ester.

Quand il eut atteint l'avant-avant-dernière page, il posa son stylo, leva l'épais papier qu'il retint dans ses mains.

Constantina de Almanza Velasquez était d'une nature qui aurait pu s'épanouir sous d'autres cieux, mais elle n'était pas née ni naturellement constituée pour jouer les matrones à la synagogue d'Amsterdam. Elle avait échappé aux terreurs de l'Inquisition et était arrivée toute jeune mariée à Amsterdam pour vivre au sein de la communauté des juifs portugais de l'endroit, qui ne craignaient rien tant que le franc-parler et les infractions susceptibles de les replonger dans les affres qu'ils avaient fuies au Portugal, cette vallée de sang et de larmes. Ma mère, qui ne supportait pas d'être ce qu'elle avait été pour les prêtres de Lisbonne, passait son temps à défier les anciens de la communauté d'Amsterdam, et parmi eux son époux. Sa nature était rebelle, mais sa rage ne trouvait point d'exutoire – et si je n'ai pas l'intention d'énumérer tous les griefs qu'elle avait contre le monde où on l'avait mise, j'en fus souvent le témoin, et plus souvent encore la confidente. J'ai choisi de ne jamais révéler à mon frère que l'une des rébellions de notre mère fut, à l'insu de tous, à l'origine de sa naissance.

Amsterdam n'était ni plus ni moins qu'une prison pour une femme de sa nature, et toutes ses tentatives d'évasion échouèrent à la libérer. Si j'avais le pouvoir de commander à la clémence du monde, je lui ordonnerais de s'exercer en sa faveur et de lui pardonner.

Bien que née à Lisbonne dans la maison de sa mère et de celui qu'elle appelait son père, ma mère me confia un jour qu'elle avait été conçue ici même en Angleterre, dans la ville de Londres. Son vrai père, affirmait-elle, n'était pas le mari de sa mère, ni aucun autre juif lisboète, mais un homme de lettres anglais, lié à une autre par les liens du mariage. Ma mère pensait, ou, dans son désarroi et son dépit, se complaisait à penser, que le cœur de l'Anglais avait plus tard succombé au doute, ce qui l'avait amené à rejeter la femme qu'il aimait et l'enfant qu'elle portait. Elle affirmait que sa propre mère était une beauté propre à détourner le bon ange d'un homme et corrompre son saint pour en faire un démon, et jurait qu'elle-même, suffisamment provoquée, serait prête à agir de la même façon, car les hommes sont infidèles par nature. L'histoire qu'elle racontait était embrouillée sous l'effet conjugué de l'éloignement dans le temps, de la boisson et de la rancœur. Mais, en dépit de sa fureur, je discernais dans ses paroles une autre vérité : ma grand-mère et son amant craignaient la colère et les représailles d'un monde qui leur interdisait d'unir leurs vies. Qu'ils aient supporté ce destin avec dignité ne faisait qu'enrager davantage ma mère. Elle n'avait que dix ans quand son vrai père était mort, sans rejeter le mépris du monde pour se retrouver uni à sa bien-aimée. Ce péché, Constantina ne le lui pardonna jamais. Car leur amour, elle en était persuadée, était tellement profond et capable de soigner toutes les blessures que sa destruction était une perte irréparable qui jamais ne pourrait se pardonner.

Je ne sais quel crédit je puis accorder aux paroles plus ou moins avinées d'un être torturé par sa propre solitude, mais il reste que le récit décousu de ma mère a gravé en moi la certitude que la puissance du désir peut à elle seule faire trembler l'univers sur ses bases. Cette idée, elle ne m'a jamais quittée, même si l'amour, lui, n'a jamais été mon lot.

Je ne me laisserai pas aller au pieux mensonge consistant à prétendre que je n'ai pas souffert d'une telle absence. La femme que je suis est une falaise rocheuse contre laquelle vient se mesurer un homme, avant de battre en retraite vers des lieux plus sûrs. Je ne peux en vouloir à l'homme qui choisit la voie de la facilité. Pas plus qu'il ne me viendrait à l'esprit de condamner ceux qui méprisent la vie que j'ai choisie et la jugent illégitime. Mais c'est la vie que j'ai conçue et juré de nourrir. Ce choix m'appartient, et j'en ai assumé les conséquences.

Il lut le texte jusqu'au bout, confronté aux intentions réitérées d'Ester de jeter ses papiers au feu, l'écriture se faisant de plus en plus tremblée au fil des lignes.

Que la vérité retourne à la poussière.

Il resta un moment sans rien faire, encadrant la dernière page d'Ester de ses mains. Puis il la souleva pour trouver en dessous deux feuilles d'un papier craquant qui n'avait rien d'ancien. Sur la première, une demi-page d'une encre noire très nette, celle qui avait été tirée, il s'en rendit compte aussitôt, alors qu'il venait d'installer une cartouche neuve dans l'imprimante de Helen. Un mail de Dina Jacobowicz, d'Amsterdam.

Chère professeure Watt,

Voici une réponse adressée au rabbin HaCoen Mendes par le dotar d'Amsterdam. Expédiée à Londres, elle avait été retournée à l'envoyeur, dans la mesure où ni le destinataire ni aucun autre occupant de la maison ne se trouvaient plus à l'adresse londonienne à ce moment-là.

J'espère que ce document vous sera utile. Bonne chance.

Aaron passa à la seconde feuille.

11 août 1665
30 Av 5425
Amsterdam

Au très estimé rabbin HaCoen Mendes,

C'est avec regret pour notre retard que nous répondons à votre requête. Il nous a fallu quelque temps avant de nous risquer à ouvrir votre lettre, suite aux bruits qui courent selon lesquels toute communication en provenance de Londres peut être porteuse de la peste. Nous vous écrivons avec l'espoir que cette réponse vous trouvera en meilleure santé par la grâce de D-ieu, et que votre entrée dans l'au-delà a été différée, afin que les élèves de ce monde puissent encore récolter les fruits de votre sagesse.

Nous déplorons plus encore de devoir vous informer que nous ne sommes pas en mesure d'accorder une dot à la fille Velasquez. La question a fait l'objet d'échanges virulents au sein du Mahamad, car nombreux sont ceux qui se souviennent du père de la fille et auraient aimé honorer son nom. Cependant, à notre grand regret, les extravagances de la mère ont laissé une marque indélébile dans le souvenir de notre *kahal.* Nous espérons que vous comprendrez notre décision, si douloureuse qu'elle puisse être pour vous. La femme Constantina Velasquez, la mère d'Ester, a refusé de faire circoncire son fils, luttant corps et âme jusqu'à ce qu'on le lui arrache. Quand elle a fini par comprendre qu'elle ne pourrait empêcher la communauté de remplir cette obligation, elle a écrit à ce Mahamad une lettre d'une rancœur et d'une violence inouïes à ce jour des murs d'une synagogue, dans laquelle elle nous traitait de lâches et de pleutres et nous avertissait qu'elle possédait le pouvoir de détourner le bon ange du plus vertueux d'entre nous et de corrompre son âme pour en faire un démon – un pouvoir diabolique qu'elle prétendait avoir hérité de sa mère. Elle allait même jusqu'à se vanter de la conduite adultère de celle-ci avec un Anglais qui, à l'entendre, illuminait tout le pays de son verbe – elle prétendait que son sang était mêlé à celui des détracteurs de notre communauté.

Ce n'est que par respect pour le mari que le Mahamad s'est abstenu de condamner les outrages de son épouse, choisissant plutôt de voir dans sa folie un reste des tourments de l'enfantement. Certains membres de ce conseil qui n'étaient pas d'accord avec cette décision font encore partie de notre assemblée, après toutes ces années. En conséquence, nous sommes d'avis que la communauté ne peut se permettre d'encourager le mariage d'une fille d'Israël qui porte les stigmates d'une telle mère. Il ne sera pas dit non plus qu'une insulte portée à l'autorité du Mahamad d'Amsterdam peut rester impunie.

Au nom du dotar, avec des prières pour votre rétablissement et des cœurs pressés de voir accomplie la rédemption prochaine,

Efraim Toledano

Aaron resta assis un long moment, le visage tourné vers le plafond, essayant de surmonter la sensation qui l'envahissait. Scandaleuse ironie ! L'Histoire – qui revenait vers lui sous l'éclat des flambeaux d'une procession, porteuse d'une farce, d'une plaisanterie, d'un cadeau ineffable.

Rien de plus important pour lui en ce moment que d'avoir l'esprit clair – et son esprit, pour la première fois depuis des mois, semblait-il, l'était parfaitement. Aussi méthodiquement que possible, il passa en revue tout ce qu'il savait de l'histoire d'Ester, et de celle de sa mère. Puis, tout à coup, il se prit à penser à Marisa, et s'absorba longtemps dans son souvenir.

Ce fut la voix de Helen qui lui revint pour le tirer de sa rêverie, aussi vibrante de conviction qu'elle l'avait été le jour où ils s'étaient affrontés dans son bureau confiné. *Cette histoire, quelle qu'elle finisse par se révéler, nous appartient à tous.*

Personne n'allait le croire. Quoi ? dirait-on. Encore un de ces témoignages plus ou moins plausibles à verser au dossier dans un des casse-tête préférés des historiens, et fourni cette fois par une réfugiée portugaise dans un écrit plein de rancœur et peut-être vicié par une tendance à l'autoglorification ?

Il relut encore une fois les lignes d'Ester. *Une beauté propre à détourner le bon ange d'un homme et corrompre son saint pour en faire un démon.* Puis les dernières lignes de la lettre du dotar. *Son pouvoir de détourner le bon ange du plus vertueux d'entre nous, et de corrompre son âme pour en faire un démon.* Même en portugais, la référence était évidente : les expressions étaient celles qu'avait utilisées Shakespeare, vraisemblablement pour décrire la femme qu'il aimait malgré lui. *Sonnet 144.*

Évidemment, il pouvait s'agir d'une simple coïncidence – le souvenir que gardait Ester de l'histoire de sa mère faisant écho presque mot pour mot au compte rendu fait par le dotar de la longue diatribe de la même femme. Et alors... l'un comme l'autre avaient bien pu se servir des mêmes formules en guise de signature, aussi particulières qu'elles aient été. Et qu'y avait-il d'étrange à ce que Constantina Velasquez ait choisi d'exprimer sa fureur de manière insistante par le biais de ces tournures de phrase originales ? Peut-être était-elle une lectrice assidue de poésie anglaise. Peut-être fantasmait-elle et avait-elle fabriqué de toutes pièces l'histoire de sa mère. À moins que ce soit lui, Aaron, qui comprenne mal le portugais.

Et puis, quelle importance si cette Constantina Velasquez, au regard des renseignements glanés pour le compte de Helen longtemps auparavant, était âgée de dix ans en 1616 ?

Il pouvait publier une superbe thèse – une dizaine du même calibre – en s'appuyant sur toutes les autres lettres contenues dans le cahier sans avoir à se préoccuper de possibles coïncidences. Il pouvait détruire ce dernier chapitre de l'histoire d'Ester... le réduire, comme elle le disait elle-même, en poussière.

Mais les battements accélérés de son cœur lui disaient qu'il n'en ferait rien. Il avait craint un jour que ses mains pesantes et maladroites endommagent les fragiles documents rangés sous l'escalier. À présent, il était leur gardien, protecteur de la vie qu'ils renfermaient.

En tant que tel, il aurait comme priorité de rendre à Ester Velasquez ce qui lui revenait de droit. La vie et la correspondance d'Ester n'avaient besoin d'aucun embellissement, pas plus que de révélations supplémentaires quant aux liens qu'elle aurait pu avoir avec d'autres personnages marquants de l'histoire, pour se parer d'importance. Il faudrait des mois, voire des années, pour retrouver d'éventuelles lettres envoyées à ses correspondants, et le simple fait de corroborer l'histoire d'Ester en elle-même – vérifier, par exemple, les origines de la lettre de Spinoza, pour prévenir toute accusation d'imposture – constituerait une tâche colossale.

Ce n'est que quand il aurait rendu justice à Ester, qu'il aurait publié sa correspondance annotée, qu'Aaron pourrait s'attaquer à ce dernier travail. Mais il lui faudrait se montrer prudent ; l'empressement de Brian Wilton à publier un rapport sur une crise florentine inexistante – faux pas dont il allait sans doute devoir payer le prix pendant des années – lui servirait de leçon. Et au vu des sempiternelles certitudes enthousiastes et théories controuvées qui émaillaient les études shakespeariennes, quelqu'un serait-il prêt à admettre l'idée que la grand-mère d'Ester, une juive portugaise, ait pu être l'hypothétique Dame brune du grand homme – son *ange de funeste couleur* aux yeux *noirs comme corbeau* ?

Cette idée, Aaron lui-même ne savait pas s'il était sage de l'envisager.

Mais Helen l'avait crue possible. Et s'il y avait une chose que ces derniers mois avaient apprise à Aaron, c'était qu'il comprenait les secrets, l'amour ou les regrets moins qu'il l'avait longtemps pensé.

Il imagina un atlas de l'histoire du XVIIe siècle, ses pages fourmillant de dangers, tous les efforts d'Ester réduits au plus léger des filigranes. Visible pourtant pour celui qui savait regarder. Et qu'il existât ou non un lien de sang avec Shakespeare – ou d'ailleurs avec un quelconque autre penseur de l'époque –, il en demeurait un par l'esprit : Ester Velasquez était un maillon dans la conversation qui s'était tissée à travers l'humanisme révolutionnaire d'un Shakespeare pour se poursuivre dans la dépersonnalisation radicale et libératrice d'un Spinoza, et se perpétuer jusqu'à aujourd'hui, prenant pour objet tout ce qui troublait et consolait les esprits curieux. Tout ce qui troublait et consolait Aaron Levy, assis en ce moment précis à sa table de cuisine.

Son esprit était un couloir brillamment éclairé, et chacun de ses pas clairement défini.

Dans la matinée, il porterait les documents à Darcy, sur lequel il pouvait compter pour fermer les yeux courtoisement sur sa dépression passagère. Il était vrai que Wilton pouvait s'avérer un partenaire idéal dans l'affaire, et peut-être Aaron travaillerait-il avec lui dans un proche avenir. Mais c'était Darcy qui l'aiderait à faire que le nom de Helen figure comme auteur principal d'un premier article soumettant l'histoire d'Ester à l'appréciation du monde. Aaron se consacrerait avant toute autre chose à la rédaction de cet article, celui de Helen, son nom à lui en petits caractères à la suite du sien dans l'en-tête.

Et quand il en aurait terminé avec les documents, à supposer que les lois sur le patrimoine ne les lui retirent pas avant, il les vendrait à l'université. Il ne prévoyait pas d'en tirer un profit immodéré, mais il n'avait pas non plus l'intention de faire de cadeau. Il voulait assurer le confort de Marisa et de l'enfant... et le salaire d'un historien, qu'il fasse carrière en Angleterre ou en Israël, n'avait rien de mirobolant.

Marisa.

Il n'avait pas de numéro de téléphone où la joindre. Comment pouvait-il ne pas avoir le numéro de la femme à laquelle il serait lié sa vie durant, qu'elle veuille ou non de lui ? Il s'occuperait des billets d'avion plus tard. Pour l'instant, il se leva, tourna le dos aux documents disposés sur sa table de cuisine, alluma sa lampe de bureau et ouvrit son ordinateur portable, les touches cliquetant à toute allure sous ses doigts.

Chère Marisa,

Je ne vois guère d'intérêt à chercher le meilleur endroit par où commencer. Ce que j'ai à te dire est compliqué mais en même temps on ne peut plus simple et restera vrai que tu veuilles de moi ou non.

32

Sortant de l'eau, sa chemise blanche collée à la peau dessinant ses côtes, il plisse les yeux en direction du sentier.

« Promets-moi ! » dit-elle. Mais le soleil à présent baigne délicieusement son visage.

Un cri d'oiseau s'échappe, haut et clair, d'un arbre voisin.

Alvaro enroule le bas de sa chemise autour de sa taille mince, et observe Ester. « D'après Richard, ce cri, c'est une linotte. »

Le fleuve coule paresseusement devant elle, et elle s'abrite les yeux de la main pour le regarder. En amont, des hommes pêchent depuis leurs barques, leurs voix rendues grêles par l'éloignement. Plus près d'Ester, de l'autre côté du fleuve, trois garçons halent un petit radeau à contre-courant. À bord d'une yole peinte de couleurs vives et voyageant plus rapidement dans la direction opposée, un batelier corpulent emporte vers la ville un couple qui a l'air de s'ennuyer. Le jeune homme regarde la rive sans paraître la voir, mais la jeune femme, blonde, luxueusement habillée, la gorge et la poitrine piquetées de petites mouches noires tout juste visibles, est tournée, penchée, en direction de la ville, comme si sa posture pouvait accélérer la course du bateau, et qu'elle était impatiente de laisser derrière elle cette verdure impitoyable pour atteindre enfin les murs d'enceinte de Londres, ses salons aux rires hauts et clairs, ses théâtres reconstruits et ses rues nouvellement élargies.

Plus Ester regarde autour d'elle et moins le fleuve lui apparaît apprivoisé : les appels des oiseaux n'ont pas été interrompus par le passage de la yole qui s'éloigne ; les herbes hautes et échevelées le long des berges sont agitées d'une vie cachée. Elle redécouvre la sauvagerie de la nature.

Se tournant vers Alvaro, elle lui laisse voir sa frayeur.

Sur le talus au-dessus d'eux, Rivka est occupée à étendre des draps d'un blanc éblouissant pour les faire sécher. Ils plissent les yeux pour la regarder, et, un moment, elle s'arrête pour les observer à son tour, secouant la tête d'un air absent comme si elle avait affaire à deux enfants. Puis, passant sous un enchevêtrement de branches d'arbre, ils gagnent la petite crique où, lui a assuré Alvaro, elle sera abritée du soleil et n'aura rien à craindre du courant.

Elle lui tourne le dos et se déshabille derrière un arbre pour se retrouver en chemise. Quand elle fait à nouveau face à la rive, les bras croisés sur la poitrine, frissonnante et regrettant déjà son geste, il est dans l'eau, nageant en travers du courant pour en éviter l'impact, et lui lançant ses instructions. Pourtant, aussi étrange que cela puisse paraître, elle ne comprend pas ses paroles à cet instant, uniquement l'assurance avec laquelle il les lui transmet. Son époux, fortuné, détenteur d'un bail de quatre-vingt-dix-neuf ans hérité de son père, et qui leur survivra. Immobile, elle le regarde avec de grands yeux. Sa gorge est serrée, bloquée par un nœud qui ne demanderait qu'à se défaire.

Elle entre dans l'eau, méfiante, ses pieds glissant sur les pierres visqueuses. Un pas, puis un autre : elle se penche, trempe la main au bord du courant. Une eau lourde et froide ruisselle entre ses doigts ; d'abord doucement, puis avec plus de force à mesure qu'elle avance, l'eau obligeant sa main à s'ouvrir, ses doigts à s'écarter largement tandis que le courant se fraie un passage entre eux.

C'est dans la douleur qu'elle a été amenée à comprendre, à travers les épreuves du feu et de la fièvre, des morts et de sa propre incapacité à mourir, que la vie toujours lutte pour se perpétuer.

Mais elle se rend compte maintenant qu'elle n'a jamais songé à se demander pourquoi.

La raison, elle est là. Dans cette eau qui force sa main à s'ouvrir, ce courant qui caresse ses doigts. Là. Dans cette soudaine sensation de plaisir.

33

7 avril 2001

Mon très cher Dror,

Combien d'années écoulées depuis la dernière fois où je t'ai vu, tenant ton bras cassé dans la cuisine sombre de la base ? Je ne t'ai jamais dit comment tu m'étais apparu ce soir-là. En dépit de ton air sévère, tu ressemblais à une gazelle prise au piège sur ce sol en ciment. Te voir incertain, apeuré, m'a coupé le souffle.

Et quand tu dansais... Tes pas effleurant le sol au milieu du désert, ton bras dans le plâtre. Je suis tombée amoureuse, une seconde fois, à ce moment-là. Mais dans mon aveuglement, je n'ai vu que ce qui m'effrayait. Je n'ai jamais compris avec quelle sincérité un cœur meurtri pouvait aimer.

Permets-moi d'avoir un endroit où je peux exister dans l'intégrité de mon être. Ce sera cette page.

Quand j'ai appris ta mort, j'ai refusé d'y croire. Je t'avais toujours pensé indestructible, c'est vrai. Mais j'attendais aussi, tout en sachant vaine l'attente, le jour où une dette... Comment dire ? Comment voyais-je la chose à l'époque, comment aurais-je exprimé ce dont j'étais à peine consciente ?

J'attendais le jour où se réglerait une dette de désolation, de chagrin et de vigilance, où se dissiperait la crainte mesquine qui était la mienne, et où nous reviendrions l'un à l'autre.

Il m'a fallu longtemps pour me convaincre de ta mort.

À présent que mon tour est venu, Dror, je me représente clairement la scène. Ta voiture, cette voiture que tu conduisais lors de quelque mission que l'on t'avait confiée – mission entreprise le cœur lourd mais avec la certitude (l'avais-tu encore cette certitude, Dror ? Je l'espère, je l'espère tellement)... la certitude que tu assurais leur sécurité à tous, ceux qui t'étaient chers, passés, présents et à venir. (Je sais que tu aimais ta femme et ta famille. Je le sais. Je n'en attendrais pas moins de toi.) Et je vois très nettement le véhicule qui suit le tien. Dans ma tête, il est noir et anonyme. Puis viennent l'accélération brutale, l'impact qui n'a rien d'accidentel. Ta voiture semble se dresser dans l'air. Ton visage devient grave quand les pneus quittent la chaussée. Je la vois s'envoler, tourner sur elle-même avant de piquer vers le sol. Je te vois toi, Dror, arraché à l'habitacle. Un vacarme terrible. Un battement de cœur. Une explosion. Suivie d'un silence de mort. Je souffre quand je l'entends. Et pour finir, le souffle sourd des flammes qui jaillissent, éclaboussant d'étincelles la cime verte des arbres. De la fumée, Dror, une fumée impossible, une chaleur intenable.

Pourtant, étrangement, tu t'en sors sain et sauf. Indemne et beau.

Il y a un grand vide là où était un jour mon cœur. C'est ton histoire qui le remplit.

34

L'eau qui force sa main, le courant qui caresse ses doigts. Et, nageant vers l'endroit où elle se tient, de l'eau jusqu'à la taille, son mari, le maître de la grande maison au sommet de la colline. Elle ne peut s'empêcher de lui rire au visage. Il rit avec elle, puis, d'une légère poussée, lui fait perdre l'équilibre. Le courant l'incline vers l'avant, et son mari la conduit ; la surface de l'eau est toute de velours et d'écume ; ses jambes et ses pieds sont agités de mouvements absurdes, et elle n'a aucune idée de ce qu'elle doit en faire, jusqu'à ce que le courant soulève ses membres et les rende d'humeur folâtre. Elle pose ses yeux sur les siens, piqués de taches de soleil comme l'eau.

« Ici, dit-il, l'aidant à mettre les poignets sur ses épaules minces mais solides. Appuie-toi ici. »

Note de l'auteur

Les personnages et événements de ce livre sont entièrement fictifs ; la toile de fond XVIIe siècle est en revanche conforme à la réalité. Le mouvement sabbatéen auquel il est fait allusion dans le roman a longtemps affecté une grande partie de la communauté juive de l'époque. Sont réels également les philosophes mentionnés et les personnages centraux de la congrégation juive d'Amsterdam, et si le rabbin Moseh HaCoen Mendes est imaginé, les opinions qu'il émet sur le voyage en Angleterre du rabbin Manassé ben Israel et de ses séquelles sont fondées sur des faits avérés de la vie de Manassé ben Israel.

La pièce de théâtre à laquelle assistent Ester et Mary est pour l'essentiel inventée ; j'ai toutefois eu recours à certains détails de la comédie de sir George Etherege *La Vengeance comique, ou L'Amour dans une cuve* (1664), et la chanson que chantent les acteurs « Si elle n'est pas aussi gentille que jolie... » est également empruntée à cette pièce. Les propos sur l'amour qu'Ester tient à Mary contiennent une allusion aux remarques de Mary Astell en 1666 sur le mariage. Plusieurs citations de Shakespeare apparaissent dans le texte : « La mort de la vie de chaque jour... » *Macbeth* ; « Mon amour est pareil à fièvre... » *Sonnet 147* ; « Ce qui est passé et sur quoi on ne peut revenir... » *Le Conte d'hiver*. Le vers dont se souvient Helen dans le laboratoire de conservation, « Ces fragments serviront à étayer mes ruines », est tiré de *La Terre vaine* de T. S. Eliot.

Pour plus de clarté, j'ai choisi de simplifier certaines références. C'est ainsi que, pour désigner la localité connue aujourd'hui sous le nom de Richmond upon Thames et appelée Petersham au XVIIe siècle, j'ai utilisé tout au long l'appellation moderne pour éviter d'employer deux noms différents pour le même lieu. Et ma description du programme sous l'égide duquel Helen et d'autres volontaires étrangers partent en Israël est fondée sur des programmes entrés en application plusieurs années après le moment où Helen aurait pu y participer.

Une liste des ouvrages qui m'ont aidée dans mon travail de documentation remplirait des pages. J'aimerais toutefois mentionner spécialement *Betraying Spinoza: The Renegade Jew Who Gave Us Modernity* de Rebecca Newberger Goldstein ; *Spinoza: A life* et *Spinoza's Heresy* de Steven Nadler ; *The Jews in the History of England, 1485-1850* de David S. Katz ; *Hebrews of the Portuguese Nation: Conversos and Community in Early Modern Amsterdam* de Miriam Bodian ; *Sephardi Family Life in the Early Modern Diaspora* de Julia R. Lieberman ; *Radical Enlightenment: Philosophy and the Making of Modernity, 1650-1750* de Jonathan I. Israel ; *Women & Men Political Theorists: Enlightened Conversations* de Kristin Waters ; et *Restoration London* de Liza Picard, ouvrage auquel je me suis constamment référée pour le cadre dans lequel évolue Ester.

Un maître sculpteur a travaillé à Richmond/Petersham au XVIIe siècle ; ses œuvres peuvent être encore admirées aujourd'hui dans les belles demeures datant de cette époque, bien que l'histoire ait oublié son nom.

REMERCIEMENTS

Toute ma gratitude va aux historiens, conservateurs, archivistes et bibliothécaires que j'ai consultés au cours de mes recherches pour ce roman. Parmi eux : Amy Armstrong, Gloria Ascher, Zachary Baker, Rachel Brody, David De-Graff, Frank Garcia, Jane Gerber, Dominic Green, Rachel Greenblatt, Joshua Jacobson, Paul Jankowski, Camille Kotton, David Liss, Sharon Musher, Nell Painter, Jonathan Schneer, Kathrin Seidl-Gomez, Stephanie Shirilan, Skye Shirley, Malcolm Singer et Simon Wartnaby. Je suis également reconnaissante au personnel et aux volontaires du Northeast Document Conservation Center, à la Jewish Historical Society of England, la Richmond-upon-Thames Local Studies Collection et à English Heritage, pour leur assistance et leur patience.

Je dois aussi beaucoup au Massachusetts Cultural Council, qui m'a apporté un soutien crucial lors des premières phases de ce projet, et à la Koret Foundation pour les heureux mois que j'ai passés en tant qu'écrivain en résidence à l'université de Stanford ; remerciements spéciaux à Steven Zipperstein pour son caractère visionnaire, son amitié et l'autorisation qu'il m'a donnée d'assister aux cours d'histoire de mon choix. La MacDowell Colony et la corporation de Yaddo m'ont fourni un temps et un espace précieux, avantages dont je n'aurais pu profiter sans le soutien affectueux d'Ashley Fuller et de Gabrielle Asgarian. L'assistance assidue de Laura Kolbe s'est révélée essentielle au cours des premiers temps de ma recherche ; et le Brandeis Women's Studies Research Center et le Hadassah-Brandeis Institute m'ont prodigué conseils, encouragements et permis le libre accès à leurs collections. Je dois beaucoup à Shulamit Reinharz, à Debby Olins et à la merveilleuse Hilda Poulson pour sa compétence et son aide ô combien précieuse.

Je ne saurais trop exprimer ma gratitude à l'égard des chercheurs et des artistes qui ont grandement et savamment contribué à enrichir mon travail. C'est à Tina Packer et à James Shapiro que je dois des conversations qui m'ont aidée à situer cette histoire sur le territoire des études shakespeariennes.

David S. Katz m'a rendu l'insigne service de lire le manuscrit sous l'angle de l'exactitude historique, tout comme Julia R. Lieberman ; je n'aurais jamais pu trouver de meilleurs guides dans mon exploration des communautés du XVIIe siècle décrites dans le roman. Steven Nadler, dont les ouvrages sur Spinoza ont été pour moi d'inestimables guides, n'a épargné ni son temps ni ses avis éclairés. Mes remerciements à Kristin Waters non seulement pour ses ouvrages sur la théorie politique mais aussi pour l'humour et la bienveillance avec lesquels elle m'a aidée à ne pas me noyer dans la philosophie du XVIIe siècle. Et je ne saurai assez remercier Rebecca Newberger Goldstein pour ses pénétrantes analyses de la philosophie de Spinoza, pour la peine qu'elle a prise pour veiller à ce que la composante philosophique de cette histoire reste conforme à la vérité, et pour avoir démontré avec force comment un philosophe s'investit dans le monde réel.

Je n'aurais pu trouver meilleurs lecteurs et amis que Martha Collins, Tony Eprile et Kim Garcia. Durant mes années de travail sur ce livre, beaucoup n'ont ménagé ni leur temps ni leur soutien à des degrés divers. Je suis particulièrement reconnaissante à Howie Axelrod, Laurel Chiten, Sue Fendrick, Kerry Folkman, Laurie Foos, Rochelle Friedman, Yaron et Tali Galai, Sarah Kilgallon, Lori Leif, Melanie Leitner, Sheryl Levy, Michael Lowenthal, Adrian Matejka, Lisa Mayer, Kiran Milunsky, Brian Morton, Lena Parvex, Heidi Schwartz, Susan Silverman, Sharon Stampfer, Douglas Stone, Ellen Wittlin, et Heather Zacker. Pour leur sens de l'humour, leurs conseils et leur agréable compagnie, je remercie Emily Franklin, Heidi Pitlor, Joanna Rakoff et Jessica Shattuck. J'exprime ici toute ma gratitude à Tova Mirvis pour son inestimable contribution au manuscrit et son extraordinaire esprit d'ouverture. Carol Gilligan a fait ce livre sien à tous les niveaux, son intuition et sa capacité à entendre en profondeur ayant fait toute la différence, au même titre que l'hospitalité dont elle et Jim Gilligan ont fait preuve à mon égard.

Sarah Burnes, assistée de Logan Garrison et du reste de l'équipe de la Gernert Company, ont été tout ce dont pouvait rêver un écrivain. Merci, Sarah, pour avoir cru en ce livre. Qui n'aurait pu, par ailleurs, trouver meilleur éditeur que Lauren Wein, à qui je dois d'immenses mercis, tout comme à Pilar Garcia-Brown pour son aide enjouée, et aux membres de la merveilleuse équipe de Houghton Mifflin Harcourt.

Une mention spéciale pour Adam Rivkin, à qui va toute ma gratitude pour son œil acéré et sa décontraction pleine d'humour. Et à Anna et à Larry Kadish, Lilly Singer, Joan Sherman, à mes frères et sœurs Debbie, Jan, Sam et Ali, ainsi qu'à tous les neveux et aux membres dispersés de notre glorieuse famille élargie, j'adresse mes chaleureux remerciements pour le soutien affectueux qu'ils m'ont apporté durant les années que j'ai consacrées à ce livre.

Et pour finir, mon immense gratitude pour Talia et Jacob, pour leur amour et leur enthousiasme sans lesquels ce livre n'aurait jamais vu le jour.

Entretien avec Rachel Kadish

Question : *Comment vous est venue l'idée de ce roman ?*

Réponse : Dans *Une chambre à soi*, Virginia Woolf pose la question suivante : si William Shakespeare avait eu une sœur aussi douée que lui, quel aurait été son sort ?

Elle apporte elle-même une réponse succincte à la question : « Elle mourut jeune... hélas, elle n'écrivit jamais une ligne. »

Woolf a raison, bien sûr : c'était le sort le plus vraisemblable qui pouvait échoir à une femme de cette période douée d'un esprit développé. Les conditions dans lesquelles vivaient alors les femmes leur rendaient virtuellement impossible toute expression artistique ou intellectuelle.

Je ne pouvais pourtant m'empêcher de demander : « Mais encore ? » Qu'aurait-il fallu à une femme de ce genre pour qu'elle ne meure pas sans avoir écrit un mot ?

En premier lieu, il lui aurait fallu être un génie de la contestation. Être capable de défier les conventions liées au comportement féminin, de se résigner à être stigmatisée comme contre-nature – et peut-être de mentir, de tromper, de dissimuler son identité.

Je n'ai pas tardé à être fascinée par les extrémités auxquelles aurait dû se livrer une femme pour tenter de libérer son esprit et sa personnalité, et du prix à payer pour ce faire. C'est ainsi que j'ai commencé à écrire... des pages et des pages... et bientôt Ester Velasquez m'a surprise à chaque étape de la rédaction. Étant donné le peu de chances qu'avait une femme de cette époque de faire entendre sa voix, et les stratagèmes auxquels il lui faudrait avoir recours, il est peut-être inévitable que l'histoire d'Ester comporte des éléments propres à une intrigue policière.

Q : *Qu'est-ce qui vous a poussée à écrire un roman historique ?*

R : Quand j'étais enfant, je pensais qu'un accent était quelque chose que l'on acquérait en prenant de l'âge. Écoutant parler mes grands-parents (survivants polonais de l'Holocauste qui avaient fui l'Europe *via* le Japon, puis le Mexique, avant d'arriver aux États-Unis), j'imaginais qu'avec l'âge j'aurais moi aussi des consonnes adoucies et quelques voyelles biscornues.

Bien que j'aie rapidement compris qu'on ne devenait pas polonais une fois la cinquantaine atteinte, je n'ai jamais cessé d'être fascinée par la façon qu'a notre histoire d'influencer notre appréhension du monde. Dans l'éducation qui a été la mienne, l'histoire n'était pas une réalité abstraite dans un manuel scolaire. C'était quelque chose de personnel, de vital : la boucle d'oreille perdue dans la neige signifiant l'espoir envolé de pouvoir soudoyer un fonctionnaire ; les cercueils vides où dormit ma famille le jour où elle ne trouva pas d'autre abri qu'un magasin de pompes funèbres ; les gardes-frontières qui, avec un peu de chance, seraient peut-être assez ivres le soir de la Saint-Sylvestre pour laisser s'échapper une poignée de malheureux dans la nuit enneigée.

Que le passé surgisse parfois quand on s'y attend le moins, bouleversant nos principes, peut-être même nos vies, est pour moi une évidence. C'est ce genre d'irruption qui a été le point de départ de *The Weight of Ink*.

Q : *Comment vous êtes-vous documentée pour ce livre ?*

R : Je ne savais pas dans quoi je m'embarquais quand j'ai commencé mes recherches... et ce n'était pas plus mal. Mais j'ai beaucoup aimé ce travail.

J'ai su très tôt le genre d'histoire que je voulais raconter, mais il me fallait trouver le bon cadre historique. C'est pourquoi, alors que j'étais écrivain en résidence à l'université de Stanford, j'ai demandé la permission d'assister à des cours d'histoire, et c'est ainsi que j'ai entendu parler pour la première fois des réfugiés portugais de l'Inquisition établis à Amsterdam et à Londres. Je ne connaissais rien alors de ces communautés, mais elles m'ont tout de suite fascinée. J'ai lu des pages et des pages. J'ai écouté de la musique de cette période, me suis documentée sur l'architecture, les vêtements, la nourriture et les égouts au XVIIe siècle. J'ai appris comment les gens faisaient leur lessive. J'ai visité Londres, consulté des spécialistes de l'histoire juive de la période et des dialectes judéo-portugais et judéo-espagnol et appris à écrire avec une plume d'oie. En visitant des laboratoires de conservation des documents, j'ai découvert la texture si particulière du papier de l'époque et les caprices de l'encre que l'on utilisait alors, plus précisément l'encre ferro-gallique. Certaines préparations de cette encre dissolvent les fibres du papier au cours des siècles de telle manière que, ici et là sur la page, les lettres et les mots finissent par attaquer et brûler le support. Les dommages résultant de son emploi peuvent être d'une beauté saisissante : des feuilles de parchemin semblables à un treillis, avec des interstices qui ont la forme des mots qu'une main inconnue a un jour tracés sur la page.

N'ayant aucune culture philosophique, j'ai dû travailler très dur pour acquérir une connaissance de Spinoza et de la métaphysique adéquate à l'écriture de ce livre. Dans les premiers temps de la rédaction, j'ai passé nombre de longues soirées à chercher à trouver une prise sur la philosophie du siècle des Lumières, à essayer d'avancer dans mes lectures de plusieurs ouvrages sur le sujet, redoutant tout au long de n'être capable, au bout du compte, que de jouer en play-back les penseurs du XVIIe. J'ai même dit un jour à mon agent que je me faisais l'impression d'être le Milli Vanilli de la métaphysique. Mais finalement, après d'innombrables lectures et relectures, les livres et les articles qui, au début, paraissaient impénétrables ont commencé à livrer leurs secrets, et j'ai vu comment la réflexion d'Ester et ses questionnements pouvaient s'inscrire dans les débats philosophiques de son temps.

J'ai veillé avec beaucoup de soin à l'exactitude des détails purement factuels du roman. J'écrivais sur un sujet peu connu et il me paraissait important d'en donner une image fidèle à la réalité. Ce qui m'a parfois conduite à des extrémités pour le moins ridicules. En voici une sur laquelle mes enfants n'ont toujours pas fini de me taquiner : à un moment, j'ai voulu consulter un exemplaire d'un ouvrage détenu par la bibliothèque Widener de Harvard, *Consolação às Tribulações de Israel*, un des livres favoris des réfugiés portugais de l'Inquisition. J'étais alors en train d'écrire une scène dans laquelle un personnage sur son lit de mort lit à haute voix un passage de *Consolação*, et je voulais faire entendre sa voix. Tout ce dont j'avais besoin, en fait, c'était d'un fragment constitué d'une seule phrase, mais je tenais à le citer dans sa forme originale, celle du portugais du XVIe siècle. J'avais donc pris un rendez-vous avec la bibliothèque pour consulter le manuscrit.

Je ne lis pas le portugais, mais je connais assez bien le français pour pouvoir deviner le sens général d'un texte en portugais. Une fois installée dans la salle des manuscrits de la Widener avec devant moi ce superbe livre rare, je photographiai quelques sections du texte qui me semblaient prometteuses, puis envoyai un mail des clichés à une spécialiste de l'histoire judéo-portugaise qui avait accepté de me les traduire.

Cette personne m'avait alors gentiment fait savoir que ce que j'avais pris en photo, c'était la table des matières.

Nouvelle expédition à la Widener, pour corriger le tir.

Q : *Avez-vous eu des difficultés à élaborer une écriture qui convienne à une histoire située en partie au XVIIe siècle ?*

R : C'était là un beau défi à relever. Il y a une raison qui fait que la plupart des gens ne s'amusent guère à la lecture du journal de Samuel Pepys en dépit d'un texte truffé d'allusions grivoises : la syntaxe est un réel obstacle à la compréhension du texte pour le lecteur moderne. Je me suis pourtant dit, en commençant le livre, qu'il me fallait écrire dans une prose absolument fidèle au parler du XVIIe siècle, ce qui impliquait l'adoption de cette syntaxe compliquée. Mais cela ne semblait pas convenir à l'histoire que je voulais raconter. Je me suis débattue un moment avec le problème, jusqu'à ce qu'une connaissance me signale l'existence d'un entretien avec David Mitchell.

Mitchell a cette très belle idée selon laquelle l'auteur d'un roman historique doit créer un langage hybride, auquel il donne le nom de « ana-logos ». Ce langage doit avoir l'air ancien – et doit en tout cas éviter tout anachronisme – mais être tout de même assez moderne pour ne pas dérouter le lecteur d'aujourd'hui.

La lecture de cet entretien m'a encouragée à faire quelques essais. Après beaucoup de tâtonnements, je me suis résolue à combiner une syntaxe assez moderne et un lexique conforme à celui de la période évoquée. Je me suis donné comme règle de n'utiliser dans les chapitres XVIIe siècle que des termes qui étaient en usage à l'époque. Si les éditeurs du Merriam-Webster s'intéressaient à ce genre de statistique, je suis sûre qu'ils trouveraient que je détiens le record du monde de l'emploi d'une référence rarement consultée de leurs entrées : la date du « premier usage attesté » d'un mot. Je me suis astreinte à vérifier systématiquement les termes dont l'ancienneté risquait de poser problème, et si son emploi ne remontait pas suffisamment loin, je l'écartais. Un exemple : je n'ai pas pu dire qu'Ester était le « chaperon » de Mary (le mot n'ayant pas été employé avant le XVIIIe siècle), mais plutôt sa « dame de compagnie » ou sa « duègne ». J'espérais que des choix lexicaux de ce genre finiraient par produire leur effet s'ils étaient systématiques, et qu'en les associant à une structure de phrase moderne, j'obtiendrais une variété de langage qui porterait la marque de l'ancien sans pour autant gêner le lecteur d'aujourd'hui.

Q : *L'intrigue du roman comporte des coups de théâtre et des revirements inattendus. Les aviez-vous prévus avant de commencer à écrire ?*

R : Pas du tout. À mon avis, il n'est pas possible d'envisager les détails d'une intrigue avant d'avoir clairement conçu les personnages et observé leurs réactions aux circonstances. Je ne veux pas faire de mes protagonistes des marionnettes que je pourrais manipuler au gré d'une intrigue prédéterminée, car les histoires ainsi conçues risquent de paraître artificielles. Je préfère me faire d'abord une idée assez précise des acteurs. Et c'est un processus qui ne peut se dérouler que scène après scène, phrase après phrase. Si un personnage se trouve dans une pièce, je me demande : Qu'est-ce que je ressentirais si j'étais à sa place ? À quoi sa situation lui fait-elle penser... quels espoirs et quelles peurs suscite-t-elle en lui... comment va-t-elle influer sur sa conduite, et sur les paroles qu'il va prononcer quand quelqu'un lui posera une question qu'il n'attendait pas ? Une fois que j'ai passé suffisamment de temps avec mes protagonistes, je peux commencer à deviner comment ils pourraient logiquement réagir aux circonstances extérieures. Et c'est alors seulement que l'intrigue prend sa forme définitive. Ce qui revient à dire que ce roman est le résultat d'une improvisation. J'ai appris à connaître Ester et Helen, Aaron et les autres... et plus je les connaissais, plus je comprenais les comportements qu'ils étaient susceptibles d'avoir. J'étais en conséquence sur le qui-vive la majeure partie du temps, et j'ai écrit le premier jet sans avoir une idée un tant soit peu précise de ce vers quoi je tendais. Chacun des protagonistes m'a surprise à un moment ou à un autre – et certains des seconds rôles, comme celui de Rivka, ont acquis une densité émotionnelle inopinée et entraîné l'histoire dans des directions que je n'avais pas prévues. C'est là pour moi tout l'attrait de cette stratégie. Si je ne laisse pas mes personnages me surprendre, c'est probablement parce que je m'y prends mal.

Imprimé en France par CPI
en mars 2020

N° d'impression : 3038673
M06166/01